2024·文化江河·水文化卷

○ “新时代水利高质量发展与水文化”
论文与典型案例征集优秀作品集

中国水利文学艺术协会　编

中国水利水电出版社
www.waterpub.com.cn
·北京·

内 容 提 要

水文化是中华文化的重要组成部分，新时代水利高质量发展，离不开先进水文化的引领、涵养和支撑。2024 年中国水利文学艺术协会组织开展了“新时代水利高质量发展与水文化”论文与典型案例征集活动。本次活动收到的论文内容涉及水工程与水文化有机结合、水利遗产保护传承与利用、水利风景区建设、幸福河湖建设以及水资源、水生态与水文化等方面。既有理论的高度，又有实践的深度；既有宏观的谋划，又有微观的麻雀解剖，具有较高的学术价值和实践借鉴意义。这次对优秀论文汇编成册，旨在方便读者能够全面获取“水利高质量发展与水文化”征文活动的成果，促进学术交流和研究进展。

图书在版编目（CIP）数据

2024文化江河. 水文化卷 / 中国水利文学艺术协会编. -- 北京 : 中国水利水电出版社, 2025. 4. -- ISBN 978-7-5226-3372-5

Ⅰ. I217.1

中国国家版本馆CIP数据核字第2025S5T661号

书　　名	**2024 · 文化江河 · 水文化卷** 2024 · WENHUA JIANGHE · SHUIWENHUA JUAN
作　　者	中国水利文学艺术协会　编
出版发行	中国水利水电出版社 （北京市海淀区玉渊潭南路 1 号 D 座　100038） 网址：www.waterpub.com.cn E-mail：sales@mwr.gov.cn 电话：（010）68545888（营销中心）
经　　售	北京科水图书销售有限公司 电话：（010）68545874、63202643 全国各地新华书店和相关出版物销售网点
排　　版	北京中水润科技发展有限公司
印　　刷	清淞永业（天津）印刷有限公司
规　　格	210mm×285mm　16 开本　19.5 印张　534 千字
版　　次	2025 年 4 月第 1 版　2025 年 4 月第 1 次印刷
定　　价	**78.00** 元

总 序

江河，是水的生命道场，是大地的血脉，是文明的摇篮。

文化，体现一个群体的集体人格，贯通一个民族的精神血脉，构成一个国家的整体灵魂。

生命的源头在江河，文化的源头在江河。

水在孕育生命的同时，也孕育了文化，那是水文化的源头，也应该是整个人类文化的源头。

人类用水、治水、兴水的过程，也是水滋养人类、奠基文明、保障发展的过程。这个过程极大地发展了水文化，同时也极大地发展了文化。从“汤汤洪水方割”的洪荒时代，到“大江大河已基本建成防洪工程体系”的新时代，治水史就是一部文明演进史。大禹“疏川导滞”的方略，李冰“乘势利导”的智慧，王景“筑堤、理渠、绝水、立门”的创举，如璀璨星斗，照亮治水之路。而当代中国，更以习近平总书记“节水优先、空间均衡、系统治理、两手发力”治水思路，在大江大河之间架起南北“天河”，在长江三峡、黄河浪底建起“国之重器”，将“以水定城、以水定地、以水定人、以水定产”的原则写入治国理政的史册，写在“河畅、水清、岸绿、景美”的每一条江河上。

“每一条河流都有河长了”，长江“共抓大保护，不搞大开发”，“让黄河成为造福人民的幸福河”，全国开展“母亲河复苏行动”……当“河长制”“母亲河”“幸福河”的概念深入人心，江河不再只是水流的通道，湖库不再只是水资源的容器，更是文化的传承与创新。“绿水青山就是金山银山”理念在长城内外、大河上下款款流淌，让每条江河都成为生态优先、绿色发展的诗行；防大汛、抗大旱，预字当先、以防为主，每条江河写上“平安”文字，每个人都可以回到安澜梦乡；“系统完备、安全可靠，集约高效、绿色智能，循环通畅、调控有序”，联网、补网、强链，全面建设安全韧性现代水网；数字孪生流域、数字孪生水网、数字孪生工程，成为新时代的荣光。这些实践，是水文化基因的传承，更是水文化的创新发展，也是自然江河的文化流淌。

文化如同一盏明灯，照亮着人类曾经走过的和将要前行的道路，赋予我们认同感与归属感，塑造着我们的价值观与世界观。作为文化的重要组成部分，水文化亦复如是。

中国水利文学艺术协会首次亮出“文化江河”的品牌，集结文协及各分会组织水文化专家和文学艺术家们创作的作品，分为水文化卷、文学卷、摄影卷、书法美术卷共四册出版，成为“2024 · 文化江河”系列丛书。目的是生动地记录水利高质量发展历程，更好地讲述水利故事，更好地增进学习、交流，更好地服务广大会员。

文化江河里有水文化专家的探索发现和深邃思考：或在时空长河中溯流而上，以多维视角剖解水的文化基因，探寻文明传承的水密码；或在现代治水实践成果中，以世界眼光提炼升华新时代治水实践的水理念；或在不舍昼夜流淌的江河里，在老故事新故事的乡愁里总结上善若水的哲理。

文化江河里有文学家的现实描写和浪漫想象：散文家、诗人、报告文学作家们，用百姓的真实故事，解读水流的哲思，以平实的文字表达水利工作者特有的喜怒哀乐，在平仄间重构水的阴阳之道，每一篇文章都将一个个鲜活的水故事锚定在新时代水利高质量发展的坐标系上。

文化江河里有水利摄影家的独特构图：他们的取景框里，纵横交错的钢筋有序排列出五线谱，持续翻涌的泵站尾水漩涡秀出流体力学旋律，红色云霞染红的江河里就是白鹭翩翩起舞的演出场地。水利摄影家们拍摄的是水利建设者的意志，是浪涛与光影编织成的岁月年轮，是水利造福人民群众与保障国家发展的视觉谱系。

文化江河里有美术家的色彩渲染：有“当代大禹”在一线奋斗的伟岸身影，有水利工程大国重器的磅礴气势，有数以万计河长们的江河倒影。每一块鲜活的色彩都在叙事表达，墨色浓淡间仿佛能听见巨型闸门开启的轰鸣，能听到两岸儿女新时代乡村振兴的放声歌唱，能听懂水利人特有的专业术语。

文化江河里有书法家的水墨哲学：线条脉动，如江河奔涌，蕴含着水利人面对风雨洪浪的英勇豪迈，体现出水利人兴水利除水害的从容气度，表达着新时代水利人继承创新、开放包容。大江奔腾，有粗壮刚健，有细腻柔情，有顿之山安，有导之注流，一笔一画，都有水利人上善若水的思想逻辑，都是治水兴水的壮志豪情。

水是文化的发源地，水是文学的孵化器，水是艺术的策源地。当文化专家、文学家、艺术家遇上江河，就有说不完的话题、说不尽的故事、说不清的灵感——水的意象便超越了自然属性的疆界，既是映照万物的镜面，也是溶解时间的溶剂，更是承载文明的容器。这些作品或许可以让我们感悟——水的波纹里永远荡漾着人类认知自我与世界的影子。

江河奔腾，壮丽如画；治水伟业，澎湃如诗。中国水利文学艺术协会团结带领包括水利职工在内的广大文化专家、文学家、艺术家，以水为墨、以心为笔、以艺叙事、以文铸魂，共同涵养文化江河。愿每一位读者都能感受到水利建设的辉煌与荣耀，都能感受到水利工作者的深情与力量，都能感受到祖国江河奔腾的激情与心跳。

由于篇幅所限，更多分会的优秀作品、更多作者的优秀作品，还没有能够收集进来，同时，限于时间、精力，编排还比较粗糙，错漏之处可能还有不少，在此深表歉意，诚请不吝批评指正。

愿以此书见证新时代水利高质量发展的步伐！愿以此书向新时代广大水利建设者致敬！愿以此书回馈关心、支持、爱护水利文学艺术发展的各界领导和广大会员朋友们！

李先明
2025 年 4 月

前　言

水文化是中华文化的重要组成部分，新时代水利高质量发展，离不开先进水文化的引领、涵养和支撑。以波澜壮阔的水利实践为载体，大力推进水文化建设，是新时代水利高质量发展的应有之义。为了适应时代发展的趋势和要求，中国水利文协组织开展了“新时代水利高质量发展与水文化”论文与典型案例征集活动，在此基础上于2024年12月下旬在湖南长沙举办了“新时代水利高质量发展与水文化学术讨论会”。

对这次论文和典型案例征集活动，水利系统广大干部职工及社会有关人士踊跃参加，共收到文章213篇。论文的内容涉及水工程与水文化有机结合、水利遗产保护传承与利用、水利风景区建设、幸福河湖建设以及水资源、水生态与水文化等方面，覆盖面较广，成果丰硕，蔚为大观。不少优秀论文上接“天线”，下接“地气”，既有理论的高度，又有实践的深度；既有宏观的谋划，又有微观的麻雀解剖，具有较高的学术价值和实践借鉴意义。

这次将优秀论文汇编成册，旨在方便读者能够全面获取“水利高质量发展与水文化”征文活动的成果，促进学术交流和研究进展。

新时代、新使命，我们要以强烈的历史责任感、使命感，把水文化建设摆在更加重要地位来认识，在推进各项水利事业发展中，更加注重以文载道、以文传声、以文化物、以文化人，在繁荣社会主义文化中贡献水利的智慧和力量。

水文化分会

2025年4月

目　录

从长江治水文明视角探析三峡工程文化

陈松平

（长江水利委员会长江水利水电开发集团，湖北武汉　430010）

摘　要：本文从长江治水文明的视角探讨了三峡工程的文化内涵，包括人民至上的价值追求、自强不息的奋斗精神、崇尚科学的治水理念、顾全大局的家国情怀和人水和谐的文化传承。这些文化内涵对现代社会治理、国家建设、生态保护等方面具有重要启示。本文旨在深入探讨和分析这些文化内涵及其启示，以期更好地理解三峡工程在现代社会中的价值和作用。

关键词：长江治水文明；三峡工程；文化内涵；文化启示

1　引言

水是万物之母、生存之本、文明之源。自人类诞生以来，便与水紧密相连，逐水而居，依水而兴。人类文明的发展，就是一部人与自然、人与水相互影响的历史。

古今中外，兴水利、除水害一直是治国安邦的大事，关系到国家的繁荣稳定和人民的福祉。中华民族有着善于治水的优良传统，5000多年的历史中，通过兴修水利，治理江河，人民得以安居，经济持续发展，社会不断进步，奠定了农耕文明的基础，并形成了特色鲜明的治水文明。

长江作为中国第一大河和中华民族的母亲河，其地理位置、地形和季风气候的影响决定了流域内水土资源的分布不均。为调节和改善水资源和水环境，实现兴利除害的目标，中国人民在长期的治水实践中积累了丰富的经验，形成了独特的长江治水文明。

长江三峡水利枢纽工程（简称“三峡工程”）位于长江干流湖北省宜昌市三斗坪，是治理和开发长江的关键性骨干工程。三峡工程作为当今世界最大的水利水电工程，具有防洪、发电、通航等巨大的综合效益。三峡工程的实施基本实现了中华民族数千年的根治长江洪水梦想，体现了中华民族驾驭洪水、实现治水兴邦的崇高理想。同时，三峡工程也是长江治水文明在现代的延伸，其文化内涵博大广阔，对中国乃至世界的水利事业都具有重要的影响。

长江治水文明在中华文明中占有重要地位，对中国的历史、经济、社会和文化发展产生了深远影响。三峡工程作为现代中国治水的重要项目、当今世界上最大的水利工程之一，具有重大的战略和经济意义。本文将从长江治水文明的角度，深入探讨三峡工程的文化内涵和启示，以期为相关研究提供参考。

2　长江治水文明概述

长江流域的治水历史源远流长，其发端可以追溯至距今超过5000年的良渚文化时期。在漫长的历史长河中，长江流域的先民们在认知水、治理水、利用水、保护水的过程中不断进步，逐渐实现了从洪水泛滥到有效调控、从自发行动到有组织治理、从小规模工程到大规模建设、从简单技艺到复杂科技的转变。这一转变过程不仅为应对洪水、干旱等自然灾害提供了有效的解决方案，同时也极大地促进了农业、手工业、商业等产业的发展，对中国的经济、社会和文化发展产生了深远的影响，并孕育、塑造和发展出独特且灿烂的治水文明。

长江治水文明是中华传统文化的重要组成部分，其贯穿始终的三大特征，即“天人合一的治水理念”“因地制宜的治水技术”“功在千秋的治水目标”，充分体现了中华传统文化中尊重自然、以人为本、综合治理等核心价值。这些理念的实践，使得长江流域的水资源得到了有效利用和合理调配，为满足人民的生产和生活需求作出了重要贡献，更为未来的可持续发展奠定了坚实的基础。

2.1 天人合一的治水理念

天人合一的治水理念强调在治水过程中尊重自然、顺应自然和保护自然，追求水资源的可持续利用。这一理念在长江治水文明中占据了核心地位，贯彻了人与自然和谐相处的思想。

长江流域的先民们通过细致观察天象、地形和水文等自然现象，逐渐形成了以“天人合一”为核心的治水理念。在实践中，这一理念得到了充分体现，成为古代灌溉工程、防洪工程和水运工程等建设的思想基础。

以运行两千多年的都江堰水利工程为例，它展示了天人合一治水理念的实践成果。在都江堰修建之前，岷江水患长期肆虐，给成都平原人民带去巨大的威胁。公元前256年，秦国蜀郡太守李冰带领民众治理水患，通过凿离堆、穿二江，成功修建了都江堰水利工程。从此，汹涌的江水经都江堰化作灌溉之水，成都平原成为“民无饥馑”的“天府之国”。

都江堰是全世界迄今为止年代最久远、唯一存留、以无坝引水为特征的宏大水利工程，其设计和建设充分展示了人类在治理洪水时对自然的尊重和顺应。都江堰防洪工程充分考虑地形、水文等因素，利用自然河道和人工堤防相结合的方式，有效地防止了洪水侵袭。都江堰灌溉系统充分利用当地地形和水源条件，通过沟渠、堰、塘等设施的合理布局和运用，实现了对大面积农田的有效灌溉。都江堰的运营管理也充分体现了天人合一的理念，制定科学合理的水资源调度方案，既保证了灌溉用水的需求，又有效地避免了水资源浪费和过度使用，实现了水资源的可持续利用。

都江堰的成功经验为后世提供了宝贵的借鉴，天人合一的治水理念得以传承和发展。这一理念强调在治水过程中注重人与自然的和谐共生，尽量减少对自然环境的破坏，同时将人民的福祉放在首位。这一理念在长江流域的防洪、灌溉、航运等多方面的综合治理中得到了充分体现。

2.2 因地制宜的治水技术

因地制宜的治水技术是根据各地的自然条件和实际情况，采用适合当地的治水方法与措施。长江流域地形复杂，水系发达，气候多变，这些自然条件都为因地制宜的治水技术提供了挑战和机遇。在长江流域的水利治理中，因地制宜的治水技术得到了广泛应用，不仅实现了水资源的有效管理和利用，也保障了人民生产和生活的需求。

良渚古城外围发现的大型水坝，是迄今所知全世界最早的大型水利工程，也是因地制宜治水技术的典型代表之一。良渚水坝位于浙江省余姚市，是良渚文化时期（约公元前3300—前2200年）修建的大型水利工程。该水坝采用了天然泥沙和人工堆砌的相结合的方式，以应对当地复杂的水文条件和气候环境。良渚水坝的设计和建造充分体现了因地制宜的治水理念，有效地控制了当地的水流量，保证了农业灌溉和防御外敌的需求。

始建于公元前214年，有着“世界古代水利建筑明珠”之誉的灵渠，是世界上最古老的运河之一，其修建过程中充分利用地形地貌和水文特征，将湘江和漓江连接起来，解决了岭南地区长期存在的交通和水患问题，选址巧妙，设计精妙，功用绝妙，体现了古人高超的智慧。

因地制宜的治水技术不仅在古代得到了广泛应用，在现代长江流域的治水实践中也具有重要意义。随着科学技术的不断进步和治水实践经验的积累，因地制宜的治水技术也在不断发展和完善。灌溉工程根据当地的地形和水源条件，采用自流灌溉、喷灌、滴灌等不同的灌溉方式，以实现对大面积农田的有效灌溉。防洪工程根据当地的河流特性、地形和水文条件等，采用堤防、水库、分洪区等不同的防洪措施，有效地防止了洪水对人民生命财产的危害。水运工程根据长江的水文和地理条件，采用不同的航道疏浚和护岸工程，保障了长江水运的畅通和安全。

2.3 功在千秋的治水目标

纵观长江治水史，治水目标经历了从初级防洪涝，到综合性水资源管理，再到如今保障生态安全、促进社会经济高质量发展和建设美丽中国的战略高度的演变。这一转变不仅体现了人类对自然环境认知的深化，也反映了长江治水文明的持续发展和进步。

功在千秋的治水目标，在关注当前水利问题的同时，更加注重水利工程的可持续性和长期效益。这一目标不仅涵盖了防洪、灌溉等基本功能，还关注生态保护、水资源节约、文化传承等多方面因素。这一目标的实现，需要在规划水利项目时，充分考虑其长期效益，而非仅仅关注眼前的需求。

自新中国成立以来，党中央以“功在千秋”为目标，领导人民治理长江，取得了举世瞩目的辉煌成就。其中，三峡工程是实现功在千秋的治水目标的重要里程碑。三峡工程的首要任务是防洪，其 221.5 亿 m^3 的巨大防洪库容有效扼控了川江洪水，从根本上改变了长江中下游的防洪形势，使江汉平原和两湖地区 2300 多万亩农田、1500 多万居民进一步得到保护。在“除水患”的基础上，三峡工程还发挥发电、通航、补水、生态等巨大效益，最大限度地实现了“兴水利”，成为推动长江流域经济社会高质量发展的重要引擎。这是长江治水文明与现代水利工程科技共同结出的丰硕成果。

南水北调工程也是实现功在千秋的治水目标的重要战略举措。南水北调是一项具有深远意义的跨区域调水工程，旨在解决华北地区严重缺水的问题。工程建成通水 10 年来，每年有约 100 亿 m^3 的长江水源源不断奔流北上，惠及北方 42 个大中城市，改善了 1.53 亿北方人口的饮水质量，优化了黄淮海平原的水资源配置格局。

功在千秋的治水目标是长江治水文明的核心追求，体现了长江治水人的远见卓识和历史担当。通过实现水资源的可持续利用和管理，这一目标将为长江流域的生态保护、经济发展、社会进步等多方面带来长期效益。同时，这一目标的实现需要我们持续努力和创新，需要全社会的共同参与和努力。

3 从长江治水文明视角探析三峡工程的文化内涵

治水兴利一直是长江文明的核心特征，也是长江文明得以繁荣与传承的重要基石。三峡工程作为人类认识长江、治理长江的伟大壮举，不仅是中华民族走向现代化进程的有力见证，更是长江治水文明的重要组成部分。工程建成投运后，不仅改变了长江水患频仍的局面，更为长江经济带高质量发展注入了新的活力。

三峡工程文化是在工程建设和运行过程中形成的，具有丰富的内涵和重要的价值，从人民至上、自强不息、崇尚科学、顾全大局、人水和谐等多个方面展现了中华民族优秀传统文化的魅力与底蕴，是长江治水文明的重要组成部分。从长江治水文明视角探讨三峡工程文化，对于深入理解这一伟大工程的历史意义和现实价值，以及推动我国经济社会的高质量发展具有重大的理论价值和现实意义。

3.1 人民至上的价值追求

在长江流域的治水历史中，人民始终是治水的主体和受益者。人民至上的价值观是长江治水文明的一个重要特征。

长江，这条浩荡的大河，孕育生命和文明，也是雨洪汇聚之地，每年汛期汹涌澎湃的洪水给两岸百姓带来深重的灾难，数千年来一直是中华民族的心腹之患。据文献记载，自汉初到清末的 2000 多年间，长江流域共发生较大洪灾 214 次，平均约 10 年一次。中国共产党领导人民兴建三峡工程的初衷，就是解除长江洪水对人民生命财产安全的威胁，这是以人民为中心的价值追求的直接体现。

三峡工程的建成和运行，为长江流域人民带来了实实在在的利益。防洪、发电、航运等效益的发挥，都与人民的生活息息相关。在防洪方面，三峡工程有效减轻了长江中下游地区的洪涝灾害，保障了人民的生命安全和财产安全。在发电方面，三峡工程有效缓解了国家能源紧张局面，为大半个中国提供了稳定的电力供应，促进经济发展的同时大幅提升了人民生活质量。在航运方面，三峡工程有效提升了川江航道通航能力，同时提升了中下游通航条件，为长江流域的经济发展提供了重要的航运支持，为人民的生活和经济发展带来了实实在在的利益。

三峡工程文化中的人民至上的价值追求，不仅体现在工程的兴建初衷上，更体现在工程的实际效益上。这一价值追求是三峡工程文化的重要内涵，也是其区别于其他水利工程的重要特征之一。

3.2 自强不息的民族精神

从1918年的构想起，到2020年的竣工验收，三峡工程历经百年沧桑，见证了中国人民对于梦想的执着与奋斗。在百余年的漫长岁月中，中国人民为了实现“三峡梦”，战胜了无数困难，始终秉持着自强不息的民族精神。

三峡工程的建设历程充满了艰辛与挑战。在论证、决策及实施阶段，各种干扰层出不穷，包括边境军事冲突、重大自然灾害、国际形势变幻以及西方经济制裁等。然而，面对这些困难，中国人民始终保持百折不挠的决心和毅力，坚定不移地追求三峡工程建设目标，从未放弃对美好未来的憧憬。建设者以顽强的毅力攻克了三峡工程面临的技术难题和长周期建设等问题。政府和相关部门投入了大量的资金与技术力量，组织众多工程师和工人投入到工程建设中，开展无数次论证与试验，精心设计并修改枢纽布置图。全体中国人民团结一心，以坚定的信念和无私的付出，展现出非凡的自强精神和奋斗精神。

作为中国人民自强不息的象征，三峡工程不仅体现了中华民族厚重的底蕴、饱满的底气、宏大的胸襟、不屈的意志和奋斗的血性，更集中展示了中国人民在困难和挑战面前自强不息的精神风貌。也正是这种精神力量，推动着中华民族在困难中前行，不断追求卓越，创造奇迹，为中华民族伟大复兴注入了澎湃动力。

3.3 崇尚科学的治水理念

崇尚科学的治水理念，贯穿于长江流域数千年的治水历史，也深度融入了三峡工程的建设与运行过程。

在规划设计阶段，三峡工程汇集了众多水利工程科学家的智慧结晶，通过广泛的实地勘察和调研工作，对长江流域的水文、地质、气象和生态环境等关键因素进行了全面深入的研究和分析。这些科学依据为工程设计和建设提供了最优方案，确保了治水理念的合理性和科学性。

在决策论证阶段，全国412位著名专家，分为地震地质、枢纽建筑物等14个专题组，开展了为期近3年的全方位科学论证。这些专家通过深入研究和分析，得出了“三峡工程……技术上是可行的，经济上是合理的”的结论，为党中央民主决策提供了重要依据。

在建设实施阶段，三峡工程充分展示了崇尚科学的治水理念。广大工程技术专家通过坝工技术、机电设计、通航建筑物设计等方面的科学研究和技术创新，解决了一系列重大技术难题，创造了一个又一个世界奇迹。这些科技创新成果不仅为中国水利水电行业打造出了辉煌的民族品牌，也推动了我国重大水利水电工程建设、机电设备制造安装、生态环境保护、信息技术应用等领域的技术进步。

三峡工程的建设和运行，不仅是一次伟大的治水实践，也是一次崇尚科学精神的实践。这一治水理念强调科学技术的引领作用，以科学的方法和手段解决治水过程中的问题，推动治水事业的发展。同时，三峡工程的科技创新成果也彰显了中国在重大水利水电工程建设方面的智慧和实力，为我国的治水事业和科学技术发展做出了重要贡献。

3.4　顾全大局的家国情怀

安土重迁是中华民族的传统。然而，三峡工程的建设，让库区淹没线以下的居民不得不离开世代生活的家园。在这种情况下，百万移民为了支持国家建设，毅然选择离开故土，展现了家国情怀的伟大。

尽管面临小家与大家的冲突、情与义的博弈、被动搬迁与主动移民的较量，百万移民始终秉持着“天下兴亡匹夫有责”的信念，他们以舍小家为大家的方式，诠释了顾全大局的深刻内涵。尽管他们心中满载着对家乡的思念和牵挂，但毁家纾难、舍家报国的爱国主义精神让他们坚定地支持了三峡工程的建设。

顾全大局、热爱祖国是三峡百万移民顺利搬迁的文化动力源泉。库区百万移民放弃了自己熟悉的土地、房屋、人际关系、山水环境和生活方式，换来了三峡工程的顺利竣工，并带来了巨大的经济、社会、生态效益。他们不仅为国家做出了贡献，也留下了宝贵的精神财富。

三峡百万移民顾全大局、舍己奉公的家国情怀，是三峡工程文化的重要内涵。它体现了人民对于国家的忠诚和热爱，体现了人民对于公共利益的尊重和保护。这种家国情怀一直在中华民族的历史中传承与发展，是中华传统文化的重要组成部分，也是中华民族精神的重要组成部分。

3.5　人水和谐的文化传承

三峡工程不仅在技术层面展示了人类对自然水利资源的科学利用，更在文化层面传承了人水和谐的理念。这一理念长久以来在长江流域的治水文明中扮演着重要的角色，体现了人类尊重自然、利用自然、与水共生的智慧。

三峡工程的成功建设与运行，充分体现了人类对长江水资源的科学管理和利用。通过精心设计的坝体结构和季调节性能，三峡水库成功实现了“蓄洪补枯”的功能，为我国提供了丰富的淡水资源，同时也成为生态环境的重要调节器。这一科学利用水资源的方式，为工农业发展注入了持久动力，改善了长江航运条件，同时保障了沿线地区人畜的饮水安全。更为重要的是，三峡工程的建设为长江珍稀鱼类的繁衍生息创造了有利条件，这是对自然生态环境的深度尊重与维护。

三峡工程生产的电能，是在充分利用长江水能的基础上实现的。这种清洁能源的生产不消耗任何不可再生的自然资源，是一种真正意义上的地地道道的清洁能源。这些清洁能源为国民经济发展提供了源源不断的绿色动力，同时，其节能减排效益也为实现碳达峰、碳中和目标作出了重要贡献。

三峡工程不仅是中国水利工程发展中的一座里程碑，更是人类对水资源科学利用的一次重要实践。这种人与水和谐共生的理念，既是对中国传统治水文化的传承和发展，也为全球水资源管理提供了一个重要的借鉴。

4　三峡工程的文化启示

伟大的实践创造不朽的文化，三峡工程不仅建成了一座辉煌的物理丰碑——三峡大坝，也筑起了一座精神丰碑——三峡工程文化。三峡工程建设过程是一段跌宕曲折、荡气回肠的历史，凝聚了中华民族伟大复兴的崇高理想；三峡工程文化是一种积极昂扬、大气磅礴的精神，其内涵博大精深，把中华民族几千年传承下来的治水精神发扬光大。

三峡工程文化是对长江治水文明的继承和发展，也是中华民族优秀传统文化在现当代的焕发与丰富。从三峡工程文化中，我们可以汲取诸多有益的启示，这对于推动国家经济社会发展、增进民众福祉、实现中华民族伟大复兴具有重大的现实意义与深远的历史影响。

4.1 人民至上的价值追求对社会治理的启示

人民至上的理念不仅是社会治理的价值追求，更是体现了以人民为中心的发展思想，为当代社会治理提供了重要的理论基础和指导原则。

人民至上的价值观念体现了以人为本的发展思想，这是社会治理的核心。兴建三峡工程的初衷和最主要动因，是保障长江中下游亿万人民群众生命财产安全。在三峡工程的规划、建设过程中，充分听取和反映了广大人民群众的意见和建议，体现了对人民利益的高度关注和尊重。这种以人民为中心的治理理念，不仅增强了人民群众的获得感和幸福感，也有利于促进社会和谐稳定。

人民至上的价值追求要求发展成果普惠民生，这是社会治理的重要手段。三峡工程在防洪、发电、航运和供水等方面取得的巨大效益，直接惠及全国一半以上的人口，而其促进国家经济社会高速发展则间接为国家优化和完善民生政策打下了基础。这种以人民为中心的发展理念，对于推动社会公平和可持续发展具有重要意义。

人民至上的价值追求对社会治理具有重要的启示意义。在当代社会治理中，应该始终将人民利益放在首位，始终坚持以人民为中心的发展思想，确保发展成果惠及全体人民。

4.2 自强不息的民族精神对个人奋斗的启示

自强不息的民族精神在三峡工程建设中得到了充分的体现，从规划、论证、设计、建设到运行管理，每一个阶段都展现出中国人民在困难和挑战面前不屈不挠、勇往直前的精神风貌。这种精神对于激励个人保持积极进取的状态，以及培养坚韧不拔的人生态度具有深远的影响。

勇攀高峰的进取精神是实现个人目标和社会进步的关键。三峡工程的建设者们以勇往直前的气魄和胆识，克服了一个又一个技术难题，不断挑战和突破自身能力极限。这种精神鼓舞着人们在面对人生路上的各种挑战时，要敢于拼搏、勇攀高峰，不畏艰难险阻，不断追求进步和超越。

坚韧不拔的人生态度是直面挫折和困难时的强大精神动力。在三峡工程的建设过程中，经历了无数次的失败和挫折，但是中国人民始终没有放弃，而是以坚定的信念和毅力，坚持不懈地努力，最终取得了辉煌的成就。这启示着人们在奋斗路上，要时刻保持积极乐观的态度，遇到困难和挫折时，坚定信念，勇往直前。只有在这种坚韧不拔的人生态度的指引下，才能在逆境中崛起，实现自己的梦想和追求。

自强不息的民族精神对个人奋斗具有重要的启示意义。每个奋斗者都可以从中汲取智慧和力量，将这种精神融入自己的生活和工作中，为社会的进步和发展贡献自己的力量。

4.3 崇尚科学的治水理念对科学管理的启示

三峡工程文化的形成过程中，崇尚科学的治水理念起到了重要的推动作用。这一理念不仅体现了长江治水文明的精髓，同时也为科学管理提供了有益的启示。

在三峡工程决策阶段，充分考虑了各利益相关方的意见和建议，最终由全国人民代表大会通过民主投票的方式，通过了兴建三峡工程的决议，使得决策更加科学、合理和公正。这种决策方式不仅可以减少决策失误的风险，还可以提高决策的可行性和可接受性。在科学管理中，这种民主化的决策方式同样具有重要意义。管理者应该充分听取各方意见和建议，尊重专业知识和经验，实现科学决策，从而提高管理效率和效果。

在三峡工程建设和运行过程中，始终注重技术创新和现代化，采用最先进的科技手段，提高工程的技术水平和现代化程度。这种技术创新和现代化的理念同样可以激发现代管理方式的创新，降低风险和成本，实现可持续发展。

崇尚科学的治水理念对科学管理具有重要的启示意义。在现代科学管理的实践中，应该积极践行三峡工程文化中崇尚科学的理念，坚持科学决策、技术创新和现代化管理，助推高质量发展。

4.4 顾全大局的家国情怀对国家建设的启示

在三峡工程文化的内涵中，顾全大局的家国情怀是非常重要的一部分。这种家国情怀体现了中国人民对于国家和民族的高度责任感和使命感，是中华优秀传统文化的重要组成部分。

顾全大局的家国情怀体现了国家利益优先的思想。三峡工程不仅仅是一项水利工程，更是关系到国家发展、民族复兴的重要战略项目，在规划论证时始终以国家利益为重，对工程进行全面的科学评估，确保工程的科学性和可行性。这种国家利益优先的思想，对于现代国家建设具有重要的启示意义，在制定国家政策、实施重大项目时，应该始终以国家利益为重，充分考虑项目的战略意义和长远影响，确保国家发展的可持续性。

顾全大局的家国情怀体现了集体主义精神。三峡工程的建设涉及众多领域，各个部门、各个领域紧密协作，各方面专业技术人才积极参与和全国人民大力支持，为工程的顺利实施提供了坚实支撑。这种参与精神对于现代国家建设同样具有启示意义。在现代化国家建设中，我们需要广泛动员社会力量，鼓励人民群众积极参与国家建设，形成全民共同发展的良好局面。

顾全大局的家国情怀对现代国家建设具有重要的启示意义。在国家建设中，需要始终以国家利益为重，注重集体主义精神的培养，广泛动员社会力量，鼓励人民群众积极参与国家建设，共同推动国家的发展和进步。

4.5 人水和谐的文化传承对生态保护的启示

人水和谐的文化传承是三峡工程文化的重要组成部分，它体现了人类与自然和谐相处的思想。

尊重自然与保护生态环境是现代社会的必然选择。三峡工程从规划、设计到施工，始终牢固树立生态优先、绿色发展的理念，坚持工程建设与环境保护、生态修复三位一体，同步规划、建设和运行，是实践人水和谐的治水范本。这种尊重自然和生态保护的态度对于现代社会具有重要启示，尊重自然，保护生态环境，才能实现人类与自然的和谐共生。

资源利用与可持续发展是现代社会的必然要求。三峡的工程运行20多年来，为国家构建了在更高层面、更大范围进行防灾减灾、水资源配置、清洁能源调度的新格局，并积极探索通过水资源储备与配置、下游污染水体置换、清洁能源替代等方式，在“共抓长江大保护”的新时代伟业中发挥新的积极作用。这种资源利用和可持续发展的理念对于现代社会具有重要启示，注重资源的合理利用和可持续发展，才能促进经济、社会和环境的协调发展。

人水和谐的文化传承对生态保护具有重要启示。在新时代生态文明建设中要坚持人与自然和谐共生，牢固树立和切实践行“绿水青山就是金山银山”的理念，共建美丽中国，在绿水青山中共享自然之美、生态之美。

5 结论

本文从长江治水文明视角探讨了三峡工程的文化内涵及启示。通过研究，认为三峡工程文化是对长江治水文明的继承和发展，是中华民族优秀传统文化在现代的焕发与丰富。

三峡工程的伟大，既体现在其巨大的治水成就上，也显现在其广博的文化内涵中。这些文化内涵，包括人民至上的价值追求、自强不息的民族精神、崇尚科学的治水理念、顾全大局的家国情怀、人水和谐的文化传承在内，已经超越了工程本身，对于社会治理、个人奋斗、科学管理、国家建设和生态保护等方面都具有重要的启示意义。

面对历史和未来，我们应充分重视三峡工程文化的价值，将其作为一项重要的文化课题加以深入研究，进一步挖掘和传承这一文化宝藏。三峡工程文化不仅是宝贵的精神财富，更是推动国家建设和社会发展的重要力量。通过对其深入的研究和探讨，可以从中获得诸多有益的启示和借鉴，从而促进文化的保护传承与繁荣发展，为中华民族伟大复兴增添文化动力。

参考文献

[1] 李国英．推动水利高质量发展　保障我国水安全 [N]. 人民日报，2025-03-24(1).

[2] 长江水利委员会．长江治理开发保护 60 年 [M]. 武汉：长江出版社，2009.

[3] 长江水利委员会长江志总编室，长江技术经济学会．长江志 [M]. 北京：中国大百科全书出版社，2007.

浅谈南阳的地望与厚重水文化

彤海平

（河南省南阳市水利局，河南南阳　473003）

摘　要：南阳位于河南省西南部，因其位于伏牛山之南，汉水之北，又属古时中国之南部，故得名南阳。自古以来以“人杰地灵”。南阳是远古中华大地开发较早的一个地方。在水利建设方面，战国时楚国在湍河上建造楚堨，拦河蓄水，建章立制，引水灌田，创中原地区农田水利之先河。时至近代和现代，南阳的水文化发展更具传奇色彩，其中南水北调中线工程是南阳值得特别书写的一笔。

关键字：南阳；地望；水文化；南水北调工程

河南省西南部的南阳盆地，自古以来以“人杰地灵”而著称。在这里，水利技术的发明创造、水资源的科学利用、发达的农业灌溉、古老的黄金水道、名人治水事迹……无不彰显着厚重的水文化。

1　显赫的历史和优越的地理区位

“南阳”之地名，因其位于伏牛山之南，汉水之北，又属古时中国之南部，故得名南阳。南阳又简称“宛”，是一个独特的扇形盆地，总面积26509km^2，其中盆地中部冲积平原12082km^2。这里四季分明，雨量充沛，水资源丰富，是我国江河淮三大流域携手之处。境内丹、白、唐、淮、湍、刁、灌等河流纵贯交错，自东、西、北三面环山下泻，润泽肥沃开阔的盆中平原，然后南流出境，自然气候条件可谓得天独厚。 南阳历史悠久，文化厚重，在中华民族悠久的文明史上占有灿烂的一页。1979 年 2 月 6 日《人民日报》第 4 版发表新华社消息：中国科学院古脊椎动物与古人类研究所专家在南阳地区考古挖掘发现，早在约五十万年前“南召杏花山猿人”就在汉水流域白河上游一带繁衍生息。这个发现填补了中原地区西南部古人类文化遗址分布的空白，南阳因之成为中华文明的重要发源地之一。

水利孕安澜促发展。正如国际著名地理学家陈正祥教授在《中国文化地理》中所阐述的，早期的汉文化基本上是农耕文化，农业的高度发展，需要适当的水热条件，中国文化中心的发育和移动是与较佳的生产条件密切相关的。再参照著名地理研究文献《中国人口地理简编》提出的“瑷珲腾冲线”理论，南阳盆地正好是我国东南部中生态环境很好的区域，人口稠密、地理位置重要且历史文化厚重。 有人对《古文观止》这部收录“上起东周下至明末，包罗中华几千年历史文化精髓文章”的古文书进行了统计分析，该书 12 卷 222 篇文章中竟有 31 篇含有南阳元素，占到了 1/7 的份额。例如：东汉三国时期著名军事家、“智圣”诸葛亮的《前出师表》，明确表述“臣本布衣，躬耕于南阳”；《过秦论》上篇中提到了南阳人、“商圣”范蠡（陶朱公）之富有；《岳阳楼记》是北宋政治家、文学家范仲淹，在南阳邓州作官时期，于花洲书院创作的；《谏逐客书》《狱中上梁王书》均提到南阳人、春秋时期政治家百里奚之才能；晋宋时期大文学家陶渊明在他的名篇《桃花源记》中，说到了南阳的高雅名士刘子骥；唐朝文学家刘禹锡的《陋室铭》，更有脍炙人口的名句“……南阳诸葛庐，西蜀子云亭。孔子云：何陋之有？”这些留世著名文章，充分说明历史上的南阳也是一个重要的文化中心。另据史书《读史方舆纪要 · 卷五十一》描述，南阳“南蔽荆襄，北控汝洛，当豫鄂陕之交通孔道，堪称南北腰膂，中原通衢要地”。战国时期，身兼六国宰相的苏秦曾说过：南阳这里“北有成皋之固，西有商阪之阻”，是难得的形胜之地，应当好好治理，以抗强秦；唐朝昭宗年间，宰相朱朴曾建议朝廷将国都迁往南阳。他说：“南阳在襄阳北，地理环境优越，实在是形胜之地，若在那里建都，可永无外寇侵扰之虞”。时值现代，伟人毛泽东同样重视南阳，他在《中原我军占领南阳》一文中点评说：“……南阳为古宛县，三国时曹操与张绣曾于此城发生争夺战。后汉光武帝刘秀，曾于此地起兵，发动反对王莽王朝的战争，创立了后汉王朝。民间所传二十八宿，即刘秀的二十八个主要干部，多是出生于南阳一带”。南阳不但战略地位重要，更显赫的是其地处汉水流域丹江和唐白河水系，水运交通发达、物华天宝、景色宜人，灌溉农业条件优越，膏腴沃野，引发河系两岸集镇贸易发达，经济文化繁荣，招徕豫、鄂、陕、晋、江、浙、川商贾如云，史上曾被誉为“淯流锦带”（淯水：古河名，现称白河）。

2 厚重的水利文化

南阳是远古中华大地开发较早的一个地方。据《尚书·禹贡》记载：三皇五帝时期大禹治水“导淮自桐柏，会于泗、沂，东入于海……”辅佐大禹治水有功的伯夷（姜尚先祖）被封于吕（今南阳城西）。桐柏县鸿仪河乡固庙村为大禹治水的源头（秦朝曾在固庙村建立淮祠，汉代建立淮渎庙，明代于此建立淮源碑）。东汉时期，南阳人“科圣”张衡发明了漏水转“浑天仪”，这是世界上第一台利用“水力水能”推动而自行运转的天文仪器。这个发明使我们的先人探索宇宙有了可能，并成为后世天文钟的起源。那个时期，南阳太守杜诗还创造了著名的水排。“造作水排，铸为农器，用力少，见功多，百姓便之”（后汉书·杜诗传）。水排是卧式或立式水轮，利用水能带动皮囊鼓风的机械装置。东汉到魏晋时期，水力鼓风冶铁——水排，以及谷物加工的水磨、水碓、水转连磨、水击面罗、水砻、水碾、水转纺车等水力机械普遍推广。我国的水排技术，比欧洲类似机械装置要早1200多年，欧洲人在14世纪才炼出生铁，而南阳的宛城瓦房庄汉代冶铸遗址考古发现证明，我国在汉代已开始采用水力鼓风技术来炼铁。英国科学史学家李约瑟在《中国科学技术史》第四卷中称赞水排“肯定了中国古代科学技术的光辉成就，证明了中国人民对世界文明史所作的较大贡献”。水排的发明，为我国古代水能利用和现代水电事业的发展奠定了基础。在水工建筑技术上，古代南阳首创了渠系交叉建筑物——渡槽。隋唐时期，赵渠为了灌溉，曾在唐河干流上修建了一座渡槽，有“飞渠过唐河”的记载（见《唐县志》）；另有《宋会要辑稿·食货》记载：宋神宗时期，在地方官陈世修主持下，“于唐州石桥南北岸叠石为马头，造虹桥，架过河道，引水入东邵渠，使二百里以内的农田遍获水利”。这个工程技术原理也是现在的渡槽。

在水利建设方面，战国时楚国在湍河上建造楚堨，拦河蓄水，建章立制，引水灌田，创中原地区农田水利之先河。西汉南阳郡太守召信臣创六门堨、钳卢坡、召渠，经东汉南阳太守杜诗，晋镇南大将军杜预等重新扩建，灌溉农田效益近300万亩。以召父渠为代表的水利体系，使南阳盆地平原在汉代就成为与郑国渠所在的关中平原，都江堰所在的成都平原齐名的全国三大灌区之一。当时百姓的衣食之源全来自农业，农业空前发展带来两汉的经济繁荣和政治稳定，宛城周围已为全国经济最富庶的地域之一。那时期，南阳郡总人口达243万，“商遍天下，富冠海内”被誉为全国六大都会之一。唐朝大诗人李白曾吟咏汉时南阳之繁华：“清歌遏流云，艳舞有馀闲。遨游盛宛洛，冠盖随风还……”这便是当时南阳发达社会的物质景观和人文景观的真实写照。这一段水利史，是我们的宝贵精神财富，南阳人民把召信臣、杜诗亲切地称作“召父杜母”，至今民众仍进行祭祀。中国官德文化教育所崇尚的“父母官”一词便是由此而来的。

时至近代和现代，南阳的水文化发展更具传奇色彩。晚清至新中国成立前，尤其是民国期间，中原地区战乱不断。但“祸兮福所倚，福兮祸所伏”，由于南阳地处河南省偏远的西南部，为规避日本侵略军战火，1937 年国民党河南省政府部分机关迁驻南阳盆地。陆续随迁的还有国立河南大学水利系、国立黄河水利专科学校、国立信阳师范学校等 50 余所大中小学校，省教育厅设在旧府文庙（今王府饭店），时间长达 8 年之久，南阳成为战时河南的政治、文化中心。这些学校在南阳招生办学，师生人数保持在 3 万多人。先进的思想理念和新技术知识，熏陶、启迪了南阳民众，带来了文化教育的繁荣，提高了南阳社会的文化底蕴。据统计，这个时期整个长江流域地区，主要水利工程建设仅有 42 处，南阳西峡县的莲花寺岗水电站（1934 年，最初装机容量 15kW,1937 年扩建，装机容量 90kW）、邓县的湍惠渠（1942—1947 年，灌溉面积 15.36 万亩）榜上有名。以宛属十三县“治河改滩造地，水土保持农业灌溉”为自养目标的“宛西地方自治运动”应运而生，建成了著名的别公堰灌区，建造了河南省有史以来的第一座水力发电站（莲花寺岗水电站）和当时十分罕见的大跨度钢筋砼公路桥（湍河洋灰桥）。尽管是战乱时期，百业俱废，但南阳盆地的水利事业比河南省其他地区却是小有成绩的。

3 传奇的水运交通史

历史上的南阳是国内重要都会，与“舟楫之便、水运之利”密切相关。其境内发达的水系河流，可谓“黄金水道”。据《尚书·禹贡》记载：唐、白河早在夏、商时代就是荆州地区向王室交纳田赋的贡道，其走向是“浮于江、沱、潜、汉，逾于洛，至于南河”。即经长江入夏水，转入潜江县的东荆河，进入汉水，溯汉水经白河北上到达南阳，然后借陆运转运，再下洛水入黄河而至帝都“南河”(今三门峡地区黄河北岸)。公元前 323 年，《鄂君启节》之舟节记载，楚国的西北水路自今湖北鄂城出发，经吴塘、梁子湖，穿长江溯汉水而上，经鄢郢，由汉水入白河，过芑阳(今宛城区瓦店河西)入棘水(今溧河)达黄棘(今新野县东南龙潭乡张楼村)，通过夏路到达邙。

秦、汉时期，南阳已成为全国较大的经济文化中心之一，方城县的广阳大枣在汉代不仅列入皇家享用的“贡枣”，而且常通过水运由唐河航运远销湖广。隋、唐时期，江南漕粮除利用大运河北运之外，长江中游一带仍以汉江水运为主，经丹江与关中相通，经唐、白河而沟通中原。唐代的南阳漕粮即通过唐、白河入汉江，再逆流经丹江拉纤西运陕南，尔后由陆运至西安。

宋、元、明时期，丹江、唐、白河仍是中原和江南诸州联系的通道。南阳的宛城、赊店镇、源潭镇、瓦店镇、新野、唐河、新甸铺、淅川、李官桥、荆紫关等沿河集镇都是水旱大码头，十分繁忙。

清代的南阳，是豫西南的商贸中心。南方各省的物资通过唐、白河运抵南阳，北方中原各地(包括陕、晋）部分物资也由唐、白河的水运而汇集南阳，唐、白河成为南阳运输的重要通道。清光绪年间，新修《南阳县志》(卷三)记载:“唐、泌之间的赊旗镇，豫南巨镇也，南船北马，总集百货，尤多秦盐、茶。咸丰三年兴榷关(即关税)，其市岁税常巨万。”同卷中又称:“县南六十里之瓦店”，或曰“汉水之小长安也”，地濒淯水，民习舟揖帆樯，出入时有盈余 。

民国时期，中原地区公路、铁路尚不发达加上战争破坏，唐、白河水运仍是南北交通和货运主要手段,沿河两岸经贸保持繁荣。唐河水道上被誉称为小汉口的赊旗镇商业人口就有近 20 万，每天进出沿河码头的商船多达 200 余只。大型帆船还可上航至唐河县源潭镇，抗日战争爆发后，华北、豫东失守，这个偏僻小集镇凭借着唐河水路运输的自然优势，竟然发展成为有大小工厂 160 多家（其中烟厂 52 家，酿酒业 40 余家），各种商号、旅店千余家，招徕鄂、湘、川、黔、滇等省客商，被誉为“小上海”的商埠。白河水道也是一年四季通航。当时南阳宛城有船行五家，每年四至十月船行繁忙，每日可达百余只，逆水北来载运南方杂货布匹、火纸、茶叶、煤油，下水装运南阳粮食、丝绸、麻油等。“山移湖来，沧海桑田”，如今南阳社会已发展至高速公路、铁路和航空运输四通八达，全天候、高效快捷的交通运输能力，甚至可以直达世界各地。河道水运早已退出了历史舞台，人们只能在前辈怀旧的思绪中、在地方志书中去寻觅昔日南阳版“清明上河图”之辉煌，但这些水运文化珍贵、精神作用巨大。

4 南水北调谱新篇

南水北调中线工程是南阳值得特别书写的一笔。早在我国北宋时期，南阳就做了“南水北调”工程尝试。公元978年，宋太宗赵匡义诏令征发唐、邓、汝、颍、许、蔡、陈、郑等中原诸州的民工及官兵约10万之众，开凿“襄汉漕渠”。该漕渠首段在湖北省境内，中段在河南省南阳地区，试图在南阳的夏商铺一带，筑坝置堰，揽白河水，引水北上，越过方城垭口，经石塘、沙河、蔡河、淮河抵达京师汴京。这样，即可沟通长江、汉水与黄河、淮河的联系，增强襄阳荆州、川湘和汴京的联网漕运。由于当时的生产力水平和施工技术落后，工程未能成功，但其意义十分重大。

当代的中国南水北调中线工程，缘起于伟人的一句话。1952年10月，毛泽东主席视察黄河时提出“南方水多，北方水少，如有可能，借一点来是可以的”。

中线一期工程的建设施工，从1958年动工到2014年完工，历时半个多世纪。在新中国成立初期经济困难的情况下，工程建设依靠的是全党全民办水利方针，发扬的是自力更生、艰苦奋斗精神。有条件要上，没有条件创造条件也要上！南阳本地曾经组建过3个民兵师，共计12.5万人参加施工（2个师约4万人参加丹江口水库大坝施工，一个师约8.5万人专门开展中线工程的库区引渠、陶岔渠首闸和干渠施工）。当年建设过程中，不但干部和民工牺牲工伤众多，更为震撼和感动人心的是：库区和沿线政府、广大群众“为国家舍小家”，关停并转大量厂矿企业，拆迁包括淅川县城在内的众多城镇乡村，先后移民36.5万人。淅川县移民最远，部分移至青海省，移民人数最多，成为我国水利移民第一大县。整个移民过程实现了平安、文明、和谐搬迁，孕育了“忠诚担当、无私奉献”的南水北调移民精神，是中国乃至世界水利移民迁安史上的创举。2014年12月12日甘甜清澈的丹江水自淅川陶岔渠首闸门倾泻而出，举世瞩目的南水北调中线一期工程正式通水。2024年年底，南水北调中线一期工程累计向京津等沿线城市输水超615.47亿m^3，直接或间接受益人口超过1.08亿人。经济、生态、社会等综合效益显著。

2021年5月13日，中共中央总书记、国家主席习近平亲临河南南阳调研“南水北调中线工程”。他在陶岔渠首看望当地群众时，曾动情地说：“我代表党中央感谢这里为南水北调作出贡献的建设者、运行管理者和广大移民群众，感谢你们为南水北调做出的卓越贡献！”“滴水之恩当涌泉相报，吃水不忘掘井人，你们就是掘井人，全国人民应该感恩你们！……”如此殊荣，无疑是当代南阳水利的高光时刻！

南水北调工程蕴含的水利精神和水利技术，谱写了国家水网建设世纪画卷的壮丽史诗，书写了中华民族伟大复兴进程中的光辉篇章。2014年，南水北调干部学院（现更名为：河南南阳干部学院）在南阳淅川县九重镇，距中线渠首600m处落成。2022年学院纳入中组部党性教育干部学院目录，2023年4月，水利部、共青团中央、中国科协联合授予学院“国家水情教育基地”。

时代选择了南阳，国家选择了南阳。随着丹江清水迢迢奔流北上，南阳的使命，将与生态、治污、环保、绿色永远紧紧联系在一起，为中国梦的实现源源不断地输送碧波万顷。

5 新时代南阳水利更具魅力

自1949年新中国成立以来，在中国共产党的正确领导下，经过75年风雨历程、几代南阳人的艰辛努力，特别是改革开放以来，南阳抓住机遇步入了社会经济发展的快车道。时下的南阳，已发展成为1000多万人口的现代化省域副中心城市。南阳的水利事业，也由传统水利向现代水利转型发展，亮点纷呈。例如，全国水生态文明城市建设试点、全国深化农业水价综合改革推进现代化灌区建设试点、全国现代化水库管理矩阵建设试点、全国水土保持示范县和示范工程、水利部水利工程建设与管理人才培养基地等国家级项目相继落户南阳，这里已成为了全国水利高质量发展的一个缩影。

据统计，从1949年建国初期的百废待兴，到当下的人口兴旺百业发达，南阳水利事业与时俱进，实现了开创性发展。工程水利、资源水利、生态水利、环境水利、开发绿色水能资源等，对快速发展的经济社会起到了支撑作用：作为初期的防汛抗旱、水土保持、农业灌溉、农村饮水、城镇生产生活供水等工程水利任务，南阳建成了各类水库521多座（其中大型水库3座，中型水库27座，小型491座）、河道防洪堤防约400km、农村塘堰坝2.27万座，各类灌区3305处（其中万亩灌区37处，小型灌区3268处），机电井65.24万眼，机电灌站825处，各类小水电装机容量约2.77万kW，山洪地质灾害防御和水土保持工程6327处……。累计完成工程总量约10亿m^3。形成了庞大的、较为完善的防洪减灾兴利工程体系；作为解决新时期社会经济发展与水资源供需矛盾问题，南阳按照习近平总书记“节水优先，空间均衡，系统治理，两手发力”治水思路，规定以本地水资源规划作为本地各类建设规划的上限控制依据。以水定城建、以水定项目定规模定取舍，促进了南阳各业发展向节能、环保、科技进步方向前进；在发展绿色能源，促进新能源消纳方面，南阳科学利用水力势能与电能可转换的特性，在北部山区开发了天池水电站（抽水蓄能水库电站，总装机容量120万kW）、回龙沟水电站（抽水蓄能水库电站，总装机容量12万kW）。南阳水电成为了河南电网乃至华中电网的紧急备用电源和电力负荷支撑点，贡献突出；在解决人类社会经济活动造成河湖水生态水环境破坏和污染问题上，南阳按照习近平总书记“人与自然是生命共同体，绿水青山就是金山银山”这一生态文明建设理念，在建设规划上，充分考虑人水和谐、自然生态环境用水，高质量编制了《南阳市现代水网建设规划》，形成“一轴两源多点联江淮，四横七纵百川润宛城”的总体布局。在管理方面，立法出台了《南阳市白河水系水环境保护条例》《南阳市河湖保护管理条例》，落实了市、县（区）、乡（镇）、行政村，四级党政首长担任“河长”的河湖长制，首创了把支部建在河上“河长＋全域党建”基层河长制工作模式。现在“一河一策”“巡河治河”“爱护母亲河教育”“水资源节约保护”“防污治污”“水生态修复”“幸福河湖建设”，已成为各级河长（党政首长）首办要务和述职要点。社会上，环保意识已深入人心，爱水惜水保护母亲河已成民众自觉行为，环保生产、环保生活、环保出行、发展绿色循环经济，已常态化。通过多年的四水同治，制定数字孪生水利建设方案，前瞻开发智慧水利，南阳已找准了与自然和谐相处之道，2021年5月，南阳市水利局被水利部授予《全面推行河长制湖长制先进集体》荣誉称号。

目前的南阳，境内生态富集，已建成国家水利风景区4处，省级水利风景区12处，国家湿地公园4处，已启动唐白河至汉江古河道生态航运修复工程。在这里，水润万类，生息不止，近观河湖生态：深潭、浅滩沙洲、蒹葭湿地、清澈水流，金沙落雁、鹅鸭嬉水、鱼翔浅底，凸显大自然调节盈虚之美。远眺河湖水系：天蓝水绿，水资源充裕，水环境优美，水生态健康，河溪上下姹紫嫣红，“桃花源”“杏花村”美景遍地皆是。水美南阳，人水和谐，身临其境，有“令人醉不思归”之感！

结束语：何以南阳，其命维新。唐代大诗人李白在其《南都行》中感叹曰：“此地多英豪，邈然不可攀！”何以南阳水利？时下央视媒体宣传说：“南水北调源起南阳，南阳是一个值得三顾的地方！”

参考文献

[1] 商务印书馆编辑部．辞源[M]. 北京：商务印书馆，1979.

[2] 臧励龢 . 中国古今地名大辞典 [M]. 香港：商务印书馆香港分馆，1982.
[3] 水利部长江水利委员会 . 长江流域地图集 [M]. 北京：中国地图出版社，1999.
[4] 河南省水利志编纂委员 . 河南省水利志 [M]. 郑州：河南人民出版社， 2017.
[5] 河南省地方史志编纂委员会 . 河南省志・文物志 [M]. 郑州：河南人民出版社，1993.
[6] 陈正祥 . 中国文化地理 [M]. 上海：上海三联书店，1983.
[7] 胡焕庸 . 中国人口地理简编 [M]. 重庆：重庆出版社，1986.
[8] （清）吴楚才 . 古文观止 [M]. 上海：中华书局，2014.
[9] （清）顾祖禹 . 读史方舆纪要：第四册卷五十一 [M]. 上海：中华书局，2019.
[10] 张晓生 . 兵家必争之地 [M]. 北京：解放军出版社，1987.
[11] 钱宗武 . 尚书译注 [M]. 上海：中华书局，2022.
[12] 南阳历史文化辞典编纂委员会 . 南阳历史文化辞典 [M]. 上海：上海辞书出版社，2022.
[13] 南阳市宛城区汉冶街道志编纂委员会 . 南阳市宛城区汉冶街道志 [M]. 郑州：中州古籍出版社，2020.
[14] （英）李约瑟 . 中科学技术史：第一卷一分册 [M]. 北京：科学出版社，1975.
[15] 南阳地区水利局编纂委员会 . 南阳地区水利志 [M].1990.
[16] 续修四库全书编纂委员会 , 复旦大学图书馆古籍部 . 续修四库全书：第 782 册 [M]. 上海：上海古籍出版社，2003.
[17] （北魏）郦道元 . 水经注：卷 29[M]. 北京：线装书局，2016.
[18] （汉）班固 . 汉书：第十一册卷八十九 [M]. 上海：中华书局，1962.
[19] 南阳地方史志编纂委员会 . 南阳地区志：第一册 [M]. 郑州：河南人民出版社，1994.
[20] 黄勇 . 唐诗宋词全集：第 2 册 [M]. 北京：北京燕山出版社， 2007.
[21] （宋）范晔 . 后汉书・杜诗传：卷三十一 [M]. 上海：中华书局，2007.
[22] 南阳市教育志编纂委员会 . 南阳市教育志 [M]. 郑州：大象出版社，2010.
[23] 河南省水利志编纂委员会 . 河南省水利志：下册 [M]. 郑州：河南人民出版社，2017.
[24] 南阳市宛城区档案馆整理 . 光绪新修南阳县志：第二册卷三 [M]. 郑州：河南大学出版社，2012.
[25] 南阳地区交通志编纂委员会 . 南阳地区交通志 [M]. 郑州：河南人民出版社，1995.
[26] （元）脱脱 . 宋史：第七册 河渠四 宋史卷九十四 [M]. 上海：中华书局，1977.
[27] 河南省水利志编纂委员会 . 河南省水利志：上册 [M]. 郑州：河南人民出版社，2017.
[28] 南阳地区水利局编纂委员会 . 南阳地区水利志 [M].1990.
[29] 张修真 . 南水北调——中国可持续发展的支撑工程 [M]. 北京：中国水利水电出版社，1999.
[30] 中共南阳市委党史研究室 . 渠首沧桑耀京宛 [M]. 北京：中央文献出版社，2008.
[31] 全淅林 . 移民大柴湖 [M]. 武汉：湖北人民出版社，2014.
[32] 水利部发展研究中心 . 全面推行河湖长制典型案例汇编（2023）[M]. 北京：中国水利水电出版社，2023.

湘水文化的衡阳元素

陈有铭　唐朝晖

（湖南省衡阳市水利局，湖南衡阳　421001）

摘　要：湘江是长江主要支流之一，被尊为湖南的母亲河。衡阳居湘江中游，是全省湘江流域人口、耕地最多的地区，2200多年来文化积淀深厚，本文从中梳理推介渔、桥、耕、读、江、雁、禹、火等八个元素，展示其包含的水资源、水安全、水环境、水生态、水景观等内涵。具体内容如下：渔——鱼仔北去，家鱼洄游；桥——人水和谐，承载古今；耕——神农创耒，耒水得名；读——"楚之书院衡为盛"；江——三江汇流处，水口锁大江；雁——大雁南飞，衡阳歇翅；禹——大禹治水，禹碑传奇；火——祝融播火，水火相容。

关键词：湘江流域；湘水；水文化；衡阳市

湘江是湖南最大河流、长江主要支流之一，被尊为湖南的母亲河。它有着占全省流域40.3%的优势，覆盖了湖南60%的人口，承担了75%以上的经济生产总值，由此赋予了湖南"湘"的美名。

衡阳地处湘江中游，她"扼两广，锁荆吴"，历称"南北要冲、两广咽喉"，因位于南岳衡山之南而得名"衡阳"；因蒸水在此汇入湘江，雅称"蒸湘"；相传北雁南飞，至此歇翅停回，故又称"雁城"；自公元前202年西汉始建酃县，迄今已有2200多年的历史，文化积淀深厚。本文推介渔、桥、耕、读、江、雁、禹、火等八个元素，展示其包含的水资源、水安全、水环境、水生态、水景观等内涵。

1　渔：鱼仔北去，家鱼洄游

湘江流经常宁的柏坊至松柏江段，号称"大鱼湾"。这是我国青、草、鲢、鳙四大家鱼的三大天然产卵场之一。

转过"大鱼湾"，湘江自南向北经衡阳、株洲、湘潭、长沙，至岳阳市湘阴县濠河口注入洞庭湖，再通江达海。每年，四大家鱼等洄游性鱼类，春天就顺着这条水道，溯流而上至常宁的"大鱼湾"产卵。受精卵随水向北漂流几百公里后，渐渐发育成了鱼苗，在湘江在洞庭湖安家生长。

《湘江鱼类与文化趣谈》记述：湘江四大家鱼产卵场是洞庭湖四大家鱼早期资源的主要来源。

徐霞客日记载，湘江里的大鱼每年农历二三月，来到南起常宁、北至衡山的河段产卵。当地人到江边以布兜围取那些泡沫（鱼卵），养成小鱼苗，再用浅底船贩运到各州府和周边各省。

清代刘献廷在其《广阳杂记》中感叹，千里湘江，并没有谁设界限，唯独衡州这百里河道产鱼苗，而且不以湘水浩荡而移往他处，真是大自然的绝妙安排呀！

清人朱佩连《清泉杂咏》赞美衡阳青草桥时指出："……雨后凭栏新月上，渔歌欸乃橹声摇。"描绘了曾经在青草桥下，渔舟如织，渔歌如潮的生态美景。

但由于湘江上各航电枢纽的修建，阻挡了湘江鱼类洄游，每当洄游季节，坝下水急鱼跳，不得而过。因此，2017年湖南省人民政府决定：打通鱼类洄游的"生命通道"。

现今，湘江干流长沙、株洲、大源渡、土谷塘、近尾洲五个枢纽都已开辟鱼道。"四大家鱼"包括其他鱼类，可从湘阴县濠河口依次穿越长沙、株洲、大源渡、土谷塘等枢纽鱼道，抵达大鱼湾产卵场。同时通过人工增殖放流活动，补偿渔业生态、维护湘江鱼类种群结构与生物多样性。

据衡阳市农业农村局四级调研员王阳春介绍：湘江衡阳段2010年11月被设立为国家级水产种质资源保护区，随着常年禁渔和水质保护的加强，现在湘江里的鱼是越来越多了。

据悉，湘江一级支流洣水的洋塘水闸拟实施除险加固工程，其中包括对洋塘鱼道的加固改造。这个洋塘鱼道，正是湖南省的首个鱼道，曾经日过鱼高达32万尾。经联合国粮农组织推介，洋塘鱼道曾经是世界低水头河坝鱼道的典范。

由于人工鱼道的设计、建设和运行涉及鱼类生态学、鱼类行为学、水力学、水工学等多个学科，因此对鱼道的运行，应加强对过鱼效果的监测评价。为了最大限度满足鱼类行为习性和生理机能的基本需求，应开展湘江流域鱼类洄游通道恢复相关研究，组织实施流域梯级联合生态调度和研究。并在此基础上不断改进和完善过鱼设施的设计，以达到更加理想的过鱼效果。

2 桥：人水和谐，承载古今

桥，她首先连接着人水和谐，只有人水和谐了，才能更好地连接河道两岸，进而连接历史，连接未来。

古时建桥确实不易，没有防洪标准、没有洪水影响评价、没有钢筋混凝土，建成后，需人水反复磨合，直至达到人水和谐，才能通行到现代。因此，一座桥就是一段历史，一座桥就是一个故事。

屡毁屡建青草桥。青草桥，位于衡阳石鼓书院旁，跨湘江支流蒸水。初建于公元1186年。有据可查的，该桥水毁4次、火毁1次、炮毁1次，共损毁6次。

第1次：青草桥原系石墩木桥梁，明嘉靖二十四年（1545年）桥遭火毁，逾年改建成石拱桥，更名永济桥。

第2次：明万历四十四年（1616年），洪水冲毁北头两拱，翌年重修，四十六年（1618年）告成。

第3次：清康熙五十年（1711年），大水又倾北头两拱，后增设两渡，继又编木为桥。僧圆本遵僧海岸遗嘱募修，于六十年（1721年）三月告竣，并“修桥亭置铺地六间”。

第4次：乾隆二十七年（1762年），被洪水冲毁5个桥墩，栏杆，桥面石板也多处被破坏。经募捐修葺，花费千余金仍称青草桥。

第5次：1933年，洪水冲毁南北两孔，1935年修复；

第6次：1944年被日军炸毁，1956年修复为8孔石拱桥。全长166.35m，宽10m，单孔跨径15m。

“青草桥头”为衡阳八景之一，素有“青草桥头酒百家”之称。清人朱佩连《清泉杂咏》盛赞：“潇湘八景画难描，雅爱衡阳青草桥，雨后凭栏新月上，渔歌矣乃橹声摇。”20世纪80—90年代，这座桥还经历数次维修加固，如今已是市区内临江风光带的主要景点之一。

2010年，全省查明：湖南民桥853座，其中衡阳84座，这里面包括：耒阳杜陵桥是史料记载湖南境内现存最古老的桥梁，有“楚南第一桥”美称的是衡山白果桥，为历代文人称道的是衡阳青草桥、衡山马迹桥，被列为省级文物保护单位的是祁东状元桥等。当然，这些桥都没建在湘江上。

千里湘江第一桥。衡阳湘江公铁大桥是湖南第一座、中国继武汉长江大桥之后建成的又一座铁路、公路两用桥。据史料记载，1944年1月1日衡阳湘江大桥建成通车。6月23日衡阳保卫战爆发，为阻止日军过江，衡阳守军在6月24日将大桥炸毁。此时距离大桥建成不足半年。

新中国成立后，1955年9月，湘江公铁大桥动工修建，1957年12月29日，正式通车。该桥两端桥头顶端及墩顶标高均高于300年一遇的最高洪水位。

在主桥修建前，当时为支援抗战，在其上游380m处修建了一座便桥，这就是后来人们看到被毁坏桥墩的那座老桥，于1939年建成。然而便桥桥面设计标高比湘江最高洪水位低，遂累遭洪水损毁，交通经常中断。据铁路部门统计，1940年3—6月和1942年4—7月，便桥被洪水冲毁5次，最长的一次中断行车达50余天，屡毁屡建，屡建屡毁。

衡阳湘江公铁大桥诞生于国破家亡的战争年代，经历了战火的焚烧；它重生于国家中兴的和平年代，参与了复兴的伟业。是湘江上不可移动的文物。2015年12月，衡阳市人民政府公布为市级文物保护单位。

现在建桥，有防洪标准、有洪水影响评价，有科技进步和经济实力，建桥不再是难事。统计表明，衡阳境内已建跨湘江大桥21座，全市建有村道以上桥梁近3200座。

3 耕：神农创耒，耒水得名

中华文明是以农耕文明为基础的古老文明。中国农耕文明的杰出代表是炎帝。炎帝所代表的农耕文化既是衡阳文化之源，又是中华文明之源。

炎帝又称神农氏。班固在《汉书·历律志》中说："包牺氏没，神农氏作……以火承木，故曰炎帝，教民耕作，故天下号神农氏"。

耒阳地区是我国古农业起源较早的地区之一，也是我国稻作起源地之一。史料记载，神农氏"制耒耜，教民农作"就是首先在这个地区开始的。《衡湘传闻》载，神农命"赤制氏作耒耜于郴州之耒山"，《明一统志》云："耒水出郴州耒山"，耒阳便因耒水之阳而得名的。

传说神农氏遍尝百草，广采五谷，教民耕稼。然而种植却碰到了土地板结、庄稼难以成活的难题，决心予以解决。有一天，他逆湘江而上，来到一个十分神奇美丽的地方，但见大江蜿蜒，地势平坦，土壤肥沃，极易耕稼。这里就是耒阳市遥田、淝田境内一个叫金线吊葫芦的地方。在这里，神农看到野猪用嘴拱土，又见一中年汉子用木棒撬石捉蟹，便从木棍、蟹钳和野猪拱土，受到启发，发明了手耕农具"耒"。后来受到一妇女将湿木在大火烘烤下随意弯曲的启示，"揉木为耒"，对耒进行改造，使耒柄变弯，便于手执；对耒的质地进行改造，"斫木为耜"，使之更加坚硬锋利。耒耜的改造，使人们耕种效率大大提高，他不仅对中华乃至世界农耕文明产生了重大影响，而且推动了人类文明的进程。

为了纪念创耒，神农便把这块地方称为耒地，并将这条河命名为耒水，耒水之南便称耒阳。到秦统一天下，实行郡县制，便将耒水流域的广阔地区命名为"耒县"，历数千年而不更名，这在全国也属罕见。

现在的遥田水电站坐落在金线吊葫芦这个地方，是为了充分利用耒水的水电资源，在1976年耒阳作出了"开发金线吊葫芦，兴建遥田水电站"的决定后动工兴建的。

4 读："楚之书院衡为盛"

"天下书院楚为盛，楚之书院衡为盛"。衡阳自古读书之风盛行，书院教育发达。南宋时期，湖南有书院44所，衡阳占15所；元代湖南有书院41所，衡阳占14所；明代全国有书院900余所，其中湖南124所，衡阳占31所；清代前中期，湖南有书院276所，衡阳占50所。衡阳书院教书之盛，与湖湘文化的发达有着直接的关系。其中的石鼓书院、文定书院、甘泉书院、船山书院更是注目华厦。尤以石鼓书院为宋兴之初"四大书院"之首。

石鼓书院是我国最古老、最著名的书院之一，是湖湘文化重要发源地，她始建于唐元和初年，迄今已有1200余年历史。建院以来，她始终以藏书之丰、学风之盛、设备之全、经费之足、管理之严、成就之大而成为蜚声中外的文化瑰宝，在中国教育史和书院发展史上享有重要的地位。

石鼓山是妥妥的水景观，三面环水、视野宽阔、风景秀丽。1200 多年前，唐代士人李宽在石鼓山结庐读书，刺史吕温尝访之，题名为“寻真观”，是石鼓书院的雏形。宋至道三年，邑人李士真拓展其院，作为衡州学者讲学之所。湖湘学子和文化精英在这里汇集一堂，尊师崇文，蔚然成风。随后，宋太宗、宋仁宗先后赐额，石鼓书院如日中天。南宋淳熙十四年，朱熹作《石鼓书院记》。朝廷赐额、朱子作记两件大事，使石鼓书院位列宋代四大书院之一而名扬天下。周敦颐、张栻、朱熹等诸多先圣忠贤先后在此布道授业，为衡阳留下了丰富的文化宝藏。

旧时衡阳八景诗中“石鼓江山锦绣华”一句就是称颂的石鼓书院所在位置，因蒸、湘、耒三水交汇于此，三面悬崖峭壁的石鼓山仿佛伫立于江水中，壮观不已。《水经注》记载：“山势青圆，正类其鼓，山体纯石无土，故以状得名。”宋代朱熹在《石鼓书院记》中描绘它是“据蒸湘之会，江流环带，最为一郡佳处”。

在抗战时期的衡阳保卫战中，石鼓山上所有建筑尽毁于日寇炮火，仅存留部分石刻。2006 年衡阳市人民政府重建石鼓书院，现在是湖南省文物保护单位，国家 AAAA 级旅游景区。

5　江：三江汇流处，水口锁大江

衡阳市是全省湘江流域干流最长、大支流最密集、人口数量最多、耕地面积最大的地区。全市共有河流 526 条，湘江干流在境内全长 266km。

湘江水系，流域面积大于 $1000km^2$ 的支流 24 条，衡阳境内有 9 条；大于 $10000km^2$ 的支流 2 条，即耒水和洣水，都在衡阳市汇入湘江。而蒸水和耒水均在衡阳市城区汇入湘江，且河口距离不足 3km，自然形成“三江汇流”的浩荡气势。

在传统的风水景观体系中有一个要素为“水口”。她是指城市前方河流出入之处，通常特指取水之地，被认为是关系到一个城市人才的多寡和财富积累的重要关口，必须采取特殊的措施加以“关锁”和“镇守”。这一手法在衡阳城的风水景观中表现得尤为突出。有机构评选“中国六大风水城市”，衡阳位列第四。

衡阳城为锁住风水，先后建立了三道“水口”，精心打造“三道水口锁大江”的生态奇观。

第一道“水口”位于蒸水汇入湘江的石鼓山地带。石鼓山自西而东伸延于江中，东南北三面临水，形若半岛。为锁风水，加强镇守作用，特别在半岛上建有观景亭等建筑，并建有类似文昌阁的书院建筑。许多人解释这里之所以文运昌盛、人才辈出，与镇守水口的做法密不可分。

第二道“水口”位于蒸水汇入湘江的下游西岸的合江套。为强化“出水口”的镇水功能，巩固衡阳城的风水，明代有人在此修建了一座宝塔，名叫“来雁塔”，此塔系楼阁式砖石塔，坐北朝南，七级八楞，通高 36m。塔名为清同治年间兵部尚书、衡阳籍人士彭玉麟所书。

第三道“水口”位于耒水汇入湘江的河流交汇处的北岸。为了进一步强化衡阳城的风水格局，不让财运、文运被水流带走，清朝光绪年间，有人在二水交汇处的北岸不远处，修建了一座七层宝塔，叫珠晖塔，她与本文提到的回雁峰、石鼓山、来雁塔一道，成为衡阳古城风水景观的节点和标志。

6　雁：大雁南飞，衡阳歇翅

衡阳大雁文化起源于东汉时期，初步形成于南北朝时期，正式形成于隋朝时期。

东汉时期：张衡（他发明了地动仪）在《西京赋》“上春候来，季秋就温。南翔衡阳，北栖雁门”一句中指出，北雁南飞去的地方便是衡阳，他在五十岁所作的《鸿赋》的“南寓衡阳，避祁寒也”一句中进一步指出，衡阳是大雁的家。

南北朝时期：刘孝绰在《赋得始归雁》中有“洞庭春水绿，衡阳旅雁归”的诗句。接着，庾信的《和侃法师三绝诗·二》中“近学衡阳雁，秋分俱渡河”一句首次以衡阳雁来指代大雁，自此后衡阳雁便成了大雁的代名词。

隋朝时期：受到大雁文化的影响，南岳第一峰、梁武帝赐名的“烟雨山”改名为“回雁峰”、山上的“乘云禅寺”改名为“雁峰寺”，而衡阳也逐渐被称为“雁城”。

自此后，她便在众多文人的作品中经常出现。如李白的“举头忽见衡阳雁，千声万字情何限”、杜甫的“万里衡阳雁，今年又北归”、王勃的“雁阵惊寒，声断衡阳之浦”、文天祥的“君为湘水燕，我作衡阳雁”、范仲淹的“塞下秋来风景异，衡阳雁去无留意”、王昌龄的“莫道蓟门书信少，雁飞犹得到衡阳”、王安石的“万里衡阳雁，寻常到此回”等。明代李时珍在他那部著名的药学著作《本草纲目》中认定，大雁“寒则自北而南，止于衡阳”。毛泽东主席在《五古·挽易昌陶》中描述了“衡阳雁声彻，湘滨春溜回”的景象。

大雁之所以选择衡阳，与当地四大环境有密切关系。

一是气候环境。衡阳冬天的温度普遍在0℃以上，非常适合大雁栖息。再往南方，气温虽然更温暖却存在着瘴气，大雁难以生存。

二是水生态环境。衡阳境内河溪纵横，水系发达，500多条河流形成一张巨大的水网。此外还有酃湖、西湖、雁栖湖等湖泊。水塘也极多，如头塘、二塘、三塘、玄碧塘等。秋冬季节，鱼翔浅底，才有“平沙落雁”“衡阳归雁满沙头”的壮丽景象。

三是食物环境。水草嫩叶丰富，大雁可以有丰富的食物来源。

四是社会环境。古时衡阳人爱护大雁。不张网捕雁，不搭弓射雁，人雁和谐。

现在，市城区的古迹回雁峰、来雁塔仍然南北呼应。尴尬的是雁城无雁，但这并不代表大雁文化就过时了，她具有的“仁义礼智信”的德行及文化价值都值得我们学习和发扬。

7 禹：大禹治水，禹碑传奇

大禹治水的故事被世人广为传颂。相传在尧舜时代，神州大地发了一次大洪水，泛滥成灾。鲧用堵水的办法治水失败后，舜帝命禹继续治水。禹接受任务，不辞辛劳，调查洪水实况，寻找治水良策，后来他听说，南岳高山之中，藏有金简玉书，载有治水方策，便来到了南岳。他杀了自己的坐骑白马祭祀天地，得到玄夷苍水使者的帮助，寻得金简玉书，经专心阅读，原来书上主张用“疏”的办法治水。于是，禹带领百姓开山通塞，花了13年工夫，终于把浩荡洪水导归大海，从此天下太平。舜帝对大禹治水非常满意，认为他有功于天下，造福于百姓，就把帝位禅让给大禹。

大禹治水的丰功伟绩，从一个侧面反映了我们祖先在宇宙洪荒中艰难的文明开拓的进程，因此，广泛流传几千年。为了纪念大禹，南岳百姓把大禹治水的行迹刻成碑文竖在岣嵝峰上，称之为禹碑，又称岣嵝碑、禹王碑。

禹王碑是中国最古老的碑刻之一，在文物保护界，禹王碑与黄帝陵、炎帝陵同为中华民族的三大瑰宝。关于禹碑最早的记载，出现在东汉学者赵晔写的《吴越春秋》一书中：“禹登衡山，得金简玉字之书，刻石山之高处。”北魏地理学家郦道元的《水经注》记载：“山经谓之岣嵝山，为南岳也……禹治洪水，血马祭山，得金简玉字之书”。罗含的《湘中记》中说：“岣嵝山有玉牒，禹按其文以治水，上有禹碑。”南朝宋时徐灵期的《衡山记》称“云密峰有禹治水碑，皆蝌蚪文字，碑下有石坛，流水萦之，最为胜绝”。唐代韩愈为此登临岣嵝峰寻访禹碑，但是没能找到，写下“岣嵝山尖神禹碑，字青石赤形模奇……千搜万索何处有，森森绿树猿猱悲”的诗篇，表达心中的感慨。

后来不断有人寻找禹王碑，但原碑长期隐而不见。据南宋张世南的《游宦纪闻》记载，禹碑碑文，是南宋时期的四川人何致拓印下来首先流传到长沙，然后在全国流传开的。碑文9行，每行9字，共77个字。由于这些字形异奇特，古奥难辨，千百年来无人真正解读它，是目前国内八种未解的神秘符号之一，被誉为我国古文字研究中的“哥德巴赫猜想”。

有报道称，全国已有20多处翻刻的禹王碑。现今的衡阳岣嵝峰禹王殿侧和石鼓书院廊桥禹碑亭，亦有此碑复制。2007年，中央电视台《走遍中国》栏目摄制组来南岳衡山寻访禹王碑，引起了人们对衡山禹王碑的高度重视。在经文物专家多次考察论证后，2011年，湖南省人民政府将衡山县福田铺乡云峰村七组云密峰下的“禹王碑遗址”，正式公布为湖南第九批省级文物保护单位。

2024年4月出版的《中国禹迹图》，记录全国26个省（自治区、直辖市）、11个河流流域的禹迹323处，其中湖南9处，衡阳占5处，具体是：南岳区的“南岳庙·三元宫遗址”、南岳衡山风景区的“禹王城岩刻”，衡阳县岣嵝峰国家森林园的“禹王殿遗址”，衡山县福田乡云峰村的“禹王碑遗址”，耒阳市仁义乡邝庸村的“禹王宫”等。

大禹，是中华民族治水英雄和立国之祖，被尊为“绩奠九州垂万世，统承二帝首三王”。他在治水过程中形成以公而忘私、民族至上、民为邦本、尊重自然、科学创新等为内涵的大禹治水精神，是中华民族精神的源头和象征。

8　火：祝融播火，“水火相容”

2021年4月24日上午，在中国航天日主会场，国家航天局正式公布中国第一辆火星车命名：祝融号。

2022年7月19日，第十四届湖南省省运会圣火在南岳衡山祝融峰采集。

“祝融”是谁？古语中，“祝”是持久，“融”是光明，其意是保持永远光明。

宋朝陈田夫《总胜集》载：“祝融峰者，昔炎、黄之世，祝融君游息之所，因而名焉。”所谓祝融君，据李元度《南岳志》查考，他是黄帝六相之一，掌火官吏，官名“火正”，燧人氏发明了钻木取火，却不会保存火种，不会用火。祝融君带领的一个部族，在南岳衡山过着狩猎生活，却创造了保存火种的方法。黄帝南巡到此，便封祝融君为管理火的“火正官”，举之为相，并靠他制作兵器，打败了九黎氏族。又因为祝融君熟悉南方事务，黄帝封他为司徒，主管南方事务。

《水经注》记载：“衡山南有祝融冢。楚灵王之世，山崩，毁其坟，得营邱九头图。”祝融住在衡山，死后埋在衡山。祝融墓地所在称为“赤帝峰”，即南岳大庙后面的山峰。南岳主峰名祝融峰，有祝融殿，供奉着祝融君。这就是后来佛教、道教纷纷聚集南岳衡山的主要缘由和根本所在。历代统治者对南岳火神都加赐封号。如：唐初封为“司天霍王”，唐开元年间又封为“南岳真君”，宋代加封为“司天昭圣帝”等。南岳香火旺盛，就是为了祭奠火神祝融。

火神祝融也有“兼职”，作了南海之神，地位在河伯之上。唐·韩愈《南海神庙碑》：“考于传记，而南海神次最贵，在北东西三神、河伯之上，号为祝融。”于是不相容的水火，在祝融这里和谐共生了。

在南岳衡山不仅佛道共存，而且水、火文化也相容共存。

火神祝融的驻地、封地、墓地、纪念地都在南岳衡山，祝融峰、祝融殿、南岳大庙、福严寺等景点更是与祝融有着直接的联系。

治水之神大禹在南岳留下的胜迹中，禹找到金简玉书的山峰叫金简峰，祭祀先祖黄帝的岩石叫黄帝岩，这两处与祝融峰直线距离约1.4km，禹崇祀舜帝所建的祝圣寺原称清冷宫与南岳大庙相邻，岣嵝峰有禹王殿、禹王碑与祝融峰直线相距不足20km。

在南岳衡山，火神与治水之神的传说和胜迹不仅没有分界线，而且是交织在一起的，形成水、火文化相融共存的独特氛围。

9　结语

“吾道南来，原是濂溪一脉；大江东去，无非湘水余波”。湘水文化是湖湘文化的重要一脉，是中国水文化的重要组成部分。而“神农创耒、大禹治水、祝融播火、石鼓书院”等元素是中华文化的重要乃至核心元素。此外，地处湘江中游的衡阳，还是制蚕始祖嫘祖的“安身”地，中国唯一命名的抗战纪念城，有湖南“三湘”之一：蒸湘；有古潇湘八景之二：平沙落雁、烟寺晚钟；有中华五岳之一：南岳衡山；有中国古代四大发明之一：蔡伦造纸；有世界两大古代唯物主义思想家之一：王船山；有共和国十大元帅之一：罗荣桓。

既然水利万物而不争，水与万物相互融合、相容共存，那万物皆可成为水文化的载体，水文化也不会孤立存在。深入挖掘、保护和弘扬水文化，不断营造人们知水、懂水、乐水，爱水、惜水、护水的社会氛围，是新时代水利高质量发展所面临的重要而现实课题。

参考文献

[1] 彭崇谷，谭崇恩，熊考核，等 . 衡阳历史文化丛书 [M]. 长沙：湖南人民出版社，2007.

[2] 龙勇，熊考核，尹建生 . 文化大思维 [M]. 长沙：湖南人民出版社，2012.

[3] 廖和平，龙勇 . 衡阳文化源流 [M]. 北京：团结出版社，2021.

[4] 谭民政 . 与徐霞客同行 [M]. 桂林：漓江出版社，2011.

[5] 蒋响元 . 湖南交通文化遗产 [M]. 北京：人民交通出版社，2012.

[6] 吴传毅 . 石鼓书院：湖湘文化的重要发源地 [N]. 学习时报，2021-10-01.

[7] 邱志荣，张卫东 . 中国禹迹图 [M]. 北京：中国文史出版社，2024.

浅谈都江堰水文化遗产的传承、保护和利用

李　鹏

（四川省都江堰水利发展中心，四川都江堰　611830）

摘　要：本文通过阐述都江堰水文化遗产从科学技术和管理制度、水利工程设施的建设维护、治水理念和治水精神等方面的传承，说明都江堰作为水文化遗产的保护现状具有良好的完整性和延伸性，从而进一步深化保护水文化遗产措施，并从都江堰水利遗产的功能效益上，持续创造利用水文化的广泛影响，继续擦亮都江堰“三遗”的金字招牌，把都江堰水文化“活态”遗产传承好、保护好、利用好，深度打造国际知名的文化名片，推动新时代水利高质量发展。

关键词：水文化传承；治水理念；遗产保护；永续利用

都江堰作为全国第一大灌区，已有两千多年历史。都江堰以不到全省1/18的辖区面积，贡献超过全省1/3以上的国民经济总产值，承担了成都、绵阳、乐山、德阳、遂宁、眉山、资阳7市40县（市、区）1154.8万亩农田灌溉，2800多万城乡人民生活、生产及生态环境用水任务。它的兴建见证了蜀地人民因地制宜、创新创造、以人为本、崇尚自然的科学治水理念，它的防洪和灌溉功效奠定了成都平原城市和农业发展的经济基础，使之享有“天府之国”的美誉，同时它也是现代人研究古代无坝引水工程、天人合一的治水理念的活的文化遗产标本。

1　都江堰水文化传承的遗产要素

都江堰兴建于公元前256年，距今已2280年，作为现存世界上历史最悠久、至今仍发挥巨大作用的水利工程体系，从古至今一直发挥着灌溉、防洪功能，除了保障灌区农业用水外，还具有城镇工业和生活用水，防洪、发电、水产、养殖、种植、旅游、环保等多项目综合服务功能。这跟两千多年来，人们一直沿用至今、持续传承都江堰水文化遗产的理念分不开的。

1.1　科学技术和管理制度的传承

都江堰是中国古代无坝引水工程的经典，是人与自然和谐共存的水利工程。在无截断岷江的堰坝和取水调水的控制闸门的情况下，能够自动地调配水量，达到“分四六、平潦旱”的目的，使灌区内“水旱从人，时无荒年”，实乃世界水利史的一大创举，它既兼具了科学的创新，又兼顾了自然的统一。都江堰渠首三大枢纽工程的规划设计十分科学合理，充分利用水力学和弯道环流的原理，使鱼嘴、飞沙堰、宝瓶口三大工程及其附属工程相互配合、巧妙应用，成功完成了防洪、航运以及灌溉任务。都江堰具有多项独特的水利工程技术，在长期的治理与维修过程中，古人将疏通河床和修筑堤岸结合，总结出“深淘滩，低作堰”和“遇弯截角，逢正抽心”的河工技术。都江堰所用的竹笼、杩槎、羊圈、干砌卵石等河工构件就地取材、成本低廉、施工方便，也是古代先民们独到的智慧创造，具有消能抗冲、落淤固滩、稳定基础等优点。此外，都江堰的“石人”是中国最早的水位计，这一系列技术不仅保证了都江堰工程的长期延续，也在历史上传播到四川以外地区，推动了中国传统水利技术的发展。

不断深化完善的科学技术和管理制度，也是都江堰延续两千多年历史且至今仍在发挥作用的基本保障。除了秦蜀郡守李冰修建都江堰立下的治水理念和科学管理制度外，早在东汉汉灵帝时，

都江堰就设置了都水椽和都水长，负责维护渠首工程；蜀汉时期的诸葛亮，也专门设堰官主持岁修；鼎盛的唐朝，还不断进行了改善和扩充；到宋代时，便制定了岁修制度且沿袭至今。新中国成立后，我们党和政府也十分重视都江堰的组建规划，于1950年3月成立了川西都江堰管理处；后来经过多次变更，1952年更名为四川省人民政府水利厅都江堰管理处；1955年又更名为四川省水利厅都江堰管理处；1958年再次更名为都江堰管理处；1978年经四川省革命委员会批准，正式命名成立四川省都江堰管理局。都江堰的管理既有高度集中的行政管理体系，也有用水户参与的乡村水利组织。这种地方和民间的管理系统，使所有的受益方都负有各自的管理责任或承担相应的负担，使水利效益和生态环境能够均衡可持续。2022年都江堰管理局又更名为“四川省都江堰水利发展中心”，集合灌区八个处实行一体化管理，以“习近平新时代中国特色社会主义思想”为指引，深入贯彻“节水优先、空间均衡、系统治理、两手发力”治水思路，紧紧围绕经济社会高质量发展需求，突出系统思维、全局观念、顶层设计、流域治理，贯彻落实四川水利高质量发展“3226”工作思路，加快灌区续建配套与现代化改造，健全完善引水补水工程体系，构建以智慧水网体系、现代水管理体系、水旱灾害防御体系、水生态保护体系、水文化建设体系为支撑的水安全保障体系，全面推进都江堰灌区现代化，充分发挥建设灌区、造福于民的示范引领作用。

1.2 水利工程设施的建设维护与传承

都江堰具有历史价值的水利工程设施包括，有渠首三大主体工程，为作为“深淘滩”疏浚基准而专门埋设的卧铁、铜标等水利辅助管理设施，还有宝瓶口的水划尺和水则、早期的石人等测量引水水位的水尺设施，以及通济堰分水铁壁桶等测量和控制分水量的水利运行管理辅助设施，以及安澜索桥、南桥等辅助都江堰水利工程管理等建筑设施。三大主体工程之一的“鱼嘴”在历史上也经历了多次的冲毁，历经几番迁移重修，1934年才定在了现如今向外江移10m的岷江江心。1974年都江堰在修建外江节制闸时，又将鱼嘴略向西移，采用卵石混凝土钢筋结构护坦，使鱼嘴成为都江堰创建以来位置最佳、基底最好、抗冲能力最强的水工建筑物。2008年都江堰遇“5·12”汶川八级大地震，鱼嘴受到新中国成立以来最大的一次撕裂，都江堰管理局再次进行维修和维护，使其继续发挥重要的内、外江的分水作用。长久以来的这些水利工程设施的维修和维护，也见证了都江堰历史水文化物质遗产的传承。

新时代都江堰灌区快速发展的过程中，兴建了系列灌区引水枢纽、灌排渠道、各类控制工程。包括20世纪70年代前修建的丘陵渠道、黑龙滩等砌石大坝水库、肖公河等砌石渡槽、龙泉山等输水隧洞等，以及具有时代特征的水利管理建筑设施，这是在古代都江堰水利工程体系基础上的改造和发展，印证了都江堰在近现代阶段的传承与发展历程，代表了近几十年水利工程科学技术的发展演变，在工程结构、材料、工艺及文化等方面都具有当时阶段的工程技术特征和时代代表性，也是都江堰水利遗产传承的重要组成部分。20世纪都江堰续建配套和节水工程、骨干渠系和水调工程等又继续繁衍而生。随着人民渠、东风渠、黑龙滩水库、三岔水库等骨干工程的兴建，都江堰水跨过龙泉山、进入四川盆地丘陵腹地，这些工程“空前绝后”，砌石重力坝、砌石渡槽等具有鲜明的时代特点，更是见证了都江堰的历史跨越，同样见证了我国当代水利工程技术的发展过程，反映了在当时的技术材料和经济水平下灌区人民靠双手艰苦奋斗、自力更生、顽强拼搏建设水利的精神，在传承创新、科学规划、建筑构造、工程材料等方面都具有独特的科技、生态、时代和文化的价值。

1.3 治水理念和治水精神的传承

都江堰在建造过程中，以不破坏自然环境为前提，充分利用自然资源为民众服务、变害为利，充分考虑人与自然和谐共存，使人、水、地三者实现了和谐统一。联合国世界遗产中心高级官员席班达林在考察都江堰后这样评价：“都江堰是人与自然完美结合的典范”。都江堰的治水理念体现了中国古老哲学“天人合一，道法自然”“乘势利导，因地制宜”的深刻内涵，完美实现了人与自然的和谐发展。它保留了人类改造自然并顺其自然的规则，是为平水患、灌沃土、养百姓的意愿而修建的。同时，它又利用自然规律与大自然巧妙地融为一体，作为自然的一部分而长久留存，并完美地发挥巨大功效，泽福后代万千子民。这样的治水理念也影响着我们后世的子孙，在改造自然的同时，更应该遵循自然、崇尚自然，与自然和谐共处。

都江堰在长达2280年的发展进程中，历朝历代的先贤们呕心沥血、创新创造、勤劳奋作的治水精神，也不断鼓舞和影响着后代的水利工作者们，使水患突出的四川盆地变为了“水旱从人”的天府之国，并持续发挥着防洪和灌溉的功效。每年，当地的人民群众都会在清明放水节这一天，展开祭祀开创者李冰的典礼，用砍杩杈放水的活动来庆典来水灌溉良田的喜悦心情。这一传统庆典活动一直从古延续至今，也促进搭建了都江堰水利遗产非物质文化繁衍交流的桥梁，推动着整个成都平原的水文化历史发展。

2 都江堰水文化遗产的保护

2.1 都江堰作为水文化遗产，其保护现状具有良好的完整性和延伸性

都江堰水利工程体系完整保留了历史的格局，并在此基础上有所扩建升级和延伸发展。都江堰水利遗产保存了物质与非物质遗产共同组成的完整体系格局，及其依存的自然和社会环境，使其得到了很好的延续发展。历史时期的渠首工程、主干渠、干支渠及堤堰分（引）水工程、民堰分水及控制工程，通至各灌区地片的支渠、斗渠，分布于田间的农渠、毛渠等完整保存，共同组成有机整体，不断延伸和升级持续发挥更大灌溉效益。自都江堰创建以来，渠首三大工程的组成和基本布局并未发生较大改变。都江堰的鱼嘴位置虽有所变迁，但其变动的位置是和岷江的江流形态相对应的，基本没有偏移成都平原顶点、岷江出山口这一范围。飞沙堰的位置、工程型式、运行模式也未发生改变，宝瓶口的历史形态和功能也完整延续，而每年的岁修制度使都江堰水利工程更加得到完善升级和牢固挺拔。此外，都江堰水文化遗产的保护还包含工程治水理念、传统治水工艺、传统水事及节庆活动等非物质遗产。这些历史沿革时期形成的工程构造形成、功能完善延伸、文化理念繁衍，都是都江堰水利遗产最好的保护和延续的体现。

2.2 擦亮都江堰“三遗”的金字招牌，进一步深化水文化遗产保护

2018年8月13日，通过都江堰水利发展中心的认真准备和不懈努力，已经拥有“世界文化遗产”“世界自然遗产”双遗称号的都江堰，又将“世界灌溉工程遗产”的称号收入囊中。水利遗产是中华文化遗产的重要组成部分，为深入贯彻习近平总书记关于文化遗产保护的重要论述精神，认真落实《水利部关于加快推进水文化建设的指导意见》，2022年10月20日，水利部开启了国家水利遗产认定工作。在四川省水利厅的支持与领导下，都江堰水利发展中心为进一步深化都江堰水文化遗产保护，赓即启动了都江堰水利工程申报首批国家水利遗产工作，以都江堰渠首工程枢纽为代表的水利工程体系、水利建筑管理体系等物质遗产，治水理念、水利科学技术、水事民俗节庆等非物质遗产作为汇编整体系统评价。

2022年12月18日，水利部在北京召开了国家水利遗产申报项目视频评审会议。会上，专家评审组观看了都江堰申报宣传片，审阅了都江堰申报文本，听取都江堰遗产价值体系的线上汇报，一致同意都江堰通过初审。后续，通过初审的项目还需经过现场核查、报水利部审定、面向全国公示等程序，最终由水利部发文认定为国家水利遗产并颁发标识。四川省都江堰水利发展中心将继续全力以赴做好申报国家水利遗产后期工作，力争圆满完成申报工作。

与此同时，都江堰水利发展中心建立了基础资料数据管理平台，形成都江堰水利遗产专题数据库，目前，正在着手编制《都江堰世界水利工程遗产管理保护发展规划任务书》，把都江堰水文化“活态”遗产传承好、保护好、利用好做到极致。为此，都江堰灌区更全力建设“国际知名、国内一流”灌区榜样形象，把作为中国唯一拥有“三遗”称号都江堰水利工程，打造成国际知名的文化名片。2021 年，四川省都江堰水利发展中心又启动了有都江堰特色的四大传统堰工技术竹笼、杩槎、羊圈、干砌卵石申报四川省省级非物质文化遗产工作，目前已经完成资料上传。同时，联合地方政府在“朱李火堰”、李冰陵、大王庙等开展水文化保护利用工作。2022 年 7 月 22 日，拥有“小都江堰”之称的“朱李火堰”在四川德阳揭碑，标志着朱李火堰正式进入都江堰世界灌溉工程遗产之列，李冰两大传世水利工程终于实现完美“合璧”。

2.3 推动都江堰水文化遗产的保护措施

习近平总书记在全国生态环境保护大会上特别提到都江堰古代灌溉工程，将都江堰誉为“人与自然和谐共生的典范”，这也刚好与习近平总书记提出的构建人类命运共同体的大格局理念不谋而合，也被习近平誉为“大型生态水利工程”，造就了持续发展、历久弥新、传承千古的可持续发展典范。党的十九大报告明确提出了“加强文物保护利用和文化遗产传承”“推进国际传播能力建设，讲好中国故事”的发展总要求。2018 年中央“一号文件”明确提出要加强灌溉工程遗产保护，中共中央、国务院《乡村振兴战略规划（2018—2022）》，将保护好灌溉工程遗产作为实施乡村振兴、保护利用乡村传统文化的重要内容。2021 年 10 月水利部印发《水利部关于加快推进水文化建设的指导意见》，明确提出“加强水利遗产的资源调查研究、推动国家水利遗产认定、完善水利遗产管理体系”，加快推进水文化建设，助力推动新阶段水利高质量发展。

都江堰作为水文化遗产保护的典范，也相继制定了《都江堰水利工程管理条例》《都江堰世界灌溉工程遗产管理办法》和系列保护规划等制度体系。制定水利、文旅等部门及遗产所在地各级政府共同负有保护责任、实施保护措施，以及对相应单位和部门负有保护责任；成立专门的水文化遗产办，推广实施保护的专业人员队伍，成为都江堰水利遗产保护的专业支撑。2021 年 10 月，都江堰水利发展中心、水利遗产保护与研究国家文物局重点科研基地 (中国水利水电科学研究院) 共同签订战略合作协议，在都江堰建设“水利遗产保护与研究国家文物局重点科研基地都江堰保护示范站”，为都江堰水利遗产保护提供持续的专业技术支撑。

2020 年 5 月以来，重庆市水利局与四川省水利厅先后签订《成渝地区双城经济圈水利备忘录》《关于联合开展“川渝水文化”研究合作框架协议》两个重要文件。同时，四川省都江堰水利发展中心分别与重庆白鹤梁水下博物馆、江苏江都水利枢纽管理处签订战略合作协议，对加强长江经济带水利合作 , 加强水文化交流与合作作了具体落实。都江堰作为中华治水文明与传统水利工程科技成就的标志性工程一直享誉内外，科学保护和合理利用都江堰遗产的历史、文化和生态、景观价值，统筹整合区域旅游资源、推进遗产灌区高品质全域旅游发展，是与国家重大战略、区域发展战略以及都江堰当地经济社会发展规划相契合的，对高质量推动成渝双城经济圈、长江经济带高质量发展，贯彻落实文化强国战略、乡村振兴战略、生态文明建设等具有重要的现实意义。

随着都江堰水利发展中心实施灌区一体化管理以来，都江堰水利、旅游、文化等综合发展目标的逐步跃升，计划进一步提升都江堰灌区内的跨部门跨区域跨层级的水文化保护管理能力，进一步建立完善和强化协调机制。在实施层面需在省政府设立遗产保护管理委员会，将遗产保护管理与水利工程管理运营维护相结合。更随着都江堰水利管理体制改革、灌区现代化建设和水利文化建设的深入发展，未来将在更多方面需要强化相关法律法规的支撑，结合地方实际情况，制定相关政策进行制度编修，进一步健全完善规章制度，通过法律手段保证遗产的保护和利用。同时，随着时代发展，社会对文化遗产保护传承的要求不断提高，都江堰水文化遗产保护人才队伍也需不断提升水利遗产知识储备的空间，加强与相关科研机构、科技专家建立长期有效的合作机制，共同制定实时监测和保护的科研计划，为遗产可持续保护与利用奠定科技基础。

3　都江堰水文化遗产的利用

3.1　都江堰的功能效益所创造的水文化，历经两千多年至今更具生命力地永续利用

3.1.1　除害兴利、兴国安邦的功能利用

都江堰始建于秦昭王五十一年（公元前 256 年），是在秦统一战争过程中，为满足军事需要而兴建，主要功能是防洪、航运和灌溉。都江堰的兴建，使旱涝频发的蜀地不再饱受洪涝灾害的困苦，成为秦国统一战争中的重要粮食后勤基地。李冰所创建的都江堰通达了成都平原与岷江、沱江的水路，进而使蜀郡的粮食和士兵通过长江进入中原，在秦兼并六国、统一天下过程中发挥了决定性影响。此后历朝历代，都江堰灌区的灌溉范围在不断扩大，灌溉渠道向成都平原迅速延伸，形成了润泽平原的纵横河流。灌区如枝干般散开的水道，为成都平原不仅提供了灌溉供水，也带来了行洪畅通和舟楫之利，奠定了成都平原在西南政治文化经济的重要地位。两千多年来的治理延续，都江堰也为此成为成都平原社会稳定、安居乐业的基础，塑造了一方“天府之国”的美誉，即是除害兴利、兴国安邦的功能利用的典范。

3.1.2　兴业惠民、经济提升的功能利用

成都平原历史上田土广阔、雨水充沛，具有发展农业的优越条件，但岷江的泛滥令蜀国难以扩大农业规模，国都也必须时常搬迁以避水患。都江堰的兴建，彻底改变了岷江泛滥于成都平原的情况，使得成都平原大片土地得以耕种，变得富饶。经过西汉至今的持续建设，特别是新中国成立后的建设发展，都江堰已发展为引蓄结合、配套完善的特大型水利工程体系，灌区从成都平原扩大到川中丘陵区共 7 个市 40 县，灌溉面积由 1949 年的 282 万亩，发展到如今的 1154.8 万亩，是全国第一个实灌面积突破 1000 万亩的特大型灌区，是四川省国民经济和社会发展中不可替代的水利基础设施，为成都平原人民生产生活提供了坚实的物质基础，促进了灌区经济持续稳定提升和发展。都江堰水利工程除了保障灌区农业用水外，还具有城镇工业和生活用水，防洪、发电、水产、养殖、种植、环保等多项目综合服务功能，为四川粮食安全、经济发展和社会稳定发挥了极为重要的作用，也是兴业惠民、经济提升的功能的最大利用。

3.1.3　环境改善、生态景观的功能利用

都江堰的建成从根本上改善了四川省的城乡生态环境，使灌溉和水运交通既有稳定的水源支持，又有通畅的洪水通道，优良的水利条件为成都平原的发展提升优质的生态环境。目前，都江堰水利工程体系除向川西平原供水外，还向川中丘陵城市和广袤乡村提供生态用水，加之水污染的注重治理，特别是部分丘陵地区因为引用了都江堰来水，生态环境也大为改善。

都江堰水利工程体系内生态景色秀丽，文物古迹众多，主要包括伏龙观、二王庙、安澜索桥、玉垒关、离堆公园、玉垒山公园，以及望丛祠、李冰陵、三县衙门和山水田园林等水工建筑和自然景观浑然天成，构成一道具有独特工程美学意境的独特景观。此外，都江堰灌区的林盘文化景观遗产，也凸显了川西平原特有的乡土文化景观，也是天府农耕文明历史见证。1982 年，都江堰水利工程作为四川青城山一都江堰水利工程风景名胜区的重要组成部分，被国务院批准列入第一批国家级风景名胜区名单。2007 年 5 月 8 日，青城山和都江堰水利工程旅游景区经国家旅游局正式批准为国家 5A 级旅游景区。都江堰渠首工程与周边山水浑然一体，不仅是举世闻名的中国古代水利工程，也是著名的国家级水利风景区，这也最美地诠释了都江堰水文化遗产利用的衍生繁衍。

3.1.4 自然创造、科学治理的功能利用

都江堰水利工程历时2280年而不衰，因地制宜、自然和谐的工程构造形式是其灌溉功能可持续发展的基础，也开创了人类遵循自然创造、科学治理水害的功能利用的先河。都江堰创造性地采用了无坝引水的建筑形式，在无人为干预（如开闸、引水、泄洪等）的情况下，能够自动地调配水量，达到“分四六、平潦旱”的目的，成为中国古代无坝引水工程的经典，是现代人研究古代无坝引水工程型式的“活”标本。所用的竹笼、杩槎、羊圈、干砌卵石等河工构件，具有就地取材、造价低廉、工艺简便、循环利用等优点，已成为生态型的水工新结构和新材料诞生的源泉。并且在都江堰在古代的治理与维修过程中，总结出“深淘滩，低作堰”和“遇弯截角，逢正抽心”的治水理念，便是融合自然创造和科学治理的最好体现。

都江堰渠首三大主体工程的设计也十分地科学合理，因势利导，巧妙地利用周边地形和水力学原理解决了引水、泄洪和排沙的矛盾，达到了防洪、航运以及灌溉的目的，是水力学原理巧妙应用于水利工程的成功范例，展示了古代水利规划思想自然观的智慧精髓，国外环境水利专家为此而誉为“新自然的水利工程”。在远古的秦国时期就有如此的智慧，足以可见中华民族是何等的不简单。这些智慧超群的治水理念和功能利用也在后世的水利工作者中，一代代延续且深化运用，在水利学术科学研究、弘扬发展水文化传承中发挥着不可或缺的重要作用，并在新时代新时期里，结合古人的治水经验投以科技的力量，使之成为自然创造和科学治理的现代化灌区。

“十四五”期间，都江堰水利发展中心抢抓水利大投入机遇期，搭建“智慧水利”系统，建立“空天地人”一体化监管监测体系，高质量做好“十五五”项目前期准备工作，全面加强对病险水库除险加固、骨干水网、路网、数字孪生等建设项目力度。2023年6月，都江堰灌区首次引入数字孪生系统远程操控闸门系统，开展可视化视频监控调水防汛演练成功。2023年11月，都江堰数字孪生“智水”方案入选四川数实融合创新实践优秀案例。2024年春灌期间，都江堰充分运用数字孪生系统实现对上游来水的精准化监测，达到对渠首六干渠实现配水智能化调度、重要制口闸门传感器远程操控、调水配水全流程线上作业，岷江水实现从源头到田间的“一键直达”，全力保障1154.8万亩灌面用水安全，确保598.4万亩水稻满栽满插，全灌区育秧工作进度较去年同期快10%，开启了自然创造、科学治理的功能利用的最佳提升。

3.2 聚焦都江堰“三遗”亮点，促进水工程、水生态、水文化与旅游高度融合，打造国际知名的文化名片

3.2.1 加强水文化工程建设，规划都江堰国家文化遗产公园

进一步完成遗产保护利用的智能信息化建设，建立解放军抢修都江堰纪念碑、新设国家水情教育基地灌区站、完善提升黑龙滩陈列馆，打造蜀水文化百里风光带、通济堰水文化广场、白庙子水文化、“官渠”文化，打造国际知名的文化名片。通过规划都江堰国家文化遗产公园，以都江堰渠首工程为核心，深入挖掘展示都江堰实地、实物、实景的千年“活文物”资源，打造世界级的国家文化遗产公园，成为国际知名的文化名片，向世界展示中国古代重大水利工程的文化遗产，将都江堰的“绿水青山”转化为“金山银山”，成为新时代水利高质量发展的样板。

3.2.2 继续擦亮“三遗”金字招牌

应用四大传统堰工技术（竹笼、杩槎、羊圈、干砌卵石）保护三大工程，实现永续利用，与灌区地方政府密切合作，加强古水利工程遗址、碑刻文化等遗产的挖掘和保护工作。进一步推进都江堰灌区成功申报全国水利遗产，申报四大传统堰工技术等非物质文化遗产。2023年10月12日，都江堰四大传统堰工技术亮相第八届中国成都国际非物质文化遗产节。与此同时，四川省都江堰水利发展中心还组织四大堰工技术非遗项目参加10月13日在都江堰举办的第八届中国成都国际

非物质文化遗产节都江堰主题活动暨第七届都江堰田园诗歌节中国成都非遗节都江堰主题活动，再次充分展示都江堰“润泽天府两千年”背后的秘密。

3.2.3 打造巴蜀文化新高地

延续至今的都江堰水利遗产是生态水利工程的经典范例，其深厚的水文化底蕴是重要的生态保障和科学基因的组合。研究挖掘都江堰水文化遗产的科学技术和历史经验，保护灌溉工程体系、传承区域特色水利历史文化，发挥乡村振兴战略实施的重要作用；继续发挥世界“三遗”影响力，建立都江堰特色的水情教育基地、爱国主义教育基地，举办系列文化活动，与地方政府共建水旅融合品牌项目，加强水文化工程建设，争当繁荣兴盛巴蜀文化的“头雁”；强化研究形成具有前瞻性的李冰精神，促成多方位、多平台、多形式的宣传推广，有力提升四川国际知名度、美誉度，打造巴蜀文化新高地。

4 结语

当前，都江堰作为四川省盆地腹部区智慧“主水网”的骨干工程，着力打造“一主四片”水生产力布局，为四川粮食安全、经济发展、社会稳定、生态环境建设提供了持续、可靠、有力的水安全保障。都江堰水利发展中心将继续把都江堰水文化“活态”遗产传承好、保护好、利用好，强效巩固都江堰水文化建设的系统布局，建立健全完善的管理制度，提升都江堰水文化遗产的挖掘和展示能力，将工程设施、科学平台、数字孪生覆盖面与都江堰的文化建设相匹配，实现水文化遗产传承、保护与利用的高度融合，着力推动建立“国际知名、国内一流”的灌区榜样形象，深度推进新时代水利高质量发展。

参考文献

[1] 郑大俊，王炎灿，周婷．基于水生态文明视界的都江堰水文化内涵与启示[N].河海大学学报（哲学社会科学版），2015，17（5）：79-82.

水利遗产再利用有关问题的探讨
——以吴公渠生态修复整治工程为例

郭恒茂

（水利部海河水利委员会，天津　300170）

摘　要：通过梳理吴公渠的演变过程，认为衡水市在实施吴公渠生态修复整治工程时，偏生态治理，环境景观化，对水利遗产再利用，虽然做了尝试性开发，但浅尝辄止，没有系统、完整地挖掘吴公渠的演变脉络，没有深度展示吴公渠所蕴含的文化价值、社会价值。以水利遗产再利用为契机，引导公众深度思考水问题方面，还有很大挖掘空间。

关键词：水利遗产；再利用；吴公渠；水利工程

除水患、兴水利，历来是治国安邦的大事。在长期治水实践中，历代以挑挖、疏浚河道及修建、维护堤防、水闸、水坝等形成的各类水利工程，已逐渐沉淀为重要的水利遗产。当这些水利遗产与现代河道生态修复治理发生碰撞时，一般认为，“要将生态修复与沿河水利文化遗产保护相结合，展示其文化特色和文化景观，就是在自然的生态环境中融入“灵魂”，提升河道综合治理的文化品位。”然而，当水利遗产，尤其是那些处于损毁甚至是废弃状态的水利工程，需要在保护中开发时，虽有“文化理念”的参与，但却因种种原因，往往会出现参差不齐的治理效果。因而，如何在改造、提升水生态景观时，切实结合水利遗产的价值属性，更好发挥水利遗产的工程、社会、文化等价值，是我们需要面对和思考的重要问题。下面，仅以衡水市吴公渠生态修复整治工程为例，就此话题进行探讨。

1　问题的提出

2020 年 1 月 20 日，衡水市人民政府在其官网公示了该市确定的 2020 年市政府民生实事项目。其中，第十九项为吴公渠生态修复整治工程，项目估算总投资 24540 万元，全长 1750m，宽 60 ～ 110m，河底标高 15.5m，水深约 1m。涉及河道边坡、两岸景观、吴汝纶展馆、公共卫生间、管理用房及周边配套公共设施建设等。

截至目前，北起奥体中心，南至滏阳二路，总长 1750m 的吴公渠渠道，在保留原防汛、灌溉功能基础上，经提升改造，已使河道景观化，成为一处占地 38 万 m^2（河道占地约 8 万 m^2，景观占地约 30 万 m^2）的大型生态公园。

值得肯定的是，吴公渠生态修复工程保留了该渠原有的防洪、灌溉功能，这对于废弃已久的吴公渠而言，无疑是一次重生。从治理效果看，吴公渠生态修复工程赢得了大量市民对水生态环境的关注、支持。吴汝纶塑像的伫立，吴汝纶纪念馆的建设，说明改造提升工程的设计者关注到了河渠背后的遗产属性和文化价值，尝试着进行文化元素的渗透，这对人们了解吴公渠背后的治水故事，彰显地域文化，弘扬治水文化，都有极大意义。

然而，稍显遗憾的是，设计者虽注意到了挖掘吴公渠背后的遗产价值，但却浅尝辄止，没有深度挖掘、系统整理吴公渠的起源与变迁，进而造成了吴公渠治水故事的片段化。此外，不同时期吴公渠治理的背后，隐含的行政隶属关系的演变，以及吴公渠现状背后折射出的古今治水理念不同等内容，都未能深度展示。或许，这在一定程度上，是当前水利遗产再利用时的共性问题，因而尤须关注。

2 吴公渠的变迁

明清时期，地势低洼的冀州北、衡水南一带，常常积涝成灾，滩涂一片。尤其是夏秋时节，一旦冀州海子、尉迟潭和衡水洼三处大洼淀，承接了大量上游来水，便会迅速汇为一处，弥望斥卤，浩如汪洋。那些原本如孤岛般存在于诸洼淀之间的村庄、农田，也会迅速被洪水淹没。这里的百姓仿若置身苦海，苦不堪言。这三大洼淀所在区域因界于冀州、衡水之间，故称冀衡大洼，又以洼地广袤近千顷，又名千顷洼，这便是今衡水湖的前身。

明弘治年间，衡水县地方政府为排泄境内衡水洼的积水，组织人力挑挖泄水沟一道，至杜村入滏阳河，故称杜村沟。杜村沟修好后，地处衡水洼沿线的南田、北田、侯店、杜村等二十余顷洼地积水尽入滏阳河，“洼地水不停蓄，民获耕种之利”。其后，杜村沟不时淤塞。明正德间，政府亦曾组织疏浚。

至清乾隆二十八年（1763 年），衡水知县何燧再次督率民夫挑挖疏浚，使洼内积水消涸。同年，新任衡水知县陶淑到任。在踏勘民情时，他从百姓口中了解到，治理水患是这一带百姓多年的心愿，可惜有心无力。要治理这一带的水患，最好在杜村沟入滏阳河处建一座调蓄水闸，既可排泄洼地积水，又能阻挡滏阳河洪水倒灌，对于这一带的水患治理，可起到关键作用。通过查勘地形，陶淑认为百姓的提案较为可行。于是，他组织人员进行绘图，并将议定的建闸方案上报直隶总督方观承。清乾隆二十九年（1764 年），“制府方公奏请兴筑，得动工帑八千五百余两”经方观承向上级请示后，获准拨款施工。方观承委任陶淑负责工程施工。九个月后，一座三孔大闸，两座堵闭水流的坝台，三座木桥，整齐巍峨地伫立于杜村沟尾端。其后，水闸调蓄因时启闭，泄水抑或拦洪，尽可掌控。此次治理后，百姓受益巨大，陶淑也倍感欣慰，他还撰写《老龙亭新闸记》记录修闸原委。其后的清嘉庆年间，杜村沟、老龙亭闸开始沟淤闸废。清道光年间，衡水县也曾组织对杜村沟进行疏浚，但并未修复老龙亭闸。

至清光绪七年 (1881 年)，晚清著名教育家吴汝纶赴任冀州知州。他看到冀州辖境的冀州北、衡水南一带冀州海子、尉迟潭、衡水洼三处洼淀水患丛生的状态，深感冀衡大洼内百姓生活不易。为此，王汝伦谋划了一个更大的治理方案，这便是要将原来只排泄衡水洼的杜村沟，向上继续延伸，将冀州海子、尉迟潭积水一并下排，对这一带水患进行系统治理。此方案拟定后，他上书直隶总督李鸿章，请求拨帑治理。李鸿章为吴汝纶诚心感化，决定拨银十万两用于挑挖水渠、新建水闸、架设桥梁等。清光绪十年（1884 年）二月，治理工程从杜村沟开始，“递进而南，抱城右旋，过九龙口以西，达尉迟潭”。至十月，上至冀州尉迟潭（今属冀州区小寨乡），下至衡水杜村，总长约 30km 的泄水沟挑挖完毕。在此基础上，又历时两年，对泄水沟进行了深挖、拓宽。这三年时间，吴汝纶还组织人力修筑了泄水沟两岸堤防，在原圮坏的老龙亭闸处新建一座水闸，并修建了八座横跨泄水沟的桥梁。鉴于泄水渠易于淤积的实际，吴汝纶还筹集了两千两白银，作为“岁修基金”，用于疏浚维护。以后又筹集白银一万两，期望以其利息作为后期工程维修养护使用。此外，他还安排专人制定了相应的规章制度，作为管理泄水渠、水闸的依据。

总体来看，这样的治理力度，要远远超过以往。当然，其综合效益也较以往更大，不仅洼地内大量农田成为沃壤，泄水渠也便利了商旅的舟楫往来。开工初期，那些牢骚满腹的人，看到工程效益巨大，都夸赞工程修得好。于是，人们为了铭记、感念吴汝纶的功德，把这道新挑挖的泄水渠称作吴公渠，而新修水闸称作吴公闸。

至清光绪二十七年（1901 年），因时局动荡，岁修经费无法筹措，岁修无法照常进行，吴公渠遂逐步走向淤废。20 世纪 50—60 年代，因修建千顷洼蓄水工程（今衡水湖），开挖滏阳新河、滏东排河，吴公渠被分为三段。自尉迟潭至衡水湖入口闸段，是今冀码渠的末梢。中间一段淹没在衡水湖中。自滏阳新河左堤外至今三杜村约 5km 渠道，为现仅存的一段。

3　有关问题的探讨

通过梳理吴公渠的演变脉络，结合现今吴公渠改造效果和官方媒体发布的宣传报道等内容，对吴公渠改造提升中的水利遗产再利用问题进行一些探讨。

3.1　吴公渠开凿溯源

吴公渠的开凿源于明弘治年间的杜村沟。在吴公渠生态治理开发期间，衡水市、河北省有关媒体对吴公渠的历史渊源和有关治理情况，进行了宣传报道。比如，衡水市滨湖区文化和旅游局在其公众号以《吴汝纶与吴公渠》为题，对吴公渠的历史进行了追溯，可惜只追溯至清乾隆年间直隶总督方观承的治理。河北新闻网则以《河北衡水市吴公渠两岸一派生机盎然》为题，重点介绍了吴公渠的景观化改造。衡水市文明办官网转载衡水日报客户端的《河北衡水：百年吴公渠为美丽湖城增添新景观》，对吴公渠的由来，吴汝纶的业绩以及现今景观改造等内容进行了介绍。总之，目之所及，尚不见完整阐述吴公渠来龙去脉的文章，这在一定程度上凸显了在吴公渠改造提升的前期，系统整理吴公渠文化资源的功课做得稍显不到位。

官方媒体在社会公众中有较高的威信、较快的传播度、较广的传播范围，会使社会民众在阅读后认为，吴公渠起源于清乾隆时期，由直隶总督方观承组织开凿，使原本开凿于明代的渠道，变成了开凿于清代，甚至清乾隆二十八年（1763 年），衡水知县何燧疏凿渠道的历史也被抹杀，这不利于社会公众系统、完整，甚至正确认识吴公渠历史的演变、变迁，更不利于文化的传承与弘扬。

3.2　吴公渠与州县隶属关系的演变

吴公渠起源于明代的杜村沟，至清乾隆年间，仍由衡水县令排泄境内衡水洼的积水，为何到了清光绪年间，渠线可以延伸至冀州境内？这现象的背后，其实反映了州县隶属关系的演变。明代至清前期，冀州、衡水分别隶属于真定府。至清雍正二年（1724 年）六月，冀州升为直隶州，领南宫、新河、枣强、武邑、衡水五县。清乾隆年间，衡水县隶属于冀州，何燧、陶淑均以衡水知县的身份进行治水活动，自然只能局限在衡水本境。至光绪年间，吴汝纶身为冀州知州，且冀州辖衡水县，故其治水活动，可上溯至冀州海子、尉迟潭。

其后，行政区划几经变革，今天的冀州已成为衡水市下辖区。因而，笔者认为，吴公渠治理的背后，又隐含着冀州、衡水在不同时期行政隶属关系的演变。若在吴公渠水利遗产提升改造展示过程中，对此进行适当展示、说明，对于加深人们对衡水、冀州地域文化的了解，进而加深对不同历史时期治水特点的认识，也是大有裨益。

3.3　泄水腾地与蓄水灌溉

明清时期，吴公渠的功能是排泄冀州海子、尉迟潭和衡水洼三个洼淀积水，进而“腾”出生产空间，便于百姓开展农耕。20 世纪 50 年代，受全国大修水库的影响，为蓄水灌溉，上述三个洼淀被人为地连在一起，筑成衡水湖人工水库，吴公渠部分渠段也被千顷洼灌溉工程占压。

从人们泄水腾地到蓄水灌溉的行为演变过程，折射出不同时期人口规模、改造自然的能力和对水生态、水环境的不同认识。古代泄水腾地并开展农业生产，是基于生存需要，其后的蓄水灌溉亦是基于更大规模开发耕地灌溉面积的需要，当然这均基于保障基本生产生活的需要。当前，在生产生活基本需要得到满足的情况下，为满足人们对美好水环境的需要，蓄水造景就会变得更为迫切。因而，若将这一系列古今治水理念的演变过程进行适当展示，在一定程度上，可起到启发、引导人们关注水环境，保护水资源，甚至深度思考水问题的作用。

4 结论

吴公渠生态修复开发工程保留了吴公渠排涝、防洪功能的同时，与现代生态治水理念、园林开发相结合，增加了现代园林景观功能，实现了与水利建设、园林开发的有机融合。虽然竖立了吴汝纶塑像，建设了吴汝纶纪念馆，但对于吴公渠演变脉络的梳理缺乏系统性、完整性，由此导致吴公渠文化内涵挖掘不够，尤其是在吴汝纶治水故事、冀州与衡水行政区划演变、古今治水理念变化等方面，未能淋漓尽致地进行深度展示。因而，水利遗产再利用时，一定要系统、完整地对水利遗产进行细致梳理，尽可能地深度展示水利遗产背后的人文、历史、社会、政治、经济、思想等诸价值，进而起到引导人们深层次思考水问题的作用。

参考文献

[1] 刘延恺，谭徐明．水利文化遗产现状及保护的思考 [J]. 北京水务，2011(6):60-62.
[2] [清] 陶淑．衡水县志 [M]. 清乾隆三十二年刻本，卷二．地理．
[3] [清] 陶淑．衡水县志 [M]. 清乾隆三十二年刻本，卷十二．艺文．
[4] 王树枬．故旧文存 [M]. 常州：文海出版社，1985.
[5] 闫宏利．吴汝纶与吴公渠 [EB/OL].（2020-06-27）.
[6] 袁占林，陈月振，武志库．河北衡水市吴公渠两岸一派生机盎然 [EB/OL].（2021-04-13）.
[7] 袁占林，陈月振，武志库．衡水：百年吴公渠为美丽湖城增添新景观 [EB/OL].（2021-04-09）.

深入挖掘淮河文化丰富内涵　大力弘扬淮河文化时代价值

郑朝纲

（水利部淮河水利委员会，天津　300170）

摘　要： 文章梳理了淮河流域特殊的自然禀赋，总结了淮河文化在中华民族、中华文明、中华文化形成和发展过程中异彩纷呈的丰富内涵、鲜明特点，阐述了淮河文化在实现中华民族伟大复兴、建设中国特色社会主义现代化、推动新阶段水利高质量发展过程中独具特色的时代价值，对传承弘扬好淮河文化进行了积极思考。

关键词： 淮河文化；丰富内涵；鲜明特点；时代价值

水是万物之母、生存之本、文明之源。江河是地表水资源赋存和流动的重要载体，是自然形成的重要生态廊道，是人类文明发展的摇篮，是文化发展的重要纽带。水文化是中华文化的重要组成部分，也是水利事业不可或缺的重要内容。习近平总书记先后对保护传承弘扬利用长江文化、黄河文化、大运河文化作出一系列重要指示。2020年8月18日，习近平总书记视察淮河，强调淮河是新中国成立后第一条全面系统治理的大河。要把治理淮河的经验总结好，认真谋划"十四五"时期淮河治理方案。习近平总书记关于水文化保护、传承和弘扬的一系列重要指示批示精神，为我们做好各项工作提供了根本遵循。

1　淮河流域的自然禀赋

中国是河川之国，江河湖泊众多，水系纵横交错，流域面积在100km^{2}以上的河流有22909条，流域面积在3000km^{2}及以上的河流有719条，流域面积在1万km^{2}及以上的河流有228条。多种多样的河流湖泊，给不同地区的人群提供了形态丰富的生存和发展条件。其中，淮河发源于河南桐柏山，纳千河百川，经洪泽湖入江入海，全长1000km。淮河流域地处我国东中部，地跨豫、鄂、皖、苏、鲁5省40个地级市，237个县（市、区），面积27万km^2。淮河流域丰富的水系连接广阔的黄淮海平原，沿淮人民以尊崇、敬畏、亲近、防范、利用等多种形式与淮河互动，形成了独具特色、光彩夺目的淮河文化。淮河流域主要有以下自然特征：

一是南北"界河"。淮河作为中国古代南北方的分界线，是建立在自然和人文地理差异的基础上，经过长期的历史过程形成的，同时也是中国古代地缘关系的一大特色。《尚书·禹贡》就将淮河作为九州中的徐州、扬州的分界。《晏子春秋》中就有记载，"橘生淮南则为橘，生于淮北。"地理分界方面，淮河是四大地理区域中北方地区和南方的主要分界线；气候方面，淮河是亚热带季风气候和温带季风气候的主要分界线；温度带方面，淮河流域是暖温带和亚热带的主要分界线；干湿分区方面，淮河是湿润区和半湿润区的主要分界线；自然植被分布方面，淮河流域是暖温带落叶阔叶林和亚热带常绿阔叶林的主要分界线；耕地方面，淮河以北是以旱地为主，种植小麦等农作物、淮河以南是以水田为主，种植水稻等农作物。此外，中国年降水量的800mm分界线、一月平均气温的0℃等温线均在秦岭—淮河附近。南北过渡带的特征，多变的气候条件，造就了丰富的生态系统，使这里成为生命理想的栖息之所，也使得这里成为极易孕灾的区域。

二是地势地平。淮河流域大都位于中国地势的第三级阶梯上，西起桐柏山、伏牛山，东临黄海，南以大别山、江淮丘陵、通扬运河和如泰运河与长江流域接壤，北以黄河南堤和沂蒙山脉与黄河流域毗邻。流域西部、南部和东北部为山地面积约占流域总面积的 1/3，其余为平原是黄淮海平原的重要组成部分。目前，流域耕地面积约 2.21 亿亩，占流域面积的 54.6%，是全国平均耕地占比的 3.9 倍。

三是河网密布。淮河在古代是“四渎”之一。古老的淮河曾经是独流入海的河流，水系完整，湖泊众多，尾闾深长。《禹贡》中就有“淮沂其乂”“大野既潴”的记载。历史上，淮河曾长期是一条清澈甘冽、碧波荡漾的美丽河流。自 12 世纪黄河夺淮起，在洪水漫溢和泥沙淤积的共同作用下，流域原有水系形态和河湖面貌发生巨大变化：淮河水系和沂沭泗水系分离，中游干支流河道由陡变缓、排水不畅，荥泽、圃田泽、菏泽、巨野泽等大川名泽先后淤废，洪泽湖、骆马湖、南四湖等潴水新生。淮河流域是我国河成湖数量最多、规模最大、分布最密集的地区。目前，淮河流域面积 $50km^2$ 以上的河流 2483 条，密度达 75 条 / 万 km^2，是全国平均的 1.56 倍，居各流域之首。水面面积 $1km^2$ 以上的湖泊 68 个，水面总面积达 $7000km^2$，占流域总面积的 2.6%。流域内自然—人工河网交织，河流—湖泊水量交换频繁，入海入江水道畅通，与黄河、长江、海河等各大水系互联互通。

四是灾害频发。淮河地处我国南北气候、高低纬度和陆地海洋三种过渡带，气候条件复杂多变，降水时空不均，年际年内变化大，易出现极端天气和洪涝急转。流域上游山区面积小，拦蓄洪水条件差，中下游平原面积广阔、地势平缓，排水不畅，特别容易出现干流水位比支流水位高、支流水位比农田高的现象，“关门淹”问题突出。12 世纪以后受黄河长期夺淮的深重影响，流域干支河流的排水作用全被窒息，湖泊塘堰的蓄水能力全被消蚀。黄河夺淮初期的 12 世纪、13 世纪，淮河平均每百年发生水灾 35 次，16 世纪至新中国成立初期的 450 年间，平均每百年发生水灾 94 次。历史上洪、涝、旱灾害频繁发生，给流域人民带来了长期的、严重的、多样的灾难。

2 淮河文化的丰富内涵

在中国大江大河中，淮河流域面积 27 万 km^2、居第 9 位，淮河全长 1018km、居第 13 位，淮河流域面积较之黄河、长江流域相对有限，地形较为单一，但其在中华文明起源和发展过程中发挥了重要的作用，在整个中国历史上具有不可取代的特殊地位。早在汉代淮河就被誉为“四渎”之一，东渎大淮在“五岳五镇四海四渎”的中国传统国家山川祭祀体系中居于重要地位。

一是淮河流域是中华民族发祥的重要区域。早在距今四五十万年前的旧石器时代，淮河流域就有沂源人活动的足迹。至距今一万年的新石器时代，人类逐渐在淮河干支流沿岸定居下来，并不断繁衍生息。特殊的地理位置和气候条件，创造出独特的区域文化，显露出多彩的文明曙光。物质层面，原始栽培、手工业、家畜饲养、城市建筑均已达到较高水准，贾湖遗址距今约 9000 年前已出现了原始栽培稻，距今约 8000 年前出现了世界上最早的栽培大豆；距今约 4000 年前的平粮台遗址遗存的严整方正城址开创了中国城市建设规划的先河，发现的陶排水管道是所知最早、最为完备的城市排水系统，出土的青铜器残片是中国青铜时代传统技术的滥觞，对研究古代城市的出现、国家的起源、早期奴隶制具有重要史料价值。文化层面，贾湖遗址出土了最早、乐阶最为完善的骨笛，约 7000 年前的双墩遗址的刻划符号是中国文字起源的重要源头之一。淮河文化在广泛吸取南北文化精华的基础上发展壮大，并不断向外输出，加速了各地文化交流，为中华文明起源作出了重要贡献。

二是淮河流域是中华文明形成的关键地带。中国史前时代，族群林立如满天星斗。夏王朝的诞生开启了中原为中心的王朝时代，奠定了中华文明多元一体格局的基础。夏朝建立与大禹治水密切相关，淮河流域是大禹治水、禹娶涂山、禹会诸侯、禹定九州的主要活动区域，大禹传说和信仰的重要传承场域。继夏而兴的商代，自汤至盘庚共传十代二十王，先后五次迁都，淮河流域的亳、奄一带一直是商王朝的政治、经济中心。此外，从东方族群中分异分化出来的淮夷在淮河南岸创造了绚丽多彩而极富个性的文明，他们与中原在交流和碰撞中不断融合。《诗经》中记载有“憬彼淮夷，来献其琛。元龟象齿，大赂南金”，正是由于淮夷及各地的“琛”“元龟”“象齿”辐辏，才造就了以龟卜卜辞、青铜礼器、玉礼器、象牙器为突出特征的夏商周文明。

三是淮河流域是中华文化形成的主要渊薮。春秋战国时期是大变革、大动乱的时代，周王室衰微，战乱频繁，礼崩乐坏，民不聊生。淮河流域地当南北之衡，介居大国之间，诸侯国林立，建立了楚、齐、鲁、宋等十几个诸侯国，成为大国争霸和角逐的主战场。为了解民倒悬，有识之士纷纷提出自己的治国主张，以求天下之治。产生了一系列对中华民族具有深远影响的原创思想和原生智慧，出现了百家争鸣的繁荣局面。其中，对后世中华文明产生决定性影响的诸子大家，大多出生于淮河流域，淮河支流涡河岸边诞生的老子、庄子，泗水岸边诞生的孔子、孟子、墨子，颍水岸边诞生的管子、韩非等。他们临水而居、著书立说，提出了一系列原创性哲学观念并激烈碰撞，在群星璀璨的中华文明的轴心时代发出了最耀眼的光芒，奠定了中华民族灿烂文化的重要根基。

四是淮河流域长期是中国农耕文明的核心区域。在传统农业社会，淮河流域一直就有“膏腴之地”的美称，自秦汉至北宋一直是中国最重要的经济区。《尚书·禹贡》中称“海岱及淮惟徐州。……厥田惟上中，厥赋中中”。除雍州外，这里是九州中土地最肥沃的地区。秦汉大一统后，逐渐完善编户齐民制度，“淮泗之夷皆散为民户”，淮河流域进入全新的华夏时代。至东汉时，淮河流域已经赶上甚至局部超过了黄河流域的经济水平，成为国家重要的粮食生产基地。公元六世纪到公元十二世纪隋代到北宋的500年间，是淮河流域光辉灿烂的大繁荣时期。黄河、淮河相对安流，魏晋南北朝持续开发，兼以北方中原持续的战乱和衰败，淮河流域经济迅速崛起成为其时中国最重要的基本经济区。唐玄宗时“天下以江淮为国命”，辖境包括豫南、皖北、鲁南的河南道是当时全国最重要的产粮区域之一。隋唐大运河的开通，北宋建都于汴京（河南开封），沿淮沿运河出现了许多新兴城市，促进了淮河流域的文化繁荣。淮河流域一跃成为影响国运兴衰和政权安危的首要地区，“江淮熟，天下足”“走千走万，比不上淮河两岸”“扬一益二”等民谚足证淮河流域的富裕与繁华。

五是淮河流域是中华民族融合的广阔舞台。淮河流域地处中原腹地，既是南北交流的重要地区，又是南北对峙时期的四战之地。天下无事，则为南北行商之所必历；天下有事，则为南北兵家之必争。淮河流域的颍河、涡河均有南北通航之利。早在春秋早期，徐偃王开挖了我国最早的人工运河——陈蔡运河。春秋晚期，吴王夫差于公元前466年开挖邗沟，沟通长江与淮河。隋唐宋时期，形成了以洛阳、开封为中心的隋唐大运河，淮河流域连襟关中平原和江南地区，成为全国各地向两京转运物资的必经之地。元代对大运河进行了裁弯取直的大改道，形成了京杭大运河，连通洪泽湖、骆马湖、南四湖、东平湖等重要湖泊水系。淮河流域开挖运河连通水系的实践，历史上发挥了促进南北经济循环的巨大作用，部分运河至今仍发挥着显著的航运、防洪、供水作用。南北对峙时期，淮河流域成为南方政权的北部防线和北方政权向南扩张的首要争取目标。三国魏与吴、东晋与前秦、北朝与南朝、五代十国时期的吴与南唐、南宋与金，淮河流域始终是群雄逐鹿的主战场。楚汉相争、昆阳之战、官渡之战、浮山堰以水代兵、宋金之战几乎贯穿了整个淮河史，极大地影响了中国历史进程。淮河流域还多次有效遏制了北方少数民族的侵扰，庇佑华夏正朔。

六是淮河流域是明清集权皇权牺牲的局部。历史上黄河以“善淤、善决、善徙”而著称，有“三年两决口，百年一改道”之说。据统计，从先秦到1949年的2500多年间，黄河下游共决溢1500多次，改道26次，其中重大改道有6次。淮河北邻黄河，黄河的频繁改道给淮河流域带来深重灾害。其中，南宋建炎二年（1128年）的黄河夺淮，是有史以来黄河下游最重要的一次改道，是黄河和淮河治理历史上一个划时代的大事件，也是中国政治、经济、历史上的一个大事件，黄河下游河道进入历史上最紊乱的时期。一方面淮河流域成为名副其实的洪水走廊，黄河逐渐固定在今郑州—徐州—淮安一线、以东南流入淮河为长达700多年之久，流域内古代兴建的水利工程受黄水侵蚀破坏殆尽，造成了淮河水系紊乱不堪，中下游水利条件持续恶化，淮河大地千疮百孔，生态系统趋于崩溃；另一方面饱受治水决策之苦。明朝定鼎北京后，大运河成为王朝赖以生存的主要经济命脉。明清治河一直把北岸筑堤、南岸分流，以保证漕运畅通作为决策的主要内容，消极地采取抑河入淮保运策略，先后实行南疏北堵和束水攻沙、蓄淮刷黄的方略，给淮河流域带来了深重的灾难，严重损害了淮河流域特别是其下游地区人民的生命财产安全，影响了这一区域农业生产。

七是淮河流域是中华民族治水兴水的主要战场。淮河流域治水历史悠久。4000多年前，淮河流域的淮夷就在这片土地上劳作生息、治理水患。大禹导淮三至桐柏，《史记·殷本纪》记载，禹的治水范围“东为江、北为济，西为河，南为淮”。可见淮河流域就是大禹治水的主要区域，淮河是大禹治水的重点。春秋时期的芍陂、邗沟，南北朝时期的浮山堰，隋唐时期的汴渠，在中国水利发展史上占有重要地位。明清时期，黄淮运问题交织，现存的京杭大运河清口枢纽，因遗产数量丰富、类型多样、积淀深厚、价值突出，被誉为“中国水工历史博物馆”“人类水运水利技术整体的杰出范例”。近代以来，孙中山在《建国方略》中提出，“修浚淮河，为中国今日刻不容缓之问题”。一些中外有识之士纷纷提出各种导致淮河的主张和计划方案。1929年7月，国民政府成立导淮委员会，把导淮工程列为全国水利建设的首位，制定了《导淮工程计划》《导淮入海水道计划》等，培修部分堤防、疏浚北淝河、建成淮阴等船闸。在导淮过程中，水利工作者引进了现代水文测量、地形测绘以及工程建设技术，因应导淮成立了我国第一所高等水利工程学校——河海工程专门学校，开启了传统水利向现代水利的转型。新中国成立开启了淮河治理的新纪元。70多年来，先后掀起了三次大规模治淮高潮，基本建成了比较完善的防洪除涝减灾体系和水资源综合开发利用工程体系，水安全和水资源保障能力基本满足经济社会可持续发展的需求。

3 淮河文化的主要特征

一是以民为本。淮河流域以民为本思想源远流长，肇始于夏商周时期，发展于春秋战国时期。大禹“身执耒臿，以为民先，股无胈，胫不生毛”，三过家门而不入，形成了以公而忘私、民族至上、民为邦本、科学创新等为内涵的大禹治水精神，是中华民族精神的源头和象征。孙叔敖筑陂塘灌溉农桑，被称为“天下第一循吏”。东汉杜诗任汝南督尉时，曾“浚五沟入澺水（洪河）”修治陂池，被称为“杜母”。此外，邓晨修鸿隙陂、张禹修蒲阳陂、陈登修浚扬州五塘、范仲淹在苏北主持修建海堰范公堤等，都是古代爱民敬民利民的典范。以民为本的思想在新中国治淮实践中得到了更为充分的体现。新中国成立后，毛泽东主席两个月时间连续4次对淮河救灾和治理做出了批示，发出了“一定要把淮河修好”的伟大号召，充分体现了中国共产党把人民利益置于一切利益之上、全心全意为人民服务的宗旨和情怀，表达了人民政府根治淮河的信心和决心。以治淮工程为标志，新中国由此开始了一场向大自然宣战，兴修水利、治理江河的人民战争。70多年来，治淮始终坚持全心全意为人民服务这一根本宗旨，始终坚持一切为了人民、一切依靠人民，始终着眼于把解决好涉及人民群众切身利益的水忧、水患、水难、水盼问题作为工作的出发点和落脚点。

二是敢为人先。文化方面，贾湖遗址发现了我国最早的乐器骨笛，创造了中国音乐史上的奇迹。诞生于淮河流域的《候人歌》《破斧歌》分别被认定为“南音之始”“东音之始”，代表了古代诗歌的伟大开端。春秋战国时期，以老子、孔子、墨子、孟子、庄子为代表的诸子百家开始用理智和道德的方式方法来认识世界，他们的原生智慧奠定了中华民族灿烂文化的重要根基。社会政治方面，淮河流域诞生了我国第一个形态完备的国家，标志着我国奴隶社会的开始。被称为

“中华第一县”的河南息县是华夏大地上首次实行“县制”的行政区域。改革开放之初，淮河之滨的凤阳小岗村，以“大包干”的创举拉开了中国农村改革的大幕，开创了波澜壮阔的改革先河。水利开发利用方面，桔槔、水排等水利工具都是最早在淮河流域出现和使用，传说中的伯益作井，春秋时期开挖最早的人工运河陈蔡运河以及京杭大运河最早的一段邗沟，孙叔敖建成“天下第一塘”“古代水利之冠”芍陂。新中国治淮更加注重探索创新，更加高度重视尊重人民群众的首创精神，先后建成了中国第一座连拱坝、第一座大头坝、第一座自行设计的重力拱坝，兴建了新中国成立后全国最大灌区。

三是敢于斗争。梁启超指出，淮河流域阳开阴合，为我国数千年来政治史的中心，其代产英雄，龙跳虎卧，为吾国数千年人物史的代表。淮河流域民风民性一向以刚劲果敢著称。管仲在《管子》中指出：“楚之水绰弱而清，故其民轻果而贼 ”。“城中高髻半淮人，马上短衣多楚客”是淮河流域豪杰辈出的真实反映。在反抗秦朝暴政中产生的“楚虽三户，亡秦必楚”，既代表了一种情绪化的坚定信念，又不可思议地与历史演进的过程吻合。陈胜、吴广在淮北地区领导的大泽乡起义揭开了秦末农民起义的序幕，是中国历史上第一次大规模的平民起义，从根本上动摇了秦王朝统治。历史上影响深远的隋末王薄长白山起义、唐末黄巢起义、宋朝梁山泊起义、元末红巾军起义、清朝捻军起义无不策源和兴盛于淮河流域，客观上推动了社会的进步。在中国共产党的领导下，流域人民群众积极参加土地革命、抗日战争、解放战争，从中原突围、苏北七战七捷、孟良崮战役、千里挺进大别山到举世震惊的淮海战役，中国共产党带领流域人民用小车推出了淮海战役的胜利、用小船划出了渡江战役的胜利。淮河敢于斗争的文化特征突出体现在淮河治理中，从大禹治水到潘季驯“束水攻沙、蓄清刷黄”，再到孙中山《建国方略》“修浚淮河，为中国今日刻不容缓之问题”，治淮从未中断。新中国成立后，沿淮人民战天斗地的积极性被极大地被激发出来，继承革命年代诞生的大别山精神、沂蒙精神，发扬了治淮实践中产生的淠史杭精神、焦裕禄精神、王家坝精神，形成了“人民至上、系统治理、求实创新、团结奉献、艰苦奋斗”的治淮精神，创造了震古烁今的辉煌成就。习近平总书记视察淮河时强调指出，我们中华民族在和灾害作斗争的过程中，斗了几千年，愚公移山，大禹治水，但是我们还要继续斗下去。这是对淮河文化和治淮文化的精准概括。

四是兼容并蓄。淮河流域是中国南北文化交流的核心和中枢。在几千年的淮河流域发展史上，南北文化交汇、碰撞、融合，南米北面的生活习俗，南茶北酒的饮食习惯，南舟北车的交通方式，南蛮北侉的方言特色，北方人的豪放刚烈，南方人的温柔娟秀，兼收并蓄，南北过渡的特色，完全融合于淮河两岸人民的秉性之中，培养了独具特色的淮河文化。新石器中晚期，淮河流域与黄河中下游的龙山文化密切相关。春秋战国时期，吴楚相争，越人北上，尔后又归于楚，其后楚国定郢都于寿春。淮河流域以流域内的儒家文化、道家文化为本底，承接中原文化基因，融入江南吴越文化成分，汇合东渐的长江流域楚文化，使中国进入炎黄同尊、龙凤呈祥的时代。隋唐时期，以隋唐大运河为大动脉的水路成为文化传播的主要渠道，淮河文化迎来了历史上的鼎盛时期。明清时期，通过模仿、消融江南苏州文化特质，逐渐掺以徽州乡土色彩，最终在淮河下游孕育出了独具特色的淮扬文化，在绘画、书法、园林、学术等多个方面呈现出新的特点，对明清社会演变产生了深远影响，在淮河流域文化史上达到了一个新的文化发展高峰。

五是顾全大局。从大禹治水“三过家门而不入”开始，泱泱淮水一直生动讲述着淮河儿女“顾大局、保大家”的奉献精神。淮河流域跨省河道多，水事矛盾复杂。淮河治理是一个有机整体，上下游互为一体，左右岸唇齿相依。早在春秋战国时期，流域内诸侯国就先后举行阳谷会盟、召陵之盟、葵丘会盟，制订水利盟约，提出“无障谷”“毋曲堤”“毋雍泉”等条款，反对以邻为壑，并以缔结盟约的形式加以约束。新中国治淮过程中，确定了“蓄泄兼筹”的治淮方针，开启了团结治水的新局面。70多年来，治淮始终坚持兴利与除害相统筹，推动上下游、左右岸、干支流协调发展，形成了团结治河、合力兴水的生动局面，实现了全流域综合效益的最大化。流域各省充分发扬团结治水的优良传统，顾全大局、精诚合作，各有关部门和衷共济、互谅互让，协同推进治淮工程建设、水资源配置及开发利用、水污染联合防控和水旱灾害防御等工作。

4 淮河文化的时代价值

淮河流域是实现中华民族伟大复兴的重要组成部分，淮河文化是中华民族行稳致远、攻坚克难的重要精神支撑。新时代，大力传承弘扬淮河文化的时代价值，具有十分重要的意义。

一是为中华民族伟大复兴凝聚精神力量。淮河流域在五千多年的文明发展进程中，产生了以儒家文化和道家文化为代表的博大精深的文化，刚健与宁静兼具，雄浑与秀丽并存，积淀着中华民族最深沉的精神追求，包含着中华民族最根本的精神基因，代表着中华民族最独特的精神标志。在家庭美德方面，强调百善孝为先，家和万事兴；在社会方面，强调诚实守信，与人为善；在国家方面，强调民族大义，天下为公；在自然方面，强调敬畏自然，天人合一；在个人品格方面，强调君子人格，仁者爱人。它不仅哺育了世代中华儿女，更是中华民族生生不息、发展壮大的丰厚滋养。保护、传承、弘扬与创新淮河文化是坚定文化自信的重要基石，也是中华民族伟大复兴进程中的力量源泉。

二是为建设社会主义现代化注入奋进动力。淮河流域人民群众在抵御自然灾害和反抗压迫过程中，形成了百折不挠、自强不息的斗争精神，砥砺了励精图治、创新创造的意志品质，这是淮河文化鲜明的特点，是淮河流域历经磨难而始终生生不息的强大精神力量。新中国成立初期淮河治理是党领导下治理大江大河的伟大开端和光辉典范，开启了我国集中力量办大事的先河，对以后社会主义建设各个领域产生了深远影响和深刻启示。新征程上，淮河流域高质量发展任重道远，还会遇到不少激流险滩，坚定自信、坚守底线，坚决驯服“灰犀牛”，全面防范“黑天鹅”，在越进越难、越进越险中越挫越奋、越战越勇，闯出发展新路，创造新的更大奇迹。同时，也迫切需要寻求更高效的创新组织方式，发挥社会主义集中力量办大事的制度优势，有效应对当前和今后严峻的发展环境。

三是为建设美丽中国提供思想资源。淮河文化中蕴含着丰富的生态智慧和价值导向，能够为我们当前建设生态文明提供诸多有益借鉴。儒家的“仁民爱物”思想，道家的“道法自然”思想，传达对自然界生命一视同仁的普适价值和伦理关怀。孔子所讲“钓而不纲，弋不射宿”，孟子讲“斧斤以时入山林”，这些生态智慧和可持续发展理念高度契合。管仲将“取用有节”的可持续发展生态观提升到了国家治理的高度，为齐国制定了“以时禁发”的制度，“山林虽广，草木虽美，禁发必有时”，强调不能随意开采自然资源，而要顺应时序，尊重自然规律。《淮南子》中强调，虽然农民善于劳作，“然不能使禾冬生”，必须要尊重自然规律。同时，我们也要吸取明清时期淮河流域人口急剧增长、资源超限开采、政策畸重畸轻造成生态持续恶化的教训，以系统思维推动生态环境保护，促进人与自然和谐相处。

四是为新阶段水利高质量发展提供借鉴参考。习近平总书记视察淮河时深刻指出，这个斗不是跟老天爷作对，是人与自然要更加和谐，要顺随自然规律，更能够摸得到自然规律。同时我们需要培养强大的抗御灾害能力。这一论断，既体现了对人类自身认识和实践能力的充分自信，又体现了尊重自然尊重规律的高远站位，是人定胜天和人水和谐的辩证统一，是对中国传统治水规律的深刻总结和揭示。在几千年的治淮实践中，大禹因势利导、疏川导滞，成功战胜了散流泛滥的洪水。孙叔敖统筹防洪和灌溉，“决期思之水，而灌雩娄之野”，主持兴建芍陂，实现了“钟天地之美，收九泽之利”。潘季驯辩证地处理黄、淮、运三者关系，系统提出和实践了“筑堤束水、借水攻沙”的治水思想，对此后300多年治黄治淮产生重大影响。淮河流域里下河地区经过千百年来的人水调适，形成了堤—坝—闸—堰组成的农田水利系统，充分体现了传统农业的韧性与天人合一、因地制宜的优秀农耕智慧。新中国治淮实践中将“蓄泄兼筹，以达根治之目的”作为根本方针，准确表达了治水的自然辩证法，是治水思想在新条件下的创新，是中国治水思想的革命。这一治水新理念随后被成功地运用到全国各大河流治理计划制定中，取得了巨大的成功。现代社会治水与古代社会治水固然有很大不同，但在治水要遵循规律、顺应自然、因势利导等方面一脉相承。我们要充分吸收借鉴淮河文化中的科学思想，汲取抗御自然灾害的经验智慧，以辩证思维和系统方法指导治水兴水的重大实践，更加注重保护和治理的系统性、整体性、协同性，摒弃征服水、征服自然的冲动思想，不断从实践中总结自然灾害发生的规律，积累应对抗御灾害的经验，全面提高抗御自然灾害的能力。

参考文献

[1] 水利部.深入学习贯彻习近平关于治水的重要论述[M].北京：人民出版社，2023.

[2] 中共中央文献研究室.习近平关于社会主义生态文明建设论述摘编[M].北京：中央文献出版社，2017.

[3] 习近平.在黄河流域生态保护和高质量发展座谈会上的讲话[J].求是，2019（20）.

[4] 李国英.推动新阶段水利高质量发展 全面提升国家水安全保障能力[N].人民日报，2022-03-22.

[5] 李国英.坚持系统观念 强化流域治理管理[N].人民日报，2022-06-28.

[6] 水利部淮河水利委员会.新中国治淮70周年[M].北京：中国水利水电出版社，2020.

水文化的内涵与外延
——江苏大运河的美学复兴：新视角

刘登阁[1]　赵　琪[2]

（1. 北京市发展和改革委员会，北京　101100；
2. 北京时装周有限责任公司，北京　100026）

摘　要：中国大运河是世界上规模最大、通航里程最长、使用时间最久、文化价值最丰富的运河。在江苏省“强高富美”目标引领下生成的大运河文化美学故事，从而提炼出江苏大运河的全新文化形象IP。大运河丰富的审美内涵，它不仅能给人带来审美享受，更能增强民族自豪感，提升文化自信。

关键词：江苏大运河内涵与外延；文艺美学；数字美学；文化创意

1　江苏大运河的美学建设

江苏是大运河的起源之地。古运河从公元前486年吴王夫差在扬州开挖，至今已超过2500多年的历史。《左传》中写道：“秋，吴城邗，沟通江淮。”即公元前486年，吴王夫差筑造邗城（今扬州），并开挖沟通长江与淮河的运河，史称“邗沟”。此为中国大运河的起源，这一历史性工程致使地处邗沟两端的扬州和淮安两座城市的诞生。

江苏依水而生、因水而兴。自古以来就以沟通水系最多、覆盖地域最广、通航里程最长、漕盐运量最大、流经城市最多、沿线城镇最繁华著称，始终是中国大运河的核心地段。中国大运河全长约3200km，江苏段全长790km，沿线常住人口占全省85%、经济总量占91%，直至今天，京杭大运河江苏段仍是黄金水道，年运输量超过10条铁路。运河见证了昔日漕运水利的兴盛，哺育了经济社会的发展，更滋养了江苏运河两岸人文历史的繁荣。

1.1　“活”在当下，流向未来

2018年，由江苏省委宣传部、江苏省文联主办的“画说运河——江苏美术家采风写生创作展”，汇集了省内极具实力的美术家，兵分三路，奔赴大运河沿线十一座城市采风写生，感受运河两岸的历史变迁，体会运河水域的文化内涵。领衔《中国大运河史诗》创作的著名画家秦剑铭年届八旬，却在团队写生之前提前“巡河”，考察成果为创作打下了坚实基础。参与创作的艺术家不少画过运河甚至住在运河边，但大家都把采风和写生当作艺术源泉，单独走、分组走，把运河跑了好几趟，在把握运河全线、全貌的基础上，再着手提炼各部分的创作理念、画面布局和笔墨风格。

2020年8月，长三角作家联合开展大运河文化主题创作采访活动，以新沂窑湾古镇为起点，而后由徐州南下，一路经宿迁、淮安、扬州、镇江、苏州，最终抵达京杭大运河最南端——杭州。用脚步丈量运河华章，让著名文学评论家汪政有了新的思考：“如何书写新大运河文学”？我们可能要调整单一的姿态，在凝望历史的同时写出大运河的现在，在书写这一伟大遗产前世的同时写出它的今生，而大运河的今生更能显示作为历史的当代意义。

江苏凤凰科技出版社推出的中国第一部运河通志《中国运河志》，填补了“中国大运河无通志”的空白。这本志书共9卷11册、1400万字，历时8年编纂完成，集结了邹逸麟、赵世瑜、张廷皓、张英聘、李孝聪、李泉、王云等100多位专家学者。中国运河出版中心主任胡久良介绍说，该志书全面记述中国运河的河道变迁、水利工程、运营管理、漕运通航、沿线重点城镇、社会文化现象、重要历史人物等，在学术界、出版界以及国际上形成了热烈反响。

1.2 挖掘运河文脉，留住运河记忆

大运河是一条生活之河，更是一条历史之河、记忆之河。不仅以历史关照现实，也从现实回望历史。通过艺术展现大运河的历史价值和当代意义，江苏各地齐发力，精心打造运河题材精品力作，涵盖舞台艺术、广播影视、文学出版、美术音乐等各个艺术门类，千年运河，借由文艺表达正奔涌而来。

江苏2020第二届大运河文化旅游博览会首次推出大运河文化主题IP形象，以“大运河记忆”品牌生动呈现中华文化的独特创造、价值理念和鲜明特色，以传承和弘扬大运河文化为宗旨，取“千年运河 水韵江苏”之主题，从活态、线性的文化遗产入手，将千年运河留存的丰富物质、文化遗产与承载民族记忆的运河流域特色文化相结合，致力打造集江苏运河文化与现代工艺于一体的多姿多彩运河创新系列产品，为我们的现代生活营造触手可及的运河文化体验。IP作品主要取材于大运河江苏段沿河城市的千年物质文化遗存，以插画的表现形式创作凸显主题特色的当代插画版“运河繁华图”，着力将千年运河文化融入百姓生活。插画主题内容以京杭为起始点，重点反映江苏段河两岸的重要建筑、事件、艺术、非遗、美食、物产等内容，并以此为立足点，致力研发系列运河主题创意产品，形成具有美好记忆的运河非遗、时尚生活、文博文创、运河特产等类别的“大运河记忆”IP品牌产品体系。

由江苏省演艺集团创排的原创歌剧《运之河》以“水能载舟、亦能覆舟”为主旨，客观还原隋炀帝开掘大运河的历史功过，中国故事，国际表达。该剧在世界各地巡演，曾有过演员谢幕10次的高光时刻，成为一张具有世界影响力的运河文化名片。无锡市歌舞剧院创排的舞剧《千年运河》，通过讲述春秋时期开挖邗沟时发生的一段“悲欢离合”的动人故事，生动展现运河两岸人民不畏艰难、顽强拼搏、生生不息的奋斗精神。苏州市歌舞剧院倾情打造的大型原创舞剧《河》，用意识流的表现手法，通过女人、船与河的时空穿越，抽象与写实切换，将舞蹈巧妙地与音乐、布景完美融合，多角度、多空间讲述了一段关于女人、船、河、生命、命运的故事。全剧饱含生命张力，勾勒出人、河、城之间千丝万缕的联系，堪称一部“水上牡丹亭”。

大运河沿线名人荟萃，更成为书写大运河的丰富素材。苏州创排的芭蕾舞剧《唐寅》，在深入走进唐寅的人生后，观众会发现唐寅并不只是“唐寅”，他代表的是那个特殊时期的一种人文现象；常州用话剧《周有光》讲述大运河孕育的“汉语拼音之父”周有光的传奇一生；扬州打造的舞剧《朱自清》摘得第十二届中国舞蹈“荷花奖”，先生的文人风骨和民族气节，在新时代更具现实意义。不少文艺创作更从解读非遗入手，走进运河的古今生活。比如兴化的歌曲《吉船下水》，以国家级非遗兴化木船制造技艺为创作元素，苏州吴中区的歌曲《城南花已开》中，我们可以听到宝带桥、缂丝、团扇等文化遗产元素，泰州湖润乡土文化艺术团带来的歌曲《远去的吆喝声》，则以曾经活跃在水乡的匠人们的“吆喝”声为主线，充满了生命的张力。

2 大运河，一条美丽的“戏韵之河”

一河渔火，千里歌声。千年运河上，历史的轻舟漂过，穿越过千万百姓的烟火日常，也飘荡着戏曲的动人声韵。大运河江苏段，伴随着汩汩运河水的流淌，不同戏曲种类在这里诞生、交流、融合。百戏之祖昆曲，在昆山诞生；京剧源头的四大徽班进京，从扬州启程；从“滩簧”到锡剧，尽显江南水乡特色。戏韵悠悠，熏染着这方土地上的风雅生活，吟唱着一方文化与审美的传奇。

2.1 水路戏路，前世今生

戏曲界历来有“水路即戏路”的说法。江苏省戏剧家协会原主席、著名戏剧理论家汪人元说道，“戏路”指戏班演出路线与活动区域；“水路”指重要的交通水道。水路带动经济文化发展，也形成戏曲活动的聚集。江苏戏曲是与江苏整个历史、地理、文化的背景紧密联系在一起的。江苏气候宜人，物产丰富，鱼米之乡，交通便利，南京还是六朝古都，清代政府曾在扬州设局改戏，汇聚全国八方戏曲绝非偶然。以演唱“二簧调”为主的徽班，发源于安徽南部，而扬州盐商中就有很多来自徽州，喜爱家乡戏。所以，徽班在进京前，实际上在扬州接受了一段“艺术提升”的过程。后来，借助为乾隆做寿的机会，徽班从扬州出发，沿着大运河进入北京城，在与其他声腔同台献艺中，相互竞争，逐渐吸收、融合了其他声腔的精华，形成京师梨园的新面貌，催生了今天人们所熟悉的国粹京剧。

2.2 包容创新，百戏争鸣

大运河是明清时期戏曲从苏州、扬州这两座城市向外传播的重要渠道。比如昆剧艺人多从苏州北上，在京剧形成时期，艺人也多为苏州、扬州地区人。如梅兰芳祖籍是泰州，周信芳出生于淮安，“通天教主”王瑶卿祖籍淮安，京胡名家徐兰沅祖籍苏州吴县，昆曲名家俞粟庐（俞振飞父亲）是江苏娄县人，京城学戏者“大半是苏、扬小民”，多与运河有关。

大运河沟通了南北交通，促进了贸易繁荣，运河沿岸也汇集了来自四面八方的客商。为了笼络这些语言庞杂、审美各异的观众群，取得更高的票房，江苏的戏曲就要学会包容，包容实则就是最大的创新。”江苏戏曲包容性体现在音乐上，是一种“南腔北调”的特色，语音上突破方言，力使南北观众都能听懂。例如，昆剧源于吴方言区，起初昆曲的唱词与宾白用的是中原音韵。但是现在看到的传统昆剧中，丑角的宾白里既有苏州话又有扬州话，比如出现扬州话常演的剧目有《红梨记》中的《醉皂》，《儿孙福》中的《势僧》等。江苏的戏曲一直以一种开放的姿态存在着，这种开放的姿态使得江苏的戏曲海纳百川，最终成为影响力深远、演出范围广的大剧种。

2.3 一河一生，一代一情

大运河是一座流动的文化记忆宝库。江苏戏曲众多剧目之中，有很多和运河或其他水路相关的内容：锡剧创作过明代抗倭题材的《克宝桥》，反映日本海盗浪人在沿海地区窜入我国运河一带骚扰、掠杀江南民众，县令王其勤令子王克宝筑城坚守，因子违反军令被斩。这是一出颂扬不屈民族气节、感人至深的地方剧目。戏曲《白蛇传》大家耳熟能详。但其实这个著名 IP 也经由大运河催生塑造。《白蛇传》也叫《雷峰塔》，这个故事里涉及的三个城市杭州、苏州以及镇江，都是大运河沿岸的城市。清代的方成培所作的戏曲《雷峰塔》本就是为乾隆南巡所准备的。

一代又一代戏曲人沿着运河演出的记忆，还有这片广阔土地上百姓对戏曲的热爱，如今已沉淀为江苏戏曲的深厚内蕴，散发着更加鲜明的特质。这种开放包容、创新创造的精神，也一直体现在江苏当代戏曲发展上。

3 文创产品有民俗内涵更有“运河范”

文旅融合的目标是建立文化、文创与非遗的发展、保护与传承机制，创新结构式旅游产品，以赢得消费者青睐。江苏非遗文创商品的发展已进入快车道。通过引入新业态和新模式，依托文旅融合、文化科技、非遗创新、非遗营销等方式，实现大运河非物质文化遗产的落地转化，打造出满足当代人需求的智慧非遗体验和购物空间。这既可以增加经济收益，又可以传播非物质文化遗产。具体而言，可运用“非遗 +”项目或者“运河 +”项目，促进文旅融合发展。

3.1 创新文旅融合方式

一款以大运河土为特色的公益文创产品——“运河出土小麦盆栽”在聚划算百亿补贴直播间首发，该产品是“千年大运河·文脉颂中华”公益直播活动推出的首款公益文创产品。拥有浓厚农耕文化背景的中国人，对“土地”和“种植”情有独钟。微博话题：中国人对种菜有多执着，阅读量达 2.5 亿，我国首辆火星探测车“祝融号”成功登陆火星，网友们热烈讨论的一个问题竟然是“火星上能种菜吗？”土地是文化的根脉，找到传统文化与年轻人的情感连接，从“土”下手，不失为一个好办法。

中国青年报联合水利部产品质量标准研究所、聚划算共同发起“运河出土”计划，将运河淤泥进行多元化价值开发。将小麦种子泡水、撒在运河土里，每天喷水即可长成小麦盆栽，在家就能体验运河种植文化。这款新奇的“土特产”，除了创意、纪念、文化价值之外，更有满足生活需求“实用价值”，尤其契合年轻生活方式。

中国传媒大学文化发展研究院副院长、国家文化和旅游公共服务研究基地主任卜希霆认为：以大运河文化带为主线，充分挖掘大运河所在地文化资源、打造文化 IP，是大运河文化遗产永续发展的核心要义。结合大运河清淤工程，巧用大运河淤泥研发文创产品，就是一个很好的尝试，用创意为淤泥赋予新的文化价值，融合大运河及沿岸的历史人文故事，让文化遗产走进大众生活，进一步促进大运河文化遗产的当代可持续发展，为沿线地区的经济民生带来新的增长点。

宜兴市地处苏南腹地，太湖西岸丁蜀黄龙山紫砂矿，富含铁质，可塑性强。七千年前，宜兴的先民们就在这里陶土制陶，一抔“五色土”炼化成“紫玉金砂”。清朝时期宜兴陶业发展迅速，陶器以陆运及水运的方式流通至各地，后更是远销欧洲、东南亚，宜兴紫砂壶被异域人士赞誉为“红色瓷器”，启迪外邦陶瓷文化创新。经过代代相传，成就了宜兴“世界陶都”的美誉。

魏晋南北朝时期，饮茶渐成为江苏地区的风俗。《三国志·吴志·韦曜传》记载，吴主孙皓密赐韦曜以茶代酒。西汉时期，连绵起伏的山峦里就种植了茶树。唐朝时，宜兴阳羡茶因陆羽举荐而成为贡茶，宜兴成为宫廷贡茶的生产中心之一。阳羡贡茶随着大运河之舟而奉贡北上，呈现出“茶自江淮而来，舟车相继”的茶事盛景。宋朝时，因贡茶所需，茶叶生产中心由江浙转至闽北，宜兴茶由传统饼茶向散叶茶、芽茶方向转变。元朝时，朝廷在浙江长兴设立“磨茶所”专门生产贡茶，如“金字末茶”。磨茶所进贡的“金字末茶”与散茶、饼茶一样，都是用甑蒸青的不发酵茶叶，将茶叶磨成碎末，无需压制成型。明朝时，茶政变化及对外贸易的开展，推动了芽茶类大发展，江苏再次成为全国茶业中心。明万历年间，宜兴紫砂壶兴盛，饮茶方式由主流的宋时点茶法变化为瀹茶法，以沏泡芽叶为主，紫砂壶不仅能发茶之真味，还成为文人雅士审美的对象，以壶寄托情志，成为独具特色的江苏茶器。

从紫砂技艺传承发展中可以感受到中华文化的脉动，明时宜兴时大彬，清时宜兴陈鸣远、溧阳县令陈曼生、宁波玉成窑梅调鼎，近代宜兴顾景舟、蒋蓉等，都是紫砂艺苑之技艺文化集大成者。紫砂器物凝结着文人雅士设计、匠人精妙抟制、商贾定制寄情，还有宜兴的茶与泉，太湖的风土，流淌的运河……。

如今，文创产品越来越受到大众的喜爱，各类文创产品大放异彩，故宫日历、大观园纸雕宫灯、三星堆的考古盲盒等让人目不暇接。文化遗产的文创化活态传承正在成为时代潮流，日益受到人们的喜爱，文创产品正在成为文化遗产与人民美好生活的桥梁与纽带。

这些以运河图为素材的内容，融合了年轻视角，启发着更多人关注、发掘、创造全新的运河文化，用多种姿态呈现运河历史的厚重辉煌。

3.2 数字化“新消费”

“新消费”是指由数字技术等新技术、线上线下融合等新商业模式以及基于社交网络和新媒介的新消费关系所驱动的新消费行为，因为它具有“增量”和“升级”的特点。搭乘“数字快车”，文化产业也在朝着家庭化、数字化、智慧化的方向继续发展。科技创新赋予文化产业发展新动能，将是未来的时代主题。整合人工智能、大数据等科技产业资源，推进5G与VR/AR、4K/8K超高清视频等技术相结合，积极发展新型文化设施，加快推进文化产业重点领域数字化消费、数字化生产、数字化运营，是未来持续不变的主题，也将有力地提升我们文化产品的创意性与文化服务的体验感。

2022年5月，中共中央办公厅、国务院办公厅印发《关于推进实施国家文化数字化战略的意见》，提出发展数字化文化消费新场景，大力发展线上线下一体化、在线在场相结合的数字化文化新体验。这种“数字＋文化”的发展新模式，将进一步增强中国公共文化数字内容的供给能力，提升中国公共文化服务的数字化水平。“云阅读”“云视听”“云赏乐”“云展览”“云旅游”“云演出”……数字技术与文化产业的深度融合，给人们带来不少新体验。

第十八届苏州端午民俗文化节推出了虚拟实景演出《泊》，将精品艺术与现代科技完美融合，让市民朋友在家即可享受一场精彩的视觉文化盛宴。演出利用“5G+AR”等技术，通过多媒体场景融合、三维制作、AE动画制作、后期特效包装等手法，将舞台演出融入虚拟实景，再现运河之上姑苏繁华。人们在家中即可沉浸式观看，“云”享文化大餐。近年来，数字技术在内容建设、展示方式、传播途径、交互手段等方面丰富了用户的文化体验，使数字文化日益融入人民群众生活并成为一种需要，而且越来越多地呈现出线上线下一体化、在线在场相结合的新特征。

“轧神仙”是展示姑苏大运河文化的一张特色名片，被誉为“苏州人自己的节日”。2022年“轧神仙”文化民俗活动通过“云”上“轧闹猛”，推动传统民俗创造性转化、创新性发展，为民俗节庆赋予新内涵注入新活力。而“数字＋”作为活动的一个鲜明特点贯穿始终，将祈福文化、跨界联名主题文创、志愿者招募等元素相互融合，全方位展示古城资源、古城生活、古城形象。

文化产业数字化发展促进文化与科技不断深度融合，科技渗透到制作、展示、传播和消费各环节，催生文化产业的新产品新服务，从而更好地激发并满足人们的精神文化需求。

4 科技助力新“运河”时代

千百年过去，人类对科技的掌握有了翻天覆地的变化，交通、通信技术使人类的脚步能行得更远、声音能传得更广。与之匹配的，是一些传统技术手段的失落，比如运河从交通干道降级成了文化景观。

4.1 发力“新基建”，共建智慧江苏之美

商业世界的“要素流通”永不止歇，甚而比以往更加迅猛、多样。如今，数据也被归入了“生产要素”的行列，成为了流通要素之一，扮演着滋润商业世界的“水”的角色。“连接＋计算”也因此成为了新一代的“运河”。如今的“新基建”战略，就是要在全国范围内“造好运河”“用好运河”。这对江苏来说也是一次新的机遇。

江苏最早的便民政务新基建“智慧江苏”，早在2011年就已经问世了；在工业领域，江苏更是已经形成了一套完整的新基建规划，大力推动的“一市一平台、一行业一平台”的落地，编织属于江苏的工业互联网平台。

各地方的新基建也如火如荼。比如省会南京就率先提出了“四新”行动计划，也就是建设新基建、新消费、新产业、新都市等4个“新”。

制造业自改革开放以来，就是江苏的命脉行业，在此基础上的工业互联网建设，不仅是顺应了时代潮流，也继承发扬了江苏本身的优势，其中就不少见深耕工业互联网的华为的身影。华为南京沃土工场项目，就围绕工业互联网等方向，帮助当地企业进行数字化转型与创新应用，致力于打造成国内一流、国际知名的产业创新中心与生态服务平台，将华为的能力和资源输出给当地企业。教育领域的先行者苏州大学，通过与华为合作，打破了高校原有的管理形态，将原来分布在10余个不同系统上20种类型的数据集成，学生从报到时起就能很快掌握学校的方方面面，离校时则可以一键生成所有毕业所需材料。而且，这所“云中苏大”还集成了基于VR/AR技术的5G临床教学和360智慧教室，这背后也正是华为5G和Wi-Fi 6技术的应用。

从苏州到无锡，从南京到南通，从淮安到盐城，随着江苏智能化升级的脚步越迈越大，云计算、AI、5G为代表的创新技术为整个江苏社会经济的发展构筑了坚实的基础，这些背后都有华为的身影。华为将技术和产业融合创新，为江苏的高质量发展带来新的契机。

4.2 建造智慧航道，展现千年运河之美

京杭运河鸭子坝段是江浙两省的交界处，也是江苏段的南大门。这个航段地处苏州吴江盛泽，为了方便过往船舶的临时停靠，现场设置了540m长的盛泽锚地。苏州市吴江区港航事业发展中心工程科办事员张奇介绍，盛泽锚地可以同时停靠200艘船左右，极大方便了船民临时停靠休息以及上岸采购生活物资的需求，现在已经成为江浙两地过境船舶的重要停靠点。

京杭运河苏南段目前共有11个锚地、5个水上服务区，所有服务区均已设置岸电及船舶污染物回收设施。通过绿色航运项目的打造，部分水上服务区变得更智能、更环保。

镇江水上服务区是江苏省首个实现了污水的收集、处理同步进行的水上服务区。镇江市港航事业发展中心安全环保科科长刘海荣介绍，船民拿手机上来对着二维码一扫，就可以自己递交污水和生活垃圾。通过污水处理站处理之后，水质达到标准可以直接排放，也可以用来浇灌绿植。

京杭运河位于无锡的新安水上服务区可以停靠30艘千吨级以上的船舶，它是国内首个引入低压小容量标准化岸电的水上服务区，可以为24艘船舶同时充电。

目前，江苏已建成45km长的京杭运河绿色现代航运示范区先导段，预计到2023年基本建成智慧航道；到2025年，京杭运河江苏段通航保证率将达98%以上，船舶平均过闸时间缩短30%以上，船舶污水实现零排放；航道沿线可绿化区域绿化率达100%。

4.3 打造智慧文旅，大运河国家文化公园数字云平台之美

江苏省文投集团牵头开发的大运河国家文化公园数字云平台，通过5G互联网、物联网、大数据、虚拟现实（VR）、人工智能（AI）等现代科技手段，挖掘、整合、盘存、展示大运河沿线分散的文化遗产和文旅资源，为打造数字化、虚拟化、可视化、智能化线上大运河国家文化公园提供了有力的技术支持。

2022年6月27日，文化和旅游部、江苏省人民政府共同主办的2022世界运河城市论坛（WCCF）开幕式上，由江苏省文化投资管理集团承建的大运河国家文化公园数字云平台建设成果正式发布。大运河云平台，以“保护传承利用相统筹、开发与运营相兼顾、线上与线下相融合、公益与市场相结合”为总原则，利用“知识图谱”技术研发“运河大脑”，创建“一云四端”平台框架，打造“三横四纵”架构，基础层、数据层、应用层三层叠加，政务服务端、公众服务端、企业服务端、国际传播端四纵并立，是“统筹保护好、传承好、利用好”大运河宝贵遗产的重要阵地，成为中国另一条“数字化运河”。

参考文献

[1] 苗菁．水路与戏路 [N]. 光明日报，2017-08-14.

[2] 王珏．论京杭大运河江苏流域戏曲的发生与发展 [J]. 艺术百家，2018（11）.

[3] 郑菲菲，郭新茹，何亚兰．大运河江苏段非遗活态传承影响因素及文旅融合路径研究 [N]. 淮阴师范学院学报（哲学社会科学版），2021-03.

[4] 胡付照．水韵江苏壶润茶香——中国大运河文化蕴育宜兴茶与紫砂艺术之美 [J]. 华人时刊（上旬刊），2021（6）.

[5] 刘已粲．大运河江苏段：千年漕运见证运河大省变迁 [N]. 光明日报，2020-09-06.

新时代济南市水文化建设的几点思考

李军传

（济南市水利工程服务中心，山东济南　271108）

摘　要：济南具有丰富的水文化底蕴，大力发展泉城的水文化，有利于节约用水，保护城市的生态环境，提高城市的综合竞争能力；因此，必须坚持可持续发展之路。本文通过对济南与水的起源、济南水文化的实践意义进行了论述，就济南水文化的发展状况进行了分析，并就如何构建具有济南特色的水文化提出了自己的看法。

关键词：济南市；水文化；济南特色；水利建设

文化是一种传承，是一种精神，蕴涵着丰厚的历史积淀，是人类赖以生存和发展的基础，以水为载体的水文化同样影响着人类生活，认识和继承水文化，对于推动我国水文化科学发展具有重要的现实意义。随着中央对水文化建设的更高定位，济南市对标国家部署，贯彻科学发展思路，大力提升水文化建设。结合济南水利工作的实际情况，谈谈加强新时代济南水文化建设的一些思考。

1　济南与水的渊源

济南市因“泉”闻名，融“山、泉、湖、河、城”于一体，辖区内分布十大泉群645处泉水，历史上名泉72处。除此之外，还有黄河、小清河等4条大型河流，玉符河、兴济河等120条中小河流，卧虎山、玉清湖等15座大中型水库。水孕育了济南，是这座城市的命脉与灵魂；水成就了济南历代名人名士，承载了济南的历史、文化、政治和经济；济南水文化历史深厚，内涵丰富，是多元文化的根基。

济南地处暖温带地区，其所处的区域为四季分明的大陆性季风气候，夏季受热带气流的影响，常有东南、东北、西南三个方向的气流，使南方的湿热气流汇集而来，造成降雨密集、湿热、多雷雨的特点。冬季，在西伯利亚的干燥、寒冷的季风影响下，冬季多为东北风、西北风和北风，冬季降水较少，阳光充足，寒冷干燥。春季和秋季是季风转换的时期，气候变化很大，温度也是冷热交替的。由于济南独特的地理位置，具有明显的季节性特征，冬冷夏热，雨量不均。济南的四季气候特征有：春季干燥，寒冷，风沙多，是一个典型的季节性特征；夏天又热又多雨；秋天很凉；冬季温度低，空气干燥，低温持久。济南具有雨热同季的特点。水源补给主要来自夏季降水，夏季有效降水为济南泉水进行了较好补源，也为泉城文化保持了底蕴。

随着经济社会快速发展，水设施、泉景观等水文化建设成为泉城济南发展的重要一环。因此，有必要对济南的水文化进行系统的研究，以更好地推进济南水文化的发展。一是有助于增强民众的节约用水、护泉的意识，推动人与水的和谐发展；通过开展水文化活动，使广大群众认识到人水关系的发展史和缺水危机，增强爱惜水、保护水和节约用水的意识。养成低碳、节约用水的生活方式。二是有助于提升水景观、水利设施的文化内涵，达到生态与环保的有机统一，推动“美丽泉城”的创建。在水利工程建设和水景观规划建设中，应将人文元素融入其中，构建公共亲水平台。达到防洪和景观相结合，防洪和生态相结合，亲水和安全相结合。三是对水利系统的人才培养具有积极的促进作用。营造亲切的水利人形象。水产业文化是水文化的重要组成部分，因此，我们必须大力弘扬水利产业精神，努力提升水利系统干部和员工的综合素质。四是对济南现代水利建设具有一定的借鉴意义。坚持可持续发展的方针，改变传统治水观念，要“以民为本”、以水生态文明为目标，采取一系列水利改革和发展举措，推动水利事业发展与时俱进。实现从传统水利到现代水利，从工程水利到资源水利、环境水利和生态水利，再到风景水利。五是对济南文明水平的提高，对创建全国文明城市起到积极的推动作用。济南的文化底蕴与“求真”“以真为本”的现代水文化精神融合在一起，一定会在整个社会产生共鸣。将其作为一种新的公共价值选择。六是有助于增强济南的整体竞争能力，让水和城市融为一体，凸显济南的特点。通过对济南水文化的深度研究，进一步发掘济南特有的水文化遗产，综合水文化魅力，提高济南的综合品位，树立国际都市的形象。

2　水文化建设的重要性

2.1　推进水文化事业发展的重要保障

通过对水文化的研究，阐述水文化在社会发展产业中的地位和作用。在水文化建设中，将水文化改革发展的思想贯穿于整个社会发展经营的全过程之中，并转化成为人们的主观行动和创新的实践，形成推进水文化产业发展的一种软实力。拓展水文化对社会发展的促进功能，从而为社会发展创造一个更大的空间。

2.2　实施水文现代管理的重要支撑

首先，水文化建设要以人为中心，推动从制度到文化的转型，培养并提高所有社会成员对社会核心价值的认可，从而调动全员的工作热情和创造力，从而推动水文化事业的发展。其次，构建诚信、主动、准确的水利精神，形成实事求是、团结进取的水利文化。这就要求不断拓宽水利工作思路，不断拓展水文化服务范围，为新时期水利资源建设、生态水利和环境水利的发展提供强有力的支持。

2.3　激发水利内部创造力的强劲动力

第一，通过水文化的建设，最大限度地将水利现代化的宏大目标与单一个体目标有机地结合在一起，形成一种较为统一的意识形态和行为规范，将其贯穿于具体的水利工作中。第二，以水文化为载体，加强对水文化的认识，形成一种正面、健康的文化和舆论环境，使我们每个人都能按照行业既定的目标去努力，推动水文化事业的发展。第三，以水文化为载体，充分调动水利职工的积极性、创造性，充分发挥水利职工的智慧，为水文化建设提供动力。

3　济南水文化发展现状

我国节水型社会建设已初见成效。最严格的水资源保护制度得到有效执行。泉城济南有着悠久的水文化，多年来，济南有关部门在泉城水文化、泉文化方面进行了一系列有益的探索与实践，使人们的节约用水意识显著提高，节约用水、保护泉城的观念得到了广泛的认同。自2003年趵突泉复涌已经连续喷涌20年。以“休闲、绿色、文化”为主题的小清河（济南段）综合治理，将护城河和小清河贯通起来，形成一条“一江百景”的济南文化景观。办好泉城“泉文化节”，办好《天下泉城》的文化品牌。成功举行了“济南水论坛”“和谐水利，美丽泉城”主题摄影比赛，在全市范围内广泛开展了精神文明建设。可以说，泉城的水文化发展成绩显著。

但是，我们也要看到泉城的水文化还存在着许多不足之处。一是缺乏一个统一的领导组织，没有形成工作合力；二是缺乏科学的整体规划，缺乏与济南实际相适应的泉城特点的水利建设方案；三是泉文化和水文化的整理较为零散，没有摸清“水文化”的家底，未构建“水文化信息库”。水文化遗产的抢救与保护工作做得不够；四是水文化的推广途径比较单一，宣传力度不够，缺乏深度和广度；关于泉城独特的水文化的研究，目前还很缺乏；五是体制机制不够完善，“政府主导，社会支持，群众参与”的体制机制还没有建立起来；六是水文化内涵挖掘不够，水利设施和水景观的文化内涵不强，泉城的水文化还没有形成具有影响力的品牌；七是水文化工作人员的培养需要进一步加强。

4 对济南水文化建设的几点建议

4.1 加强水文化建设的组织领导

泉城水文化建设是一个系统工程，不能只依靠水务部门一家之力来进行，必须要尽快建立起一个统一的管理体制，对各个部门和产业进行统筹协调，明确职责，细化分工，形成工作合力。要从水利、文化发展的大局来研究部署水文化工作，把水文化工作融入到水利业务和文化发展的各个方面。

4.2 科学编制水文化建设规划

邀请国内外水利、文化领域的专家学者组成泉城水文化智库，对水文化进行全面的调研，广泛听取各方的意见和建议，并结合济南实际，提出具有泉城特点的水文化建设规划。我们将对泉城的水文化进行全面的调查，全面了解泉城的水文地质情况，并建立相应的数据库。抢救和保护水文化遗产，编制《泉城水文化名录》。

4.3 建立健全水文化建设各项体制机制

探索构建水文化专项业绩评价制度，将考核计划和指标细化，并将其纳入到各级水利工作的评价指标体系之中，实现年初制定计划，年中督促检查，年底总结考核。健全激励机制，充分发挥典型带动作用，引导先进经验，对在水文化建设中表现突出的单位和个人进行表彰。建立健全基金投资体制，增加各级政府的资金投入，探讨多种筹资方式，推动水文化公益事业的发展；大力推进水利资源开发，逐步构建“政府主导，社会支持，群众参与”的水利文化建设体系。

4.4 在水利工程与水景观建设中强化文化意识

要重视提高水利水电工程建设的文化品位，改变长期存在的灰色、呆板的设计作风。在水利工程建设中，要把水文化融入到工程建设的整个过程中。水利工程的申报、立项、审批、建设、管理的每一个环节中，都要充分考虑到其文化元素的布置与作用。积极推动人性化、观赏性和休闲性的水景设施建设，构建反映泉城特点的亲水平台，营造水清、岸绿、优美的水生态环境及滨水景观，使市民在亲水中了解水、爱护水、欣赏水。

4.5 丰富水文化宣传教育载体

要做好“世界水日”“中国水周”宣传，举办水文艺表演、水知识竞赛和水法治宣传等多种形式的水主题活动，开展水的科普讲座和水运动，深化水文化的普及和水精神的传播。推广“泉城水文化”“泉城水情”和“泉城水”的科普读物，推动水文化进学校、进企业、进社区，让“节约用水，爱护水，保护水，亲水”的观念在人们心中生根发芽。重点选择在河流、湖泊、水利风景区显著位置设置水文化建设的宣传标语，并通过公开招聘具有社会影响的公众人物担任代言人，拍摄介绍河湖文化和水利发展历史的专题片，提高公众对水文化的认识，增强对生态环境的保护意识。

4.6 深度挖掘济南市水文化内涵

举办泉城水文化论坛活动，挖掘“泉水”“漕运”“农耕”等特色水文化，推动水文化在“水”方面的发展。深入推进泉城国际水上节、泉城水文化展览工作。加强《天下泉城》的品牌建设，促进与水相关的文艺作品和影视作品的传播；开发科普、旅游纪念品等主题和产品，使泉城的水文化产品更加丰富多彩。把水文化和旅游结合起来，打造“泉城水文化”主题公园，为公众提供一个亲水的平台，拓展水文化的传播渠道。

4.7 加强水利行业人才队伍培养

深入挖掘提炼治水精神、抗洪精神、水利行业精神内涵，建立泉城水利人自己的水文化手册，树立人水和谐、民生水利等先进的治水理念，形成基本统一的价值观念、道德规范和行为准则。通过开展思想政治教育，创建精神文明，开展文体活动等各种方式，把“献身、负责、求实”的水利事业精神发扬光大，把水利人的职业精神培养起来，让它真正地融入到自己的行动之中，融入到水利工作之中。这将极大地调动广大干部和员工的积极性，加强整个水利系统的凝聚力，为泉城水利人树立一个良好的职业形象。通过对水文化的研究与实践的同步推进，在实践中不断地吸取经验教训。要用科学的方法，制定出水文化专业人才培养策略。在全社会范围内，广泛开展水文化知识的培训，提高广大干部和员工的水文化素质。加强水文化建设，培养具有较强综合素质的专门人才；要尽快在各大高校中开设水文化选修课，并建立相应的水文化专业，以适应水文化的需要。

4.8 泉城文化景观申报世界文化遗产

申报泉城文化景观世界文化遗产，既包含了济南独特的泉文化，也包含了济南的历史文化。“水”与“城”相伴而生，构成了济南独特的都市景观，凝聚着几千年来人们智慧的结晶。申报泉城文化景观世界文化遗产，具有得天独厚的条件。一是泉城文化景观具有推动人与自然和谐共处、和谐共处的显著价值；泉水是自然之物，通过修建水利设施，使村落内的水环境得到改善，从而形成了独特的泉水景观。在现代，人们对泉水的重视和合理使用，对于泉城资源的永续利用具有重要的意义。二是在人文方面，它有着卓越的价值。济南市是一座历史文化名城，它有着得天独厚的地理位置和规模，现代化的水利设施加上举世闻名的名泉风景和城市人文，打造出了一座独一无二的泉都花园城市。受泉文化熏陶，济南以其独特的地域风情和地域名人、名士等人文特色，使中国的“泉”文化更加辉煌。

申请世界遗产的首要问题就是要界定世界遗产的界线。济南泉城文化景观核心区面积为194hm^2，缓冲区面积约为1588.14km^2。如此看来，世界遗产的范围界定困难较大，必须组织专家论证划定，涵盖泉群、古城文化等核心景观。另外，济南核心泉群地处老城区，既要保护古城街巷肌理，又要保护好泉水，又要协调好城市建设与核心区的保护，这是一个很大的问题。申请世界遗产的另一项挑战，就是对保护措施的改进。首先要查明近年来有停止喷水倾向的泉眼，以及常年无水喷出的泉眼，采取适当的水利措施，以确保泉水的复喷和再涌。其次，公众泉边应该设立维护和监督机构，杜绝泉池水边的不文明和不安全因素。三是申报区域的风景园林建设还有待完善。泉城路是保留在济南古城中的一条主要街道，还保持着老城石头铺成的风格，而泉城路则被现代化的城市所环绕，形成了一种古今相融的城市大道。这条路本来是济南的一条老街，但是它没有被完整地保留下来。所以，曲水亭街这条古老的街巷，在改造的时候，应该遵循它的原貌，并在它的周围，营造出一种“泉之家”的意境。

泉城文化遗产的申报和保护对策，一是要建立完善的保护体制，并成立专门的机构。设立机构并非简单地对申遗地区的风景进行管理与保护，还需要建立专门的申遗团队，每个阶段都要有专人负责，这是在复杂的申遗大环境下不可或缺的元素；这对于确保世界遗产申报和保护措施的高效、合理，以及世界遗产申报工作的顺利进行具有重要意义。二是对泉水文化的突出价值进行综合考察，编写出实用、合理的泉水文化保护文本，突出其显著的价值，进行专门的研究概括，体现出自然与文化的共创财富价值。三是对泉水文化进行了深度的挖掘，力求把泉城的故事讲好。一方水土养一方文化，泉是济南城的摇篮，而泉之城文化则是其精神之源。在申报世界遗产的过程中，应注重对泉文化的发掘，把济南独特的文化展示给世人，使济南文化更好地展现在世人面前，增强济南的城市文化影响力与美誉度。

5 结束语

深入贯彻水文化发展的核心思想，完善水文化管理体制，加强水文化建设，推进水文化建设，是水利产业发展的重要课题。新的情况，新的要求，新的挑战。要紧紧围绕水利工作的中心任务，紧跟时代步伐，开拓新的工作思路，拓宽水文化的内涵。提高水文化的品位，推动水文化的科学发展。

参考文献

[1] 高雅，楼吉昊，阎照．基于遗产价值阐释的展示系统标识设计研究——以济南泉·城文化景观为例 [J]. 城市住宅，2020,27(06):30-32.

[2] 周炎，于俊强．全媒体时代济南泉文化研究现状及传播新路径 [J]. 品牌研究，2019,33(14):84-86.

[3] 郭婕．泉水文化在济南广场景观设计中的应用 [D]. 景德镇陶瓷大学，2019,45(33):56-57.

[4] 李跃亮．解读儿童画 [J]. 四川教育学院学报，2019,45(12):62-63.

[5] 王舸．线性元素的造型艺术——当代语境下对蓬皮杜艺术中心视觉形象的重新解读 [J]. 华中建筑，2018,44(93):20-22.

水文化与水利风景区建设典型案例
——江苏省三河闸国家水利风景区

李向向　马雪柔

（江苏省洪泽湖水利工程管理处，江苏淮安　223100）

摘　要：三河闸国家水利风景区位于江苏省淮安市洪泽区，隶属于江苏省洪泽湖水利工程管理处（以下简称管理处），主要包括全国第四大淡水湖洪泽湖、淮河第一大闸三河闸、千年古堰洪泽湖大堤等水利风景资源。景区面积约 $8km^2$，其中水面面积约 $4.7km^2$，景区内有约 $7000hm^2$ 国家级生态公益林，是苏北生态绿心、淮安全域旅游精品线路、水利文旅热线。

关键词：水文化；水利风景区；三河闸

近年来，在水利部、江苏省水利厅的正确领导下，管理处深入学习习近平新时代中国特色社会主义思想，贯彻落实生态优先、绿色发展新理念，紧扣高质量发展主题要求，扎实推进三河闸国家水利风景区建设管理工作，在保护水资源、改善水环境、修复水生态、展示水科普、弘扬水文化、发展水利生态旅游等方面取得显著的成效。三河闸国家水利风景区先后荣获国家水利风景区高质量发展典型案例 30 强、国家水利风景区第二批高质量发展标杆景区和红色基因水利风景区名录，三河闸获评最美运河地标、江苏最美水地标、江苏省水利遗产，洪泽湖大堤现为全国重点文物保护单位和国家水利遗产建议名单，作为“中国大运河”的重要遗产点入选世界文化遗产，以洪泽湖大堤为灌溉口门的“洪泽古灌区”入选 2023 年度世界灌溉工程遗产名录，三河闸和洪泽湖大堤被评为第二届水工程与水文化有机融合案例。管理处注重深挖景区内治水历史、红色基因，打造治水文化核心展示区，水文化展示与水利风景区建设深度融合，是为国家水利风景区水文化挖掘与展示的标杆之一。

1　深挖景区水文化

1.1　深挖景区治水历史文化

景区内治水遗迹丰厚，治水人物事迹流传，治水遗址仍在，红色治水文化颇具特色。始建于东汉建安五年（公元 200 年）的洪泽湖大堤，定型于隋唐、延长于明清、加固完善于当代，已有千年历史。洪泽湖大堤和洪泽湖是明清时期“蓄清刷黄 束水攻沙”的产物，自南宋黄河南流夺淮以来，黄河淮河运河在淮安清口相汇，为保运河漕运通畅，明清统治者在洪泽湖东岸修建洪泽湖大堤，蓄淮河清水于洪泽湖，进而在清口处冲刷黄河泥沙，以保运河通畅。但淮河清水逐渐不敌黄河泥沙，洪泽湖大堤不得不逐渐加高培厚延长。修建大堤所用的材料经历了土堤、砖堤到石工堤的演变，直立石工墙、板工防浪、闸坝泄洪、翼墙导水等技术当时领先于世界，被原中国文化遗产研究院院长张廷皓称为：“是中国古代水利规划、坝工技术在 18 世纪前领先世界的重要见证”。

清朝康熙乾隆皇帝下江南之际，曾多次亲临洪泽湖大堤，御赐墨宝指示洪泽湖大堤修建，现有御碑乾隆三面题字碑、乾隆阅示河臣碑，以及智坝记事碑、湖平工稳石刻等二十余块留存景区。祈愿水患平息的镇水铁牛珍贵无比，用于水盛时泄水的减水闸坝遗址仍存，无声地诉说着历史回响。

在千年的治水实践中，陈登、陈瑄、潘季驯、靳辅、黎世序、林则徐等治水名臣前赴后继，其治水传说与功绩流传至今。在洪泽湖大堤上开灌溉口门灌溉历史悠久，泽润千里沃野。

1.2 深挖景区红色文化

在抗战时期，洪泽湖以其宽广的水面和茂盛的芦苇，成为新四军抗日的根据地之一，陈毅等将领先后于此指挥作战、挥斥方遒，据历史记载，陈毅曾3次从此处乘船渡湖。“扁舟飞跃趁晴空，斜抹湖天夕照红。夜渡浅沙惊宿鸟，晓行柳岸雨花骢”，这是陈毅第二次渡湖时所作的一首诗，体现将军博大胸怀。抗日战争时期，洪泽湖大堤石工墙被毁百余丈，淮宝县新四军边抗日边组织军民修复石工墙，填补被破坏堤身。为记载淮宝军民抢修古堤功绩，县长方原题写“永保群众利益”六个字刻于石碑之上，体现党领导的军队全心全意为人民服务，此碑现存于三河闸管理所。解放战争时期，1947年，华东野战军第九纵队七十七团二连在攻击蒋坝镇的战斗中陷入敌军包围，二连战士不畏强敌，打退8次围攻后胜利突围。1948年，二连被授予“石工连”荣誉称号。

新中国建设初期，淮河中下游地区饱受水患灾害，毛主席在听闻淮河水患后连下四道批示，下令“一定要把淮河修好”，一大批治淮工程接连上马，三河闸工程应运而生。三河闸始建于1952年10月1日，全长697.75m，是淮河流域第一大闸，在不足1.5km的工地上，15.8万名建设者克服重重阻难，于1953年7月26日完成建设放水，10个月完成如此壮举，其中的组织领导、建设历程充满艰苦奋斗、冲锋一线的红色文化。三河闸建成后，刘少奇、温家宝等国家领导人先后视察，1958年刘少奇在视察期间，下榻三河闸。

1.3 深挖景区水生态修复文化

20世纪末期，洪泽湖迎来综合开发，圈圩养殖、非法采砂、住家船、餐饮船等水污染现象屡禁不止，洪泽湖的生态环境遭到严重破坏，进而制约景区的观光旅游发展。2004年讨论通过《江苏省湖泊保护条例》，洪泽湖被列入省管湖泊以来，在习近平新时代生态文明建设思想的指导下，努力践行“节水优先、空间均衡、系统治理、两手发力”治水思路，对洪泽湖治理保护工作高度重视，成立江苏省洪泽湖管理委员会，颁布施行《江苏省洪泽湖保护条例》，先后取得打击非法采砂、清除非法圈圩、遏制非法建设项目等胜利成果，生态修复、渔民上岸、退圩还湖以及滞洪区建设等项目有力实施。景区内先后实施洪泽湖南部出口水生态修复项目、洪泽湖大堤周桥大塘生态修复与水文化展示工程、洪泽湖水生态修复洪泽区蒋坝段项目一期工程、洪泽湖大堤生态修复与水文展示项目等生态修复项目，洪泽湖的水生态、水环境得到有效改善，水文化得到传承和弘扬，周边群众安全感、获得感和幸福感普遍增强，洪泽湖治理保护取得阶段性成果。

2 打造治水文化核心展示区

2.1 明清水文化展示区

管理处成立水文化领导小组，在充分挖掘景区水文化的基础上，积极向上争取资金，打造历史水文化、红色水文化和生态修复水文化多元一体发展的格局。

一是打造治水遗址展示区。清道光四年（1824年）洪泽湖大堤决口，朝廷“夺情”在家“丁忧”的林则徐前来现场指挥修堵。林则徐于道光十年（1830年）筑成高8m、顶宽33m、长737m的内堤，并用条石砌成护墙，是目前洪泽湖大堤保存最为完整的石工墙。条石之间用刻有“林工”字样的铁锔相连，是严明责任制、失责追责的历史见证。现打造为周桥大塘遗址公园，供游客领略直立石工墙的风采，感受林则徐敢于担责的风骨。信坝遗址是洪泽湖大堤上保存完整的减水坝遗址，曾拥有完整的翼墙、条石溢流坝面、条石护坦、抛石海漫，经历上百年的风雨之后，现仅见南北翼墙背水面部分。2023年，洪泽湖大堤信坝遗址保护修缮获国家文物局立项，计划于2024年实施，完美展现信坝遗址本体及其形制。礼河坝遗址、洪泽湖大堤南首先后建成，纪念先人治水功绩。

二是打造水文化碑廊。将乾隆三面题字碑、乾隆阅示河臣碑、赤日祥云石刻等二十余块碑刻归集至三河闸管理所内，修建御碑亭，建设水文化碑廊，展示古人治水功绩，领略治水文化。三是打造水文化体验区。在堤防管理所内打造水文化长廊，展示潘季驯、靳辅等十位治水名人和周桥大塘、信坝遗址等详细信息，供游客深入了解景区治水文化。打造治水“六艺”群雕，展示洪泽湖大堤修筑工艺。建设镇水铁牛展示区，供游客了解先民祈求水患平息的美好祈愿。

2.2 红色治水文化展示区

一是打造洪泽湖大堤抗战文化带。建设新四军过洪泽湖广场，修建战士战马雕塑，建设陈毅渡湖碑，缅怀将军抗战岁月。修建“石工堤连”雕塑，缅怀战士英勇奋战。将“永保群众利益”碑刻放入水文化碑廊，彰显党执政为民的初心。

二是建设三河闸红色文化圈。矗立“一定要把淮河修好”碑刻，建设洪泽湖抗洪纪念台，彰显党领导群众平息水患的决心。建成三河闸展示馆、三河闸水情实境教育馆，展示三河闸建设历程。打造千人合力打草坝、鸡爪山攻坚战、万众一心奋战工地、万人欢呼建成放水群雕，情景再现惊心动魄草坝合拢和鸡爪山攻坚战等施工现场。修建刘少奇王光美下榻处，纪念国家领导人关怀。修建三河闸法治广场，将法治文化与水利文化充分融入水利风景区建设。

三是打造廉洁文化基地。建设金堤永固勤廉教育基地，展示洪泽湖大堤文化的同时，以水能载舟、亦能覆舟为主线，以蚁穴溃堤为警示，突出勤政、廉政教育。

2.3 生态修复展示区

一是建设网红打卡地。在洪泽湖南部出口水生态修复项目和洪泽湖大堤生态修复与水文展示项目等生态修复项目的基础上，打造礼湖生态环境观光区和快活岭公园，设立露营、野炊场所，供游客观光休憩。

二是建设洪泽湖治理保护展示馆。积极向上争取资金480万元，建设洪泽湖治理保护展示馆，展示洪泽湖自然概况、治理历程和新时代实践探索。

三是共同打造古堰景区。与洪泽区政府合作共建洪泽湖古堰景区，打造最美3km，古堰景区现为国家AAAA景区，正在积极申报国家AAAAA景区。

3 提升水文化影响力

3.1 创建高标准称号

2003年，三河闸水利风景区于获评国家水利风景区；2006年，景区内周桥大塘与信坝遗址、洪泽湖大堤一起被确定为全国重点文物保护单位；2014年，洪泽湖大堤作为中国大运河的重要节点入选世界文化遗产；2019年，景区主要依托工程三河闸和洪泽湖大堤被评为第二届水工程与水文化有机融合案例；2021年，景区入选国家水利风景区高质量发展典型案例30强，洪泽湖大堤、三河闸、蒋坝水位站入选江苏省首批水利遗产名录；2023年，以洪泽湖大堤为灌溉口门的“洪泽古灌区”入选2023世界灌溉工程遗产名录，洪泽湖大堤入选国家首批水利遗产建议名单，景区获评国家水利风景区高质量发展标杆景区，服务等级被评为5星，中渡水文站入选江苏省第二批省级水利遗产名录。经过十余年的水文化挖掘与融合，景区内拥有世界文化遗产和世界灌溉遗产洪泽湖大堤，国家水利遗产即将获批，景区发展进入全国水利风景区第一梯队，2023年赴北京参加“水美中国”第二届国家水利风景区高质量发展典型案例媒体推介活动，知名度进一步提升。

3.2 多途径宣传

一是利用传统媒体。《人民日报》报道“洪泽古灌区”，中央电视台《国家记忆》栏目播放纪录片《一定要把淮河修好》、中央电视台《国宝档案》栏目播放纪录片《大运河传奇—运河上的大工程》、中央电视台《文化大百科》栏目播放纪录片《洪泽湖大堤》、中国水利报登载《世界水日 中国水周 船上宣讲共护河湖》《三河闸：弘扬治水文化 传承红色基因》新京报登载《洪泽湖大堤上的生态景观带》、新华日报《千问千寻大运河》系列报道《洪泽湖大堤为什么有108道弯》等。二是利用新兴媒体。开通景区微信公众号和抖音账号，定期发布景区指南和景区美。建成三河闸云展厅和洪泽湖治理保护云展厅，利用VR技术，让游客线上实时领略景区美景。

3.3 开展多层级活动

一是开展“水利+体育”系列活动。利用景区内32.35km的滨湖水岸线，常态化开展洪泽湖国际半程马拉松、洪泽区万人健步走、古堰万人同演太极拳、洪泽湖游泳竞赛、环湖单车竞赛等赛事，让参赛者在竞技中领略景区水文化，欣赏景区美丽景象。二是开展“水利+研学”系列活动。景区依托深厚的文化、独特的美景，吸引周边大中小学师生竞相打卡。管理处在做好安保措施、培训讲解员队伍的基础上，主动作为，与众多学校达成结对共建。被河海大学、扬州大学、江苏省洪泽中等专业学校、洪泽区实验小学等院校确定为社会实践基地，定期开展结对活动。开展“探寻水文化 感受家乡美”暑期研学活动，“关爱大湖 青春有约”青年志愿活动形式多样，活动丰富。管理处组织专业讲解队伍深入洪泽区十余所小学定期开展水文化宣教，将洪泽湖水文化厚植于学生的心灵之中。三是开展“水利+旅游”系列活动。管理处与洪泽区政府共建的古堰景区现已打造为国家AAAA景区，建成的淮安方特项目与景区毗邻，“无尽夏日里”系列狂欢、周桥大塘音乐节、洪泽湖湖畔音乐节等文旅活动层出不穷，吸引省内众多游客竞相参与。利用洪泽湖大闸蟹、蒋坝螺丝等水产品，常态化开展洪泽湖大闸蟹节和蒋坝螺丝节，让游客在享受美食的同时体验美景。

3.4 丰富水文化载体

一是出版水文化书籍。管理处整合技术力量，深入调查景区水文化汇编成册，先后编写出版《洪泽湖水文化遗产研究》《中国有个洪泽湖》等专业书籍，正在组织编写《洪泽湖大堤》书籍，展现世界文化遗产、世界灌溉遗产洪泽湖大堤的修建历程、管护变迁和科技含量。二是制作水文化视频。拍摄《洪泽湖大堤》《百里长堤越古今》《泽润千年—洪泽古灌区》《美丽三河闸 文明润九州》《民生伟业 治淮丰碑》《天鹅起飞的地方》等视频在基地内循环播放。

4 总结

水文化是三河闸水利风景区的“魂”，景区内治水遗存、现代水利工程并存，红色基因、治水人文交相辉映，治水文化带提档升级、布局合理，多层级活动和多样化宣传持续开展，景区和水文化影响力持续扩大。以水文化塑造景区之“魂”，景区借助水文化实现跨越发展，水文化挖掘与景区建设相辅相成，可为全国水利风景区水文化的挖掘与发展提供借鉴。

参考文献

[1] 张立师．浅析三河闸水情教育基地建设与管理[J]. 水文化，2023(12):58-60.

[2] 李灵军，范永明，赵晓萌，等．讲好中华治水故事传递廉洁治水声音——三河闸国家水利风景区水利廉洁文化建设经验与启示[J]. 水文化，2023(1):25-27.

[3] 时殿亮，王进东，曹恒楼．三河闸水利风景区建设与管理启示经验[J]. 水资源开发与管理，2021(4):78-81.

南水北调工程与水文化的空间组合发展
——基于东中线工程区域文化保护传承与创造性转化分析

许安强[1]　韩明洋[2]

（1. 中国南水北调集团新闻宣传中心，北京　100038；
2. 中国南水北调集团中线有限公司天津分公司西黑山管理处，天津　300393）

摘　要：南水北调东中线一期工程以富有创造的设计，体现了建设者改造自然的决心，贯穿了人与自然和谐共生的生态文明建设理念。工程以调引的长江水为纽带，与众多河流、山川空间交融，向沿线40多座大中型城市供水，不仅是一个水文化富矿，更是一个庞大的旅游市场，迫切需要研究转化方式和渠道，盘活现有资源，通过创造性地融合和转化，从空间和维度组合发展，探索品牌的商业价值，实现南水北调工程效益的最大化。

关键词：南水北调水文化；古镇；泉水；保护传承；文化旅游

南水北调工程是优化我国水资源配置、保障群众饮水安全、复苏河湖生态环境、畅通南北经济循环的生命线和大动脉。东中线一期工程累计调水700多亿m^3，直接受益人口超过1.76亿人，为水源区和受水区经济社会高质量发展提供了有力的水资源支撑和水安全保障。

南水北调工程建设征程波澜壮阔，充满了各种挑战，是一部百折不挠、顽强拼搏、不断创新、精益求精的治水史，也是集中力量办大事的社会主义制度优越性的体现。在党中央的坚强领导下，经过几代人的接续奋斗和沿线40多万移民的无私奉献，南水北调工程从“如有可能”的科学探索变成“时代赋能”的大国重器，开创了人类水利史上的奇迹，形成了独具特色的南水北调水文化，在中国和世界具有广泛的社会影响力。

水文化是指人类在与水打交道过程中所创造的物质财富和精神财富的总和，是人类认识水、开发水、利用水、治理水、保护水、鉴赏水的产物。南水北调水文化是我国水文化长河的一部分。南水北调工程沟通长江、淮河、黄河、海河四大流域，东中线一期工程以富有创造的设计理念，布置不同形式的水工建筑，巧妙利用自然（人工）河流和湖泊输水，贯穿了改造自然、顺应自然、人与自然和谐共生的生态文明理念。以长江水为纽带，与沿线河流、山川空间交汇，与沿线经济社会历史文化时空融合，形成了独有的南水北调水文化。

习近平总书记强调，“文明特别是思想文化，是一个国家、一个民族的灵魂”，新发展格局下，如何把南水北调工程建设和运行管理过程中实践形成的精神财富转化为具有企业文化属性，成为凝聚南水北调事业高质量发展的磅礴力量，以南水北调水文化的繁荣推动我国水文化大发展，是一个亟须回答的时代课题。南水北调水文化博大精深，需要创造性地融合和转化，从空间和维度组合发展，探索品牌的商业价值，实现南水北调工程效益的最大化。

1　南水北调水文化的形成与影响

水文化的基本结构为物质水文化、制度水文化、精神水文化三个层次。

1.1　南水北调水文化的三个层次

物质水文化是人类创造的与水相关的物质成果，是一种有形的可视、可触的客观存在，是人们水观念的外在、具体的表现形式，主要包括经过人工打造的水形态、水环境、水工程、水工具等。具象到南水北调工程，就是水利枢纽、渡槽、隧洞、泵站等建筑形式，输水形成的绿色生态水环境、沿线调蓄湖泊等水形态均属于南水北调物质水文化范畴。

制度水文化是指人们对水的利用、开发、治理、配置、节约、保护以及协调水与经济社会发展关系过程中所形成的法律法规、规程规范以及组织形态、管理体制、运行机制等构成的外显文化。南水北调工程在优化水资源配置、保障群众饮水安全、复苏河湖生态环境、畅通南北经济循环的过程中，党中央、国务院和地方政府以及运行管理单位出台了一系列相关法律法规、规章制度，保障了工程顺利建成通水和工程安全、供水安全、水质安全，具有南水北调制度水文化的鲜明特点。

精神水文化是指人类在与水打交道过程中创造的非实质性财富，包括水思维、水观念、水科技、水哲学、水文艺、水风俗等。南水北调工程在建设过程中，形成了“献身、负责、求实、创新”的南水北调精神和“忠诚奉献、大爱报国”的南水北调移民精神。建设者相继攻克膨胀土、穿黄隧洞等一系列技术难题，形成了63项新材料、新工艺，110项国内专利，确保了东中线一期主体工程按时完成建设任务、工程质量总体优良。创作了电影《天河》、大型电视纪录片《水脉》等众多文艺作品，形成了博大精深的南水北调精神水文化。

1.2 南水北调水文化与都江堰和红旗渠比较

都江堰是当今世界年代久远、唯一留存、以无坝引水为特征的宏大水利工程。它充分利用当地的地理条件，根据特殊的地形、水脉、水势，因势利导，无坝引水，自流灌溉，使堤防、分水、泄洪、排沙、控流相互依存，共为体系，保证了防洪、灌溉、水运和社会用水综合效益的充分发挥。

都江堰的运行如何久远，主要是拥有岁修这一古蜀水文化制度：每年一小修、三年一大修，形成了“深淘滩，低作堰”的著名六字要诀以及“遇湾截角，逢正抽心”的治河八字格言，成为世代恪守的治水原则，保证了都江堰2000多年来的生机活力。制度水文化是都江堰运行管理的核心。同时，贯穿都江堰工程始终的道法自然、大道若水的深邃理念，均属于精神水文化内容，体现了中华文化的兼容并蓄和博大精深。

红旗渠是20世纪60年代林县（今林州市）人民从太行山腰修建的引漳入林的水利工程，全长1500km、参与修建人数近10万、耗时近10年，最终形成了“自力更生、艰苦创业、团结协作、无私奉献”的红旗渠精神。红旗渠精神蕴含着中华优秀传统文化的丰富内涵，已经成为民族精神的重要内容，归属于水文化的精神水文化层面。

中线一期工程从加坝扩容后的丹江口水库陶岔渠首闸引水，基本自流到北京、天津。利用落差实现全线自流，与众多河流、公路、铁路立体交叉，互不干扰，充分借鉴了都江堰“因地制宜、因势利导、就地取材”的设计理念，体现了充分尊重自然、顺应河流的系统思维和哲学思想。

东线一期工程从扬州江都抽引长江水，利用大运河及与其平行的河道逐级提水北上，并连接起洪泽湖、骆马湖、南四湖、东平湖等调蓄湖泊。利用13级泵站逐级提水，让水往高处流，充分吸收了红旗渠的自力更生、难而不惧、自强不已、奋斗不息的精神思想。

东中线一期工程全面通水以来，综合效益显著。随着新的人水关系形成，南水北调工程与沿线城区经济社会发展密切相关，成为重要的水资源支撑力量。与沿线历史文化源远流长，与当地水环境水生态相得益彰。南水北调水文化的精神水文化，特别是南水北调精神中舍小家、顾大局的牺牲精神，淡名利、重任务的奉献精神，重进度、保质量的担当精神，吃大苦、耐大劳的拼搏精神，不唯书、只唯实的创新精神，手挽手、肩并肩的协作精神等等，具有鲜明时代特征的精神特质，成为召唤、鼓舞和激励广大工程建设者的精神食粮，取得了一个又一个胜利。

东中线一期工程全面建成通水近10年来，南水北调水文化已经成为社会大众认可并接受的精神财富，成为不断激励南水北调人前行的动力。从中华民族的治水历史、中国的时代特征以及水利哲学思想出发，站在顺应时代呼唤和中华民族伟大复兴的高度，需要以中华文化发展繁荣为条件，把南水北调水文化中的物质、制度、精神三个层次的水文化进一步转化，使之成为全社会的共识，成为影响南水北调人不可或缺的精神动力。

2 南水北调水文化的保护和传承

因为长期致力于南水北调工程沿线的调研，基本掌握了东中线一期工程通水前严重缺水状况，以及由缺水局面造成的人水关系不和谐带来了地下漏斗区、海水倒灌等诸多水环境恶果，物质水文化、制度水文化和精神水文化遭受了不同程度的破坏。

东中线一期工程通水后，每年沿着工程受水区调研，通过对比和分析，特别是沿线大中城市和城乡供水一体化实施后，工程沿线水环境水生态水安全发生了显著变化，更加坚定了南水北调水文化传承和保护的决心。

2.1 促进了受水区水资源集约节约利用

南水北调工程建设始终坚持国务院确定的先节水后调水、先治污后通水、先环保后用水的“三先三后”原则，始终把节水作为受水区的根本出路，放在首要位置。南水北调工程彻底改变了沿线受水区群众的用水观念，促进了受水区水资源集约节约利用。以南水北调通水为契机，受水区优化当地水资源配置，提高水资源节约集约利用水平，全力推进节水型社会建设，以流域、行政区域为单元，推动建立不同空间层级的水资源管控指标体系，调整农业和工业产业结构和布局，压减高耗水作物种植面积，发展旱作农业，推进高效节水农田建设；推进工业节水改造，严控高耗水产能扩张。创新水权交易措施，完善用水价格形成机制，倒逼农业、工业、居民生活等提升节水效果，真正促进了全民节水意识的提高，宣传和弘扬了南水北调节水文化。

（1）南水北调受水区把水资源、水生态、水环境承载力作为刚性约束。

南水北调受水区进一步强化法治手段，加大对水资源节约利用的保护和监督。河南省大力实施水资源消耗总量和强度双控、农业农村领域节水增效、工业领域节水减排、城镇节水降损、重点地区节水开源、节水科技引领、节水政策体制改革、节水市场机制创新等八大节水行动。2016年5月1日，《江苏省节约用水条例》颁布实施。随后，《河北省节约用水条例》《山东省节约用水条例》《天津市节约用水条例》《北京市节水条例》等先后颁布实施。

（2）南水北调受水区推进区域发展方式转型和产业结构升级，经济社会发展质量显著提高。

在节水倒逼机制作用下，京津冀地区在用水总量仅增长46%的情况下，GDP增长5倍多，成为中国经济第三增长极。据水利部统计，截至2023年底，长江经济带、黄河流域、京津冀地区（覆盖南水北调东中线一期工程受水区）年用水量1万m^3以上的工业服务业单位实现计划用水管理全覆盖。目前，天津市万元GDP用水量已降至20.57m^3，万元工业增加值用水量降至8.48m^3，再生水利用率达到45%，主要节水指标保持全国先进水平。河北省围绕南水北调受水区用水总量和强度控制指标体系，持续深化水权、水价改革，健全节水制度。北京市把再生水源作为节水工作的重要突破点，再生水和雨洪水被用于景观美化与植被灌溉，成为北京的“第二水源”。

（3）弘扬南水北调节水文化。

中国南水北调集团不断加大节水宣传力度，大力弘扬南水北调节水文化，以全国水情教育基地、中央企业爱国主义教育基地、全国中小学生研学实践教育基地等为载体，举办南水北调公民大讲堂、南水北调开放日、南水北调品牌宣传日，积极开展国情和水情教育，普及南水北调科学知识和节水意识，开展各类宣传活动，多途径投放公益广告，营造浓厚的节约用水氛围，增强了全民节水意识。扎实开展节水机关建设工作，纠正浪费水的错误行为，设立节水宣传员、设置节水宣传展板、张贴节水标识，采用节水器具和先进的节水技术，提高水资源利用效率，争当示范和标杆。

2.2 带动东中线工程区域文化保护

（1）找回泉水文化。

泉水是故乡文化的一个符号。邢台百泉是我国名泉之一，据历史记载，邢台曾经水涌百穴，数量之多，涌量之大，水质之佳，景色之美，堪与山东济南媲美。20世纪80年代，邢台因地下水超采导致泉水断流。中线通水后，邢台市引南水北调水持续向七里河、白马河等河流补充生态用水，促进了地下水位回升，并借助河北省园博园举办契机，连通水系，加强城市生态文明建设，邢台“泉水绕城”胜景得以重现。

济南是闻名遐迩的泉城，却是典型的资源型缺水城市，济南水资源时空分布不均，生态用水与生活、生产用水之间的矛盾尤为突出。东线通水后，济南市调引长江水、黄河水至卧虎山、玉清湖等6座大、中型水库，联通覆盖重点泉域强渗漏带水系，补给城区季节性河道，改善城市水生态环境，泉城济南再现泉眼四季喷涌美景。

近年来，北京门头沟潭柘寺的龙潭泉、河北保定的一亩泉、河南辉县的百泉湖等上百处泉眼不断复涌，南水北调工程让千年流淌的泉水文化得到了延续和复兴。

（2）重现古镇文化。

古镇不仅是古代文化的承载体，更是中华民族的历史文化瑰宝。东中线一期工程全面通水后，水到渠成，一些百年古镇重拾辉煌。

赊店镇为河南省南阳市社旗县城所在地。据社旗县志记载，明清之后，航运兴隆，南船北马，商号林立，成为四方货物集散地，“白日千帆过，夜间万盏灯”。20世纪80年代，社旗县的赵河、潘河等水量日渐减少，航运逐渐废弛。受用水制约，社旗名酒赊店老酒生产规模难以扩大。用上南水后，赊店古镇很快变身为“灵动之城、园林之城、宜居之城、创业之城”，赊店老酒品质提升，生产规模扩大，销量连年攀升。

禹州神垕镇是“钧瓷之都”，被专家称为“唯一活着的古镇”，神垕镇的钧瓷产业一直延续到现在。瓷器制作用水过去主要为河水，后来河水干了，生产企业只能从30km外拉水。中线向神垕镇供水后，烧制的瓷器釉品质更佳，价格比以前提高了30%，神垕镇钧瓷产业实现了规模化发展。

滑县道口古镇处于卫河岸边，旧称李家道口，清嘉庆年间在此设县署，“日见千帆过，百船泊道口。”后因水源匮乏，卫河于20世纪70年代断航，道口千年古镇落寞为现代都市的“棚户区”。滑县南水北调配套工程通水后，当地大力压采地下水，卫河水逐渐丰沛充盈，改造升级后的道口古镇古色古香，著名品牌“道口烧鸡”产量稳步提升。

南阳古镇位于山东省济宁市微山县境内，是微山湖中运河线上最有特色的历史城镇。明清两代，南阳“渔船、酒船、商船、米面船、往来相接、群聚樯橹林立如街市”。繁盛之时，南阳镇有皇宫所、皇粮殿等十多处名胜古迹。东线通水后，“酱油湖”南四湖迎来重生，跻身全国水质优良湖泊行列。如今，南阳古镇已经成为“发现历史古城，领略自然风光”的好去处。

东中线一期工程通水前后对比发现，东中线一期工程是华北地区地下水超采综合治理的主力军，通过水源置换和生态补水，一大批河湖生态环境改善，北京市平原区地下水水位累计回升10.64m，青头潜鸭安家落户“华北明珠”白洋淀，滹沱河成为石家庄后花园，永定河实现了1996年以来首次全线通水，南四湖跻身全国水质优良湖泊行列，京杭大运河连续三年实现全线水流贯通。

2.3 大运河遗产的保护与开发

2014年6月22日，大运河作为文化遗产正式列入《世界遗产名录》。2021年2月，中办、国办印发《大运河文化保护传承利用规划纲要》，强调要坚持科学规划、突出保护，古为今用、强化传承，优化布局、合理利用的基本原则，打造大运河璀璨文化带、绿色生态带、缤纷旅游带。

南水北调东线一期工程在规划和建设过程中充分利用了京杭大运河的里运河、中运河、韩庄运河、不牢河、梁济运河、小运河、南运河等河道，沿线文化遗产众多，包括水工文化、漕运文化、历史文化、城市商业文化、精神文化、民俗文化等内容。

东线一期工程通水后，不仅有效保持了大运河航运水位，还形成了生态廊道、文化旅游带，京杭大运河济宁以北到梁山段航运迎来新生，一条2000t的集装箱船从济宁市梁山港出发可直达杭州，京杭大运河全年通航里程达877km。东线北延应急供水工程向京杭大运河黄河以北707km河段集中补水，助力京杭大运河连续三年实现全线水流贯通。

东线一期工程连通京杭大运河沿线的燕赵文化区、齐鲁文化区、江淮文化区，串联起京杭大运河沿线的各个遗产点、文化遗存点、生态景点等，体现了大运河的线性文化特征。大运河与东线一期工程分别是中国古代和现代水利工程的杰出代表，其文化一脉相承，贯通了古今两个维度，需要持续加大保护与开发的力度。

2.4 大运河文化转化经验借鉴

东线一期工程山东段是大运河的重要区段，山东省在非遗保护工作机制建设、传承能力培养、推动传统工艺振兴等方面取得了显著成效。济宁市建设了济州古城、状元小镇等文化项目，完善了河道总督府、安徒生童话小镇、静思园、鲁抗工业博物馆等重点文旅项目，逐步形成了运河文化风光带。以运河之都景区、南旺分水龙王庙、南阳古镇等运河遗产为核心，整合南旺运河遗风、竹竿巷百姓人家、微山湖运河故道等文化资源，建设了“运河记忆”主题街区。

江苏省在运河旅游的开发建设、运河文化创意产业、运河生态环境治理等水文化商业价值探索方面保持领先水平。宿迁市打造了中运河风光带，包括田园城市风光区、人文景观交融区、再生工业景观区和生态保护景观区，构建了颇具流动感的整体滨河景观带。扬州市建设了邵伯运河生态公园，包括茶花园、荷塘月色、净瓶广场、桃花坞、铁牛湾5个主题片区，分别对应与运河关系密切的苏东坡、朱自清、佛教、孔尚任、河工等历史典故与文化。同时，一批以大运河为主题的博物馆应运而生，如扬州的中国运河博物馆，每年定期召开大运河博览会，极大地带动了当地旅游业。

3 南水北调水文化转化发展不容忽视的问题

文化兴国运兴，文化强民族强。在开启全面建设社会主义现代化国家的新征程上，南水北调工程如何借助大运河文化带建设，连接起古今两个维度，培厚南水北调工程的历史文化积淀，做好工程与遗产的保护与开发，实现文化的创造性转化，创造南水北调工程的水文化产业经济，是当前需要重点解决的一个课题。

东中线一期工程沿线拥有丰富的文化遗产，但实际综合效益并未达到预期目标，沿线大多景区不温不火，缺乏品牌景点和重点项目。一些景区的知名度和影响力不高，特别是在旅游线路的设计与开发上不尽合理。沿线各地的文创产业各自为战，联合发展意识不强，缺乏对文化旅游资源的整合。

各地文旅产业同质化竞争严重，缺乏南水北调工程和当地文化的融合，降低了依托南水北调工程而生的景区人文内涵。受管理体制机制影响，南水北调文化产业发展起步较晚，后劲不足，文化创意产业缺乏竞争力。南水北调精神和思想文化还没有完全转化为群众喜闻乐见的文化产品，需要尽快拓展思路和渠道，打造文化精品。南水北调集团中线公司曾在南水北调文化创意产品上有一些尝试，但缺乏对东中线工程的整体考虑，没有形成特色文创产品，没有规模化推广。

4 创造性转化的政策建议

4.1 定期在受水区沿线城市轮流举办南水北调水文化旅游发展论坛

邀请全国知名文化旅游企业代表和专家学者，定期在受水区沿线城市轮流举办南水北调文化旅游发展论坛，以研究和探讨南水北调水文化发展存在的问题、促进文化旅游合作与交流为宗旨，致力于南水北调水文化的保护传承与创造性转化，形成文化品牌。建议以郑州市的《只有河南》戏剧幻城为样本，以沉浸式戏剧艺术为手法，借助发展论坛，让参观者实现沉浸式体验，一个地方一个地方复制样本，把工程沿线河流的历史变迁再现在观众面前。

4.2 充分利用沿线地方文化设施

（1）开展南水北调工程文化类展览活动。

让南水北调工程文化类展览走进沿线省（市）博物馆。盘活南水北调文物，与工程受水区签订合作协议，在重要的省级博物馆定期举办展览展示活动。

（2）制定南水北调文化场馆建设方案。

将工程沿线具有特色的博物馆、景区纳入南水北调文化长廊，制定规划和目标，举办推广活动。如将南水北调移民博物馆、南水北调工程博物馆、中国大运河博物馆、焦作市国家方志馆南水北调分馆等作为重点文化旅游推广项目。

（3）展示和宣传南水北调工程与水文化。

积极收集反映沿线河流变迁的相关文物，依托中东线一期工程的全国中小学生研学实践教育基地、国家水情教育基地、中央企业爱国主义教育基地等设施平台，持续弘扬南水北调工程与沿线水文化。

4.3 用好文化创意产业

近年来，河南卫视春晚持续走红，离不开文化创意产业的介入推动。南水北调工程与上百条河流交叉，与沿线众多的寺庙、会馆等遗址相邻，有着厚重的历史文化内涵，如宝丰县马街书会、安阳殷墟、房山周口店遗址等等。建议重新设计南水北调动漫卡通人物形象，创意好文创相关产品，可结合安阳殷墟的甲骨文，设计具有“南水北调”和“四横三纵”调水线路等南水北调元素的手机外壳等产品，向创意要效益，打造南水北调工程水文化产业经济。

4.4 创作电影、电视、戏剧等文艺文化产品

南水北调工程发挥了巨大的综合效益，但至今没有完整反映工程历史和效益价值的文化拳头产品。建议把南水北调精神和思想文化转化成具象的文化产品。将南水北调故事转化为小说、戏曲、电影、电视、舞蹈等大众文艺产品。建议借鉴动画电影《长安三万里》，以李冰、郦道元、郭守敬等古代治水名人穿越古今为题材，创造性地讲好“襄汉漕渠”等故事，创作一批南水北调科普系列动画片、动漫电影。

4.5 保护传承相结合，弘扬优秀传统水文化

南水北调工程是一条南北交融、多元共生的文化线。中线陶岔渠首是饮水思源的打卡地，中线穿黄工程是南水北调对外宣传的一个窗口，东线一期工程促进了京杭大运河世界文化遗产的保护，江都、淮安水利枢纽等水利风景区因为南水北调工程大放异彩。建议国家加大对中线一期工

程和当地文化相互影响的素材资料挖掘整理力度，加大对东线一期工程大运河段河道两岸以及古建筑的修缮保护，使其成为弘扬南水北调水文化和优秀传统文化的共同载体。

建议系统研究、引导和发扬南水北调水文化，盘活沿线河湖的历史价值和生态文化价值。积极和中国旅游集团等国资央企合作，形成具有南水北调工程特色的旅游精品线路。如“南水润城，中原古镇特色游”“源源不断，故乡寻泉文化游”“运河水景，生态河湖游”等旅游线路，特定时段开放东中线工程设施，让游客参观和体验南水北调水文化与当地历史文化的交融促进成果。

对于水的渴望是从古至今人类对河流文化的原始崇拜。在国家水网建设加快推进过程中，水作为生命之源、生产之要、生态之基，将在一张由纲、目、结编织的大网中自由流动，实现人类对水资源的科学合理支配。南水北调工程是国家水网建设的主骨架和大动脉，不仅保障人民的饮水安全和幸福生活，助力美丽中国建设，还将以丰富的南水北调水文化和商业价值转化为中国式现代化提供更加生动的实践。

参考文献

[1] 靳怀堵 . 漫谈水文化内涵 [J]. 中国水利，2016(8):60-64.

[2] 南水北调东线沿线大运河文化调研白皮书《沿线大运河文化》调研报告，2022，(2):26-65.

提升韶山灌区文化内涵与品位的途径、意义

杨六一

（湖南省韶山灌区工程管理局，湖南湘潭　411401）

摘　要：韶山灌区是一个社会主义的水利工程经典，是一座文化内涵无比丰富的巍峨丰碑，蜚声海内，扬名天下。深入挖掘灌区文化内涵，提升灌区文化品位，对于弘扬社会主义核心价值观、提升湖南省的文化品位和质量、更好发挥灌区的精神价值和教育功能、助力湖南加快实现“三高四新”美好蓝图、建设两型社会和美丽乡村、促进经济社会全面协调可持续发展具有重要意义。

关键词：韶山灌区；文化内涵；品位

1　韶山灌区基本情况

韶山灌区位于湘中丘陵地带，区内有伟人毛泽东、刘少奇、彭德怀的故里。灌区工程于1965年7月1日动工兴建，1966年6月2日建成通水，灌溉湘潭县、湘乡市、韶山市、雨湖区、宁乡县、岳麓区和双峰县7个县（市、区）约2500km^{2}范围内的100万亩农田，兼具防洪排涝、工矿城镇供水、发电、航运、养殖等综合利用功能，是湖南省灌溉面积最大、综合功能最全、建设影响最广、文化底蕴最深、综合效益最好的引水灌溉工程。灌区文化内涵丰富，工程雄伟壮观，风光旖旎迷人，极具旅游开发价值。灌区有如下几个特点：

一是水利奇迹，时代标杆。它是新中国的著名水利工程，是中国共产党领导人民群众进行社会主义建设的标志性工程之一，它的建设速度和工程质量创造了中国和世界水利工程建设的奇迹。

二是建筑宏伟，工艺完美。灌区工程宏伟壮观，技术工艺精湛，是水利科技和建筑艺术的完美结合，具有较高的历史、艺术、科学价值，给当代留下了宝贵的历史文物。

三是功能全面，效益巨大。灌区工程高效运行了58年，除了灌溉7县（市、区）的100万亩农田外，兼具防洪排涝、工矿城镇供水、发电、航运、养殖、丘陵开发、农副产品加工等功能，创造了巨大的综合效益，是当地经济安全、生态安全、经济社会平稳较快发展的强大支撑和保障。

四是生态一流，风光秀丽。灌区生态环境优良，工程巍然壮观，气势磅礴，碧水长流，绿道蜿蜒，田畴平展，阡陌纵横，群峦叠翠，空气清新，水利风光、田园风光和自然风光交相辉映，构成了湘中地区一条重要的生态景观廊道。

五是精神丰碑，教育载体。灌区是领导人魄力、魅力和老百姓智慧、汗水的结晶，是一座艰苦创业、团结战斗的精神丰碑，留下了内涵丰富的韶灌精神文化遗产，是爱国主义、群众路线、水利科普、党员党性等教育的重要载体。

六是旅游纽带，景观廊道。灌区连通韶山旅游区、刘少奇纪念馆、大东山旅游区、水府旅游区和彭德怀纪念馆，是湘中一条核心旅游纽带，是红色经典旅游与乡村生态旅游的完美结合。

七是条件优越，潜力突出。灌区具有较好的旅游开发基础和资源条件，它的开发可以填补湖南省目前尚无社会主义建设时期红色旅游载体的空白，完善湖南省的旅游产业体系，具有很好的旅游开发潜力和市场吸引力。

八是四位一体，创新发展。韶山灌区正在构建国家AAAA级旅游景区、全国爱国主义教育基地、全国重点文物保护单位和国家水利风景区“四位一体”的发展模式，探索韶山灌区转型发展之路。

2 韶山灌区文化内涵浅探

韶山灌区是一个红色经典、一座精神富矿，其文化内涵大体体现如下：

一是韶山灌区是一首社会主义制度优越性的深情赞歌。旧时代，频繁水旱灾害在这里演绎一个又一个黑色轮回，生灵涂炭，民不聊生。新中国成立后，在党的领导下，亿万人民群众大办水利，迅速改变了农业生产条件和自然面貌。韶山灌区总投资1.2112亿元，其中国家投资4000万元，地方和群众自筹8112万元。当时实行的是人民公社制度，民工和后方搞生产的农民一样按定额记工分，年终由集体统一分配，没有一分钱工资，吃饭定量，粮食自带，凭票开餐。正是依靠社会主义的政治优势和集体经济的优越性，10万民工以“愚公移山”的精神，在短短的10个月时间里，自力更生，奋发图强，成就了造福于民的千秋伟业—韶山灌区工程，结束了千百年来饱经水旱灾害的辛酸历史，实现了安居乐业、人寿年丰的美好夙愿。

二是韶山灌区是一座艰苦创业、团结战斗的精神丰碑。韶山灌区工程是我省丘陵地区第一个大型引水工程，也是当时中南地区的大工程。灌区主要通过湘乡、湘潭、韶山、宁乡一带丘陵地区，穿过10座山，劈开110多座山头，跨过90多条河谷，越过10多处公路、铁路。省委要求在1966年春耕生产之前拿下灌区主体工程。在当时经济极端困难、物资十分匮乏、技术设备落后、地质地形复杂的条件下，要如期完成工程任务，没有一股艰苦创业、敢闯敢干、勇打勇拼、团结协作的精神是不行的。十万民工胸怀壮志，风餐露宿，日夜奋战，用铁镐、锄头和两齿锄等简单工具，凭着一颗红心，一双巧手，谱写了许多可歌可泣的事迹，被人们称为“十万英雄”“十万愚公”，为后人留下了一座高山仰止、永世不朽的精神丰碑。

三是韶山灌区是一幅设计精巧、美轮美奂的壮丽画卷。韶山灌区建设是关系到国计民生、千秋万代的大事。湖南省省委要求建设好毛泽东、刘少奇两位主席的家乡，不但要建设一个优质、高速、高效的引水工程好样板，还要在建成投产之后成为水利管理的好样板。因此，在规划设计、施工建设、管理运行中，处处体现了精心设计、精心施工、精心管理，使韶山灌区不仅给三湘人民带来了灌溉、防洪排涝、发电、工矿城镇供水等巨大经济效益，同时造就了一处宏伟的人文景观。灌区山、水、田、林、路综合治理，百里渠道百里林，树绿堤固水长清，水利风光、田园风光与自然风光交相辉映，整个灌区堪称一个极为动人的风景区，被誉为“湘中明珠”。无论是其蕴涵的精神气质，还是显现的外观雄姿，都令人神往，令人惊叹！

四是韶山灌区是一部水利工程的“活字典、教科书”。韶山灌区工程涵盖了农田水利工程的所有类别、结构、造型，是一个非常完善、完美、完整的水利工程。灌区由水库枢纽、引水枢纽和渠道工程三部分组成。灌区有干、支、斗、农、毛五级渠道，干渠上有渡槽26座、隧洞10处、倒虹吸2处、小型建筑物4050处。1967年至2015年，灌区接待过128个国家和地区597批7521人次的参观考察，接待过来自越南、尼泊尔、斯里兰卡、多哥、索马里5个国家的实习留学生107人。历年来，全国众多中等专业学校和高等学校以韶山灌区为教学基地，组织水利水电专业学生来灌区实习。1973年武汉水利电力学院还在韶山灌区建立了长期的教学、科研、生产三结合的基地。

五是韶山灌区是一个可持续发展的现代灌区工程的光辉典范。韶山灌区工程是兴建于20世纪60年代湖南省规模最大的灌区工程，在规划建设中贯彻“综合治理、综合利用”的方针，将治水与治山、改田、造土结合起来，将绿化纳入灌区规划，山、水、田、林、路综合治理，具有灌溉、防洪排涝、发电、工矿与城镇供水、养殖、航运、农副产品加工、丘陵开发等综合效益，在区域农业生产和水土保持方面发挥了关键的作用。韶山灌区各项工程历经半个多世纪依然完好无损，其投入和产出比达到了世界同类灌区的先进水平，是可持续发展的现代灌区工程的典范，是国内外有影响的著名灌区。

六是韶山灌区是一曲践行党的群众路线的华彩乐章。韶山灌区工程从决策修建、规划设计到建设管理处处体现了党的群众路线。修建韶山灌区是要将湘中人民从千百年来备受洪、旱痛苦折磨中彻底解救出来，真正让涟河水化作幸福水，滋润下游百万亩农田，使政治上翻了身的农民，在治水上也来一个彻底翻身，彻底改变湘中地区贫穷落后的面貌。在规划设计过程中，勘察设计人员深入群众，调查研究，足迹遍及湘潭、湘乡、双峰、韶山、宁乡、长沙的山山岭岭大河溪流，走访了全灌区 71 个公社、200 个大队，召开了 150 多次座谈会，访问了 860 多位群众和基层干部。在工程建设中，依靠十万民工打歼灭战，破除畏难保守思想，大搞群众性的技术革新和工具改革，大大提高了工效。灌区建成后，坚持人民渠道人民管、管好渠道为人民的方针，做到民主管理、专业管理和群众管理相结合，形成了爱渠护渠的良好风气和井然的用水秩序，确保了工程安全和效益的持续发挥。

七是韶山灌区是一篇公仆勤民、兴办实事的典范之作。党中央、国务院对韶山灌区建设给予了极大的关怀和支持。毛泽东主席对韶山灌区先后做出了“要高产才算”“灵了再写”的指示。周恩来总理和陈云、李先念、谭震林几位副总理一起研究韶山灌区的有关问题，并亲自审批了中央给灌区工程的 2500 万元投资。谭震林、陶铸和王首道多次到工地视察指导，并亲自给大型建筑物题名、题字。陶铸后来还专程赶来参加灌区通水剪彩典礼并乘船视察渠道工程。在灌区工程施工的 10 个月里，省委原第一书记张平化亲临现场办公达 11 次之多。华国锋等指挥部人员一身民工行装，在工地具体指导，现场解决实际问题。修建韶山灌区，不仅时间紧、困难多、工程难度大，而且涉及三个地区、近百个公社、近千个大队、近百万群众的切身利益。省指挥部对于关系群众生产生活的许多问题如库区和沿渠拆迁移民住房问题、沿渠修建方便群众的人行桥和浣洗挑水码头问题、保护耕地问题等，都考虑得很周到，处理得很好，赢得了群众称赞，经受了历史检验。

八是韶山灌区是一部思想政治工作的鲜活教材。省委要求 10 个月完成艰巨、复杂的灌区主体工程，这是史无前例的，对此，民工、职工在施工初期普遍持怀疑态度，领导虽有信心，但也把握不大。后来是什么神奇的力量促使工程飞速进展，保质保量按期完成了任务呢？其中思想政治工作无疑起了巨大作用。工程一开始，就认真贯彻党的基本路线，广泛开展学习毛主席著作的群众运动，用毛泽东思想教育人。举办了政治夜校，开展形势教育，宣传修建韶山灌区的重大政治、经济意义，广泛进行“为谁修渠道”“依靠谁修渠道”“修什么样的渠道”“怎样修渠道”大讨论。广大民工和职工提高了思想觉悟，把建好韶山灌区看成是光荣崇高的使命。全工地蓬勃开展以“六好单位”(政治思想好、技术革新好、劳动组合好、施工设计好、生活管理好、工程质量好)“五好个人”(政治思想好、三八作风好、技术革新好、完成任务好、经常学习好)为目标的比学赶帮超活动，大插红旗，大树标兵，工地上一不怕苦、二不怕死、争做难工脏活、主动支援别人的英雄人物和先进集体不断涌现。各级基层干部普遍注意改进作风，晚上查铺替民工盖被子，坚持与民工同吃、同住、同劳动、同学习、同商量，深入调查研究，处处模范带头。工地普遍注意搞好民工的物质、文化生活，抓食堂管理、医疗卫生、组织放映电影、幻灯、开展文艺汇演等，使不少民工体重增加。丰富、活跃的思想政治工作，把广大民工、职工的干劲鼓得足足的，工地充满了革命乐观主义精神。施工期间，全工地有 42600 人被评为先进个人，有 3717 个单位被评为先进集体，有 622 人入党，有 11000 多人入团，有 5000 人学会了各种技术，真正做到了“修好渠道炼好人，精神物质双丰收”。

九是韶山灌区是一处湘中崛起、科学发展的富民工程。灌区建成后，彻底改变了因水、旱等自然灾害制约当地经济发展的状况，促进了农业经济迅速发展，灌区 100 万亩农田水旱无忧、稳产高产，使受益的湘潭、湘乡、宁乡成为国家商品粮生产基地和国家级杂交商品瘦肉型猪基地，水产和主要经济作物产量每年以 10% 左右的速度递增。灌区工程所产生的效益辐射到整个灌区经济、社会发展的各个方面，出现了农、林、牧、渔全面发展，工、商、建、运各业俱兴的局面，使灌区面貌日新月异，人民生活显著改善。灌区在保障经济安全、生态安全、国家安全，促进社会和谐稳定、促进经济社会全面发展中的作用日益凸显，成为湘中崛起、科学发展的强大支撑。

十是韶山灌区是一个精心管理、争创一流的先进典型。遵照毛主席“要高产才算”的指示和省委“一定要把韶山灌区工程护好、管好、用好”“建成高产、稳产的社会主义大农业的样板”的要求，灌区管理者坚持民主管理，做到专业管理与群众管理相结合，不断改革和完善工程、灌溉和绿化管理办法，使管理工作逐年加强，工程效益逐年扩大，韶山灌区的建设、管理经验和巨大成就赢得广泛赞誉。历年来，灌区先后获得全国科学大会奖状、“全国先进灌区”“水利部一级管理单位”“全国部门造林绿化300佳单位”“全国绿色通道示范段”“全国大型灌区精神文明建设先进单位”“国家水利风景区”“国家水情教育基地”“湖南省首批红色旅游区”“湖南省爱国主义教育基地”“湖南省科普基地”“湖南省省级文物保护单位”等荣誉称号。1993年5月，联合国粮农组织专家考察灌区后曾留言:“它的漂亮的建筑和优秀的管理给我们留下了深刻的印象。我们希望它的经验能在中国和世界其他地方推广。”

3 如何提升韶山灌区文化内涵和品位

根据上级有关水文化建设的精神、要求，结合韶山灌区实际，提升灌区文化内涵和品位可从以下几个方面着手：

一是坚持与时俱进，树立现代水利理念。要进一步转变传统的水利工作理念，与时俱进树立现代水利工作理念，在发挥灌区工程兴利除害的有形功能的同时，更加重视发挥其无形功能，注重文化导向、文化建设，将先进的文化元素融入灌区水利建设的决策、规划、设计、施工、管理等具体环节中。通过坚持不懈地努力，使灌区工程在文化先进化、功能多元化、水系生态化、工程景观化、环境优美化、管理人文化、服务优质化上全面提升，使之具有多元的文化元素、深刻的思想内涵、先进的科学技术、鲜明的时代精神、深厚的美学理念。近年来的韶山灌区续建配套与节水改造及现代化改造，在完善其物质功能的同时，注重净化、绿化、美化环境，运用现代科学技术，展示灌区的文化内涵，打造水利景观，满足人民群众的精神需求，灌区的文化内涵和品位得到提升。

二是坚持融合发展，推进区域旅游合作。韶山灌区是连通韶山旅游区、刘少奇纪念馆、大东山旅游区、水府旅游区和彭德怀纪念馆的旅游纽带、生态廊道。灌区可利用自身独特的文化旅游资源与附近景区、旅行社、教育培训机构开展密切合作，积极探索“水文化＋”的产业体系有效发展途径，达到“资源共享、信息互通、客源互送、合作共赢”的理想图景。首先可以借力韶山，以红培研学为重要发力点，发挥红色文化溢出效应，带动灌区文旅产业有计划、有步骤、有重点地实施。

三是坚持深入发掘，全面解读灌区文化。最近10年来，灌区管理单位在发掘灌区文化方面做了大量工作，取得了丰硕成果，但从工程学、经济学、伦理学、统计学、民族学、建筑学、环境学、美学、哲学等学科领域发掘灌区之“魂”(韶山灌区精神)、灌区之“灵”(灌区的物质功能、效用)、灌区之“美”不够。必须请一些专家、学者、文化人、艺术家对灌区文化进行解读，还要从多视角、宽视野的各种解读中进行提炼、整理和认知，才能进行有目标、高质量的宣传。

四是坚持形式多样，加强文化传播交流。应利用现代传媒，网罗各种渠道、手段，如网络、影视、动漫、报刊、广播、书籍等宣传灌区文化。要利用每年的“世界水日”“中国水周”等宣传日或节日的宣传活动，增加灌区文化内容，增加全社会对灌区文化的认识和了解。开展以灌区文化为主题、形式多样的群众性活动如徒步活动、体育比赛、赛诗会、摄影、美术等文体活动，使群众深入了解灌区的文化内涵。要通过积极申报水利工程遗产、全国爱国主义教育基地、全国重点文物保护单位等工作，提升灌区品牌效应。要增加投入，完善制度，加强管理，丰富内容，创新形式，加强对社会公众的灌区文化宣传教育，发挥韶山灌区陈列馆宣传阵地的作用。同时，要积极走出去，学习、借鉴、交流国内外加强水工程文化建设的经验和做法，提升灌区文化的地位与影响力。

五是坚持开拓创新，推进红色教育培训。要积极整合灌区现有红色资源“洋潭引水枢纽渠首景点、三湘分流分水枢纽景点、韶山灌区陈列馆”等灌区重要节点，以“吃、住、游、看、学、购”为切入点，开发“水利粮丰”灌区特色美食，研发“穿阅韶灌”“追溯银河”“红色传承”等灌区红色培训线路，打造精品特色课程，制作“韶灌教育培训宣传册”，更好发挥灌区的教育功能，赓续红色血脉。

六是坚持政府主导，强化资金人才保障。在经费上，加大政府的支持力度，扩大公共财政的覆盖范围。既要将灌区文化投入纳入工程资金总盘子进行安排，还要建立灌区文化发展基金，要多渠道、多层次地筹集社会资金。要制定积极的政策，改善投资环境，招商引资，拓宽融资渠道，为灌区文化建设提供资金保障。在人才上，各级政府和有关部门要为灌区提供文化建设所需要的各方面的人才支持。同时政府有关部门和灌区管理单位要加强对灌区在职广大干部职工水工程文化知识培训，增强他们在灌区工作中融入文化元素的自觉意识和实践能力，努力使他们成为适应时代需要的博学多专的复合型人才，成为灌区文化建设的推动者、主力军。

4 提升灌区文化内涵和品位的重要意义

深入发掘灌区文化内涵，提升灌区文化品位，大力传播灌区文化，具有多方面的重要意义：

一是有利于弘扬社会主义核心价值观。灌区丰富的文化内涵，特别是在那激情燃烧岁月，十万劳动大军彰显的人民爱国敬业、自力更生、艰苦奋斗、团结协作、无私奉献、奋发图强的精神，非常契合社会主义核心价值观。深入挖掘灌区文化内涵，必将对弘扬社会主义核心价值观，提升全社会文明素质，促进科学发展、全面完成新的历史性任务产生积极影响。

二是有利于提高湖南省的文化品位和质量。经济是一个地方腾飞的翅膀，文化是一个地方发展的灵魂。湖南文化底蕴深厚，经济基础良好，如何提高湖南文化的含金量，增强竞争力，是湖南人应该认真思考、谋划的问题。韶山灌区是湖南的一张文化名片，是新中国著名水利工程。挖掘灌区文化内涵，开发灌区文化旅游资源，打造韶山银河品牌，有利于提升湖南的知名度，增强文化的自觉性和自信心，推动以红色文化为主体、历史文化与时代文化相交融的湖南文化大发展大繁荣，为建设幸福美丽新湖南提供强有力的文化支撑。

三是有利于更好地发挥灌区的精神价值和教育功能。韶山灌区既是一个红色经典，也是一个动人的风景区。这里可“看”可“用”，可“咏”可“思”。灌区所发挥的作用令人叹为观止，到这里休闲、旅游所得到的审美愉悦更叫人难以忘怀。通过深入挖掘灌区文化内涵和人文精神，连同灌区的巨大效益和旖旎风光向世人展示，对于发挥红色文化传播历史、发扬传统、教育人民、引导社会、推动发展的功能无疑具有重大促进作用。

四是有利于湖南加快实现“三高四新”美好蓝图。为彻底解决湘中地区的水旱灾害问题，湖南省委、省政府作出修建灌区的决定，这在当时的历史条件下殊为不易，充分体现了领导者的担当作为，体现了“四新”：湖南省领导面临新挑战和新机遇，勇于探索新的发展途径，采取新的行动，承担新的责任，书写湖南地区的新篇章。在建设之初，湖南省委提出“做出一个符合总路线精神的引水工程的好样板来”的要求，省韶山灌区工程指挥部提出“三高一低”即高标准工程、高标准干部、高标准管理、低生活标准的具体要求。在工程即将竣工时，湖南省委研究工程交接和管理问题，提出“一定要把韶山灌区护好、管好、用好”“建成高产、稳产的社会主义大农业的样板”。几十年过去，韶山灌区已成为新中国水利工程的一张名片、一面旗帜，成为一个社会主义水利工程经典，在全国都具有示范引领作用。一代人有一代人的使命、追求、担当。了解韶山灌区的建设历史，感受领导人的魄力、胆识，必能给我们以智慧的启迪，增强我们前进的力量，助力加快实现“三高四新”美好蓝图，书写湖南持续发展的新篇章。

五是有利于推进两型社会综合配套改革试验。韶山灌区工程的规划设计，贯彻综合利用和综合治理的原则，极大地挖掘了水源潜力和工程潜力，兼顾了各行业、各地区经济、社会发展的要求，极大地改善了环境，充分发挥了工程的整体效益，在 50 多年前即奏响了践行科学发展观的华美乐章，是我国水利工程史上的一个光辉典范，其中的综合利用和综合治理的原则以及自然生态环境协调统一的观念与方法仍不失为今天构建两型社会所借鉴。

六是有利于推进湖南美丽乡村建设。美丽乡村建设必须坚持科学规划、以人为本、保护为重、生态优先、整合力量、整体推进原则，这些原则在韶山灌区工程建设管理中，得到了很好的贯彻执行，并取得了完美的效果，韶山灌区通过它的“魂”(艰苦创业、无私奉献、攻坚克难、勇于创新)“灵”(惠民、富民、便民、乐民)“美”(劳动创造美、工程形状美、科学技术美、生态环境美、综合效益美)，向世人展示了一个已经实现了的“水之梦”“乡村梦”，这对推进湖南美丽乡村建设有着积极的作用。

参考文献

[1] 湘潭市地方志编纂委员会 . 湘潭市志第四册 [M]. 北京：中国文史出版社，1993.

[2] 湖南省革命委员会水利电力局 . 韶山灌区第一分册规划 [M]. 北京：水利电力出版社，1974.

[3] 李宗新 . 以文为魂提升水工程的文化品位 [J]. 河南水利与南水北调，2012（23）：21-24.

[4] 董文虎 , 刘冠美 . 水工程文化内涵与品位的提升途径 [M]. 苏州：苏州大学出版社，2012.

水利风景区建设中的水文化植入路径研究——以五洛河水利风景区为例

徐 满[1] 龙正海[2] 高怡欣[3] 刘宗林[2] 罗一鸿[3]

（1. 云南省水利水电勘测设计研究院，云南昆明 650021；
2. 云南省水利水电勘测设计院有限公司，云南昆明 650021；
3. 云南众成人才派遣有限责任公司，云南昆明 650021）

摘 要：依据云南省曲靖市师宗县五洛河水利风景区建设现状，分析工程设计中水文化植入路径。总结水文化植入水利风景区中的主要路径有水利工程本体展示、水文化景点规划、水文化主题活动、水文化教育基地建设及生态湿地保护与修复，提出今后水利风景区建设文化植入的5个建议，为今后各类型的水利风景区规划建设提供参考。

关键词：水利风景区；水文化；水景观；水文化资源

1 概述

中华民族千年治水历史悠久，从大禹治水三过家门而不入，到李冰父子驯服千里岷江，再到如今生态治水，在千百年的治水实践中，中华民族不断创造着物质与精神的宝贵财富，形成了别具一格的水文化。在漫长的水利工程发展历史中，水文化建设作为一项造福社会的系统性工程，成为中华文化和民族文化建设的重要组成部分，同时也成了推动水利事业高质量发展的内在灵魂。面对水资源日益紧缺和水环境日趋复杂的挑战，水文化的重要性越发凸显。通过水文化建设，更好地传承和弘扬中华民族优秀的治水文化，大力推进水文化繁荣发展，既是当前社会发展的重要任务，也是实现可持续发展的重要保障。

水利风景区是以水利设施、水域及其岸线为依托，融入地域文化特色、民俗风情、具有复合功能和生态价值的区域，既能够满足人们休闲游憩的需求，也能够促进水利事业的发展，具有重要的生态、文化、经济和社会意义，是展示水文化的阵地之一。水文化是水利风景区的灵魂，它承载着流域人民对水的敬畏、对自然的尊重和对生活的热爱，同时也是流域多元文化的集中展现。水利风景区作为自然与人类文明的交汇点，其独特之处在于能够让人们在欣赏美景的同时，感受到水的魅力和文化的底蕴。

近些年，我国水利事业进入到高质量发展阶段，水利事业发展逐渐由工程水利、资源水利、景观水利向生态水利、民生水利、文化水利发展，水利风景区的产生和发展顺应了水利事业的改革创新，满足人们对美好生态产品的需求。自2018年中央和国家机关机构改革以来，明住建确水利风景区建设与管理工作职责；2022年4月修订的《水利风景区管理办法》从规划建设、申报与认定、运行管理、监管管理四个方面提供了全面的指导，为水利风景区管理提供规范性参考；2022年8月8日，水利部印发《关于推动水利风景区高质量发展的指导意见》，标志着我国水利风景区建设迈入新的发展阶段。国家水利风景区建设工作的一系列举措推进，标志着我国水利风景区进入高质量发展新时代，也为云南省水利风景区建设指明了方向，水利风景区建设决不能偏离河湖保护的底线，应以保护为出发点，充分发挥风景区的生态功能，推动区域高质量发展。

2 曲靖市师宗县五洛河水利风景区规划概况

2.1 基本情况

云南省曲靖市师宗县五洛河水利风景区（以下简称“五洛河水利风景区”或“风景区”）位于云南省曲靖市师宗县，依托五洛河河道治理工程而建，属于河湖型水利风景区，景区面积 $1.45km^2$。风景区依托的五洛河河道治理工程已全部完工，已建设堤防和护岸4.5km，其余河道为生态治理河段，主要采取植物措施，保留河道天然形态。五洛河河道蜿蜒，河道闸坝建设工艺精巧，古香古韵。河道两岸居住着壮族、彝族、苗族与回族等少数民族，人文底蕴深厚。

2.2 景区建设任务

根据云南省水利建设的总体目标，风景区应打造成为一个集生态保护、休闲观光和水利科普于一体的综合性水利风景区。为了实现这一愿景，规划设置了“抓生态，生态指标保向好”“重融合，五龙乡镇换新颜”“强品牌，旅游业蓬勃发展”“接地气，水利科普创新意”四个子项目标。

一是以习近平总书记“两山理论”为指导理念，水生态环境保护为根本，与河长制相结合，加强五洛河水利风景区的水资源保护、河湖水域岸线管理、水污染防治、水生态修复、水环境治理，落实绿色发展理念，推进五洛河水利风景区生态文明建设。

二是依托五洛河的资源本底条件和五龙乡文化优势，充分挖掘水利资源、生态资源以及人文资源的优势，把五洛河水利风景区建设成为一个以水生态文化为魂，自然环境为脉，特色工程与水利文化为骨，集水生态保护、水利知识科普、生态观光游憩、特色文化体验、农文旅生态度假、康养休闲出游等多功能元素于一体的综合型省级水利风景区、国家级水利风景区，最终成为中国水利风景区的建设典范。

三是依托曲靖市珠江水系水生动物保护区（五洛河鱼类保护区）、凤凰谷生命文化主题公园、南丹山省级风景名胜区和菌子山市级自然保护区等成熟景区的品牌效应，擦亮五洛河水利风景区的休闲旅游业的新招牌，强化水利风景区的品牌形象和知名度，扩大市场份额，提高经济效益。

四是利用好流域壮族“三月三”民俗特色，强化少数民族水文化特色，将科普教育和文化传承结合，依托五龙科普小镇建设基础，建设水利科普教育基地，开展环保和水资源保护的宣传活动，以及保护和传承当地的文化遗产，举办“世界水日”“中国水周”科普宣传活动，让五洛河水利风景区成为曲靖市乃至云南省最具地域特色的水利科普基地。

2.3 景区规划布局

五洛河整体结构布局为“一脉一核五片”。

其中，“一脉”指水生态绿脉，是围绕五洛河水系进行的一系列水生态、水环境、水景观、水文化及水利基础设施建设，旨在保护和恢复五洛河流域的水生态环境。以五洛河水系为主要保护对象，通过一条连续的绿色脉络，将五洛河流域的各个部分紧密地联系起来，形成一个完整的生态系统。

“一核”指水寨壮乡文化体验核。水寨壮乡文化体验核，是以水寨村为载体，以壮族文化为灵魂，打造的一处集观光、休闲、体验于一体的综合性文化旅游项目。在这里，游客可以亲身感受壮族的传统文化，领略壮乡的独特风情，体验壮族的生活方式，深入了解壮族的历史、民俗、艺术、手工艺等方方面面。

“五片”即五个各具特色的风景片区。包括生态水景保护区、观光休闲旅游区、水利科普宣传区、壮乡民俗体验区、热区水果采摘区五个片区。

3 五洛河水利风景区水文化植入路径

3.1 水利工程本体展示

图 1 南丹叠水瀑布

五洛河水利风景区水利设施种类丰富有水闸工程、河道治理工程、景观水体打造工程等。水闸工程方面，景区的水闸采用本地壮族吊脚楼式建筑形式，极具地域特色，水闸设计为可进入参观的建筑，是互动性强的水利工程体验项目，让游客亲身体验水利工程的运行原理和操作过程；河道治理工程方面，目前，河道治理工程已全部完工，整治河道长 4.5km，五洛河河堤的修建充分保护了两岸古树风貌，并且设置亲水台阶，局部河段结合壮族“三月三”文化活动祭水、祭山、祭树的习俗，建设了亲水平台，其余河道为生态治理河段，保留河道天然形态，主要采取植物措施，补植榕树、木棉等当地特色树种；景观水体打造工程方面，五龙乡融合各部门及社会资金，投入 6000 余万元，实施了南丹叠水瀑布、五龙湖等水体景观工程（见图 1）。南丹叠水瀑布景观工程结合五龙水生态旅游小集镇总体规划和目标定位，以南丹山为背景，充分利用地形优势和腊梅河、江龙河的自然规律和水文特征，采取生态治理为主，工程措施为辅的治理理念。取水部分运用著名水利工程“都江堰”枯洪、清污分流原理，主汛期 6 成洪水通过分流进入主河道，4 成清水及枯水期全部清水经 11 级叠水后形成叠水水体景观。五洛河水利设施规划设计坚持“以人为本”的原则，充分融合五龙民族文化特色，打造出了人水和谐的幸福河。

3.2 水文化景点规划

图 2 “南丹洛水”闸

风景区规划中考虑保留现存具有历史、文化意义的水文化景点，如“三月三”广场、水乡吊桥、水戏台、“南丹洛水”闸等（见图 2）。这些景点是目前已经形成的，独具地域特色的水文化展示窗口，以“三月三”广场为例，提升改造后的三月三广场一侧开渠，每逢节庆，开闸放水后，游客可在广场边取水、泼水，体验地道的水文化。水闸这一类水工建筑的主题功能是控制流量和调节水位，五洛河水利风景区的水闸以“南丹洛水”闸为例，外形设计依据本地壮族干栏式建筑外形，弱化水工建筑混凝土外观，形成融入本地文化的水利工程建筑。而吊桥、戏台等景观建筑，其本体在水景观的构造中是水文化水景观的组成部分，跳脱出物质存在的景观部分，身处这些景观建筑其中，又是观水景的绝佳平台。

除了已有水文化景点的保留，风景区规划新增壮乡水街、水车广场、溯溪小道、农耕文化馆等可以通过展示、解说等方式，向游客展示水文化的历史渊源，增强游客的体验感和文化认知。

3.3 水文化主题活动

五洛河民族“三月三”民俗文化活动与水是紧密结合的，风景区依托本地民族特色将积淀的民俗文化充分释放，并将“三月三”打造成一个水利旅游文化 IP，成为水利风景区建成后重要的

图3　五洛河水利风景区水文化活动

水文化节日之一（见图3）。

在景区内定期举办水文化主题活动，如世界水日、中国水周、水文化节、水利文化体验活动等。活动包括水利古法灌溉技法展示、传统水利技艺表演、水文化讲座等，吸引游客参与，增加游客对水文化的了解和体验。

3.4　水文化教育基地建设

依托已建成的壮族文化博物馆，未来将设立水文化教育基地，展示五洛河治水的历史、发展、演变过程，介绍五洛河水利工程的建设、维护和管理情况，向游客传递水文化的知识，培养游客对水资源的保护意识。

3.5　生态湿地保护与修复

对五洛河水利风景区内的生态湿地进行保护与修复，恢复湿地生态系统的功能，提升了景区的生态环境质量。在保护修复的过程中，结合水文化的特点，通过标识、解说等方式，向游客介绍湿地保护与水文化之间的关系。结合当地的地理、历史、文化等特点，全面展示水资源的重要性以及水文化在五洛河水利风景区中的重要地位，丰富游客的旅游体验，同时提升景区的知名度和吸引力。

4　实现水利景区水文化植入措施建议

4.1　夯实固本之基，做好水文化资源调查评估

一是水利风景区植入水文化首先应对景区内的已有的水文化资源进行全面调查和评估，包括水资源的数量、质量、分布，以及水资源的开发和利用状况；二是对景区内水利工程进行深入调查评估，包括古代水利工程的历史背景、建设过程、功能作用等，以及现代水利工程的技术特点、运行管理、效益发挥等；三是针对景区内的水文化遗产，包括古代水文化遗产如水利碑刻、水文站、水利设施等，以及现代水文化遗产如水利博物馆、闸、坝、河堤等，充分调查其历史脉络，为景区的水文化创新提供素材；四是应关注民族文化与水文化的联系充分调查当地民族节水、护水、祈雨等水文化传统，要充分挖掘和研究这些民族文化中的水文化元素，使之成为景区特色文化的一部分；五是要关注民俗文化与水文化的联系，如端午节龙舟赛、元宵节放河灯等习俗，都蕴含着深厚的节水、爱水、护水理念，在调查和评估过程中，要关注这些民俗文化在景区内的传承和发扬情况，为景区的水文化活动策划提供依据。

4.2　锚定水利特色，提升景区水文化展示水平

水利工程是水利风景区建设的根基，每个水利风景区都依托各自独具特色的水利工程而建设，因此，水利风景区的水文化植入应该以景区的水利工程特色为出发点，注重与当地文化和历史背景的深度融合。每个水利风景区都承载着深厚的历史底蕴和地域特色，通过挖掘和传承这些文化元素，可以为水利风景区的建设植入更为丰富多彩的文化体验形式。

4.3　推进科普教育，擦亮水利研学旅游新名片

水利风景区水文化植入可以通过开展水文化知识讲座、举办研学游活动等方式，向游客传递

水利知识，提升其对水文化的了解和认同。应注重创新与实践的结合，在科普教育活动中，引入现代科技手段，如虚拟现实、增强现实等，为游客打造沉浸式的体验，更加直观地了解水利工程的运作原理和水资源的珍贵性。同时，组织实地考察活动，带领游客亲身感受水利工程的壮丽与魅力，增强游客对水利事业的认同感。

4.4 开拓宣传路径，打开水利风景区的文化窗口

水利风景区水文化的植入离不开宣传。传统媒体仍是文化宣传的重要手段，应通过电视、广播、报纸等媒体，多角度、全方位地宣传，让更多游客了解水利风景区的文化魅力和价值。为了更好地宣传水利风景区的文化，还需要注重与当地文化、历史和民俗的结合，打造具有地方特色的文化品牌。例如，可以开展水利文化主题展览、文化讲座等活动，让游客在欣赏美景的同时，也能感受到当地深厚的文化底蕴。

4.5 锤炼管理能力，建立风景区长效发展机制

水文化建设是一项长期而系统的工程，它不仅需要深入挖掘和传承水资源的文化价值，还要求我们建立健全的管理机制来保障其可持续发展。

首先，应加强景区管理团队的培训和能力建设。应加大对景区管理团队的培训力度，提高工作人员的专业素养，通过定期的研讨和交流，不断积累经验，提高管理水平。其次，应建立健全的管理制度和运行机制。应制定完善的规章制度，明确各部门和人员的职责，确保各项工作有序推进。最后，建立景区水文化建设的监测与评估机制。应设立专门的评估小组，采用定量和定性相结合的方法，对水文化建设的过程和成果进行全面评估。根据评估结果，及时调整和优化建设策略。

5 总结

水文化建设是一个动态的过程，随着社会环境、资源条件和人们需求的变化，需要不断调整和优化，确保水文化建设工作持续向好的方向发展。水利风景区作为展示水资源价值和文化内涵的重要载体，在推动水文化建设和传承中发挥着不可替代的作用。全面展示水文化在水利风景区中的重要地位，不仅能够丰富游客的旅游体验，提升景区的知名度和吸引力，还有助于推动水文化的传承和创新，促进人与水资源的和谐共生。在水利风景区水文化植入过程中，各地区水文化建设工作仍需持续加强和创新，需不断探索和实践，将水文化植入到景区的各个方面，打造独具特色的水利风景区文化品牌，为游客提供更为丰富多彩的旅游体验，也为水文化的传承和发展贡献水利行业的力量。

参考文献

[1] 马云 . 基于水文化传承的水利风景区规划研究 [D]. 苏州：苏州科技大学，2017.

[2] 刘冠美 . 中外水文化比较 [M]. 北京：中国水利水电出版社，2015.

[3] 中华人民共和国水利部 . 水利风景区管理办法 [Z].2004，5:10.

[4] 曹鑫涛 , 徐川洋 , 杨承志 , 等 . 高质量发展背景下水利风景区建设管理的思考 [J]. 江西水利科技 , 2023, 49(5):386-390.

[5] 李宗新 . 再论水文化的深刻内涵 [J]. 水利发展研究，2009，9(7):71-73

[6] 温乐平 . 水利风景区规划管理问题及对策探讨 [J]. 南昌工程学院学报，2021.

[7] 董文虎，刘冠美 . 水与水工程文化 [M]. 北京：中国水利水电出版社，2015.

水文化建设的对策建议与路径思考
——以四川省巴中市为例

马　永　孙国贤

（四川省巴中市水利局，四川巴中　636000）

摘　要：本文论述了加强水文化建设促进经济社会发展的重要意义和战略价值，并结合巴中市开展水文化建设的资源禀赋和问题短板，提出了加强水文化建设的十大对策建议和路径思考：制定建设规划，解决政策导向和目标靶向；梳理地域水文化资源，彰显巴中水文化特质；开展水文化遗产调查，构建系统性保护体系；探寻水文化精神谱系，丰富水文化精神向度；推进水文化赋能经济，做强水文化特色品牌；突出巴中水文化特色，滋养水文化示范城市；实施水文化发展战略，融入长江黄金旅游带；强化公共水文化服务，实施水文化数字工程；加强水文化学术研究，助推水文化发展浪潮；加强水文化平台建设，形成巴中水文化活力。

关键词：水文化；建设；对策；路径；思考

习近平总书记在黄河流域生态保护和高质量发展座谈会上指出“黄河文化是中华文明的重要组成部分，是中华民族的根和魂”，要“保护、传承、弘扬黄河文化”；在全面推动长江经济带发展座谈会上强调，要“统筹考虑水环境、水生态、水资源、水安全、水文化和岸线等多方面的有机联系”，并指出“要把长江文化保护好、传承好、弘扬好”。把水作为一种重要的战略资源，与人口、环境、经济、社会相互联系、协调发展，成为全世界的共识。巴中作为长江上游重要城市和生态屏障，必须立足新发展阶段、贯彻新发展理念、构建新发展格局，以推动高质量发展为主题，围绕举旗帜、聚民心、育新人、兴文化、展形象的使命任务，坚守中华文化立场，坚持敬畏历史、敬畏文化、敬畏生态，立足治水实践，以水文化保护、传承、弘扬、利用为主线，深入挖掘水文化蕴含的时代价值，积极开展水文化宣传，努力提供内容丰富、形式多样的水文化产品和服务，不断满足人民群众日益增长的精神文化需求，不断提升水利干部职工的文化素养，为推动新阶段水利高质量发展凝聚精神力量。

1　加强巴中水文化建设，促进经济社会发展的重要意义和战略价值

一是建设好巴中水文化是新时代文化建设的客观要求。巴中水文化建设是中华民族现代文明建设的内在需要。习近平总书记先后对保护传承弘扬利用黄河文化、长江文化、大运河文化作出一系列重要指示批示，为水文化建设提供了根本遵循和行动指南。新时代水利高质量发展赋予水文化建设新的使命任务，要在全社会树立人水和谐、人水共生理念，推动水利事业的跨越性发展。

二是建设好巴中水文化是塑造城市人文精神的重要载体和文化要素。中华文化多元一体。多样化和地域性是多元一体特征的重要体现。巴中处于南北文化的交融地带，是长江水系渠江流域的水陆重镇，又是拥有光荣传统的红色土地。这片“亿万年的自然山水，五千年的人文山水，新时代的幸福山水”，成为塑造“诗意巴中、红色巴中”的重要载体和文化要素。

三是建设好巴中水文化是与产业融合发展的需要。水文化建设是助力巴中市经济社会高质量发展的重要抓手，有利于巴中在产业融合发展过程中，以农业为基础和依托，借助产业渗透、产业交叉和产业重组等方式，通过形成新技术、新业态、新商业模式延伸农业产业链，加快实现农

业现代化、城乡发展一体化和共同富裕的目标。

四是建设好巴中水文化是推进新型城镇文化建设的需要。建设好巴中水文化有利于优化巴中城市体系，深化城乡体制机制改革以及提升区域竞争力，布局建设国家级高新区、创新研发基地等创新载体，注重城市的生活标准、城市交通、生活配套、生态环境和景观设计的品质以及城市文化的个性化表达，有利于新型城镇化健康有序可持续发展。

五是建设好巴中水文化是提升提纯市民审美生活方式的需要。建设好巴中水文化有利于全面构建覆盖城乡的现代公共文化服务体系，传承发扬具有巴中本地特色的优秀传统文化，满足人民群众日益增长的物质文化需要，更加丰富人民群众的精神文化生活。

2 巴中市开展水文化建设的资源禀赋和问题短板

巴中市是秦巴山片区三大中心城市之一，位于四川盆地东北部，地处大巴山系米仓山南麓，为中国秦岭——淮河南北分界线南，东邻达州，南接南充，西抵广元，北接陕西汉中。素有“南方的北方，北方的南方”之称。巴中市处于长江上游、渠江流域上游，拥有丰富的水域资源和丰厚的水文化。巴中大小河流共有1100多条，河流总长4342km。境内有红鱼洞、二郎庙水库、青峪口水库、湾潭河水库等重要水利灌溉遗产，光雾山—诺水河、白衣古镇恩阳古镇及柳津湖、江口水乡、玉湖化湖、东郡水乡等国家水利风景区，孕育了千年传承的治水智慧，滋养出影响深远的巴中水文化和源远流长的巴蜀文明。如今的巴中依托水环境、水生态全面打造呈现城立水畔、水流城间的宜居宜游诗意画卷，水文化特点日益凸显。

建地设市30多年来，水利工程建设有了跨越式发展。但在水文化建设上还存在认识不统一、工作基础差距较大、管理机制不够健全、工作缺乏有力抓手、经费难以得到保障、队伍能力亟待提高、水文化传播弘扬方式方法创新不够等问题，与新时代水文化高质量发展的要求存在一定差距。

为推动水文化建设发展，还需进一步加强组织领导，建立健全党委统一领导、党政齐抓共管、水利部门组织协调、有关部门分工负责、社会力量积极参与的工作机制和水文化发展格局。建立协作机制、创新管理理念、优化扶持政策，落实机制保障，提升服务水平，大力推进水文化组织、人才、制度建设，将水文化建设与水利工程建设同部署同推进，坚持以人为本、以文化人，保护利用、赋能发展，因地制宜、创新推进，系统观念、协调并举，生态文明、可持续发展的建设原则，逐步形成完善的水文化建设体系。

3 加强巴中水文化建设的对策建议和路径思考

（1）制定建设规划，解决政策导向和目标靶向。

邀请有关文化单位制定《巴中市2024—2035年水文化建设规划》，从水文化保护、传承、利用、弘扬四个方面编制水文化建设的重点任务，作为巴中水文化建设的基本依据。制定近期目标、中期目标和远期目标。

（2）梳理地域水文化资源，彰显巴中水文化特质。

一是发掘文史价值。注重巴中水域自身的历史文化价值挖掘，开展巴河流域和区域的水文化研究，做好巴中水利史资料的收集整编工作。加强中华水文化的经典思想文献的搜集整理，积极参与水利部首批“中华名水志文化工程”编撰工作，推出一批巴中名水志精品著作。广泛收集、整理巴中水文化相关民间故事，寻找巴中水文化民间故事元素，以民间故事系列代入中国故事讲述阵列。展示传承千年秦巴文化，体现今日巴中生活美学和人文价值。深入研究巴水文化内涵、特征及传承，挖掘巴水治理保护历史经验，传承巴水文化的生命力和精神内涵。

二是梳理非遗事项。开展巴中全市水利非物质文化遗产调查工作，利用空间地理信息等技术手段开展调查。重点对与水相关的巴文化、巴人非遗事项进行保护和传承。科学构建水利非遗的分类体系，制定统一的调查规程和标准等规范文件。推进巴中水利非遗名录建设，启动水利非遗保护标识工作，积极促成巴中与水文化相关的非遗事项申报、保护和传承工作。

三是彰显时代意义。将社会主义核心价值观作为弘扬巴中水文化的价值遵循，挖掘巴中水文化在人地关系、民族融合、文明互鉴、精神思想等方面所孕育的文化积淀。大力传承弘扬巴中水文化中的红军精神、脱贫攻坚精神等为代表的精神谱系。充分发挥巴中水文化资源优势，以文化为媒、以旅游开道，进一步拓渠道、搭平台、建机制，推动巴中经济社会高质量发展。

（3）开展水文化遗产调查，构建系统性保护体系。

一是加强水文化考古发掘研究。系统开展巴中水利古籍普查和保护。积极推进重大古籍整理出版工作。加强重要古迹遗址保护，加强文物本体保护，统筹推进抢救性保护和预防性保护，统筹兼顾遗址遗迹本体与周边环境、文化生态的整体性保护。加强文物保护利用基础研究和共性关键技术攻关，加强对重要古遗址、古建筑等保护展示，重视水利、交通、工业、农业等遗产保护利用。实施文化线路保护展示工程，加快推动水利文化遗址公园建设。盘活用好文物资源，推动更多具备条件的水文化文物保护单位向公众开放。

二是推动水利遗产认定和申遗。发挥政府主体作用，将水利遗产保护纳入巴中市国民经济社会发展规划。普查巴中水利文物文化资源，建立水文化遗产名录档案。深入挖掘一批巴中市域内治水特色鲜明、历史文化及科技价值重大、安邦惠民价值突出的水利遗产，申报国家水利遗产。

三是完善水文化信息管理运用。积极推进巴中水文化信息的分类、特征、价值及其保护问题与措施等方面研究和运用。坚持保护优先的原则，依据水文化遗产普查结果，围绕水利改革发展战略，研究制订水文化遗产保护实施办法，依据保护对象性质、形态价值进行科学分类，针对保护、管理与利用的实际需要，提出切实可行的保护措施，开展对水文化遗产保护评估和论证，注重对水文化遗产生存环境的保护。

四是构建水文化保护科学体系。加强同国内科研机构、高校合作，深入开展具有巴中水文化特色和巴中市文化特色的水利遗产保护研究。建立以保护水文化为目标的保护区或自然公园并提供专门的管理和监测，在重要水域的水利工程区建立保护区、科普公园，通过保护传统建筑和保护传统技艺等全方位保护和修护传统水文化遗产。

（4）探寻水文化精神谱系，丰富水文化精神向度。

一是发掘历代治水人物事迹。研究挖掘巴中历代治水人物的相关治水事迹、治水理念、治水方略、治水精神及其文化内涵，组织编撰《巴中治水先贤录》，开展“历史治水名人讲堂”“历史治水名人有声故事”等活动，通过群众喜闻乐见、生动通俗的形式，传播治水名人故事，传承弘扬科学治水理念和为民治水精神。

二是弘扬红色巴中治水精神。巴中是全国第二大苏区——川陕革命根据地的中心和首府，素有“红军之乡”之称。要加强对中国共产党领导人民治水历程的系统梳理和挖掘，开展具有红色基因的水利遗产资源调查，纳入水利遗产名录。推动重要革命根据地围绕治水主题进行展览展示馆建设，展示具有红色基因水利遗产资源的丰富文化内涵。

三是挖掘巴河文化审美意义。挖掘巴中水文化内涵，从精神层面深入挖掘巴中水文化的审美意义和审美品格，及对巴中社会和市民精神的全面性关涉，对巴中水文化的美学内涵和表达方式进行整体性建构。

四是绘制巴河文化精神图谱。深入研究巴中水系江源文化、巴山文化、红色文化等文化内涵，厘清巴中水系的起源和演进历程，着重从中华文明体系、治水御水文化、民族迁徙融合、中国革命文化、长江生态文明、文化遗产线路、长江流域互动等多维度推出巴中水文化标志性研究成果，提炼巴中水文化价值，确立巴中水文化在中华文明和长江黄金旅游带中的重要地位，构建巴中水文化基因符号库，绘制巴中水文化精神图谱。

（5）推进水文化赋能经济，做强水文化特色品牌。

一是融合“水文化＋”产业发展。以市场为导向，深度开发巴中水文化资源。积极探索“水文化＋”的产业体系有效发展路径，推进水文化与旅游、影视、演艺、教育、出版、网络、信息、服务等相关产业融合发展，培育塑造一批富含巴中地域特色的水文化品牌。深入挖掘优质水资源、宜居水环境、健康水生态、先进水文化所在地的区位优势，助推所在区域农业产品、工业产品、旅游产品价格附加增值，拓展绿水青山就是金山银山的有效转换途径。

二是注入大型水利工程文化内涵。着力推进水利工程与文化融合，从重要水域的建设发展着手，统筹水环境综合治理与产业发展，在水利工程建设的决策、规划、设计、施工、管理等具体环节中，引入文化元素，突出文化底蕴，体现人文精神。对在建与新建水利工程，在规划设计环节统筹考虑水文化元素，提升水利工程文化品位，依据工程特点配建水文化、水利科普、水利法治宣传教育场所或设施，面向社会公众开放，开展国情水情教育。

三是助推乡村振兴先行区建设。利用巴中丰富的水利资源、独特的巴山生态环境和较为良好的基础设施条件，在全市助推以水文化为主题和先导的乡村振兴先行区建设。产业振兴、生态振兴和组织振兴三位一体统筹推进，让巴中乡村振兴先行区浸润丰富充沛的水文化中。

四是夯实“天人合一”生态本底。在巴中全市范围内推广水生态治理经验，以河湖水系为基础、岸线绿地为关键、滨水空间为核心，统筹推动自然生态保护、人居环境改善、多元业态融合、水岸城一体化打造。探索构建巴河流域生态积分体系，建立生态环境保护利益导向机制，建立生态环境保护利益导向机制。

（6）突出巴中水文化特色，滋养水文化示范城市。

一是打造城市滨河文化带。在巴中市现有水域河流的整体格局基础上，优化水域布局，注入滨河文化要素，整体打造巴中市滨河文化带，成为巴中城市形象的展示窗口、水文化体验地和重要的市民生活乐园。挖掘城市滨河带文化主题，营造城市滨河带文化空间，对滨河的城市文化空间进行沉浸式、体验式、互动式、观赏性等各类别的营造，重点突出文化特色。

二是建设水文化特色村镇。建设水文化特色村镇，衔接巴中村镇建设规划，突出水文化对村镇建设的地域性、独特性和多样性作用。以村镇特色院落为基点，将村镇作为巴中水文化建设的细胞和基层单位，凸显村镇个性，融入当地村镇村民居民生活生产方式，描绘新时代巴中水文化的“清明上河图”。形成“巴水村镇”网络旅游互动线路，全面提升“巴水村镇”的文化含量和村镇品质。

三是优化水文化展示空间。构建巴中水文化展示体系，充分优化城镇水文化表达空间。充分调动“静态”“活态”“动态”“形象”“价值”展示空间，全面展示巴中水文化价值。

（7）实施水文化发展战略，融入长江黄金旅游带。

一是发展水文化生态康养产业。大力发展水文化生态康养产业，打造便利化、多样化、个性化的巴中水文化旅游“名场景”，成为广大游客情牵梦绕的“诗与远方”。持续推进水文化康养生态建设，优化水文化康养产业结构布局，注重水文化康养产业的环境营造，开展系列水文化康养产业活动，提高水文化康养产业效率，提升巴中水文化康养产业经济效益。

二是打造水文化文旅融合场景。坚持以文塑旅、以旅彰文，推进文化和旅游深度融合发展，打造巴中“水上项目文旅融合、滨水休闲文旅融合、水文化农庄文旅融合、水文化与疗养文旅融合”四大场景，结合中医药康养优势，提升巴中亲水、润水、泽水、恋水的文旅融合经济品质。

三是推出水文化旅游精品线路。以具有突出意义、重要影响、重大主题的水文化旅游资源为节点，利用现有大中型水库资源，以建设红鱼洞、黄石盘、天星桥、化成水库、江家口水库等景区为依托，坚持“一库一景一品一貌”，全力打造水利风景集群，形成一批以滨水旅游度假区为核心的旅游景点并串点成线。

（8）强化公共水文化服务，实施水文化数字工程。

一是优化水文化公共服务设施建设。提升智慧公共服务水平，利用大数据加强道路、文化场馆、旅游景区拥堵情况预警分析和信息发布。完善水文化旅游引导标识体系，提升公共服务区文化内涵和服务品质，打造生态和文化旅游复合廊道。

二是构建巴中水文化视觉识别系统。建立巴中水文化标识体系，凝练巴中水文化元素，形成统一的视觉形象和文字体系，形成具有整体性、辨识性、特有性的视觉形象。依托巴中水利工程设施、流域水文化展馆、地方水文化特色场馆等载体，构建巴中水文化视觉展览展示体系。依据水利风景区的各自特点，重点打造化湖、柳津湖、江口水乡、玉湖、东郡水乡、万寿湖等水文化沉浸式场景。

三是打造全媒体水文化传播矩阵。依托中央和地方主流媒体、行业媒体及网络新媒体，宣传水文化建设重大成就和典型经验、水文化阶段性成果。加强水文化数字基础设施建设，推进巴中水文化数字资源高效采集、三维数字化测绘、数据档案建设等基础工作。依托“互联网+中华文明”行动计划，加强水文化数字化产品制作和推广。采取人工智能（AD）、虚拟现实（VR）等新技术手段，让水文化阵地与载体从“线下”走向“线上”，使水文化“动”起来“活”起来。

四是强化水文化IP数字营运。开发构建巴中水文化IP体系，不断强化数字化IP体系在巴中水文化建设运营过程中的作用。着力推动数字水利文博事业蓬勃发展，加强水文化数字传播的重要平台。积极推动水文化遗产数字化和水文化博物馆、纪念馆数字化，发展虚拟馆藏资源，不断提高水文化的辐射力和影响力。

（9）加强水文化学术研究，助推巴中水文化发展浪潮。

一是丰富水文化学术交流。依托国内研究机构开展渠江、巴河水利史和水文化的学术交流，搭建高层次、高水准的水文化对话交流平台。积极参加水文化国际论坛、国际文化旅游节、艺术节等活动，推动多层次巴中水文化交流。传播巴中治水理念、治水经验，讲好巴中治水故事，传播好巴中水利声音，提升巴中水文化的影响力。开展“我家乡那条河”“寻找最美家乡河湖”“中国水周”等主题征文和宣传活动，推动水文化进机关、进校园、进企业、进社区、进基层。

二是繁荣水文化文艺创作。立足巴中，向世界讲好水文化故事，大力开展巴中水文艺创作。推动创作一批蕴含时代精神、水利特色的文学艺术精品力作，并集中展陈。组织文学、美术、书法、摄影和音乐舞蹈戏剧工作者等文艺文学创作者、优秀创作团队、文艺院团（单位）和文化企业，深入巴中的河流水库、水管单位、水利建设一线采风，挖掘治水理念、治水故事、治水人物、治水成就等内容，创作文艺、文学艺术作品。举办丰富多样的水利文艺节展活动。

三是发布水文化建设报告。建立巴中水文化建设报告发布常规机制。对巴中水文化相关的历史故事、习惯风俗搜集整理成册并有序刊出。

四是加强水文化成果展示。依托巴河流域现有博物馆、展览馆、纪念馆、文化馆，增设巴中水文化展陈专题内容。推动巴河流域整体形成包括非物质文化遗产馆、传承体验中心、传习所、传习点等在内的，集传承、体验、教育、培训、研究、交流、旅游等功能于一体的传承体验设施体系。鼓励新建改建文艺场馆、纪念馆群、工人文化宫、艺术家村落、众创空间等加入各类巴河流域水元素，根据环境标准支持部分音乐节等街头艺术活动在巴河流域周边场地开展。

（10）加强水文化平台建设，形成巴中水文化活力。

一是建设金融支持平台。探索巴中金融支持水文化发展特色政策体系，打造巴河流域水文化金融创新大会等文化金融品牌。强化金融支持水文化发展工作保障机制，重点推进水文化建设项目融资情况。

二是建设科技创新平台。布局建设一批与水文化相关的实验室等高能级平台，积极开展应用基础研究和共性技术研究，探索研究制定水文化相关国家和行业建设标准，打造水文化科技创新平台发展高地。聚焦水文化保护、传承、弘扬、利用关键领域，重点围绕构建省级特色水文化科创平台，打造从应用基础研究到技术创新、成果转化的全链条水文化创新平台方阵。发挥政府引导作用，以自建、合作共建或引进等方式，搭建水文化科研成果转化活动验证平台。

三是建设产业融合平台。建设“水文化 +”产业融合平台和水文化资源共享平台，推进数字化赋能产业发展，促进水文化产业与流域内数字经济、实体经济深度融合，构建水文化资源共享平台。

四是建设专业人才平台。推进巴中水文化人力资源平台建设，聚合一批组织化、专业化、市场化的知名人力资源服务机构，打造集水工程项目、水文化旅游、水产农业、乡村振兴等领域高级人才资源配置、成长、开发、评价、管理、咨询于一体的服务链条，不断提升平台辐射力和影响力。加大水利行业水文化建设、管理、传播领域人才培养力度，建立不同层次、不同领域的水文化咨询专家队伍，吸纳各行业具有较高学术造诣的专家学者参与助力水文化建设。

参考文献

[1] 中央宣传部（国务院新闻办公室）, 中央党史和文献研究院, 中国外文局. 黄河流域生态保护和高质量发展的主要目标任务 [M]// 习近平谈治国理政（第三卷）. 北京：外文出版社，2020.

[2] 中央宣传部（国务院新闻办公室）, 中央党史和文献研究院, 中国外文局. 为黄河永远造福中华民族而不懈奋斗 [M]// 习近平谈治国理政（第四卷）. 北京：外文出版社，2022.

水利风景区建设融合更多水文化元素的思路与对策

于晓秋

（黄河水利委员会山东水文水资源局，山东济南　250100）

摘　要：水利风景区不仅具有社会和生态价值，同时承载厚重的文化底蕴，在水利风景区的建设中，需要更好地融入水文化元素，本文从坚定水文化自信、挖掘水文化资源内涵、规划水文化精神主题、创新水文化展示方式、提升配套服务、持续提升管理水平七个方面阐述了水利风景区与水文化元素有机融合和可持续发展的思路及对策，以期为水利风景区的规划建设建言献策。

关键词：水利风景区；水文化元素；水文化精神主题

水利风景区是指依托水利工程、水域及其治理和保护工程而建的有一定规模和质量的环境条件与风景资源，可以开展观光、娱乐、休闲、度假或科学、文化、教育活动的区域，在维护工程安全、涵养水源、保护生态、改善人居环境、拉动区域经济发展等诸多方面都发挥着极其重要的作用。水利部目前已批准设立约600家国家水利风景区，其中山东省约有100家，例如济南百里黄河风景区、东平湖景区、雪野湖水利风景区、江北水城风景区等。作为一种特殊的自然景观，水利风景区不仅具有社会价值、生态价值，同时还承载着丰富的水文化底蕴。水文化作为中华文化的一部分，其内涵丰富，博大精深。在水利风景区建设中更好地融入水文化元素，能够更好地传承弘扬水文化，从而打造人水和谐的幸福河湖。如何能在水利风景区的规划和建设中充分挖掘并融合水文化精髓，以下是一些思路与对策。

1　坚定水文化自信

水文化是什么？简单地说，水文化是具有水特征的文化形态，中华水文化是中华文化的重要组成部分，它是以水为特征展示在人们面前的一种文化形态，其特殊性主要表现在是与水有关的文化，是以水和水务活动为载体形成的文化现象，是文化中以水为轴心构成的物质财富和精神财富的集合体。水文化以水和水事活动为载体，承载着对人类社会的伟大贡献，同时反映着人类饮水、用水、治水、管水、护水、节水、亲水的重要实践。中国古典农耕文化依水而生，水是文明之源，也是文化之源，我国人民有着光荣的治水传统和抗洪精神，因而形成了历史悠久的水文化。水文化的内容博大精深，既包含物质形态的水文化，又包含精神形态的水文化，还包含制度形态的水文化。水文化的元素包括水利工程、水利历史、治水精神、管水方略、水文学知识、水乡风情等，从大禹治水到都江堰，从郑国渠到红旗渠，从古今治水人物到千古黄河诗篇，从体现社会主义核心价值观的水利行业精神和抗洪精神到“节水优先、空间均衡，系统治理，两手发力”的治水思路，中华文化中的水文化源远流长，时至今日其内涵更为丰富，更加生机勃发。水文化自信是文化自信的重要一环，是对继承、弘扬、发展、繁荣水文化的坚定信念和信心，也是对水文化生命力的肯定。

水利风景区依水而建，是传承、弘扬、繁荣水文化的重要载体，是将水文化与当今社会和人民有机融合的有力途径，在水利风景区中有效地融入水文化元素，能够进一步夯实民众水文化自信的根基，增强水利风景区的文化内涵和吸引力，在提升游客的文化体验的同时，增强人们的文化认同感以及对水资源的认识和保护意识。

2 挖掘水文化资源内涵

在水利风景区的规划建设过程中，应充分挖掘当地水文化资源，查阅当地相关文献资料，如地方志书、水利志、历史、碑刻、谱牒等；查阅历代水利律令、政策、人物传记等；探寻当地水下文物、历史遗迹、古建筑等；走访民间传说、收集民间笔记；收集堤坝、水库、渠道等水利工程的设计、施工、运营资料等。通过以上途径寻找水文化线索，摸清所在区域的水文化遗产资源家底，串联当地水文化历史脉络，对所在区域的水文化资源进行整理，掌握水文化资源的总量、规模丰度、品级品质，用新的资源观和价值观重新认识与评价水文化遗产，为后续的景区规划和建设提供丰富的素材。

水文化遗产一般分为四类，一是水利工程，主要包括堤坝、灌渠、桥梁、水库等；二是与水相关的古代建筑、遗址遗迹，例如庙观、亭台楼阁、宝塔碑刻等；三是与水有关的非物质文化遗产，如水磨、水车、龙舟等技术；四是与水有关的人物、传说、笔记、诗篇等。需要根据相关资料和实地考察，深入挖掘其中蕴含的内涵与时代价值，为科学开发和保护利用打好基础。

3 规划水文化精神主题

在水利风景区的规划中，要统筹兼顾，做好顶层设计，对水利风景区进行全面设计规划，全方位考虑风景区的自然资源、水域条件、人文历史、游客需等因素，确定水文化精神主题和水利风景区的定位，紧紧围绕水文化精神主题，做好风景区功能分区，规划景观节点，及时有效有机地融入水文化元素。可以以讲故事的形式将整个水利风景区有机串联成一个整体，层层深入，并逐步从中彰显水文化精神的内涵和价值。以下是一些具体措施：

（1）资源评估。对水利风景区的自然资源进行详细评估，包括水域面积、水体质量、地形地貌等，同时在文化调研的基础上，深入剖析当地水利历史、水文化特色、民间传说和习俗等。

（2）主题定位与特色塑造。根据资源评估和文化调研结果，确定水利风景区水文化精神主题，如“生命之源”“水利文明”“水与生态和谐”“治水史”等。同时，要注重景点的文化内涵和特色，避免千篇一律，突出当地的独特性和魅力，塑造特色鲜明的品牌形象，使游客能够深刻体验到水利风景区的独特魅力。

（3）规划布局与空间设计。根据主题定位，规划水利风景区的整体布局，合理安排水域景观、文化节点、游憩设施等。利用地形地貌和自然景观，打造富有层次感和立体感的景观空间。

（4）生态保护与环境治理。坚持生态优先，保护好水利风景区的自然生态环境，确保水体的清洁和安全。加强环境治理，减少人为污染和破坏，为游客提供一个干净、舒适的游览环境。

通过以上措施，可以全面规划水利风景区水文化精神主题，实现水利风景区自然资源与文化资源的有效融合，提升游客的游览体验和满意度，促进水利风景区的可持续发展。

4 创新水文化展示方式

水利风景区对水文化的宣传和展示可以有多种形式，比如设置专门的水文化主题区域，集中展示水文化元素，例如开设水利博物馆、治水文化广场、水乡风情园等，使游客能够在游览过程中深入了解和体验水文化。此外，为了增强游客的互动性和体验感，可以创新水文化展示方式。例如，可以充分利用现代科技手段打造数字创意交互型展馆，数字复原水利历史场景，模拟治水过程，增强水文化的互动式体验；可以开设水文化讲座、工作坊等活动，让游客亲身参与和体验水文化的魅力；可以开展水文化沉浸交互式演出，带领游客身临其境地讲述和感悟水利故事。通过以上方式，变被动灌输为主动参与，充分调动游客的积极性和参与度，让游客乐于了解和学习水文化，自觉变为水文化的传播者和水利精神的践行者。具体措施如下：

（1）数字技术与水文化结合。

利用虚拟现实（VR）和增强现实（AR）技术，打造沉浸式的水文化体验。观众可以通过穿戴设备，身临其境地感受水文化的魅力，如古老的河流传说、水族的生活场景等。利用三维建模和动画技术，还原历史上的水利工程、水景名胜等，使观众能够在视觉上感受到水文化的深厚底蕴。

（2）互动式展示方式。

设计互动式的水文化展览，如设置触摸屏幕、感应装置等，让观众能够通过触摸、操作等方式，深入了解水文化的相关知识。举办水文化主题的工作坊和体验活动，如制作水工艺品、学习传统渔业技能等，让观众能够亲身参与水文化的实践体验。

（3）多媒体展示方式。

利用大屏幕投影、灯光秀等手段，打造视觉震撼的水文化表演，如展示水的流动之美、水的生命之力等。结合音乐、舞蹈等艺术形式，创作以水文化为主题的艺术作品，使观众能够在艺术欣赏中感受到水文化的魅力。

（4）社交媒体与水文化推广。

利用社交媒体平台，如微博、抖音等，发布水文化相关的内容，如图片、视频、文章等，提高水文化的知名度和影响力。开展线上互动活动，如水文化知识竞赛、水景摄影比赛等，吸引更多人关注和参与水文化的传承与发展。

（5）跨界合作与交流。

与旅游、环保、教育等领域进行合作，共同开发水文化主题的产品和服务，如旅游线路、环保项目、教育课程等。加强与国际的水文化交流与合作，学习借鉴其他国家和地区在水文化传承与创新方面的成功经验和实践案例。

（6）建立水文化博物馆或中心。

设立专门的水文化博物馆或中心，用于集中展示水文化的历史、现状和未来发展趋势。在博物馆或中心内设置多种展示区域，如历史文物展示区、多媒体互动展示区、工作坊体验区等，满足不同观众的需求。

（7）开展水文化教育活动。

在学校、社区等场所开展水文化教育活动，如举办讲座、展览、实践活动等，提高公众对水文化的认识和了解。

5 提升配套服务

在水利风景区规划建设中，要注重提升配套服务，将水利风景区打造成为一个集观光、娱乐、休闲、度假或科学、文化、教育活动于一体的综合性旅游景区，为游客提供丰富的旅游体验。同时，也有助于提升水利工程的综合效益，推动当地经济社会的发展。具体措施如下：

（1）游憩设施与配套服务。

根据游客需求，合理规划游憩设施，如观景台、游船码头、休息区等。完善配套服务，如导游服务、解说系统、餐饮住宿等，提升游客的游览体验。结合当地水文化特色，开发具有地方特色的水文化旅游产品，如水上活动、水文化体验项目、水文化主题酒店等。

（2）完善水文化旅游服务体系。

加强水文化旅游基础设施建设，如交通、住宿、餐饮等，提高游客的旅游体验。培训水文化旅游服务人员，提高服务质量和水平，让游客感受到热情友好的服务氛围。

（3）注重可持续发展和环境保护。

在发展水文化旅游的过程中，注重环境保护和可持续发展，合理利用水资源，保护水域生态环境。加强与当地社区的沟通和合作，共同推动水文化旅游的可持续发展。

通过以上措施的实施，可以有效地推动具有当地特色的水文化旅游的发展，提升当地旅游产业的竞争力和影响力，促进当地经济的繁荣和发展。

6 持续提升管理水平

水利风景区建成后，需要进行有效的运营与管理。这包括制定合理的管理制度、提供优质的游客服务、进行定期的维护与管理等。同时，要注重安全管理，确保游客的安全。为了吸引更多的游客，需要对水利风景区进行宣传与推广。这包括制作宣传资料、开展线上线下宣传活动等。同时，要注重品牌建设，提升水利风景区的知名度和影响力。定期对水利风景区进行监测与评估，了解风景区的运营状况、游客满意度等信息。根据评估结果，及时调整管理策略，提升水利风景区的品质和服务水平。

在水利风景区建设完成后，应持续关注水文化元素融入的效果，并根据游客反馈和市场需求进行不断调整和优化。这包括对水文化展示内容进行定期更新、对互动体验项目进行持续创新、对生态旅游活动进行规范管理等。同时，加强与相关部门的沟通合作，共同推动水利风景区水文化建设的持续发展和提升。

总之，将更多水文化元素植入水利风景区建设中不仅可以丰富景区的文化内涵和吸引力，还能提升游客的文化体验和环保意识。通过挖掘和整理水文化资源、规划水文化主题区域、创新水文化展示方式、加强水文化教育普及、结合当地特色发展水文化旅游以及推动水文化与生态旅游的融合发展等对策的实施，可以有效实现这一目标。同时，需要持续关注和提升水文化元素融入效果，以确保水利风景区建设的可持续发展。

参考文献

[1] 马云 . 基于水文化传承的水利风景区规划研究 [D]. 苏州：苏州科技大学，2017.

[2] 路晶京 . 水利风景区生态系统文化服务价值评价研究 [D]. 郑州：华北水利水电大学，2022.

[3] 薛翘楚 . 基于空间句法的城市河湖型水利风景区空间结构研究 [D]. 郑州：华北水利水电大学，2022.

中国非物质文化遗产中水文化的空间分布特征与影响因素分析

傅泽鼎

（岳阳市长江洞庭湖水利事务中心，湖南岳阳　414021）

摘　要：针对中国非物质文化遗产中水文化项目的空间分布特征及其影响因素，采用地理信息系统（GIS）技术和统计分析方法，分析水文化非遗项目在中国的空间分布情况。结果表明：水文化非遗项目的空间自相关性呈现随机性，不表现为明显的聚集或分散。核密度分析揭示了洞庭湖地区、长江三角洲、珠三角及京津冀地区为水文化非遗项目的高密度区；大部分水文化非遗项目集中在河流的缓冲区内，72.85% 的项目在 200km 缓冲区范围内，表明河流对水文化非遗项目的空间分布具有显著影响；水文化非遗项目在传承过程中面临的老龄化、生态环境变化和现代生活方式的挑战。研究结果对于优化文化遗产保护策略、促进文化资源的可持续利用以及强化文化自信具有重要意义。

关键词：非物质文化遗产；水文化；空间分布；影响因素

1　引言

非物质文化遗产（以下简称“非遗”）作为文化遗产的重要组成部分，承载着民族的历史记忆和文化精髓。水文化作为非遗的独特分支，不仅反映了民族与水环境的互动关系，也是地域文化多样性的重要体现。中国是一个河流众多、水域广阔的国家，水文化在不同地区展现出丰富多彩的形态。但当前对水文化非遗项目空间分布特征及其影响因素的研究尚显不足。

本文以中国非遗中的水文化项目为研究对象，旨在分析其空间分布的集聚特征，并探讨自然环境和人文背景对其分布的影响。通过 GIS 空间分析和多元统计方法，为水文化非遗项目的保护与传承提供科学依据，同时为文化遗产保护政策的制定提供参考。研究结果预期将增进对中国水文化非遗地理分布规律的理解，并为相关文化资源的可持续利用和文化自信的强化作出贡献。

通过 34 个行政区划、流域特征及非遗项目分类进行综合分析。在总计 3610 个非遗项目中，通过关键词筛选并排除边缘相关项后，确定了 151 个与水文化紧密相连的项目。这些项目广泛涵盖了以河流、海洋为背景的神话传说、劳动号子、渔歌，以及以水为媒介的节日庆典活动，如元宵、端午、清明及中元节等，共同构成了中国水文化的广袤图景，展现了中华民族在漫长历史长河中，依托不同地理环境、社会经济条件，创造与传承的水文化多样性与独特性。

水文化的研究需综合考虑自然环境因素、社会经济条件、历史文化背景及政策法律环境等多方面影响。自然环境直接塑造了水文化的地域特性；社会经济水平影响非物质文化遗产的保护与传承活力；历史文化底蕴定义了水文化的具体内容与表达形式；而政策法律框架则是非物质文化遗产保护实践成功与否的关键。

2　非遗中水文化研究现状概况

中国，作为世界四大文明古国之一，其非物质文化遗产的广度与深度举世公认，其中水文化作为核心构成部分，深刻嵌入国家的社会生活结构、习俗信仰、艺术表现形式及传统知识体系。水文化的内涵不仅涉及水资源的开发利用技术，诸如灌溉技术创新、水路运输系统构建及大型水利工程的建设，还广泛体现在与水资源紧密相关的节日庆典、民间叙事、音乐舞蹈、手工艺技艺及宗教仪式之中。从地理分布来看，中国水文化的展现形式随地域差异而呈现出显著的多样性特征。

在东部与南部区域，如以江南水乡及珠江三角洲为代表的湿润地带，由于水资源充沛及长期的水稻种植历史，孕育了一系列与水相关的非物质文化遗产实例，包括龙舟竞赛、渔歌演唱及水神祭祀活动。这些文化表现形式与当地的农业活动、社群凝聚及自然崇拜观念紧密关联，体现了人与自然环境的互动与和谐。

西部地区，诸如四川与云南等地，复杂多变的山水地貌促进了独特水管理系统（如都江堰）的建立，并滋养了丰富多样的民族水文化传统，例如藏族的沐浴节与彝族的泼水节，这些习俗深刻反映了人类社会对自然的尊重及和谐共存的愿望。

北方干旱地区，特别是黄河流域，尽管面临水资源短缺的挑战，但该地区人民在长期的实践中发展出了如黄河号子、水车灌溉技术等适应性策略，这些非物质文化遗产不仅是人类智慧的结晶，也是人类适应并利用自然环境能力的明证。

水文化的研究需综合考虑自然环境因素、社会经济条件、历史文化背景及政策法律环境等多方面影响。自然环境直接塑造了水文化的地域特性；社会经济水平影响非物质文化遗产的保护与传承活力；历史文化底蕴定义了水文化的具体内容与表达形式；而政策法律框架则是非物质文化遗产保护实践成功与否的关键。

基于全国范围的考察，通过 34 个行政区划、流域特征及非遗项目分类进行综合分析。在总计 3610 个非遗项目中，通过关键词筛选并排除边缘相关项后，确定了 151 个与水文化紧密相连的项目，这些项目广泛涵盖了以河流、海洋为背景的神话传说、劳动号子、渔歌，以及以水为媒介的节日庆典活动，如元宵、端午、清明及中元节等，共同构成了中国水文化的广袤图景，展现了中华民族在漫长历史长河中，依托不同地理环境、社会经济条件，创造与传承的水文化多样性与独特性。

空间相关性是计量地理模型分析中常用的分析方法，是衡量空间相关程度的重要指标之一，用于分析研究对象的空间分布特征。该指数的取值范围在－1 与 1 之间。若数值处于 0 到 1 的区间内，表明研究对象存在空间正相关，数值越趋近 1，聚集性越显著；如果指数处于－1 到 0 之间，表明研究对象存在。

采用莫兰指数衡量空间相关程度，本研究莫兰指数的计算可以采取两种方法，以非遗项目的数量为指标分 34 个行政区计算结果莫兰指数为－0.006，将湖南省非遗项目单独拿出来进行空间相关性分析，莫兰指数为－0.097，依然呈现随机，得出的结论既不聚集也不分散。这与民歌类项目呈现，结果差异很大，这也和全国范围内地理条件风俗有关，水文化非遗项目的空间分布可以概括为不聚集不分散。全部水文化非遗项目的省份分布（见表 1）。

3　影响非遗中水文化项目分布的原因

3.1　城市群的影响

核密度分析法关注特定地理要素可以在空间的任何位置发生，但发生的概率不同。如果地理要素呈密集型分布，则该地区地理要素发生的概率高，反之则概率低。核密度分析结果表明，水文化非遗项目的空间分布具有 2 个极高密度区、1 个高密度区，以及若干中级和低级密度区。其中，极高密度区分别为洞庭湖地区，与长江三角洲地区，呈现出面积大且具有一定辐射性的特征；海河三角洲地区高密度区，区域差异性较为显著。

3.2　河流湖泊影响

缓冲区分析法用以识别某一地理实体或空间物体在其周围形成的具有一定宽度的带状区域。

运用地理信息软件 ArcGIS PRO 将主要干流以湖泊的 50km、100km、200km 缓冲区进行可视化处理，制成河流 50km、100km、200km 缓冲区的空间分布图，并将此分布图与民歌类非遗项目的空间位置进行叠加据统计，落入干流湖泊 50km 缓冲区的水文化非遗项目达到项目总量的 34.44%，落入干流湖泊 100km 缓冲区的此类项目达到 58.28%，入干流湖泊 200km 缓冲区的此类项目近乎 72.85%。这两项数据非常直观地反映出河流对水文化非遗项目空间分布特征的影响力度。但河流对于人活动空间的影响仍是显著的。

表 1　　水文化非遗项目省份分布表

省份	水文化数量	省份	水文化数量	省份	水文化数量
安徽	4	黑龙江	3	陕西	1
北京	3	湖北	17	上海	3
福建	6	湖南	10	四川	3
甘肃	3	吉林	1	天津	1
广东	12	江苏	7	西藏	1
广西	3	江西	7	新疆	1
贵州	6	辽宁	3	云南	4
海南	6	青海	1	浙江	17
河北	11	山东	6	重庆	2
河南	4	山西	5	总计	151

4　非遗中水文化传承存在问题

4.1　传承人老龄化

非物质文化遗产，尤其是富含深厚底蕴的水文化技能与知识，正面临着严峻的传承挑战。据相关统计，到 2018 年，前四批国家级非物质文化遗产代表性传承人的平均年龄高达 78 岁，这一数据清晰地揭示了非遗传承人老龄化的严重态势。尽管 2022 年文化和旅游部公布的第五批国家级非遗传承人名单显示，1082 名代表性传承人的平均年龄略有下降，为 63.29 岁，但这一数字依然凸显出传承人群体整体年龄结构偏高的问题。以水密隔舱福船制造技艺这一实践性极强的水文化技艺为例，其三位主要传承人——陈芳财、刘细秀、黄宗财的平均年龄为 67 岁，且均为前四批认定的非遗传承人。尽管相较于前四批的整体平均年龄，这一数字看似稍显“年轻”，但不可否认的是，三位大师均已步入老年，再次证实了非遗技艺传承中年轻血液的迫切需求。

这种老龄化的传承现状不仅限制了技艺的活力与创新，也加剧了技艺失传的风险。年轻一代对传统文化的兴趣不足，加之现代社会职业选择的多元化，使得愿意投身于传统手工艺学习与传承的年轻人数量骤减。因此，采取有效措施激发年轻群体对非物质文化遗产的兴趣，如通过教育体系融入非遗课程、利用现代科技手段创新传播方式、提供政策与资金支持以保障传承人生活与教学条件等，成为当务之急。只有这样，才能确保像水密隔舱福船制造技艺这样的宝贵文化遗产得以延续，让流淌在民族血脉中的水文化之源永不干涸。

4.2　生态环境变化

生态环境的变化，尤其是在快速推进的现代化进程中，对水文化生态构成了前所未有的挑战，直接影响到水文化项目的传承与延续。水域污染、河流改道、湿地消失等现象，不仅改变了自然景观，也深刻地动摇了水文化赖以生存的社会与自然基础，威胁到那些深深植根于特定水域环境中的非物质文化遗产的存续。

以中国的白洋淀芦苇画为例，这一技艺被列入国家级非物质文化遗产名录，是典型的水文化产物。芦苇画的创作灵感来源于白洋淀丰富多样的自然景观与深厚的民间文化，艺术家们利用当地特有的芦苇，通过独特的编织与剪贴技巧，展现出一幅幅生动的自然风光和民间故事。然而，随着白洋淀区域工业化进程加速，水体污染和生态退化日益严重，芦苇的生长环境遭到破坏，不仅减少了原材料的供应，也影响了芦苇画作品中所蕴含的自然美感与文化意蕴，使得这一技艺的传承面临困境。此外，芦苇画艺人的减少与年轻一代兴趣的缺失，进一步加剧了传承危机。

再如，江南水乡的摇橹船技艺，不仅是传统水上交通工具的使用方法，更是一种蕴含着丰富历史与人文情感的非物质文化遗产。然而，随着城市化扩张导致的河流填埋、航道改直、水系萎缩，昔日繁忙的水道变得稀疏，摇橹船的实用功能大大减弱，加之旅游业倾向于现代化的水上娱乐设施，摇橹船技艺的实用性与观赏性均受到影响，传承与发展的空间被严重压缩。

生态环境的变化还体现在对传统渔业文化的影响上。以我国的疍家文化为例，疍家人世代生活在水上，形成了独特的捕鱼技艺、疍歌及水上婚嫁习俗等非物质文化遗产。但随着水域污染导致鱼类资源减少，加上城市化进程迫使疍家人上岸定居，传统的水上生活方式难以为继，疍家文化赖以生存的自然与社会环境遭受重创，使得这些宝贵的非物质文化遗产逐渐淡出人们的视线，面临传承断层的风险。

总之，生态环境的变化深刻地影响着水文化的存续环境，无论是自然景观的变迁，还是传统生活方式的转变，都对水文化项目的传承提出了严峻考验。面对这一挑战，应当采取积极措施，如加强生态环境保护，恢复水域生态，同时，通过教育与政策引导，激发年轻一代对水文化遗产的兴趣与尊重，促进其传承与创新发展，确保这些承载着丰富历史与文化意义的非物质文化遗产能够继续流淌在人类文明的长河之中。

4.3 现代生活方式影响

随着全球城市化进程的不断加速，现代生活方式的普及正逐步侵蚀着传统涉水文化的社会根基，导致许多与水紧密相关的习俗、技能和生活方式逐渐淡出公众视野，甚至濒临消亡。这一变化不仅反映了人类生产、生活模式的转变，也深刻揭示了现代社会对传统文化遗产的潜在威胁。

以渔猎文化为例，传统渔村曾是沿海及沿河流域地区社会结构和经济活动的重要组成部分。渔民们依靠世代相传的捕鱼技术和对水域环境的深刻理解，维系着一种与自然和谐共生的生活方式。然而，随着城市扩张占用沿岸地带，以及工业化捕捞技术的广泛应用，小规模的传统渔业活动受到严重挤压。年轻人更倾向于寻求城市中的就业机会，而非继承父辈的渔业生计，这导致传统捕鱼技艺、渔歌、渔俗等水文化元素的传承链断裂，宝贵的文化记忆面临丧失。

另外，随着城市供水系统和卫生设施的完善，曾经围绕水井、河流展开的社区生活场景逐渐消失。例如，中国许多历史悠久的水乡古镇，居民过去常在河边洗衣、取水、社交，水不仅是生活必需，也是社区凝聚力的象征。而今，自来水和洗衣机普及，人们对于水的需求更多体现在功能性使用上，而非社会交往与文化传承的媒介，这无疑削弱了水文化在现代社会中的社会基础和文化认同感。

此外，城市化带来的娱乐方式多样化也对传统水文化构成挑战。以往，龙舟竞渡、放河灯等节日庆典活动，是民众亲水、敬水情感的集中表达，也是水文化传承的重要途径。但在快节奏的城市生活中，这些活动往往被新兴的娱乐形式取代，参与度降低，文化内涵逐渐淡化，影响了水文化的社会传承与活态保护。

面对上述挑战，社会各界需意识到保护水文化的重要性，通过政策支持、社区参与和教育普及等手段，努力保留与复兴传统涉水文化。例如，建立水文化遗产保护区，鼓励生态旅游体验传统水文化；在学校教育中融入水文化内容，增强青少年的文化自觉与保护意识；利用现代科技手段记录和展示水文化遗产，让传统水文化在现代社会中焕发新生。只有这样，才能确保水文化这一人类文明的瑰宝不被时间的洪流所淹没，继续为后世所传承和发展。

5 水文化在非物质文化遗产中的重要意义

水文化在非物质文化遗产中占据着举足轻重的地位，它不仅是人类文明发展史上的重要篇章，更是连接过去与未来、自然与人文的桥梁。水，作为生命之源，自古以来便与人类的生存、发展、信仰、艺术乃至社会结构紧密相连，孕育了丰富多样的非物质文化遗产，它们不仅承载着独特的历史记忆，也反映了人类与自然环境相互作用的智慧与创造力。

5.1 水文化的历史与文化价值

水文化涵盖了与水相关的所有非物质文化遗产，包括但不限于渔猎习俗、水运技艺、水利灌溉技术、水神信仰、涉水节庆活动、水边生活艺术等。这些文化表现形式不仅体现了人类适应自然、利用水资源的智慧，也是人类社会结构、价值观和审美情趣的反映。例如，中国传统的水运技艺，如京杭大运河上的漕运文化，不仅推动了物资交流与经济发展，也促进了南北文化的交融，形成了独特的运河沿线城镇风貌和生活习俗，成为了中华文明不可或缺的一部分。

5.2 水文化的社会与生态意义

水文化在社会层面，是社区凝聚力和身份认同的重要源泉。水边生活的社群往往拥有共同的水事活动、节日庆典和神话传说，这些共同的记忆与实践强化了社区成员之间的联系，构建了一种基于水的情感与文化共同体。生态上，水文化的实践往往蕴含着人与自然和谐相处的智慧，如古代的水利灌溉系统不仅解决了农业用水问题，还体现了对自然水循环规律的深刻理解和尊重，为当代水资源管理和生态保护提供了宝贵的经验和启示。

5.3 水文化在非物质文化遗产保护中的挑战与机遇

面对现代化进程的冲击，水文化正经历前所未有的挑战。生态环境恶化、生活方式变迁和年轻一代兴趣的转移，使得许多水文化技能与知识面临失传风险。正如前文所述，非遗传承人的老龄化、传统涉水生活方式的消失以及现代生活方式的影响，都是亟待解决的问题。然而，挑战中亦蕴含着机遇。随着全球对文化多样性和可持续发展的重视加深，保护和传承水文化成为了国际社会的共识，为水文化的复兴提供了新的动力。

5.4 水文化保护与传承的策略

首先，加大对水文化研究和记录的投入，利用现代科技手段如数字化、虚拟现实等，记录和保存即将消失的水文化遗产，使之得以永久保存和广泛传播。其次，强化教育与公众参与，将水文化教育纳入学校课程，举办水文化节庆活动，提升公众特别是青少年对水文化价值的认识与尊重。此外，通过政策扶持和资金投入，激励和协助水文化传承人开展技艺传授，同时探索水文化与现代产业的融合发展路径，如生态旅游、文化创意产品开发等，使水文化在现代社会中找到新的生存土壤和价值实现方式。

6 结语

水文化作为非物质文化遗产的重要组成部分，不仅见证了人类文明的发展历程，也承载着丰富的生态智慧和社会情感。在全球化和现代化的背景下，保护与传承水文化不仅是对过去的纪念，更是对未来可持续发展的投资。通过综合施策，激活水文化的生命力，使之在新时代焕发出新的光彩，是我们共同的责任和使命。水文化的研究、保护与传承，不仅有助于维护人类文化的多样性，也将为解决当前面临的环境和社会问题提供灵感和解决方案，促进人与自然和谐共生的生态文明建设。

参考文献

[1] 左其亭 . 水文化研究几个关键问题的讨论 [J]. 中国水利 ,2014,(9):56-59.

[2] 谭徐明 . 水文化遗产的定义、特点、类型与价值阐释 [J]. 中国水利 ,2012,(21):1-4.

[3] 郑大俊 , 王炎灿 , 周婷 . 基于水生态文明视角的都江堰水文化内涵与启示 [J]. 河海大学学报 (哲学社会科学版),2015,17(5):79-106.

[4] 黄龙光 . 西南少数民族水文化研究 : 现状、意义与方法 [J]. 北方民族大学学报 (哲学社会科学版),2018,(5):50-57.

[5] 魏和清 , 李颖 . 我国绿色发展指数的空间分布及地区差异探析——基于探索性空间数据分析法 [J]. 当代财经 ,2018,(10):3-13.

[6] 胡珀 , 杨心雨 . 黄河水文化遗产的法律保护 [J]. 北华大学学报 (社会科学版),2023,24(3):85-154.

[7] 禹文豪 , 艾廷华 , 杨敏 , 等 . 利用核密度与空间自相关进行城市设施兴趣点分布热点探测 [J]. 武汉大学学报 (信息科学版),2016,41(02):221-227.

[8] 张祖鹏 , 张泽贤 , 刘思远 , 等 . 太湖流域河流健康评价指标体系研究及应用 [J]. 人民长江 ,2023,54(11):8-15.

[9] 余聿莹 . 我国国家级非物质文化遗产代表性项目传承人空间分布研究 [D]. 长沙：湖南师范大学 ,2020.

[10] 李维明 . 加快推进我国水文化价值实现 [J]. 中国发展观察 ,2022,(6):36-64.

[11] 霍艳虹 . 基于“文化基因”视角的京杭大运河水文化遗产保护研究 [D]. 天津：天津大学 ,2017.

[12] 林凯 . 新时代水文化遗产的保护与发展 [J]. 文化产业 ,2023,(35):145-147.

神圣与世俗：湘江流域的水神信仰

毛　健

（湖南省社会科学院历史文化研究所，湖南长沙　410003）

摘　要：在独特的山川河流环境和楚风巫俗的湖湘文化影响之下，湘江流域自古就形成了多姿多彩的水神信仰习俗。水神信仰是湘江流域文化中极具特色的一部分。民众崇拜的水神对象是不固定的，常随着祭祀主题或社会环境的改变而发生变化，在人们的观念里创造了诸多类型的水神形象。从官方到民间，水神信仰是湘江流域广大民众精神生活的重要内容。官方将民间的水神信仰纳入到国家主流意识形态之中，并积极主持修建水神祠庙，主办大型的祭祀仪式。在官方与民间的互动之中，湘江流域的水神信仰向世人呈现了一幕幕娱神的历史图景，在更高层面上成为独具特色的湘江流域文化的永恒映像。

关键词：湘江流域；水神信仰；水神祠庙；祭祀

在独特的山川河流环境和楚风巫俗的湖湘文化影响之下，湘江流域自古就形成了多姿多彩的水神信仰习俗。对于古老的农业文明而言，水是不可缺少的重要元素。水是生命之源，滋润大地，对水神的信仰，首先源于对江河的感恩。水性虽为至柔，但一旦洪水泛滥，水的灾害又是极其致命的。历代湘江流域的居民出行饱受风浪之险，日常生产生活之中常遭洪水之灾，对水的敬畏之情深深地植根于他们的脑海当中，从而形成了一种根深蒂固的水神崇拜。

1　对神灵的敬畏：湘江流域水神的演化与类型

湘江流域的水神形成过程比较复杂，而且类型多种多样。最早出现在湘江的水神是来自神话传说时代的湘水神，其次是为大众普遍接受的龙王信仰，接着登场的是出自唐代传奇故事中的柳毅，他成为洞庭湖神，其影响力逐渐辐射到湘江流域。之后屈原、伏波将军马援、杨泗将军，他们原本是真实的历史人物，在独特的流域文化背景里逐渐演化为民间崇拜的水神，或者兼职了部分水神的功能。水神形象形成于人们的观念之中，水神祠庙同样是劳动人们殷勤建造的产物。作为人们崇拜和信仰水神的物质载体，水神祠庙与普通建筑一样存在于世俗社会之中，是神圣空间在世俗社会的延伸。湘江流域存在为数众多颇具地方特色的水神祠庙，它们大多位于河岸、井旁、泉边、湖畔等处，有的位于府州县治所附近，甚至在村头山野，也常见水神祠庙的遗迹。已有学者依据丰富的明清湖南地方志书，对湘江流域的水神祠庙作了细致且卓有成效的统计。纵观水神演化过程，可以清晰地展现湘江流域的水神从神话传说类型向真实历史人物类型转化的历史脉络。

1.1　远古传说人物演化为水神：湘君、湘夫人

湘君、湘夫人是远古的传说人物，最初并非以水神形象走进历史的舞台，在各个历史时期的文献中，对湘君、湘夫人扮演的角色有不同的考证或诠释，她们成为湘江流域的水神有一个漫长的演化过程。

《山海经·中山经》最早记载湘君、湘夫人事迹："洞庭之山……帝之二女居之，是常游于江渊。澧沅之风，交潇湘之渊，是在九江之间，出入必以飘风暴雨。"郭璞云："天帝之二女而处江为神也。"汪绂云："帝之二女，谓尧之二女以妻舜者娥皇女英也。相传谓舜南巡狩，崩于苍梧，

二妃奔赴哭之，陨于湘江，遂为湘水之神，屈原《九歌》所称湘君、湘夫人是也。”郭璞认为《山海经》中“天帝之二女”应该是楚国本土的湘水水神，并非是传说中的娥皇、女英。汪绂的观点与多数人的观点相同，认为“天帝之二女”即为尧的女儿娥皇、女英，沉于湘水，遂为湘水之神，“湘水神”为帝舜之二妃，这一传说自古以来在湘江流域广为人知。

《楚辞》以绚丽的文学形式塑造了湘君、湘夫人的水神形象：“令沅湘兮无波，使江水兮安流。”但并没有明确二人为舜之二妃，导致后世学者研究《楚辞》，对湘君、湘夫人的身份认同产生歧义，不过多数观点仍将二者与尧女、舜妻联系起来。

《史记》最早整合了之前的观点，既把湘君、湘夫人当作水神，又认为二人为尧的女儿，舜的妃子。秦始皇南巡，“浮江，至湘山祠。逢大风，几不得渡。上问博士云：‘湘君何神？’博士对曰：‘闻之，尧女，舜之妻，而葬此。’于是始皇大怒，使刑徒三千人皆伐湘山树，赭其山。”从秦始皇与博士的对答可知，秦时有关湘君、湘夫人为尧女、舜妃，且二妃死而为湘水之神的传说已经形成，并在洞庭湖、湘江流域得到广泛传播，是当时人们熟知的故事。

湘水神是湘江流域最古老的本土水神，在屈原《楚辞》中以湘君、湘夫人的形象出现，汉唐以来，主流观点认为湘君、湘夫人即为传说中的舜的二妃，并在湘江的上游和临近洞庭湖区的下游建立祭祀湘妃的祠庙。因为年代久远，以及扑朔迷离的故事情节，无论传世文献的记载，还是历代学者的研究，对湘水神的身份认定确实难以达成共识。湘水神的形成，本来就是一个层累地造成的文化现象，各种虚虚实实的因素附会在一起，导致各种异议层出不穷。事实上，远古时代水神的产生源于人类对自然界的敬畏。湘江是湖南的母亲河，世世代代生活在这里的百姓依赖湘江的滋养，祈求风调雨顺、水上出行平安归来，面对滔滔江水，人类的力量毕竟是渺小的，无法按照自己的意愿控制客观的自然环境，只能虚构一类拥有超自然能力的水神，冥冥之中寻求神灵的护佑。湘君、湘夫人实为生活在湘江流域楚人心目中的土著水神，而将传说中的舜之二妃依附于湘水神，各种有利因素的机缘巧合与整合，实在能够满足楚人对水神的一切幻想和美好期望。

1.2 传奇故事人物演化为水神：柳毅

柳毅是唐代传奇《柳毅传》中虚拟的人物，柳毅传书的故事在民间广泛流传。柳毅从一个志怪小说中的人物蜕变为水神。柳毅传书中出现的洞庭湖君即为龙神，龙是掌管水域的神灵，武夫向柳毅介绍洞庭湖君：“吾君，龙也。龙以水为神，举一滴可包陵谷。”柳毅本是落第儒士，在与龙女的相遇到婚恋，最后定居洞庭湖龙宫的过程中，柳毅已经从一个凡夫俗子变身为洞庭王爷，具有了神灵的属性。柳毅作为洞庭湖水神主要源自《柳毅传》这篇志怪小说，这只是故事的开始，一个虚拟的形象还不足以让湖区乃至整个湘江流域的民众奉他为守护一方的水神。后世人们在《柳毅传》的基础上又展开丰富的想象，以艺术的手法继续演绎柳毅的传说，这类情节曲折、离奇、浪漫的传说迅速在民间被神乎其神地传播开来，于是柳毅由凡人演变为水神，形象由白面书生变成了黑脸大王。民间传说柳毅在洞庭湖畔做了很多好事，人们为了纪念他，在君山修建洞庭庙，凡过往洞庭湖的人都要进庙烧香，祈求平安。

通过小说的叙述、民间故事的流传，以迎合民众的观念和信仰心理，柳毅成为洞庭湖最大的水神，其影响力辐射到湘江流域。尤其在湘江中下游两岸，建立有许多水府庙，其祭祀对象正是以柳毅为原型的洞庭湖神。长沙府善化县，“水府庙在小西门外。”善化县另一座水府庙，“在九铺德润门外，即洞庭宫。祀洞庭神。”浏阳县，“洞庭庙在南城外。乾隆二十四年，知县张宏燧以浏人运漕至岳州苦湖险，乃立庙以祀湖神。”“水府庙在南市街。”湘潭县，“水府庙在十四总河街。”攸县，“水府庙在西郊外。”永州府道州，“水府庙在大家滩。”岳州府巴陵县，“水府庙在县南龙回嘴。”平江县，“水府庙在县南门，祀洞庭湖神。”临湘县，“水府庙在县西，祀洞庭湖神。”

人们把柳毅塑造成为司职巡察江河湖泊的水神形象，广为立庙祭祀，以保佑湖区至湘江流域航行平安。至今，在君山上还有相传为柳毅去龙宫传书入水的古井，名柳毅井；君山秋月岭山麓建筑有洞庭王爷庙，正殿内坐洞庭王爷（柳毅）塑像，为一手加额，一手托明珠的黑脸大王形象。洞庭湖一带船家中流传着“大难不离洞庭王爷，小难不离杨泗将军”的俗语。

1.3 普通大众型专职水神：龙王

湘江流域普遍存在龙王信仰的习俗，龙王庙在湘江沿岸的分布亦比较均匀。龙王作为一般专职的水神，湘江沿岸各大城市几乎都建立龙王庙，有的名龙王宫，有的名龙神祠或龙神庙，母性龙神的祠庙则称为龙母庙。湘江流域出现的龙王信仰虽然在时间上较北方地区为晚，但至少在宋代，湘江沿岸已经修建了龙王庙。

长沙府

长沙县，“龙王庙在县东南乡榔梨对河潭阳洲后，唐同光中建。”

善化县，“龙王庙在湘滨，宋建，后废。”

浏阳县，“龙王宫在南市街。”

湘潭县，“龙王庙在九总正街。”

宁乡县，“龙王庙在东门外。”

湘乡县，“龙王庙在云门寺左。”

攸县，“龙神庙在西城外。”

茶陵州，“龙王庙在关庙左。”

衡州府

衡州府，“龙神祠在府城南回雁峰前，乾隆四十年，知府王德建。”

衡阳县，“龙神庙在南门外雁峰右冈。”

安仁县，“龙王祠在县西门外。”

常宁县，“龙神庙在南城外。”

酃县，“龙王庙在县东五里回龙山。山谷有水，四时不涸，云气常覆其上。相传有神物潜此。雍正十年，知县张浚因祷雨有应，建祠祀焉。”

永州府

永州府，“龙王庙在府南门内。”

祁阳县，“龙王庙在县东南江岸。”

宁远县，“龙王庙在县西门内。”

永明县，“龙母庙在县东一里。”

江华县，“龙神庙在武庙、王公庙左。”

岳州府

岳州府，“龙王庙在府东二十里。”

湘江流域雨量充沛，历史上洪涝灾害频发，沿岸山区或丘陵地区亦时常遭受干旱，因此湘江流域民间逐渐形成了广泛的崇拜龙王的习俗。龙王信仰与江水联系在一起，有水就有龙，有龙必有水，龙即为专职水神。在湘江流域广大民众的心目中，龙王具有超自然的神通，能够兴云布雨，干旱时祈龙降雨，洪涝时祈龙止雨，风调雨顺对于农业生产是极其重要的。江河上行船亦要祈福龙神风平浪静，保佑平安归来。从湘江上游至下游，龙王庙均匀且广泛地分布在沿江两岸，可见在湘江流域普遍存在龙王信仰习俗。

1.4 真实的历史人物演化为水神：屈原、伏波将军马援、杨泗将军

在湘江流域的水神体系中，有一类比较典型的水神，由真实的历史人物演化而来，具有鲜明的区域特色：一是他们原为历史上存在的真实的著名人物，其历史事迹在该流域范围内产生了深远的影响。二是他们的死亡与水存在密切的联系，或者殁于水中，或者病死江边，他们转化为水神体现了重鬼淫祀的湖湘文化特征。这类水神以屈原、伏波将军马援、杨泗将军为典型代表。

1.4.1 屈原

历来研究屈原水神身份的成果并不多见，文献典籍中零星记载了屈原作为水神被民众崇祀的习俗，最早见于晋代王嘉《拾遗记》卷十：屈原“被王逼逐，乃赴清泠之水。楚人思慕，谓之水仙。其神游于天河，精灵时降湘浦。楚人为之立祠，汉末犹在。”《拾遗记》成书于魏晋时期，东汉末年屈原祠就已经存在，自东汉末年开始，在人们的观念里已将屈原神灵化，把他当作水神立祠祭祀，屈原以忠臣的形象转化为水神身份。后梁肖振撰《楚三闾大夫昭灵侯庙记》文曰：“灵官与鬼将争趋，海若共波神并侍。阴风冥起，应昭泽国之灵；落月春深，但哭巴山之鸟。”文中的海若即为传说中的海神；波神即为川后，传说中的河神。在庙记文中屈原与海神、河神一起被侍奉，又被称为“泽国之灵”，明显与水神同类。湘江流域人们的日常生活和河流有着密切的关系，与外界的交往主要靠水路。屈原因为投水而死，崇拜鬼神、喜好祭祀的楚人在纪念屈原时，就把他神灵化，显然屈原已被楚人当作水神进行祭祀。

在许多江边的水神庙中，同时供奉屈原神位。清代黄叔敬《台海使槎录·祠庙》记载：“水仙宫并祀禹王、伍员、屈原。”水仙宫是专门祭祀水神的场所，将屈原神位摆设其中，说明屈原已经具有了水神的身份。湘阴杨际晓《竞渡谣》诗中有“罗州人吊水中仙，往古遗风今尚传。踏青斗草俱不事，年年端午竞龙船”之句，“水中仙”即为水神。清代郁永河《裨海纪游》指出：“水仙王者，洋中之神，莫详姓氏，或曰：‘帝禹、伍相、三闾大夫，又逸其二。帝禹平成水土，功在万世；伍相浮鸱夷；屈子怀石自沉，宜为水神，灵爽不泯。’划水仙者，洋中危急不得近岸之所为也。”屈原因怀石自沉而被奉为水神。诗人余光中在传统端午节作《汨罗江神》祭祀屈原：“你已成江神，不再是水鬼。”这些古今文献史料都可以说明屈原为水神的神格，已经深入人心。屈原成为水神在民间社会产生的影响力，已经远远超出湘江流域的范围，得到广大华人世界的认同和祭拜。

真实的历史人物演变为水神，这种现象在社会风俗形成过程中并非罕见。不过，湘江流域将屈原作为水神崇拜是一个特殊的现象，官方祭祀屈原与民间崇拜屈原在观念上是彼此对立的，但并不冲突。官方出资建立屈子祠是为了表彰屈原忠贞爱国的精神及其在文学上取得的伟大成就，长沙的屈子祠建立在岳麓书院与府学旁边，平江的屈子祠建立在天岳书院旁边，并没有刻意地选址江边，官方或者士大夫阶层并没有视屈原为水神。而广大普通民众拜祭屈原则是祈求保佑自身平安，拜祭者多为江上渔民、经常水上乘船出行的商人或旅客。于是在民间宗教和长期形成的习俗之中，屈原“兼职”了水神的功能，屈子祠也就附加具有水神庙的性质。

1.4.2 伏波将军马援

马援，字文渊，扶风茂陵人。马援一生东征西讨，军功卓著，累迁伏波将军，世称“马伏波”。最初，人们祭祀马援，是为了表彰他的丰功伟绩与护国爱民的忠义精神，然而伏波庙的祭祀主题随着时代的变迁而发生变化。

伏波将军马援演变为水神的发生地在沅江流域。自汉唐时期沅江岸边建立伏波祠庙以纪念马援，至明清时期祭祀的主题发生变化，伏波庙转化为水神性质的祠庙。明清时期，沅水流域民间主要将马援当作安波护航的水神予以祭祀，马援从原先的忠义偶像演化为地方水神。明代薛瑄《新息侯庙记》中歌颂马援：“维公忠精，厥德不爽，疫疠旱涝，应求如响。”显然，伏波将军马援

成为庇护一方的神灵，当地人行船经过伏波庙，必前往祭祀祈福，而且有求必应，十分灵验。清人唐效尧《清浪滩》诗云："伏波有高祠，门前两黄纛。舟子匍拜诚，割鸡进双烛。忠节人岂知，坐飨亦因俗。遥望壶头山，莽莽云断续。须臾北风驶，百丈免蔺足。踊跃舟子欢，明神祝所欲。"

沅水、湘江自古并称为"沅湘"，两大水系相通，两大流域之间经济文化交流密切，沅水流域的水神逐渐移植到湘江流域，其标志是湘江沿岸伏波庙的建立。如湘江下游的湘阴县，"伏波庙在县西笙竹驿东，祀汉马援。"浏阳县，"马伏波庙在黄基塘，祀汉马援。"湘江中游的醴陵县，"马伏波祠在县西九十里昭灵滩，祀汉马援。"因此在湘江流域建立伏波庙，视伏波将军为水神予以崇拜早已是司空见惯的民间习俗。

在湘江流域众多的水神之中，伏波将军马援成为湘水流域的水神受到大众普遍崇拜，是一个有趣的社会现象。伏波将军主要是从沅水流域流传过来的水神，但湘江流域亦有马援的踪迹。据《大清一统志》记载：在湘江上游的桂阳州临武县，伏波祠在县四十里马侯岭，祀汉马援，以援征南时曾经其地故也。在郴州地区，"马伏波庙，在兴宁县泷头，祀马援。"据嘉靖《衡州府志》记载，马援在南征交趾时曾经过衡阳，故在湘江流域的蒸水边建有伏波庙，"伏波将军祠，在蒸水北。按《后汉书》，马援为伏波将军。南讨交趾，道出衡阳，故立祠祀之。"马援演化为水神的原因主要有三，一是因为马援病死于沅水边上，在巫风淫祀盛行的楚地，死于水中或水边的名人，习惯上被视为水神予以崇拜。二是马援被封为伏波将军，这本是一个将军封号，民间人士望文生义，认为"伏波"即降服水波之意义，拥有水神的超自然能力。三是沅水流域人们乘船出行之前，有前往伏波庙祭祀祈福的传统，长期以来形成普遍信仰伏波将军的社会习俗，伏波将军作为水神在沅湘之间的影响越来越广泛。沅水与湘水在下游汇合流入洞庭湖，并称为"沅湘"，两大流域之间水上贸易往来频繁，在沅水流域普遍信仰的伏波将军，自然而然地传播到湘江流域，成为沅湘之间民众共同信奉的水神。

1.4.3 杨泗将军

关于杨泗将军，首先他应该是一位真实的历史人物，由于后世赋予他牵强附会的因素太多，加上各种民间故事的流传和演绎，从黄河流域到长江流域，普遍存在杨泗将军的信仰习俗，而在洞庭湖区和湘江流域，杨泗将军即被认为是湖区农民起义领袖杨么。杨么如何成为杨泗将军，如何成为庇护洞庭湖区及湘江流域的水神？需要考证"实""虚"的相关史料，亦即结合"作为历史事件的杨么起义"与"民间流行并神化的杨么故事"两个方面来探索杨么成为水神的演变过程。

南宋初年，洞庭湖区连年水灾，官府横征暴敛，再加上流寇劫匪趁火打劫，湖区穷苦百姓苦不堪言，终于爆发了以钟相、杨么为首的农民起义。起义军势力鼎盛时控制了"北达公安，西及鼎、澧，东至岳阳，南抵长沙之界"，洞庭湖区及湘江流域大部分地区被杨么军队控制。关于杨么起义的最后结局，《宋史》记载极其简单："么投水，牛皋擒斩之。"但是有关杨么的传奇并没有因为他起义失败壮烈牺牲而结束。杨么的故事在他死后反而在民间普遍传播开来，湖区的民众对他顶礼膜拜，敬他为水神。杨么从出生开始至成年期间相关重大活动的传奇事迹，以及他的结局，都与水存在密切关联。而且杨么的故事在民间流传过程中，不断累积各种神秘因素，一个农民起义失败的领袖就这样被塑造成拥有超自然力量的神灵。在湘江流域的长沙地区，至今流传杨泗斩孽龙的传说。

有关杨么传说中的各种预兆、天书、真龙、风水等奇幻因素更加吸引人们的关注，经过长年累月的口耳相传，一个真实的历史人物在民间逐渐被神话化，同时也反映了百姓对杨么的缅怀和崇敬之情。湖区民众在水边建立水神庙奉祀杨么，按照杨么在首领中排行第四，加上他因叛徒出卖投湖未死遂被视为水神，为了避免朝廷的查禁和迫害，当地百姓将其祠庙命名为"杨泗庙"。杨泗庙遍及洞庭湖滨各县，并上溯至湘江流域，许多临水的地方，都修有杨泗庙，湘潭涟水边的杨泗庙，还由庙而形成了一个集镇。在长沙一带，杨泗庙比较常见，《善化县志》记载，“杨泗将军庙，县东六十里平荡山，众姓新建”；还有将军庙，内祀杨泗将军，“至今香烟辐辏，蝗旱螟灾祈祷，辄应祀”。

此外，湘江又属于长江水系，长江的江神自然影响到湘江流域，位于湘江中的橘子洲上的江神庙，“它成为神俗两界重要的连接点，在长沙社会中扮演了重要角色。同时，江神庙也是长沙城西与橘子洲这片以湘江水神信仰为主的神圣空间中的一环，是当时长沙部分民众的精神信仰的寄托所在。”随着对外商业贸易的频繁，外来商人亦在湘江码头附近建立他们自己的水神庙，外来水神也就“落户”湘江两岸，譬如衡阳、长沙就有福建、江西客商建造的祭祀海神天妃的天后宫。“为数不多的天后宫为明清时期福建、江西会馆建造，分布也与福建、江西客商的活动区域关联。”因此，在水神信仰习俗的背后，还反映了各地区之间通过湘江水运进行商业贸易和文化交流活动的悠久历史，促进了湘江流域文化的多样性发展。

2　官方与民间的互动：水神祠庙的修建及其祭祀功能

官与民是两个不同的阶层，长期以来官与民形成一种治理与被治理的对立关系，但在神灵面前，官与民似乎更容易沟通与合作，甚至双方又回到了平等的地位。以神灵为媒介，无形中拉近了官与民之间的距离。在湘江流域，无论官方管理职能的发挥，还是民众日常生活，都与水发生密切的联系，水神在民众的信仰体系中无疑扮演了重要的角色，水神的地位也随之上升。官与民遵循约定俗成的程序，举行系列隆重祭祀水神的仪式。官方与民间积极互动，形成共同的水神信仰习俗，满足人们日常生活中的精神需求，产生了良好的社会效应。

2.1　官民共建

水神崇拜是湘江流域民间宗教活动中的重要内容，官方通过建立各类水神庙、举行祭祀等系列具有导向作用的行为，在很大程度上促进了社会民众对水神的信仰。“湘人笃信神道，故各城乡市镇无不庙宇如林。”湘江沿岸各大水神庙大都是官府主导、官民共同修建而保存下来的。长沙府西门外橘洲上江神庙的修建，首先源于官方的倡导。雍正七年（1729 年）下诏：“江海为百川之长，而湖广境内西南数省之水汇入大江，又为川泽之总汇，凡属土地民人及舟楫行旅借仗江神默佑，保护安宁，允宜建修庙宇。著湖广总督会同湖北湖南巡抚确查妥议，南北两省应于何处各建庙宇，或旧有祠庙敬加兴修。”雍正八年，长沙府奉旨建立江神庙，“岁由地方官诹吉致祭”，规定祭祀仪节：“祭日地方官着公服将事，行二跪六叩首礼”。“乾隆十七年、四十二年修。嘉庆二十五年，巡抚李世杰重修。咸丰二年，毁于兵。同治中修复。”李世杰在《江神庙碑记》中对官民共建有详细记录：“今大司空刘公驻节长沙，时政通民和，有愿输金百，呈请劝众捐修者，公度不可禁，即严饬有司无废无侈无扰。众欢趋之，不期而集，醵金若干，遂犖材遴匠，作庙重三殿门其前，作楼级二层捍其后，周遭啮岸颓栏以次凿，嵌石坚致玲珑。”官府在支持修建江神庙的同时特意强调杜绝浪费、奢侈、扰民的行为，民众乐意捐献钱财，官民同心协力，江神庙很快建立起来了。善化县湘江岸边的龙王庙，建于宋代，真德秀《新建龙王祠记》中说：“是役也，经营规度一出于张侯，侯去，张研代之，董督维谨，糜金钱百一十万有奇，廪粟六十有一石，而取材于场，民不与焉。”为了不增加民众负担，官府承担了修建龙王庙的一切开支。浏阳县南城外的洞庭庙，“乾隆二十四年，知县张宏燧以浏人运漕至岳州苦湖险，乃立庙以祀湖神”。酃县回龙山龙王庙，“雍正十年，知县张浚因祷雨有应，建祠祀焉”。在经济条件较好的善化县，民众更是积极参与水神祠庙建设，如杨泗将军庙，“众姓新建”；洞庭宫，“众姓捐建”；龙王庙，“咸丰二年龚荣和捐出地基，众姓修建”。水神祠庙的建设，在本地区是一项神圣的工程，民众踊跃参加，或捐资，或捐地基，或出工；地方官员则在水神祠庙的建立中发挥了主导作用。

2.2 官民同祭

官方或者民间对水神的祭祀，与朝廷敕封水神的行为是密切相关的。中央朝廷敕封水神的传统由来已久，表明了官方对世俗社会信仰水神的肯定与支持态度。尤其是官方组织的祭祀行为，无论是从视觉冲击还是心灵洗礼上都容易引起广大民众的共鸣。

湘江流域庞大的水神体系中，作为湘水神的湘妃地位独一无二，湘妃庙早在汉代已屹立于湘江之滨。湘江下游的湘阴县，有黄陵庙，祀虞舜二妃。“荆州牧刘表刊石立碑，树之于庙。唐天祐二年封懿节庙。晋天福二年封昭烈庙。庙常以六月十四日祭，至今因之。”湘江上游的零陵县，有潇湘庙，祀二妃。“唐贞元九年（793年）三月，水至城下，文武官民祷而有感，至于水落。漕运艰涩，未有祷而不应。自是，凡旱干水溢，民则叩焉。”在水旱灾面前，官民共同赴潇湘庙祈祷，因其灵验而受到民众的普遍信仰，使得笼罩在湘水身上的光环更加神圣。洪武四年（1371年），明朝赐封为“潇湘二川之神”，每岁正月十五日，官为致祭。

在所有的祭祀水神的活动中，其中规模最大、影响深远的是官方举行的祈雨仪式，“凡遇抗旱，祈求雨泽，先一日斋戒，禁止屠宰。”“龙王庙、城隍庙皆行二跪六叩首礼。”祈雨仪式的过程是非常隆重的，且严格遵循制度化的程序。“凡遇祈祷，斋戒致祭。行香之日，遵部文，令僧道讽经，委员查看。应自斋戒日为始，道纪司督率众道僧，纲司督率众僧于龙王庙讽经，长沙府委官查看。如亢旱太甚，各官步祷行香。凡祭坛俱穿朝服行礼，祭后仍雨缨素服，余日各庙行香，俱雨缨素服，惟报祭日则各庙俱补服。凡祈雨，禁止屠宰，惟祭坛用牲，各衙门照常办事，不理刑名，不宴会，不声炮，不鼓吹，不鸣金，不张盖，官衙相见，戴纬帽、穿素服。迎接钦使仍用礼服。凡外府州县祈雨务遵部议，以次致祭两坛，其旧例祈祷之庙仍赴行香，得雨一体报祭行礼，次序服色悉照省会遵行。”参加祈雨仪式的官员从言行举止到服饰穿戴都有明文规定，其中还有许多不能违反的禁忌，这个隆重的仪式是公开进行的，吸引大量围观的民众。长官宣读的《祭龙神祝文》很明显表达了官府关心民瘼、重视农业生产的思想：“雨泽之及时动关民瘼，农夫之望岁端赖神功。兹当秋夏之交，直浃两旬而不雨，眷彼中迟之稻，难期四野之丰收。屡设斋坛，未邀灵应，炎歊日甚，盼望弥殷。”祝文最后向龙神呼吁：“伏翼垂育物之仁，立驱旱魃，显回天之力，大沛甘霖。万姓蒙庥，三湘志庆。”

祭祀水神在湘江流域长期以来具有广泛的群众基础，民间对水神的祭祀虽然不及官方那样程序复杂而严肃，但场面却是热闹非凡。湘江流域的民众，下江入湖敬拜水神是日常生活习俗中的首要事情，所谓“湘省无论贫富，迷信神权者世居八九”。农历四月初八又传为“龙王节”，船民及农民赶至杨泗庙、江神庙及各处的龙王庙举行祭祀。迷信者认为龙王是管水之神，可保风调雨顺。每逢严重干旱危及农业生产，官府必定举行隆重的祈雨仪式，在农业社会的诸神信仰体系中，作为专职水神的龙王无可替代。官方向龙王祈雨在农业社会成为一种政治传统，突出官员在抗旱救灾中的表率作用。祈雨行为被视为官员采取的重要抗旱措施，祈雨成功直接缓解旱情，促进农业生产，无形中提升了官员在百姓中的权威形象，产生意想不到的社会效益。

3 湘江流域水神信仰的社会效应

湘江流域自古以来是传统的农业社会，水是农业生产的命脉。在民众朴素的观念中，水具有神秘的力量，由此产生的各种类型的水神也具有凡人难以想象的种种超自然能力。水神信仰来源于农业文明的自然崇拜，是善良的人们追求平安、幸福生活的精神寄托。在漫长的历史过程中，基于水神信仰所形成的本土文学艺术、民俗文化、宗教文化均为独特的湘江流域文化增添了无穷的魅力。

3.1 满足人们追求平安生活的精神需求

从国家到地方，从官方到民间，对水神的崇拜是湘江流域广大人民群众日常精神生活以及社会习俗中不可或缺的一部分。

湘江流域在端午前后常发生水灾，水灾过后又伴随着瘟疫，端午节举行的龙舟赛实质上具有消灾送瘟的意义，“龙舟竞渡，相传为拯屈原，不竞即有疫”。不举行龙舟竞渡即有瘟疫，这在民众的心理上是无法承受的。人们把屈原当作水神予以祭祀，举办龙舟赛纪念屈原，通过这种仪式防止瘟疫发生，祈求平安健康，人们从精神上得到最大限度的慰藉。

古代商贸运输及旅行，水路比陆路要便捷很多，但水上风险更大，乘船出行祭祀水神是重要的环节，久而久之形成繁多庞杂的行船风俗与禁忌。如新船下水称为“试水”，下水之前烧香点烛，鸣放鞭炮，安放神龙，恭请鲁班先师、洞庭王爷、杨泗将军等诸位水神上船护佑；船只、竹牌起航之日，举行隆重的祭祀仪式，称为做“开江”；船过险要处要做“过滩神福”，祭祀以伏波将军为代表的诸位水神，以保障水上平安。在浩浩江水面前，人的力量毕竟是渺小，更何况当时人们能够依靠的科技水平十分低下，只能祈祷水上神灵，以保佑航运过程中人身与货物的安全，这是靠水为生的个人乃至整个家族追求平安幸福生活的保障。在日常生活中，湘江沿岸民众热衷出资修建祠庙、祭祀水神，在认为得到水神庇护保全身家性命之后积极捐赠财物报恩还愿，这一系列集体无意识的自愿行为是民众信仰水神获得安全感与精神满足的生动表现。

3.2 发挥官府安抚民心、稳定社会的作用

在“信巫鬼、重淫祀”的湘江流域，民众尤其笃信“天人感应”的观念，本地区出现干旱、水灾或者瘟疫等重大灾情，这是地方官府失政，当权者失道的原因，导致上天的惩罚。为了避免天降灾害，平时各级地方官员必须勤政爱民，消除社会冤情，以达政通人和。

湘江流域因特殊的地理环境和气候，历来水灾、旱灾频发。当灾情发生之时，地方官员须赶赴水神庙举行驱旱止雨的仪式，能够在一定程度上及时安抚民心，稳定社会。在民众的观念里，祈祷能否成功，取决于官员在神灵面前是否虔诚，心诚则灵；同时也取决于祭祀的官员自身是否具备崇高的品行。

明代洪武年间，吴显任平江县令，“处已正直，岁旱，祷雨辄应”。戴用任兴宁县令，“政尚体要。岁旱，祷于仰灶龙潭，石燕飞集冠上，俄而大雨，境内沾洽，年谷遂登”。永乐年间，陈安任衡阳知府，“持心正大。岁旱，祷雨辄应”。清代乾隆年间，王有德知湘乡县，“值岁旱，祷雨立应。及予告去，不名一钱。邑人萧衍守送诗，有曰：来时甘雨沛芗泉，归去清风载一船。盖纪实也。”申兆定知衡阳县。“县西无陂塘之利，专仰雨泽，会大旱，兆定祷雨，跣行烈日中，至黑沙潭探龙湫归，不雨，檄告城隍神祠，以银铛自系其颈，一端系神颈，誓曰：‘不雨不释。’顷之大雨，民歌颂之。”以上数则地方官员举行的祷雨灵验的事例，有一个共同的特点，就是主持仪式的官员皆是品行正直、大公无私、勤政爱民的贤能之才，他们关心民间疾苦的行为感动天地，无形之中提升了他们在人民心目中的崇高地位。

当然，面对重大水灾或旱灾，官方向水神祈求庇护是重要策略，但并不是唯一的方式，具有责任心和同情心的官员还会积极采取赈灾措施救助灾民，化解社会危机。官员一方面借助神灵的力量祈祷水神驱旱止雨，另一方面组织社会力量救济灾民，这两方面并不矛盾冲突，而是相辅相成的，皆为官员勤政爱民的表现。湘江流域水神信仰习俗的存在，在区域社会产生了独特的功能，为广大民众抵御自然灾害提供了精神动力，而且调和了官与民之间的关系，促进官员勤政爱民的作风，发挥了安定民心，稳定社会秩序的积极作用。

3.3 丰富了湘江流域的文化内涵

湘江流域水神信仰盛行，从远古流传至现代，各种类型的水神信仰对湘江流域的文学艺术、民俗宗教、传统节日产生了较为深刻的影响，以此为题材创作的各类文学作品极大地丰富了湘江流域的文化内涵。

远古的湘江流域文化实质上是一种巫楚文化，湘江的水神信仰文化是其中重要的组成部分。“昔楚国南郢之邑，沅湘之间，其俗信鬼而好祠，其祠必作歌乐鼓舞以乐诸神。”屈原浪迹于洞庭湖畔，行吟于沅湘之间，创作了与湘江密切相关的梦幻诗篇，其中最优美的《湘君》《湘夫人》篇章，是屈原依据湘江流域民众祭祀湘水神的乐歌加工改写而成，神奇瑰丽的《楚辞》让湘江流进了文明时代。

后世以水神为题材创作的诗赋、小说、戏曲等各种类型的文学作品极大地丰富了湘江流域文化的内涵。自古以来，官方和民间对水神祠庙的修建以及祭祀从未停止，不仅形成独具特色的祭祀文化和习俗，还累积了丰富的颇具文学色彩的祭文和碑记，如汉贾谊《吊屈原赋》，唐柳宗元《吊屈原文》、韩愈《黄陵庙记》《祭湘君湘夫人文》、张悦《祭江神文》、蒋昉《汨罗庙碑记》，五代萧振《昭灵侯庙记》，宋苏轼《屈原庙赋》、真德秀《新建龙王祠记》，清王士桢《题三闾庙》、李世杰《江神庙碑记》等，是其中优秀的代表作。

尤其是上文提及的唐代李朝威创作的以洞庭湖神为主角的传奇小说《柳毅传》，以及南宋以后以杨泗将军为水神而演绎出来的各种民间故事，在文学上取得巨大成就，其影响范围不仅局限于湘江流域。此外，历代名人吟咏水神题材的流传千古的经典诗篇，无不为湘江流域的文学艺术增光添彩。

4 结语

水神信仰是湘江流域文化中极具特色的一部分，众多的水神在湘江流域的历史长河之中粉墨登场，为展现一场场诸神的盛会提供了无限的空间。湘江有本土的水神，如湘水神；也有外来的水神，如海神天妃。信奉伏波将军为水神的习俗来源于沅水流域。湘江属于长江支流，长江的江神自然在湘江水神体系中占有重要地位，湘江橘子洲上的江神庙历来香火旺盛。无论南北，都流行龙王信仰的习俗，龙王是一种典型的专职水神，湘江流域的民众同样普遍信仰龙王，向龙王祈雨是隆重而又常见的祭祀仪式，是官民共同应对自然灾害采取的一种重要策略。

从官方到民间，水神信仰是湘江流域广大民众精神生活的重要内容。民间社会的水神信仰是一种典型的实用主义，不可否认带有明显的功利性质。民众崇拜的水神对象是不固定的，常随着祭祀主题或社会环境的改变而发生变化，没有哪一种水神能够垄断民众的精神生活，因此在人们的观念里创造了诸多类型的水神形象。官方将民间的水神信仰纳入到国家主流意识形态之中，并积极主持修建水神祠庙，主办大型的祭祀仪式，以为民答谢神灵的代言人身份祈求风调雨顺、国泰民安。官方的作为，既安抚了民众的情绪，满足了他们的精神需求，又发挥国家在地方秩序重建中的神灵指示作用。在官方与民间的互动之中，在世俗与神圣空间的交融之中，湘江流域的水神信仰向世人呈现了一幕幕娱神的历史图景，在更高层面上成为独具特色的湘江流域文化的永恒映像。

参考文献

[1] 王元林，李娟．历史上湖南湘江流域水神信仰初探 [J]. 求索 ,2009,(1):203-206.

[2] 袁珂．山海经校注 [M]. 上海：上海古籍出版社，1980.

[3] 司马迁 . 史记：卷六 [M]. 北京：中华书局，1963.
[4] 鲁迅 . 唐宋传奇集 [M]. 长沙：岳麓书社，2019.
[5] 湖南省地方志编纂委员会 . 光绪湖南通志点校：第二卷 [M]. 长沙：湖南人民出版社，2017.
[6] 吴兆熙，张先抡 . 光绪善化县志：卷三十 . 长沙：岳麓书社，2010.
[7] 王嘉 . 拾遗记 [M]. 北京：中华书局，1991.
[8] 刘石林 . 汨罗江畔屈子祠 [M]. 长沙：湖南人民出版社，2003.
[9] 李玫 . 纂异记 [M]. 上海：上海古籍出版社，1991.
[10] 黄叔敬 . 台海使槎录 [M]. 台北：台湾艺文印书馆，1966.
[11] 杨罗生 . 历代龙舟竞渡文学作品评注 [M]. 北京：中国文联出版社，2003.
[12] 黄哲永 , 吴福助 . 全台文 [M]. 台中：文听阁图书有限公司，2007.
[13] 余光中 . 藕神 [M]. 北京：金城出版社，2017.
[14] 席绍葆 , 谢鸣谦 . 乾隆·辰州府志 [M]. 长沙：岳麓书社，2010.
[15] 穆彰阿 , 潘锡恩 , 等 . 大清一统志 [M]. 上海：上海古籍出版社，2008.
[16] 杨珮修 , 刘黼纂 . 嘉靖衡州府志 [M]. 昆明：云南人民出版社，2010.
[17] 李心传 . 建炎以来系年要录 [M]. 北京：中华书局，2013.
[18] 脱脱 . 宋史：卷 365[M]. 北京：中华书局，1977.
[19] 黄芝岗 . 中国的水神 [M]. 上海：三联书店，2103.
[20] 王元林 , 李娟 . 历史上湖南湘江流域水神信仰初探 [J]. 求索，2009(1):203-206.
[21] 刘泱泱 . 近代湖南社会变迁 [M]. 长沙：湖南人民出版社，1998.
[22] 刘采邦 . 同治长沙县志：卷十四 [M]. 长沙：岳麓书社，2010.
[23] 赖中霖 . 洪武永州府志注释 [M]. 长沙：湖南人民出版社，2013.
[24] 王夫之 . 楚辞通释 [M]. 北京：中华书局，1959.

三江闸水利文化遗产保护的对策建议

汪 毅

（四川省地方志工作办公室，四川成都 610012）

摘 要：明代绍兴知府汤绍恩主持创建的三江闸是一处不可复制的水利遗产，具有再度深挖价值和文化基因解码意义。拓展未来，既需要登高放眼，更需要与时俱进。基于对三江闸的基本评价、评估和思考以及曾对汤绍恩与马臻、汤绍恩与李冰的比较研究等，三江闸水利文化遗产保护和开发专项规划亟待出台，可以从兴建三江闸遗址博物馆、升格文物级别、申报世界文化遗产等方面入手推动这项工作。

关键词：三江闸；遗产；打造；对策建议

1 三江闸与汤绍恩

汤绍恩，四川省安岳县人，明嘉靖十四年（1535年）出任浙江绍兴郡守，主持创建的三江闸（又名“三江应宿闸”或“三江星宿闸”），节江治海，使江海两分，曾福泽一方。该实践的巨大成功，体现了汤绍恩的高度智慧，创造了中国古代水利奇迹，系绍兴古代重要水利遗产，堪称绍兴明代断代史“封面”。

汤绍恩主持创建的三江闸，以地处钱塘、曹娥、钱清三江交汇口而得名，全长108m（原长103.15m，1962年拓长），共28孔，两端旧闸面总宽9.16m，中段宽16.47m，闸面总宽11.68m，为典型砌石重力建筑工程，系我国现存规模最大的砌石结构多孔水闸。其砌石重力标志性结构，强调了闸体砌筑和开闭的科技性，挑战了前贤传统水利工程技术，是我国唯一以星宿名称建筑的大型挡潮排水闸，也是“现存我国古代最大的水闸工程”，又是创造性的水利科技杰作，即通过特殊水文设施——“五行”（金木水火土）水则碑来实现定量调度水资源，代表了“我国传统水利工程建筑科技和管理的最高水平”，领先世界300多年，在中国水利史乃至世界水利史上有着不可低估的影响。

非常可贵的是，三江闸以“二十八顺天应宿”及调度水的“五行”水则碑为创意，具有震古烁今的想象力，不仅是中国古代水利工程的绝唱，而且完全符合世界文化遗产项目申报关于“代表一种独特的艺术成就、一种创造性的天才杰作”标准。

据有关资料梳理，三江闸至少体现了五个“最”：一是我国现存规模最大的砌石结构多孔水闸；二是我国现存古代最大水闸工程；三是我国东南沿海萧绍平原地区最具代表性的拒海蓄淡工程；四是创造了世界最特殊的水文设施——“五行”水则碑，实现了水资源的科学定量调度；五是代表了我国传统水利工程建筑科技和管理的最高水平。三江闸还体现了它具有的“唯一性”，即为以星宿名称建筑的大型挡潮排水闸。

三江闸水利工程的记载史不绝书，史籍多达数十种，如《大清一统志》《敕修两浙海塘通志》《浙江通志》《浙江省水利志》《绍兴府志》《山阴县志》《中国水利发展史》《中国治水史鉴》等，无不具有信史价值和“申遗”附加值。尤其是在明代《绍兴府志》和清代《山阴县志》中，还刊有三江闸的白描画图，十分生动，颇具形象感，有利于深度解读三江闸。在这些水利要籍中，最具代表性的却要推清康熙年间由程鸣九纂辑的《三江闸务全书》《三江闸务全书续刻》。这两种书系古越郡治水研究和记录的权威，堪称稀籍。为古为今用，绍兴有关部门其合并整理，于2013年由黄河水利版社出版，书名为《闸务全书》，全书202千字，署名为程鸣九纂辑、邹志方标点、冯建荣主编。该书中的若干信息，既是记录三江闸的重要依据，又是转化为开发拓展三江闸文旅产业的支撑之一，还是三江闸“申遗”的学术支撑。此外，对于汤绍恩和三江闸研究的书籍，还有《闸务全书三刻》《汤绍恩述评》等。

三江闸固然神奇，然而三江闸主持创建者汤绍恩本身也是一张名片。除古籍文献中有一个评价体系，即关于汤绍恩的《两川间气引》《功全禹迹引》《三代遗才引》《冰清蘗操引》等系列引和《永思集集》等记。在绍兴治水广场，矗立有大禹、马臻、汤绍恩雕像。所刻《治水广场碑记》中，亦历数了汤绍恩的功绩。大禹治水功盖九州，地位无人可动摇。但具体到绍兴的治水，汤绍恩却不逊大禹，即《郡守汤公新建塘闸实迹》中有“功之恩泽，洵不在禹下矣”之说。至于马臻与汤绍恩，他们均是绍兴治水历史上的领军人物，但《请封汤神奏折》（又名海滨耆士请封）却评价“视绍恩之功，殆数倍于马守”，甚至程鸣九在《越郡治水总论》这篇700字的纲领性文章中，记录马臻功绩仅有36字，而评述汤绍恩的多达178字，占全文四分之一。

除善治水，名满绍兴，汤绍恩有庙堂雅量，《庙堂雅量引》中称他不逊曾提携苏轼的恩师、一代名宰相的王安石，即有“（王安石）不得专美于前”之说。汤绍恩诗文书并举，有“三代遗才”之誉，即被誉为明初叶至嘉靖年间的难得之才。汤绍恩经历神奇，充满故事，其名字特别，于绍有恩。汤绍恩根植民心，百姓为他请封。其德政远扬，坊间传唱有“泰山巅，高于天；长江水，清见底。功名如山水，万古留青史”歌谣并载朱彝尊辑录的《明诗综》。汤绍恩由清代四任皇帝褒封，入《明史·循吏传》，为“国字号”人物。在三江所称的民间信仰中，“汤公信仰”最具影响力，被奉为祀传中的“浙海之神”（像塑于浙江海宁海神庙），成为跨绍兴地域崇拜海神等。总之，汤绍恩自身便是一本书，具有历史文化和“遗产”特质，有助于三江闸遗产的成功申报。

2　建三江闸的历史文化价值

鉴于治水需求和社会发展需要，1977年浙江省水电厅批准在三江闸下游约2.5km处建新三江闸，闸长158m，定型为大（2）型海滨排涝闸。1981年新三江闸运行，替代和扩展了三江闸的功能，使三江闸由此成为内河闸，其核心价值由水利工程价值转变为水利文化遗产价值，包括它曾有的“汤闸秋涛”“汤堤绿荫”“宿闸渔灯”“越望亭”等景观。1987年，三江闸左岸新挖150m新河，配建钢架拱公路大桥，名“汤公桥”。1988年，三江闸面改筑公路路面，与汤公桥连通，构成两岸公路交通。三江闸下部结构（明代遗存）至今保存原貌，为不可复制的“不动产”。1963年，三江闸被列为浙江省重点文物保护单位。

如今，随着现代社会的日新月异和旅游价值取向的不断调整，绍兴历史上越州十景之一的“汤闸秋涛”已渐行渐远，三江八景之一的“宿闸渔灯”已渐明渐暗，三江八景之一的“汤堤绿荫”已渐黄渐枯，三江闸畔越望亭的深情“越望”已淡出人们记忆，使“海上生明月”与诗人把酒临风、浅吟低唱的故事似乎已成为过去。 唯有那排排像壮士一样的重石闸墩（孔高在3.40～5.14m），让你惊讶在没有起重机的时代它怎么砌筑，让你想象它如何砥柱三江，让你感慨它怎么托起了绍兴一路走向的富庶和文明。

随着三江闸水利工程价值的转变，近年来，三江闸水利文化遗存越来越被边缘化，几乎快淡出人们的视野。幸具有远见卓识的是，水利和文化专家群体与地方政府达成共识，2013年11月30日—12月2日，中国水利学会、中国文物学会在绍兴主办的“中国大运河水利遗产保护与利用战略论坛”上，全体代表发出《加强绍兴三江闸保护倡议书》；2014年11月4日，绍兴市政府办公室印发《三江闸保护利用传承工作方案》文件，要求“按照世界领先水利工程、中国最早海滨大闸、绍兴水城海滨明珠的总体定位”，编制规划，组织实施。文件中，还附有《三江闸保护利用传承工作任务分解表》，提出了对以三江闸为核心的海塘等水利文物进行系统保护。继后，绍兴市文物部门形成了《绍兴三江闸区块历史文化资源调研报告》，对绍兴水环境变迁历史、三江闸区块历史文化资源进行了调研，并提出保护策略和建议。

3 保护三江闸的可行性路径

如今，三江闸的抢救性保护和借势开发迫在眉睫。笔者以为，三江闸水利文化遗产保护和开发专项规划应当亟待出台，并进入组织实施快车道。

3.1 兴建三江闸遗址博物馆

三江闸遗存属于珍贵的水利文化遗产，既是绍兴古代水文化的重要地标之一，又是绍兴古城灵魂的组成部分，具有引领明代大事记唯一的记录（见绍兴博物馆“绍兴历史大事记”），无疑是“讲好中国故事，传播好中国声音，阐释好中国特色，展示好中国形象”的优质载体。

“好风凭借力，送我上青云”。根据中共中央办公厅、国务院办公厅印发的《关于实施中华优秀传统文化传承发展工程的意见》，争取国家经费补贴政策，由绍兴市政府和有关部门在原址基础上借势建“三江闸遗址博物馆”，以具体讲好“汤绍恩与三江闸故事”，做好一桌汤绍恩与三江闸的“满汉全席”——有关名人的、水利工程文化的、科技与文化的等。

目前，在绍兴水利纪念性建筑方面，虽有绍兴治水纪念馆、大禹陵庙、大禹纪念馆（筹），马臻纪念馆、浙东古运河绍兴运河园（又名“浙东运河文化博览园”）集群，但似乎唯独缺三江闸遗址博物馆，故其立项颇具必要性（特别是三江闸的国际化影响，即世界领先水利工程的定位不可忽视）。这些已建成的纪念性水利建筑，主题纷呈，互为补充，形成了绍兴水利建筑特色，整合了绍兴水文化优势，既是绍兴城市名片之一，又是一条具有国际影响的水利文化黄金旅游线。当然，这个整合需要专题创意策划，放大思维，甚至连接曹娥江大闸（三江闸延伸的“第三代”）、杭州西湖和建于杭州的中国水利博物馆（其中涉及杭州、绍兴两地政府与水利部的衔接），以形成新的联动，从而做足杭州、绍兴两地“水效应”，共同写好杭州、绍兴水利文旅“双城记”，成为杭州都市圈精品旅游线路关于水文旅的“一盘棋”，共同写好“游”字新篇章（游字偏旁有水。而水是绍兴城市灵魂，也是绍兴文旅的大格局之一，举足轻重），实现绍兴文旅的新突破。

按实际情况和功能划分，遗址博物馆属于特殊类型的博物馆，其定义是“指在供保护已发掘遗址或为展示发掘成果而在遗址上修建的博物馆。”三江闸遗址博物馆，当然是指在“遗址（存）上修建的博物馆”，其客观存在自然属于此建设范畴。

在一座城市，通史性和专题性博物馆往往如过江之鲫，但属于专门类的遗址博物馆却寥若晨星。以成都地区的博物馆为例，公立的、民间的数以百计，但遗址博物馆却只有“金沙遗址博物馆”“荥经县严道古城遗址博物馆”“邛窑遗址博物馆”，颇有物以稀为贵之感。中国水利发达，水系纵横，水利博物馆如同繁星，但以“水利遗址博物馆”命名的馆却暂付阙如，盖因它作为遗存的选择性强，具有质和量的规定性和特殊存在的价值。

目前，就江闸遗址博物馆而言，据笔者在互联网上寻查，全国仅有上海元代水闸遗址博物馆，于2012年12月开馆。该馆虽再现了元代上海水利工程与内河航运情况，但却不具备“挡潮”，即“江海两治”这个重要特色。

绍兴是水城，有“东方威尼斯”之誉。其形成，与汤绍恩主持兴建的三江闸水利工程密切相关（当然，亦包括后来历代的疏浚、整治和维修）。也就是说，没有当初的三江闸，一定意义上就没有今天的绍兴水城。而今，绍兴尽管水系发达，水潆城市，水构成了城市的灵魂，但迄今为止却没有一座水利遗址博物馆。或者说，绍兴人文荟萃，各种纪念（博物）馆多如繁星，但却没有一座与名人相关的水利遗址博物馆。况且，这位名人汤绍恩，被绍兴人世世代代尊为“恩公”。而这个三江应宿闸，具有水利＋科技两全优势，曾泽润绍兴约450年，一度创造了绍兴“化泽国为膏腴之地”的辉煌历史，使绍兴“沃野千里”。其科技性所包容的理念、智慧、想象、气度、神韵等，无不体现了2017年1月25日中共中央办公厅、国务院办公厅印发《关于实施中华优秀传统文化传承发展工程的意见》中关于“革故鼎新、与时俱进的思想，脚踏实地、实事求是的思想，惠民利民、安民富民的思想，道法自然、天人合一的思想”，具有多元价值。

汤绍恩之所以被历代绍兴人尊为“恩公”，是因为他“有恩于绍”且实至名归。在绍兴，汤绍恩已成为历史文化品牌之一。以汤绍恩姓氏命名的，不仅有“汤公路”“汤公桥”“汤公社区”，而且有企业、餐饮业。可见，汤公恩德植根民心和绍兴这座水城。其厥功至伟，诚如《汤公治水利民碑》中所言：“此劳此功，承此开辟；此德此恩，垂于罔极。”

汤绍恩主持兴建的三江闸，据绍兴博物馆“绍兴历史大事记”悉知，具有引领明代276年绍兴大事记唯一纪录的定位。该定位具有拓展意义，构成了特色文化旅游标志性、引领性项目，即明代绍兴水利建筑工程的标志或象征。围绕此定位，深度挖掘，纵横向联系，创意策划，完全可以做出“我之为我，自有我在”的效果。

至于“三江闸遗址博物馆”，作为特殊类型博物馆，应当是一个大格局定位。三江闸区块的历史赋予了它丰富的文化内涵，故完全可以三江闸为核心，辐射三江闸区块所包括的桥闸文化、海防文化、水乡文化等，以整合文化遗产资源，见证绍兴水城一路走来的变迁。

就建设的意义而言，“三江闸遗址博物馆”不仅是绍兴博物馆系列中的唯一，而且是浙江省博物馆系列中的唯一，凸显了遗址、遗存得天独厚的优势及其特殊价值，甚至可作为绍兴“古城申遗”的一部分。其创意策划，可请专业团队进行，并按集文博、文创、文旅于一体的思维，借助已有的相关文献古籍和现有的相关调研报告，深挖其活态传承底蕴——三江闸自1537年建成至1949年新中国成立之前，活态传承达400余年，其间历代群贤继事，具有的培植保护之功史不绝书。

在历史上，三江闸曾有六次代表性维修。与其说这六次代表性维修，不如说是三江闸的六次“活态传承”，有着潜在的“传承基因”，有待进一步解码。这六次维修，具有时间跨度长的特点，囊括了明清和民国形态。第一次为明万历十二年（1584年），由太守萧良幹主持；第二次为明崇祯六年（1633年），由修撰余煌主持；第三次为清康熙二十一年（1682年），由闽督姚启圣主持；第四次为清乾隆六十年（1795年），由尚书茹棻主持；第五次为清道光十六年（1836年），由郡守周仲墀主持；第六次为民国二十一年（1932年），由浙江省建设厅主持。这些传承人，包括太守、修撰、闽督、尚书、郡守、浙江省建设厅。至于传承时间，大大超出非遗申报在时间、时代方面的标准。这些传承记录，有丰富的学术成果和古籍文献作为学术支撑，颇为难得。因此，确有必要把握“活态传承”这一非物质文化遗产特征，把平面的历史碎片拼织为立体的水利文化画卷，并辅以高科技手段，使之成为集文物陈列、遗址展示、水利景观等一体的遗址博物馆景区。与此同时，使之与浙东运河文化园、浙东运河博物馆互补，强调“遗址”特色，突出“遗址”主体，讲好汤绍恩治水兴水故事，深化古代循吏治水特征，升华三江闸与绍兴水城关系（包括绍兴因水而获得的各种荣誉），进一步拓展文博、文创、文旅格局，以逐步形成“研究阐发、教育普及、保护传承、创新发展、传播交流等方面协同推进并取得了重要成果，具有中国特色、中国风格、中国气派的文化产品。”

至于三江闸遗址博物馆的具体陈展，既包括含汤绍恩“腹有诗书气自华”等属于精神和文化层面的内容，又包括汤绍恩作为明代循吏（在明代276年中，《明史》记录循吏仅有30人），还包括三江闸本身所体现的学术、文化价值与升格文物保护级别、申报世界文化遗产项目等核心内容（见前后所述内容），甚至与西方国家同类水利工程比较，使之与大禹陵、绍兴治水纪念馆、马臻纪念馆等纪念性水利建筑形成互补，与大禹、马臻、浙东古运河“运河园”等水利文化、城市水文化作普遍联系和相应研究。具体设想为：阐释闸孔28应宿的天人合一，恢复闸中“五行”水则碑及闸堤两岸的“双济祠”（张帝殿、汤公祠）、禹庙、封堠、三江所、三江巡司、观澜亭等人文景观，再现“汤闸秋涛”“宿闸渔灯”“汤堤绿荫”情景（均系绍兴“古城申遗”景观），让渐行渐远、颇具地方特色的“越望亭”诗会——“越地之望”再度耀眼中华诗坛（可据此创办诗词刊物，举办全国性专题诗词会，重版《越望亭诗集》，讲好“水”和“月”的故事等）。此外，参考《闸务全书·议增祀典》内容，修筑“前后十贤”闸功道（类似今都江堰修筑的古代十二贤“堰功道”）和闸工纪念堂，雕塑三江闸一路走来的贡献者（包括上启明嘉靖，下至清嘉庆的“前后十贤”以及碑刻三江闸的若干动人事迹等），记录闸工创造三江闸历史的过程；同时，据《闸务全书·续刻·修闸备览》等内容，情景再现泄水、筑坝、分修、灌锡、物料、器具、夫匠、监工以及修闸相关事宜，以展示古人的科技智慧，彰显三江闸的时代精神，并在非遗“活化”特征上加大创意力度，体现“活化”利用，讲好关于闸和人的精彩故事，使之成为绍兴旅游文化名胜的特色名片。

3.2 升格文物保护级别

1963年，三江闸由浙江省人民委员会（政府）批准为“浙江省重点文物保护单位”，迄今60个年头，属于较早列入省重点文物保护单位的对象。根据三江闸的优良品质及近年来对三江闸价值体系重新评估的结果来判断，可以肯定当初申报三江闸时在认知上不乏局限性，更何况60年前的恒定标准也与今天有所不同，因标准早已赋予新的内涵。

近些年来，若干早期的省文物保护单位，已纷纷升格至全国重点文物保护单位。以汤绍恩桑梓地的安岳摩崖石刻造像为例，曾为省文物保护单位的毗卢洞、华严洞、圆觉洞、孔雀洞、茗山寺、玄妙观，经评估均升格为全国重点文物保护单位。因此，保护好三江闸遗存，重新评估其综合价值，突出其特点（若干“最”与“唯一性”）、时代、定性、规模、难度、功能、地位、学术、评价等考量，申报三江闸为全国重点文物保护单位具有时代意义。可喜的是，数年前绍兴市文物部门在《绍兴三江闸区块历史文化资源调查》中，已建议将三江闸的保护级别由现在的省级文物保护单位申报为全国重点文物保护单位。

3.3 申报世界文化遗产项目

三江闸抵御涌潮，开启河湖体系，系绍兴古代治水兴水标志性工程，也是福祉绍兴的惠民工程，对于绍兴“威尼斯水城”打造具有不可替代的价值。

三江闸以“二十八顺天应宿”，按四方七宿排列，传递了“天地人水”四位一体互为关联的信息，体现了汤绍恩建闸的奇思妙想。至于调度水的水则碑以“五行”（金木水火土）为创意，更是具有无古无今的想象力，属于世界文化遗产项目申报关于“代表一种独特的艺术成就、一种创造性的天才杰作”范畴。这是一个非常重要的概念。

三江闸遗产价值清晰，真实性和完整性明确，具体表现在它拥有的“现存我国古代最大的水闸工程，代表了我国传统水利工程建筑科技和管理的最高水平，领先世界300多年，在中国水利史乃至世界水利史上都有重要地位”的定性。其价值体系，包括拥有的“天文科学”元素——星宿建闸（号曰“应宿”）、我国现存规模最大的砌石重力结构多孔水闸、首度实现绍兴古代水利工程“六位一体”（拒潮、抗旱、排涝、灌溉、供淡、交通）等，构成了申报世界文化遗产要素，即符合世界文化遗产项目申报关于“代表一种独特的艺术成就、一种创造性的天才杰作”标准。

对照此标准，参照其他同类成功申报世界文化遗产项目，顶层设计，制定遗址保护专项规划，势在必行。

三江闸中所指的“三江”即曹娥江、钱清江和钱塘江，为同一水系，也是绍兴的代表性水系。因三江，也顺理成章了三江闸、新三江闸、曹娥江大闸代代赓续的“闸三代”。其中，三江闸建成于1537年，新三江闸建成于1981年，曹娥江大闸建成于2011年（曹娥江大闸与三江闸“二十八应宿”设计概念一脉相承），具有薪火传承和发扬光大关系，构成了建筑群类，形成了“闸三代”，最终使三江水系布局步进入了全新时代。其基因解码和整合效应，既与世界文化遗产定义的“建筑群类”条款“从历史、艺术或科学角度看，在建筑形式、分布或与环境和景观结合方面，具有突出普遍价值的单独或关联的建筑群”相吻合，又与都江堰“申遗”格局相似。需要说明的是，三江闸遗存迄今仍保留，有近500年历史。都江堰虽有近2300历史，但渠首鱼嘴遗存标志却为1936年，即选址在今天鱼嘴处（之前“遗存”早已付诸东流）。较之起来，三江闸遗存比都江堰鱼嘴遗存早约400年。基于三江闸“闸三代”的格局和相关的充分理由，将其整合“申遗”理所当然。

2010年12月，曹娥江大闸被水利部公布为“国家水利风景区”。至于如何以科技赋能，把三江闸、新三江闸、曹娥江大闸“闸三代”整合一体，打造三江闸文化创意旅游产业功能区（包括借鉴都江堰景区创意），其布局和构架，则需要进一步策划和规划。

4 结语

三江闸水利遗产注定了它拥有的不可替代的价值，具有文化基因解码的意义。2022年5月27日，习近平总书记在十九届中央政治局第三十九次集体学习时讲话中，谈到“让更多文物和文化遗产活起来，营造传承中华文明浓厚社会氛围。”据此讲话精神，期待把三江闸打造列入绍兴“中华文明探源工程”之一，以“积极推进文化保护利用和文化遗产保护传承，挖掘文物和文化遗产的多重价值，传播更多承载中华文化、中国精神的价值符号和文化产品”，使三江闸遗产焕发时代青春，再度福祉一方。

参考文献

[1] 周魁一．中国科学技术史·水利卷[M]. 北京：科学技术出版社，2002.

[2] 邱志荣，李云鹏．运河论丛——中国大运河水利遗产保护与利用战略论坛集[M]. 北京：中国文史出版社，2014.

[3] 邱志荣，赵任飞．闸务全书三刻[M]. 扬州：广陵出版社，2018.

位山灌区文化传承发展现状及对策

马胜男

（聊城市位山灌区管理服务中心，山东聊城　252000）

摘　要： 水文化是中华文化的重要组成部分，形成中华文明的重要源泉，坚定文化自信的重要根基。位山灌区高度重视水文化传承弘扬发展工作，紧紧围绕治水实践，着力推进水文化保护传承与灌区发展深度融合，提高灌区文化软实力和社会影响力，不断擘画文化发展新篇章。本文总结了近年来位山灌区水文化挖掘传承弘扬工作现状，分析了存在的问题并提出有针对性的对策建议，为推动新阶段水文化繁荣发展提供参考借鉴。

关键词： 位山灌区；水文化；水利工程

1　位山灌区文化挖掘弘扬工作现状

位山灌区始建于1958年，是全国第五、黄河第二、山东省最大的灌区，不仅承担聊城65%的耕地灌溉、沿线200余万城乡居民生活、工业企业生产和河湖水系生态用水，同时担负引黄入冀跨流域调水任务，为区域经济社会高质量发展做出了突出贡献。建设至今60余载，灌区经历了停灌、复灌的艰辛历程，沉淀下浓郁的水文化、黄河文化和灌区精神。一直以来，位山灌区将文化传承弘扬摆在更加突出的位置，站在事关推进黄河流域生态保护和高质量发展大局，事关落实“两个结合”要求和推进文化强市建设的高度，深刻认识文化传承弘扬的重要意义，勇挑水文化、黄河文化传承弘扬重担，为灌区高质量发展提供了坚实的文化支撑。

1.1　做好水利遗产挖掘和保护，延续历史文脉

位山灌区所在的山东聊城，是黄河文明起源比较早的地区之一，历史文化悠久，市内发现有大汶口文化、龙山文化、岳石文化，考古发掘有阳谷景阳冈龙山文化遗址、茌平教场铺龙山文化遗址、东阿故城以及三国时期的曹植墓等，物质文化遗产十分丰富。同时聊城黄河文化中的阳谷黄河夯号、顶灯台、谷山调，临清的龙灯、驾鼓，高唐的泥塘落子、四根弦，莘县的两夹弦，东昌葫芦雕刻，茌平剪纸等非物质遗产也很丰厚。另外，聊城也是治黄和引黄灌溉、农耕文明起源比较早的地区，“禹疏九河”治理地域就包括聊城。沐浴着浓郁历史文化、黄河文化，伴随新中国成立后水利建设高潮开发建设的位山灌区，既承载着历史文脉，不断丰富和发展着黄河文化、引黄灌溉文化，也留下筚路蓝缕、栉风沐雨的奋斗足迹。

位山灌区坚持把水利工程遗产保护摆在突出位置，组建水利遗产调查队伍，全面摸排灌区水利工程遗产情况，做到底数清、情况明。重点加强对具有鲜明红色印记治水工程的调查、挖掘和保护，积极推进四河头枢纽旧址工程保护，改善治理周围生态环境，建设红色文化主题公园，2023年位山灌区及四河头枢纽工程列入全省首批省级水利遗产名单；广泛搜集老物件、老影像、老照片、历史文化资料等2000多件，建立黄河故事灌区专题档案资源数据库，留存文化记忆；编撰出版《位山灌区志》《位山灌区六十年概览》，展示灌区引黄灌溉、引黄治沙历史与成就；总结提炼“战天斗地、不怕牺牲、甘于奉献、求实创新”的位山灌区精神，成为灌区人奋发向上的精神图腾。2022年，位山灌区被水利部列为“人民治水·百年功绩”治水工程。

1.2 挖掘水利工程文化属性，提升文化价值

位山灌区骨干工程设有东、西2条输沙渠、2个沉沙区、1条东西连渠和3条干渠，总长285km；另外有分干渠53条，流量大于1m^3/s的支渠393条，各类水工建筑物5000余座，是聊城规模最大、功能显著的重要水利设施。1998年以来，通过续建配套与节水改造工程、引黄灌区农业节水改造工程、“十四五”现代化改造工程等，形成节水显著、调控灵活、运转可靠的骨干水网。庞大的工程网络既为文化建设提供了有力载体，也提供了广阔空间。

位山灌区坚持以大型水利工程为依托，充分挖掘水利工程文化功能，同步融合黄河文化、水文化、灌区文化和红色文化。做好“点”的聚焦，加强城乡主要道路与灌区骨干渠道交汇节点提升，建成“水·堤”文化公园；做好“线”的联动，打造“一干渠·乡村绿道”“二干渠·城市漫道”“三干渠·楷模大道”，骨干渠道成为集保护黄河文化、传承红色基因、弘扬水利精神于一体的生态走廊；做好“面”的融合，建成位山黄河公园、一干渠渠首兴隆村水利枢纽、二三干渠渠首周店水利枢纽等8处国家水利风景区，2022年，位山灌区列入《红色基因水利风景区名录》，2023年，列入第二批国家水利风景区高质量发展典型案例重点推介名单，全省唯一，并代表山东参加第二届“水美中国”媒体推介会，获评水利部“国家水利风景区高质量发展标杆景区”。

1.3 挖掘水文化弘扬空间，拓展传播半径

加强阵地建设，形成“一馆一廊一场一品牌一基地”文化矩阵，推进黄河文化、灌区文化创造性转化、创新性发展。“一馆”即灌区历史陈列馆，在灌区开发建设65年之际建成面积300m^{3}位山灌区历史陈列馆，通过老物件、老影像、老照片等生动展现灌区的发展变迁，留存文化记忆，承载灌区人的深厚情怀；“一廊”即干渠文化长廊，三条骨干渠道既是生态绿廊也是文化长廊，特别是二干渠城市生态公园建有宪法文化长廊，每年充分利用“世界水日”“中国水周”“国家宪法日”“法治教育月”等开展涉水法律法规、水文化等不同主题宣传教育活动，切实提升沿渠群众尊法、护水、节水意识，营造良好法治、文化氛围；“一场”即文化广场，沿渠建成20余处水文化广场，让群众出门便享水文化盛宴、接受水文化熏陶；“一品牌”即“‘位’来说”文化宣讲品牌，抽调精干力量成立灌区宣讲队伍，成立特色文化宣讲品牌，常态化进社区、进学校、进村户，用心传播黄河文化、灌区精神，年均受众上千人次；“一基地”即水情教育基地，立足灌区丰富的水情教育资源，将水利工程与水常识、水法治、水科技、水文化、水景观、水成就等深度融合，形成内容丰富、覆盖面广、参与度高、结构完备的水情教育体系，每年约开展各类水情教育活动50余场，接待参观人数3万余人次。2024年1月获评山东省首批省级水情教育基地。

2 位山灌区文化挖掘弘扬亮点特色

2.1 注重规划引领

位山灌区坚持规划先行，结合灌区资源禀赋，高标准编制了《水利风景区十年发展规划》《沉沙池区生态保护与修复规划》，以突出黄河文化、水利精神、灌区精神为主线，明确了“一核（位山黄河公园）三带（东输沙渠—一干渠生态涵养带、总干渠—二干渠水利文化发展带、西输沙渠—三干渠水利风光休闲带）六区（输沙渠沉沙池生态保育区、景区综合服务区、科普教育体验区、城区文化休闲区、田园休闲体验区、生态农业观光区）”的发展定位，自筹资金和政府主导、社会化多元投资等多种方式，有步骤、分阶段地把位山灌区建成了集水利功能、生态保护、科普教育、文化传承于一体的文旅综合示范区。

2.2 深化项目融合

位山灌区坚持借势借力、“乘”势发力，以融合创新为笔，挖掘优势资源，创新发展特色，不断谱写文化新篇。抓住市委、市政府把位山灌区沉沙池区列入全市四大扶贫片区的有利契机，加强沉沙池区生态修复与治理，建设沉沙池池槽绿化带、1800亩引黄灌溉纪念林、640亩水土保持林，建成以位山黄河公园为核心的连片景区，广泛宣传引黄灌溉文化、治沙文化等，以生态、文化的兴旺带动池区乡村红色产业、农家乐等发展，实现池区生态生产生活蝶变。立足紧邻孔繁森同志故里、孔繁森精神党性教育基地的优势，以弘扬孔繁森精神、廉洁文化、灌区文化为主线，建成楷模大道·廉堤，忠诚园、公仆园等6处主题“水·堤”文化广场，探索建立“孔繁森纪念馆—三干渠楷模大道·廉堤—孔繁森党性教育基地—孔繁森故居”红色旅游路线，形成“水利文旅+红色教育”特色模式，擦亮了红色与生态旅游新名片。积极与聊城大学、聊城职业技术学院等沟通交流，推动黄河文化遗产保护、文化公园建设、水系文化、历史文化等方面合作，促进文化系统研究与交流共享。

2.3 厚植生态底色

统筹水工程、水安全、水生态、水环境一体治理，把工程现代化改造、生态保护和文化弘扬系统结合、综合提升，形成“生态+水利+文旅”特色模式，让群众在享受生态福利的同时，共享品质文化生活。综合治理水利工程和周边环境，建设国家水利风景区，原来垃圾乱弃、环境脏差的堤防建成为“花堤”“翠堤”“廉堤”等不同主题的带状公园，成为群众娱乐休闲、文化体验的打卡地。

3 存在的困难和问题

3.1 对水文化建设的重要性认识不足

水文化是中华文化的重要组成部分，是形成中华文明的重要源泉，坚定文化自信的重要根基，也是水利事业不可或缺的重要内容，对于延续历史文脉，弘扬中华文明，坚定文化自信，推动水利事业高质量发展，都具有重大的现实意义和长远的战略意义。但长期以来，整个社会包括水利系统干部职工对水文化建设的重要性认识不足，认为文化建设是“锦上添花”工作的还大有人在，对水文化建设重视不够，推动工作迈不开步子，放不开手脚。

3.2 水文化传承保护机制尚不健全

习近平总书记指出“文物和文化遗产承载着中华民族的基因和血脉，是不可再生、不可替代的中华优秀文明资源。”因长期以来对水文化价值的认识不足，水利遗产挖掘保护工作起步较晚，社会基础薄弱，关于水利遗产保护的相关制度体系还没有真正建立，一些年代久远的水利工程遗址、水工程建筑和非工程类水利遗产包括文件资料等面临着自然和人为的破坏，部分重要的水文化资源没有得到妥善保护和传承。具体到位山灌区，还缺乏统一的文化资源管理与运行机制，水文化遗产科学保护和挖掘缺乏有力支撑。

3.3 水文化建设投入不足

由于社会各方对水文化的认知度普遍较低，水文化建设工作没有得到足够的重视，缺乏专项资金和筹资渠道，软、硬件设施投入不足。此外，随着经济社会的发展，人们对水文化建设提出了新的更高要求，数字文化等方面的需求日益增加，但由于没有相关投入，水文化建设成为无源之水、无本之木，在很大程度上影响开展水文化建设的积极性、主动性和创造性。就位山灌区来看，没有有效投入的情况下，只能降低标准，无论是灌区水利风景区还是历史陈列馆，数字技术的创新应用水平均不高。

3.4 水文化管理人才缺乏

水文化建设是一项专业性较强的工作，专业的事交给专业的人去做，事业才能做大做强。和其他灌区情况类似，位山灌区的水文化建设管理工作并入了办公室和宣传教育科，由非水利、非文化相关专业的人员兼职承担，工作开展多是摸索进行、专业化程度偏低；从事工程建设、管理的人员多以水利技术人员和工勤人员为主，缺乏系统的水文化知识储备，主动从保护传承弘扬角度将水利工程与文化元素有机结合不多，难以建立起完善的水利工程与文化融合体系。

3.5 尚未形成社会各方协同局面

水文化范围广泛，与水利事业、自然资源、文化旅游、生态环境等领域都有着紧密联系，传承弘扬水文化需要全社会多方协同，形成合力。目前对水文化的传承弘扬还多是水利系统“单打独斗”，与文旅等部门有协同但不够有力，纳入覆盖面还不够广，协同成效不够突出。

4 对策建议

4.1 统一思想，提高认识

通过举办水文化专题讲座、展览等形式多样的宣传和教育活动，向公众普及水文化的内涵和价值，引导人们积极参与到水文化的传承和弘扬中，增加对水文化的了解和认同，提高水文化保护传承的能动性。

4.2 加强协同，形成机制

加强内外协调、增进交流协作，建议有关部门、高等院校、文化机构、社会组织等各方力量，共同参与水文化遗产保护、时代价值挖掘、传播交流等工作，逐步形成“政府主导、社会支持、群众参与”的水文化建设格局。

4.3 加大投入，提升能力

建议发改、财政、人事等部门持续增加对水文化建设硬件和软件投入，将水文化列入专项计划，拨付专项资金，为提升水文化建设数字化水平、推动水文化可持续发展注入动力。引进和培养兼备水利工程专业技术和水文化知识素养的复合型人才，为水文化建设提供坚实人才支撑。

4.4 守正创新，力求突破

坚持融合发展，在水利工程规划设计阶段便将水文化元素融入，体现治水理念、地域特色和时代特征；以水利风景区提质增效为抓手，推动生态景观与文化传承相结合，实现水利工程建设、景区建设与水文化建设的良性结合，打造具有灌区特色的水文化名片。

4.5 笃行实干，夯实基础

实践活动是推动水文化发展的动力所在，要把保护传承水文化落实在具体的实践上，扎实做好引黄供水、现代水网构建、生态修复改善、数字孪生灌区建设等重点工作，加快推进现代化灌区建设进程，为水文化建设提供丰裕的物质载体、精神宝库和实践基础。

5 结语

推进水文化建设意义重大、影响深远，同时也是一项系统性工程。位山灌区在水文化建设方面进行了一些探索，取得了初步成效，但建设任务仍任重而道远，将在社会各方的协作下，守正笃实，久久为功，推进水文化事业繁荣发展，为推动新阶段水利高质量发展凝聚精神力量。

参考文献

[1] 李云鹏，郭姝姝．“文化灌区”建设的现代化意义及实施路径探讨 [J]. 中国水利，2021（9）：30-32.
[2] 田竞．水利工程对生态环境的影响及其文化意义 [J]. 水文化，2023（9）：43-44.
[3] 赵新，王丽娟．水兴齐鲁，千秋流韵 [J]. 走向世界，2024（15）：32-35.

水工程与水文化的有机融合典型案例
——以莲阳河幸福河湖建设为例

郭婉琪　赵璧奎　肖　洵　林灿维　林冰莹　黄江歌　许思妍　范泽璇

（广东省水利水电科学研究院，广东广州　510610）

摘　要： 水文化是人类在治水过程中创造的物质与精神成果的总和，也是中华优秀传统文化的重要组成部分，加强水文化建设是推动新阶段水利高质量发展的重要抓手。研究水工程与水文化的融合，即从文化视角探讨“人水关系”，是人对自然知识和实践的探索，尤其是对水灾害的防御实践和水资源的可持续利用，从治理理念、规划设计、工程技术和管理等方面认识和挖掘工程的文化内涵，以先进水文化推动区域向生态良好的新的生产生活方式发展。

关键词： 水工程；水文化；有机融合；莲阳河；幸福河湖

汕头市莲阳河是韩江河口三角洲最主要的行洪通道，经历数千年的自然演变、数百年大灾与大治的更迭，积淀了丰富的水工程，历史文化底蕴深厚，多年来积极探索水工程与水文化融合发展新路径。2023 年 4 月，莲阳河入选全国 2023 年度幸福河湖建设项目。当地政府以此为契机，紧抓机遇，大力推动滨江生态提升及碧道建设、韩江河口红树林湿地生态环境保护提升等幸福河湖工程项目的实施，积极开展流域水文化资源挖掘和宣传，助推水工程与水文化有机融合。

1　发展优势

1.1　区位优势

莲阳河是韩江东溪下游在汕头市澄海区境内河段的名称，因流经的莲下镇（左岸）原称莲阳得名。汕头市澄海区历来有“岭东门户、海滨邹鲁”的美誉。莲阳河北起隆都镇，贯穿澄海区，于北港口入海，全长 33km，是澄海人民的母亲河，总流域面积 250km²。莲阳河是韩江下游三角洲连通江海的重要生态廊道和行洪通道，具有得天独厚的生态环境条件和地理位置优势，是连接南澳城区以及潮州城区的重要纽带、粤东通江达海的重要门户（见图 1）。

图 1　汕头市澄海区莲阳河鸟瞰

1.2　文化底蕴

“澄，泽国也。”莲阳河所在的澄海区，濒江临海且受南亚热带季风影响，洪、涝、风、潮、旱、咸等自然灾害频繁，春有“苦旱田断水”、夏有“荒土浸稻禾”，“秋潮冬涸盐满地”。新中国初期的科学治水使澄海泽国转变为安澜平原，不仅留下了南溪古运河、樟林古港、后沟古码头等物质类水文化，也孕育了余锡渠治水精神、老农精神等非物质类水文化，依傍在莲阳河的海丝文化和韩江文化应运而生。

1.3 治水渊源——举县治水安民生

澄海置县至建国期间，平均每2.5年发生一次水旱灾害（据史料不完全统计），新中国成立后35年平均每2年暴发一次水旱灾害，对民众的日常生活产生剧烈震荡。其中，1922年的“八·二”特大风灾，造成全县2.7万人伤亡；1969年7月28日的12级强台风，损坏堤围179.5km，淹浸农田19.94万亩；1955年春、夏、秋连续三次大旱；1963年百年罕见大旱，持续8个月全县降雨量仅54mm。澄海人民在这极其恶劣的生存环境中苦苦挣扎，形成了坚定的治水意志。而欲灭长灾害，一举难尽歼，在中国共产党的领导下，澄海开始了长达数十年的水利建设高潮。

1.3.1 整治河道以保安澜良田

自宋代起，莲阳河两岸开始进行堤防修建、涵沟开挖以及引水通航等工程。澄海置县后，治水重点为解决农田排涝和堤围除险消患问题。1952年，韩江工程队对整个韩江流域进行初步查勘规划，提出韩江下游的治理方针。澄海“老县长”余锡渠深入调查实地，因地制宜地采取“南断牛溪口、北截鲤鱼洲、西滩蓬洞河、东移沙坝头”措施，带领澄海人民克服材料短缺、技术薄弱等困难，对东溪、北溪、西溪等河道进行塞支强干、裁弯取直整治，最终将流入韩江的17条支流并流减少为6条，堤防长度缩减近一半，堪称“敢笑大禹无先例，十七道河归六河”。

工程完工后，整治效果显著。曾经因河流分割而破碎的土地被重新联结成联围，为后期土地集约化、规模化利用奠定了基础。70年代中期后，水利工程重点由除水患转换为兴农业，通过一系列引水灌溉工程的兴建，对沿海形成的沙田引淡洗咸、改土平整、渠系整治，实现农田水利建设质的飞跃。1955年和1963年韩江流域大旱灾时期，澄海区农业依然大丰收；1955年的大旱之年，澄海县荣获全国第一批双季水稻“千斤县”，1957年粮食单产已全国前列，冠山社土地整改成为全国典范；1989年，澄海成为全国水稻亩产“吨谷县”。

1.3.2 建设桥闸以优化截洪、交通

如今莲阳河流域上跨越着3座桥闸：莲阳桥闸、东里桥闸和南溪桥闸，是韩江下游调控的关键性控制工程。60多年前，由于河口区域河道众多、交通不便。应澄海人民群众迫切改善交通、保障灌溉的愿望，澄海举全县之力，聚全县之智，投入203万劳动工日，在1959年冬至1960年夏的16个月内先后建成了总长度近1700m的外砂、莲阳、东里3座桥闸，平均每座桥闸从开工到总体完工不足2个月，而外砂桥闸更是仅用了1个月建成，不仅使来往汕头和漳州的人民不必绕道潮州，旅程缩短了34km，也结束了人民“洪流涨急舟船难渡，冬春旱季跋涉沙滩”的日子。而后五年内，续建了南溪、梅溪桥闸，共同提升了流域在陆路交通、内河航运、防洪排涝、农田灌溉等功能。

1.3.3 修筑海堤以防御潮患

韩江三角洲接纳流域内所有出海的洪水，防洪压力大，而莲阳河所在的东溪是韩江三角洲水系中活力最强、最主要的泄洪道。历代先人在沿海泥沙冲积而成的低地边筑上堤围以防范洪水，随着人口发展，人们对耕地的需求增加，迫切地围垦造田，加之生产目标导向，人们忽略了围垦工程质量的重要性，导致溃堤和复堤行为反复发生，人民生命财产不得保障。农业是家国的命脉，水利是农业的命脉，只有长久守住江海堤防，才能持续守护百姓的家园。新中国成立后，全县把堤防整治加固提上日程，从土方工程到石方工程，再到按设防标准改造加固，根据经济实情与经验技术水平分阶段逐步提高了防灾能力。其中苏北、苏溪、一八、上蓬围等4宗海堤，自1979年以来，已连续3次经受了10～11级台风和4.2m以上暴潮水位的考验。

1.4 文化赓续——百年文脉代代传

在完成河道整治、修桥建闸、海堤修筑等一系列水工程后，澄海地区的水陆交通便利性都得

到了极大的提高。水上交通仍然是古代最便捷的交通方式，促进了商业贸易，使澄海成为海上丝绸之路的重要节点。程洋冈和凤岭古港出水的大量唐宋瓷器，澄海龟山遗址、凤岭古港遗址、樟林古港遗址，都印证了早至千年前海上贸易的繁荣，发展出海洋文化、港口文化、商贸文化、华侨文化、水神崇拜等商贸与文化交流历史。滨海的潮汕人自古“耕三渔七”，不仅“海丝文化”繁荣，躬身阡陌的一代代澄海农民凭借前人打下排灌防涝的良好耕种基础，秉承着“种田如绣花”的“佬农精神”，助推澄海区成为“国家现代农业示范区”“全国蔬菜重点生产县区”。

1.5 发展机遇

2020年10月，习近平总书记视察韩江，作出“要抓好韩江流域综合治理，让韩江秀水长清”的重要指示。2019年9月，习近平总书记视察黄河时发出了“让黄河成为造福人民的幸福河”的伟大号召。2021年，李国英部长提出努力建设造福人民的幸福河湖，全国各地积极开展幸福河湖建设。2023年，莲阳河成为广东省唯一一条入选水利部第二批“幸福河湖”建设项目的河流。在人民群众的精神文化需求日益增长的背景下，幸福河湖的建设需要不遗余力弘扬先进水文化，将文化要素渗透至水利工作的各个领域，营造出富有文化底蕴、生命力旺盛的“文化之河”。

莲阳河幸福河湖建设期一年计划共投入1.93亿元，以“干支联治、三围统筹、八镇融合发展”为总体布局，协同推进全流域治理。围绕“韩江秀水通丝路，幸福莲阳振侨乡”的特色主题描绘幸福河湖的美好画卷。以习近平总书记“让韩江秀水长清”的殷殷嘱托为愿景，以“海上丝路”始发港和重要节点为文化根基地，莲阳河幸福河湖这一富有历史底蕴的水文化综合水工程必将成为韩江三角洲悠久历史与水文化传播的载体，也将成为澄海水利发展的时代见证。

2 融合做法及特色

中华人民共和国成立伊始，澄海人民在党的领导下展开了十年的治水大会战，根治了历史以来威胁人民生存的洪旱潮三大水害，从多灾多难的“泽国”变为旱涝保收的全国第一批高产县，澄海人民用自身的智慧和坚韧不拔的精神，诠释了幸福河湖的内涵与雏形。时至今日，莲阳河以优良的Ⅱ类水质，哺育了澄海南澳80万群众，支撑了400多亿的生产总值。莲阳河幸福河湖建设包括澄海区堤防管理标准化创建、莲阳河数字孪生流域建设等项目，持续保障莲阳河的水安全。从“十七道河归六河”到“四桥闸五联围”，再到“干支联治、三围统筹、八镇融合发展”整体工程的效益发挥，均与水文化的传承息息相关，休戚与共。

2.1 守正创新实现有机融合

2.1.1 以水文化调查为入手点，谱写水脉情长

莲阳河幸福河湖建设以流域内水文化调查工作为契机，深入挖掘水文化资源和历史文化内涵，梳理出水文化资源共98个，其中凤岭古港遗址、南溪渡等物质类水文化资源50个，红头船传说、妈祖生等非物质水文化资源48个。建立了水文化名录，提炼“治水伟业、河海情思、水神信仰、水事丹青和安澜功臣”五大文化主题，形成研究报告，丰富韩江水文化资料库。

图2 莲阳桥闸边的韩江河口公园（广益碧道段起点）

2.1.2 以水工程建设为着力点，赋予时代活力

2021年，在莲阳河的右岸，紧依莲阳桥闸建设了南粤“左联”之旅的终点站——韩江河口公园，采用墙绘和雕塑的形式介绍韩江左联文化、澄海

水利的治理过程和莲阳桥闸的前世今生（见图 2）。2022 年，以韩江河口公园和龟山涵提水站为起止点，依托一八围建设了广益街道碧道，将沿线的龟山遗址、郑王墓、潮汕特色古村串珠成链，连成一条从汉到清，从近代到现代，从古文化到华侨文化、潮汕文化的文化叙事线。通过幸福河湖建设完善广益街道碧道的便民亲水设施，提升驳岸的绿化美化水平，在韩江河口公园、红色驿站等节点增加碧道标识及文化风情设施亮化景观，整体形成的“桥闸 - 公园 - 碧道”特色水工程景观，不仅一脉相承展现了莲阳河深厚的水文化底蕴，更是充分彰显了莲阳河在不同时期治水特有的时代印记，拓展了水利工程的时代内涵。

2.1.3　以水景观串联为突破点，延展文旅华章

澄海区长期以来以传统农业为主，莲阳河的优质水资源及文旅资源的综合效益有待进一步发挥。今日之莲阳河，碧水连天，万木争荣，人水和谐，雅俗共赏，宛如嵌入在韩江潮客文化生态走廊上的绫罗绸缎，形成了一河多景，移步换景，景景各异的美丽画面。幸福河湖建设依托碧道串联“八一”南昌起义军进汕筹备会议旧址、中共上中江东联区区委旧址、龟山遗址、郑王墓、前美村（全国美丽乡村）、韩江河口公园等文化历史资源，打造了滨江万里碧道风貌带、亲水休闲滨江风貌带和水文化水经济风貌带 3 条景观示范带，重塑岭南潮乡“远山淡影、莲阳诗画、古城新境”的古韵水城新风貌 (见图 3)。通过整合隆都镇前美村历史文化、菊池村和南徽村红色革命文化，以文化纽带促进文旅融合与创新发展，形成从“一枝独秀”到“美景连片”的莲阳河潮乡特色旅游带。

图 3　莲阳河滨江万里碧道风貌带——广益碧道段

2.1.4　以水经济发展为延伸点，助力乡村振兴

澄海区以幸福河湖建设为抓手，依托莲阳河水生态环境资源，秉承精耕细作的“老农精神”打造万亩优质水稻、无公害蔬菜、名优水果生产等基地，获批创建蔬菜省级现代农业产业园、狮头鹅省级现代农业产业园，积极探索将幸福河湖综合治理成效转化为支撑流域区域发展的模式，助推澄海区狮头鹅等龙头产业蓬勃发展。结合广东省百县千镇万村高质量发展工程，隆都镇依托三江环绕的生态优势，串联文旅资源，活化利用千年古墟带动墟市及周边民宿、餐饮等乡村经济，辐射流域内和美花海生态园、颐禾园等“三产融合”典范项目，激活流域经济藏富于民。

2.2　文化弘扬润泽幸福底色

2.2.1　以文化载体为基，开创融合展示模式

随着幸福河湖建设，莲阳河水文化宣传有了长足的发展，建成了水文化展馆、五行山墙水文化廊、隆澄游击队交通船五烈士纪念墙、历史商人名人墙、“潮玩之澄”主题雕塑等丰富的水文化宣传载体。位于莲阳公园的水文化展馆，是一座普及幸福河湖建设及莲阳河可持续发展的科普教育基地。展馆以时间脉络展示韩江水文变迁，阐述幸福河湖建设规划及治水理念，通过 LED 数字屏智慧化展示莲阳桥闸数字孪生三维模型（见图 4）。

2.2.2　以水情教育为本，传播水利科学魅力

莲阳河口是韩江下游最重要的保护鸟类栖息地。近年来莲阳河口先后发现了中华凤头燕鸥、白鹤等 6 种极危鸟类，国家一级保护鸟类达到了 15 种，堪称“珍稀野生动物乐园”，澄海区也于 2023 年荣获第七批国家级生态文明建设示范区，其中莲阳河流域的湿地发挥着重要作用。

图4　水文化宣传场所、设施

位于莲阳河上游的白鹤滩湿地公园，以2022年被观测到白鹤栖息于此6日为名，诗人陈仁凯为记白鹤滩美景行文《白鹤滩记》。经过生态提升与文化建设后，生态野趣的自然环境，也成了人与自然和谐共处、弘扬生态保护理念的绝佳场所。莲阳河下游的义丰溪红树林湿地作为“绿美广东”海岸生态示范点，以长达20多km的“潮汐森林”保卫了出海口的生态系统稳定。紧邻义丰溪红树林湿地公园西南侧，幸福河湖建设的美丽湾项目依托周边坑塘水面建设污水净化的人工湿地，强化河口生态净化能力的同时，打造“飞鸟驿站、水车世界、湿地乐园、栖凤栈桥、叠露跃泉、科普树岛、夕霞观鸟、丰港观渔”湿地八景，以湿地为介，以鱼鸟为媒，彰显莲阳河生态文明建设成效（见图5）。

2.2.3　以文体活动为媒，营造共建共享热潮

莲阳河在幸福河湖建设中发生的巨大变化，在由出身于澄海的潮汕戏曲表演艺术家黄丽华老师为此专门创作并演唱的《莲阳河，幸福的河》潮曲中充分展现。优美真实的词句，潮剧独特的唱腔，辅以经典潮剧曲艺和说唱融合的创作新意，展现了莲阳河的艺术魅力，更表达了澄海人民对莲阳河的热爱，为了增强幸福河湖宣传的文化活力，借助“澄海灯谜”这一国家级非物质文化遗产，将幸福河湖、河湖长制与传统灯谜融合，开展灯谜猜射等民俗活动；采用通俗易懂的漫画形式，发布《韩江》《莲阳河》水文化漫画；广泛宣传幸福河湖理念，形成更地域、更亲民、更活跃的幸福河文化。

建设期内多次开展以幸福河湖为主题的“进社区、进村晚、进景区、进校园”四进文化宣传活动，通过科普宣传、趣味活动、拍照打卡的形式，把幸福河湖建设理念宣扬在澄华街头，融入到莲上镇晚会，镶嵌进陈慈黉故居景区，传播到华侨中学课堂。优美的河岸环境吸引了许多大型文体活动在此举办，如第十九届韩江徒步节在广益碧道举行，依托南溪碧道举办了万人赛跑运动会等，实现幸福河湖与全民共享的有机融合。让公众了解幸福河湖等水工程发挥的防洪抗旱、保粮食、护家园作用，增强归属感的同时，也提高了节水、爱护母亲河的意识，促进河道保护（见图6）。

图 5　莲阳河流域重要湿地

图 6　莲阳河幸福河湖主题宣传活动

3　结语

韩江三角洲长期积累的治水模式与经验对其他河口、三角洲的水系治理具有重要参考作用。

莲阳河水文化底蕴深厚、源远流长，通过与水工程之间的有机融合，使莲阳河的人文内涵得到充分挖掘，同时反哺水工程建设，增强了水利工程的景观利用和文化传承功能，具有重要的示范借鉴和应用推广价值。

继续坚持水工程与水文化双管齐下、两手发力，使两者互为依托、相互促进。结合更多元、更深入的宣传活动，号召、吸引更多人民群众参与到幸福河湖建设之中。

参考文献

[1] 李平日，黄镇国，等．韩江三角洲 [M]. 北京：海洋出版社，1987.

[2] 澄海县地方志编纂委员会．澄海县志 [M]. 广州：广东人民出版社，1991.

[3] 吕娟，刘建刚，李云鹏，等．河湖幸福指数——文化之河评价研究 [J]. 中国水利水电科学研究院学报（中英文），2023, 21 (6): 537-545.

[4] 林彦恂．“鸟中熊猫”惊艳引来外地“追鸟人”[N]. 汕头日报，2022-10-21(5).

[5] 郭婉琪，王俊雄，赵璧奎，等．幸福河湖建设视角下的韩江河口治理经验与启示 [J]. 水利发展研究，2025, 25 (2): 48-54,78.

湖北水文化建设的现状和发展路径思考

谢　奇

（湖北省水利厅，湖北武汉　430071）

摘　要：近年来，湖北从加强水文化建设顶层设计、梳理调查红色水利资源、申报世界灌溉遗产等方面有序推进水文化保护传承，在水利工程与文化融合、打造水利风景区品牌和创建水情教育基地、水利文艺创作等方面不断弘扬利用水文化，但在水文化多元化、多层次发展方面还需要补齐短板。需要加强水利遗产系统性研究，做好红色水文化保护利用，提高水利遗产价值认同，结合重大战略提升水利工程文化内涵，在加快媒体融合传播、拓展宣传教育渠道、充实行业学术力量等方面持续发力。

关键词：红色水文化；水利风景区；水情教育；水利遗产；文艺创作

水文化是中华文化的重要组成部分，也是水利事业不可或缺的重要内容。湖北作为千湖之省、水利大省，水文化资源丰富，在发展新时代水文化上具有得天独厚的优势和条件。近年来，湖北深入学习贯彻习近平文化思想，坚持以习近平总书记提出的“节水优先、空间均衡、系统治理、两手发力”治水思路为工作指引，进一步抓好水文化挖掘研究、水文化传播弘扬等工作，积极展示地方特色水文化，不断发展新时代先进水文化，用心用情讲好湖北水利发展故事，助力中华优秀传统水文化创造性转化、创新性发展，为新时代推动文化繁荣、建设文化强国不断贡献力量。

1　湖北水文化建设工作现状

1.1　水文化保护传承有序推进

1.1.1　加强水文化建设顶层设计。

在《湖北省水安全保障“十四五”规划》设置“弘扬特色水文化”章节，对加强水利风景区创建、水文化保护传承作出安排部署。作为全国第一批省级水网先导区，湖北省在“荆楚安澜”现代水网规划中，把水文化建设融入到全省水网构架中，将水文化与水安全、水资源、水生态、水环境统筹考虑。启动《湖北省水文化建设规划》编制工作，对红色水利遗产保护，98 抗洪精神等红色水文化传承发扬作出整体安排部署。

1.1.2　梳理调查红色水利资源。

在全省水库、河道、湖泊、灌区、水土保持工程管理范围内及周边区域，开展全省红色水利资源调查，对新中国成立以来修建的水利工程遗迹、防汛抗旱或水利工程建设纪念碑（纪念馆）等资源信息进行调查统计，形成了第一批水利红色资源名录（共 30 处）。武汉江滩、荆州北闸、襄阳三道河水镜湖、武穴梅川水库等 4 家水利风景区成功入选水利部第一批《红色基因水利风景区名录》。2023 年 12 月，启动全省水利遗产基本情况统计摸底工作，重点对全省范围内具有红色基因的重要治水工程、具有重大现实意义的水利遗产（如涉及 98 抗洪精神等）进行再调查、再梳理，逐步建立台账、摸清底数。

1.1.3　积极申报世界灌溉遗产。

推动长渠（白起渠）、崇阳白霓古堰入选世界灌溉工程遗产。襄阳长渠（白起渠）荣登2018年（第五批）世界灌溉工程遗产名录，相传其前身为战国大将白起所开渠道，至南宋时期已形成相对完善的灌溉体系，是古代“长藤结瓜”式灌溉工程的典型代表，至今仍灌溉着南漳县和宜城市30.3万亩良田。崇阳县白霓古堰入选2023年（第十批）世界灌溉工程遗产名录，白霓古堰包括石枧堰和远陂堰两座古堰，距今已有上千年历史，是我国古代大规模砌石结构水利工程的典型代表。两座古堰至今仍发挥着灌溉、防洪、抗旱、供水等多方面功能，灌溉面积约3.5万亩。

1.1.4 建立历史文化主题展览馆。

依托重要水利遗产建立历史文化主题展览馆，长渠博物馆、引丹博物馆、荆江水文化馆、漳河工程红色历史文化主题展览馆、簰州湾98抗洪纪念馆等均已开馆。蕲春大同水库还原中共大同区苏维埃人民政府、红军墙、红军医院等革命遗址，修建了大同水库移民文化体验基地，将水情教育基地场馆与党员生活馆融为一体。漳河水库打造以漳河水情教育基地为核心，由漳河工程历史文化主题展览馆（含红色廉政主题展示厅）、纪念陵园等组成的综合教育基地，2023年，运用已建成的红色廉政展厅、水法治展厅开展宣讲80场次，线下接待研学人员近2千人。高关水库运用图文、模型、实物、影像等多种方式，建成大富水流域水系展示园，利用水库除险加固、灌区现代化改造工程拆除的部分老物件，以“高举党的旗帜，管住贪欲私心”为主题设计布设实物和历史故事，建成高关廉洁文化园。襄阳引丹渠建设丹渠博物馆，通过模型、实物、多媒体演示、全景荧幕等现代信息技术手段，还原丹渠建设史，弘扬丹渠精神。这些场馆作为荆楚大地的水文化教育、红色教育基地、爱国主义教育基地，受到社会公众广泛关注。

1.2 水文化弘扬利用形式多样

1.2.1 推进水利工程与文化融合。

鄂北地区水资源配置工程、荆江分洪工程成功入选“人民治水·百年功绩”宣传推介名单。作为国务院确定的172项重大节水供水工程之一，也是湖北省投资规模最大、覆盖面积最广、受益人口最多的重大民生工程，鄂北工程在历时五年建设管理中，在质量管理、生态建设、运管机制等方面打造了新时代水利工程的“湖北样板”，工程建管水平长期走在全国前列。荆江分洪工程是新中国成立后兴建的第一个大型防洪枢纽工程。1952年，30万参建军民仅用75天就完成了这项举世闻名的浩大工程，工程建成72年以来，为江汉平原和洞庭湖地区防洪安全作出了重要贡献，为两湖地区人民生命财产安全提供了坚强保障。武汉东湖港综合整治工程以水统筹各种生态要素，打造集畅通的排涝通道、独特的文化驿道等“五道合一”的高标准千里碧道，成功入选第三届水工程与水文化有机融合案例。武汉江滩充分发挥江滩区位优势、整合江滩优质资源、深挖长江文化特色，探索武汉江滩“水文化+”创新发展之路，成功入选第四届水工程与水文化有机融合案例。

1.2.2 打造水利风景区文化品牌。

在全省范围内打造了黄冈、荆门、宜昌3个水利风景区大市，涵盖了河湖型、水库型、水土保持型、灌区型等六大类型。全省省级和国家级水利风景区总数达91家。武汉江滩、襄阳三道河相继入选国家水利风景区高质量发展典型案例重点推介名单；远安回龙湾国家水利风景区作为水美乡村建设示范，纳入2021年全国水美乡村建设现场会观摩点；宜昌建设环百里荒国家水利风景区乡村振兴试验区，成为我省唯一跨县域乡村振兴试验区。同时，从2018年开始，连续6年编制《湖北省水利风景区蓝皮书》，充分挖掘水利风景区工程文化、红色文化和廉洁文化内涵，与地方民俗文化、历史文化融合互促，合理利用已有建筑、既有设施和闲置场所，开展文化、科普、教育等活动，发挥水利风景区水情教育与科普研学功能。

1.2.3 推进水情教育基地创建。

自2015年以来，已开展六批省级水情教育基地遴选工作，创建授牌21家省级水情教育基地。

其中，长渠（白起渠）、武汉市节水科技馆、蕲春县大同水库、荆江防洪工程和襄阳市引丹渠成功获批国家水情教育基地。全省各级水情教育基地充分利用重要水事节点等，持续开展展览、教育、文化、科普、交流、研学等活动，带动社会公众进一步了解省情水情，受到广泛好评。中央、省级各类主流媒体对湖北水情教育基地开展水日水周主题活动给予高度关注，连续在中国水利报等主流媒体推出水情教育专题专版报道。组织编印《湖北水情教育读物》，成为各地开展水情教育的重要宣传资料。同时，联合省生态环境厅举办第二十一届全国中学生水科技发明比赛湖北赛区活动，动员全省水情教育基地联动地方教育部门积极参与。

1.2.4 拓展水文化传播渠道。

高位推动第五届“守护幸福河湖”短视频征集活动，获奖 23 项，获奖数量和含金量位居全国前列，湖北省水利厅获优秀组织奖，充分展示了湖北在河湖治理、爱河护湖氛围营造、幸福河湖建设上取得的成绩。同时，组织全省水利系统积极参加各类品牌文化评选活动，微电影《黄文革的秋天》和《谁家老屋》分别获得“美丽河湖·美丽乡愁”全国微电影·微视频征集活动唯一的“最佳微电影”和“优秀微电影”两项大奖。《“长江大保护 公安县在行动”志愿服务》《“节水微课堂”系列短片》项目，分获中国青年志愿服务项目大赛节水护水志愿服务类一等奖和水利公益宣传教育类二等奖。节水科普视频《改变始于点滴间》《乡村孩子的节水课》分别荣获第四届“节水在身边”短视频征集活动一、二等奖。在 2023 年“节水中国 你我同行”联合行动中，《践行节水优先 守护荆楚安澜》被评为最佳创意视频。

1.3 水利行业文化蓬勃发展

1.3.1 文学作品内容丰富。

以湖北水利重大现实题材创作为抓手，积极打造行业文化交流平台，培养和挖掘水利文艺人才，开展水利红色文艺轻骑兵送文化下基层活动，以文学创作、文艺表演、书画、摄影活动丰富基层文化生活。湖北水利文协会员中篇小说《石头是石头的纪念碑》入围第八届湖北文学奖，长篇小说《花鼓》受到省作协重点扶持并出版发行。有关作品还入展首届“大国重器”全国产行业摄影艺术大展、第 30 届湖北省摄影艺术展、首届“中国丽水国际摄影节”等，19 名会员共 59 幅作品被“水·光·影国庆献礼”和“水利与粮食丰收”主题摄影活动选用，居全国水利系统之首。2023 年，湖北水利文协被省文联授予“第十届湖北省产行业楚天文艺奖优秀组织单位称号”。

1.3.2 文艺采风重点突出。

组织开展“湖北水利自然人文暨河湖长成就巡礼”大型文学主题实践活动。2023 年 10 月开始，启动“湖北作家汉江行”采风活动，辗转鄂豫陕三省 2700 多 km，沿汉江实地踏访积累创作素材，并在湖北省作家协会主办的《长江丛刊》上推出“湖北河湖长专号”，收录了 56 位作者、近 20 万字作品，包括报告文学、散文、诗歌等形式。这是我国文学期刊界首次全景展现湖北水利成就，特别是实施“河湖长制”所取得的成就的文学呈现，也是为中国式现代化的湖北实践贡献文学力量的一次集中成果展示。

2 湖北水文化建设的短板和不足

总体而言，湖北水文化建设工作取得了一些成绩，但在水文化建设与涉水事务管理、水利工程建设、群众生产生活等方面还需要深度融合，在水文化多元化、多层次发展方面还需要补齐短板。

在思想认识上，各地对水文化建设的认识还有待加强，受制于经济社会发展水平不一，水文化建设基础工作的地域差异明显，虽然湖北省创建了一批水利风景区、水情教育基地等水文化阵地，但大多数水利风景区和水情教育基地在水文化建设方面缺乏顶层设计、政策支持和技术指导。

在融合发展上，水文化建设与水利基础设施建设的融合还不够，开展水文化品牌创建缺乏有力抓手。在创新发展方面，水文化宣传与传播的载体、渠道、方式、手段等还需创新，水文化的多元化、多样化、多层次发展不够，水利文创产品在市场上还不多见。

从落实水文化保护、传承、弘扬和利用要求的维度来看，湖北水文化建设亟待改进的地方也很多。在水文化保护方面，水利遗产基本情况调查摸底工作刚刚启动，部分地市州在摸底工作过程中，存在积极性不高、报送标准不一、缺乏政策指导等问题，建立权威、标准的水利遗产数据库任重道远。在水文化传承方面，部分地方水行政主管部门对水文化资源的理解存在偏差，缺乏系统全面的梳理，在水文化资源在当代产品转化及活化利用上没有进行系统研究，水文化研究方向较为单一，水文化建设交流的机制并不健全。在水文化弘扬方面，面对当前信息化、智能化高速发展的趋势，水利风景区、水情教育基地、水科普研学基地等阵地建设往往存在设施更新不及时，难以满足社会公众科普教学需求，加之当前经济下行压力较大，往往缺乏足够的预算和项目支持。在水文化利用方面，在建和已建水工程的水文化品位还需提升，河湖水域岸线生态化以及与文化融合建设的实践探索还不够，培育水文化产业发展的方法不多。

3　新时代湖北水文化建设的发展路径

新时代新征程，习近平总书记对宣传思想文化工作作出重要指示，明确了宣传思想文化工作所应完成的首要政治任务，聚焦于新的历史起点上所应肩负新的文化使命，指明了未来文化建设所应遵循的三个基本原则，以及概括出“七个着力”的相关落实要求。具体到湖北水文化建设工作实际，要求我们认真贯彻《水利部关于加快推进水文化建设的指导意见》，加快推进《“十四五”水文化建设规划》明确的各项重点任务，加强荆楚水文化研究、传承和保护，进一步挖掘荆楚水文化的精神特质，推动水利工程与文化深度融合，打造一批特色鲜明的湖北水文化建设品牌。

3.1　加强优秀治水文化保护传承

“治鄂必须先治水”，作为水利大省的湖北也饱受水旱灾害的困扰，兴利避害也是自古以来湖北水利事业的重要任务，在这一建设过程中，不仅为湖北经济社会发展打下了坚实的基础，也为湖北的红色文化增添了浓墨重彩的一笔，重视、挖掘和保护湖北水利遗产工作对于弘扬民族精神，建设文化强国具有深远的历史意义和重大的现实意义，也是新时代水文化建设发展的重要着力点。

3.1.1　做好水利遗产系统性研究。

尽快完成《湖北省水文化建设与保护规划》编制工作，落实落细水利遗产调查。湖北拥有的水利工程数量众多、种类丰富，千百年来，灌渠、塘堰、堤坝、涵闸、水井等水利设施遍布荆楚大地，许多遗留至今成为了灿烂荆楚文化的重要见证物。这些水利设施绝大部分都具备申报历史建筑的年限条件。积极发挥湖北省文化遗产保护传承工作联席会议制度优势，联合文旅、农业、住建等部门和遗产所在地地方政府出台相应保护与利用规划，建立水利遗产数据库，统筹物质与非物质文化遗产保护传承，加强系统保护，深化发掘阐释，做好活化利用。

3.1.2　做好红色水文化保护利用。

新中国成立后，党和政府带领人民开展了规模空前的防洪灌溉和农田水利基础设施建设，形成了数量庞大的水利设施系统，也形成了丰富的红色水文化资源。要对具有红色基因的重要治水工程、治水制度等资源进行调查，逐步建立台账、摸清底数。开展深入系统研究，科学阐释党领导人民治水的经验与优势。配合文旅部门开展“共和国印记——江河奔腾看中国”主题活动，面向全省征集一批能够反映共和国水利工程建设、水旱灾害防御、水资源和水生态变迁、水利科技发展、水利管理制度等方面的代表性见证物，认定公布一批革命文物，打造一批具有红色基因的治水实践精品展陈，从治水角度生动传播红色文化，发挥教育功能，赓续红色血脉。围绕大力宣传共和国水利事业取得的伟大成就，传承弘扬水利精神，在全省范围内遴选推介一批“共和国水利故事讲述人”，开展集中宣传展演，呈现共和国水利事业改革发展的奋斗故事、彰显新时代水利故事讲述人的独特风采。

3.1.3 提高水利遗产价值认同。

新中国成立后修建的水利设施，由于数量庞大、年代较近、设施老旧等原因，社会大众对它们的价值认识普遍不足，部分水利工程设施已经严重损坏。要提高社会大众对当代水利设施遗产价值的认识，尽可能多地在价值的认定、对象的选择、措施的制定等方面加大工作力度，与文旅、住建、自然资源等部门形成工作合力，继续推动、支持各地水利设施申报世界灌溉工程遗产，扩大水利遗产社会影响力，提升公众认知度。

3.2 推动当代治水文化繁荣发展

水文化不仅拥有底蕴厚重的数千年历史，更是具备宝贵的时代价值。深入挖掘水文化的时代价值，丰富水文化的时代内涵，对于坚持社会主义先进文化前进方向，准确把握文化发展规律具有重要意义。只有紧跟国家发展战略，保护传承弘扬湖北优秀治水文化，推动优秀传统文化创造性转化、创新性发展，才能为经济社会高质量发展提供强有力的水文化支撑。

3.2.1 提升水利工程文化内涵。

对已建工程，充分挖掘水利工程文化功能，从保护传承弘扬角度将水利工程与其蕴含的水文化元素有机融合，提升水利工程文化品位。对新建、在建工程，在工程规划、设计、建设中融入水文化元素，依据工程特点配建水文化、水利科普展示场所，面向社会公众开放。重点建设一批富含水文化元素的精品水利工程，积极开展水工程与水文化有机融合案例推选、示范推广工作。鼓励社团和地方出台水文化建设领域的相关规范或标准。强化创新设计引领，鼓励发展体现中国文化魅力的水利工程设计。

3.2.2 结合重大战略助力水文化建设。

落实国家“江河战略”，将江河水文化建设纳入江河治理范畴，结合《湖北省流域综合治理和统筹发展规划》，在专项资金投入、项目申报等方面加强政策支持，总结推广水生态文明建设试点成果和经验，推动以江河为纽带的水文化建设及地域水文化挖掘与利用。结合河湖水系连通、河湖生态修复、水美乡村建设等工程，推进河湖水域岸线生态化以及与文化融合建设的实践探索，持续推进“幸福河湖”项目建设，展现河湖治理成效。以“国之重器”三峡工程和南水北调中线水源工程为精神丰碑和载体，传承伟大的抗洪精神和治河治水文化。将水文化要素融入水利风景区建设、水利工程建设、河湖生态廊道建设等水网建设实践，通过水网工程体现水文化精髓，让体现时代气息的湖北现代水文化厚植于百姓心中。

3.2.3 鼓励水利文艺精品创作。

引导水利文艺工作者坚持人民至上的文化价值立场，心怀“国之大者”，聚力“治水之要”，紧盯当前水利重点工作，用心用情用力创作为人民所喜爱、所认同、所拥有的水利文艺作品。首先，抓牢学习宣传贯彻党的二十大精神这条主线，把党的二十大精神转化为水利文艺工作的思路、举措、行动和成效。其次，牢牢守住意识形态安全底线，切实把党的领导、党的意志、党的主张贯彻到水利文艺创作各方面全过程，承担起举旗帜、聚民心、育新人、兴文化、展形象的使命任务。再次，聚焦水利高质量发展打造精品力作，运用丰富多彩的艺术形式进行当代表达，突出抓好重大示范性创作项目的组织实施，讲好中国治水故事的湖北篇章，为水利人塑魂，为新时代讴歌。

3.3 加强新发展阶段水文化传播弘扬

水文化是弘扬中华优秀传统文化新征程的重要传承，是中华民族悠久历史文明的重要组成部分，做好水文化传播弘扬工作具有非常重要的理论和现实意义。党的十八大以来，湖北水利着眼于长远发展，聚焦民生服务，积极探索实践从传统水利向现代水利高质量发展转型，坚持高位推动，系统谋划，在水旱灾害防御、河湖保护治理、饮水安全保障、水土流失治理、最严格水资源管理等方面多点发力，也为湖北水文化的传播弘扬提供了丰富的载体和大量的现实素材，实现新发展阶段水文化传播弘扬，笔者认为可以从以下几个方面开展。

3.3.1 加快媒体融合传播。

依托中央、省级主流媒体，发挥行业媒体和网络新媒体传播优势，关注重要水利政策出台时机展开集中宣传。要聚焦推进流域综合治理促进绿色低碳发展、强化乡村振兴水利保障等年度重点水利工作，采用刊发专题报道、组织主题采访和定期发布等方式，宣传工作进展和典型经验，挖掘展示其中的水文化建设成果，向社会展示湖北水利形象。同时，借助微博、微信和新闻客户端、门户网站、短视频等平台，做好内容生产和推送工作。

3.3.2 持续加强阵地建设。

继续开展水利风景区、水情教育基地、水保科教园（示范园）等水文化阵地建设，鼓励全省各级水行政主管部门拓展思路，在水利基础设施建设、水利工程管护过程中加强资源整合，多元化发展地方特色水文化。同时，加强与文旅、地方志、档案、科协等部门的工作联动，在博物馆、档案馆、科普馆等场所增加水文化展区，加强面向社会公众的水文化宣传教育。

3.3.3 拓展宣传教育渠道。

利用“世界水日”“中国水周”等时间节点，做好本省范围内“关爱山川河流”志愿服务活动、“最美家乡河”“节水中国行”等主题水事活动的宣传发动工作。通过展览、读物、博览会、讲坛、比赛等形式，开展水文化进社区、进机关、进企业等活动，常态化制定水利工程、水源地等涉水场所的“公众开放日”活动方案，结合水利数字孪生工程，强化数字赋能，打造数字化水文化产品，将沉浸式教学、互动式体验引入水文化宣教活动中去，多渠道创新传播模式。

3.3.4 充实行业学术力量。

依托湖北省水利学会，加强与科研机构、大专院校的沟通联系，探索建立湖北省水利学会水文化专业委员会，发挥行业协会优势，充实全省水文化研究人才队伍，组建湖北水文化智库，定期推出相关水文化研究成果。

3.3.5 加强行业精神文明建设。

探索文化建设和思想政治工作融合的新方式、新方法，积极打造具有水文化鲜明特色的清廉文化品牌，用富含水元素的寓意典故教育引导水利人“以水为镜、观水悟道”，涵养“如水般清透、如水般淡泊、如水般执着、如水般公平、如水般沉淀”的道德品行。持续组织开展“两优一先”“我身边的好党员”“最美水利人”“最美家庭”等评选活动。

参考文献

[1] 水利部编写组 . 深入学习贯彻习近平关于治水的重要论述 [M]. 北京：人民出版社，2023(7):299.

[2] 湖北省水利厅 . 湖北水情教育读物 [M]. 武汉：长江出版社，2022.

浅谈白沙水库水文化的传承与探索

田利梅

（河南省白沙水库运行中心，河南禹州 461670）

摘　要：风景秀丽的白沙水库位于淮河流域颍河上游，禹州市与登封市的交界处，距省会郑州90km，以其坐落于禹州市的白沙村而得名。白沙湖群山环绕，碧波万顷，朝可观日出东山，夕可赏平湖晚霞，素有中原美湖、颍河明珠之美称。白沙水库以水库建设与发展历史文化为切入点，着力挖掘和突出水文化遗产，打造独有特色的水文化建设。本文对白沙水库现有水文化遗产现状的介绍及阐明了白沙水库水文化建设中采取的措施、做法和经验，具有一定的借鉴意义。

关键词：白沙水库；水文化传承；水文化遗产；保护利用

1　白沙水库基本概况

白沙水库始建于1951年，是新中国成立后河南省最早兴建的大型水库之一，总库容2.78亿m^3，流域面积985km^2。水库下游有禹州、许昌、襄城、临颍、漯河等城市，还有南水北调中线工程及京广铁路、郑万高铁、京港澳高速、盐洛高速、郑栾高速等国家重要的交通干线，直接关系着239km^2范围内152万人的生命财产安全，防汛地位十分重要。建库70多年来，防洪效益累计达40亿元。自2000年以来，工业供水累计3亿m^3，向颍河下游生态补水约4亿m^3，灌区自开灌以来，增产粮食约5亿kg，社会效益显著。

水库大坝东抵二龙山，西与逍遥岭相连接，距省会郑州90km。它群山环绕，碧波万顷，水清甘洌，鱼虾遨游。朝可观日出东山，夕可赏平湖晚霞，夜可闻波涛阵阵，素有中原美湖、颍河明珠之美称。

2　白沙水文化的传承与发展

2.1　持续挖掘水文化，做活白沙“水文章”

据现存综合档案室的《白沙水库志》记载：白沙水库以上流域形似团扇，面积985km^2，属温带大陆性半干旱气候，年平均温度14.2℃，平均降水量650mm。西北与黄河流域分岭，南与北汝河毗邻，主要有少林河、石淙河、马峪河等11条较大支流。白沙水库纳诸流后，造就了它独有的自然秀丽风景，以及深厚的文化内涵和特色鲜明的人文景观。白沙湖周边，是我国古文化遗存最古老最全面的一个地区之一，从新石器时代早期的双庙沟文化、七八千年前的裴李岗文化到五六千年历史的仰韶文化、龙山文化，夏代城址、商代二里头文化晚期村落遗址、秦汉冶铁作坊遗址等等，直至唐代均有不同程度的遗存。白沙水库不仅景色宜人，而且文化底蕴深厚，人文景观处处可拾。白沙水库坚持以水为载体，以文化为纽带，近年来相继建成有水文化展馆、不断整理挖掘出关于白沙水库的遗址典故和景点，水文化逐步成为白沙水利风景区的灵魂。

2.1.1　水文化展馆

展馆建筑面积530m^2，收藏珍贵图片243幅，实物126件，荣誉证书21块，是一座富有历史底蕴和文化内涵的地方，是一座见证历史变迁和白沙人奋斗不止的地方，重点打造了集历史回顾、科普展览、宣传教育于一体的白沙水文化教育基地，为水文化研究和科普教育提供了必要的场所，如今已成为白沙水库新的亮丽名片。展馆自建成以来，共接待前来参观学习近10000余人次，受到了省内及外省相关单位的高度评价。展馆从不同时期和侧面，展现了一代又一代水利人为有牺牲多壮志，敢教日月换新天的奋斗历程，以及改革开放四十多年来工程面貌翻天覆地的变化、管理水平的不断提升和工作环境的巨大改善。

2.1.2 不断挖掘水文化遗产

近年来，白沙水库坚持保护水利遗产、挖掘历史传承历史文化，深入挖掘水文化蕴含的价值，讲好“白沙故事”，为推动白沙水利高质量发展凝聚精神力量。

（1）白沙的由来。

白沙，曾称白沙里、白沙镇。逍遥岭东侧，颍河西岸。梮《禹县志》记载：“曹操迎汉献帝于东都迁许由此”。“元铁冶所在焉，旧住外委一员”。《禹州地名志》记载：明嘉靖年间，翰林陈献章，字公甫，号白沙，广东新会县人，辞官后隐居于此，建陈园，种菜栽竹，怡然自乐。明朝中期，在陈园西元代冶铁旧址立炉铸犁面，后有商户定居，此地逐渐繁荣，便以德高望重的陈献章之号白沙命其村名。明嘉靖十一年(1532年)，知州刘魁在白沙创建白沙书院，清顺治十五年(1658年)，清政府在白沙设立驿站；乾隆年间，在白沙设城守营防地。水库管理区内现存有颍南寨墙遗址，1997年在工程施工时挖出古火炮一门，炮上铸有“颍南寨火炮，咸丰十年六月吉日，禹州白沙北镇颍南寨造，炮三百五十斤，火药十二两，子十八两”。民国时，白沙因兵扰匪劫，逐渐衰落。新中国成立后，随着白沙水库的修建，当地的经济文化逐渐得以恢复和发展，白沙又重现昔日的辉煌。

（2）白沙宋墓壁画。

白沙宋墓是北宋末赵大翁及其家属的3座墓葬。1951年到1952年修建白沙水库时，考古工作者积极配合土方工程施工，抢救发掘了库区的古代遗址和墓葬。当年，著名考古学家宿白先生主持了白沙宋墓的发掘工作并编著了《白沙宋墓》一书。据资料记载：白沙宋墓一号墓东壁下部有纪年题记“元符二年赵大翁”。分为前后室，二、三号为单室墓。属砖室仿木建筑结构墓，东西壁有壁画，东壁为奏乐舞蹈，西壁为墓主人在欣赏舞蹈，人物浮雕式，是典型的开芳宴题材，从壁画上可看出北宋高桌椅出现，器物造型也相应发生变化。白沙宋墓是北宋末期流行于中原和北方地区的仿木建筑雕砖壁画墓中保存最好，结构最为复杂，内容最为丰富的一处。它的发现，为研究北宋仿木建筑的雕砖壁画墓提供了重要资料。被列入中国20世纪100项重大考古发现。同时出版的《白沙宋墓》一书也是我国田野考古纪实的奠基之作。

（3）东岭关遗址。

“东岭关”又称为马峪川，在白沙水库的南岸，是许昌通往洛阳的必经之路。《三国演义》中，当年关云长霸陵桥封金挑袍辞别曹操后，身跨赤兔马，手握偃月刀，护卫二位皇嫂前往河北冀州袁绍军中去寻大哥刘备，一路披荆斩棘来到东岭关。当时曹操部将孔秀带五百人马在此屯兵把守，只因关羽辞曹归刘心切，不曾讨得过关行文，孔秀不让过关，关公强行，孔秀便绰枪上马迎战关公，他那是关公的对手，关公纵马横刀只一个回合，手起刀落将孔秀人头劈落在地，闯过关去。关公过五关斩六将所闯第一关就是东岭关；所斩第一将就是东岭关的孔秀。

（4）鬼谷子洞。

鬼谷子洞，又称“谷宅”，洞内塑有鬼谷子像，身穿道袍，容颜奇伟，正站着讲书，旁边是他的学生孙膑和庞涓。相传，鬼谷子王诩，自幼入云梦山采药得道，鹤发童颜，相貌甚奇，闻嵩山名胜，云游到此。传说，先前这个山谷很幽静，有很多鬼怪，人称鬼谷。自从王诩住在这里以后，魔鬼全消失了，所以后人称王诩为“鬼谷子”，所住的山洞称“鬼谷子洞”。鬼谷子是个传奇人物，培养了像孙膑这样杰出的军事家，故，来鬼谷子洞参观游览的人很多。

（5）钓鱼台。

钓鱼台是白沙水库临水伸出的一处自然山岩，相传姜子牙曾在此垂钓而得名。此地山谷狭隘，地势险要，石崖峭壁。游客们不妨到此来领略姜子牙的风采，缅怀他辅佐文王伐纣的伟绩，体味愿者上钩的深意。

（6）古栈道遗迹。

古栈道位于白沙水库上游玉翠山的峭壁上。其修建年代不详。据传是曹操为了进一步控制洛阳而秘密修建的军事要道，并在此栈道附近长期屯兵。目前大部分已遭到破坏，仅留部分栈孔。

（7）石羊关石刻。

石羊关石刻是北魏时期官道上设置的关隘遗址处的一处石刻。“石羊关”原名“阳城关”，南临颍河，北靠九顶凤凰山，是个东西长、南北窄的小乡村。原村在古关隘所在处，村子中间立有青石雕刻，昂首仰望的“石羊”，故称“石羊关”。在村西岩石上雕刻有几处石佛像，据考证为北魏时期所刻制，并有文字刻于佛像下方，现已剥落殆尽，不可拓矣。在旁边不远处，有多处古采石场旧址，相传是修建少林寺、中岳庙时所取大型石料之地。

（8）龟岛。

龟岛又名孤岛，位于白沙湖中，四面环水，总面积约50m^2，形状伏卧在水中的乌龟，故称龟岛。岛上环境优美，绿树成荫。上百只白鹭，或飞或栖，给这方山水，增添了几分动感。这里还有古老的土窑洞，剥落的蓝砖墙，土火、土炕、干柴、瓦盆、铁锅等古文明遗迹，也是钓友们垂钓的好去处。

2.2 加强阵地建设，提升水文化品质

近年来，白沙水库因地制宜，科学规划，积极打造了以机关“五个一”（一室、一站、一苑、一廊、一馆）为重点的活动阵地，不断丰富活动载体，提升水文化品质。

“一室”，就是建好党员活动室。以“党员之家”和“机关党支部活动室”为主体，精心布展党建理念、入党誓词、党建制度、党务公开、党员形象展示等内容，为支部开展“三会一课”“主题党日”活动、组织生活会等提供了温馨舒适的环境和浓厚的氛围，有效提升了党员干部的学习积极性和学习效率。

“一站”，就是建好心灵驿站。改造一间20m^2办公室作为党员心灵驿站，布置了温馨的版面，张贴了所有党员的照片和“政治生日”时间。平时用于党委成员之间、班子成员与分管部门之间、支部与党员之间等各层级的谈心谈话场所。党委平时及时了解党员干部的思想状况，并充分利用心灵驿站做好党员干部的思想工作。在重大节日、重要时期，党委成员之间、班子成员与分管科室和支部负责人之间，党支部书记和支部委员之间在心灵驿站开展谈心谈话活动，支部与党员之间开展“政治生日”谈话等。通过温馨的场景布置，让谈话者在平等、舒畅的环境里释放工作压力，互相沟通心灵，并及时解决党员思想上的困惑、工作中的困难。

“一苑”，就是建好阅读书苑。认真贯彻落实习近平总书记关于推进全民阅读、建设书香社会的重要论述，积极打造党员阅读书苑，与工会职工书屋相结合，共计藏书3000余册，杂志200余册，为职工提供了舒适便捷的阅读条件。每年定期开展读书交流活动，分享读书心得、交流学习体会，形成了人人爱读书、个个爱学习的良好风尚。

“一廊”，就是建好文化长廊。充分利用机关办公楼一至三楼走廊，分别打造了以党建、廉政、党史等为主题的文化长廊，不仅为运行中心增添了浓厚的文化氛围和庄重鲜明的旗帜方向，还能使干部职工能够从中受到陶冶和感染，达到潜移默化、“润物无声”的目的。

“一馆”，就是建好家风家训馆。利用近百平方米空闲房间，建设家风家训馆，收录党和国

家领导人、优秀共产党人的家风家训故事、图片和文物，具有非常深刻的教育意义。在家风家训馆中，每年组织干部职工开展红色家风学习宣传教育、“传家训、立家规、扬家风”、文明家庭宣讲等活动及文明家庭颁奖仪式，既应景，又应情，更应心。

2.3 不断丰富和发展水文化内涵，弘扬新时代水利精神

白沙水库工程的建成是党和政府带领人民团结治水、征服自然的伟大壮举。水库兴建工程施工开始于 1951 年 4 月 12 日，于 1953 年 8 月竣工，当时正是建国初期，生产工具落后，没有大型施工机具，采用人海战术。民工主要来自许昌、郑州专区的 14 个县，民工最多时达 13.53 万人。水库建设采用人民战争的形式进行施工。土料运输工具为架子车、斗平车、手推车，共计 72605 辆，辗压用拖拉机和羊角辗压实，施工工地人山人海，场面之壮观实属罕见，谱写了一曲战天斗地，团结治水的凯歌。

白沙水库较系统地梳理和把握文化内涵，凝练建库 70 年来的发展理念和治水实践，形成了的具有“白沙”特色的水文化精神。为充分凸显“白沙”形象，创作了《白沙水库之歌》，其主题明确，文字优美，歌颂了白沙人的理想和追求，激励广大职工不忘责任、坚守情操、不断追求卓越。除此之外，还组织编撰《白沙水库志》，制作《颍河明珠》《走进白沙》《追梦白沙》《皂角石窑》等具有“白沙”特色的水文化形象片、宣传画册等，不断丰富水文化教育内容。将水文化知识讲座列为每年一度干部素质培训的必修内容，发放水文化学习材料，普及水文化知识。组织参观水文化教育基地和水文化工程，增强职工对水文化的直观感受。并借助媒体加大水文化宣传，举办水文化专题座谈会等系列活动，把水文化理念融入职工心中。2023 年 9 月 21 日，白沙水库参与承办了省水利厅“银龄映初心奋进新征程”联谊会。联谊会演出在大合唱《我爱你中国》中拉开序幕，老干部音协演唱了《微山湖》《祖国万岁》《再见了大别山》，还有诗朗诵、舞台剧等；白沙水库运行中心表演了豫剧《花打朝》、歌曲《万疆》《天耀中华》《我和我的祖国》《举杯吧朋友》、诗朗诵《蒹葭》及舞蹈《踏春》等节目，演出中大家放开心扉、唱响红色经典，歌唱祖国、抒发时代豪情，用饱含深情的演出歌颂党，歌颂祖国，歌颂河南省水利高质量发展新成就。联谊会弘扬了新时代水利精神，展现了水利人担当作为的崇高品格和优良作风。

2.4 不断完善制度，规范水文化发展

近年来，白沙水库围绕水利单位核心业务开展构建制度体系，初步形成了具有水利单位文化特色和文化内涵的水文化制度。主要包括水利行政管理制度，水利风景区环境建设制度，水利廉政制度等，并不断发展完善，梳理成册。对涉水的人文思想、制度规范、遗迹遗址、民风民俗、自然景观、文化设施等进行挖掘、收集，形成白沙水文化家底的原始资料，初步形成了以规章制度为基础，发展规划为引领，相互支配、配合的水文化制度。有计划、有重点地宣传水利发展形势，提升水利行业的知名度，增强全社会对水问题的关注度。围绕水利公益性宣传总体要求，结合新时期治水理念和思路、水利现代化建设的目标与方向、民生水利建设的举措、水利基础设施建设和水文化建设发展的成效等，不断提高宣传策划能力，增强宣传策划的前瞻性和针对性。每年在世界水日、中国水周之际，定期开展丰富多彩的宣传活动，通过展板、条幅、现场咨询及发放明信片、宣传图册、有奖知识答题等形式进行水生态、水文化宣传，提高了人民群众珍惜水资源、保护水资源的自觉性，为水文化建设、水利生态建设和水资源的可持续利用营造良好的社会环境。

3 水文化建设初步取得的成效

河南省白沙水库运行中心在厅党组和省中心的正确领导下，始终将习近平新时代中国特色社会主义思想作为主线，将社会主义核心价值观和文化建设贯穿其中，取得较好的成绩。先后荣获

“河南省大型水库一级管理单位”“河南省水土保持生态文明工程”“河南省五一劳动奖状”“河南省卫生先进单位”“河南省文明单位”“国家级水利风景区”“全国水利文明单位”“国家级水利工程管理单位”“河南省文明单位标兵”等称号，2023 年，白沙水库被列为全国现代化水库运行管理矩阵试点及全省首批创建水利部水利工程标准化管理试点，2024 年 3 月，白沙水库中心党委被省委组织部、省直工委认定为省直机关第二批党建示范点。白沙水库不断实现新的跨越，为经济发展、社会和谐提供了水利支撑。

（1）自白沙水库建成以来，中国水利报、河南日报、河南电视台、大象新闻、许昌晨报、学习强国等各大媒体和各大网站都对白沙水库进行宣传报道，充分肯定了白沙水库的社会地位和卓越贡献。

（2）白沙水库作为中小学生普及水利知识、了解水利文化的课外学堂，开展了丰富多彩的教育实践活动。此外华北水利水电大学、河南水利与环境职业学院、许昌学院等知名院校也把白沙水库作为学生学习教育实践活动的基地。

（3）白沙水库在全国受到各级水利同仁的关注，各省、市、自治区水利专家学者陆续到白沙水库参观学习，接受水情教育。对白沙水库兴建的历史背景，发挥的重要作用，今后发展的目标规划都给予了高度评价和认可。

（4）白沙水库为我国水利事业的现代化建设提供先进的文化支撑。它对认识治淮史、发扬水利精神，树立水利形象，提高全社会的节水意识，在人们的心目中树立起一面鲜艳的“水文化”旗帜，激励人们为发展社会主义先进文化、加强社会主义精神文明建设、发展水利事业，促进经济社会的可持续发展和社会主义的文化大发展大繁荣具有积极的推动作用，把该基地列为省级水情教育基地，具有重要的历史意义和社会意义。

4 展望

历经 70 多年的风吹雨打，白沙水库的大坝依然坚如磐石。展望未来，白沙水库将持续深入做好水文化保护传承弘扬工作，进一步擦亮白沙品牌，以优秀水文化铸魂凝智，相信在这片充满魅力的水域，水文化将与工程管理携手并进，为推动新阶段白沙水利事业高质量发展凝聚力量。

参考文献

[1] 河南省白沙水库灌溉工程管理局 . 白沙水库志 [M]. 哈尔滨：哈尔滨地图出版社，2004.

[2] 登封县地方志编纂委员 . 登封县志 [M]. 郑州：河南人民出版社，1990.

治黄工程与黄河文化融合建设的实践探析

刘　璐[1]　成　可[2]　濮骄阳[3]

（1. 河南黄河河务局工程建设中心，河南郑州　454003；
2. 河南黄河河务局防汛物资储备调配中心，河南郑州　454003；
3. 河南黄河河务局信息中心，河南郑州　454003）

摘　要：黄河治理以来，人民群众修建大量的治黄工程，治黄工程不仅展示了人民治黄的伟大成就，也承载着灿烂深厚的历史文化，是保护传承弘扬黄河文化的重要载体。河南黄河河务局作为河南黄河管理机构，在河南黄河范围内依法行使水行政管理职责。近年来，坚持以工程塑形、文化赋魂，深入推进治黄工程与黄河文化融合建设，探索走出一条保护传承弘扬黄河文化的新路径。本文以河南黄河为例，分析治黄工程与黄河文化融合建设成效、存在问题，并提出发展对策，为更好促进水工程与水文化有机融合、传承发展水文化提供借鉴参考。

关键词：治黄工程；黄河文化；融合；实践

以习近平同志为核心的党中央把保护传承弘扬黄河文化摆在国家战略重要位置，保护传承弘扬黄河文化有助于锻造黄河精神、延续历史文脉和坚定文化自信。河南黄河河务局深入挖掘河南黄河文化蕴含的时代价值，在治黄工程与黄河文化有机融合上不断探索创新，讲好新时代“河南黄河故事”。

1　治黄工程与黄河文化融合建设背景

1.1　地理位置

河南地处黄河中下游，居于承上启下的特殊区位。河南黄河自陕西潼关进入河南境内，西起灵宝，东至台前，流经三门峡等8市30县，河道总长711km，流域面积3.62万km^2，分别占黄河流域总面积的5.1%、河南省总面积的21.7%。由于河南黄河地处山区向平原的过渡河段，地理位置特殊，河道形态复杂，河南黄河历来是黄河下游防洪治理的重中之重。

1.2　防洪工程体系

黄河自孟津出峡谷进入华北大平原，由于泥沙淤积，逐步形成“悬河”。这里河道最宽、临背悬差最大、滩区面积最大，历史灾害最为严重，防汛任务艰巨。新中国成立以来，党中央和国务院高度重视黄河的治理，投入巨大的人力、物力和财力，对河南黄河进行了大规模的工程建设，基本建成了“上拦下排、两岸分滞”的防洪工程体系，实现了黄河岁岁安澜。河南境内“上拦”工程主要有三门峡、小浪底、陆浑（伊河）、故县（洛河）、河口村（沁河）5座大型水库，设计总库容316亿m^3，防洪总库容113.14亿m^3。“下排”工程主要有两岸堤防、河道工程等，其中堤防858km，险工及控导工程188处，坝、垛、护岸5032道。“分滞”工程主要有北金堤滞洪区和黄河滩区。

党的十八大以来，在党中央的坚强领导下，社会各界关注治水、聚力治水、科学治水，水利改革发展迈上新征程，黄河下游近期防洪工程、黄河下游防洪工程、黄河下游“十四五”防洪工程等国家重大水利工程相继迎来建设高峰,防洪工程体系的不断完善铸就了黄河安澜的铜墙铁壁。

1.3 文化优势

黄河文化是华夏文明的重要源头，黄河文化的中心在中原区域，河南是黄河文化的形成和发展的核心地区，黄河、中原、河南与华夏文明起源发展密不可分、紧密交融。在5000年的华夏文明中，河南作为我国政治、文化、经济中心长达3000多年，郑州、安阳、洛阳、开封，名都互望；黄帝文化、商都文化、河洛文化、农耕文化等源远流长；文字、陶瓷、象棋、诗歌等文化特色鲜明；白居易、杜甫、欧阳修、刘禹锡、李商隐等一大批文人墨客对后世影响深远。河南作为黄河文化发祥地、千年治黄主战场和幸福河建设示范区，是“黄河边上的中国”。

2 治黄工程与黄河文化融合建设初步成效

2.1 做好河南黄河文化建设顶层设计

习近平总书记在黄河流域生态保护和高质量发展座谈会上的重要讲话发表以来，河南黄河河务局提出构建河南黄河治理与保护“十大体系”建设目标。其中，“构建河南治黄文化保护与传承体系”，为河南黄河文化建设做出顶层设计，提供重要指导。在此基础上，先后出台了《保护传承弘扬河南黄河文化工作方案》，明确了保护传承弘扬黄河文化重点任务。编制《河南黄河保护治理和高质量发展“十四五”规划》，进一步提出了“十四五”时期保护传承弘扬黄河文化的发展目标、主要任务和措施建议等。着力构建河南黄河保护治理“1562”发展格局，即“围绕一条主线，推进五河建设，强化六项举措，实现两个提升。”其中，关于“文化黄河”建设，强调围绕弘扬先进水文化，要加快推进黄河工程与黄河文化有机融合示范点建设，整合文化资源，树立文化品牌。

2.2 依托治黄工程打造文化品牌

依托黄河下游千里堤防等完善的防洪工程，与河南省文化和旅游厅共同打造“黄河文化千里研学之旅”，建立10处研学示范基地。将黄河河南段厚重的文化和丰富的生态资源，转化为社会公众特别是广大青少年可亲近、可感知、可体验的研学资源，全面展示以黄河为纽带的中华文明发展历程，弘扬民族精神，增强文化自信，推动优秀传统文化创造性转化、创新性发展。配套推出科普系列视频《“黄小惠”带您游黄河》，联合多所小学衍生打造“黄小娃”品牌，出版研学资源解读手册，推出数字化产品，打造“黄小惠”形象及周边文创产品，推动黄河文化的魅力接地气、入人心，不断探索黄河文化传播新路径，系统展示黄河流域历史文化的独特魅力。

2.3 深入挖掘治黄工程的文化内涵

以历史事件为背景，弘扬爱国奋斗精神。在台前影唐险工处建设刘邓大军强渡黄河纪念碑、纪念馆、纪念广场、碑林等景点；焦作武陟杨庄改道工程纪念亭以杨庄改道工程为依托，旨在纪念历史、启及后人；郑州花园口记事广场位于郑州花园口险工，记录了花园口事件及堵口复堤发生的经过；开封建设了林则徐治河文化广场、黄河埽工文化广场等，得到各界广泛关注。

结合区域特色，厚植人文底蕴。充分发挥黄河防洪工程在文化建设中的载体功能和引领作用，将黄河人文、党建、防汛、廉政、法治等元素融入防洪工程，先后建成9处国家级水利风景区，命名8处黄河文化融合示范工程，为河南黄河保护治理注入丰厚的文化滋养。建设的孟津黄河水利风景区，突出汉代治黄历史和黄河中下游地理分界特色，成为宣传黄河文化的一张靓丽名片；新乡曹岗险工融黄河文化、普法宣传于一体，建设的魂系黄河世纪广场、治黄人物群雕廊道、黄河文化展厅等，让人耳目一新；郑州黄河普法“一带五苑”，实现法治元素与黄河文化景观的有机融合；焦作举办黄河个性化邮票首发式，展示黄河工程面貌，助推地方经济发展。

2.4 拓展黄河工程文化建设外延

紧密结合沿黄经济社会发展和生态建设大局，将 858km 黄沁河大堤建设成生态良好的绿色长廊。深化黄河文化研究阐释，推动研究成果创新性转化。成功申报国家级非遗项目——黄河号子和市级非遗项目——黄河埽工传统抢险技术。先后编写出版了《河南黄河之最》《河南黄河防洪工程名录》等黄河文化精品书籍。加大宣传力度，邀请主流媒体用文字、视频、图片、动画等多角度、多层次、多手段充分展示河南治黄成就，产生良好的社会效应。

3 治黄工程与黄河文化融合建设存在问题

3.1 制度体系不健全

在推进黄河流域生态保护和高质量发展进程中，总体目标规划为水工程文化建设明确定位、指明方向，但由于水工程文化建设中缺少相关的规定、技术标准、规范等指标，水工程文化建设内容难以纳入水利工程建设内容当中，水利工程与文化建设同步规划、同步设计、同步实施还存在一定的短板，严重制约水利工程的水文化建设。

3.2 缺少稳定的文化建设投入机制

多年来，河南黄河文化建设相关项目没有固定的资金来源渠道，主要依靠单位自筹；同时，一些文化项目建成后缺少专项运行维护资金，无法保障项目正常运转并发挥良好的社会效益。作为黄河水行政主管部门，缺少从事黄河历史文化研究的专业人员和专职机构，多数干部职工在黄河文化知识储备、黄河文化项目运作能力存在欠缺，支撑黄河文化研究和建设的专业力量相对薄弱。

3.3 黄河文化传播与治黄工程的融合方式有待创新

黄河文化的传承弘扬必须有系统、科学、合理的载体进行表达。目前，治黄工程是黄河文化传播的主要载体，黄河沿线大多数以防洪工程为主体，通过建设历史遗址广场、自然风光公园、普法宣传基地等方式传播，表达载体类同、文化挖掘深度不够，传播能力和影响力较弱。再加上黄河沿线较长，黄河文化保护传承整体性协同性受限，呈现区域化、碎片化现象，黄河文化的广度、深度与黄河工程不能有效匹配，因此，需要更加注重传播载体的建设、科技的运用和机制的创新，让深远而厚重的黄河文化以更加丰富的形式向公众表达，突出黄河文化的内涵，塑造黄河文化的品质，延续黄河文化的脉络，讲好新时代的“黄河故事”。

4 治黄工程与黄河文化融合建设思考与建议

4.1 深化黄河文化研究阐释

充分发挥沿黄水行政管理部门优势，着力加强黄河文化研究阐释，深入研究千年来中华民族对黄河的抗争和探索、开发和保护，以及由此而形成的治河方略、民本思想、家国情怀、民族精神、生态理念等；重点从历史、文化、经济、社会、环境、科技等不同角度、不同层面解析黄河文化的深刻内涵，传递具有中国价值理念的治河文化和生态文化，充分发挥黄河文化在阐释、传承、教育、中华文化和中国精神的时代精华方面“根”和“魂”的作用，多视角发掘黄河文化的历史价值和当代意义，增强文化自信，为黄河治理开发与管理提供强大的智力支持和精神力量。

一是加大历史治水名人特别是人民治黄名人宣传力度，加强治黄档案、影像资料数字化，创新黄河文化表达方式，广泛开展丰富多彩的活动扩大影响力。

二是深入挖掘黄河文化的时代价值，大力弘扬黄河精神，讲好黄河治理故事，形成一批富有治河文化特色的精品力作。

三是系统保护治河文化遗产，开展遗产普查，建立治河文化遗产保护名录。

4.2 注重黄河文化项目支撑

黄河文化的保护传承，需要以一个个具体项目来支撑运作。“十四五”时期，河南省文旅厅谋划推出黄河文化遗产保护廊道、“黄河之旅——中华民族之魂”精品旅游线路、黄河文化题材豫剧、舞剧等一批有影响力的精品佳作，在黄河沿线高速公路、主要服务区、主要文化场馆统一设置多语种的文化和旅游信息标识牌、河南文化和旅游宣传区，摆放自驾游宣传品等，受到人民群众的广泛好评。作为水行政主管部门具有本地区水域管理的优势，更加熟悉黄河特性、发展过程、工程特点、文化演变等，因此要紧密结合沿黄经济社会发展和文化建设大局，依托黄河特色防洪工程、黄河文化展厅、法治教育基地等基础设施，制定中长期黄河文化建设发展规划和实施方案，谋划重点项目、特色项目、创新项目；要加强与地方政府联系沟通，共同抓好堤防工程景区景点、历史文化遗存、文化精品项目的开发建设，精心培育出具有黄河特色的知名文化品牌；要积极配合黄河国家博物馆、黄河国家文化公园建设，推动以“郑—汴—洛”为核心的黄河文化及生态经济旅游带建设，助推黄河文化产业补短板、强弱项、增后劲、谋发展。

4.3 健全黄河文化体制机制

黄河流域生态环境脆弱，文化多样性亟须保护，“安全”是有效开发利用的前提和重中之重，需要沿黄各省区协同推进法治化保护、实施科学有序开发，形成大保护、大治理、大开发格局。在推进黄河工程文化建设中，不仅要大力弘扬传承发展黄河精神，还要把黄河工程文化建设纳入现代化水利管理范畴。在充分调研的基础上，制定完整规范的制度体系，使水工程文化建设有法可依。在水利工程建设中，针对已建好的工程，要充分挖掘文化功能，从保护传承弘扬的角度提炼出水利工程所蕴含的文化元素，加大宣传，提升水利工程文化品位。对新建、在建工程，从规划、设计、建设中融入水文化元素，重点建设一批富含黄河文化元素的精品水利工程，积极推广水工程与水文化有机融合案例，发挥示范引领作用。

进一步整合黄河流域文化资源，构建各方协作工作机制。成立文化研究平台，吸纳社会各界黄河文化研究的专家学者，形成黄河文化研究的核心团队、外围团队和协作团队，推动黄河文化研究机制建设常态化、长效化。建立完善黄河文化研究协同创新机制，深化资源共享、优化配置和协同创新，打造黄河文化研究智库。围绕黄河生态保护和高质量发展、黄河文化保护传承弘扬等重大理论和实践问题，统筹协调各方面的研究力量，制定科学的研究规划，打造跨学科、交叉型、多元化协同创新研究平台，形成黄河文化研究的人才优势、制度优势和管理优势，不断优化、提升黄河文化研究的发展格局。

4.4 丰富创新黄河文化新业态

推进治黄工程和黄河文化融合建设新业态，需紧密结合沿黄经济社会发展和生态文明建设大局，积极对接乡村振兴战略，注重河地融合，配合文旅部门，以黄河文化为中轴线，依托治黄工程，丰富文化展示的方式和内容。融入生态、文化、治河、民俗、休闲运动、景观等，建设新的文化产业链，打造更具地方文化元素的研学、寻根、遗产等专题文化线路，推动黄河文化与教育实践、传统技艺、表演艺术、公共服务等融合发展，不断丰富沿黄文化产业产品供给，使坚固的黄河工程不仅成为防洪保安全的坚强屏障，还要成为促进地方经济发展的桥梁、弘扬黄河文化的窗口和人民群众度假休闲运动的胜地。

随着数字技术全面赋能文化产业，文化新业态应运而生。黄河文化的创新发展同样需要通过大数据、物联网、5G、VR 等技术，实现科技创新融合。利用网络虚拟技术，深入挖掘黄河特色标识元素，探索云视觉、云听觉、云触觉新模式，大力发展沉浸式观展、艺术创作、文物修复、数字展陈等体验活动，让人们可以利用碎片时间了解黄河文化。运用新科技平台和方法，展示黄河文化的精神品格和时代价值，推动实现体系重塑、功能优化、高效协同，打造新时代黄河文化高地新成果。

5 结语

治黄工程与黄河文化融合建设是保护传承弘扬黄河文化的重要载体和具体体现。近年来，治黄工程与黄河文化融合建设取得一定的成效，同时也暴露出一些问题。新时代新征程上，坚定文化自信，深入践行习近平文化思想，着力做好黄河文化传承发展工作是水利人的光荣使命和重大责任。要不断总结经验、借鉴优秀做法，拓展文化内涵、丰富创新路径，为新阶段黄河文化创造性转化和创新性发展贡献力量。

参考文献

[1] 李宗新 . 以文为魂 提升水工程的文化品位 [J]. 河南水利与南水北调，2012（23）：21-24.

[2] 赖穗斌 . 文化元素融入水工程建设中的途径与方法研究 [J]. 广东水利水电，2021（4）:109-111.

[3] 赵亚晗，曹川，李京冈 . 黄河文化与水工程建设融合发展的实践与思考 [J]. 黄河 . 黄土 . 黄种人 ,2023（9 下）：34-35.

[4] 魏晓阳，侯雪彤 . 黄河文化传播的现实困境与创新路径 [J]. 理论月刊，2022（8）:86-90.

以滦河水文化为例
——浅析水文化的时代价值及其传播途径

赵华韡

（河北省桃林口水库事务中心，河北秦皇岛　066000）

摘　要：水文化在整个中华文化中有其彰显自身价值的特殊性。水文化具有引导人、鼓舞人、激励人的作用，弘扬主旋律、传播正能量、树立新风尚、提振精气神，能够为推动水利改革发展提供坚强思想保证、强大精神力量。挖掘和传播水文化，是塑造水文化灵魂，坚定文化自信的重要途径。本文将重点以滦河水系为例，探讨水文化的时代价值及其现代化传播途径。

关键词：水文化；价值；滦河；传播

文化是一个民族的血脉和灵魂，是国家发展和民族振兴的根基。文化兴国运兴，文化强民族强。习近平总书记明确指出："一个国家、一个民族的强盛，总是以文化兴盛为支撑，中华民族伟大复兴需要以中华文化发展繁荣为条件"。追根溯源，中华民族悠久的文明史就是一部兴水利、除水害的历史。在长期的治水实践中，中华民族不仅创造了巨大的物质财富，也创造了宝贵的精神财富，形成了独特而丰富的水文化。水文化是中华文化和民族精神的重要组成部分。

水文化是人们在的社会实践中，以水为载体，创造的物质、精神财富的总和，是民族文化中以水为载体形成的各种文化现象的统称。水文化在整个中华文化中有其彰显自身价值的特殊性。吸纳奔流不息的波涛，具有旺盛的生命力和感召力。新时代千帆竞发，百舸争流。水文化伴随着岁月的涤荡，大浪淘沙。蕴含着引领水利人的温润与张力。激发水利人心怀激情与干劲，致力亲近与传承，在爱水中寻根，到尽责中溯源的责任意识。

1　坚持敬畏水的价值追求

水是自然界中特有的物质，是人类生存不可替代的产物。水是生命之源，生产之要，生态之基，成为新时代人们的普遍共识。

中华民族源远流长，中华文化博大精深。中华民族的发展史，一定程度上是水利文明的发展史。翻开中国版图，长江、黄河、淮河、珠江、松花江、海河、辽河七大水系以及西南诸河，各自滋养了一方文明，经过数千年的融合，最终形成了中华文明。河流也是中华文化的灵感之源，从哲学到诗文，从书画到音律，从来没有一个民族的文化如此高度集中于山水，从中寻找治世的道理，人生的原则和审美的标准。在古代中国人的一生中，长江三峡，黄河壶口，西湖断桥，钱塘怒湖，漓江春晓，南海秋月，构成了关于文明的认知和记忆。

水患意识的认知度，是衡量人类文明进步的重要标识。发达的江河水系，意味着水患频繁，治水引起的大规模群体动员和社会控制体系塑造着中央集权的东方政治模式，治水的成败也决定着封建王朝的兴衰更迭。历史和现实告诫人们，"水能载舟、亦能覆舟"。因此今天的我们在具备人与人、人与社会的社会道德的基础上，还要培养尊重水、爱惜水、保护水的生态道德。

当前，洪水灾害仍多频发，水污染加剧、水危机事件时有发生，水的问题已成为具有基础性、全面性和战略性的重大问题。要从根本上解决这些问题，不仅需要采取行政、科技、工程等手段，更需要充分发挥水文化引导人、鼓舞人、激励人的作用，弘扬主旋律、传播正能量、树立新风尚、提振精气神，为推动水利改革发展提供坚强思想保证、强大精神力量。要想给自然界以生机，必先还自然以自在。实践证明，在治水活动中，人的思想意识、价值观念、道德情操、精神面貌、科学文化素质等，也是水利事业能否顺利发展的关键因素。我们要用天地与我并生、天人合一的理念去敬畏水、爱护水，实现人水和谐共处的习近平生态文明思想。

2 坚持弘扬水利精神的文化定位

古代中国形成了“上善若水”“仁者乐山，智者乐水”等一系列包含水在内的哲学体系。新时代的今天，我们追求着“忠诚、干净、担当，科学、求实、创新”的水利精神。新时代水利精神与时俱进地对水文化进行了诠释和发展，既是对水文化的继承和发扬，更是一种责任和使命，厚植了水利的价值取向，契合了当今水利发展的主旋律。在落实习近平生态文明思想，特别是“节水优先，空间均衡，两手发力，系统治理”治水思路方面有着极强的现实意义。

水文化要发挥其特有的软实力作用，把水利精神以文化形式形象化，具体性、拟人化。通过说、写、唱、读等多种方法开展特色宣传活动，展现助推水利精神方面不可或缺的中坚力量。在以文化惠及精神的过程中，要充分利用文化特有的释放和吸纳功能，唤起水利人道德情操，工匠精神和社会认识。倡导秉水利精神，伴文化恒久，传续治水理念，攀高创新；承地域古韵，携进取严谨，同踏兴水之舟，进德修品的价值观。

3 坚持弘扬时代价值的进取理念

水文化在实践中产生，伴随着人类实践活动的发展而发展。当今社会，绿色发展成为总基调，还河流健康生命成为水利人为之奋斗的目标。这就要求水文化与时俱进，在开发水资源、保护水环境的过程中载舟前行。

3.1 扬长避短，在继承传统中勤勉尽责

纵观大江大河，不论遇到多少艰难险阻，依然浪击礁盘，即使粉身碎骨，仍不改勇往直前的初心。这一自然现象，契合了“不忘初心、牢记使命”的这一主题，也正是水利精神之所在。在传承这种精神的过程中，赓续红色动能，水利人有着得天独厚的条件。

中国共产党人领导中国人民取得新中国胜利，并一路高歌向前，与水息息相关。1921 年中国共产党在嘉兴南湖诞生。从此这艘永不沉没的巨轮，承载着中华民族的期盼一路向前，实现着中华民族伟大复兴的梦想。红军长征中的“四渡赤水”“飞夺泸定桥”“强渡大渡河”，确保了中国革命从胜利走向胜利。新中国从这里走来的西柏坡坐落在滹坨河畔。新中国的成立和发展水到渠成，水利居功至伟。我们所在的滦河水系，也和大江大河一样，蕴含着水利精神，展示着红色动能。“一条河，二位先烈，三种精神”是滦河红色动能的具体所在。“一条河”就是流域面积 44750km^2 的滦河，它是华北第二大河；“二位烈士”就是共产党的主要创始人之一的李大钊烈士和舍身炸碉堡的董存瑞烈士。他们二人一个故里在滦河下游，一个事迹所在地发生在滦河上游。先辈们的英勇事迹成为奋进新时代人们的榜样和标杆。“与时代同行，向滦河致敬”成为滦河沿岸人们的共识。“三种精神”分别是被毛泽东同志充分肯定的“开滦煤矿特别能战斗精神”；被江泽民同志充分肯定的“唐山抗震精神”和被习近平总书记充分肯定的“塞罕坝精神”。这些红色动能涤荡历史，激励滦河儿女不忘初心，牢记使命，包容共进，修身法行。

3.2 奉德而行，在崇道悟本中提升自我

河有河源，山有山脉。河的源头。冥冥中主宰着河流的走向与兴衰。追寻着江河足迹，水利

人正心明道，奉德而行。它们当中有三过家门而不入的大禹治水典范，历经2000多年仍发挥巨大作用的都江堰，雄辩证明古人治水的伟大智慧。最近被授予“时代楷模”的余元君同志，更是当今千千万万兴水为民大军中的代表。他不颠倒公私，不混淆是非，不模糊利义，不放纵豪情，一心为民，奉献自我的爱国奉献精神，激励新时代水利人以德为本育人，以人为本创业，以业为本兴水，以水为本为民。

3.3 与时俱进，在尊崇自然中凸显价值

“绿水青山就是金山银山”，是习近平生态文明思想重要内容。常年以大山为伴，与水打交道的水利人贯彻这一习近平生态文明思想，努力实现着水资源转化为水资本，水资本转化为水资产的实践活动。投资自然资本，不仅可以创造出环境系统的天然价值，实现生态资源性产出，还可带来派生性产出。这就是区域智慧资本。从地域出发，汲取美的养分作为资本去挖掘。寻求道德之长，思想之光，精神之美。把良好的自然禀赋，深厚的文化底蕴，变成人们为之获取财富的资本，正是水文化内涵所在。发挥水文化特色，使地域更具历史意味，民族特色和地缘之美，更是水文化的职责所在。

4 利用新媒体加强水文化的数字化传播

水文化是中华文化的重要组成部分，是中华民族的根和魂，要深入挖掘水文化蕴含的时代价值，传承好水文化。挖掘和传播水文化，是塑造水文化灵魂，坚定文化自信的重要途径。本文将以滦河水系为例，探讨利用新媒体加强滦河水文化的数字化传播。

一是利用新媒体对加强滦河水文化的数字化传播有重要作用。首先，有利于优化滦河水文化的传播系统。利用新媒体可以将滦河水文化内容数字化并海量储存，为滦河水文化传播提供丰富的内容支撑；利用新媒体技术多样化的展示手段，可以带给观众强烈的沉浸感，让观众更真切地感受丰富的滦河水文化。其次，有利于扩大滦河水文化的传播范围。目前，利用新媒体开设的以滦河水文化为主题的网站、微信公众号、App等寥寥无几。要改变这种状况，必须利用新媒体拓展水文化数字化传播渠道，扩大受众范围。最后，有利于增加滦河水文化的传播方式。利用新媒体开展丰富多彩的滦河水文化传播活动，可以实现受众之间更多、更深层次的交流和互动。通过计算机的特定算法，对受众关注水文化的操作和反馈等信息可以进行数据梳理，基于精准化智能推荐系统进行个性化推荐。

二是利用新媒体加强滦河水文化的数字化传播，应注重以下五方面：

第一，利用新媒体充实滦河水文化的数字化传播内容。利用新媒体海量储存的特性，收集世界各地从古至今与滦河水文化相关资料，构建滦河水文化数字化传播资源的大数据库。同时，利用新媒体强大的内容生产力的特点，着力打造一批集思想性和艺术性相统一的优秀滦河水文化原创作品，进一步丰富滦河水文化的数字化内容。

第二，利用新媒体扩大滦河水文化的数字化传播渠道。利用门户网站、微博、微信、手机APP、抖音等新媒体传播媒介，为滦河水文化传播提供更多的渠道，让受众既可以成为滦河水文化相关内容的提供者，也可以通过点赞、评论和转发成为滦河水文化的传播者。

第三，利用新媒体丰富滦河水文化的数字化传播形式。利用新媒体的多种表 现手段，以立体式的视觉冲击、沉浸式的互动体验，丰富滦河水文化的表现形式。例如利用幻影成像等技术配合声、光、电再现滦河水文化的重大历史事件；让参观者佩戴VR虚拟现实眼镜体验滦河水文化等，利用新媒体技术赋予滦河水文化时代气息，让参观者得到更真切的体验。

第四，利用新媒体开展滦河水文化的数字化传播活动。利用新媒体开设“传承滦河水文化、

弘扬滦河水精神”主题线上讲座，使滦河水文化传播活动参与性更高、实效性更强，滦河水文化教育效果也更好。

第五，利用新媒体进行滦河水文化的个性化推送。运用大数据对受众的操作和反馈等信息进行数据梳理，利用“三微”（微博、微信、微视）“一端”（手机客户端）移动平台等，向不同的群体推送滦河水文化，提高滦河水文化数字化传播的针对性。

时代呼唤精神，精神需要文化滋养。水文化在构筑水利精神，助推水利力量方面，留下了熠熠印记，发挥着不可替代的作用。新时代水利人有决心和信心在守水有责，兴水尽责的担当中，守护并传承好中华民族生生不息的根脉。

参考文献

[1] 史鸿文 . 论中华水文化精髓的生成逻辑及其发展 [J]. 中州学刊 , 2017, (5):80-84.

[2] 罗恩华 . 新时代水利精神的宣传实践与思考 [J]. 湖南水利水电 , 2020, (5):128-129.

[3] 钱默 . 新媒体在黄河水文化数字传播中的应用——评《黄河三角洲水文化研究》[J]. 灌溉排水学报，2022,(2):159.

纵观云南水文化演进

李海燕

（云南省水利水电科学研究院，云南昆明 650034）

摘　要：今天人类在生存及可持续发展中面临着水危机的巨大挑战，本文旨在从历史发展的纵向视角，梳理研究云南人从远古至今生存过程中积极提升自己的用水能力、努力改造水环境与水供给状况、适应水环境与社会体制、人水关系的成就和脉络，分析得出：水的治理和利用是水文化发展的推动力量，更是社会发展的根本动力，以此为云南水利行业提供一个新的角度去理解水历史，提高水文化的精神引领意识，总结水环境危机的经验教训，努力实现水资源可持续利用、人水和谐的目标。

关键词：水文化；水历史；南方丝绸之路；民族迁徙；庄田经济；饮水灌溉

云南有高山峻岭、断陷盆地、纵行谷地，地形地貌复杂。湖泊河流众多，分属长江、珠江、红河、澜沧江、怒江和伊洛瓦底江六大水系，三江并流自北向南并行奔流约170km，九大高原湖泊星罗棋布点缀全境。一省之内海拔总落差6000m，纬度气候明显变化和同纬度复杂地貌相对高差，造成极为复杂的垂直气候带和植被带、多样性的环境、生态、自然资源。云南自然地理得天独厚，湖泊河川旁的肥沃土地孕育着各民族，是中华文明最早发祥地之一，5.18亿年前云南虫生物进化、百万年的人类繁衍、一万年的文化传承、五千多年的文明发展，人们在这片热土上生生不息，繁衍壮大。北方、南方民族沿着南北延伸河谷通道迁徙和交融。在这片多雨而又干旱的土地上，云岭儿女歌于斯，哭于斯，聚族群于斯，终老于斯，把与水有关的生产生活实践镌刻成历史，26个民族在"融合、统一"的历史背景下，依靠着传统的智慧和勤劳的双手，开展了一系列治水活动，积淀着丰富多彩的水文化，也聚集了与水相生相依的文化创造力。

1　趋水"利"而避其害

自古人类文明的发源地都是沿河分布，文化与地理环境的关系，早已为文化人类学家们所证实，不同的地理环境造就不同的文化特征。与水有关的文化产生与自然地理条件的关系至为密切，伴随着人类的生存活动和生产活动发生、发展、演进。

"用水"作为人类利用自然服务自身生存的一种重要形式，肇始于人类社会的早期阶段，此后与人类农业文明的发展密切相关。有水的地方有岸，岸边因人的逐水习性聚居而成集、市、城。

早在旧石器时代，元谋人群居野外原始生活，利用简陋的工具从事采集和狩猎活动，获取最低的生活资料，石器考古发现这一文化特征或多或少带有其靠近水系的旧石器文化特点，石器原料均采自附近河漫滩和湖滨阶地，处于"蒙昧时代的低级阶段"。

长期的劳动过程中，人们开始有意识磨制石器，随着新石器生产工具发展、陶器的出现、农业、畜牧业的发明，人类的经济生活从天然物质的"攫取经济"向改造自然的"生产经济"转变，会使用更多的工具"用水"，重要的是从这些生活用具中看到了人类开拓了精神生活的领域。分布在横断山脉的怒江、澜沧江、金沙江三江河谷通道山岩，元江流域山岩，南盘江、畴阳河两岸山岩等23个县均有云南岩画分布，如耿马南碧桥小黑江旁石佛洞穴遗址内的岩画、澜沧江支流勐懂河流域河谷地带的山崖石壁上沧源岩画，说明早期人类生产生活依山傍水，并依此产生与水相关的原始图腾崇拜，比如元江他克岩画双腿曲蹲类似青蛙形象的蛙形人颇有特色，据考古推测是与祈雨、水利有关的图腾蛙人崇拜。

云南元谋县大墩子遗址出土的鸡形陶壶，以一定配比将黏土、水、火三素加工、烧制、变成人工制品，丰富取水、储水、用水等生活工具，进一步加强定居稳定性，开始将使用目的与艺术追求结合在一起。

传统狩猎采集者的生活围绕着水源以及依赖水源存在的丰富物种而进行。滨湖和临河地带，环境宜居和淡水动物资源丰富。人类经济生活方式从所居无定逐渐向以采集、渔猎为主的河岸洞穴、河湖台地平顶房、湖边贝丘如现存的贝丘遗址，这些都是人工挖掘、堆砌的依自然山水避险、生存需水同时避让水患的高地，“一年而所居成聚”，发展起早期的聚落文明。

贝壳是水边居民的食物，取食螺肉堆弃壳在周边形成小山丘，与其他食物残渣生活废品等层层堆叠形成贝丘遗址，云南的滇池、洱海、抚仙湖、杞麓湖、星云湖均有贝丘遗址分布。从遗址来看，其主要食物来源为河、湖的贝类和鱼类，采集和狩猎是主要的社会生产方式。大理的银梭岛是云南省首次发掘的新石器时代的贝丘遗址。环滇池区域内，许多贝丘遗址都从新石器时代延续到了青铜时代。

据云南省文物考古研究所发掘的先滇时期完整的环形贝丘——晋宁古城村遗址，发现壕沟、护坡、路、沟、水井等等商周至明清时期的各类遗迹，商代遗存包括完整的环壕聚落等，高出地表约3m椭圆形土台向四周地势逐渐低缓呈坡状，与湖滨沼泽相连，充分利用遗址周围易得的湖沼淤泥修筑护坡，并对螺蛳壳进行二次加工利用，将其敲碎成碎片或粉末混合在淤泥中以增加堆积强度，周长约600m的壕沟的功能推测与排水防水有关，护坡的作用则类似防波堤或拦水坝，兼具防水和防御性质。

金沙江流域河湖台地遗址元谋大墩子，在河湖台地上滨水区域形成了较大村落，建造木结构房屋，并且已经有了较为复杂的水域空间方位感，比如彝族的指路经，彝族人认为亲人辞世后灵魂在指路经的带领下沿着曾经民族沿水迁徙而来的路线回到青海湖周边的祖先发源地才能得享安乐。

剑川海门口遗址反映出云南原始社会末期的面貌，已形成滨水村落，房屋为一种滨水木构“干栏式”建筑，他们的房屋一头搭在河里的桩柱，一头搭在河岸的陆地，门开在陆地一面，已形成一个聚落，并有稻、麦、稗、粟等谷物遗存，陶器刻画纹饰丰富，冶炼制作技术开始由红铜向青铜转变，定居的生活方式使得人口聚集，形成高度的早期社会，是云南古代文明的起点，开始了云南文明演进阶段“古国”时期。

水不仅在人类最根本的生命维持中起到重要作用，影响早期的社会生活，同时构建人类的精神世界。这一时期，在云南社会尚处于母系氏族向父系氏族的转化，部落结构较单一，人口有限，社会生活中人类与水的长期互动，随畜顺水迁徙、依随水草、所居无常、思维能力已有一定发展，缓慢形成对水的认知、感情和观念。

2 水“利”族群发展壮大

人与水的互动发展取决于地形、资源，更取决于一个稳定的社会环境，包括政治、经济、其他文化。不论在河流流域还是湖泊畔、崇山中，孕育着统治中心的优势资源，但是自然水资源常不足以满足、适合人类的生存发展，须进行更有效的水治理，营造适合居住和生计的环境，同时通过相应的技术手段和工具更有效地利用水资源，满足生存发展需要。

到战国末年至东汉初，开始有了文字记载，那时的湖平地、大江河谷、山间坝子已有了多样不同的部落文化。秦一统之前，云南土著部落、部族王国林立。比较有代表性的是滇国，以晋宁为政治中心，氐羌、濮越的融合体滇人；哀牢国，在战国秦汉时期是个小的“方国”，以保山为政治中心，以龙为图腾，渔猎经济向农业经济、社会组织从母系氏族向父系过渡，据《后汉书·西南夷列传》转引《哀牢传》记载的传说“哀牢夷者，其先有妇人名沙壹，居于哀牢，尝捕鱼水中，触沉木若有感，因怀妊，十月，产子男十人，后沉木化为龙，出水上……”因蜀身毒道，受南亚各国影响较大；句町国，濮人，在今云南文山壮族苗族自治州及广西百色地区，“置自濮王，姓毋，汉时受封迄今”。

“庄蹻王滇”“变服，从其俗，以长之”二万将甲士融入“滇人”。《史记・西南夷列传》载“秦时常頞略通五尺道，诸此国颇置史焉”，即公元前221年，秦始皇统一中国，在盐津豆沙关关河之岸开五尺道，途经盐津、大关、昭通，到达曲靖，并在一部分地区设置郡、县以主之，“汉习楼船”“赐滇王王印，复长其民”，印证了汉武帝开滇，承秦制亦设置郡县，云南正式纳入融入中国大一统的多民族国家的版图中。中央王朝在多民族而发展不平衡的西南夷各地区施行“仍令其君长治之”羁縻制度使得统治并不深入，大批内地人口移入，先进农业技术如山区饮用水和生产工具随着传入云南，极大推动滇国农业生产的进步。据《汉书・西南夷列传》载，成帝河平中，夜郎翁指叛，“据扼为垒”，时天大旱，汉军“攻绝其水道，蛮夷共斩翁指，持首出降”，这表明西南夷各族早期就掌握了山区引水技术。

汉代水运显示出它的优越性，只要能航运的地方，都尽量用水路，已初步形成水陆相辅。《韩非子》载：“荆南之地，丽水之中生金，人多窃采金。”“丽水”就是伊洛瓦底江，因盛产沙金而得名。澜沧江也产沙金，《华阳国志・南中志》载：“（博南县）西山高40里，越之，得澜沧水。有金沙，以水洗取，融之，得黄金”。直到近世，金沙仍以水淘获得，此法古已有之。

延伸到滇池一带的“蜀身毒道”国际交通线，其中就有水道。据《水经注・江水》云：“二千余里，山道广丈余，深三四丈、其签凿之迹犹存。”当时的水路有两条，一条牂柯江（今北盘江），上游夜郎地区，“江广百余步，足以行船”，下游“广数里，出番禺城下”，即今珠江，西南边疆的物产通过此水道远销两广，汉分四路出兵攻打南越，其中一路走的即是此条水道，《汉书・武帝纪》载：元鼎六年（公元前111年）秋，“越驰义侯遣别将巴蜀罪人，发夜郎兵，下牂柯江，咸会番禺”。另一条是葰泠水道（今红河），《水经・叶榆河注》引马援上书说：“从葰泠出贲古，击益州……愚以行兵此道最便，盖承藉水利，用为神捷也。”“从葰泠水道出进桑王国，至益州贲古县，转输通利，盖兵车资运所由矣。自西随至交趾，崇山接险，水路三千里。”从益州郡治往南经贲古县，再转红河水道出进桑关到交趾，其中水行三千里。这是一条水陆转输的交通大道，也是一条用兵的军事要道。青衣道、灵光道、僰道、夜郎道、巴符关道、夷道、博南山道加上原来的横贯苴兰—夜郎—滇—昆明的大道多以沿江的水运交汇处为起点，尽量利用有限的水程。

《华阳国志・南中志》载：“孝武时（武帝），通博南山，渡兰沧水、耆溪，置嶲唐，不韦二县，徙南越相吕嘉子孙宗族实之，因名不韦，以彰其先人恶……渡兰沧水以取哀牢地，哀牢转衰。”当时，行走于蜀身毒道的内地商人从兰津渡走向印度、缅甸，应是靠舟筏，后以篾绳为桥（今溜索），武侯架木桥，明成化才建城铁索桥，那就是已被洪水冲毁无数次的霁虹桥。

西汉末年，汉王朝在西南夷地区大兴水利。这个时期，史籍有了较早明确记载云南水利工程兴修情况，《华阳国志・南中志》载：“朱提郡……先有梓潼文齐，初为属国，穿龙池，溉稻田，为民兴利”，益州郡太守文齐“造起陂池，开通灌溉，垦田二千余顷。”（《后汉书・南蛮西南夷列传》），直接向夷人传播修陂池的水利灌溉技术。文齐先后在昭通坝子和昆明坝子主持兴修陂池，开启了云南大规模修筑灌溉水利设施的先河，推进夷、汉融合，收到“甚得其和”的效果。从规模可以推测这一时期滇池水利事业发展已达到一定水平，中原先进农业水利技术进入云南，包括凿井提水、造塘蓄水、设闸控水、修渠以利取水、蓄水、排灌等。在昭通的汉墓中，还多次发现随葬的陶水井，有的水井还带有滑轮和提水桶，引水条件差的山区，人们就通过打井提水解决用水和灌溉。

再有出土的西汉时期广南羽人船纹铜鼓羽人同船竞渡、祭祀祈雨和“汉习楼船”的典故可证当时的人们也已经在河流、湖泊中发展利用舟楫之力运输，近距离水运频繁，船的使用范围广，形制多样，如渔船、交通船、竞渡船、祭祀船、海船等，甚至有了战船，开启水战的篇章。在泛滇池区域不少已考古发掘的墓葬，比如石寨山、李家山、羊甫头、天子庙等，都选择在临近湖岸或可俯瞰湖面的孤山上，应是受中原文化“风水之法，得水为上，藏风次之”的墓葬风水理念影响。

水给人以启发和愉悦，人依水而进行精神活动和创造，但对许多自然现象、灾害，诸如风雨雷电、洪水泛滥、人事沧桑很不理解，于是只有归结到灵异上，产生了万物有灵的信仰和崇拜，认为水亦有灵，可以赐福于人，也可以贻祸于人，为了转祸为福，必须不断供奉、祭祀和崇拜，并长期地以变化着的形式影响着人们的思想和社会生活。滇池县北有黑水祠，见《汉书·地理志》和《续汉书·郡国志》。清阮元指为今昆明北郊的黑龙潭。越嶲郡有恶水，“余多恶水，水神护之，不可污秽积尘乱发，照面则使人被恶疾。一郡通云然。”

3 水“利”庄田经济发展

云南在中央王朝长期羁縻政策的统治发展下，西晋结束三国鼎立的局面，“五胡”入主中原，晋室东迁，南北朝近三百年对峙，中原政局不稳，王朝势力对云南地区的控制延续着汉朝的羁縻制度，汉族以多种原因被大批移入南中，各土著民族通过自融及融合汉族逐渐形成以“爨”为名的新的历史民族共同体，最终“爨”氏统一南中，是具有政治特权、经济实力、能拥兵自重、左右地方政局的地方统治集团，吸收并推动着生产技术发展。

诸葛亮从成都取水路沿岷江而下平定南中之后，以发展农业推广牛耕和水田作为安定“南中”平定天下的国策。民族地区仍以临水而居的干栏式建筑为主，因少数民族首领与迁入汉族的倡导，逐渐使用砖瓦梁架建屋，而且云南的农业逐步从小农经济向封建地主的庄田经济发展。

比如墓葬中陂池陶水田模型和陶水井所代表的灌溉设施就曾在滇中、滇西大量出土。水田模型半为水塘，半为稻田，稻田有通水的缺口，稻田与水塘设有围堰，中有通水的涵洞。灌溉渠道纵横，甚至设控制水流的闸门，闸门水鸟昂立，水塘中荷花开放，游鱼尾尾，岸边树木森林，有的还有小桥、道路、小岛、挡墙、渠门等，反映出东汉时期水利灌溉已经遍及晋宁、呈贡、官渡等滇池周围；这类陂塘和水田已被制成象征性的陶制模型随葬到墓中，意味着将生前财产制成模型纳入墓中，成为死后可以继续占有的财富，我们可以从中了解一点云南在两汉时期的农业经济状况，社会生产力的逐步发展巩固了封建地主庄田经济，同时生产关系、社会性质也在发生着进一步的改变，东汉时代滇中等地已经普遍修造陂池用于灌溉，可以看出其所代表的设施所在之地有着稳固的庄园，居近有相对稳定的水流，有机物质相对丰富，有着相当适宜且较为精细的农业灌溉和水产养殖经济，人们通过配套水利设施，不但保证了农田光改的适时需要，利用陂塘开展水上养殖和捕捞，因地制宜十分先进，长堤、小桥和池中的小岛点缀田园风光，适于观赏和休憩，相对有意识地通过在居所旁建造景观来亲近水或者建设一些水场所，同时一定程度上表现出满足封建地主水景观审美需求的趋势。

据《永昌郡传》，朱提郡有龙池，仍是“以（龙池）灌溉种稻”。南中林产品丰富，很早就以产茶和饮料著称。《西南彝志》彝族先祖仲牟由为避洪水，牵着自己的马，赶着自己的羊到泥洛白（彝语称山为“白”）去住。

4 水“利”国家经济繁荣

随着南中大姓的衰落，洱海之滨诞生了自古滇国之后的昌盛文明。南诏的崛起，与当地的生产力发展紧密相关，水利事业尤为突出。水事活动不仅包括农业水利、城市景观培育，还包括筑堤建坝、修筑城池、疏浚河道、堆筑高台等防御水患的实践。

洱海地区的地形很特殊，它东有狭长的内陆湖泊——洱海，西则为连绵数十公里的巍巍点苍山，山水之间是平坦的田野。苍山共由十九座山峰组成，每峰海拔均在3000～4000m之间，每当温暖季节到来，天然降雨和冰雪融化便形成了峰与峰之间的十八条山间溪流，俗称“苍山十九峰十八溪”。《新纂云南通志》记：“十八溪。源自点苍山椒悬深，注为十八溪，各夹于十九峰中，所灌溉之利，同入于洱海”。溪流直接影响着南诏迁都和大理古都选址。太和城（40年）→大厘城（25年）→羊苴咩城（515年），洱海西岸冲、洪积扇，地形平坦，十八溪、地下水和井泉提供丰富的水源，均以洱海为天险，古城建有龙首关和龙尾关，这样西北可拒吐蕃、东北可防大唐，再加上西倚苍山的有利地形，有着“面洱海而屏苍山”的军事防御功能。

太和城与羊苴咩城均以天然溪流作为护城壕，既可加强防御，也利于居民取水和防火、泄洪。还修有“地龙”（埋于地下的暗渠，或为石砌水道，或为无数相连的陶管）等堤防设施以防洪。都城内有面积不小的水域，如羊苴咩城内有“清池”和“方池”“水深数丈，鱼鳖悉有”（樊绰《蛮书·六睑第五》）可供皇族游憩，具有美化环境的功能；洱海中流岛上还建有舍利水城供南诏王避暑。羊苴咩城考古发掘有水井及多条水沟等遗迹，说明当时人们已经使用地下水和利用水沟。大理古城人民以饮用井水和泉水者为多，仅大理古城内就有360多口井。

因都城建设、征战流落、人口增加和薪柴需求砍伐森林引发洪灾和泥石流，加剧水旱灾害，太和城、大厘城、羊苴咩城曾多次暴发过泥石流和洪水，冲毁城墙，毁坏民居。大理国中期，中和溪洪水暴发，五华楼被毁损，水灾冲毁农田，洱海地区常年水患。统治阶级通过人们对水的敬畏、不解来附会或者杜撰神话故事宣传以进一步巩固政权。1978年出土于大理崇圣寺主塔的金翅鸟，名“迦楼罗”，传说金翅鸟原来是一种很凶的大鸟，可慑服诸龙，体积很大，以龙为食，后来成为佛教的护法神天龙八部之一。被尊为大理国的保护神，也是镇水神兽。通海节度使段思平，因其结束南诏后期云南地区混乱的局面，被大理人民当作英雄，其中《滇史》卷5载“先是思平母阿垣尝过硙塝江，遇木莲一段，触之心动有孕”，通过编撰传奇故事来证明“君权神授”的合理性。

不论如何，南诏大理国时期，政治上统一，夷汉融合，诞生了稳定的民族共同体，汉族大量先进生产技术被吸收，集中水草丰美膏腴之地优势资源进行大的建设，无论是开渠引流灌溉或是城市用水工程的建设，均达到较高水平，水利的开发促进了农业生产水平的提高，保持水土流失的梯田农业使山区步入人、水、地共生的循环系统，《资治通鉴》的评价：“其生业、风俗大略与中国同”。具体情形在《新唐书·南蛮传》中有这样的记载：“有稻、麦、粟、豆、丝、麻、薤、蒜、桃、李。……布幅广七寸。正月蚕生，二月熟。”

据胡蔚《南诏野史》载当时修筑了“灌田数万公顷”的大型水利工程锦浪江、苍山玉局峰顶南面的高河水利工程。“武宗乙丑会昌元年(841年)，（丰）佑遣军将晟君筑横渠道，自磨用江至鹤拓，灌东皋及城阳田，与龙法江合流于河，谓之锦浪江。又潴点苍山玉局峰顶之南为池。谓之高河，又名冯河，更导山泉共泄为川，灌田数万顷，民得耕种之利”。

唐贞元十年时，《南沼德化碑》记载：“厄塞流潦，高原为稻黍之田；疏决坡沱，下湿树同林之业易贫成富，徒有之无。家饶五亩之桑，田贮九年之粟”。由此可见，苍山十八溪流已用以灌溉坝区水田，还灌溉着一些山间梯田，同时可证梯田历史已十分悠久。1939—1941年，吴金鼎等人在洱海地区曾发现了新石器时代至南诏时的二三十处遗址，其中既有梯田遗址，且还伴有灌溉沟渠和人工蓄水堤坝，对此，唐人樊绰在《蛮书》中赞叹：“蛮治山田，殊为精好”，从耕种轮歇地转化为耕种梯田，水的重要性进一步凸显。这些山不同于一般，它“浇田皆用泉水”，水利事业的进步已经达到了“水旱无损”、旱涝保收的地步。“自曲靖州至滇池，人水耕”“土俗惟业水田”（樊绰《蛮书·云南管内物产第七》），滇池区域的农业生产规模、生产能力这一时期也都有了极大的发展。

洱海地区的水利发展尤为显著，今祥云县段家坝即为段思平时期所修建的水利工程，另外在今大理凤仪还有神庄江“溉田千顷，以故百姓富庶，少旱虐之灾”，今祥云县内“甸中有池，名曰青湖，灌溉之利达于云南之野”的赤水江（在今弥渡）等水利工程，点苍山的雪水“派为一十八溪，悬流飞瀑，泻于群峰之间，雷霆评轰，烟霞掩霭，功利布散，皆可灌溉”。阁罗凤时期，凤伽异在金菱河东岸建拓东城，之后拓宽金菱河与盘龙江形成以水体防御的东西护城屏障鄯阐城东、西两面的护城河，之后的大理段素兴修复南诏在拓东城（东都）北面开凿的金菱河和银菱河，以确保滇池盆地东部地区的农田灌溉，于春登、云津河堤上遍植花木，有“绕道金棱”“萦城银棱”之说，这是有史记载的城市景观和水利灌溉结合的范例。

以水利为基础的农业发展，大量的治水实践，为南诏在与唐和吐蕃的博弈中屹立不倒，也为大理国繁荣兴盛奠定基础，洱海赫然成为当时云南的统治地标。

5 水“利”规划意识发展

元朝以前，在水资源极为丰富且地广人稀的条件下，水“利”建设意识和水“利”经验科技发展较为缓慢。元明清时期，农业作为立国之本，在维护国家统治方面起着举足轻重的作用，深受统治者的重视，而云南由于受季风影响，降水主要集中在夏季，大气降水量和地表水赋存远远不能满足需求，为了发展农业，克服水资源短缺和旱涝灾害，统治阶级不遗余力地倡导发展水利事业。水“利”建设意识和水“利”经验科技在大一统政治格局、社会相对稳定的前提下，在地方官吏和百姓的励精图治下，得到长足的发展。

随着大理国的覆灭，元朝统治阶级兴起以后，通过“斡腹之举”率先征服云南，设立云南行省，迁移首府至中庆路，采取镇戍军屯田制度，设立“劝农使”，中央颁发《农桑辑要》，推广水利技术。城市乡村因水而建、因水而生、因水而发展，通过自己的智慧改善水设施、供水系统、灌溉系统、水景观等，特别集中在城市水环境，迎来了云南史上第一个大型水利工程建设时期。

赛典赤·赡思丁“教民播种，为陂池以备水旱”，治理滇池水域的事迹尤为著名，治理工程为上、下段，上段六河采取疏、蓄，下段海口则扩、导的方法进行治理。工程动工于至元十三年（1276年），历时三年完工。疏通海口排干沼泽，修筑松华坝水库、整修河道，建设闸堰，广达五百里的滇池在元代军民合力建设之下缩减，大量农田出现，昆明陆地面积大增，跃升成为超越大理的新鱼米之乡。

其他区域的水利也毫不逊色，修缮疏导大理国时期留下来的水利工程，如大理府高河水利工程、大理府点苍山雪水的导水渠、前面说到洱海地区的品甸青湖等，发挥着灌溉作用，丽江地区也有以泉水灌溉的记载、姚安府地区的各民族还修建了十三处陂堰；楚雄府则有梁王主持修建的大型陂塘——梁王坝。

明朝以前，云南水利建设意识和水利科技发展较小，水资源极为丰富且地广人稀。发生水灾时，冲不毁几间房舍，淹不了多少农田；出现旱灾时，人民还可以选择“逐水而居”，没有条件和必要大量进行水事活动来发展生产，维持生计。

明朝统一云南遇到的阻力较大，“新附州城，悉署衙门，广戍兵，增屯田，以为万世不拔之计”，通过军事征服、政治设治、大规模汉族移民等手段强化统治。汉族移民的散处分布，形成汉夷杂居、“焚汉同居”、彝汉共居，土著民族大量融入汉族首次呈现出汉多夷少的局面。大量掌握中原内地先进农业生产技术的汉族移民在大杂居模式中屯田垦殖，安置村落、开辟田亩、兴修水利、发展交通，使云南各民族的政治、经济、文化发展逐渐趋于一致，明朝在云南的统治有了更加深厚、稳定的社会基础。

明朝统治者沐氏家族对水利事业的发展高度重视，在元朝治理滇池的基础上，明朝正德年间“云南巡抚陈金，役军队夫卒数万，浚其泄处，于是池水顿落数丈，得池旁腴田数千顷，夷、汉利之。”沐氏家族世守云南，疏浚滇池水利，整治滇池流域河道、重修南坝闸《南坝闸记》，疏浚海口、修缮松华坝，开发建设汤池渠《汤池渠记》。

大规模屯田激发了云南以“灌溉”为核心的水利工程建设，水事活动在继承元代基础上，加快了内地化进程，除了为大规模汉族移民军屯兴修的水利外，还有很多军民共修、汉夷同利的水利工程。水利建设较之以前的各个历史时期，无论在数量上、规模上、类型上、涉及区域上都获得了较大的发展。滇池上游六河、玉溪大溪渠、宜良汤池渠、邓川弥苴怯江、祥云宝泉坝《宝泉坝记》；鹤庆南供河、建水石屏异湖渠《石屏水利记》：保山九龙渠、诸葛堰、永胜龙潭等水利工程，灌溉的农田均上万亩。今保山、思茅、丽江等边疆地区和山区的灌溉工程，见于记载的有近 60 处。祥云县的米甸、弥勒县的西河灌和下海子以及大理地区，有几条修筑于明代的“地龙”如今仍然被使用着。昆明盘龙江边至今仍留存着嘉庆年间有水利意识铸造的铜犴，以“金牛吼三声，水淹大东门”观测水情和防洪预警，不仅证明当时“夷多汉少”的局面已经形成，汉民族农耕水文化随着屯田制度进入云南成为主流文化。

随着云南地区人口增加和农业开发深入，农业灌溉用水的矛盾也日益凸显，水利纠纷频现且日趋复杂。比如明代《云南府昆明县为乞均水利以苏民困事碑》即昆明石鼻里水利碑、《宝象河平水石底碑记》等，其他的还有《孝感泉四村班水碑记》《大理府卫关里十八溪共三十五处军分民定水利碑文》《大理卫后千户所为申明旧制水利永为遵守事碑》《建立赵州东晋湖塘闸口记》《均平水利碑记》《前所军民与彻峨庄丁分水界碑》《南供渠记》等。

作为内陆地区航运也逐步缓慢地发展起来。生于滇池畔的郑和，率领船队走向大海，七次出使西洋，访问亚非三十多个国家和地区，沿途传授烧制陶器、凿井制盐、开垦梯田、引水灌溉、挖井取水、扳罾捕鱼等先进技术，使用水罗盘和牵星术开辟了四十二条航线，发展了沿线诸国间的商品贸易，将“海上丝绸之路”发展推向巅峰。

清代康熙、雍正、乾隆、道光时期，又对滇池进行了九次治理。其中雍正三年（1725 年）云贵总督鄂尔泰、云南巡抚张允隋、水利道副使黄士杰领导的一次成效最为显著。清代建立的滇池管理制度和河道的岁修制度，曾经被作为云南重农治水的范例。云贵总督鄂尔泰的《修浚海口六河疏》，云南巡抚王继文的《请修河坝疏》，云南水利道副使黄士杰的《云南省城六河图说》，孙髯翁的《盘龙江水利图说》，都是这个时期出现的治水名著。其中黄士杰的《云南省城六河图说》具有较大的理论和实践意义，是当时的设计理念和施工方案的总结，具有长远的科学技术价值。

这一时期，中小型水利工程居多。如清代《滇系·物产》载：“水车、水碾、水磨、水碓，皆巧于用水者也，惟之为利尤溥，滇亦多此”，云南的灌溉水车分为两类，龙骨车（翻车）和筒车（水轮或竹车）。灌溉水车不仅一些农村还有沿用，一些城市风景也以之营造，成为水文化一种象征；水利工程形式丰富，堤、塘、坝、闸、堰、枧槽、地龙等；水利设施普遍围绕城市也可以说是坝子而兴建；兴修、使用水利工程、设施，订立管理制度，裁决水利纠纷已大部分由官方参与、指导、拨款、捐助等；清代的水利工程数量上升，更多的土地得到开垦和灌溉，促进云南农业的发展，使得清代云南人口有所增加。

清代还施行水利兼衔制度实现对地方水利管理的全覆盖，大量的同知、通判、州同、州判、经历、吏目、县丞、典史等官兼署水利职衔，为云南水利的长足发展奠定了坚实的制度基础；建立水利工程的修浚制度，设大修和岁修。

此时云南大量水利工程的修建，农业经济发展迅速，大量垦殖山地改变生态状态，不可避免地带来了水土流失，山水裹挟大量泥沙汹涌而下，泥沙淤积堵塞、河身变浅，水利灾害次数明显增多，比如乾隆四十四年（1779 年）黑井人民开始在龙沟河南岸修建堤岸以防御泥石流灾害，毁修数次，黑井人民和泥石流灾害的斗争自此从未断绝，至光绪三十一年（1905 年）再次重修后起名庆安堤，是中国历史上最早的专门防治泥石流灾害的水利工程之一。

明清云南的重农治水是全省性的，如以今石林县为例，该县大可村的治水碑文说:“民以耕为本，耕以水为先”。明嘉靖二十二年 (1543 年)，该县邹国玺倡筑鱼池堰，开东山沟、小乐台旧沟，引黑龙潭水灌溉；明神宗十三年 (1585 年)，跃宝山村民张爱普、毕季礼等六人，又“穿十二丈岩岭，筑丈八高之石闸灌溉万顷，泽被万民”（《月湖碑序》）。

6 水“利”推动社会变革

鸦片战争以后，西方帝国主义侵略我国，清廷拙于应付，农业一蹶不振，灾害肆虐，“省城一带洪水暴起，田园庐舍，一夕荡然。”“迤东迤南，赤地千里，人民之困于饥馑者，不下数百万。”（《云南杂志选辑》）辛亥革命后，云南军都督府在蔡锷的督促下成立农林局，调查土宜、水利、气候、荒地，推动农业发展，即使是在云南沦为外国资本主义的商品和资本市场、被种种手段大肆掠夺的历史条件下，水利事业推进工业现代化的进程也未被阻断。

云南省昆明市西山区海口街道螳螂川上游，有一座外形不起眼的小水电站，这是 1912 年建设的民办昆明石龙坝水电站，发电机购自外国，作为中国水电鼻祖的石龙坝电站的建成，使得当时的昆明工业有了新的发展平台，推动了造币、水厂、灌溉、五金加工等产业的发展；也出现了云南第一批电力产业工人，从此成为水电技术工人的摇篮，先后为中国的水电事业和云南的水电事业输送了大批优秀的技术人才；用水能提供的电力最先照亮昆明的上空，使云南从传统农耕社会走向了工业文明时代。

岩溶地下水系分布于昆明盆地北部，含水层由蛇山裸露岩溶山区延伸至盆地底部松散土层覆盖区，在翠湖一带因上覆松散盖层薄，下游存在碎屑岩地层阻水，使地下水位壅高呈股状溢出地表，形成九龙池泉群，泉水顺着河道流入滇池，成为滇池的重要补充水源之一。

1915年，昆明一批开明绅士以“谋都市人民之健康及社会之消防安全”和“注重饮料、裨益卫生、便利人民”，筹建昆明第一自来水厂，抽九龙池水送至五华山滤水池，蓄于清水池，再分压至东西南北 4 路总水管，供应城市用水，1918 年 5 月 2 日正式送水，日供水量 1034m^3。

科技的发展，使云南人民获取水资源的能力大大增强，石龙坝水电站的建成，昆明第一自来水厂正式送水，推动云南步入工业文明。

7 结论

不论从更为便捷地满足自身发展的需要去使用水资源，还是被水患所困而不得不动用巨大的人力财力解决水患，无论主动去改变水环境还是被动去适应水环境，都将导致人类社会发生变迁，导致社会关系的产生，技术的进步和生活方式的改变。不同水环境变迁、不同民族渊源背景下人们的生产生活、宗教艺术和文化差异，使得利用水而形成不同的社会制度和社会模式、生活方式、水管理方式、水权冲突、水灾害的影响及其治理过程和经验。

以水利民，以水利国。纵观整个云南历史，“盛世”局面的出现，无不得力于统治者对水利的重视，得力于水利建设及其成效，或者可以说善为国者必先除水旱之害。总之，水利兴，使政治稳定、社会经济发展，水利事业发展，土地开垦粮食充足使百业兴社会稳定和经济繁荣。几方处于良性互动，造就一方繁荣，水的治理和利用是水文化发展的推动力量，更是社会发展的根本动力。云南水文化演变，让人记忆深刻的不仅仅是工程的伟大、技术含量的高低、创造多少经济价值，更多的是能否安民，带来多少恩惠，是否有最广泛的人文关怀，这才是一项水利工程的精神内涵，也是梳理水文化演进的初衷。

参考文献

[1] 郑晓云 . 水文化的理论与前景 [J]. 思想战线，2013(4):1-8 .

[2] 郑晓云 . 国际视野中的水文化 [J]. 中国水利，2009(22):28-30.

[3] 何耀华 , 夏光辅．云南通史 [M]. 北京：中国社会科学出版社，2011.

[4] 司马迁 . 史记 [M]. 北京：中华书局，1969.

[5] 班固 . 汉书 [M]. 北京：中华书局，1962.

[6] 范晔 . 后汉书 [M]. 北京：中华书局，1966.

[7] 陈寿 . 三国志 [M]. 北京：中华书局，1964.

[8] 刘昫 . 旧唐书 [M]. 北京：中华书局，1975.

[9] 欧阳修 , 等 . 新唐书 [M]. 北京：中华书局，1975.

[10] 杜佑撰 . 通典南蛮上 [M]. 北京：中华书局 .

[11] （元）脱脱，等．元史 [M]．北京：中华书局，1974.

[12] （清）张廷玉 , 等．明史 [M]．北京：中华书局，1974.

[13] 赵尔巽 , 等 . 清史稿 [M]. 北京：中华书局，1977.

[14] 方国瑜 . 云南史料丛刊 [M]. 云南大学出版社，2001.

[15] 尹绍亭 . 云南的稻作和水 [J]. 原生态民族文化学刊，2014.

[16] 陆韧 . 变迁与交融——明代云南汉族移民研究 [M]. 昆明：云南大学出版社，2001.

[17] 许泽明 , 等 . 水环境与大理古都发展关系研究 [J]. 云南地理环境研究，2014(12):35-39.

荆楚陶器中水文化元素研究

喻 攀

（长江大学文理学院，湖北荆州 434000）

摘 要：荆楚地区自新石器时代起就已开始生产陶器，从三国吴时起，瓷器走上了荆楚文化的历史舞台。其作为一种具有浓厚地域特色的手工艺品，以其丰富的内涵和独特的美感，吸引了无数海内外人士的关注和喜爱。陶器水文化是指陶器上表现水元素的文化现象。水是人类生活中不可或缺的元素，因此，在陶器制作中，人们常常将水作为装饰元素，形成了独具特色的陶器水文化。本文将荆楚陶器与水文化相结合进行研究，探讨荆楚陶器中水文化元素。

关键词：荆楚陶器；水文化；纹样；制作

1 荆楚陶器的历史背景

在谈到荆楚文化时，人们自然首先联想到楚国先民筚路蓝缕的精神、屈原的诗歌、浪漫主义、巫术以及漆器、编钟等。这些无疑是荆楚文化的一部分，但在一个更广阔的视野下，还有老子的《道德经》、庄子的散文、长江文明、江汉平原人与水之间的关系，以及因为水而积累的各种文化，这些文化很大程度上蕴含着人与水相处中产生的智慧、观念、情感。荆楚大地，自古以来便是华夏文明的发源地之一。在这片富饶的土地上，勤劳智慧的楚人创造了举世瞩目的陶器艺术，成为了中华文化的重要组成部分。陶器水文化是一种独具特色的文化现象，它不仅丰富了陶瓷艺术的内涵，也为我们提供了了解传统文化的重要窗口。

长江流域是我国乃至世界上最早的陶器制作技术诞生地。陶器历史悠久，可追溯到新石器时代晚期。在春秋战国时期，荆楚陶器已成为一种重要的艺术品，被誉为“楚风瑰宝”。荆楚陶器的制作工艺精湛，讲究选料、和泥、成型、烧制等多个环节。在选料上，荆楚陶器选用当地优质的黏土，经过精细地筛选和加工，保证了陶器的质地和美感。在和泥环节，荆楚陶器注重泥料的调配和搅拌，使其达到最佳的塑性和韧性。在成型过程中，荆楚陶器采用了独特的捏塑、刻画和模具等技术，使得每一件陶器都充满了艺术性和创意。在烧制环节，荆楚陶器采用了高温烧制技术，使陶器呈现出独特的色彩和光泽。

荆楚陶器的艺术特色鲜明，注重造型和装饰的完美结合。在造型上，荆楚陶器讲究线条的流畅和构图的和谐，既有古朴典雅的风格，又不失现代感。在装饰上，荆楚陶器采用了丰富的图案和色彩，如龙凤呈祥、鱼跃龙门等传统文化元素，寓意着吉祥如意和美好生活。此外，荆楚陶器还善于借鉴和吸收其他艺术形式的精华，如绘画、雕塑等，使得其艺术内涵更加丰富和多元。

2 陶器与水文化

陶器水文化作为传统文化的重要组成部分，其深厚的文化内涵和独特的艺术表现形式，充分体现了传统文化的精神内涵。

其一，陶器水文化体现了古人对自然的敬畏和崇拜。在传统文化中，自然是被尊重和崇拜的对象，人们通过观察自然、感受自然，从而表达对自然的敬畏和感激之情。陶器水文化中的水元素，正是古人对自然界中水的敬畏和崇拜的体现。水作为生命之源，滋润万物，陶器水文化中的水纹装饰，既是对水的赞美，也是对自然力量的崇敬。

其二，陶器水文化体现了古人对生活的热爱和追求。在陶器上刻画水纹，不仅是对自然美的再现，也是对生活美的追求。古人通过观察生活中的水元素，将其融入到陶器制作中，表达了对生活的热爱和向往。同时，陶器水文化还体现了古人对和谐社会的追求。水在传统文化中象征着流动和变化，陶器水文化中的水纹装饰，寓意着社会的和谐与稳定，表达了古人对美好生活的向往和追求。

其三，陶器水文化还体现了传统文化的创新精神。在陶器制作中，古人不断探索和创新，将水元素与陶器制作相结合，创造出了独具特色的陶器水文化。这种创新精神也是传统文化中不可或缺的一部分，它推动着传统文化的不断发展和进步。

陶器水文化通过其独特的艺术表现形式和深厚的文化内涵，充分体现了传统文化的精神内涵。它体现了古人对自然的敬畏和崇拜、对生活的热爱和追求以及传统文化的创新精神，为我们了解和研究传统文化提供了重要的视角和途径。荆楚陶器水文化具有重要的价值和意义。它不仅是传统工艺艺术的重要代表，也是传统文化的传承和创新的重要载体。通过欣赏和研究荆楚陶器水文化，我们可以更好地了解传统文化的内涵和精神，也可以感受到古人对生活的热爱和追求。

3 水文化对荆楚陶器器型设计的影响

从造型上来看，荆楚陶器注重线条的流畅和构图的和谐，展现出古朴典雅的风格，同时又不失现代感。这种造型特点既体现了楚地人民的审美情趣，也展现了他们对自然界的敏锐观察和深刻理解。水文化对陶器的器型设计产生了深远影响。例如，许多荆楚陶器都采用了曲线优美的造型，如瓶、壶、碗等，这些造型灵感很可能来源于自然界中的水流形态。同时，为了满足古代人们汲水、盛水等生活需求，陶器也被设计成各种容器，如水瓮、水罐等。

荆楚陶器的器型丰富多样，具有浓厚的地方特色和艺术风格。以下是一些常见的荆楚陶器器型及其特点：

鼎：鼎是荆楚陶器中常见的器型之一，具有三足、圆形或方形的腹部，以及带有盖子的口部。鼎在古代用于煮食和盛放食物，同时也是一种重要的礼器。荆楚陶鼎通常装饰有精美的纹样，如龙凤纹、云纹等，体现了古代楚文化的艺术魅力。

壶：壶是荆楚陶器中常见的器型之一，具有长颈、鼓腹、圈足等特点。壶的口部通常带有盖子，可以用来盛放液体或固体食物。荆楚陶壶的装饰风格多样，有的注重线条的流畅和曲线的优美，有的则注重纹样的繁复和精致。

罐：罐是荆楚陶器中数量最多的器型之一，具有广口、深腹、平底等特点。罐的用途广泛，可以盛放粮食、水等物品。荆楚陶罐的装饰相对简约，但也有一些器物在口沿或肩部饰有精美的纹样。

簋：簋是一种古代食器，具有敞口、斜腹、圈足等特点。在荆楚陶器中，簋通常被用作礼器或祭祀用品。簋的装饰风格独特，常常以动物形象或神秘符号为主题，体现了古代楚文化的神秘和威严。

盆：盆是荆楚陶器中常见的器型之一，具有敞口、浅腹、平底等特点。盆通常用来洗涤或盛放物品。荆楚陶盆的装饰相对简单，但也有一些器物在口沿或腹部饰有精美的纹样。

除了以上几种常见的器型外，荆楚陶器还有许多其他器型，如碗、盘、盂、豆等。湖北人有制作鱼丸、藕丸的传统，于是湖北陶窑就创烧了一种用来碾磨鱼肉和莲藕的工具——擂钵。这些器型各具特色，不仅反映了古代楚人的生活习惯和审美观念，也体现了荆楚陶器的独特艺术风格和精湛制作工艺。

4　水文化对荆楚陶器装饰纹样的影响

水在传统文化中象征着生命、流动、变化等意义，因此，陶器上的水纹装饰也寓意着生命的延续、流动的美感和变化的力量。同时，水还是一种净化的象征，可以洗涤一切污秽和烦恼，因此，在陶器上刻画水纹也寓意着净化和纯洁。陶器水文化最早可以追溯到新石器时代晚期，当时的陶器主要以汲水盛水为目的，因此在陶器上刻画水纹、水波等装饰元素，反映了古人对水的崇拜和敬畏之情。随着时间的推移，陶器水文化不断发展，水纹装饰的形式也不断变化和创新，体现了陶器水文化的独特魅力。

在现代社会，水文化在荆楚陶器的装饰纹样中也得到了充分体现。例如，水波纹、漩涡纹、海浪纹等，这些纹样都是以水为主题，通过工匠们的巧手刻画在荆楚陶器上，使得陶器不仅具有实用性，还具有了艺术性和文化性。这些纹样不仅美化了陶器的外观，也传达了古人对水的敬畏和崇拜。

荆楚陶器纹样丰富多样，具有浓厚的地域特色和文化内涵。水文化在荆楚陶器装饰纹样中的体现主要体现在以下几个方面：

水波纹、波浪纹或波状纹：这种纹样是对水流动形态的描绘，它通常以流畅的曲线和优美的形态展现出水的动态美。水波纹、波浪纹或波状纹在荆楚陶器上常常被用作装饰元素，不仅美化了荆楚陶器的外观，还传达了水的流动性和生命力。

漩涡纹或涡纹：这种纹样表现的是水的漩涡形态，它通常以圆形或螺旋形的方式呈现，具有很强的动感和视觉冲击力。漩涡纹或涡纹在陶器上的运用，不仅增强了荆楚陶器的艺术感，也体现了古人对水的神秘和力量的理解。

鱼纹，鱼在传统文化中是富贵和繁荣的象征。荆楚陶器上的鱼纹常常以写实或抽象的形式呈现，寓意着丰收和富足。

管家窑地处长江边，周围有着大大小小的湖泊、荷塘，鱼类丰富，野鸭成群，植被茂盛，遍地长满野花、芦苇、灌木和马尾松。这些自然成了陶工们在陶器上描绘的对象，他们对这些形象都十分熟悉，因此表现起来得心应手。

例如鱼戏莲刻花陶钵（见图1），高30cm，宽28cm，陶钵刻满了荷花、莲蓬、游鱼和水鸟的纹饰，充实饱满，和谐统一。用很简单而有力量的几刀，就刻出了一尾尾小鱼在水中游戏，那逗人的神态，很是让人喜爱，真是一幅生动传神而天然的“鱼戏莲”图。“鱼”“余”的谐音，含有民间流传的“连（莲）年有余（鱼）”“吉庆有余（鱼）”的吉祥寓意。这些坛坛罐罐，寄托了百姓的美好理想，希望、吉祥、幸福、美好是他们生活的一生追求，是充满乐观向上精神的体现。

图1　鱼戏莲刻花陶钵

纹样不仅美化了荆楚陶器的外观，还寓意着丰富的文化内涵和人们对美好生活的追求。同时，这些纹样也是荆楚陶器独特艺术风格的体现，展示了荆楚地区人民的智慧和创造力。这些水文化在荆楚陶器装饰纹样中的体现，不仅美化了荆楚陶器的外观，也传达了古人对水的敬畏和崇拜，以及他们对自然和生命的理解和追求。同时，这些装饰纹样也成了荆楚陶器文化中的重要组成部分，为后人研究和了解古代文化提供了珍贵的资料和参考。

水文化在荆楚陶器装饰纹样中的运用，对古代社会的文化价值观产生了深远的影响。这种影响主要体现在以下几个方面：

对自然的理解和敬畏：在古代社会，人们普遍认为自然是神秘而有力的，而水作为自然的一部分，同样被赋予了神圣的属性。水文化在荆楚陶器装饰纹样中的运用，体现了古代人们对水的敬畏和崇拜，也反映了他们对自然的理解和尊重。这种对自然的敬畏和尊重，进一步影响了古代社会的文化价值观，使得人们更加注重与自然的和谐共生。

对美的追求和定义：水文化在荆楚陶器装饰纹样中的运用，展示了古代工匠们对美的独特理解和追求。他们通过对水的流动、漩涡、波涛等形态的描绘，创造出了丰富多样的装饰纹样，这些纹样不仅美化了荆楚陶器的外观，也提高了人们的审美水平。这种对美的追求和定义，进一步影响了古代社会的文化价值观，使得人们更加注重对艺术和美的追求。

对力量和神秘的象征：水文化在荆楚陶器装饰纹样中，常常以漩涡纹、涡纹等形态出现，这些形态寓意着水的神秘和力量。这种象征意义进一步影响了古代社会的文化价值观，使得人们将水视为一种具有神秘力量和象征意义的物质。这种观念在古代社会的宗教、哲学等方面都有所体现，对古代社会的文化发展产生了深远的影响。

综上所述，水文化在荆楚陶器装饰纹样中的运用，对古代社会的文化价值观产生了深远的影响。它不仅体现了古代人们对自然的敬畏和尊重，也展示了他们对美的追求和定义，同时还影响了人们对力量和神秘的象征意义的理解。这些影响共同构成了古代社会丰富多彩的文化价值观体系。

5　水文化对荆楚陶器制作工艺的影响

水文化对荆楚陶器的制作工艺也产生了一定的影响。陶器作为火、土、水相结合的产物，水是必不可少的。例如，在荆楚陶器制作过程中，需要使用水来调整黏土的湿度和塑形，以便进行成型和雕刻。同时，在荆楚陶器烧制过程中，也需要控制火候和水分的蒸发，以保证荆楚陶器的质量和美观。

6　结语

综上所述，水文化对荆楚陶器的影响是多方面的，不仅体现在器型设计、装饰纹样上，还体现在制作工艺上。这些影响使得荆楚陶器不仅具有实用性，还具有了文化性和艺术性，成为了人类文化遗产中不可或缺的一部分。

荆楚陶器作为中华文化的瑰宝，以其深厚的楚文化特质、鲜活的楚人特性、鲜明的时代特征，成为了中华文化的重要组成部分。在新时代背景下，我们应该更加珍惜和传承这一传统艺术瑰宝，让其在现代社会中焕发出更加璀璨的光芒。同时，我们也应该积极探索和创新荆楚陶器的制作工艺和艺术形式，使其更好地适应现代社会的需求和发展趋势。

参考文献

[1]　李正文 . 即将消失的文明——湖北马口 · 麻城 · 蕲春民间陶艺研究 [M]. 武汉：湖北美术出版社，2005.

[2]　李奇 . 湖北陶瓷：荆楚陶瓷文化记录 [M]. 武汉：湖北科学技术出版社，2015.

[3]　湖北省博物馆 . 古代瓷器：湖北省博物馆藏瓷器选 [M]. 北京：文物出版社，2015.

水文化内涵与平水塘河文化探析

单国方

（温州市水利局，浙江温州　325000）

摘　要：本文通过水与人类经济社会发展的普遍联系性，从水文化遗产的构成和体现形式，全面阐释水文化内涵，并深入探讨文化的地域特征及其形成的精神品格与人生价值观。依据丰富的文献资料和历史陆域演变，考证了东南沿海地区独特的地域特征和海塘建设与发展历史。深入研究平水塘河文化，诠释了西晋时期周凯在治水中表现出的精神品格和哲学思想，以及历史传承、弘扬、传播与影响，从而印证了水文化内涵及其地域特征。

关键词：水文化；内涵；地域特征；塘河文化；探析

1　水文化内涵与地域特征

1.1　水文化的内涵

在我国，学术界对文化内涵的研究众多，普遍认为文化是人类在社会历史发展过程中所创造的物质财富和精神财富的总和，则水文化是文化重要组成部分，是人类在认识水、开发水、利用水、治理水、保护水、鉴赏水形成思想、行为方式的结晶。

水是生命之源、生产之要、生态之基。水与人类生产、生活息息相关，密不可分，人类的各种文化或多或少都留有水文化的印记。水文化与人类社会文化同在，甚至更早于人类文明的出现，早在原始社会就已出现了用水工具、择水而居和水的习俗；随着人类社会进入文明时代，人类为改善生存环境，与洪水抗争也随之出现，人类对水的认知进一步升华，并以水为媒、以水为载体，出现了许多人生哲理；治水害兴水利也逐步提升到利用水、开发水、保护水，水文化始终贯穿于人类社会的发展历程。

自人类社会进入文明时代，至工业革命前夕，生产力的相对落后，人类社会活动主要围绕农耕、安居、出行和运输等生存环境开展，这些生存环境活动均与水产生直接或间接的联系。人类经济社会发展长期以农业经济为主，水利的建设则是农业生产的重要保障，有道是“水利兴则农业兴，农业兴则社稷稳”。纵览人类发展史，历朝历代无不以“治水天下宁，治水治天下”治理天下，人类社会文化无不以水文化为基础或前提。可见，在农耕时期，水文化在人类社会文化中占据了重要地位，甚至占据了人类社会文化的主导地位。

纵览水文化遗产，水文化主要体现在物质、制度、精神等形态层面。伴随历史长河，在长期的治水实践中，各民族均创造、遗留下数量众多、类型多样、弥足珍贵的水文化遗产；并孕育形成了独特而丰富的水文化，从中还衍生出治水、管水的智慧，包括历史时代进步技术、治水中的高尚品格与精神，外延至哲学思想、文学艺术、民俗信仰等，同时，这些遗产也见证了推进社会文明转型和经济社会发展。

因此，所谓水文化，是在人类社会发展历程中，创造与水有关的时代先进技术、友好生态环境、科学管水制度、文学艺术、民俗信仰等，以及创造中衍生出的精神品格、哲学思想，及其在推进文明转型、经济社会发展的历史价值等物质与精神层面成果总和。

1.2 水文化地域特征

文化具有普同性与独特性。文化的普同性，主要表现为各民族、地区间文化的相互联系、依存与包容；文化的独特性，主要表现为各民族、地区的文化历史传承、延续与发展。文化的地域特征尤为显著，不同地区在自然、历史和社会条件下，形成的文化种类和模式也有所不同，通过历史传承、延续与发展，形成了独特的地域精神品格与人生价值观。

俗话说："一方水土养一方人"，一定的环境造就一定的文化特征。不同地域上的人，由于环境的不同、生存方式不同、地理气候不同，导致思想观念不同、人文历史不同、为人处世不同，文化性格特征也不同。当水文化占据了人类文化的主导地位时，水文化将直接影响地域文化，并形成了独特的地域精神品格与人生价值观。

人类与洪水抗争早在远古时期就已开始，在我国，大禹治水感人故事千古流传，在西方，诺亚方舟故事也经久不息，从大禹治水和诺亚方舟的故事中可窥一斑，一则告诉我们遭遇自然灾害，迎难而上，与洪水抗争，因势利导治理洪水，改善人类生存环境；另则告诉人们信奉救世主的存在，信奉上帝对人类的惩罚，面对大洪水的来临，采用逃避的方式。两个不同的故事，阐释了中西方不同文化和对水不同的认识，也反映了鲜明的水文化地域特征。

东南沿海地区历史上遭遇四次海侵，经历了四季海进、海退，土地资源稀缺，河流源短流急，且频受潮汐和风暴潮侵袭，相较中原地区，东南沿海地区的生存环境更加恶劣。这里的先人长期与海洋灾害抗争，趋利避害，向大海要地，以改善生存环境；践行了开拓创新、众志成城、务实笃行，行稳致远治水历程，在漫长的历史长河中，最终形成了"塘河文化"和极具地域特征的敢为人先、勇立潮头、拼搏进取、励精图治的精神品格与人生价值观。

2 海塘及其历史发展

海塘，即海堤，人工修建堤坝，是江浙沪及闽北沿海地区对海堤的别称，主要用于御潮拒咸，是东南沿海地带的防潮重要屏障，堪称海上长城。

所谓塘河，顾名思义，修建海塘时人工开凿的河流，即护塘河。主要分布在东南沿海地区，与海塘平行，与天然入海河流相交，故沿海地区也称横河，用于蓄淡灌溉、行洪排涝，同时具有交通航运功能，是海塘工程的重要组成部分，也是海塘工程建设历史发展的产物。随着海平面的下降，陆域的进一步演变，海岸线上新的海塘建成，内陆的海塘不再具备御潮拒咸功能，海塘也随之拆除或改建为交通道路，时至今朝，这些海塘工程遗存护塘河"塘河"仍然承担着沿海平原的蓄淡灌溉、行洪排涝、交通航运的功能。

东南沿海地区的海塘建设，肇始于西周时期，距今约3000～4000年，正处于海侵高峰期。《山海经·海内南经》有云："瓯居海中、闽在海中。"晋堪舆大师郭璞注曰："瓯今临海永宁，即东瓯，在岐海中……闽越即西瓯，今建安郡是也，亦在岐海中。"正是描述了西周时期，浙江东南沿海和福建大部陆域山体伸入大海，近海陆地与海洋萦回环绕、犬牙互错的特殊地貌景象。这些伸入大海的近岸山体形成了山麓凹岸海积小平原，俗称"岙"，即山坳近水之地。这里的土著在山坳海积高地安营扎寨以渔猎为生，为保障沿海聚落安居，于是垒土石围塘挡潮，至今，在浙江温州，位于公元前11世纪海岸线附近，仍遗留下横塘、赤塘、塘头、丽塘、上沙塘、下沙塘、石塘、横塘、塘底、塘川，上塘、中塘、下塘等以水利设施"塘"命名的地名，这些海塘至少在西周至汉初就已建成，距今约至少2200年以上，为早期瓯越、闽越先民的家园竖起第一道御潮屏障。

塘河是海塘的伴生物，历史记载最早出现于西晋，位于浙江省温州地区的温瑞平原和瑞平平原，正值该地区由渔耕向农耕文明转型时期，沿海地带形成一定规模的平原后，海塘单一的挡潮功能不再满足发展需求，从而在修筑海塘的同时，在塘内开凿了护塘河（即塘河），用于蓄淡溉田、行洪排涝。弘治《温州府志》载：“瓯郡三江……瀕江为三监，至晋横山周公乃疏凿而通之。于是潮汐有节，境土始辟，生齿日蕃，遂改邑为郡焉”。西晋时，东南沿海温州、瑞安、平阳等滨海地区，周凯率众沿海岸线修筑了南塘和万全塘，还同时开凿了护塘河“塘河”，不仅具有御潮拒咸功能，还形成沿海二大平原灌区，具有蓄淡灌溉、交通航运等功能，同时，还稳固了海岸线，开拓了沿海境土，集聚了人口，为东晋时期温州置永嘉郡奠定了基础。

3 平水塘河文化

3.1 平水塘河历史文化

周凯修筑的南塘和万全塘，长达百里，至今已达1700多年，连接永宁（今温州）、安固（今瑞安）、横阳（今平阳）三邑，建成了温瑞、瑞平二大沿海平原灌区，融御潮固岸、蓄淡灌溉、行洪排涝、交通航运等功能，采用上疏众流、下捍潮卤的方法，形成前河后塘、河随塘走的挡潮排涝、蓄水灌溉格局，史称平水成法，是我国东南沿海史上最早、规模最大、功能最全的古代水利工程。

南塘和万全塘的建成，不仅削弱了潮洪灾害的肆虐、干旱的磨难，还孕育出了物阜民丰的山川土壤，也书写了阡陌纵横的时代辉煌。从此，岐海中温州有了第一块沿海平原和二大灌区，标志着温州由渔耕文明向农耕文明的转变，也是瓯越地区灌溉农业发展的里程碑，留下了瓯越文明的烙印。

弘治《温州府治》载：“南塘……元末因修筑城垣拆毁。”“万全塘……元末县筑城，塘石拆毁。”南塘、万全塘一直沿用至元末，长达千余年。工程的建成不仅为灌区灌溉提供了保障，还稳固了海岸线，开拓了沿海境土，开辟了内陆水上交通航运，同时，吸引周边山民在沿海平原集聚，为东晋时期温州置永嘉郡奠定了基础，也为温州历史经济社会发展作出了卓越贡献。

在温州民间，周凯的治水丰功伟绩代代相传。至今，海塘遗存护塘河温瑞塘河、瑞平塘河仍保留完好，在温瑞、瑞平二大灌区中的蓄淡灌溉、行洪排涝仍发挥着重要作用。20世纪80年代，塘河仍是连接温州、瑞安、平阳的内河航道运输大动脉。周凯创新“以塘御水，以河储水，以埭平水，以泾钧水”的平水成法，创造了时代先进技术，领先国内同一时期水利建设，代表了时代科学技术的进步和古代治水、管水智慧，也为沿海潮汐地区灌区建设提供了样板，在东南沿海地区得到广泛沿袭，纷纷照搬平水成法修建海塘，从而形成江浙沪和福建北部一带独有地域海堤别称“海塘”。

明宋濂《温州横山仁济庙碑》载：“吾将以身平之”。周凯以身护塘壮举，最终牺牲在抗台抢险一线，在温州形成了独特地域文化“平水塘河文化”，他弃商治水、谢绝为官、身先士卒、呕心沥血、至死不渝、敢为人先、科学务实的创新和献身精神，视为后人之楷模。在民间，至今仍流传着平水王周凯治水神话故事，还编纂成温州鼓词、南戏瓯剧、嘉兴皮影戏等历代传唱。其“吾将以身平之”的以身护塘壮举，也创造“守土有责”历史典范，在嘉兴、海宁等地历代海塘建设中得到广泛沿袭和模仿，并最终创造了“跳塘”精神与文化。

《温州横山仁济庙碑》曰：“神初封于唐，为‘平水显应公’。寻升王爵，赐衮冕赤舄。宋累加‘通天’‘护国’‘仁济’之号，从祀郊坛，兼赐‘仁济’以为庙额。元复加‘威惠’，进号‘太和冲圣帝’，遂易庙为宫。逮入国朝，壹以诚事神，以为数加溢美之词，非所以敬恭明神，诏礼官定议为‘横山周公之神’，至于庙宇之建修，皆郡守任其责”。为宣传周凯治水功勋卓著，引导树立社会正能量，维护社会安定，历代皇朝都十分重视推崇周凯献身的英雄事迹。唐代，天子初封周凯为“平水显应公”，旋又升为“平水圣王”，并赐塑像着“衮冕赤舄”。至宋代，敕封周凯“通天”“护国”“仁济”谥号，并将神位列入郊坛，由天子与天地同祭，赐“仁济”庙额。

元代，敕封周凯“威惠”谥号，进号“太和冲圣帝”，将庙改为宫。到了明代，朱元璋钦定周凯为神——“横山周公之神”，纳入国家祀典，并规定了郡守的修建庙宇职责。

明初大文学家、史学家宋濂这样赞颂周凯的功勋伟绩：“神之为，悯生民之昏垫，奋身而兴，捍患御灾。蚩蚩之氓得遂桑土既蠶而不混为鱼鳖者，果谁之力与夫。禹之功在天下，神之泽则被乎一州，虽有小大之殊，其惠利万民之心则一而已。”温州蒲洲仁济庙楹联这样写道：“治水王中古有禹，抗洪帝追封浙南则周”“百代英名不输大禹，千年魂魄永镇瓯江”。在浙东南地区，周凯被视为历史民间治水英雄，其地位与大禹相提并论，被奉为浙南大禹。嘉定《赤城志》载：“平水王庙……在江滨，旧传潮自南来，虽巨潦，至庙下必退，近庙田无水患，民德而祠之。”弘治《温州府治》载：“初立郡时，西城跨水负虐，故立平水祠镇之。”在民间，周凯被视为除蛟镇水之神灵。

不管是历代皇朝的推崇，还是百姓的自发修建，或庙、或殿、或宫，用于祭祀或祈福，历史上在浙江省东南沿海及其周边地区修建有数百座庙宇。据不完全统计，目前国内仍保留有祀祭民间治水英雄周凯的各类庙宇 128 座，主要集中在原瓯越大地浙江温州、丽水、台州等地，浙江中北部的宁波、金华、嘉兴、杭州，以及福建、江西等周边地区也有分布，不少祠庙仍保留传统祭祀的风俗。

嘉靖《温州府志》载：“横山周公庙，在西南隅，祀晋周凯……岁二月一日致祭。”在温州，将周凯诞辰之日为农历公祭日，每逢农历二月初一举办大型庙会。唐张又新诗云：“祠像已加唐衮冕，乐工犹服晋衣冠”。祭祀时，神像塑身着装大唐服饰王冠，乐工身穿晋代服装载歌载舞，并形成了温州传统民俗“拦街福”活动延续至今。光绪《永嘉县志》载：“二月朔，通衢设醮禳灾，名拦街福，以后循次取吉为之，至三月望日止。”清嘉庆永嘉举人张泰青《瓯城灯幔记》曰：“吾瓯处浙东之僻陋，号海上之繁华。敬鬼之风习传乎驺氏，逐傩之月揆法乎周官，每届上巳修之辰，辄仿太乙展灯之祀，烟方冒禁水不张，嬉木天以开火城，乃起厥俗，以迎神也”。自二月初一周公庙庙会（公祭活动）开始，至三月三东岳王庙巡游迎神，直到三月十五持续四十多天才结束，街坊红幔高挂，张灯结彩，家家摆祭台、燃烟花，消灾辟邪、祈福康乐平安。

平水圣王周凯还被奉为十八潮神之一，从祀海神庙。清雍正十一年，朝廷修建海宁盐官海神庙周凯从祀。弘治《温州府志》载：“海神相应庙，在城内海坛山上，唐咸通二年建。先是郡数有台风，民苦之，建庙山巅，祠海神以镇之，每风作则祷。”在温州，早在唐咸通年就已将海神庙修建于海坛山巅，用于镇水除蛟，祈祷风平浪静。明进士陈诏《海神庙诗》曰：“王爵司溟渤，灵旂绕殿光；阳候驱水怪，阴火薄秋霜。色晏龙宫寂，波平海国康；朝宗来百职，剑佩響琅琅。”平水王周凯掌控大海，驱逐水怪，震慑龙宫，保护黎民百姓安康。

3.2 周凯平水精神

周凯平水，始于晋武帝咸宁年间（275—280 年），他遍访天下名士，找寻治水良策，到永康元年（300 年）秋牺牲在抗台抢险一线，历时二十余载，他呕心沥血、至死不渝，建成长达百里、横贯南北的南塘和万全塘，从弃商遍访名家、游学大川南北，到谢绝为官回乡平水，身先士卒、敢为人先、务实创新修建海塘，最终牺牲在抗台抢险一线的献身精神，为后人之楷模，给瓯越大地留下了一笔精神财富，孕育了温州人敢为人先、勇立潮头、不畏艰险、开拓创新的精神品格。

宋代著名文学家陈傅良《作南塘记郡守沈持要以诗来谢次韵奉酬》曰：“周公作雅颂，退然在豳风。功成贵无迹，名大谤亦丛。彼人自标置，刻画岂不工。君看榛莽间，断碑卧颓墉。想当在世时，拳拳效深衷。胡然今弗省，身后议论公。达人悟物情，玄览昭有融。区区强名我，咨尔来何从。沈公天下士，於今万夫雄…一以栖山颠，一以没水中。”此诗为陈傅良目睹沈枢重修温州南塘后酬答之作，以诗歌颂周凯、沈枢二位先贤始建和重修南塘。讴歌周凯这位卓异不凡的治水英雄，呕心沥血，最终牺牲在治水岗位上，功绩浩大却没载入史册，名声远播但屡遭质疑，草丛间破败海塘便是他的治水丰碑。

身先士卒、至死不渝的献身精神。周凯从商期间，目睹家乡“地皆濒海，海水沸腾，蛇龙杂居之，民罹其毒”，潮水倒灌，农田荒芜，风暴潮侵袭，连年受灾，百姓深受苦难。于是，他遍访天下名士，找寻治水良策，会同陆机兄弟，跋山涉水数千里，远赴“黄泛”之域洛阳游学，研习黄河成功治理经验。受良师赏识，举荐重用，他“独辞不就”，不忘初心，毅然拒绝高官厚禄，返乡治水；将游学学到的治水技术带回家乡，为家乡贡献自己的力量。在遇到地方财力不足，治水工作推进困难，他始终不渝，不放弃，带头将经商所得全部积蓄捐出用于治水，亲自查勘现场，调查历史水文资料，发动百姓捐资投劳，携妻奋战在一线，呕心沥血谋划治水方略，指导工程建设。遇强台风登陆、天文大潮、洪峰三碰头紧急时刻，他“吾将以身平之”，发挥忘我精神，挺身而出，奋勇当先，不畏艰险，奋不顾身，扬“杵”奋战在抗台抢险最前沿，与台风抢时间，与风暴潮作搏斗，加固河口大埭、转移群众，最终在抗台抢险中献出了宝贵的生命。

敢为人先、科学务实的创新精神。周凯从京都洛阳回到家乡后，多次进行实地勘察，调查历史水文，摸索海的性情、观察潮的作息，结合先人与潮洪灾害抗争、博弈、进退中的经验，以及遍访名家所得和游学京都洛阳学到的治理黄河“改堵为疏”技术及温州实际，修订治水方略，发展了大禹平治水土方略，采用上蓄众流，下捍潮卤，疏堵并用，前河后塘、河随塘走，以塘御水，以河储水，以埭平水，以泾钓水的方法；形成阡陌纵横的河网水系。改进引水灌溉为蓄淡灌溉，横贯南北均衡灌区供水，连接永宁（今温州）、安固（今瑞安）、横阳（今平阳）三大古邑打通内陆水上交通线，筑河口大埭蓄满溢流，满足梯级河网供水，拒咸蓄淡，让宣泄洪水得宜。融御潮固岸、蓄淡灌溉、行洪排涝、交通航运等多种功能于一体，就地取材，利用开挖护塘河的土料填筑塘身，开采块石对堤塘进行防护；创新修筑了史上功能最全、规模最大的海塘。

3.3 周凯平水的哲学思想

在历史长河中，周凯平水的实践虽只是一场序幕，但有力地助推了东南沿海地区的历史经济社会发展，诉说了瓯越先人的治水智慧，丰富了文化、科技、历史等价值，同时也蕴含了丰富的哲学思想。

周凯平水实践体现了唯物史观的民本思想。唯物史观的一个基本观点是民本思想。“水者，何也？万物之本原。”水构成自然界物质的基础；“水利为农之本，无水则无田。”水是农业的命脉。“善为国者，必先除其五害。除五害，以水为始，旱次之。”孟子曰：“民为贵，社稷次之，君为轻……然而旱干水溢，则变置社稷。”战国时期的孟子回答了人民对于国家兴亡的重要性，将兴水利、除水害与治国安邦的辩证关系作了最清晰的阐述。

周凯自从商期间，目睹家乡“海水沸腾，蛇龙杂居之，民罹其毒”，就已意识到水旱灾害可能带来的社会稳定问题；从此，他“悯生民之昏垫”，遍访天下名士，找寻治水良策，远赴京都洛阳游学，研习黄河成功治理经验，将学到的知识运用到家乡治水中，彻底解决家乡的水患。在受良师赏识，举荐重用，他“独辞不就”，毅然决定不在乱世争功名，另辟蹊径返乡治水，实现个人抱负，为治国安邦作出自己的贡献。他始终相信人民群众是历史的创造者，依靠群众、发动群众，带领群众，遇地方财力不足，治水工作推进困难时，至死不渝，身先士卒，发动百姓捐资投劳，最终完成了长达百里的海塘工程，是民本思想唯物史观的重要体现。

周凯平水实践体现了唯物辩证法对立统一规律。对立统一规律是唯物辩证法的实质和核心，是揭示事物相互联系和不断发展规律的科学。司马迁叹曰：“水之利害矣”，水的本身就是利与害的对立统一体，既是甘露滋润万物，灌溉农田，又是凶神毁灭生灵，毁坏田畴。识水性、知水患，不断在水利与水害之间权衡，趋利避害。从而认识水、掌握水的规律，采用有效的方法治理水、利用水，以辩证的态度解决水患，让水害变水利，是唯物辩证法在治水中的实践。

周凯深知“潮灌之，畴歉收。障蓄之则涝，围涂之则溉”的水之利与害，沿海潮水倒灌，农田荒芜；若沿海岸线进行拦蓄，会发生内涝淹没农田；若对涂田进行围塘，会没有淡水灌溉农田。他摸索海的性情、观察潮的作息，经大量地深入调研和精心谋划，因地制宜，因势利导，将水的利与害对立进行统一，不断权衡水利与水害，趋利避害，采用“塘”与“河”组合，疏导并用，以塘御水、以河储水、以埭平水、以泾钧水的平水成法，上蓄众流、下捍潮卤，沿海岸线修建海塘用于御潮，凿疏护塘河储蓄上游众河流天然来水用于农田灌溉，沿塘设置浦口河埭排除涝水，以“水之利与害”辩证的态度解决了沿海地区水患。

周凯平水实践体现了唯物辩证法事物是普遍联系的。普遍联系的观点是唯物辩证法的一个基本观点，也是唯物辩证法的特征之一。水与人类活动是紧密联系的，治水也影响经济社会发展；因此，治水既要考虑局部，也要顾及全局，既全面，各方兼顾，又保证重点。清陈璜曰：“有全体之势，有一节之势。论全体之势贯彻始终，见责周远近。宁损小以图大，毋拯一方而误全局；寒忍暂而谋之，毋利一时遗虑于他年。”治水必须系统考虑全局长远的利益出发，切勿图一方之利耽误全局，图一时之利损害长远。

周凯修筑的南塘、万全塘，长达百里，连接永宁（今温州）、安固（今瑞安）、横阳（今平阳）古邑，同时将晋时的浙南沿海地区的三县一次性纳入系统治理，建成了温瑞、瑞平二大灌区，不仅具备御潮、蓄淡、灌溉、排涝等基本功能，还稳固了海岸线、开拓了疆域境土、开辟了内陆运河；改善人居环境，发展交通航运，使沿海地区人口快速得到集聚，经济社会快速得到发展，南塘、万全塘建成后，仅仅过了二十多年，至东晋明帝太宁元年（323年），临海郡析温峤岭以南地区永嘉、安固、横阳、松阳四县置永嘉郡（东晋温州），郡城驻永宁古城。周凯平水顾及全局、兼顾长远，全面、系统性进行总体布局，综合治理，充分体现了丰富唯物辩证法事物是普遍联系的基本观点。

4 结语

温州历史悠久，文化底蕴深厚，是我国历史文化名城，其下辖的永嘉、瑞安、平阳、乐清等县（市、区）均为千年古县，占联合国认定浙江省6个千年古县中的4个。这里，远古时期并没有沿海平原，且经历了四次海侵，生存环境极其恶劣，长期与海洋灾害搏斗，从而孕育形成了独特的地域文化。

平水塘河文化具有鲜明的独特性和水文化地域特征，是地域文化的典范，是东南沿海地区的文化烙印。以温州为代表的东南沿海地区，是我国民营经济的发源地，有着“敢为人先，特别能吃苦、能创业”的著称，他们走遍千山万水、想尽千方百计、说尽千言万语、吃尽千辛万苦，敢于创新、善于拼搏、不畏艰险。这里注重全面系统发展，强镇林立，强县独树一帜；他们白天当老板，晚上睡地板，不畏艰难；他们喜好学习模仿，务实再创新，占领行业顶端；他们敢闯敢拼，开拓市场，有人的地方就有他们的身影；他们喜欢抱团，扶持乡亲共同致富发展。这无不与平水塘河文化千年传承、延续、发展相关，无不与数以千年与海洋灾害搏斗造就的敢为人先、勇立潮头、不畏艰险、开拓创新精神品格与人生价值观相关，更是水文化内涵的最好诠释。

以水文化与水经济融合发展为抓手
探索新时代人文经济的广东实践

贺国庆[1]　吴凤思[2]

（1. 广东省人民政府，广东广州　510031；
2. 南方都市报，广东广州　510699）

摘　要： 本文以水美生态建设的广东实践为样本，从人文经济的研究视角，深入探讨了水韵文化与人文经济学的本质和意义，分析了二者之间的关系，借此来探寻人文经济的发展密码。人文经济学作为经济学的一个分支，同时也是一种超越经济和人文学科界限的新学科和方法，应站在人文与自然和谐共生及区域协同发展的角度，立足于中国经济实践，提升把握社会主义市场经济发展规律的能力，进而不断开拓中国特色社会主义政治经济学的新境界。

关键词： 人文经济；水文化；水经济；融合发展

2023年全国两会期间，习近平总书记参加江苏代表团审议时指出："上有天堂下有苏杭，苏杭都是在经济发展上走在前列的城市。文化很发达的地方，经济照样走在前面。可以研究一下这里面的人文经济学。"深入学习贯彻习近平文化思想，研究人文经济发展的实践样本，总结梳理文化与经济融合发展的经验和启示，对于促进物质文明和精神文明相协调、推动实现高质量发展具有重要意义，由此提出了从人文经济学视野出发研究人文（即文化）与经济如何相互作用、互相融合发展这一命题。

人文与科技融合、人文与自然和谐共生、人文与经济互融互促，全国各地的探索，都各有特色和侧重。以苏州和杭州为例，他们侧重以文为魂，借助水韵文化为媒，搭乘大运河文化发展东风探索文化与城市发展、生态保护融合共兴。与苏州、杭州相似，广东也有很多历史文化底蕴深厚、经济发展又走在全国前列的城市，长江三角洲和珠江三角洲地理区位优势虽并不相同，但城市依水而居、因水而兴的底层逻辑是相近的，差异在于人文地理的结构不同带来区域经济发展模式也不尽相同。

1　理论支持

水文化和水经济融合发展由来已久。自古以来，文明起源于水，凡有大江大河的地方，就有人类文明的遗址，在探索文明的源流时，河流具有无可替代的作用。以黄河文化、长江文化、大运河文化、珠江文化为代表的水文化是中华文化的重要组成部分，而以长江、黄河、珠江等大江大河为代表的江河文明还是我国人文经济发展的重要映照。长江经济带高质量发展，传承着从巴山蜀水到江南水乡千年文脉；黄河经济带的生态文明发展，弘扬着河湟文化、河洛文化、燕赵文化和齐鲁文化；珠江流域的经济腾飞，也印证着以客家文化、广府文化、潮汕文化等为代表的岭南文化的兴盛与繁茂。

1.1　水文化的内涵

水是与人类生存发展息息相关的自然资源，所以我们在与水相处、治水兴水的过程中，会以水为载体产生很多相关实践活动，这些活动会形成具有特定内涵的文化现象，我们把因为人类与水的关系而产生的一种独特文化现象统称为“水文化”。

水文化是指人们在与水相关活动中创造的物质财富和精神财富的总和。它包括了人类对水的认识、利用、治理、保护、欣赏等方面的文化现象，以及与水相关的价值观念、宗教信仰、科学技术、文学艺术等内容。水文化的形成和发展与人类社会的政治、经济、文化、军事、生态等方面有着密切的联系。

水文化的概念大体可分为三个层面，一是精神层面的水文化，指的是水所能附载的精神思想；二是物质层面的水文化则承载的是人类对水的伟大实践，如用水、治水、管水、赏水、亲水等方面的实践，即我们所说的水事活动，即人与水发生联系过程中所从事的一切活动，主要包括水形态、水工程、水工具、水环境、水景观等；三是制度形态的水文化，如以水为载体的风俗习惯、宗教仪式、社会关系及社会组织、法律法规等。同时，水文化还具有母体文化的特性，即水文化是文化的一种形态，它渗透到所有文化的各个方面，是文明和文化之源。中华水文化更是中华文化的重要组成部分，它在中华文化中以水为轴心，形成了独特的文化集合体。中华水文化的历史非常悠久，内容丰富多彩，是世界上唯一从未中断的文化形态之一。它不仅包含了水利文化的全部内容，而且具有广泛的社会性和鲜明的民族特色。

1.2 水经济的概念

水经济概念较新，全国尚无统一定义，比较公认的观点是，它是在节约优先、保护优先的前提下，将水资源作为重要的生产要素，创造、转化与实现水资源的量、质、温、能的潜在价值。广东有关部门将认水经济认定为围绕水资源、水域岸线空间的开发利用和保护而开展的各类活动以及与之密切相关的其他活动的总和。它涉及对水依赖程度高的农业、工业和服务业，以及对水生态环境要求高的旅游业等。相关产业涵盖第一、二、三产业，既包括城乡供水、农业灌溉、水产养殖、水力发电、内河航运等传统产业，也包括水上运动、内河游艇游轮、水文旅文创、滨水休闲康养、优质水开发利用等发展前景广阔的涉水绿色产业，还包括节水治污、水生态修复等战略性新兴产业，以及水数字经济、水金融等全新业态。

广东发展的绿色水经济，则是遵循“绿色低碳”原则，以可持续发展为目标，实现社会效益、生态效益和经济效益有机统一的绿色发展，重点推动水上运动、内河游轮游艇、水系旅游、滨水休闲康养、优质水开发利用、生态养殖、治污节水技术及服务、水数字经济等绿色水经济新业态高质量发展。

1.3 水文化与水经济的关系

水文化是一个涵盖广泛的领域，它不仅关系到水资源的合理利用和保护，也关系到文化传承和人类社会的可持续发展。通过加强水文化的研究和建设，可以为解决水危机、促进社会进步、带动经济社会高质量发展发挥积极作用。

由此水文化与水经济之间存在着紧密的联系，他们相互影响、相互促进。发展绿色水经济的目标是在保护水资源的同时，实现经济效益的最大化，推动经济的绿色高质量发展。水文化的建设与传播可以通过包括实物载体的展示、水文化活动的开展、大众传媒的利用以及水文化创意产业的发展等在内的多种方式，提升公众对水资源要素的认识和理解，促进人与自然的和谐共生。

2 现实支撑

2.1 广东的社会经济发展与河流水系密切相关

自古以来，人类活动都依附在河流水系周边，繁衍生息。城镇依水而建，经济沿水发展，人们伴水而生。经济、人口第一大省广东省位于中国南方丰水地区，地处热带、亚热带季风气候区，自然条件得天独厚，水系发达，人水关系密切。境内有东江、西江、北江、韩江、珠江三角洲、粤东沿海和粤西沿海诸河等七大流域，共 2.4 万多条河流水系，总长 10.3 万 km，各类型水库有 7900 多座、规模以上水闸 8300 多座，拥有丰富的水资源和深厚的水文化底蕴，这为水文化和水经济的融合发展提供了得天独厚的条件。根据统计，2018 年，广东全省河流水系周边 2 公里范围内：耕地面积 16724km^2，约占全省 71%；建设用地 15023km^2，约占全省 82%；活动人群 8035 万人，约占全省 80%；各类企业 569 万家，约占全省 85%（其中高新技术企业 2.2 万家、约占全省 75%）。

在广东，河流两岸是人类活动的重点区域，全省约 71% 的耕地、82% 的建设用地、70% 的活动人群、75% 的高新技术企业分布在水系周边 2km 范围内。因珠江三角洲而发展起来的粤港澳大湾区也因水网相连而占据重要战略优势，作为国内河网密度最大的地区，粤港澳大湾区有大小河道 324 条、城市河涌 12259 条，河网密度达 1.03km/km^2，居于世界四大湾区之首。

这里的河流水系承载着人们相互交往、文化传播和创造文明以及最大的交通运输，是人类社会经济发展之源。

据调查，在河湖自然环境日益转好和群众亲水爱水的本能驱动下，借力水文化和水经济融合发展方式发展起来的水上运动、内河游轮游艇和滨水旅游等业态蓬勃兴起，广受市民追捧。为此，广东省委、省政府提出实施“百县千镇万村高质量发展工程”和绿美广东生态建设战略部署，全面破解城乡区域发展不平衡难题，打造人与自然和谐共生的绿美广东样板，也为水经济发展提供了坚实的政策支撑。

2.2 广东人文经济学的示范高地建设与水文化、水经济密不可分

俗话说：“一方水土养育一方人”。水文化是岭南文化的重要组成部分，它不仅体现在广东人的生活方式上，如喝汤、喝凉茶、赛龙舟等，还深深植根于广东的农业、渔业和水利工程中，如西江、北江奔涌之间，水网密布，万亩基塘完整保留，村民倚水而居，形成了独特的岭南水乡人文景观。2016 年，广东省开始向各级地市推广佛山在桑基鱼塘等方面的经验。此后，佛山桑基鱼塘修复重建开始加速，直到 2019 年最后一天，以广东佛山珠三角基塘农业系统入选第五批中国重要农业文化遗产名单。当地以此为基础，在西樵山下建立了以保护、展示珠三角传统基塘农业景观及其运转系统的渔耕粤韵旅游文化园。有研究表明，在 600 多年漫长的发展过程中，珠三角劳动人民与时俱进，不断完善基塘种养方式，创造了一条大江缀连池塘成片的农业景观，形成了系统的基塘生产技术，衍生出独特的农耕、生态和人文文化，构成了珠三角基塘农业系统文化遗产，一直传承至今，对广东珠三角社会经济发展有着十分深远的影响。

位于珠江三角洲地区西侧的江门，能被誉为“中国侨都、水乡、岭南文化大熔炉”，也与“五邑”地区的水文化有关。以江门古劳水乡为例，古老的榕树、纵横交错的河道、星罗棋布的鱼塘……，使得“珠三角最后的原生态水乡”有了最美水乡的美誉。2020 年 12 月，在第二届“广东十大美丽乡村”“广东美丽乡村精品线路”“广东特色名村”系列评选活动发布会上，古劳水乡自然人文风情精品线路被评为“广东美丽乡村精品线路”。这里的水产养殖业非常发达，从传统的青鱼、草鱼、鲢鱼、鳙鱼四大家鱼到桂花鱼、鲈鱼、鳖鱼、基围虾、美国蛙等高附加值的优质品种都有养殖。而且，集约化、立体化经营在这里已有一定的规模。古劳，因此成为了名副其实的“鱼米之乡”。而这里的鱼塘、石板桥以及“横海游梦”游船、童梦村乐园、上古劳圩滨水商业街、乡野时光等都广受市民好评，吸引游客纷至沓来。

广东各地保留下的这些水文化特征，如对水产的偏爱、对水资源的利用和保护，都为水经济

的发展奠定了良好的文化基础。

3 探索实践

绿水青山就是金山银山。广东以河、湖长制度为抓手，在治理基础上再度升级建设碧道，把昔日的臭水沟、“酱油河”变成水碧岸美的生态廊道。而为了更好地把环境治理、绿色发展带来的生态环境改善变成最普惠的民生福祉和经济发展红利，广东提出发挥当地水资源优势，“打造绿色水经济新业态”，探索建立水生态产品价值实现机制。广东省河长办印发实施《广东省水经济试点建设工作方案》，在全省范围内开展“10+2”水经济试点建设，涵盖水上运动、河湖游轮游艇、水利风景区、滨水休闲康养、优质水开发利用等不同业态，以“10+2”模式在全省范围开展水经济试点工作，总投资超过100亿元。

一条条新廊道在城乡建起，一个个象征着活力与生机的滨水经济带沿着水岸边逐渐生长、点滴壮大。在这些试点案例中，有多个项目均强调在经济发展中融入水文化元素，注重人的需求和价值，推动经济与文化的协调发展，提出要不断通过水文化的传承、保护、教育和创新，提升水利工程的文化价值，促进水资源的可持续利用，实现经济发展与文化繁荣的双赢。可以说，水文化和水经济融合发展正在成为一项重要的新抓手，能够有效地助益广东积极探索人文经济的新实践。

用水兴水，治水先行。水文化和水经济的效益之所以能够被有效释放出来，源自于广东在水污染防治攻坚战、全面推行河湖长制和万里碧道建设等方面取得的卓越成效，尤其是创新性推出在万里碧道，推动广东治水领域迈向一个全新升级，为水文化和水经济融合发展即用生态文明建设的方式探索人文经济的广东实践创造了良好基础条件，对水经济和人文经济的发展起到了显著的促进作用。

作为一项重要的生态文明建设工程，也作为广东河长制持续走深走强的一个有力的措施，广东万里碧道是以水为纽带，以江河湖库及河口岸边带为载体，统筹生态、安全、文化、景观和休闲功能建立的复合型廊道。通过系统思想共建共治共享，优化廊道的生态、生活、生产空间格局，形成碧水畅流、江河安澜的安全行洪通道，水清岸绿、鱼翔浅底的自然生态廊道，留住乡愁、共享健康的文化休闲漫道，高质量发展的生态活力滨水经济带，实现“水清岸绿、鱼翔浅底、水草丰美、白鹭成群”的美好愿望。碧道按所处河段周边环境分为都市型、城镇型、乡野型和自然生态型四种类型。

截至2022年底，全省总计建成碧道5212km，新增生态岸线长度1914km（按河道单侧计算），生态岸线所占比例由建设前的35%增加至55.1%，成为广东生态文明建设的亮丽名片，也为滨水经济带的形成奠定了良好的生态之基础。

2024年，广东又在万里碧道规划建设的基础上，升级打造集安澜健康水带、绿美景观林带、绿色交通带、文化休闲带、滨水经济带于一体的多功能水陆生态廊道。碧带建设是广东践行环保理念的一生动实践和创新举措。

1月7日，《广东省河长办关于启动绿美碧带建设工作的通知》（粤河长办函〔2024年〕5号）已印发，要求把推进碧带建设作为深入推行河湖长制、推进“百县千镇万村高质量发展工程”和绿美广东生态建设的重要内容落实落细，标志着广东碧带建设工作正式启动。

广东万里碧道的建设，首先是保障生态环境得到大大改善：通过碧道和碧带建设，广东省的河流水质得到了显著改善，生态流量得到了有效保障，生态岸线长度增加，湿地面积扩大，为水生生物提供了更好的栖息地，同时也为市民提供了更多的绿色休闲空间。

其次是助益水安全得到显著提升：碧道建设和碧带打造结合了中小河流治理、海堤达标加固等工程，提高了防洪排涝能力，确保了游憩人群的人身安全，使得河流两岸的居民和企业能够更加安心地生活和经营。

再次是推动文化传承与创新得到发展：碧道建设注重保护和活化利用沿线的历史文化资源，如古港古桥古村镇等，同时结合现代元素，打造具有地方特色的文化旅游产品，促进了文化的传承和创新。

同时，在乡村地区，碧道建设与乡村振兴战略相结合，通过改善农村风貌、提升人居环境，促进了乡村旅游和特色农业的发展，增加了农民收入，推动了农村经济的多元化发展。

碧道建设和碧带打造鼓励社会各界参与，通过举办各种文体活动，增强了社区的凝聚力，提高了公众对河流保护的意识，实现了资源共享和社会效益的最大化不仅提升了河流的生态价值，还带动了周边地区的经济发展。例如，佛山市通过碧道建设，推动了水经济项目的发展，上半年营收约 1.7 亿元，带动了就业和旅游业的增长。江门市通过碧道建设，推动了河流成为活力经济带，带动了餐饮服务业和旅游业的发展。

因之广东借助广东万里碧道的建设和绿美碧带的打造在提升生态环境、促进经济发展、推动乡村振兴、保护文化遗产、增强社会参与等方面发挥了重要作用，为广东省的可持续发展提供了有力支撑。所以，广东得以在水文化和水经济融合发展方面采取了一系列创新举措，形成了独特的实践案例。如茂名锦江画廊碧道文旅品牌：引入社会力量广东四季文旅控股有限责任公司通过“整体策划规划＋设计与建设实施＋承包 15 年养护运营与投资”的模式，以水为脉串联沿线美丽乡村，带动当地农民增收致富。

广州市南沙区粤港澳大湾区水上运动基地：该项目以“水上运动＋”为主题，打造三个节点作为锚点撬动南沙水上运动体验、水上竞技活动，延展滨水“吃住行游购娱产学研”一体化服务、水陆两端运动项目，拓展水上运动装备制造、安全救援、体能康复、智慧体育等方向产业链条。

深圳市水利风景区建设：深圳市新增评定光明湖、东江水源工程东江取水口两个省级水利风景区，探索“水利风景区＋水文化”“水利风景区＋水经济”多元化、多样化发展。

肇庆广宁县绥江两岸特色文化旅游水经济试点项目：该项目深度融合农林文旅，开发高端度假旅游模式，利用优质的自然资源吸引珠三角的游客，已经开始部分运营，预计可带动就业 500 人以上。

在“10+2”省级水经济试点项目中，还选取了佛山、江门 2 个地市开展全域水经济试点建设。以佛山市全域水经济试点项目为例，佛山市确定了 10 个水经济试点项目，引入国际、国内知名品牌作为运营主体，计划总投资近 30 亿元，旨在打造幸福河湖新典范。

这些案例展示了广东省如何通过水经济的发展，推动了地方经济的增长，同时也促进了水文化的提升和环境保护。通过这些实践，广东省不仅提升了水资源的利用效率，激活了绿色水经济，还探索了建立水生态产品价值实现机制，为“两山”理论转化提供了广东路径，也为其他地区提供了可借鉴的经验。

除了水利部门重视水文化和水经济融合发展之外，广东文化及宣传部门也青睐通过讲好广东水韵文化的故事，打响城市文化品牌。如中共广州市委宣传部联合有关单位推出大型人文纪录片《珠江》，从“水脉”探索“文脉” 呈现珠江独有特质。这是首部系统介绍珠江流域自然、人文与历史题材的大型人文纪录片，全景展现珠江美丽多姿的自然风光、东西方商贸交流文明互鉴的历史图景和大潮起珠江的时代变迁，彰显岭南文化兼收并蓄、丰富多彩的内在品格，并深入关注普通人的大生活、大时代的小人物，通过珠江讲好中国故事。又如广东省委宣传部支持创作粤产精品大戏《珠江人家》，以文化戏、融戏入剧的创新形式，融入了大量本土水乡文化元素，向观众呈现了一幅色香味俱全的“珠江上河图”，让观众沉浸式体验剧情的同时，也直观感受到独特的岭南水乡文化。据中国视听大数据(CVB)统计，该剧收视率破3，稳居2023年央视一套黄金档剧集收视冠军宝座，并成功入围第34届中国电视剧“飞天奖”，引起了广泛关注。

当前，广东文化产业发展已进入文化经济融合发展阶段，形成了集聚效应、价值链效应、制造业效应和融合效应。以水文化为创作蓝本，推出文化、文艺、文学精品的广东实践不胜枚举，这些试点项目通过增强创意活化、科技赋能、跨界创新和区域协同等方式，正在努力将广东打造成为践行人文经济学的示范高地。

参考文献

[1] 樊浩．人文经济学到底是什么“学”？[J]. 东南大学学报（哲学社会科学版），2024,26(1).

[2] 任平，李扬，战炤磊，等．人文经济学：高质量发展的人文密码（笔谈）[J]. 探索与争鸣，2023(9).

[3] 王晓静，刘士林，杨珺涵．人文经济的历史逻辑、理论逻辑和现实意义[J]. 南京社会科学，2023(9).

[4] 新华社新时代人文经济学课题组．《新时代人文经济学》智库报告[M]. 北京：新华出版社，2023.

浅谈佛子岭水库水文化建设：传承历史，助力新发展

殷 蓬 蒋东原

（安徽省佛子岭水库管理处，安徽霍山县 237271）

摘 要：佛子岭水库地处淮河南岸支流淠河东源，坝址位于安徽省霍山县佛子岭镇境内，距下游霍山县城 17km，是一座具有悠久历史和丰富文化的水利工程。本文将从传承历史、助力新发展的角度探讨佛子岭水库水文化建设的重要性和可行性。佛子岭水库作为“新中国第一坝”，承载着丰富的历史文化，见证了中国水利工程的发展历程，为水文化建设提供了坚实的基础。水文化建设是传承历史、弘扬民族文化的重要途径。通过挖掘水库的历史遗迹，展示水利工程的建设过程，讲述水库背后的故事，可以让更多的人了解和认识这一地区的历史文化，增强文化自信和认同感。同时，水文化建设还可以促进当地旅游业的发展，带动相关产业的繁荣，为地方经济增长注入新的活力。水文化建设是助力新发展的重要手段。通过加强水文化建设，可以打造具有独特魅力的文化品牌，吸引更多的游客和投资者前来参观和投资，推动经济的快速发展。佛子岭水库水文化建设既是传承历史、弘扬民族文化的需要，也是助力新发展、促进经济增长的重要途径。只有不断加强水文化建设，才能更好地实现文化传承、经济发展和社会进步的有机结合。希望通过我们的共同努力，佛子岭水库水文化建设能够取得更大的成就，为守护淠河安澜和促进当地发展贡献力量。

关键词：佛子岭水库；水文化建设；历史文化；助力新发展

1 佛子岭水库工程概况

佛子岭水库地处淮河南岸支流淠河东源，坝址位于安徽省霍山县佛子岭镇境内，距下游霍山县城 17km，是一座以防洪、灌溉为主，结合发电、供水等综合利用的大（2）型水利枢纽工程。水库坝址以上控制流域面积 1840km^2（其中磨子潭水库 570km^2、白莲崖水库 745km^2、佛 - 磨 - 白区间 525km^2），占淠河全流域的 31.1%。水库为年调节水库，规划防洪标准按 100 年一遇洪水设计、5000 年一遇洪水校核，汛限水位 122.56m、设计洪水位 125.97m、校核洪水位 129.8m、汛后正常高水位 125.56m、死水位 108.76m，相应总库容 4.91 亿 m^3、调洪库容 1.56 亿 m^3、兴利库容 2.71 亿 m^3。水库工程于 1952 年 1 月开工建设，1954 年 11 月竣工，是新中国成立初期第一批治淮骨干工程，享有“新中国第一坝”的美誉。现已成为以水库为主体的国家级水利风景区、国家 AAAA 级旅游景区。运行七十多年来，为流域社会经济的发展作出了巨大贡献。

2 佛子岭水库水文化

2.1 佛子岭水库的历史传承

佛子岭水库文化底蕴深厚，自然景色秀丽，加之“新中国第一坝”的历史背景，使其富有丰富的人文魅力。20 世纪 50 年代佛子岭水库建设时期，国内一大批艺术家纷纷来到热火朝天的佛子岭水库工地采风创作，留下了大量诗文画作。

1954 年 5 月，吴作人携夫人萧淑芳到佛子岭水库采风，创作出《佛子岭水库》等多幅油画。刘海粟于 1956 年仲夏为佛子岭水库书写竣工纪念碑文，1957 年创作油画《佛子岭水库雪景》、

国画《佛子岭水库》等。靳以（原名章靳以）创作的《到佛子岭去》，入选1958年初中二年级语文课本。陈登科在佛子岭水库创作长篇小说《移山记》和电影剧本《水库》。张怀江创作了《佛子岭水库画集》等。冯至、范宁、戈宝权、王燎荧、田间、白朗等人歌颂佛子岭大坝气势磅礴，是人间的奇迹。佛子岭水库还曾出现在毛主席《大社的优越性》加批按语中、老电影《上甘岭》插曲镜头里、老舍的诗歌《山高挡不住太阳》里。佛子岭水库建成后，衍生了很多以“佛子岭”为品牌的商品，如佛子岭香烟、佛子岭大客车、佛子岭牌铱金笔等。佛子岭水库作为新中国具有代表性和突出价值的历史建筑物，入选第八批全国重点文物保护单位、第一批工业遗产保护名录。

2.2 水库周边的水文化景观

20世纪50年代，佛子岭水库为安徽省最早的外事参观点之一。2003年10月，佛子岭水库被评为国家水利风景区。2009年12月，佛子岭风景区被批准成为国家AAAA级旅游景区。①佛子岭水库人工瀑布，佛子岭水库景观之一。当水库溢洪道泄洪时，汹涌的流水像脱缰之马，一头扎向下游的消能水渠。奔腾而下的急流，掀起数米高的浪花水柱，形成一道宽约70m、落差约40m的蔚为壮观的人工大瀑布，波涛撞击之声震耳欲聋。②佛子岭水库花园，花园位于佛子岭宾馆前50m，1958年春建成，占地面积1.13hm^2（17亩）。建有温室、荷花喷水池、露天盆景场、拱桥、人工游泳池、仿古凉亭、塑像等景观。园内有从苏州林园引进的斑竹、泪竹，从芜湖赭山公园引进的白兰，有人工培植的高中档花卉，有艺术盆景、根雕等各种花卉近千种；有花卉苗圃、园中之园“翠竹邮”、拱桥流水、水榭莲池、金鱼戏莲、斑竹滴泪等巧夺天工的景观，令游人流连忘返。③镇河神牛，神牛雕塑位于佛子岭水库河滨公园内，1996年5月建成，它是电站职工自愿捐款建成的玻璃钢制成品。其基座为长方体混凝结构，外贴黑色花岗石。为阐述建造“神牛”的意义，在基座两边黑色花岗石上刻有《镇河牛记》和捐资人姓名。远远看去，“神牛”栩栩如生，象征着“佛子岭人”艰苦奋斗、开拓进取和无私奉献的爱岗敬业精神，是河滨公园内一道独特的艺术珍品。④佛子岭宾馆，佛子岭宾馆位于佛子岭水库东岸，前身为佛子岭水库工程指挥部招待所，大坝施工时建成，建筑风格如同一座山寨式小四合院，建筑材料多为竹、草或竹篱笆。佛子岭宾馆是新中国最早的外事接待地点之一，接待过众多来宾，其中包括文艺工作者、记者、大专学生、外国来宾、少数民族代表、军队参观团体、中央和各级政府领导人等。⑤志庆亭，志庆亭位于佛子岭水库宾馆大门前，1994年10月建成，其风格形状系北方凉亭风格。因原坐落在佛子岭水库下游淠河西岸山崖上的刘海粟碑亭距离水库较远，亭内碑文常遭游人涂鸦，加之公路改道不便看管保护。佛子岭水电站决定，将海粟碑及石狮一并移至此亭内保存。时值佛子岭水库建成40周年庆典之际，故命名为“志庆亭”。⑥佛子岭水库观景亭，大坝观景亭位于佛子岭水库大坝东岸山顶废弃水池上。主要利用原水池壁外加混凝土梁柱作为基础，凉亭为两层母子亭，母亭系六角亭，上贴红色玻形砖，宝顶翘角，大方醒目；子亭为柱亭，有旋转梯通往二层母亭，造型美观，登上此亭，佛子岭水库上、下游风光尽收眼底，令游人心旷神怡。

3 佛子岭水库水文化建设

3.1 挖掘佛子岭水库水文化

习近平总书记指出，历史文化遗产“不仅属于我们这一代人，也属于子孙万代”。作为新中国成立之初为治理淮河而建的第一座钢筋混凝土连拱坝，佛子岭水库在建设时期和近70年的发展历程中，积淀了丰富的文化资源。2023年，安徽省佛子岭水库管理处（以下简称管理处）以创建国内一流水工程管理单位为目标，编写了“4332”行动计划，制定水文化相关建设规划，明确“水文化”建设的发展方向以及具体项目、计划和时间表。为确保各类工作的有序推进，成立管理处

“水文化”建设领导小组和工作专班，明确职责和分工。工作专班坚持问题导向、实践导向，紧密联系工作实际，统筹协调推进“水文化”建设工作，形成合力推动佛子岭“水文化”建设；围绕体用贯通、知行合一，注重将水库丰厚的历史人文优势转化为竞争优势、发展优势，加快建设繁荣兴盛的文化强“水”，在担负新的“水文化”使命中彰显佛子岭水库的新气象、展示佛子岭“水文化”新作为。

厚植水文化底蕴，管理处通过挖掘与水结缘的历史名人，编纂《佛子岭水库群志》，增添水利工程文化内涵。自2020年5月启动志书修编工作以来，经数次修改、反复打磨，志书于2023年10月通过专家评议。该志全面记述了佛子岭、磨子潭、白莲崖三座水库的发展历程，也较好地反映了水库群厚重的文化内涵。通过实施佛子岭宾馆等历史文化遗产建筑进行保护性修复，坚持修旧如旧、保留原貌，恢复宾馆使用功能，建设环境优美、景色宜人的花园式水库，使其能够保留并发挥其文化价值。

3.2 水库水文化建设现状

革命文物承载党和人民英勇奋斗的光荣历史，记载中国革命的伟大历程和感人事迹，是党和国家的宝贵财富，是弘扬革命传统和革命文化、加强社会主义精神文明建设、激发爱国热情、振奋民族精神的生动教材。以水美佛子岭建设为抓手，结合水库功能发挥、生态旅游休闲、文化科普教育等，管理处将水利工程建设和水文化资源融合，建成了可观可看可体验的水文化综合展示体，树立佛子岭“水文化”建设新品牌。2023年，管理处完成坝上文化墙建设，上坝道路沿侧及溢洪道隧洞文化长廊建设，佛子岭文化馆建设，结合佛子岭水库大坝安全提升和环境整治，在佛子岭水库上坝道路沿侧及溢洪道隧洞内展示习近平总书记关于治水、文化传承等各类重要讲话、社会主义核心价值观、中华优秀传统文化、多幅水库风景照等内容并开展照片名称征集评选活动，在显著改善工程面貌的同时，有效地提升了工程文化品位。佛子岭文化馆中展示的毛泽东主席“一定要把淮河修好”题词，中央人民委员会办公厅给佛子岭水库职工子弟小学全体同学的回信以及给佛子岭水库全体功臣、模范工作者的回信，周恩来总理在治淮文件上的批示，朱德委员长、刘伯承元帅视察照片……这些水库珍藏的档案，无声地诉说着红色记忆。

3.3 水文化宣传工作

中华民族最基本的文化基因是与当代文化相适应、与现代社会相协调，以人们喜闻乐见、具有广泛参与性的方式推广开来，把跨越时空、富有永恒魅力、具有当代价值的文化精神弘扬起来。如今的佛子岭水库不仅仅是一个水利工程，更是一个生态文明的标志，一个文化传承的载体，一个面向未来的希望之源。管理处充分利用各类宣传媒体，开展内容丰富、覆盖面广的水文化宣传活动，联合安徽日报、安徽电视台等多家媒体报道管理处工作动态，彰显佛子岭水利人的精神风貌。开展“我们的文化我来讲”活动，选拔文化馆优秀讲解员，教育引导年轻一代职工传承和弘扬“佛子岭精神”。现在，我们站在新的历史起点上，有责任也有义务去传承这份“水之情”。

4 佛子岭水库水文化建设的经验

4.1 合理整合资源，形成品牌效应

管理处通过合理整合资源，形成品牌效应，实现了水库群的可持续发展和综合效益的提升。这一举措不仅有助于提升水库的管理水平和服务质量，还能够增强水库的知名度和影响力，吸引更多的游客和投资，促进当地经济的发展。管理处深入挖掘自身的文化内涵，做实做活“水文化”文章，推动水文化建设取得积极成效。通过打造集水库功能发挥、生态旅游休闲、文化科普教育

于一体的工程样板，进一步提升了水库工程的文化品位和影响力。同时，注册“佛子岭”商标，加强对品牌资源的保护，有效地维护了合法权益，促进了佛子岭文化的推广。管理处还注重生态环境的保护和改善。通过实施相关行动，使水质达标率常年保持Ⅱ类饮用水，为大别山原生态的恢复和保护做出了积极贡献。这一举措不仅提升了水库的生态环境质量，也增强了水库的品牌形象和吸引力。此外，管理处还积极探索优化水库群联合调度的方式，充分发挥水资源综合效益。通过联合调度，使得水资源利用效率明显提升。在防洪、供水、灌溉等方面发挥了重要作用，为下游地区提供了可靠的水资源保障。这一举措不仅提升了水库群的综合效益，也进一步增强了佛子岭水库的品牌影响力和市场竞争力。

4.2 积极开展水利单位交流与合作

管理处在水利单位交流与合作方面一直保持着积极的态度，通过多种方式和渠道加强与相关单位的联系与协作，共同推动水利事业的发展。一方面，管理处与其他水利单位共同举办了业务交流活动。与省淮河局开展业务交流，实地参观学习蚌埠闸工程管理处，并就共同关心的问题开展座谈交流。这种面对面的交流方式，有助于双方深入了解彼此的工作情况，共同探讨解决问题的方法和举措，实现资源共享和经验互鉴。另一方面，佛子岭水库还通过联合举办活动，加强与水利单位的联系与合作。与省水利科学研究院、省龙河口水库管理处、省梅山水库管理处等单位共同协办迎新春联欢会，这不仅增强了各单位之间的友谊，也为进一步开展合作奠定了良好的基础。此外，管理处还注重与相邻单位的交流与合作。例如，赴王家坝闸开展交流学习，深刻领悟王家坝精神的丰富内涵和实质，探索建立长效共建机制。这种跨单位的交流合作，有助于拓展管理处职工的工作视野，学习借鉴其他单位的先进经验和技术，提升自身的管理水平和服务质量。这些做法也助力佛子岭水库水文化建设更上一层楼。

5 佛子岭水库水文化建设的未来展望与建议

5.1 未来发展方向及发展愿景

首先，发展方向上，管理处可能会进一步强化水文化的传承与创新。一方面，将深入挖掘水库自身的历史和文化内涵，保护和传承好现有的水文化资源，让更多的人了解和认识这座新中国第一坝的厚重历史和独特魅力。另一方面注重创新，结合现代科技和文化元素，打造更具时代感和吸引力的水文化产品和服务，满足公众日益增长的文化需求。管理处还会加强与周边地区的文化交流与合作。通过与其他水利单位、文化机构、旅游部门等的合作，共同开展水文化的研究、推广和宣传活动，扩大水文化的影响力和覆盖面。这不仅有助于提升佛子岭水库的知名度和美誉度，也能促进当地经济和文化的发展。

在发展愿景方面，管理处期望成为水文化建设的典范和引领者。希望能够通过自身的努力和实践，推动水文化在全社会范围内的普及和传播，让更多的人了解和关注水文化，增强公众的水资源保护意识。同时，也期望通过水文化的建设，进一步提升水库的管理水平和服务质量，为公众提供更加优质的水资源服务。佛子岭水库水文化未来的发展方向是传承与创新并重，发展愿景是成为水文化建设的典范和引领者。通过不断的努力和实践，佛子岭水库将不断推动水文化的发展，为当地经济和社会的繁荣做出更大的贡献。

5.2 水文化建设的重要性推进水文化建设的具体建议

佛子岭水库水文化建设的重要性不言而喻，不仅是水库管理的重要组成部分，更是推动水利事业可持续发展的重要力量。通过水文化建设，不仅可以提升水库的品牌形象和知名度，增强公众对水库的认知和了解，还能够促进水资源的合理利用和保护，推动当地经济和文化的发展。

在推进水文化建设的具体建议方面，首先，管理处应深入挖掘自身的历史文化内涵，保护和传承好水库的历史遗迹和文化传统。通过编纂水库志、打造文化长廊、开展文化活动等方式，让更多的人了解和认识水库的历史和文化价值。其次，管理处应注重水文化的创新与发展。结合现代科技和文化元素，打造具有时代特色的水文化产品和服务。例如，可以开发水文化主题的旅游线路和产品，吸引游客前来参观体验；同时，也可以利用新媒体平台，开展水文化的宣传和推广活动，扩大水文化的影响力和覆盖面。

最后，管理处还应注重水文化的教育和普及工作。通过开展水文化教育活动、举办水文化讲座等方式，提高公众对水文化的认识和了解，增强公众的水资源保护意识。同时，也可以将水文化教育纳入当地的学校教育中，让更多的人从小就了解和关注水文化。

综上所述，推进佛子岭水库水文化建设是一项具有重要意义的工作。通过深入挖掘历史文化内涵、注重创新与发展、加强文化交流与合作以及注重水文化教育和普及等方式，可以不断提升水文化的建设水平，为水利事业的可持续发展做出更大的贡献。

6 结语

巍巍大坝，横河而起，奏响激越奋进的凯歌。

汩汩淠水，纵贯江淮，见证泽被千秋的创举。

历史潮涌，奔腾不息。百年不过长河一浪，却足以书写一段改天换地的人间传奇。我们看见了历史，也参与了历史。在波澜壮阔的治水实践中，佛子岭精神汇聚成推动水利事业发展的磅礴力量。近年来安徽省佛子岭水库管理处牢记嘱托、感恩奋进，自觉坚定文化自信，坚守文化立场，坚持与时代同步，把弘扬“水文化”时代价值与传承水利事业精神融合起来，把加强“水文化”建设同落实新阶段水利改革发展结合起来，以“水文化”的保护、传承、弘扬、利用为主线，深入挖掘“新中国第一坝”的厚重历史和文化底蕴，为佛子岭水库群高质量发展提供有力的文化活力和精神支撑。

参考文献

[1] 舒俊杰，苏平，王欢，等．新时期汉江集团水文化建设发展路径及对策探析 [J]. 水文化，2023,(12).

[2] 罗文，李宝平，王鉴，等．新形势下扎实做好水文化宣传工作的思考 [J]. 四川水利，2023,44(6).

[3] 史秀东．传承弘扬治水实践中的文化瑰宝 [N]. 中国水利报，2023-11-16(5).

[4] 张艳．厚植文化润江淮 [N]. 中国水利报，2023-10-26(5).

[5] 蔡顺富．浅谈如何做好引黄工程水文化建设 [J]. 河北水利，2023,(9).

论陕西汉阴凤堰古梯田灌溉工程遗产价值及汉阴县水文化高质量发展的实现路径

李权兵[1]　王　敏[2]　廖远波[1]　孙　杰[1]

（1. 汉阴县水利技术工作站，陕西安康　725199；
2. 汉阴县水旱灾害防治监测站，陕西安康　725100）

摘　要：本文从汉阴县概况、凤堰古梯田简介、管理现状入手，对凤堰古梯田灌溉工程历史价值、科技价值、经济价值、生态旅游进行分析、存在的主要问题研究，提出汉阴县水文化高质量发展的实现路径。

关键词：凤堰古梯田；灌溉工程价值分析；水文化路径

1　汉阴县概况

汉阴县地处秦巴腹地，全县辖10个镇，18个社区141个行政村，总面积1365km^2，总人口31万。全境属长江流域汉江水系，境内溪涧纵横，沟壑密布，地表径流水量充沛，水资源较为丰富。以汉江、月河及其支流为骨架，构成全县水系网络。境内流域面积在1km^{2}以上的河流约302条，源于秦岭的河沟约292条，源于巴山的河沟约10条。其中流域面积在5～50km^{2}的77条，50～100km^{2}以上的6条，流域面积在400km^{2}以上的较大河流是月河和汉江，区域水资源具有较强的开发利用潜力。汉阴素有油菜花乡、富硒之乡、陕菜之乡、书法之乡的美誉。西汉设县，古称安阳，唐朝至德二年更名汉阴，宋朝时县城迁至月河北岸，虽处阳地，仍称汉阴，寓意阴阳和谐。汉阴是龙凤呈祥之地。县城居两山之川中段，城南有凤凰山、北有卧龙岗、东有麒麟沟、西有观音河，具有“前望凤凰飞九天，后倚龙岗做靠山，左膀麒麟呈祥瑞，右臂观音护平安”的美好寓意。以龙为图腾的北方文化和以凤为图腾的南方文化在这片土地上交融荟萃，年年风调雨顺、五谷丰登，是龙凤呈祥的祥瑞福地。汉阴是人文荟萃之地，诞生了沈士远、沈尹默、沈兼士三位文学大师，成为中华五千年来继“三曹”“三苏”之后的第三大文学家族；走出了何振亚、沈启贤、杨奔三位将军，其中两位开国少将；沈氏家训代代相传，成为中华家国文化的精髓。

习近平总书记强调：“文化自信是一个国家、一个民族发展中更基本、更深沉、更持久的力量。”文化是民族的血脉和灵魂，是人民的精神家园，是国家发展的重要支撑。水文化作为中华文化的重要组成部分，在建设社会主义文化强国的进程中不可或缺、至关重要。近年来，全县上下以习近平新时代中国特色社会主义思想为指导，认真贯彻习近平总书记来陕考察重要讲话重要指示精神，聚焦“5775”总体思路，坚定实施“工业强县、开放活县、科教兴县、生态立县、产业富民”五大战略，奋力建设富强、活力、人文、美丽、富裕的锦绣汉阴，先后荣获全国双拥模范县、全国绿化模范县、全国土地节约集约利用模范县、全国“五五普法”先进县、全国平安畅通县、省级文明县城、“中国天然氧吧”称号、省级生态县、国家卫生县城、国家园林县城、全国法治县创建先进单位、全国农村创新创业典型县、省级农产品质量安全县、省级小型水库管理体制改革样板县等多项国家和省市桂冠。

2 凤堰古梯田灌溉工程遗产简介

遗产区包括凤堰梯田、汉江谷地的堰田、低山丘陵的塘田，总灌溉面积约 5.12 万亩。凤堰古梯田景区有“天上云梯”“大地浮雕”之称，核心景区位于汉阴县漩涡镇，距县城 24km，分布在汉江之北、凤凰山南麓海拔 400 ～ 800m 的区域，是第三次全国文物普查在西北地区发现面积最大的古梯田群，也是中国首个以山水为背景、以梯田为展品、以民俗文化为内涵的天然展览馆，至今已有 2500 年历史。2010 年凤堰古梯田移民生态博物馆被评为“陕西省第三次全国文物普查十大新发现”，2013 年被省水利厅命名为省级水利风景区，2014 年被国家农业部命名为“中国美丽田园”、被水利部命名为“国家级水利风景区”，凤堰稻作梯田系统 2021 年入选第六批中国重要农业文化遗产，有“古代山地引水灌溉工程的典范、农业灌溉工程持续运行管理的典范、中国农耕文化传承的典范、人与自然和谐的典范、传承生态文明的典范”之美誉。古梯田的价值主要体现在科技、历史文化、生态等方面。凤堰梯田为代表的古代灌溉工程体系，依山就势，排灌体系完善，充分体现了“山水林田湖草沙”人与自然和谐共生的理念。梯田灌溉引用河水、泉水和局部小气候形成的雨水，水量充足，渠系发达，自上而下排水流畅，设施完善。凤堰梯田正是利用并延续了这种技术与特点才能够发展沿用至今。

凤堰古梯田规模宏大，形态原始，阡陌纵横，鬼斧神工，是我国移民文化和农耕文化相融合的产物，是农耕文明的“活化石”，也是湖广移民在陕南繁衍生息的“基因库”。凤堰古梯田集“山、水、田、屋、寨、村、庙、农”为一体，融“浑厚、雅致、奇趣、清新、壮美”于一身，这里生态环境优美、梯田密集，形态原始、阡陌纵横，线条流畅，山高水长，板屋交错，充分展示出梯田的自然美、古朴美、形体美、文化美，是天人合一的伟大杰作。春季花开云梯如画卷，夏季层层绿浪泻山间，秋季金波万顷丰收忙，冬季白雪皑皑入云端。

凤堰古梯田分布在凤凰山南麓浅山丘陵区域，主要利用茨沟、冷水沟、东沟河，黄龙沟等凤凰山溪自流灌溉，凤堰古梯田的遗址构成主要包括古梯田、沟渠堰塘、古建宅院（冯家堡子、吴家花屋）、村寨民居、石堡寨遗址（太平寨）、宗教设施（黄龙庙、擂鼓台、铁瓦殿）、古镇（漩涡、双河口、汉阳、冉家坝）以及与农事及地方文化融合的节庆、方言等非物质文化遗产等。

3 凤堰古梯田灌溉工程价值分析

3.1 历史文化价值

3.1.1 汉阴是抱瓮之乡

自古以来，汉阴有“抱瓮之乡”的别称，这主要因为典故“抱瓮灌溉”起源于此。据《庄子·天地》篇记载，孔子高徒子贡游于楚，返于晋，路过汉阴（泛指汉水之南），见一老人抱瓦罐进行灌溉浇水，子贡与老人对使用机械和不使用机械展开了颇有哲理性的辩论。）汉阴境内，最早的水利灌溉大约起源于周代以前。据《中国通史》记载：“古史称，禹（大禹）、益（伯益）时起，即知利用河渠和井灌农田、园圃”。当时商周时期汉阴主要还是采用人工灌溉，但是会有桔槔、辘轳等汲水工具，这些提水设施，也大大为人工灌溉提供了便利。早在春秋战国时期，汉阴一带先民兴种蔬菜，开凿水井浇灌菜圃。而当时却有老翁抱瓮入井提水，方法拙笨，遂有桔槔。“灌台”和“丈人亭”的遗址，在今汉阴县城北卧龙冈。由于《庄子·天地》一文影响久远，唐宋以来不少文人墨客留下吟咏汉阴抱瓮丈人的诗文。由抱瓮灌地到桔槔汲水初步利用器械，可以说是汉阴地区农业灌溉的先驱，故此汉阴又称“抱瓮之乡”。

抱瓮灌溉：汉阴灌溉历史距 2500 ～ 3000 年。在中国历史上，“抱瓮灌溉”之典可谓千古流传，家喻户晓。此典故，来源于我国先秦（战国）时期《庄子》一书《庄子·外篇·天地第十二》之

第十部分（简称《庄子·天地》）："子贡南游于楚，反于晋。过汉阴，见一丈人，方将为圃畦，凿隧而入井，抱瓮而出灌，搰搰然用力甚多，而见功寡……"由此可见，汉阴灌溉史可追溯到周朝的春秋、战国时期。

桔槔灌溉：桔槔最早记载也见于《庄子》的"抱瓮灌溉"典故中："……凿木为机，后重前轻，絜水若抽。数如泆汤，其名为槔。"可见桔槔早在春秋时期，汉阴境内桔槔已经被用于灌溉，其真正发明时代可能还要早。明代罗颀《物原》说："伊伊始作桔槔。"徐光启《农政全书》卷十七也说："汤旱，伊尹教民田头凿井以溉田，今之桔槔是也。"桔槔在汉代得到较多推广，汉代的文献上经常提到它。在今天的汉阴，仍偶有用桔槔提水灌溉者。

渠堰灌溉：建筑渠堰，引河溪之水灌溉农田，是汉阴县最久远的水利建设。宋以前无考，据万历《汉阴县志》载，明代，全县有凤亭堰、永丰堰、月河堰、墩溪堰等骨干堰渠 18 条，还有支堰分堰数百条。"堰有长，司水分田，人递为之。"（民国《汉阴县志》）龙骨车、筒车等提灌工具已普遍使用。

凤堰梯田：凤堰古梯田始于宋元丰年间（1078—1085 年，以梯田处擂鼓台为证），可追溯至汉代建安十二年（207 年），大规模建设于清朝乾隆丙子二十一年（1756 年），是由湖南长沙府善化县吴氏家族移居当地后，以吴氏族人为主营建，于咸丰、同治时期大规模建设。

负阴而抱阳的选址。汉阴先民在选址规划中以崇尚自然、合理利用自然为原则，尊重自然生态的内在形成规律，巧用自然资源为指导思想。凤堰灌溉工程遗产区背靠北部凤凰山，抵御了西北寒冷的气流，藏风聚气的盆地型结构使其容易保持小气候的平衡稳定，北高南低的地形有利于接受光照，而水口通往汉江既便于水上联系，又具有水土保持、调节小气候的功效。村落整体呈现依山傍水，山水交汇，负阴抱阳，阴阳相济的理想格局。

3.1.2 移民与梯田

郦道元的《水经注》"沔水上"云："汉水右对月谷口，山有阪月川，于中黄壤沃衍，而桑麻列植，佳饶水田。故孟达《与诸葛亮书》，善其川土沃美也。"证明早在汉唐时期，汉阴境内月河川道农耕文明已十分发达。只是由于世乱年荒，宋元以后陕南社会濒于凋敝。

明清两代，由于战乱、兵燹、灾荒等社会原因以及"迁海""圈地""剃发""平台"等政治原因，晋冀、两湖、两广、闽粤、赣皖等地区居民大量向西部川陕地区迁徙，史称"湖广填四川"。清王朝建立之初，即大力推行"移垦"政策招徕各地流民，进山垦荒邨居。移民始于康熙初年，以乾隆中叶为盛，渐息于嘉庆之后，历经一百余年，终使这一场波及全国十几个省的大规模移民得以实现，这一战略性的移民，在陕南开发史上留下了重要的篇章。

3.1.3 民族文化

群夷及巴人原本是汉阴的原住民，由于战争、灾害、瘟疫的影响，大批夷人灭失，巴人外迁。从秦代到北宋，先后有三次移民涌入陕南和汉阴。据说，巴人的一支又回迁到大巴山中。元末明初，迭经战乱，生产力受到极大破坏，汉阴人口又骤减，在朱元璋移民垦荒和屯田政策感召下，从明成化年间开始，湖广皖赣晋秦川等地流民大批迁来汉阴，或军民屯垦入籍。但到明末清初，一场历史上罕见的天灾人祸更使汉阴社会经济几乎陷入绝境，广袤的山地逐渐回归到原始自然的荒芜中，县城仅剩百余间低矮的草房。在清廷《垦荒令》和康熙、雍正、乾隆、嘉庆几个王朝的推动下，汉阴迎来了大批湘鄂粤及赣闽皖川晋秦移民，使汉阴成了名副其实的移民县。

3.1.4 古商道

悠悠的历史长河中，汉阴境内自古以来农业发达，物产丰富，商贸繁荣，商贾云集，北连长安西去的古丝绸之路，东经汉水、长江连接各通商口岸。汉阴故城汉阳坪，昔日称作小汉口。清代、民国的汉阴城，是陕南东南部仅次于安康的第二大商品集散地。清代道光年间，汉阴城内就有大的典当行，后来又出现了私人票号钱庄，县城大街是陕南有名的商铺林立商业街。作为与外界联系的汉阴古商道，也异常繁忙，小有名气。汉阴古商道，始于秦汉，臻于三国至宋代，分水路陆路两大类。

水路，主要是汉江黄金水道，其次是月河水道。汉江水道，是汉阴汉代至南宋前的千余年间商品主要运输线，下游连着汉口，上游连着汉中。敖头（今冉家坝）、社溪（今汉阳坪、石泉嘴）、青龙殿、吴家坊、牟梓河口是有名的水运码头。县城在南宋绍兴二年（1132年），北迁月河边的新店后，汉江仍然是汉阴的黄金水道，大宗土特产靠汉江水运销到汉口，至民国26年（1937年）年货运吞吐量超过2万吨。月河水道，自南宋年代兴起，至民国汉白公路通车结束，是这期间本地农产品与外地工业产品的重要运输线。木船运货，下游通到金州汉江，上游抵达娘娘庙（今中坝村老街）。

陆路古道，主要有下列4条： 汉川道，又称古驿道。循汉江河谷西行，直通汉中。从池河口北行与子午旧古道相连，可达古都长安。从西乡接荔枝道，南行可去重庆、涪陵。从汉中接米仓道，可到巴中、阆中。从勉县接金牛道，可去剑阁、成都。循汉江河谷东行，可通金州、郧婆、荆楚。境内汉阳坪、丫角漩、沙沟、滩上、 漩涡、泊源子、单梓河口、皮房沟口、马家营至汉王城（今属紫阳），沿线可寻汉川古道遗迹。 凤岭道，又称古大道。月川道，又称东西驿道。 古栈道，从县城出发，由麒麟沟北上，经板凳垭、鹿鸭山、铁佛寺、石条街、黄家台、素珠岭、铜钱窖，接义谷道（柞水道），去长安（今西安）。

3.1.5 汉水文化

汉阴县因其地理和历史缘由，文化璀璨斑斓、异彩纷呈。位居汉水上游的汉阴，作为华夏文化的发祥地之一，其人文历史可上溯到新石器时期。汉阴原始先民们在汉江上游劳作生息繁衍，先民们的拓荒为当地经济文化发展奠定了基础，成为后世乃至当今汉水文化的开拓者。有证可据，本县汉江边原汉阳区渭溪乡交通村的冉家坝，国家考古发掘的含细绳纹里黑外红陶钵和细绳纹夹砂灰白陶器，因其文化遗址具有李家村文化特征，从而把汉阴文化历史有据可查的发生时间证实到7000年以前。

而汉阴历史文化不仅与华夏文化有着极强的同一性，又有着鲜明的个性和地域特征，表现为多元性和包容性，东西融汇，南北兼蓄。尤其是后期大量湖广移民至汉阴，这便受到既有三秦文化、中原文化、湘粤文化的影响，又有巴蜀文化和荆楚文化的基因，经过数千年的融合、积淀，便形成了当今的汉水文化之地。

中国古代文化就是以夏民族为核心所创造的中原文化，和以楚民族为核心所创造的汉江、长江流域的文化汇合而成的。楚文化的浪漫奇丽色彩与中原文化朴实的理性之光，交融汇合成了光辉灿烂的华夏文化。这也就决定了对汉阴文化影响最大的是荆楚和巴蜀文化。还因为，春秋战国之际，今汉阴疆域属楚，同时受到巴蜀文化的强烈辐射。秦统一天下后，汉阴长期属秦，秦文化对汉阴的深远影响及以后的文化颇具秦汉唐风格便是一种必然，所以汉阴文化具有鲜明的汉水文化特色。

3.2 科技价值

科技价值体现以下七方面。

一是水利技术发展的缩影：从抱瓮、桔槔到梯田。

二是体现了土地价值的高效利用：田尽而地，地尽而山。

三是在布局中的水生态智慧，“田、渠、塘、溪”因地制宜的灌溉系统体系化。

四是凤堰梯田耕种作业中用到的水利技术，可概括为“田、渠、塘、溪”体系。在精耕细作中，汉阴先民们总结出了这一独特的水资源合理利用技术，其方式高效、独特，为凤堰梯田稻作系统正常运转提供了有力保障。田即梯田，渠是每一“坝子田”间的沟渠，溪指两山之间的溪流，塘则为溪流流到梯田中坝子处，在坝子旁边修建的池塘。这一体系使得溪流的水可以灌到池塘里去。池塘和田之间用渠道连接衔合，构成如血管一样的连续体系。渠必连塘，水塘中的水来自山间溪流，由此构成“田、渠、塘、溪”体系。凤堰古梯田主要利用凤凰山溪进行自流灌溉，再加上当地人开挖的沟渠与堰塘，接住了从高山森林自上而下的水流与渗出的泉水，丰沛的自然水源使得梯田内部沟渠纵横，灌溉系统完备。梯田在建设、改造和利用梯田上充分尊重自然规律，山顶原始森林涵养水源，塘、窖蓄水沉沙，田间采用自流方式调配水资源，梯田则有利于水土保持。“田、渠、塘、溪”组成的灌溉体系，与“自然积存、自然渗透、自然净化”的海绵建设理念完美契合，充分利用自然之力，是因地制宜的低影响开发方式。

五是时间上稻油轮作，空间上立体开发。

六是负阴抱阳的科学选址，安全与生产兼顾。

七是灌溉技术契合特有地理地貌和水文条件。

（1）适应地形与水文特征的汉阴凤堰梯田水利技术；“秋水春用”型、“自然排蓄”型、“四季囤水”型。

（2）时空维度下的汉阴凤堰梯田灌溉模式；“秋蓄—冬沃—春耕—夏排。

（3）汉阴凤堰梯田人居的景观结构。田—林—居—林—田。凤堰梯田是传统的稻作生态系统，是集“水源林—村庄—梯田—汉江”于一体的立体循环稻作系统。汉江充足的水源在山地地形的影响下蒸发形成云雾，云雾上升的过程遇到凤凰山的峰顶阻挡形成大量降水，水源林下渗蓄水成为地表与地下径流，以山泉和溪流的形式通过“田渠塘溪”体系逐级灌溉农田，给梯田农作物生产和村庄农民的生产生活提供水源，发挥水资源的最大利用效率。

3.3 生态旅游价值

凤堰古梯田依山就势，充分利用了土地资源，布置科学，田埂利用土坝坎、石坎或混合土石材料砌筑。梯田灌溉引用河水、库塘水、泉水和局部小气候形成的雨水，水量充足，渠系发达，自上而下排水流畅，设施完善，形成了严密又科学的传统农业景观与传统空间生态格局。凤堰梯田作为当地的传统农业形式，一直是当地重要的生活资料来源，在历史时期为缓解人地矛盾做出了贡献，在当今时代则是当地的重要产业形式，具有较高的经济价值以及进一步开发的巨大潜力。工程由村民自建自管，放水安全有序，管水护水的民约和谐公正，对运行有很好的传承和效益发挥。

稻作梯田因特有景观特质，尤其是凤堰梯田作为目前秦巴山区发现的面积最大，保存完整的梯田，梯田与凤凰山麓自然环境山水相融，体现出人与自然高度和谐统一，而这种人与自然的和谐共生形式以及凤堰梯田区域因传统农耕生活的持续而得以保留的其原有的居住模式，如民居村落、古建宅院与梯田、气候、地形巧妙融合，蕴含了中国古代天人合一的哲学内涵；先民在长期的农业生产过程中形成了传统精细的耕作方式，一方面在土地的使用上，见缝插针、寸土必惜；另一方面采用轮值、间作套种、插耕等传统耕作方式，充分利用地力创造价值。特别是在现代社会中农业文明被现代工业文明的冲击之下，现代机械化的农业耕作模式逐渐代替传统的小农精耕细作方式，传统稻作梯田这种景观资源更显得弥足珍贵，更能满足人们远离现代都市，回归乡野生活的精神诉求，因此有较高的旅游资源价值。

凤堰梯田属陡坡梯田，开创了完善的农田水利灌溉工程系统，包括可持续利用的水源蓄水工程（库塘）、科学的灌排系统工程（坝、渠系）、先进的节水工程（梯田里沟）、完备的储水工程（库塘）、完整的田间配套工程，从而打造出独特的凤堰梯田生态保护系统：“森林—水系—梯田—村落”山林农业生态体系。凤堰梯田完善的农田水利灌溉工程系统是按照高山建田、从高到低、逐级灌溉的方式建造的，以最简易的工程设施、最少的维护保养、可持续的工程管理，实现了最有效的自流灌溉，有力推动了当地的土地垦殖和农业生产。梯田形成了独特的水土资源利用与管理模式：山顶蓄水，充分利用水流势能；梯级布置，有效减少水土流失；工程消能，减轻水流冲刷；聚水沉沙，保障山地坡型。上堡梯田集蓄水、保土、增产于一体的生态农业发展优势逐年凸显，促进了当地农业高质量发展。

3.4 经济价值

在汉阴县辖区，有“富硒大米之乡”的美称。汉阴“两山一川”，依地理环境和气候不同，因地制宜地发展粳稻、籼稻、旱稻等富硒稻10万余亩。现如今，汉阴富硒大米逐步成为该县农旅富硒产业的标签，在第五届中国富硒生态产业发展高峰论坛上，汉阴县被授予“中国十大富硒之乡”荣誉称号。凤堰古梯田是秦巴腹地“国宝”级的画卷，这是大自然的馈赠，也是古代劳动人民勤劳耕作的象征。除了古梯田风貌，这里还有二百多年的吴家花屋、太平寨和冯家堡子等古建筑值得一看。我们去了农家乐，品尝了丰富的富硒农产品以及美味可口的汉阴美食。梯田及灌溉工程建设，促进移民开发荒地，使移民增收，梯田的粮食平均亩产量已超过500kg。在开创当时对经济影响作用很大，面积逐年增大，区内人口逐年增多，成为国家级水利风景区，中国美丽田园，全国第六批中国重要农业文化遗产，国家级文物保护单位，对现代经济影响巨大。积极打造集乡村旅游观光园、现代农业产业园、农民美好家园于一体的客家梯田农业综合旅游示范区，创建以梯田为核心的生态旅游集聚区，并将吴家花屋旧址、冯家堡子、太平寨、观光茶园等周边旅游资源整合建设，打造“春夏秋冬”不同特色景观，引入产品展示平台等活动，增强旅游的体验性、经济性和互动性。改造优质民宿，引进汽车露营基地、帐篷露营基地，推进文旅融合、农旅融合、水旅融合，让灌溉工程遗产在保护开发利用中为助力乡村振兴、实现共同富裕做出更大贡献。实现“人不负青山、青山定不负人”，真正把绿水青山转化为金山银山。

尝美食，赏美景，享美事……如今的凤堰梯田，正呈现出崭新的气象。在这里，弘扬农耕文化，推行原生耕种，坚持每年秋季做到油菜应种尽种不留天窗，春季全部复种水稻，持续形成“春踏油菜花浪、夏看水田插秧、秋闻金谷飘香、冬赏雪落山庄”的梯田美景。四时风光各不同；在这里，能够体验到丰富的客家民俗文化与古代农耕文明，戏曲歌舞、山歌民谣等表演让游客乐而忘返。梯田生云间，丰收满家园。景区年接待游客50万人次，实现旅游综合收入10亿元。

4 凤堰古梯田管理现状及发展存在的问题

4.1 工程管理现状

目前工程管理坚持政府主导与村民自治相结合的管理方式进行。县、镇、村三级统筹投资管护建设，村民以用水协会和乡俗民约的形式进行日常管理。镇、村共有管护人员28人。工程目前由县文旅广电局管理，下设汉阴县凤堰古梯田景区移民生态博物馆，编制6人，由县、镇、村三级管理，实际人数达28人，管理机构及制度健全，建有展馆展厅，目前在改建中，工程有标识牌碑，宣传有网站，属县文旅广电局直管事业单位，每年定期召开“汉阴油菜花节”等工程价值保护、宣传、工程利用等方面的活动，2016已编制景区建设2016—2030年发展规划，水利相关部门也有相关规划已批复。文物保护规划已编制。陕西省文化遗产研究院（陕西省古建设计研究所）负责编制《陕西汉阴凤堰古梯田移民生态博物馆保护利用规划（2012—2030年）》作为梯田保护的纲领性文件。另外还有由陕西省旅游设计院负责设计《汉阴县凤堰古梯田乡村生态旅游区总体规划》，以自然生态格局为基础，依据不同分区主题功能，形成了“一轴、三心、七片区”的总体旅游规划结构。

4.2 工程存在的潜在风险分析

目前存在着遗产本体的延续性问题。同时遗产地原生态文化的延续性、遗产保护与经济发展的平衡问题也对遗产本体的保护存在一定的挑战。

4.3 工程已经开展的保护发展措施

2010 年安康凤堰古梯田被评为“陕西省第三次全国文物普查十大新发现”。2013 年被省水利厅命名为省级水利风景区。2014 年被农业农村部命名为“中国美丽田园”，国家林业部将其纳入凤凰山国家森林公园，现已建成全国首个移民生态博物馆。2020 年，汉阴县漩涡镇凤堰古梯田被正式认定为国家 AAAA 级旅游景区。已编制文物保护规划，2019 年国务院认定为第八批全国重点文物保护单位。2021 年农业农村部公布为第六批“中国重要农业文化遗产”。

4.4 申报世界灌溉工程遗产

2023 年积极申报世界灌溉工程遗产，打造世界名片。

5 结论建议

按照陕西省委“文化强省”战略、国家《文化保护传承利用工程实施方案》、水利部《“十四五”水文化建设规划》《关于加快推进水文化建设的指导意见》和《陕西省水文化遗产保护与发展规划》等要求，“凤堰古梯田”的建成使万亩芳丘成为旱涝保收的天府之国，两千多年来，凤堰古梯田至今持续使用和发挥着效益，是中国农耕文化的“活化石”，是刻印在中华农耕文明史上的“世界移民奇迹”，对中国政治、经济、社会、文化产生了重大而深远的影响。建议从以下几个方面实现汉阴县水文化高质量发展：

一是规划引领，及时编制遗产调查修复的建设规划；二是对全县古渠、古塘、坝等灌溉体系实施清理、全部修复，研究恢原有的农田水利系统；三是做大做优旅游产业。以“一个中心，两条旅游廊道，三大旅游区”的发展思路，以保护凤堰古梯田生态环境为前提，保护和优化生态环境，合理开发与利用自然资源；以开发凤堰古梯田资源条件为基础，强化资源特色，提升规划范围内旅游配套服务和居民生活品质，传承古老的移民文化和朴实的民风民俗，保障农民致富和景区健康有序发展。以尊重凤堰古梯田空间风貌特色为导向，建设活动以低强度开发为主，设施建设与项目开发并与当地自然与人文环境相协调，合理对现状建筑进行改造或原址重建，以减量发展为纲，实现有保护利用。在维护梯田原始风貌和人文景观的基础上，重点将着力打造梯田景观旅游观光线、建设山地游览观光区、梯田景观观光区、客居文化体验区、梯田小镇度假区、形成凤凰云海、双龙戏水、凤江日出、堰坪落日、凤江茶园、群英晨曦、漩涡风情、花屋情缘、石寨遗风、凤饮东河等“一线四区十点”特色旅游景区，强化管理，持续加大利用保护工作力度，使这里成为休闲养生、摄影、绘画及文艺创作圣地。四是持续开展五大赛事提升影响力：全球征文大赛、摄影家大赛、绘画创作大赛、梯田爬坡锦标赛、梯田水稻丰收节大赛，形成“春踏油菜花浪，夏看水田插秧，秋闻金谷飘香，冬赏落雪山庄”，汉阴凤堰古梯田将成为人间福地。五是推进“水利 + 旅游”工作。汉阴县要围绕“世界的凤堰、中国的三沈、陕西的汉阴”三个定位，打造旅游 IP，扎实开展“水利 + 旅游”工作。以水利风景区为载体，以水利与旅游产业融合，统筹水资源、水生态、水工程、水经济、水环境、水岸线，实现水利与旅游良性融合发展。六是对凤堰古梯田遗址进行挖掘保护并申报为世界灌溉工程遗产。对于汉阴县今后的发展、提升汉阴水利的文化底蕴、继承弘扬古代水利建设智慧和先进文化、加快推进当代水利现代化建设、提升水利工程管理水平、构建人水和谐社会环境、促进经济社会可持续发展都具有十分重要的历史意义和现实意义。

万家寨水利枢纽水文化建设实施路径探究

孙 超 邢 华

（黄河万家寨水利枢纽有限公司，山西太原 030072）

摘　要：水利工程水文化是我国水文化建设体系的重要组成部分。以黄河中游万家寨水利枢纽为研究对象，通过分析借鉴我国各大流域上水利工程水文化建设现状，总结典型案例所凝结的水文化建设经验；结合万家寨枢纽水文化建设现状，依据国家水文化建设规划，明确万家寨水文化建设目标；提出万家寨水文化传承保护和弘扬利用具体实施举措，形成万家寨枢纽水文化建设实施路径，为打造万家寨水文化建设品牌提供参考。

关键词：万家寨水利枢纽；水文化建设；水利风景区

1　引言

黄河文化是中华文化的主干和核心，孕育了如代表草原文化的河套文化，代表农耕文化的中原文化，以及代表草原文化和农耕文化相融合的河湟文化等诸多灿烂文化。习近平总书记和党中央对保护传承弘扬利用黄河文化作出一系列重要指示批示精神和决策部署。水利部先后印发《关于加快推进水文化建设的指导意见》《“十四五”水文化建设规划》，提出“十四五”时期及2035年水文化建设的总体目标、总体要求和建设任务。

黄河流域复杂的社会环境和自然地理条件，塑造了黄河文化的多样性，这种多样性体现在人对水的认识和理解上或者是人水关系的变化上，文化以水为载体，水文化由此衍生而出。在水文化的塑造与形成过程中，人与水的关系也在不断演变，人对自然的认识深入通常伴随着自然变化对人类行为的影响，整体表现为自然生态系统和社会经济系统的协同进化。其中，水利工程作为水资源利用和水灾害防治的根本措施，在其修建与管理的过程中，承载了丰富的精神内核和文化内涵，是水文化建设的重要组成部分。在黄河流域，山东省以“十个一”工程为核心推动本省水文化建设，其中包含了交流互鉴、理论研究、品牌建设、宣传推广等多项举措，基本涵盖了水文化建设从保护传承到弘扬利用的各个方面。黄河三盛公水利枢纽聚焦北疆文化品牌建设，依托三盛公水文化博物馆、水情教育基地、科普教育基地，以“蒙古马精神”“三北精神”和“水利工匠精神”等北疆文化品牌丰富枢纽水文化内涵。黄河海勃湾水利枢纽通过融入沿黄生态文化旅游廊道建设，将黄河文化与书法文化、赏石文化、沙漠葡萄酒文化相结合，形成历史—文化—景观—生态相和谐的枢纽水文化建设脉络。

在我国其他江河流域也有许多水利工程水文化建设典型案例。广西西江大藤峡水利枢纽以水生态作为水文化建设的纽带，以生态大藤峡建设推动水工程与水文化融合。江苏宜兴横山水库通过将地域饮食文化、名人文化等涉水文化资源与水利工程、水文化相融合，打造集运行管理、生态文明、科普教育和文化传播的横山水库品牌。汉江集团从企业实际出发，探寻企业文化、法治文化、廉洁文化与水文化的融合发展路径，打造汉江水文化示范工程。

黄河中游地区是我国重要的能源基地，生态环境脆弱，水土流失严重，用水矛盾尖锐，是黄河治理的关键性区域，是黄河流域生态保护和高质量发展的重点研究对象。在黄河中游治理的实践中，形成了特色鲜明的治水、管水、护水、节水经验，留下了众多水利文化遗产，形成了特色鲜明的水文化。万家寨水利枢纽作为黄河中游梯级开发的第一座大型水利枢纽，是黄河中游治理开发的关键性控制工程，承载着丰富的水文化内涵。通过枢纽水文化建设，不仅能够提升枢纽的文化品位和社会影响力，同时能更好地传承与发扬黄河水利文化和水利精神，讲好黄河文化中的“万家寨故事”。

2 万家寨水文化建设现状

2.1 枢纽运管中的水文化元素

万家寨水利枢纽是山西省有史以来最大的水利工程，作为引黄入晋的龙头工程和黄河“几”字湾能源基地的主要供水源，在流域区域水资源优化配置与国家水网建设中发挥重要作用，有效缓解了晋蒙两省区各部门用水矛盾。枢纽先后获得“国家一级水利工程管理单位”“全国水利系统卓越绩效模式先进单位”“全国水利建设与管理先进集体”“全国水利系统文明单位”等称号。2023 年枢纽被列入“人民治水·百年功绩”治水工程项目名单，展示改革开放和社会主义现代化建设新时期晋蒙两省区人民治水兴水的生动实践、伟大成就。多年来枢纽通过植树造林，绿化库区等水土保持生态环境建设工程，改善了库区及周边区域的生态环境，加强库区周围生态保护治理与环境监管，开展“黄河法”等相关政策法规宣贯和水行政执法力度，从法律制度层面使公众认识人水关系，维护河道及库区生态健康。

2.2 企业文化中的水文化元素

水的包容、透明、灵动、开放和源远流长等特征与企业经营发展所需要的品格特征相契合。万家寨枢纽在建设初期就形成了“战风沙、斗严寒、忍荒凉、耐寂寞”的老一辈万家寨人精神。公司以社会主义核心价值观为企业文化建设的源头活水，建设了以团队建设和工作作风为核心的企业文化及行为规范体系。通过榜样引领和人才强企战略营造企业进取创新氛围，以塑造“家文化”构建企业与职工的利益、事业、命运共同体。在团队建设中，以水为镜，如江河汇流广纳百川，公司形成以上率下、团结拼搏的工作氛围，强化人才强企战略，激发企业创新活力。治水之道在于系统治理和全局谋划，需充分考虑上下游、左右岸的协调联动，公司通过厚植“家文化”，传承老一辈万家寨人精神，培养职工的大局观念，形成自我价值与企业价值的相统一，自我利益和企业利益的相和谐，自我成才与企业发展的相协同。公司号召职工坚守信念，坚持原则，恪尽职守。犹如水之奔流不息永续前行，公司培养敢于担当善于作为的卓越工程师队伍，为枢纽安全稳定运行和综合效益充分发挥持之以恒贡献力量。

2.3 水利风景区中的水文化元素

万家寨水利枢纽风景区坐落在黄河北干流托克托至龙口河段峡谷内，是水利部 2003 年批准的第三批国家级水利风景区，拥有亚洲最大最高的人行吊桥。万家寨水利风景区建设以水为纽带，以工程景观、人文景观、自然景观相结合，展现枢纽的历史文化底蕴和人文情怀，如大坝本身作为一处景观，便体现了人与水之间的和谐共生。水利风景区重视水文化的宣传与传承，在枢纽厂房内设有展览馆，风景区内建设有水文化长廊，通过文字、图片、实物等多种形式，全面展示黄河的历史文化、领导人重要讲话、流域规划、治水名人、枢纽建设的发展历程以及建设成就等，使公众能够身临其境地感受水文化的魅力。水利风景区与老牛湾国家地质公园毗邻，长城和黄河这两大中华民族的精神象征在此处交融，形成了中原地区与北疆的民族团结、文化融合与当地民俗、特色饮食、黄河水运等各类型文化相互交织的特征。

2.4 活动组织中的水文化元素

枢纽积极组织各类与水文化相关的活动。与各大高校、科研院所、企事业单位开展活动交流，通过参观、讲座等形式向访客普及水资源高效利用和水灾害防御等知识，传播水知识，弘扬水文化。同时，结合“世界水日”“中国水周”等重要节日开展主题鲜明、形式多样的文化活动，增强公众对水资源的保护意识和节水意识。

枢纽在景观设计、文化展示、活动组织等方面已经融入了丰富的水文化元素，但依然存在水文化建设缺乏系统筹划、资金和技术投入不足、水文化宣传手段单一、跨部门合作机制不完善等问题，需要进一步厘清枢纽水文化建设的实施路径，实现水文化保护传承与弘扬利用的目标。

3 水文化建设实施路径

3.1 水文化建设目标

在水文化建设中，首先要明确建设目标。万家寨水文化建设应以枢纽的建设与运管实践为基础，以治水、管水、护水、节水为手段，以人水关系为核心，从物质、精神和制度三方面，结合经济学、心理学以及社会学方法，探索枢纽与政治、社会经济、科学技术之间的联系，形成具有万家寨特色的水利枢纽水文化建设品牌。

按照水利部《“十四五”水文化建设规划》，万家寨水文化建设目标也可分为短期目标和中长期目标，其中短期目标为：“十四五”时期实现打造工程管理“国家队”与水文化建设深度融合，形成具有万家寨特色的水文化建设典型案例；提升干部职工文化素养。中长期目标为到2035年，基本建成完善的水文化保护和传承体系，枢纽运行管理与水文化建设紧密结合。水文化保护传承弘扬利用工作全面融入公司和枢纽高质量发展工作中。

3.2 具体实施举措

为达成万家寨水文化建设目标，结合万家寨枢纽实际，针对性地提出以下几点具体实施举措，为水文化建设提供参考。

（1）实施重点工程。

制定万家寨枢纽水文化建设重点工程项目清单，可为水文化建设工作明确任务、指明方向。首先应建立制度保障，通过梳理国家和行业有关水文化建设方面的政策文件，抓关键，明方向，分层分类实施，形成万家寨水文化建设的实施办法，确保政策和资金投入上的支持。水文化建设应与枢纽的功能定位紧密贴合，作为水利部直管工程，当前枢纽正在打造工程管理“国家队”，同时作为部省合作的典范，枢纽还凝聚着山西、内蒙古两省（自治区）人民对美好生活的向往。因此，水文化建设重点工程要充分结合工程管理和核心功能发挥两个方面，围绕黄河流域生态保护和高质量发展国家战略，站位新阶段水利高质量发展大局，在系统性谋划和前瞻性思考的前提下，从提升工程文化内涵、形成水文化保护和传承策略、推动水文化弘扬利用手段创新、加强跨部门合作等方面制定并推动重点工程的实施。

（2）提升工程文化内涵。

深入挖掘和整理与水利枢纽相关的地域文化元素，展示黄河中游独特的文化魅力。万家寨水文化建设主要以传统文化在水资源利用、水灾害防御、水生态建设方面的延伸和发展为基础，在其中赋予水的自然属性、经济属性和社会属性，将水利枢纽作为文化载体，从物质、精神、宣传教育等方面，提升枢纽的内涵和价值，同时促进水文化中蕴含的哲学思想、道德伦理、审美情趣等的交流和传播。通过与黄河文化、长城文化、黄土文化、水运文化结合，挖掘和传承水利枢纽工程所蕴含的历史文化价值与哲学思想，提升工程的文化品位。

（3）形成水文化保护传承策略。

综合考虑物质文化遗产和非物质文化遗产两个方面，保护和传承水文化遗产。涉及枢纽建设和运管的文字影像资料应建档成册。加强库区及周边生态环境的保护，同时加强水质监测，防止水质污染和河道破坏。完善水利风景区、展览馆、水文化长廊等基础设施建设，为物质文化遗产的展示和保护提供专门的场所。建设水情教育基地。宣传枢纽水量调度在黄河流域生态保护和高质量发展中的重要作用，提升枢纽的影响力；宣传水库优化调度等水资源高效利用方式，增强公众节水意识；宣传防洪、防凌调度等水灾害防御手段，向公众普及防汛应急等知识。

（4）推动水文化弘扬利用手段创新。

新发展阶段需要有新理念和新技术，水利风景区和水情教育基地为水文化弘扬利用提供了平台，同时也需要丰富水文化的展现方式。可通过结合晋陕蒙三地的剪纸艺术、面食文化、布艺文化、传统音乐文化等，创造富有创意和融入现代技术的水文化产品。通过网络媒介如短视频社交软件等开展线上直播和线下体验活动等方式，拓宽水文化宣传范围，使之走进公众日常生活，推动水文化与现代社会的融合发展。通过举办或参与水文化讲座、水文化艺术节等活动，向公众普及水文化知识，提升大众对水文化价值的认知程度。对于与水文化相关的传统技艺和民俗活动，如黄河民歌、传统舞蹈秧歌、放河灯、冰上运动等给予支持和保护措施。积极拓宽与水利系统和地方报刊、融媒体中心等宣传部门的合作渠道，共同推出水文化专题报道或节目，提高枢纽水文化的知名度和影响力。充分运用数字孪生万家寨平台，积极开展数字化展馆建设。

（5）强化跨部门合作。

万家寨水文化建设涉及水利部门、生态环保部门、教育部门、宣传部门及文旅相关部门企业的多方协作配合。水文化建设工作应获得上级主管部门和地方政府的政策支持，方便在此基础上加强跨部门合作，发挥各自职能形成工作合力。枢纽可与老牛湾国家地质公园、长城文化保护等组织共同推进黄河文化、长城文化遗产保护和文旅产业融合。在万家寨水利枢纽风景区建设中应与地方文旅局合作开展整体规划，实现旅游资源的区域协调性。发挥社会公众力量，积极引导公众参与万家寨水文化建设，鼓励相关企业、社会组织和个人建言献策，在资金、资源等方面给予支持。在万家寨水文化建设整个周期中，不断汲取社会上先进的水文化建设理念和经验做法，共同推动水文化建设的发展。

4 结论

水利枢纽是一个集水资源管理、水灾害防御、生态保护、文化传承于一体的综合性工程，拥有水文化建设的天然独特优势。万家寨水文化建设有助于提升水利枢纽工程的综合效益，将功能拓展为兼具文化、生态、旅游等多重功能的综合性工程。随着国家对水利工程水文化建设重视程度的提升，相关政策的出台会为水文化建设提供有力的保障。万家寨水利枢纽水文化建设将继续深化并拓展其内涵和外延，结合建设目标和具体举措，系统规划，明确特色，打造具有广泛影响力的万家寨水文化建设品牌。

参考文献

[1] 千析，徐腾飞，田世民，等．黄河文化保护传承弘扬思路及举措研究 [J]. 中国水利，2023,(9):63-66.

[2] 罗文，李宝平，王崟，等．新形势下扎实做好水文化宣传工作的思考 [J]. 四川水利，2023,44(6):184-186.

[3] 张书晨．黄河三角洲水文化的当代价值与传播——评《黄河三角洲水文化研究》[J]. 灌溉排水学报，2024,43(3):125-126.

[4] 张书晨 . 以生态文明为导向的水文化建设与传播——评《生态文明视野下的水文化研究》[J]. 灌溉排水学报 ,2024,43(4):119-120.
[5] 孟俊 . 水利工程水文化建设发展趋势探究 [J]. 水上安全 ,2023,(5):10-12.
[6] 张冲 .“十个一”工程助推新时期山东水文化建设 [J]. 山东水利 ,2023,(9):8-9.
[7] 李春林 . 内蒙古打造“北疆文化”品牌的时代价值及其路径探析 [J]. 内蒙古师范大学学报 (哲学社会科学版),2024,53(1):5-10.
[8] 戴润泉 . 关于推进长江水文化建设的探讨 [J]. 中国水利 ,2022,(23):57-60.
[9] 只娟 , 管世烽 , 徐林 . 大藤峡水利枢纽工程水文化建设初探 [C].// 董力 . 适应新时代水利改革发展要求推进幸福河湖建设论文集 . 武汉：长江出版社，2021.
[10] 陈淑云 . 横山水库水文化内涵与建设的思考 [J]. 江苏水利 ,2021,(S1):36-40.
[11] 舒俊杰 , 苏平 , 王欢 , 等 . 新时期汉江集团水文化建设发展路径及对策探析 [J]. 水文化 ,2023,(12):55-57.
[12] 谢炳庚 , 陈胜冲 . 生态文明建设背景下水文化的自然观 [J]. 湖南水利水电 ,2024,(1):105-107.

唐山南湖城市中央生态公园案例

张宇航

（河北省滦河河务事务中心，河北唐山　063000）

摘　要：唐山市南湖城市中央生态公园是一处生态公园，也是水文化与水利建设紧密结合的风景区，当地政府通过环境治理改造工程和创新性的规划设计，重建城市生态系统和运用智慧水务的深入实践。已经成为城市居民休闲娱乐、观光旅游的重要场所，同时也承担着城市防洪、水资源调控的重要角色。构建了生态景观构建与水文化建设的示范。

关键字：唐山市南湖；城市中央生态公园；城市生态系统；与水文化建设

1　前言

位于河北省唐山市的南湖城市中央生态公园（以下简称“南湖公园”），是一处同水文化与水利建设紧密结合的风景区。它不仅是城市的肺叶，增添了都市中的绿色空间，而且是城市水系统管理与生态修复的典范。南湖公园展示了如何在现代城市建设中融入环境可持续性的理念，同时保护和继承了地方的水文化传统。

在这片曾经因工业采煤活动留下的巨大塌陷区上，唐山市政府通过持续的环境治理和创新性的规划设计，实现了一个生态公园的诞生。这不仅仅是一项简单的环境改造工程，更是一次关于城市生态系统重建和智慧水务利用的深入实践。如今，这里已经成为城市居民休闲娱乐、观光旅游的重要场所，同时也承担着城市防洪、水资源调控的重要角色。

作为城市发展史上的一次成功转型，南湖公园丰富了城市的文化内涵，增强了民众的环境意识，并为未来城市可持续发展提供了有益的借鉴。它的故事传递了一个积极的信息：即使是遭受过环境损害的地区，也能通过人类的努力和科技的支持获得新生，成为城市发展中的亮点。

2　发展背景

2.1　工业活动对环境的冲击

唐山，作为一座具有百年历史的工业城市，其发展的辉煌与付出的代价并存。自晚清时期洋务运动兴起以来，唐山凭借丰富的煤炭资源逐渐成为中国北方重要的能源供应地。随着工业化进程的加速，唐山市经济取得了飞速的发展，但这一进程也带来了严重的生态环境破坏。长期以来，大规模的煤炭开采使得地表出现了大量的采空区，导致地面塌陷、地裂和水土流失等地质灾害频繁发生。

2.2　煤矿塌陷区的遗留问题

在持续的工业活动中，地下的煤层被大量挖空，最终引发了大面积的地面塌陷。这不仅形成了大片难以利用的土地，还造成了该区域内生态系统的破坏。废弃的矿区变得坑洼不平，残存的废水坑塘散布着工业污染物，自然植被严重退化，风沙问题突出，生物多样性丧失，昔日的绿色空间变成了荒废之地，严重影响了城市的形象和居民的生活质量。

2.3 环境问题对城市发展的挑战

这些环境问题不仅损害了地方居民的健康和日常生活，也成了制约唐山市进一步发展的重要因素。面对日益严峻的环境挑战，如何治理这些废弃矿区，改善城市生态环境，提上日程。此外，随着社会对环境保护意识的提高以及可持续发展理念的普及，传统的以牺牲环境为代价的工业发展模式已经难以为继。因此，唐山市政府迫切需要寻求一种新的发展途径，既能解决历史遗留下来的环境问题，又能推动城市的转型升级。

在这样的背景下，南湖城市中央生态公园的构想应运而生。这个项目不仅是为了解决一个局部的环境问题，更是要通过创造性的转变，将一个城市的痛点转化为全新的生态亮点和发展契机。

3 水利工程建设

3.1 环境修复与水利设计的挑战

在南湖公园的建设中，水利工程是重中之重。最初的废弃矿区留下了复杂的水文地质问题，包括地面塌陷、污水积存和水土流失等。为了将这些遗留问题转变为生态优势，需要进行精细而深入的水利工程设计。首先面对的是大面积的塌陷地和开放性水体，这些区域需要重新规划，塑造出既安全又具有观赏价值的公共空间。

3.2 湖泊治理与生态修复

湖泊治理作为核心任务之一，涉及清淤、疏浚、水质净化和生态平衡的恢复。通过这些措施，不仅提高了水质，还为各类水生植物和动物提供了栖息地。此外，通过建造人工湿地和植入本土水生植物，进一步促进了生物多样性的恢复。

3.3 防洪设计的创新实践

考虑到气候变化带来的极端天气影响，南湖的水利工程也特别注重防洪设计。利用原有地形，创造了多功能的水体系统，不仅保证了雨季期间的洪水调蓄能力，还实现了旱季时的水资源保持。这种设计有效地缓解了城市的内涝问题，提升了城市的抗洪能力。

3.4 水资源循环利用的智慧方案

为了实现可持续发展的目标，南湖公园还特别重视水资源的循环利用。通过建立雨水收集系统，公园内的绿化用水主要依赖于收集的雨水和经过净化的再生水。这种循环利用的模式大大减少了对地下水和市政供水的依赖，成为了城市节水的典范。

3.5 景观与功能的完美结合

在景观设计上，水利工程巧妙地与园区的自然和文化元素相结合，形成了独特的景点。例如，通过修建风格各异的桥梁和岛屿，不仅丰富了湖泊的景观层次，也为游客提供了休息和观光的地方。同时，这些结构物还具有实际的水利功能，如桥梁的设计有利于水上交通和游船的通行，岛屿则作为天然的水流障碍，增加了水流的停留时间，有助于水质的进一步净化。

3.6 持续维护与智慧管理

为了保证水利工程长期有效运行，南湖公园还引入了智能化管理系统。利用先进的监测技术，对水质、水位和其他关键参数进行实时监控，确保了水域生态系统的健康和稳定。此外，公园还建立了专业团队，负责日常的维护工作，及时清理水面的杂物，检查和维护水利设施。

4 生态景观构建与水文化建设

4.1 生态重建的宏伟蓝图

在南湖公园的规划中，生态重建是一个持续而复杂的过程。从一片废弃的工业用地转变为生机勃勃的绿色空间，这一变革体现了对自然力量的深刻理解和对生态环境的精心雕琢。设计师们以生态学原理为指导，通过科学配置植物、动物以及微生物，建立了一个多层次、自我维持的生态系统。这种生态工程不仅重视物种多样性的保护和恢复，还强调了生态服务功能，比如净化空气、调节气候、保持水土等。

4.2 景观设计与水文化的深度融合

景观设计方面，南湖公园创造性地将河北及唐山的水文化传统与现代园林艺术结合起来。公园内的湖泊、河流和瀑布等不仅是美丽的自然景观，也是水文化传承的重要载体。为了增强场所的历史文脉和地域特色，设计者巧妙地利用地形地貌，借鉴中国古典园林中“山、水、林、田、湖”的自然格局，构建出一幅幅富有诗意的水上画卷。这些水景不仅让人们在游憩中感受到水的灵动和生命的活力，也无声地诉说着当地与水息息相关的历史故事和民间传说。

4.3 打造特色水文化景点

公园内的一些特色景点，如仿古船坞、水上戏台、渔人码头等，都是对地方水文化的致敬。这些建筑不仅复原了历史场景，更成为演绎传统水文化活动的舞台。在这里，游客可以观看到模拟古代渔民生活的表演，体验到传统的水上交通方式，感受到水乡的独特韵味，更有为了纪念革命先辈李大钊同志而创作的历史沉浸式体验舞台剧——《相期吾少年》，传承着激励一代又一代人前进的红色文化。同时，公园定期举办的水上节庆活动、环保主题展览和各类文化交流活动，进一步活跃了场所氛围，让公众在参与中加深了对水资源保护意识的理解。

4.4 智慧生态与环境教育的结合

南湖公园还非常注重科技与教育的融合。借助智能化管理系统，游客可以获得关于园区生态环境的实时信息，比如水质监测数据、空气质量指数等。此外，通过设置环境教育中心和自然探索区域，公园成为了城市居民了解生态环境保护知识、参与环境保护实践的理想场所。针对学生和社区团体，公园还举办各种形式的环境教育活动和工作坊，旨在培养公民的环境责任感和可持续发展意识。

4.5 持续维护与可持续发展的实践

为了确保公园生态系统的长期健康与可持续性，南湖公园实施了严格的生态监管制度。专业维护团队定期对水域进行清理，确保生态平衡；同时，通过引入生物控制技术防治害虫，尽量减少化学药品的使用，保护了生态环境的纯净。此外，公园还积极探索新型绿色能源的使用，比如太阳能照明和风能发电，减少了对化石燃料的依赖。

5 社会与经济效益

5.1 提升城市形象与居民生活质量

随着南湖公园的建成和开放，这一绿色地标迅速成为城市的新名片，极大提升了唐山的城市形象。曾经的工业废墟转身变为了现代化的生态公园，这一变化不仅优化了城市的环境质量，还提供了一处供居民休闲娱乐、运动健身的天然氧吧。当地居民从中获得了更健康、更和谐的生活环境，幸福感和满意度显著提高。同时，良好的生态环境也吸引了更多外地游客来访，增加了城市的吸引力和影响力。

5.2 促进旅游业与地方经济发展

作为一处集自然景观与文化遗迹于一体的综合性公园，南湖吸引了大量国内外游客。随着游客数量的增加，周边地区的旅游服务业得到了快速发展，新的就业机会随之涌现。酒店、餐饮、交通、零售等相关行业都因公园的带动效应而兴旺起来，进一步推动了地方经济的增长和社会就业的扩大。此外，公园还常常举办各类文化交流活动和节庆活动，这些活动不仅丰富了当地的文化生活，也刺激了消费，促进了经济的循环。

5.3 房地产价值的提升

南湖公园的建设还带动了周边房地产市场的发展。公园优美的环境和完善的设施增加了附近住宅区的吸引力，房产价值因此得到提升。这种环境改善带来的“绿色增值”现象，不仅让现有居民受益，也吸引了开发商投资建设新的住宅项目，从而推动了城市综合开发和居住条件的改善。

5.4 增强社会凝聚力与文化认同感

南湖公园作为一个多功能的公共空间，为社区居民提供了一个互动交流的平台。这里不仅是人们休闲放松的场所，也是社交、文化交流和社区活动的中心。通过组织各种形式的公益活动、志愿服务和文化展览，增强了社会的凝聚力和公民的责任感。此外，公园内的水文化和历史教育内容，加强了市民对本地文化的了解和认同，培养了对家乡的自豪感和保护意识。

5.5 推动可持续发展的示范效应

南湖公园在设计和运营中展示了可持续发展的理念。使用再生材料、推广绿色能源和实行垃圾分类等措施，使得公园成为了环保实践的典范。这不仅减少了环境污染和资源消耗，还激励了社会各界对环保和可持续发展的重视。学校和其他机构经常组织参观学习，将公园作为环境保护教育的实地课堂，从而在社会中形成了良好的环保氛围。

6 可持续发展战略

6.1 环境友好型城市规划

在南湖公园的规划与建设过程中，可持续发展理念贯穿始终。项目不仅重视即时效益，更加注重长远的环境健康和区域可持续性。公园的设计采用了多种环境友好型材料和建筑技术，比如使用再生建筑材料、采用绿色屋顶和雨水花园等措施来减少对环境的影响。此外，公园的道路和建筑物均按照节能减排的标准建造，尽可能降低能耗和碳排放。

6.2 生态系统服务的恢复与保护

南湖公园的核心是恢复和保护生态系统服务。设计团队通过科学的生态规划，重建了城市与自然的联系。公园内的湿地、湖泊和岛屿等构成了一个复杂的生态网络，提供了生物多样性保护、水土保持、空气净化等多项生态服务。这些生态服务不仅提升了城市的自然环境质量，还为市民提供了丰富的自然体验和教育机会。

6.3 社区参与与公众教育

可持续发展战略的实施离不开社区的参与和支持。南湖公园鼓励社区居民积极参与到公园的建设和管理中来，通过志愿者活动、环保教育和社区互动等方式提升公众的环保意识和责任感。

公园定期组织各种形式的环境教育活动，包括研学旅行、自然观察、环境保护工作坊等，培养市民特别是青少年的可持续发展意识。

6.4 智慧管理与科技应用

为了确保可持续发展战略的有效执行，南湖公园引入了一系列智能管理系统和科技应用。这包括智能化的水质监测系统、能源管理平台以及废弃物循环利用方案。这些技术不仅提高了管理效率，也优化了资源使用，减轻了对环境的负担。同时，通过数据分析和监控，管理者能够实时响应环境变化，做出快速而有效的调整。

6.5 经济可持续性与创意产业

在经济发展方面，南湖公园积极探索与自然环境相协调的商业模式。除了旅游业和服务业外，公园还推动了文化创意产业的发展，如手工艺品制作、文化艺术展览等，这些产业不仅创造经济价值，也丰富了当地的文化生活。同时，公园内的商铺和餐饮服务主要采用本地产品和服务，支持了地方小微企业的发展，促进了经济的多元化和可持续发展。

6.6 应对气候变化的策略

面对全球气候变化的挑战，南湖公园采取了一系列适应性措施。这包括建立防洪涝系统，以应对极端天气事件；种植耐旱植被和开展水资源管理，以应对干旱条件；以及通过绿化和提供阴凉空间，缓解热岛效应。这些策略不仅保障了公园和周边社区的气候韧性，也为城市的可持续发展提供了实践案例。

6.7 持续监测与评估机制

为确保可持续发展战略的有效性，南湖公园建立了一套完善的监测与评估机制。通过对环境质量、游客满意度、经济效益等关键指标进行持续监测，管理者能够及时发现问题并调整管理策略。同时，公园还定期进行环境影响评估和社会影响评估，确保各项活动和设施对环境的负面影响降到最低，并给社会带来最大的正面效益。

7 结语

综上所述，南湖城市中央生态公园的可持续发展战略是一个全方位、多层次的系统工程。它不仅修复了一个受损害的工业区域，还展示了如何通过综合利用水利工程和生态建设手段，涵盖生态保护、社会参与、智慧管理、经济创新和气候适应等多个领域，体现人与自然和谐共生的理念，实现城市的可持续发展。它是城市水文化与水利风景区建设的杰出代表，对于其他有类似需求的城市提供了宝贵的经验和启示。

参考文献

[1] 刘文苑．乡村植物景观设计与环境质量提升研究 [J]. 农业与技术，2024,44(6):116-118.
[2] 纪非凡．山西煤矿废弃地湿地弹性修复策略探究 [D]. 北京：北京林业大学，2017.
[3] 王雪梅．唐山市休闲农业发展现状及对策研究 [J]. 现代农村科技，2024(1): 123-125.

独流减河进洪闸水文化建设浅析

董世玉　于菲菲　谢荣光

（独流减河进洪闸管理处，天津　300380）

摘　要：独流减河进洪闸水利工程发挥了巨大的工程效益，为了让工程在更广阔的平台上发挥社会效益，工程建设过程中融入了水文化建设。文章介绍了基层水管单位水文化建设现状，从国家、行业、自身三个层次论述了水文化建设的必要性。从创建党建品牌文化、丰富治水文化内涵、加强文化阵地建设、建设绿色水闸、推进文明建设、推进水文化教育、营造氛围加强水文化宣传几个方面，阐述了进洪闸水利工程在水文化建设方面的实践探索。

关键词：水文化建设；独流减河进洪闸；社会效益

1　引言

历史上的海河水系水患频发，大清河流域处于海河流域中心地带，历来洪涝灾害较为严重。作为大清河流域减轻水患灾害的唯一办法，开辟入海减河成为了新中国成立后华北地区的主要防洪工程之一。

独流减河进洪闸是海河流域中部大清河水系的重要防洪工程，地理位置十分重要。工程位于海河流域大清河水系下游、东淀下口，闸上为大清河与子牙河汇流尾闾，闸下为独流减河起点。上距枣林庄枢纽77km、新盖房枢纽102km，下距独流减河入海口67km，是独流减河的首部控制性工程。

位于独流减河上游的独流减河8孔进洪闸（现独流减河进洪北闸）是独流减河防洪工程的重要组成部分。工程于1952年10月开工，1953年7月竣工，成为海河水系的重要水利枢纽。

1963年8月，海河流域遭遇特大洪水。触目惊心的灾情使全面根治海河成为了中央领导人的共识，11月17日，毛泽东主席发出“一定要根治海河”的号召，海河流域广大人民群众在党和各级政府的领导下，掀起了治理海河的高潮。为提高泄洪能力，1966年秋至1969年6月，河北省和天津市进行减河扩建工程，新进洪闸（现独流减河进洪南闸）由此兴建。

独流减河进洪闸由北闸和南闸两座大型水闸组成。主要功能是宣泄大清河系洪水经独流减河入海，确保洪水不进入天津市区，直接保卫天津团泊新区、津浦铁路、京沪高铁及京沪高速等基础设施，是雄安新区洪水入海的主要通道，亦是天津城市防洪的南大门。

独流减河进洪闸自1953年建成至今，已走过70年光辉历程。70年间，一代代不怕困难、艰苦奋斗的进洪闸人用自己的汗水为进洪闸的建设和管理贡献力量，一代代进洪闸人的治水实践共同守护了大清河系的长久安澜。

独流减河进洪闸自建闸以来先后多次进行维修加固，但始终未根除影响两闸运行的严重安全隐患，为彻底解决该问题，2005年4月6日，独流减河进洪闸全面开展除险加固，工程于2007年11月15日竣工，为进洪闸安全稳定运行提供了坚实保障。

2　基层单位水文化建设现状及必要性

2.1　基层单位水文化建设现状

水文化是人类历史文明进程中人们在处理人水关系中创造的以精神成果为核心的物质、行为和制度成果的总和。水文化的本质是人水关系的文化。水文化建设是水生态文明建设的重要内容，是精神水文化、物质水文化、行为水文化、制度水文化和水文化事业建设的有机统一。

水文化建设、是新时期水利行业的重要工作。但是对于很多基层水管单位来说，这是一件陌生的工作。有些基层水管单位领导认为，水文化建设太抽象，是上级主管部门的事情，自己只要管好工程就行；有的认为，单位已经开展了党的建设、精神文明单位创建等各项活动，水文化建设必要性不大；有的认为，单位经费和职工收入都不稳定，何谈水文化建设。也正因为这些错误的认识和不重视，导致基层水管单位的水文化建设滞后，还停留在“陈旧、落后、职工没啥事、工程没啥用”的社会形象上，影响了水利事业的发展和进步。同时对于单位而言，引进不了优秀人才，同时现有人才流失严重，有些单位发展前景不乐观。

2.2 水文化建设必要性

2.2.1 是国家加强文化建设的要求

当今时代，文化越来越成为民族凝聚力和创造力的重要源泉，越来越成为综合国力的重要竞争因素。党的十八大报告提出了“树立高度的文化自觉和文化自信”，强调“必须推动社会主义文化大发展大繁荣，兴起社会主义文化建设的新高潮，提高国家的文化软实力”。而水文化建设是国家文化的重要组成部分，基层水管单位必须高度重视并切实加强。

2.2.2 是水利行业推进水文化建设的要求

水利部发布了《水文化建设规划纲要 （2011—2020 年）》，从文化设施建设、文化氛围营造等方面，提出加强水文化建设的工作任务。大力加强水文化建设，是推动传统水利向现代水利转型的迫切需要，是推动民生水利新发展的迫切需要，是推动生态文明建设的迫切需要。对于基层水管单位而言，必须按照行业部署，加强单位水文化建设。

2.2.3 是水管单位自身发展的需要

新时期新形势对水利工程管理现代化提出新要求，需要加强单位水文化建设。营造积极向上、和谐稳定的单位氛围，具有良好的感染激励效果，对于水管单位职工团结、勤奋工作具有促进作用，使职工将水利工程安全运行、实现管理现代化作为个人职业发展基本目标。

3 进洪闸水利工程水文化建设实践

回顾光辉历程，汲取前进力量。独流减河进洪闸自建立以来取得了巨大的工程效益，有力地保障了天津市及海河流域的防洪安全；作为基层水管单位不同于水行政主管部门，受到经费、人才、硬件设施等方面的制约，在水文化建设方面必须因地制宜，精心策划，具有针对性和实用性，从而弘扬优秀的水文化精神，凝聚职工思想，提高工作效率，树立积极向上的浩然正气。近年来，独流减河进洪闸管理处深入挖掘进洪闸发展历史，提炼、传承、弘扬进洪闸特色水文化，推动独流减河进洪闸水文化建设工作取得丰硕成果。

3.1 创建党建品牌文化，推进党建业务融合

在习近平新时代中国特色社会主义思想的指导下，独流减河进洪闸管理处紧紧围绕习近平总书记十六字治水思路，积极培育和创建党建品牌。

2021 年起，党支部以“4+1 党建”品牌创建为抓手，从融合、持续、创新、坚固四个方面着力提升基层党组织凝聚力、引领力、动员力、号召力、贯彻力、执行力、革新力、锻造力。并以此推进党建与业务深度融合，把“4+1 党建”品牌创建融入到水利业务工作全过程。

3.2 全力做好工程管理，丰富治水文化内涵

在习近平总书记“节水优先，空间均衡，系统治理，两手发力”治水思路的指引下，独流减

河进洪闸管理处始终站在对历史负责、对人民负责的高度，扎实完成好各项工作，以工作实效向人民交出满意答卷。

精心打造示范工程，2011 年通过水利部水利工程管理考核，成功跨入国家级水管单位行列，2014 年、2019 年顺利通过复核。2023 年独流减河进洪南闸、北闸成为海委首批通过水利部标准化管理评价的水闸工程。独流减河进洪闸管理水平不断提升，成为大清河水系防洪节点样板工程。

3.3 大力开展文化宣传，加强文化阵地建设

深入推进水文化建设，充分挖掘水文化资源，持续考察南运河、子牙河、大清河、独流减河等河流文化，精心考证进洪闸水文站、第六堡（二）水位站历史沿革，并持续加强水工程、水景观等水文化载体建设，充分发挥其宣传、教育、交流、传播阵地作用。物质水文化是讲述精神水文化的折射和“有形”体现。每个流域区域都会有遗存的治水古迹和深刻的水文化内涵，具有丰富的历史人文信息。要通过细致考证、深刻挖掘，去伪存真、去粗取精，结合水工程、水景观和水环境等工程设施的更新改造，运用现代科技手段进行展示，景观内外，人文其内，其主要目的在于建设水生态文明，树立水利行业的良好社会形象。基层水管单位在工程加固改造、考虑独特建筑风格的同时，可结合建设单位历史陈列室、荣誉室、生态公园、水利科技示范园等设施，还可以形成楼道文化、公告栏、画廊、单位网站等水文化建设阵地，凸显水文化底蕴，彰显水文化特色。

3.3.1 “三河锁钥”文化荣誉展示厅

独流减河进洪闸文化荣誉展示厅设立于办公楼一楼，图文并茂展示独流减河进洪闸的发展历程，让参观者更加直观地感受到进洪闸发展历程中铸造的人文精神和水文精神；在“三河锁钥”文化荣誉展厅内最引人注目的是一幅毛主席的伏案沉思的图片，而图片下方就是那句话“一定要根治海河”，没有这句话就没有独流减河，没有独流减河就没有独流减河进洪闸，而海河“23·7”流域性特大洪水所造成的损失如何，一切都变得未知（见图 1）。

图 1 “三河锁钥”文化荣誉展示厅内景

3.3.2 复古水位观测自记井

第六堡（二）水位站设立于 1912 年 6 月，距今已有 110 余年的历史，由原华北海河工程局出于疏浚河道的目的修建，1918 年更改隶属于顺治水利委员会，1928 年更改隶属于华北水利委员会，此后先后隶属于津冀水利机构，1981 年隶属于海委海河下游管理局至今（见表 1）。

表 1 第六堡（二）水位站测站沿革

设立或变动	发生年月	站名	站别	主管部门	变动原因或情况
设立	1912 年 6 月	第六堡	水位	原华北海河工程局	
汛期站改常年站	1913 年 6 月				
隶属关系变动	1918 年 3 月			顺直水利委员会	
水位站改潮位站	1919 年 3 月				
隶属关系变动	1928 年 8 月			华北水利委员会	

续表

设立或变动	发生年月	站名	站别	主管部门	变动原因或情况
中断停测	1949 年 1 月				
隶属关系变动 常年站改汛期站	1953 年 7 月			河北省人民政府水利厅	
汛期站改常年站	1954 年 5 月		水文	河北省天津专署水利局	
隶属关系变动	1958 年 12 月			河北省天津市水利局	
隶属关系变动	1961 年 12 月			河北省天津专署水利局	
隶属关系变动	1963 年 1 月			河北省水文总站	
上迁 0.5km，更名	1969 年 6 月	第六堡（二）			
隶属关系变动	1970 年 7 月			河北省革命委员会水利局	
隶属关系变动	1981 年 1 月			水利部海河水利委员会 海河下游管理局	

2023 年独流减河进洪闸管理处对院内的第六堡（二）水位自记井进行了“外古内新”的现代化升级改造，内部加装了压力式水位计、增加了能实时显示水文信息的液晶屏幕，外表进行了仿古化改造，青砖红瓦仿古的栏杆，色泽沉稳、质朴细腻，与周围的自然环境和谐相融、相得益彰，共同营造出一个充满古典韵味和历史底蕴的空间，给人一种宁静、和谐、美好的感受。通过对仿古建筑的参观和学习，人们可以更加深入地了解历史和文化，增强对历史和文化的认识和理解（见图 2）。

图 2　第六堡（二）水位自记井

3.4　合力建设绿色水闸，拓展工程文化外延

坚持深入挖掘水利工程文化内涵，以生态文明建设为主线，牢固树立“绿水青山就是金山银山”发展理念，努力开拓“环保养闸、技术养闸”的实践创新。持续推动定期和不定期的维修养护绿化项目，加强管理区域生态环境建设，改善管理区域环境面貌，不断提升生态环境与文化品位。

充分吸纳科技、人文、生态、环保、历史、艺术等文化因素，提升水工建筑物的生态效应、景观水平和文化品位。多年来致力于建设生态、功能、文化有机结合于一体的园林式、花园式单位。

3.5　积极推进文明建设，弘扬单位管理文化

不断深化内部改革，形成了职能清晰、权责明确、科学规范、安全高效的现代化水利工程管理体系，自 2011 年以来，持续保持国家级水利工程管理单位荣誉称号。严格按照制度规范要求开展安全生产管理各项工作，持续保持安全生产零事故，2019 年被评为水利行业安全生产标准化一级单位，2022 年顺利通过一级单位延期换证复审。

牢固树立全处一盘棋意识，职工爱岗敬业，队伍持续稳定。通过开展“我们的节日”系列活动、深化志愿服务等多种形式，丰富精神文明建设阵地，推进水文化建设与群众性精神文明创建融合发展，大力营造积极、健康的良好工作氛围。

近年来，独流减河进洪闸管理处文明创建工作取得显著成绩。其中，1999 年以来，连续保持

“天津市文明单位”荣誉称号；多次获得“模范职工小家”“工会工作先进集体”等荣誉称号；2017 年以来，连续保持“全国水利文明单位”荣誉称号；2017 年获得“天津市工人先锋号”称号；2023 年获得“天津市抗洪抢险救灾先进集体”称号，2024 年荣获全国五一劳动奖状。

3.6 积极结合水利工程管理与水文化教育

独流减河进洪闸管理处着力建好水文化宣传教育和文化 活动阵地，对内把水文化教育列入职工培训课程体系，并作为重要内容，全面开展水文化教育，提高广大干部职工的水文化自觉和自信意识，提升水行政管理能力、公共服务能力和自身的业务水平。对外，通过发放宣传画册、网站宣传、设立横幅和相关标志标牌等措施进行工程形象、水文化和水法规宣传教育。近年通过这些措施的实施，极大地提升了职工水文化意识，潜移默化地影响了参观的受众，促进了人水和谐的先进水文化发展。独流减河进洪闸管理处被当地政府确定为爱国主义教育基地，并且被河海大学确定为河海大学大学生社会实践基地，极大地提升了社会影响力。

3.7 积极营造氛围加强水文化宣传

独流减河进洪闸管理处充分利用内部网站、标志标牌、宣传栏等载体，大力宣传独流减河进洪闸建设和管理情况，宣传水法水规、上级关于水利工作的指导思想，宣传治水兴水的实践工作，宣传水利改革发展的成效、经验和典型，宣传水文化建设成果等，通过水文化知识的普及和教育，提高广大干部职工的水患意识、节水意识、水资源保护意识以及维护河流健康生命意识。在每年的“世界水日”“中国水周”等主题宣传活动中注重增加水文化内容，增进全社会对水利工作的深入了解，增强对水利改革发展的支持。

4 结语

独流减河进洪闸管理处至今已走过 70 年沧桑岁月。70 年间栉风沐雨，独流减河进洪闸管理处经受住了 1953 年、1954 年、1956 年、1963 年、1977 年、1996 年、2021 年、2023 年等数次较大洪水的考验。现今，独流减河进洪闸巍巍而立，继续为保障地方防洪安全，服务社会经济发展，保护人民群众生命财产安全贡献力量。

走过历史的风雨沧桑，跨过岁月的重峦叠嶂。独流减河进洪闸管理处将踏着新时代的雄壮节奏，深入贯彻落实习近平新时代中国特色社会主义思想和习近平总书记治水重要论述精神，以坚韧不拔、百折不挠的毅力，踏石留印、滚石上山的拼搏精神，踔厉奋发、勇毅前行，在加快推动水利高质量发展火热实践中彰显新作为，为创造新的历史伟业贡献进洪闸力量！

参考文献

[1] 杨保军 . 浅析基层水利工程管理单位水文化建设策略 [J]. 东方企业文化 ,2015,(14):191.

[2] 郭志毅 , 陈星辰 , 龙俊 . 三河闸水文化建设实践浅析 [J]. 水利发展研究 ,2019,19(11):70-72.

探索新时代水文化遗产保护传承利用的“湖南路径”

梁林峰

（湖南省水文水资源勘测中心，湖南株洲　412000）

摘　要：水文化遗产是人类水文明的重要遗存，是水文化传承的重要载体。保护传承利用好水文化遗产，有利于延续历史文脉、传承水文化，为应对气候变化提供重要的参考价值，提高社会公众的文化认同感。湖南治水历史悠久，水文化遗产资源丰富，亟待保护传承与利用。本文梳理湖南水文化的发展历程、水文化遗产保护传承与利用工作现状，结合新时代水文化建设要求，探索新时代水文化遗产保护传承利用的“湖南路径”。

关键字：水文化遗产；历史演变；现状；路径

1　引言

水运连着国运。一部泱泱大国的治国史，也是一部百折不挠的治水史。在长期的治水实践中，中华民族不仅创造了巨大的物质财富，也创造了宝贵的精神财富，形成了独特丰富的水文化。水文化遗产是水文化传承的重要载体，是以工程、文物、知识技术体系、水的宗教、文化活动等形态而存在。习近平总书记强调，要坚持保护第一、加强管理、挖掘价值、有效利用、让文物活起来的工作要求，全面提升文物保护利用和文化遗产保护传承水平。

2　湖南水文化的发展历程

湖南因水得名，因行政区域地处洞庭湖以南而得名“湖南”，因省内最大河流湘江流贯南北而简称“湘”。全省河流众多，河网密布，水系发达，5km 以上的河流有 5341 条，水域面积 1.35 万 km^2，天然水资源总量为南方九省之冠。湘、资、沅、澧等四大河流汇入洞庭流入长江，形成了“一江一湖四水”的格局。丰富的水资源、独特的水环境、卓著的治水实践滋养了源远流长、特色鲜明的湖南水文化。湖南的水文化发展大致可划分为 7 个阶段。

第一阶段旧石器时代：目前，湖南境内已发现 300 多处旧石器地点，主要分布在湘、资、沅、澧四水流域和洞庭湖平原，最早可以溯源到了 50 万年前，说明 50 万年前已经有人类在湖南逐水而居，但这一时期所遗存的水文化遗产还有待发掘。

第二阶段新石器时代：农耕文明开始萌芽，道县玉蟾岩遗址挖掘出距今 12000 年前的栽培稻，彭头山遗址发现了大量距今约 9000 年的稻谷壳，距今 6500 年城头山古文化遗址被誉为“中国最早的城市”，通过考古发现，古人通过人造渠接通护城河，利用自然地形组织水循环，承担引水、排水、防御、灌溉、交通等功能，在稻作区开挖小水沟、水渠、水坑，形成排涝、沉沙、储水系统，体现出古人对水的利用已经有了最初的规划意识。

第三阶段夏商周至春秋战国时期：四千多年前，禹别九州，随山浚川，任土作贡。在如今的长沙岳麓山有一块禹王碑，镌刻着 77 个字，传说记录着大禹治水的功劳。从西周末年和春秋时代开始，楚国兴起于南方，湖南逐步归入楚国的版图，设置黔中郡及临湘（长沙）、舞阳等县邑，湖南开始有了正式的行政建置和行政管理体制。战国时期楚怀王六年（公元前 323 年）铸造的鄂君启节中的舟节（商运通行证），上有铭文记录了由湘水可通今天广西全州及湖南郴州一带航道。这一阶段，屈原写出了《湘君》《湘夫人》来吟咏湘江，留下了宝贵的精神财富和水文化遗产。

第四阶段秦汉至隋朝时期：翻阅历史文献，在先秦文献中涉及湖南的文字极少，秦汉典籍才有少量关于湖南的记载。秦始皇为开拓岭南，统一中国，所开凿的灵渠是湖南最早的水利工程。秦统一中国后，实行郡县制，湖南地区设置有黔中郡、长沙郡。三国时期，吴将周泰引涔水灌田数十万亩，为湖南最早的大型引水工程。北朝北魏地理学家郦道元（约470—527年，今河北涿州人）所著的《水经注》，详细记录了湘、资、沅、澧和洞庭湖等水系情况。

第五阶段唐至宋元时期：唐宋元时期，湖南人口增长较快，唐天宝元年（742年）有17万多户，到嘉定十六年（1223年）增加到125万多户。随着人口增长，农田水利开始有序发展。据《宋史·食货志·农田》载："初，五代马氏于潭州东二十里，因诸山之泉，筑堤潴水，号曰龟塘，溉田万顷。"龟塘即长沙今雨花区之圭塘，是湖南最早修筑的可灌溉百万亩的水利工程。北宋范致明在《岳阳风土记》中记录，傍湘之民，岁暮取江水一斗，岁旦取江水一斗，较其轻重，则知其年水势高下云。重则大水，轻则小水，甚验。这为"湖南最早的洪水长期预报"。唐宋时代洞庭、青草、赤沙三湖已连成一片汪洋水域。赤沙被洞庭吞并后，原来两湖之间的华容南境，地皆面湖，民多以舟为居处，随水上下，"渔舟为业者十之四五，所至为市，谓之潭户"。

第六阶段明清时期：明清时期，全国农业经济中心转移至长江以南，洞庭湖平原垸田快速发展，使得湖南湖北成为全国粮食收入的重要地区，有"湖广熟，天下足"的美誉。但因为长江流域经济迅速发展，地区开发加剧，原始植被遭受大量破坏，水土流失日趋严重，长江含沙量不断增大，淤高荆江河床，江患急剧增多。从明嘉靖、隆庆开始，为确保荆北地区安全，荆江北岸穴口基本堵塞，长江大量水沙涌向荆南，排入洞庭湖区，造成湖南水灾频发。建于1904年1月的城陵矶水文站，开启了湖南水文现代化观测之路。

第七阶段新中国成立以来：为解决水旱灾害频发的问题，保障人民生命财产安全、恢复农业生产，湖南集中力量办大事，兴建了一大批水库、堤防、灌区、水闸、泵站、山塘、农村安全饮水工程、水电站等水利工程，遗存了较多反映中国共产党带领人民治水，具有突出"红色文化""革命文化"属性的水利工程。

3 湖南水文化遗产保护传承与利用现状

2009年，水利部在济南举办了首届中国水文化论坛，从此拉开推动全社会开展水文化研究和水文化建设的序幕。2020年以前，湖南的水文化建设主要以开展传统水文化宣传、将水文化融合进景观建设、湘江及澧水源头保护等活动，取得了一定的成效，建成了湖南省水利科普展示中心、湘江流域水文展示馆、资水流域水文展示馆、湘江流域水文化走廊等，但对水文化遗产的研究以及保护传承利用工作还未起步。

2021年10月，水利部印发《关于加快推进水文化建设的指导意见》，提出到2035年，水文化研究理论体系进一步健全，水利遗产保护初见成效。2022年，为加强我省水文化研究和建设，开辟水文化研究新领域，在多方推动下，成立了湖南省水文化研究会，并设立5个专业委员会，分别为水利遗产、洞庭湖、水科技文化、水工程文化、水情教育及学术创作专业委员会，同时在14个市州设立代表机构，旨在加强会员管理，调动会员积极性。会员覆盖了水利水电、水运、自然资源、文化旅游、生态环境、社会科学、新闻传媒、高等院校等多个行业和领域，为开展水文化遗产相关工作奠定了基础。

3.1 开展水文化遗产相关研究

依托"湖南水文化建设"项目，对湖南水利工程遗产、认定程序、申报指南等开展研究，初步形成了《湖南省水利工程遗产认定标准》《湖南省水利工程遗产认定与管理办法》，进一步明确水文化遗产保护的对象及其范围，厘清相关职能部门的责任和义务等，使湖南省水文化遗产保护利用工作逐步法治化、规范化。周双对湖南省水利遗产主要类型及特点开展研究，将遗产类型划分为水利工程遗产、水利设施或工具、治水石碑石刻、水利建筑或遗址、治水文献典籍等物质形态水利遗产，以及与水相关的故事传说、水事民俗活动、涉水表演艺术、治水知识与实践经验等非物质形态水利遗产。蒋熙对国务院文物行政部门及湖南省市人民政府等公布的各级文保单位且具有水文化价值属性的文化遗产作为基础数据，从地域分布、时间分布、遗产保护级别和流域分布 4 个方面进行分析。伍佑伦构建了湖南省水文化资源三级分类体系，为水文化遗产调查提供参考。龚佳骏建立湖南省水文化价值评价指标体系，为湖南省水文化遗产针对性地保护和申遗工作提供参考。

3.2 开展水文化资源和遗产调查

开展水文化资源调查试点工作。澧县地处湖南省西北部，位于澧水下游，澧阳平原腹地，今隶属于常德市，隋开皇九年（589 年）在此设置澧阳县。澧县水资源丰富，澧水、涔水、澹水、道水、松滋水等五条水系穿境而过，有着悠久的农耕文化，孕育了丰富的水文化资源，所以将澧县作为试点县开展水文化资源调查工作，最终厘清了澧县水文化历史脉络，提出了水文化资源分类体系，核定了水文化重点资源名录，形成了“一图、一册、一书、一名录、一报告、一专题片”六大工作成果，为在全省开展水文化资源调查工作奠定了基础。

开展水利遗产资源调查。按照“突出重点、兼顾一般”的原则，对全省水利工程遗产和涉水相关物质类文化遗产开展调查，通过素材清查、实地调查、成果汇总，并组织专家提出审查意见，对成果进行筛选，按照水利工程类 1949 年以前的均列入水利遗产名录，1949 年后的按照其独特性、红色价值进行筛选，如具有省、市、县内的第一特性的保留，具有突出“红色文化”“革命文化”属性的、有明显的红色印记的保留等。涉水相关物质类具有水文化属性的、列入县级文物保护单位以上的保留。共调查出水利遗产 1002 处。

3.3 开展水文化遗产价值挖掘

3.3.1 历史价值

水文化遗产承载着历史，通过水文化遗产可以了解过去历史时期的社会发展水平、生活方式等。同样位于澧县的鸡叫城遗址，距离城头山遗址只有 13km，考古推测取代城头山的鸡叫城是城头山家族迁移而建的新城。我省 2023 年度重大水利科技项目城头山—鸡叫城遗址水利工程研究，也取得了阶段性成果，初步认为鸡叫城遗址是中国乃至世界上仍然保存完整的最早的灌溉工程系统，充分体现了澧阳平原先民在治水、用水、管水方面的经验和智慧。

3.3.2 科学价值

由于受气候、地理、水系等因素的制约和影响，湖南历来是自然灾害多发地区，其中尤以水灾最为严重，人们长期与水灾斗争的过程中，积累了丰富的经验。为了记录洪水的情况，沿河居民把最高或最低水位及其出现时间刻在河岸的石崖上，形成了一类特殊的水文化遗产——水文崖刻。湖南目前发现的记录最早的洪水情况的崖刻是位于郴州耒水东岸的凤形山水文崖刻，它分别记载了南宋建炎四年（1134 年）、明万历四十五年、四十六年（1617 年、1618 年）、清乾隆四十一年（1776 年）、清道光十九年（1839 年）耒水涨水的高度和沿河两岸房屋、农作物受灾的情景。通过翻阅史料、走访以及现代水文测量计算，还原了当时的水位流量成果，并开展凤形山水文崖刻利用研究科研课题，进一步借助信息化手段，对历史典型洪水灾害水文复原与模拟、长时序水文规律进行分析研究，进一步挖掘其科学价值。

3.3.3 红色价值

红色是党和国家最鲜亮的底色，红色文化是中华文化独特而鲜明的精神标识，体现着我们党的政治品格、价值追求、精神风范。湖南是中国共产党和中国革命的重要策源地之一，是毛泽东思想的最初发源地，也是人民军队的重要摇篮之一，因而境内的红色资源十分丰富。2012 年，一篇《曾是毛泽东“座驾”“8201”号船身腐蚀晚景凄凉》报道重新将“湘长 8201”公务船推入大众视野。“湘长 8201”建造于 1951 年，曾经 4 次为毛主席回湖南畅游湘江保驾护航，也在湖南有关水利公务活动中担当过重要任务，是湖南水利史的重要物证之一。我们以挖掘其红色价值为基础，采访事件的亲历者，按照“修旧如旧”的原则，最大限度地还原了“湘长 8201”公务船的原貌，并将其背后的故事和传达的精神融入修复工作中，将其所承载的横渡湘江精神展现出来。

近年来，湖南省加大了水文化遗产保护和传承的工作力度，但由于起步晚，大部分工作还处于刚开始甚至未开始阶段。一是水文化遗产保护法规有待完善。水文化遗产是文化遗产的重要组成部分，有其特殊性，现行的文化遗产保护法律法规不能完全适用于水文化遗产。二是水文化遗产保护有待加强。在开展水文化资源和遗产调查时，除已经纳入文物保护单位的遗产，大部分水文化遗产缺乏有效的保护。三是水文化遗产的活化利用程度不高。除一些还在发挥作用的水文化遗产，已经得到保护的水文化遗产仅仅停留在保护阶段，没有得到相应的开发利用。

4 完善“湖南路径”

4.1 完善机制，凝聚保护合力

依托于湖南省水文化研究会，调动覆盖多个行业和领域的会员优势，开展水文化遗产保护相关标准和法规研究，制定水文化遗产的认定、保护、管理等地方性法规，以及水文化遗产评价标准体系等行业标准规范。由于水文化遗产的复杂性，建议由省水利厅牵头，联合交通、住建、文旅等部门，建立统筹合作的协调管理机制，形成水文化遗产保护传承利用合力。

4.2 归档建库，夯实利用基础

以湖南省第四次全国文物普查为契机，进一步对湖南省水文化遗产开展普查，全面掌握湖南水文化遗产信息。运用数字化科技手段，对水文化遗产的种类、分布状况、数量、生存环境、保护现状及存在问题进行全面系统真实有效的记录，建立湖南水文化遗产数据库，组织专家对已收集整理的湖南水利工程遗产资料进行审核，尽快出台湖南省及各市州的水利工程遗产名录。同步进行水文化遗产三维建模等数字探索工作，为下一步数字赋能水文化遗产保护管理、活化利用等打下基础。

4.3 深挖价值，激发内生动力

以遗产认定工作为抓手，深挖水文化遗产社会、经济、文化等价值，找准历史和现实的结合点，激发“活化利用”的内生动力。依托已建湖南省水利科普展示中心、湘江流域水文化走廊、资水水文展示馆、湘江流域水文化走廊等文化展示平台作为水文化科普教育基地，完善新技术手段，开展教育科普工作，面向大、中、小学生科普水文化知识，培养全社会保护水的理念。继续做好国家水情教育基地培育和申报等工作。与文旅部门联合，力争将教育基地列入当地精品旅游线路。

4.4 打造平台，呈现“湖南精彩”

打造融媒体宣传矩阵，弘扬水文化。结合时事热点，创新内容形式，与《湖南日报》、红网等新媒体平台开展深度合作，并联动中央、省级媒体，形成“传统媒体 + 网络媒体 + 政务新媒体”

的湖南水文化融媒体宣传矩阵。继续深挖水文化遗产故事，弘扬水文化，着力提升宣传效益，推出一批有影响、有深度的宣传作品。通过多种展现形式，形成水文化认同，潜移默化地吸引社会公众并培育起自主性的传承意识。

5 结语

湖南水文化遗产数量众多、内涵丰富，其中部分至今仍然发挥着至关重要的水利功能。要做好新时代湖南水文化遗产保护传承利用工作，必须充分认识到湖南水文化遗产的历史、文化、科学等价值，依托自身资源优势，立足于前期基础工作，不断完善管理机制，形成保护合力，归档建库，夯实利用基础，深挖价值，激发内生动力，打造平台，呈现“湖南精彩”，将湖南水文化遗产优势转化为湖南经济社会发展的胜势。

参考文献

[1] 谭徐明 . 水文化遗产的定义、特点、类型与价值阐释 [J]. 中国水利 ,2012,(21):1-4.

[2] 郭伟民 . 湖南史前时代的考古学观察 [J]. 船山学刊 ,2022,(1):89-105.

[3] 李长廷 . 玉蟾岩关于水稻的传奇 [J]. 中国三峡 ,2018,(2):86-95,5.

[4] 陈乐琳 . 史前聚落与水系关系研究 —— 鸡叫城对城头山的继承发展与规划思想萌芽 [J]. 建筑与文化 ,2019(3):201-203.

[5] 刘冰清 . 论湖南人的形成 (下)[J]. 百色学院学报 ,2014,27(6):77-85.

[6] 湖南省水利志编纂办公室 . 湖南省水利志 [M]. 中国文史出版社 ,1990.

[7] 周双 , 伍佑伦 , 何怀光 , 等 . 湖南省水利遗产类型及特点 [J]. 湖南水利水电 ,2024,(1):108-111.

[8] 蒋熙 , 许建和 . 湖南省水文化遗产的发展历程和分布特征 [J]. 中外建筑 ,2023,(7):14-20.

[9] 伍佑伦 , 杨思宇 , 何怀光 . 湖南省水文化资源分类研究 [J/OL]. 水资源开发与管理 ,2024,(5):1-4.

[10] 龚佳骏 , 许建和 , 孙浩文 . 基于地域性的湖南省水文化遗产价值评价体系研究 [J]. 中外建筑 ,2023,(7):21-26.

[11] 杨鹏程 . 古代湖南水灾研究 [J]. 湘潭大学社会科学学报 ,2003,(1):109-113.

探索水工程的文化意蕴与审美境界

刘　鑫[1]　路　瑶[2]

（1. 山东黄河河务局供水局，山东济南　250011；
2. 济南黄河河务局供水局，山东济南　250032）

摘　要：随着社会发展和人们审美观念的提高，对水工程的文化内涵和品位有了更深入的关注。本文从研究背景和意义、水工程在社会经济发展中的重要地位和作用、提升水工程文化内涵与品位的需求和挑战等方面进行了论述，旨在探讨如何加强对水工程文化的传承和提升，从而促进水利设施的功能性和艺术性，并为经济社会高质量发展提供坚实的文化支撑。

关键词：水工程；文化内涵；品位；社会经济发展；传承

1　引言

水工程文化内涵和品位的重视与关注正在逐渐升温。传统的水利设施不再仅仅是简单的工程建筑，而是被赋予了丰富的历史文化和人文精神。古代的运河、水塘和水车等水利设施不仅展现了人类智慧，更承载着文化传承和历史记忆。然而，随着工业化和城市化的发展，许多传统水利设施逐渐被淘汰，这也导致了对水工程文化内涵和品位的重塑和提升的迫切需求。水工程不仅是供水、灌溉设施，更被视为具有丰富艺术价值和文化内涵的建筑物。

1.1　水工程在社会经济发展中的重要地位和作用

水工程在社会经济发展中扮演着不可或缺的角色。作为农田灌溉、城市供水、水电能源等方面的重要设施，水工程直接关系到国家经济建设和人民生活水平的提高。优质的水资源和高效的水利设施是实现农田增产、城市环境改善、生态安全保障的基础条件。在当前社会经济发展的背景下，水工程不仅要承担基本功能，更需要与文化和艺术相结合，展现出人文情怀和审美价值。城市的景观水利工程不仅具有功能性，更成为了城市的地标性建筑和文化景观，为城市增添了独特的艺术魅力和文化内涵。

1.2　提升水工程文化内涵与品位的需求和挑战

水是生命之源，也是社会发展的基石。提升水工程文化内涵与品位面临着诸多挑战。水工程作为关系到国家经济建设和人民生活水平的重要设施，其文化内涵和品位的提升对于增强城市和乡村的景观质量、提高水利设施的功能性和可持续性至关重要。随着城市化和工业化的进程，水资源的供需矛盾日益突出，水环境污染和水资源浪费问题日益严重，传统的水利设施已经不能满足社会经济发展的需要。因此，加强水工程的设计与建设，注重文化传承和生态环境保护，可以实现水利设施的多功能性和艺术性，提升其在社会发展中的综合效益和美学价值。同时，还可以增强人们对水资源的保护意识和文化自信心，促进水文化的传承和发展，为实现经济社会高质量发展提供坚实的文化支撑。

1.3　水工程文化内涵与品位的研究历史和现状

古代水利工程不仅是水资源的开发利用，更承载着文化传承的重要使命。探讨古代水利工程在文化传承中的地位和作用包含了其在国家治理、农业生产、人民生活等方面的重要意义。通过考察古代水利工程的设计、建造和运用，为我们揭示了其中蕴含的文化内涵和人文精神，探讨了其对当时社会文明的影响和贡献。近现代水利工程在技术和设计上不断创新，同时也逐渐注重文化内涵和品位的融入。本文介绍国内外相关研究的进展和成果，包括在水利工程设计中融入文化元素的实践经验、水利工程景观设计的理论探讨，以及水利工程文化对当地社会、经济、生态等方面的影响。

北京颐和园的水利工程作为一个典型案例。颐和园是中国古典园林的代表之一，其水利工程不仅是为了满足园林景观的需要，更融入了中国古代园林文化的精髓。颐和园的昆明湖、万寿山等景观，利用了水利工程手段，通过引水、建湖、设置水道等方式，使得园林景观更加生动、灵动。这些水利工程的设计和建设不仅注重其功能性，更注重体现了中国古代园林文化的审美意识和人文精神。

国外意大利的威尼斯作为世界上著名的水城，其水利工程系统与城市的文化、历史紧密相连。威尼斯的水道系统、桥梁建筑等水利工程设施不仅构成了城市的景观特色，更承载了丰富的历史文化内涵。水利工程的设计和建设考虑到了城市的人文环境和自然地理条件，充分展现了水利工程与文化的有机融合。

这些国内外实例展示了水利工程在设计和建设中融入文化元素的实践经验，以及水利工程文化对当地社会、经济、生态等方面的深远影响。水利工程与当地文化的交融，包括水利工程如何反映地域特色和民族文化，以及水利工程如何与当地文化相互影响、相互渗透。

2 水工程文化内涵的构建路径

水工程作为人类社会发展的重要组成部分，应当秉持一系列核心价值观，以引领水工程文化的建设与发展。这些核心价值观包括对自然的敬畏与保护、对社会的责任与担当、对历史文化的尊重与传承、对技术创新的追求与探索等。通过弘扬水工程的核心价值观，可以使水工程文化更加凝聚人心，引领社会风尚，推动水工程文化内涵的不断提升。

水工程文化的传承与创新是构建水工程文化内涵的重要路径之一。传承是指对水利工程历史文化的继承和传承，包括对传统技艺、工艺和文化传统的传承，以及对历史遗迹和文化遗产的保护和传承。创新是指在传承的基础上，结合时代特点和社会需求，开展水工程文化的创新与发展，推动水利工程从单一的水利功能向多元化、智慧化和生态化发展。通过传承与创新相结合，可以使水工程文化内涵更加丰富多彩，更好地适应当代社会的发展需求。

水工程的文化符号与象征是水工程文化内涵的具体体现，是推动水工程文化提升的有效途径。文化符号是指具有特定文化内涵和象征意义的符号和标志，如水利工程的设计、建设和形态等方面的文化符号。文化象征是指具有特定文化意义和精神价值的象征和标志，如水利工程在当地社会和文化中的地位和作用等方面的文化象征。通过建设水工程的文化符号与象征，可以增强水工程的文化内涵和品位，提升水工程在社会文化中的地位和影响力，推动水工程文化的不断发展和壮大。

通过设计与建设水工程的艺术化与美化、融入艺术元素与人文情怀、注重景观效果与审美感受等方法，实现水工程的艺术化与美化，提升其品位和文化内涵。这不仅可以增强水工程的环境适应性和社会认可度，还可以丰富人们的文化生活，促进地区的文化旅游发展。

通过开展宣传活动、举办展览和展示组织培训和教育、强化水工程文化传播等措施，有效地提升水工程的品位，增强公众对水工程的认知和理解，促进水工程的可持续发展，为社会经济的进步和文明的提升作出积极贡献。

通过加强管理与维护工作，可以保护水工程的文化遗产和历史传承，提升其在社会中的地位和形象，从而实现水工程品位的持续提升和发展。

3 水工程文化内涵与品位的实践案例分析

案例一：水工程文化内涵的塑造：在中国文化中，水一直被视为生命之源、福祉之源，其在文化中的地位非常重要。汉江大桥是一座跨越中国汉江的标志性建筑，其设计理念充分融入了汉江流域的文化内涵，桥梁曲线流畅，彰显汉江流动之美，同时融入了当地传统建筑风格，如汉白玉和汉阳红等元素，为桥梁增添了独特的地域文化氛围。此外，在桥梁的建设中还加入了艺术装饰和雕塑等元素，如《伏龙洞》《白帝城》等，使其不仅是一座交通工程，更是一件艺术品，吸引了大量游客前来观赏，促进了当地旅游经济的发展。

案例二：水工程品位的提升实践：水工程品位的提升对于城市发展和文化传承至关重要。其不仅仅是基础设施，更是城市文化的象征和展示。珠江夜游灯光工程是一项旨在提升广州市城市品位的重要举措。通过在珠江两岸精心设计的灯光布局和艺术灯光效果，将城市的地标建筑、历史遗迹、文化雕塑等点缀成绚丽多彩的夜景，如梦如幻般的光影交织，勾勒出一幅美轮美奂的城市画卷。这不仅让广州市夜晚的城市景观更加迷人动人，也吸引了无数游客前来观赏，成为了广州城市文化和旅游的一张靓丽名片。

案例三：水工程文化与品位的结合应用：水工程文化与品位的结合应用不仅有助于提升城市形象和市民生活品质，还能够促进当地文化传承和旅游业发展，具有重要的社会和经济意义。因此，加强水工程文化与品位的结合应用，对于城市可持续发展具有重要的意义和价值。西湖景区湖心岛改造工程是为提升中国杭州市著名景点西湖的品位与吸引力而展开的一项重要工程。通过将传统文化与现代科技相结合，实现了水工程文化与品位的完美融合。在该工程中，设计师们将西湖古典园林的设计理念与现代水利工程相融合，创造性地将传统建筑、景观和现代水景装置有机结合。湖心岛上新建的仿古亭台楼阁、水榭楼船等传统建筑，不仅在风格上延续了古典园林的优美特色，更在历史文化上体现了西湖千年文化的厚重底蕴。同时，现代化水景喷泉、音乐喷泉等景观装置的设置，则为岛上增添了活力与动感，让游客能够在欣赏美景的同时感受到现代科技的魅力。这一结合应用的实践不仅提升了西湖景区的整体品位和形象，也为游客带来了全新的观赏体验。游人们在湖心岛上漫步时，不仅可以沉浸在古典园林的静谧氛围中，还能欣赏到流动的水景艺术，感受到传统与现代的和谐共生。西湖景区湖心岛改造工程的成功实践，充分展示了水工程文化与品位相结合的魅力，为城市旅游发展树立了新的典范。

4 影响因素与挑战

影响水工程文化与品位结合应用的因素既涵盖内部因素，也包括外部环境，这些因素对于水工程品位提升的成功与挑战都至关重要。

内部环境方面，水工程的设计、建设和管理水平直接影响着其品位。优秀的设计师和工程师可以通过创新性的设计理念和精湛的技术，打造具有艺术品位和文化内涵的水工程。同时，良好的管理制度和维护体系也是提升水工程品位的重要保障，只有定期的维护和管理，才能保证水工程的良好状态和品质。

外部环境方面，城市发展规划、文化传统和社会需求等因素都会影响水工程品位的提升。城市发展规划需要充分考虑水工程的文化价值和美学需求，将水工程纳入城市景观规划，使其与城市环境和文化相协调。同时，社会对于环境保护和文化传承的关注也会影响水工程的设计和建设，要求水工程在满足功能需求的同时，也要注重文化遗产和生态环境的保护。

面对这些因素，挑战也随之而来。例如，技术水平和设计创新的不足、资金投入的不足、管理和维护体系的薄弱等问题都可能影响水工程品位的提升。同时，城市发展规划的变化、社会文化价值观的多样性等因素也给水工程品位的提升带来了挑战。为了成功提升水工程的品位，需要综合考虑内外部环境的影响因素，加强技术创新和设计理念的提升，优化管理体系和维护机制，促进城市规划与水工程设计的有机结合，不断提升水工程的文化内涵和品质水平。

5 水工程文化内涵与品位的未来展望

水工程品位提升的发展趋势与前景预测显示出积极的迹象。随着城市化进程加速推进，人们对城市环境的品质和美感要求日益提高，水工程作为城市景观的重要组成部分将更受重视。未来，水工程品位提升将更加注重创新设计与科技应用，借助先进技术打造更具艺术性和观赏性的水景装置。同时，加强文化传承与创新融合，将传统文化元素与现代设计相结合，使水工程更具历史底蕴和当代气息。此外，环境保护意识的提升将推动水工程设计向生态友好型方向发展，注重生态环境的保护与恢复。综上所述，水工程品位提升将在创新设计、文化传承和生态保护方面不断取得新突破，为城市景观增添魅力，为人们的生活带来更多美好体验。

未来研究方向与重点：未来研究方向与重点将聚焦在创新设计与技术应用、文化传承与创新融合、生态环境保护与恢复、社会文化多样性与需求满足以及城市规划与水工程融合发展等方面。重点在于探索水工程设计的创新理念，结合先进技术如虚拟现实、智能控制等，打造更具审美感和观赏性的水景装置；深入挖掘水工程背后的文化内涵，将传统文化元素与现代设计相融合，实现对水工程文化价值的传承和创新发展；加强对水工程周边生态环境的保护与恢复工作，探索生态友好型水工程设计与管理模式；结合社会文化多样性，设计具有包容性和普适性的水工程，满足不同群体的审美需求;加强水工程与城市规划的协调,将水工程纳入城市景观规划和生态建设中，实现水工程与城市发展的良性互动与共赢。

6 建议与展望

水工程品位提升在城市发展中扮演着重要角色，其发展前景广阔但也面临诸多挑战。通过创新设计、文化传承、生态保护和社会需求满足等方面的努力，可以实现水工程品位的持续提升，为城市增添魅力，改善市民生活品质。

水工程水文化品位提升的举措应该重点加强技术创新和设计理念的提升，鼓励设计师和工程师进行创意设计，结合先进技术打造具有艺术性和观赏性的水景装置。首先，注重文化传承和创新融合，将传统文化元素与现代设计相结合，打造具有历史底蕴和当代气息的水工程。其次，加强对水工程周边生态环境的保护和恢复工作，推动生态友好型水工程设计与管理模式的应用，实现水工程与自然环境的和谐共生。再次，充分考虑社会文化多样性，设计具有包容性和普适性的水工程，满足不同群体的审美需求，促进社会共融与文化交流。最后，加强水工程与城市规划的协调，将水工程纳入城市景观规划和生态建设中，实现水工程与城市发展的良性互动与共赢。

随着人们对城市环境品质和美感要求的不断提高，未来水工程品位提升的重要性将愈发凸显。通过各方共同努力，水工程将成为城市景观的亮丽名片，为人们带来更美好的生活体验，同时也将成为城市文化传承与发展的重要载体，展现出更为灿烂的发展前景。

参考文献

[1] 陈兴茹 . 浅谈城市水利的发展历程及未来趋势 [J]. 中国水利水电科学研究院学报 ,2005(3):238-242.

[2] 吴炜圣，蒋礼艺，李房英．浅谈水库型水利风景区旅游资源类型及开发模式[J].水资源开发与管理，2018(1):78-81.

[3] 杨琪，贾东．浅谈京西文化对石景山景观构建的影响[J].山西建筑，2010,36(33):15-17.

[4] 王玲，刘建林，雒望余，等．城市河流生态治理模式研究[J].河北工程大学学报，2014(1):54-57.

[5] 董文虎．提升水工程文化内涵及品位的主要环节[J].水资源开发与管理，2020(1):78-84.

水工程与水文化有机融合
——南水北调外环河出口闸工程与水文化融合案例

王　鹏

（中国南水北调集团中线有限公司天津分公司天津管理处，天津　300380）

摘　要：南水北调工程与水文化融合发展，有利于提升南水北调工程的文化内涵和文化品位，使南水北调工程成为展现历史文化底蕴、水利建筑美感、先进设计理念和现代管理水平的水工建筑载体。本文以南水北调外环河出口闸工程为例，将工程运行管理与挖掘文化内涵、展示设施集群、传承奉献精神、落实治水管水思路相结合，实现了南水北调工程与水文化的高度融合与共赢发展。

关键词：南水北调；出口闸工程；水文化；融合

水文化是中华文化的重要组成部分，也是南水北调工程高质量发展不可或缺的重要内容。水利部办公厅2022年印发的《“十四五”水文化建设规划》明确指出，要“将水文化与水安全、水资源、水生态、水环境统筹考虑”，“积极推进水文化建设，为推动新阶段水利高质量发展凝聚精神力量”。厘清水文化内涵、构成、文化属性等水文化基础理论，从规划、设计、施工、管理等环节提升水工程文化内涵及品位；抓住发掘、鉴赏、开发、保护、利用和传播等各环节，加强对水利工程先进水文化价值的宣传，是水工程与水文化融合发展的重要路径。中国南水北调集团中线有限公司天津分公司外环河出口闸工程将工程管理与挖掘文化内涵、展示设施、构建建筑景观、传承奉献精神、践行治水思路相结合，实现了水工程与水文化的高度融合。

1　工程概况

南水北调中线工程是解决我国北方地区水资源严重短缺，实施水资源优化配置的特大型基础设施项目。外环河出口闸是天津干线末端建筑物，位于天津市西青区外环线六号桥附近，南临阜锦道，东临外环河，距天津市中心约5km，该点既为南水北调中线工程天津干线的终点，亦为市内配套工程的起点。该闸上游接2孔3.6m×3.6m有压箱涵，下游接市内配套工程拟建的曹庄泵站前池。南水北调中线工程自2014年通水，已连续通水十年成为天津市主力水源。南水北调工程作为国家重大战略性基础设施，天津干线是中线工程向天津输水的“生命线”。外环河出口闸场区作为南水北调中线干线工程的重要组成部分，地处天津干线末端，累计向天津市输送南水超94亿m^3，14个行政区1200多万市民受益，水质各项指标稳定达到或优于地表水Ⅱ类以上。南水进津以来，向子牙河、海河补水17亿m^3，优良水质比例由35%提高到55%，劣Ⅴ类水质断面比例由40%降为零，水生态环境质量达历史最高水平。同时提升了2817个村、286.8万农村居民的饮水质量，基本实现城乡供水一体化，为建设高质量小康社会提供了重要基础保障。

2　主要做法

2.1　赓续治水精神，推动水利工程与文化深度融合

古往今来，中华民族一直在与水斗争、与水共生，在水资源开发、利用、保护各环节，持续不断地守正创新，保障工农业、城乡居民用水的配给和安全的同时，也演绎出以水为魂的水利精

神和水文化的人文之魄。“大禹精神”树起水利精神人文大旗，概括为三个方面，即：坚忍不拔、埋头苦干的献身精神；脚踏实地、奋进有为的求实精神；凝聚力量、同心协力的团结精神。“大禹精神”已不仅仅是停留在治水精神的层面，而是整个中华民族人文精神的弘扬，这种精神感召着一代又一代治水人：“苟利国家生死以，岂因祸福避趋之”的林则徐，其爱国情怀在纾缓江浙之困，根除漕运之弊的艰辛磨难中得到彰显和升华；“以人为本、守正创新”的郭守敬，其修筑京杭大运河的事迹也从古流传至今；“先天下之忧而忧，后天下之乐而乐”的范仲淹，其“为民精神”早已镌刻在他率人修筑的捍海大堤里。1983 年引滦入津工程通水，结束了天津人喝咸水的历史。通水 40 年来，天津水利人赓续“引滦精神”，履职尽责，在民生水务、水资源节约、水生态环境治理保护等方面成果显著，海河市区段的风景、北运河水利风景区的四园一坝已经成为天津旅游的重要景点。立足新发展阶段，贯彻新发展理念，构建新发展格局，必须高举文化自信旗帜，传承、弘扬中华民族治水实践中形成的文化瑰宝，赓续治水精神，不断提升水利工程的文化品位，才能适应新阶段水利高质量发展对水文化建设提出的更高要求，继而为推动新阶段水利高质量发展提供强有力的文化支撑。

2.2　展示调水工程的设施集群

外环河出口闸工程作为南水北调天津干线工程重要节点工程，工程建筑物主要包括进口渐变段、闸室段、出口扩散段、保水堰段四部分组成；管理设施包括水质自动监测站、中控室、责任碑等设施。近年来，外环河出口闸场区已成为展示南水北调中线工程的一扇重要窗口，依托公民大讲堂、工程开放日等宣传载体，通过工程展板介绍、三维模型展示、工程模型体验、水质现场检测等形式，让前来参观的社会团体、学生知水惜水护水，在水情教育中有收获、有启发，累计受众近 10 万人。致力于大、中、小学生实践教育基地建设，先后成为天津大学、南开大学、天津理工大学实践教学基地，具有丰富的研学教育工作经验。并与西青区大运河文化保护传承利用领导小组办公室、天津节水博物馆融合共建形成联动机制，打造具有地方特色水情教育。现有宣传册、读本读物 4 种、专题课程 5 门、视频宣传资料 5 份、动画科普资料 7 份等，每年编制教育工作计划，确保教育内容实时更新，为水情教育工作开展提供坚实基础。同时基地利用电视、报刊、网站及新媒体等传播平台，扩大水情教育活动的辐射面，切实提升南水北调工程的知名度和影响力，水情教育工作得到了社会各界的广泛认可。2019 年、2021 年天津管理处连续两次被共青团中央授予“全国青年文明号”；2021 年成为天津市西青区“爱国主义教育基地”。

2.3　开展水文化教育活动

作为水文化教育的外延部分，全国各地以突出水文化特征的水情教育活动的开展如火如荼。南水北调利用每年 3 月 22 日“世界水日”“中国水周”的特殊时间节点，面向社会公众组织开展水情教育进社区、进学校、进机关等主题节水护水活动。同时，积极适应新媒体传播发展趋势，开通微博微信和手机客户端宣讲水情教育重点知识内容，打造了水情教育活动的品牌，扩大了社会影响力。 以 2023 年“世界水日”“中国水周”期间的南水北调水情教育活动为例，南水北调天津管理处向 3 所学校捐赠了《李小睿和水仙子南水奇游记》《南水北调工程供用水管理条例》，以及若干南水北调保护宣传及水情教育品，营造了爱水、惜水、护水的社会氛围，更进一步强化了学校广大师生节约用水、珍惜水资源、守护工程安全的意识，并通过“南水北调公民大讲堂”志愿服务项目使师生们自觉成为保护工程的宣传者、传播者、推动者，从而引导更多人成为守护工程的监督者、保护供水安全的参与者、千里之渠美誉的保护者。

2.4　创新水文化宣传形式，讲好水文化故事

新时代变化日新月异，水文化宣传工作要紧跟时代步伐，创新宣传工作方式方法，抓住水文

化发展方向。要开展形式多样的水文化论坛、水文化展览、水文化课题、水文化研讨、水文化知识竞赛等活动传播水文化，通过这些活动使水文化走进社区、走进学校、走进机关、走进企业、走进基层等，吸引大家广泛参与、共同参与，让水文化宣传教育真正“活起来”。一方面要利用水情教育基地、水文化园区、展览馆，一如既往讲好水文化故事，做好线下水文化宣传教育；另一方面也要通过新媒体、数字技术、VR虚拟现实技术做好“智慧水文化”布局，通过开通微信公众号、视频号等传播水利水文化，努力推出有思想、有温度、有品质、接地气的作品，提升水文化宣传的亲和力、吸引力和感染力

2.5 挖掘水文化中蕴含的红色资源

习近平总书记强调，红色资源是我们党艰辛而辉煌奋斗历程的见证，是最宝贵的精神财富。在尊重自然的前提下，中国共产党领导人民战胜并改造恶劣的自然生态、改善水生态环境，为经济社会发展、人民幸福宜居注入源源不断的“水动力”，这一波澜壮阔的治水兴利史也是“人水和谐”理念的生动实践。进入新发展阶段，有必要通过保护好革命建设时期的民生水利工程，结合革命文物保护利用相关课题开展研究，系统性地对水文化中蕴含的红色资源进行保护挖掘，形成水文化的红色记忆，提高革命文物和红色遗迹科学性、整体性保护水平。以长江流域内的水文化中的红色资源为例，可认定一批长江流域具有红色基因的治水工程、治水制度、治水事件、治水精神，开展建党百年治水遗产的系统化研究；可围绕原中央苏区、湘鄂川黔、川陕、鄂豫陕等革命根据地以及红军长征路线，挖掘利用好红色基因，建设红色精品展馆和陈设，打造一批涉水红色旅游精品线路，组织机关事业单位、社会群体开展红色水利主题的爱国主义教育，展示中国共产党领导的民生水利建设所蕴含的水文化内涵。

2.6 扩大水文化教育覆盖面

习近平总书记在鼓励领导干部学习传统文化时指出：“学史可以看成败、鉴得失、知兴替”，传统水文化中蕴含的哲学思维值得传承，以水为载体的大量丰富多彩的水文化教育活动，有利于人们在体验式、参与式、娱乐式、审美式、休闲式活动中接受积极向上的正能量。对中华优秀传统的水文化进行传承，离不开多层面、多形式、多元化的教育引导，需要加强对水利专业高等院校水文化教育的指导，设置形式丰富多样的水文化课程作为专业必修课和公共选修课，通过对历史治水人物的相关治水事迹、治水理念、治水方略、治水精神的讲解，将水文化融入到院校的人才培养、学科建设和办学理念中去。同时，巩固党史学习教育成果，利用好水文化遗产和研学基地等教育资源，编写一系列水文化科普教育读物，调动社会公众参与水文化主题电影影片、广播、电视、短视频及网络视听节目创作制作的积极性。通过将党带领人民在革命、建设各个历史时期抵御水旱灾害、兴修水利工程造福民众的“红色水利故事”进行生动讲解，利用每年“世界水日”“中国水周”等特殊时间节点，组织社会公众开展水情教育进机关、进社区、进学校、进乡村等系列水情教育活动，现场组织符合当地发展实际的水文化历史讲座、科普互动、研学旅行等活动。以贯彻落实习近平生态文明思想为根本遵循，利用文艺创作开展传播。引导文学、美术、书法、摄影和声乐舞蹈戏剧等文艺工作者深入大江大河、水利工程建设管理单位、水利工地和乡村振兴一线开展水文化采风创作，面向社会公众广泛组织开展水文化主题文学作品征文、主题演讲比赛、文艺汇演等活动。

3 结语

外环河出口闸工程将历史地域文化、工程集群展示、建筑景观、南水北调精神、治水文化融入工程中，对于南水北调综合效益的发挥具有独特的提升作用。现对以南水北调工程为载体推动

水文化建设提出以下建议。一是强化南水北调工程全生命周期的文化提升。水文化建设要贯穿南水北调工程从规划、设计、施工、运行全过程，兼顾水文化的历史传承与时代发展，发掘历史、营造景观、造福人民，使水文化成为南水北调事业持续高质量发展的不竭动力。二是提升水文化专业调研意识。中华水文化底蕴深厚，系统的专业调研工作能够保障水文化全面、准确，要加强对水利、文化专业人才队伍的培育，对工程涉及的水文化细分归类、归纳提炼，夯实水文化建设工作基础。三是建设水文化的宣传阵地。结合外环河出口闸场区内工程设备设施情况，以水利知识、水利文化、调水文化为基础创建南水北调科普文化园或者全国水情教育基地，多方面提升传承力度，不断强化南水北调工程与水文化的宣传效果。

从丽江纳西族水文化建设中汲取的启示与思考

彭海玲

（丽江滇中引水工程有限公司，云南丽江　674100）

摘　要：丽江古城，水道水网密集，古城内的纳西人民逐水而居，因水而生，更懂得一份对于自然的敬畏，对于水的使用更是尽显“物尽其用”，长期以来，纳西族和其他民族在长期生产生活中积淀了人与自然“和谐共生”的质朴理念，正是这种质朴理念推动形成了丽江良好的人居环境，也孕育了丰富多彩、神奇灿烂的水文化。本文对丽江纳西族水文化建设进行分析与思考，以滇中引水工程建设为实践，从传承和发展新时代水文化进行思索与探究。

关键词：丽江纳西族；水文化；文化传承；滇中引水工程；高质量发展

1　丽江古城水文化建设分析

1.1　丽江纳西族水文化的建设，是以“崇文”的理念全面加强水文化的传承和发扬

水，是云南的象征，灵性着这里的山山水水；水，是云南发展的命脉，千百年来养育着云南人祖祖辈辈的生命。在云岭大地上，怒江之水暴如兽，丽江之水平如镜，瑞丽江水穿出国，……水也塑造出无数美景奇观，磅礴奔涌的江河，清澈静谧的湖泊，婉转潺潺的溪流，山水相映的村落……，而号称“东方威尼斯”的丽江，水是其灵魂。著名作家阿来所写的《一滴水经过丽江》准确把握丽江内核，以一滴水的形象，纵贯古今丽江，看遍丽江山水，品味丽江风情，让人忍不住跟随一滴水的脚步遍览丽江之美。城因水而活，水围城而生，水，是丽江活跃的灵魂，让丽江拥有现代时尚的元素；水是丽江的仙气，营造着独特的天人合一的气象。

1.1.1　临水而居，传承传统民族文化。

翻阅历史典籍不难知晓，水影响着人，同时，人塑造着水。从共工“雍防百川”，到大禹“疏通九川”；从李冰父子修筑都江堰，到刘彻指挥堵复瓠子决口；从潘季驯治理黄、淮、运，到李仪祉水利报国……中华文明，随大江大河的流动牵引而绵延不绝，无数江河冲积出沃土，滋养了众生，孕育了文明，成为了民族精神的化身。

人类的发展要依靠水，社会的前进需要水，城市的兴衰更离不开治水。古人认为选址首先就要看水。春秋时期，齐国政治家管仲曾提出，“凡立国都，非于大山之下，必于广川之上，高毋近旱，而水用足，下毋近水，而沟防省。”意思是说，国都选址要善于借水之利、避水之害。宋代黄妙应曾在《博山篇》中说：“凡看山，到山场先问水，有大水龙来长水会江河，有小水龙来短水会溪涧。……水来处是发龙，水尽处龙亦尽。”一座城市的水系、水域里发生过的历史传说、人文故事，就是城市文化底蕴、格调品位的集中体现。以水为核心的丽江古城因水的活用而呈现特有的水巷空间布局，古城主街傍水，小巷临渠，约300座木桥、石桥与河水、绿树、古巷、古屋相依相映，一石跨渠，即成一家，水绕民家，自然处处以桥通路。

“先理水，再修城”，水是丽江古城的血液，没有水就没有今天的古城，正是有了融进纳西文化奔腾不息的河水，古城今天仍然朝气蓬勃，充满灵性。玉龙雪山上的雪水融化后汇集到了黑龙潭，经过积淀蓄势贯穿古城。进入古城之水又分为中、西、东三支溪流。中河为远古的自然河水，

这条河的存在与天地同寿；西河是木氏土司用人工挖成的河渠，用以分中河之水，它是与丽江古城一同诞生的；东河则为改土归流后开挖的河渠，东河再分中河水。古城的布局，实现了对水的充分利用，街道和房屋摆脱了整齐划一、方正对称的中原建筑模式，更多的是依山就水，不对原来的地形地势做过多的改变，“以水为脉，顺其自然”，三条河像三条小龙，自然地把河水送到了每一个街巷，有街的地方就有水，有水的地方就有桥。顺着水走，就可到达南城外，逆水而行，就能回到古城的中心，只要跟着水走，就不会迷路。

走进彩石铺成的古老街道，漫游商业中心四方街，便见河渠流水，河畔垂柳拂水，民居或门前架桥，或屋后有溪，街头巷尾涓涓细流，穿墙绕户蜒而去。房屋随渠而建，整个城市规划按照“以水网沟通为城建蓝图，以水系布局为红线”，一级、二级水系两边为主街道，三级、四级等水系为小巷民居。水随渠走，路随渠修，曲径通幽，不求平直；房依路建，随形就势，层叠起伏，错落有致，疏密有间，不拘一格，形成了“家家门前流活水，户户垂柳拂屋檐，粉团红花引蝶来，雪山倒影映渠面”的神奇高原水城风貌。再加上与四季奔腾不息的玉河，白雪皑皑的玉龙雪山融为一体，描绘出一幅“雪山、古道、小桥流水、纳西人家”的恬静居住环境和情调。人在街上走，常与流水相伴；人在睡梦中，静听水声清韵。

1.1.2　以水为“脉”，崇尚传统纳西水文化。

上千年来，纳西族东巴文化记录了先民生产生活中的点点滴滴，其中包括了纳西族先民在千年的游牧、采集、狩猎和农耕生产活动中，对水的认识、了解和运用的全过程，由不认识水进而恐惧水，到逐渐认识水进而崇拜水，最后发展到爱水亲水近水护水。这同当地大力提倡的生态环境保护理念，生态文明建设和人与自然和谐相处的可持续发展思想一脉相承，凸显了纳西族先民超前的智慧。

位于古城南端白马龙潭寺门口的三眼井用水公约如是：上泉是作饮用水，洗涤食品用中泉，下泉请君洗衣物，分泉使用是传统，洗后残渣各清捡，垃圾污物别近泉，保护水源人康乐，文明自爱守公约。饮用、洗菜、洗衣、刷地……丽江的卫生节水系统就这样自然生成。从相关史料中了解到，在用水公约的背后，其实有诸多有关水文化的内容，可以说丽江古城关于爱水护水的种种习俗，与源远流长的纳西族水文化分不开。纳西先民笃信人与自然之神“署”是同父异母的兄弟。“署”住在水域，也司水源之枯旺，所以纳西人视水源为“署”之家，有水源的地方就供奉“署”神，并定期举行祭“署”仪式，诵读《迎水经》。由此逐渐由图腾崇拜发展成了一套爱护水源的禁忌，千百年来对水的敬畏形成后来诸多与水有关的民风民俗，因此世代相传积淀而成的纳西文化中水是它的载体和基质。

可以说纳西文化也是一种古老的水文化，在世代沿袭中还形成了很多与水有关的民俗与禁忌。比如：不能乱砍水源周围的树木，否则“署”会派蛙蛇进屋索取欠债，摄取人的灵魂或生瘟病；不能向水源处吐口水和大小便，否则“署”就会作祟，使人生疮；水源处不能高声喧哗，否则“署”就会降冰雹惩罚人对神的亵渎，这种心存敬畏的水文化在纳西族生、丧、嫁娶中体现得尤为明显。

1.1.3　以水为“根”，创造民族独有水利项目。

古城水岸垂柳依依、蔷薇攀枝，水上座座石拱桥、栗木桥追随着流水，一排排灰瓦土墙院落与水相依相伴，赢得了“高原姑苏”的美誉。虽然古城到处都是水，但亦不乏水井。纳西族人用水十分讲究，在长期与水打交道的过程中，创造了许多令人称道的水利项目，至今仍然在造福大家，如遍布古城的“三眼井”。所谓“三眼井”，即建井时顺溪流方向，自上而下按不同用途将井水分为上、中、下三个部分，水凭借自然的坡度，从源头流出来以后，流满第一潭，然后流到第二潭、第三潭。第一潭为泉水的源头，清洌洁净，为饮用之水；第二潭为洗菜、洗涮炊具之用；第三潭专为漂洗衣服之用。最后，水由第三潭排入排水沟中，用来作为农田灌溉用水。三潭相串，各司其职，既保证了饮用卫生，又节约了水资源。

最独特习俗还有纳西族的洗街方式。傍晚，四方街上的集市散去，聪明的纳西人关闭西河的活动水闸，利用古城西高东低的自然落差，用西河水自动冲洗四方街尘土、污物，洗街后的河水流进中河，灌溉了丽江城南外的上万亩农田，形成了白天为市、薄暮涤场的独特景观，也充分体现了纳西民族敬畏自然、尊重自然、与自然和谐共处的传统生态观念。

2　丽江水文化的管理和保护分析

2.1　政府重视为水文化的传承、保护与发展构建了理想平台

2.1.1　加强组织领导，突出特色资源优势。

丽江市政府坚持以习近平新时代中国特色社会主义思想为指导，认真贯彻落实党中央、国务院决策部署和省委、省政府工作要求，在市委的坚强领导下，高标准编制世界文化旅游名城发展规划，制定实施加快推动旅游高质量发展、守护好丽江旅游金字招牌的系列措施，通过民族文化的有效传承和保护，维护了民族文化的原生态本质，让民族文化爆发出了旺盛的生命力和难以拒绝的诱惑力。为坚持“人与自然和谐共生”的初心，各级水利部门着力发挥水利设施功能、努力维护河湖健康生命，大力传承弘扬水文化，不断完善政策制度，推动建设了一批高质量水利风景区，为满足人民群众美好生活需要提供了更多的优质水生态产品，在严守生态红线的前提下，让生态效益转化为经济效益、让生态优势转化为发展优势的绿色发展路径。

2.1.2　坚持生态保护优先，建设绿美丽江。

因为气候变化和各种环境因素，丽江的水资源曾面临危机，古城水源黑龙潭每年的干涸及其干涸周期不断缩短，威胁着丽江作为灵动的水城形象。为此，丽江不惜投入巨资，开展了一系列的调水、饮水、保水、蓄水工作，以落实最严格水资源管理制度为重要抓手，全面推行河（湖）长制，为丽江水生态文明城市建设提供制度保障。先是釜底抽薪。2018 年以来，丽江市共封填坝区地下深水井 540 口，减少攫取式的地下水开采量，并针对地下水位等开展实时监测；再是畅通脉络。通过丽江坝水资源循环利用工程，补充古城外河流水网的生态环境用水，改善河流水网的水生态环境，恢复河道生态景观；兼施“无中生有”。丽江市通过对坝区北部 75 个湖泊及相关配套设施的建设，形成湖泊水面面积 91.07hm^2，增加了区域内水资源调蓄能力，改善片区大气循环并营造新的水景观，形成“雪山—森林—草地—湿地—水面”的立体生态结构。并按照“古城内外、分质用水、优水优用”的原则，以黑龙潭为核心，通过对坝区水资源统一调配管理，将坝区北部的白水河水以及坝区西部的拉市海水引调至丽江坝区，以地表水补水的方式，确保最低生态流量要求。

2.2　民间参与为水文化的传承、保护与发展提供了强大动力

民族文化要保护，文化血脉要延续，离不开民间的传承力量。纳西人井边劳作，不管是披着传统羊毛披肩的老妪，还是穿着时髦的少女，洗菜一定不会去第一井，即使是当今自来水已经入户多年，再不需要她们打回去井水煮饭烹茶。洗涤衣物也坚决不去第二井，无一例外。乡俗规矩已经在岁月中深深地镌刻在纳西人心头，融入血液。纳西族自古以来也就有一整套管理水的规矩。譬如，先在盆里洗衣服，将脏水泼进猪圈后，再在河中漂衣；不能随便将垃圾倒入水中，更不可在河中刷洗拖把、痰盂等脏物；禁止孩子在水边嬉戏；上游不能洗衣、刷鞋等等。这些规矩完全是人们的自发要求，逐渐形成了乡规民约。纳西族长辈们还很注重教育孩子保护水源。在纳西族村庄，有一个特别的岗位叫水管员。水管员由村民举荐，主要任务是带领村民每年不定期地清理水沟。清理水沟前，要将水全部放干，并把水源堵住。水沟和街道彻底清扫干净后，才重新放水

使用。好传统让丽江绿水长清；通过清扫来保证流水清洁，纳西人懂得水清人才能保持健康。纳西人常说，水是生命之意，对于丽江古城而言，那是生命的全部意义所在。“城以水兴，屋随水走”，聪明的纳西族老祖宗，庇荫了千年的子孙。

2.3　科学开发为水文化的传承、保护与发展注入了旺盛活力

丽江紧紧抓住文化体制改革的机遇，引进社会资本注入文化产业，推动民族文化传承、保护和发展的许多成功做法和经验。丽江市始终高度重视饮用水水源地的建设和保护工作，先后编制了《丽江市饮用水水源地环境保护规划》和《丽江市突发环境事件应急预案》（包含饮用水源地），按照“划、立、治”加强3个市级和8个县级集中式饮用水水源地保护力度；立足实际，推进了《丽江市集中式饮用水水源保护条例》立法工作；坚定不移走生态绿色高质量发展之路，积极推进国家生态文明建设示范区创建；坚决抓好中央、省生态环境保护督察反馈问题和长江经济带生态环境突出问题整改；加强依法治湖，做好泸沽湖和程海保护条例的宣传贯彻，推进拉市海保护立法工作，切实加强“两线”“三区”管控；严格落实长江“十年禁渔”；持续深入打好蓝天、碧水、净土攻坚战，深入实施金沙江保护修复行动，加大尾矿库的治理力度，实施好泸沽湖、程海、拉市海、漾弓江等重点河湖“三治一改善”项目，实施保好水、治差水、护饮水行动，巩固提升饮用水安全保障水平，县级以上集中式饮用水水源地水质达标率稳定保持100%。

通过大胆实践，丽江走出了一条自然资源开发与文化资源开发相结合、民族文化建设与社会主义市场经济建设相结合的发展道路。丽江的水虽然柔软却不柔弱，古往今来，它承载着这个地方的文明进步。虽不少文人、作家认为重叠的高山、峡谷限制了丽江对周边地区的往来，但四通八达的水却源源不断地承载了周边的文明，依旧成了密集的商业、文化之地。800年历史风霜，玉龙雪山的源头活水不断地注入古城的根脉，那无数涓涓细流洗尽了人世的铅华，却永远淌不尽柔软时光。

3　建设滇中引水工程的意义和如何发扬新时代水文化分析

作为国务院确定的172项节水供水重大水利工程中的标志性工程之一的滇中引水工程，是中国西南地区规模最大、投资最多的水资源配置工程，是云南省有史以来最重大的水资源配置项目，也是贯彻落实习近平总书记“节水优先、空间均衡、系统治理、两手发力”治水思路和考察云南重要讲话精神、实现云南发展“三个定位”的重要保障和战略实践。工程完工后，受水区共涉及输水总干渠沿线六州（市）35个县（市、区）的34个受水小区，受益国土面积3.69万km^2。约1112万人口直接受益，改善灌溉面积63.6万亩，设计每年平均引水量34.03亿m^3，向滇池、杞麓湖和异龙湖补水6.72亿m^3，创造直接就业机会约340万个，创造地区生产总值约3300亿元，补短板驱动滇中发展引擎，极大促进滇中地区社会经济进一步跳跃式发展，从根本上解决滇中地区水资源空间分配不均的难题，对云南省实现2035年远景目标意义重大。

推动新时代治水事业蓬勃发展，必须坚持和加强党对治水工作的全面领导。

3.1　切实把政治建设摆在首位

旗帜鲜明讲政治，要坚持深入学习习近平新时代中国特色社会主义思想和党的二十大精神，坚决贯彻落实好党中央关于治水的各项决策部署。要坚定不移地用习近平总书记“节水优先、空间均衡、系统治理、两手发力”治水思路武装头脑、指导实践、推动工作，更加自觉地走好水安全有力保障、水资源高效利用、水生态明显改善、水环境有效治理的高质量发展之路；要保护传承弘扬工程沿线优秀传统水文化，通过挖掘、保护、传承、弘扬水文化，为推动滇中引水工程建设提供强大的精神动力和文化源泉。

3.2　切实把中心工作抓紧抓实

要牢牢把握高质量发展这个首要任务，坚持不懈用习近平新时代中国特色社会主义思想凝心铸魂、砥砺前行。坚持民生为上、治水为要，始终把人民对美好生活的向往作为出发点和落脚点，下大气力解决好人民群众最关心、最直接、最现实的涉水利益问题，持续提高水安全的保障标准、保障能力、保障质量，提升水利公共服务均等化水平，不断增强人民群众的获得感、幸福感、安全感;要以建设千年精品工程为己任，紧紧围绕“确保安全、确保质量、尊重规律、科学施工、能快尽快”的主基调和核心目标，全面梳理年度重点施工任务，聚焦质量安全、工期进度，细化分解建设任务指标，确保工程建设高效有序稳步推进。

3.3　切实把作风建设推向纵深

坚持敢担当、善作为、察实情、务实功、办实事、求实效。牢固树立造福人民的政绩观，持续转作风、提效能，锻造优良作风；坚持勤廉并重，坚决整治形式主义、官僚主义，切实当好执行者、行动派、实干家；严格资金管理、严守财经纪律，厉行勤俭节约、反对浪费奢靡，树牢“过紧日子”思想；把主题教育学习收获转化为推动发展的强大动力，成立重难点洞段工作专班攻坚，提速工程建设；坚持学习借鉴“千万工程”经验案例、“浦江经验”，及时有效解决工程沿线人民群众急难愁盼问题，践行为民初心。

3.4　切实把廉政建设贯穿始终

要强化责任担当，精耕细作种好“责任田”；要严肃监督执纪，争做纪律规矩“捍卫者”；要建设“清廉机关”，奏响廉洁工程“主旋律”；要践行“两个革命”，跑出工程建设“加速度”。要紧扣中心工作，加强新时代廉洁文化建设和清廉企业建设，严格落实中央八项规定及其实施细则精神，以彻底自我革命精神打好反腐败斗争攻坚战持久战；把党的纪律规矩刻印在心，时刻铭记，不踩红线、不越底线，始终做到忠诚干净担当，全力把滇中引水工程打造成为“安全、优质、生态、民心、廉洁”的千年精品工程，为谱写好中国式现代化云南篇章作出新的更大贡献。

4　以滇中引水工程建设为实践，传承和发扬新时代水文化的措施

治水安邦、兴水利民。要深刻认识新征程治水肩负的新使命新任务，增强风险意识、底线意识、忧患意识，树牢底线思维、极限思维，全面提升防范化解水安全风险的能力和水平，牢牢守住水安全底线。要准确把握人与水、水与生态、水与经济社会等辩证统一关系把“节水优先、空间均衡、系统治理、两手发力”治水思路不折不扣落实到推动滇中引水工程建设各领域、各环节、全过程。

4.1　要自觉扛起重担，涵养责任意识

要坚持调研开路，坚持问题导向，扑下身子、沉到一线、深入基层，把脉问诊、解剖麻雀，进行问题梳理、难题排查，把发现问题和解决问题结合起来，着力推动解决一批发展所需、改革所急、基层所盼、民心所向的问题；要始终坚持绿色发展理念，严格落实工程建设各项环水保措施，确保环境不污染，水土不流失，努力创建绿色精品典范工程；要严格落实环水保“三同时”制度，强化环水保管理，从开工到隧洞贯通，洞口的沉淀池严格加药、沉淀循环，生活垃圾、危废分别由垃圾处理站和危废公司收购，渣场的工程措施和植物措施一体推进，确保环水保工作全面受控。滇中引水工程全线跨越 6 个州、市，涉及纳西族、白族、彝族、哈尼族等诸多少数民族聚居区，要坚持把学习贯彻落实习近平总书记关于加强和改进民族工作的重要思想与贯彻落实习近平总书记考察云南重要讲话精神结合起来，聚焦全省“民族团结示范区”定位，提高做好民族工作的本领，及时研究解决工程建设沿线涉及民族工作的重大问题，积极在工程建设全线宣传党的民族政策，

引导沿线干部群众自觉形成相互尊重、相互学习、相互帮助的良好氛围，凝聚起工程建设强大合力，全力推进滇中引水工程高质量建设。

4.2 要紧密结合实际，破解现实难题

要坚持以习近平新时代中国特色社会主义思想为指导，聚焦党的二十大部署，紧扣云南省委“3815”战略发展目标，巩固拓展主题教育成果，聚焦2024年滇中引水工程建设目标任务，紧盯重点，拧紧责任链条，构建高质高效责任落实工作格局，坚持求真务实，从实际出发谋划事业和工作，使提出的点子、政策、方案符合实际情况、符合客观规律、符合科学精神；要持续开展“对标找差距、推动高质量发展”专项行动，聚焦战略管理运营管理、科技管理、风险管理等重点环节，采取“走出去”与“请进来”相结合的方式，与行业内先进一流企业加强交流学习充分吸收先进经验，补短板、强弱项，不断提升管理体系和管理能力现代化水平；要实施核心技术攻关，针对以香炉山隧洞、狮子山隧洞、小扑隧洞等为代表的活动断裂、高地下水、软岩大变形、白云岩砂化等特殊不良地质问题，充分依托滇中引水工程专家委员会的理论优势、经验优势、资源优势与信息优势，大力推进“西南复杂地质条件下特大型引调水工程安全建设与高效运行关键技术研究”省级重大科技专项计划项目，把最前沿的科技成果、最先进的工艺方法，及时用在工程建设的关键区域、重点部位，着力破解制约工程建设的“卡脖子”难题。

4.3 要增强创新意识，积极担当作为

要紧密结合实际，打破思维定式，转变思想观念，充分激发创新功能，紧盯影响和制约公司高质量发展的问题短板及其根源，开展靶向治疗，加强创新体系建设；要加强创新体系建设，强化科技引领，激发创新活力，利用滇中引水工程专家委员会专题研究机制、水利部水利水电规划设计总院全过程咨询服务机制以及地下工程重大突水突泥灾害防控协同创新中心长效运行机制，进一步整合高校、科研院所、参建单位等各方技术力量，积极搭建重大灾害控制服务平台、成果转换应用平台以及创优规划平台，深入开展工程技术研究，积极申报国家级、省部级奖励或创新平台，力争滇中引水工程在技术资源、技术管理上处于国内水利行业先进水平；要承前启后，继往开来，既要坚持和发扬行之有效的好传统、好经验、好做法，又要根据新形势新任务新要求，积极推动各项工作与时俱进、开拓创新。

5 结语

中华文明博大精深，源远流长，是我们具有高度文化自信的基础。而弘扬新时代水利精神，推进水文化建设，是一项任重而道远的工作。滇中引水工程源头起于丽江，期待在进一步总结推广水文化建设方面的成功经验和做法的同时，更注重学习和借鉴当地对水文化的保护和利用，以推动滇中引水建设区域及受水地域水文化挖掘与利用、传承与弘扬。同时，结合丽江及其他地区河湖水系连通、河湖生态修复、流域综合治理的成功经验，助推云南河湖水域岸线生态化以及与文化融合建设的实践探索，进一步弘扬云南水文化，促进新时代水利高质量发展。

参考文献

[1] 水利部编写组．深入学习贯彻习近平关于治水的重要论述 [M]. 北京：人民出版社，2023.
[2] 胡朝碧．滇中引水工程“三个管理”织密保障网 [J]. 中国水利，2021.
[3] 秦佳华，李子贤，杨知勇．西南少数民族生产习俗志 [M]. 昆明：云南民族出版社，1990.

[4] 郑晓芸．水文化与水历史探索 [M]. 北京：中国社会科学出版社，2015.
[5] 李子贤．多元文化与民族文学——中国西南少数民族文学的研究与比较 [M]. 昆明：云南教育出版社，2001.
[6] 李新焕．丽江水文化对广州水文化的启示 [C]. 齐齐文库，2019.
[7] 耿鸿江，王洪伟．西南水文化：人类最朴素的生存样板 [J]. 文明杂志，2020.
[8] 李志文，杨小宝，施震阳，等．这些丽江纳西族的水文化你了解多少 [J]. 看见丽江，2021.
[9] 云南日报．三眼井：丽江古城水文化蕴含的纳西族先民智慧 [N]. 全国党媒信息公共平台，2021.
[10] 云南省水利水电科学研究院．水文化：丽江古城水系 [J]. 云南省水利厅官网，2023.
[11] 刘馨蔚．清泉复流．丽江的生态选择 [J]. 新华网，2018.
[12] 温乐平．水文化概论 [M]. 北京：中国水利水电出版社，2022.
[13] 黄龙光．上善若水 [M]. 北京：商务印书馆，2017.

探寻运河文脉　重温治水初心
探索北运河的历史与水文化传承

贾克双[1]　张　雪[2]　刘庆庆[1]　王　峥[1]　王子珺[1]

（1. 水利部海河水利委员会海河下游管理局，天津　300000；
2. 水利部海河水利委员会水资源管理处，天津　300000）

摘　要：为贯彻落实习近平总书记关于保护好、传承好、利用好大运河的重要指示批示精神，按照中共中央办公厅、国务院办公厅印发的《大运河文化保护传承利用规划纲要》和水利部印发的《水利部关于加快推进水文化建设的指导意见》《“十四五”水文化建设规划》，以及海河水利委员会党组和海河下游局党委关于水文化建设的工作部署，组织撰写了针对北运河水文化遗产的保护、传承与利用，屈家店枢纽管理处组织开展了专题调研，旨在通过搜寻北运河遗产、查勘水工建筑遗存、收集相关人文素材，了解北运河变迁史和北运河沿岸文化保护工作开展现状，探寻北运河历史文脉。结合自身水文化建设的现状和努力方向，在水利工作中充分彰显运河历史蕴含的文化魅力，不断发扬京杭大运河水文化的影响作用。

关键词：新时代水利高质量发展；水文化遗产保护传承利用；京杭大运河；屈家店水利枢纽；水文化

1　引言

北运河是海河流域水系之一，位于京杭大运河的最北端，史称潞河，发源于北京市昌平区及海淀区一带，流经河北省香河县，天津市武清区、北辰区、红桥区等，在天津市大红桥汇入海河，曾被誉为大运河的“龙头”段。

据《金史·河渠志》记载，在金代，由于永济渠下段淤积严重，难以行舟，于是对原有漕渠进行了改道，由西北改道向北，经天津市三岔河口转入潞水（即北运河）。自此，北运河成为京杭大运河的一部分。可以说，北运河是运河流域的政治、经济、文化各方面的真实反映，也是研究漕运历史的重要实物见证和具象载体，承载了中华治水的波澜壮阔的历史。北运河沿岸水工、建筑、河渠、水泊、聚落鳞次栉比，有古风之雅韵，也有当代之宏伟，有市集之繁华，也有林木之幽然，是城市绿道的骨架，是景观、休闲、文化等的载体，也是京津冀地区城市防洪、排涝的重要手段。

北运河沿岸文化遗产的核心，是围绕漕运功能发展出来的。既包括水利工程设施遗产，又包括各类民间传闻、名人逸事等非物质文化遗产。在以水利工程为核心的北运河沿岸，随着河道通航带来的人群聚集，产生了沿途村镇、聚落，如张家湾、河西务等，都是盛极一时的商业城镇，带来了各类特色商业文化、吃食用品、宗教信仰、景观建筑、民间艺术、神话传说等，促进了南北文化的交流融合，进一步繁荣了沿途商业和市民生活。北运河的文化伴随漕运活动而生。多年以来，运河沿线的人们依靠运河，形成了独特的生活方式，因此北运河文化遗产在形态分布上突出其“因水而生”“临水而生”的特点。

2　千年运河，历史印记：北运河水文化的特点与价值

自历史上第一条有时间记载的人工运河——“邗沟”开凿以来，至今已有2000余年的历史。

这2000多年来，人工运河的步步发展，不仅见证了我国水利事业的进步，也承载了中华民族的优秀传统文化，展现了我国劳动人民的智慧与创造力。

北运河作为京杭大运河的一部分，由其漕运功能也衍生了一系列的文化遗产，既有物质文化遗产，如各类水利工程，以及漕运带来的古镇遗址，又有非物质文化遗产，如沿河百姓的各类民俗文化。

2.1 北运河物质文化遗产

“尽道隋亡为此河，至今千里赖通波”，北运河经历千年历程，有着乾隆御赐的“金门闸”“倒流济运”的北运河筐儿港枢纽等历史名闸，也有北关闸、土门楼闸、狼儿窝闸等依然承担着分洪泄水重任的兴水利民的重要水利工程。这些工程设施迄今仍惠泽百姓，润泽生灵，既是我国传统科学技术与运河两岸劳动人民智慧的集中反映，也是天人合一、因地制宜、因势利导、疏堵结合的中国古老哲学思想的智慧光芒。

此外，在京杭大运河开通后，随着漕运而来的文化逐渐在北运河两岸形成，比如张家湾古镇、路县古城遗址、河西务等历史聚落都在历史上发挥出漕运咽喉、榷税钞关和水陆驿站等重要功能。据《长安客话》《通州志略》《醒世恒言》等文献或小说中记载，这些地方“万舟骈集”“车音马迹，日夜不绝”，河西务领蔡村驿、杨村驿、桃花口驿等有着“津门首驿”之称，这些聚落见证了北运河悠久、繁华的漕运历史。

2.2 北运河非物质文化遗产

随着物质文明的提高，大众对精神文明的需求不断提高，20世纪90年代以后，沉淀在个体和家庭之中的运河记忆被激活，运河流域的民间文艺开始逐渐向遗产化方向发展。

2014年，在大运河申遗成功后，与运河有关的民俗事象更加引起关注，如民间节日和风俗文化“里二泗小车会”“开漕”“寺各庄竹马”；饮食文化如“杨村糕干”“大油饼”；传统手工艺“泥人张”“面人汤”；传统音乐舞蹈等艺术表演“西河大鼓”“通州运河船工号子”；民间故事及传说“通州燃灯塔传说”“铜帮铁底古运河”“小圣庙”等，这些展现了南北文化交流孕育并发展出的独特非物质文化，已经作为运河文化与记忆的重要部分。

对于这些非物质文化，各地已经在加大保护力度的同时，加强创造性转化、创新性发展，将有形物质遗产与无形运河文化进行结合，关注运河非物质文化遗产的阐述与传承，深挖运河文旅资源，将非物质文化进行叙事性阐述，达到了运河遗产活化的效果。

3 重现生机，运河复苏：北运河文化的保护与发展

2022年，为充分发挥南水北调工程的综合效益，推进华北地区地下水超采综合治理和河湖生态环境复苏，全面改善大运河河道水系的资源条件，恢复京杭大运河活力生机，水利部会同北京、天津、河北、山东等四省市启动了京杭大运河2022年全线贯通补水行动。4月28日10时，四女寺枢纽南运河节制闸开启，岳城水库的水资源经卫运河与南水北调东线北延工程水、引黄水汇合，进入南运河，经九宣闸枢纽南运河节制闸与天津本地水和北运河水，京杭大运河全线水流贯通。

3.1 北运河水文化保护工作现状

北运河水文化伴随着大运河的全线贯通重焕生机，为重拾散落的文化遗产，充分发挥大运河文化纽带作用。近年来，北京市、天津市、河北省将北运河视为推动京津冀区域协同发展的重要纽带，大运河文化带沿线区域协同发展不断深入，跨区域协同对接机制逐步完善，合作领域进一步拓展。

2019年以来，京津冀地区相继印发大运河保护工作的实施规划和工作方案，联合组织推出“京津冀运河文化展”，签订了《北运河开发建设合作框架协议》，携手开展北运河综合治理，积极为游船通航创造条件。同时，京津冀三省市人大常委会经共同研究，决定采取区域协同立法，为协同推进大运河文化保护传承利用提供法治保障，将协同保护大运河工作纳入了法治化轨道。三省市人大常委会有关工作机构共同起草了《关于京津冀协同推进大运河文化保护传承利用的决定》。2020年8月，海河水利委员会出台了《海河流域河长制湖长制联席会议制度》，进一步完善了大运河河道水系管护机制。此外，海河水利委员会还切实推动京津冀大运河旅游通航，编制完成了《北运河旅游通航实施方案》，对接京津冀协同发展、雄安新区建设等重大国家发展战略，为大运河水文化的发展与保护迈出了坚实一步。

3.2 北运河水文化保护重要意义

北运河作为历史上一条通向北京的重要漕运河道，对中国南北地区之间的经济、文化发展与交流，特别是对沿线地区工农业经济的发展和城镇的兴起起到了重要推动作用，保护和传承北运河文化，是作为流域管理者的职责所在，使命所然。保护和传承北运河文化，不仅是对历史的尊重，更是对未来的责任。在新时代的背景下，更应该积极探索北运河文化的新内涵，让这条古老的运河焕发出新的生机和活力。

北运河历史悠久，沿线地区留下了众多历史遗迹和文化景观。北运河作为中国古代重要的水利工程和交通要道，承载着丰富的历史信息和文化记忆。北运河沿线地区多样的水文化体现了不同地域文化的交流与融合，保护北运河水文化有助于维护这种文化多样性，可以促进文化包容性和创新性。通过保护北运河的水文化，可以促进生态环境的可持续发展，提高生态系统的服务功能，为人类提供良好的生活环境，还可以作为生态文明教育的现场教学基地，提高公众对水文化、生态文明和历史文化的认识和尊重。此外，北运河水文化的保护与利用对沿线地区的经济发展具有积极作用。通过挖掘和利用北运河的文化资源，可以促进文化旅游、文化产业的发展，带动经济增长，提高居民生活水平。而且，北运河作为世界文化遗产的一部分，其水文化的保护有助于提升中国在国际上的文化影响力，可以促进国际文化交流与合作。

总体而言，北运河水文化的保护不仅对维护历史文化遗产、促进文化多样性和生态文明具有重要意义，而且对推动社会教育、经济发展和国际交流具有积极作用。

3.3 屈家店枢纽管理处在运河文化传承与发展做出的努力

面对新机遇、新发展，屈家店枢纽管理处按照海河水利委员会党组和海河下游局党委的要求，创建了“引领提升见实效，天津市运河红帆保安澜”党建品牌，以屈家店枢纽水利工程为载体，以北运河区域优美自然环境、人文环境为依托，建设了运河文化展览馆，打造了公益教育基地，讲述运河故事，沉淀文化底蕴。

展馆建成以来通过不断推进展馆的对外开放，同天津市人大、天津市文旅局、天津市北辰区政府、天津市水务局共同商讨北运河文化的传承与保护相关工作，同时接待水利工作者、高校师生、专家学者、周边居民等社会各界人士共赏运河文化、共享治水成果，不断夯实水文化宣传阵地基石，不断增加对外开放力度，持续发挥管理处在北运河文化遗产保护传承中的积极作用，让屈家店枢纽管理处成为推进水利文化建设的红色血脉，让运河文化内涵深入人心，让工程文化效益更加彰显。

4 绿色运河，智慧水利：北运河水文化的传承与未来

2017年6月，习近平总书记对建设大运河文化带作出重要指示：大运河是祖先留给我们的宝贵遗产，是流动的文化，要统筹保护好、传承好、利用好。遵照总书记的指示精神，屈家店枢纽

管理处进一步深入学习贯彻，积极融入协同发展，不断加强自身建设，不断加强交流联动，努力把自己打造成北运河文化带上的重要基点，不断提升自身的认知度和影响力。

4.1 加强工程运行管理，让屈家店枢纽成为工程亮点

北运河节制闸是北运河上极其重要的控制性工程，发挥着泄洪、排涝等的重要作用，直接保卫北京、天津城市防洪安全。在新的征程上，结合数字孪生永定河建设，屈家店枢纽管理处将继续传承自1932年建闸以来的优良传统作风，持续发挥海河流域防洪重要控制性工程的良好作用，在现有管理模式上，进一步与时俱进、科学管理，将信息化和数字化等水利新质生产力的发展作为下一阶段的主要工作，促使屈家店水利枢纽朝着智能化管理、标准化建设继续进发，成为北运河上水利工程“名片”。

4.2 加强文化展馆建设，让屈家店枢纽成为文化基点

2022年4月，自屈家店枢纽运河文化展览馆建成后，经社会各界水文化专业人员的额指点，屈家店枢纽管理处不断改进文化馆内容，特别征求了中国水利文学艺术协会水文化分会会长、海河水利委员会一级巡视员靳怀堾同志的建议，并做出了相应调整。同时，根据专题调研，撰写了近三万字的文字材料和近百张照片资料，为展馆建设的进一步发展奠定了坚实的基础。下一步，屈家店枢纽管理处还将不断完善展馆建设，增加展馆内容，进一步讲好运河故事，将水文化智慧与底蕴充分传扬到社会各界。

4.3 加强交流共建联动，让屈家店枢纽成为重要节点

当前，社会专家学者普遍呼吁各地人民政府要对北运河的文化遗产进行协同管理。对此，屈家店枢纽管理处也向天津市人大提出了北运河开发与保护的建议，并与天津市自然博物馆、天津大学、天津美术学院、天津仁爱学院、北辰区学校等组织取得联系，以运河展览馆为承载，通过交流共建等活动，从文化保护出发，共同保护好我们的运河文化。同时，屈家店枢纽管理处将与地方政府和相关单位加强沟通协调、凝聚工作合力、推进任务落实的有力举措，建立联动机制，不断推进展馆的对外开放，与各单位共同商讨北运河文化的传承与保护相关工作，进一步深化交流协作，强化信息共享，提升联动效能，共同促进大运河文化传承与保护高质量发展。

新时代，新征程，屈家店枢纽管理处将聚焦中国式现代化发展目标，在深入学习贯彻党的二十大精神过程中，找思路、找方法、找对策、找举措，攻坚克难、奋勇争先，付之于行动，见之于成效，坚持立足治水实践，推动大运河文化与时代元素相结合，不断强化工程管理水平、不断推进水文化建设，着力打造“安澜运河、生态运河、智慧运河、文旅运河”，为全面推进新时代水利高质量发展与水文化建设贡献力量。

参考文献

[1] 王志芳，程可欣．北运河流域雨洪“源—汇”景观时空演变[J]. 生态学报,2019,39(16):5922-5931.

[2] 李昊林．元修《宋史·河渠志》《金史·河渠志》文本探源[J]. 黄河文明与可持续发展,2022,(2):182-195.

[3] 刘宗永．从嘉靖《通惠河志》、《通州志略》看明朝的漕运及相关争议[C]//北京联合大学北京学研究基地．北京学研究文集2009. 北京市地方志编纂委员会办公室，2009:11.

[4] 邢志红．跨流域调水对推进水资源优化配置的实践与思考——以京杭大运河全线贯通补水南运河段为例[J]. 河北水利,2023,(1):15-16.

[5] 华林．京杭大运河：河通古今，脉传千年[J]. 中学生博览,2024,(8):56-60.

[6] 《北京市人民代表大会常务委员会关于京津冀协同推进大运河文化保护传承利用的决定》解读[N]. 北京日报,2022-12-12(003).

归春河水文化与当地文旅的有机融合

杨 晗

（崇左水文中心大新水文中心站，广西崇左 532200）

摘 要：本研究旨在深入探讨归春河水文化及其与当地文旅的有机结合，分析其在文化旅游领域的创新实践及其对区域经济和社会发展的影响。通过对归春河流域的历史演变、文化特征、生态环境以及旅游资源进行全面梳理，结合实地调研和文献综述，本文提出了一系列针对性的保护与开发策略，以期为该地区的文化旅游可持续发展提供科学依据。

关键词：归春河；文化旅游；生态保护；水文化

1 归春河概述

归春河全长18.93km，其中广西大新县德天屯至硕龙街头河段约15km，是中越两国天然国界。归春河发源于广西百色地区靖西市的“鹅泉”，一度向西流经越南后，迂回流往崇左市大新县的德天村，从而复入中国，作为黑水河干流汇入左江。君归故里，故里逢春，故得名“归春河”。中越两国以归春河为界，隔河相望，归春河在中越两国的往来交流和战略共建起到了不可或缺的作用。

2 归春河沿河文旅建设现状

2.1 德天瀑布

位于大新县中越边境的归春河上游，归春河复入中国的大新县硕龙镇德天村后，遇断崖倾泻而下，形成德天瀑布。瀑布横跨中越两国，宽约200m，落差约60m，纵深约70m。瀑布气势磅礴，三级跌落，水势激荡，声闻数里，终年有水。瀑布四周古树参天，花草掩映。瀑布由多道高低不齐、大小不一的湍流从不同角度飞泻而下，呈三级跌落。第一层湍流穿丛林直落天池，连成高约36m、宽约75m的丰圆形水带。天池面积约2000m^2，深约7m，水质清澈，水雾迷蒙。从天池缺口处冲下多道水帘，形成落差为5～23m不等的第二级瀑布。第三级瀑布由几道较大的急流相互参差，一同跌入龙潭，构成高约12m、宽约120m的瀑布。第三级崖石下有一宽约5m、高约6m、深约20m的水帘洞，洞道崎岖，石笋、石柱遍布，在洞口观察别有情趣。瀑布随季节的变化而景色各异。春天，木棉花点缀其间，与绿色梯田相映生辉。夏季，河水溢涨，激流排山倒海冲泻而下，响声如雷，水雾遮天，水花点点，凑成一曲乐章。秋季，素绢高挂，碧水清流，梯田铺金，水雾夹稻香扑面而来，令人陶醉。冬天，河水纤秀，多束水流悠然而下，感受神清气和，心境清爽。

2005年10月，在中国国家地理杂志社组织开展的“中国最美的地方”评选中，德天瀑布以其独特的自然美入选中国六大最美瀑布，名列第二。属国家特级景点，是广西着力打造的六大旅游品牌之一。

中越两国是山水相连、唇齿相依的邻邦，中越德天（板约）瀑布跨境旅游合作区是我国首个跨境旅游合作区，是两国人民友好交往的生动写照。2023年9月，中越德天（板约）瀑布跨境旅游合作区启动试运营，两国游客可以在合作区内体验5小时跨境游，全方位感受亚洲第一、世界第四大跨国瀑布带来的视觉冲击。这项合作不仅首次整合两国跨境旅游资源并实现共同开发，也成为中越两国跨境合作的新成果，为中国—东盟合作和高质量共建“一带一路”探索出一条新路。

2.2 绿岛行云

位于硕龙至德天沿边公路西南，距公路约100m的归春河中。归春河百转千回，从德天瀑布的断崖飞流直下后，水势渐缓，汇集到这一片浅滩。滩中散落着几个小岛，绿翠如茵，黑褐色的奇石疏落点缀在嫩绿的草地上，活像一个个精致的盆景。滩中石块大小不等，形成横竖弯曲、高低不平的石坝。河水或急或缓，迂曲盘旋，激起层层乳白水花，仿若水晶珠帘，横铺江面，又像天上流云，在江面飘动。

2.3 硕龙镇文旅发展现状

2022年，硕龙镇以广西文旅大会召开为契机推动地方经济发展。做好风貌提升，争取6000多万元打造硕龙南疆国门魅力城镇品质提升工程，以“一带两村三化”大力推进乡村振兴示范带建设，完成明仕—德天公路沿线19个村屯环境提升，提高城镇整体配套服务功能及人居环境水平，荣获自治区第一批百镇千村生态特色文化旅游示范镇。推进德天景区中越风情街、天空之戒、老木棉景区汽车营地等项目竣工投入使用，陇鉴古寨二期工程项目正在建设，德天下项目正在进行土地征收。硕龙镇荣获2022年第一批广西乡村旅游重点镇，德天村荣获国家文化和旅游部颁发的2022年全国乡村旅游重点村。

3 归春河水文化建设的重要性

在人类历史发展过程中，水文化产生于人类与自然环境长期的互动过程中，存在于世界上不同民族、不同国家、不同地区及不同文化背景的人群之中。习近平总书记在进一步推动长江经济带高质量发展座谈会上强调：“深入发掘长江文化的时代价值，推出更多体现新时代长江文化的文艺精品。”无独有偶，归春河水文化作为大新乃至桂西文化的重要内容，是归春河流域人类和水环境互动过程中所形成的关于水的知识系统、利用方式、社会关系和社会生活要素等的文化现象，是涉及物质、精神、制度、社会等众多层面的系统性概念。结合新的时代条件，充分发掘归春河水文化的时代价值，不仅是传承弘扬归春河文化、延续中越历史文脉的必然要求，也是推动归春河流域生态文明建设、推动桂西边境经济带高质量发展的应有之义。以山东省为例，该省积极推动“水网＋文化旅游”融合发展。通过建设省级水网先导区，统筹水安全、水生态、水经济、水民生等方面的发展，同时深入挖掘水利文化的当代价值，塑造特色品牌，推出高品质水利主题精品线路。这些措施有效地促进了水文化与文旅产业的有机结合，推动了当地文旅产业的高质量发展。

4 归春河水文化建设手段

归春河水文化是中华民族宝贵的精神财富，承载着厚重的历史记忆和独特的文化内涵。习近平总书记提倡发掘长江文化的时代价值，同样，归春河水文化的挖掘也是对中华优秀传统文化的传承与发展。它不仅有助于提升当地文化旅游的品牌影响力，还能促进生态环境保护和经济社会发展，为构建和谐的国际关系提供软实力支持。为了更好地展现归春河水文化的魅力，可以采取以下几种建设手段：

4.1 开展水生态保护工作

一是实施定期的水质监测计划，确保水质达到国家相关标准。

二是引入先进的污水处理技术，减少污染物排放对河流的不利影响。

三是恢复和重建河流沿岸的湿地，增强河流的自我净化能力。

四是设立野生动植物保护区，保护珍稀物种，维护生物多样性。

4.2 沿岸打造特色文化景观带

一是修复和保护沿岸的历史遗迹，如古桥、古井和古代建筑。

二是设计以归春河文化为主题的雕塑和艺术装置，增加视觉吸引力。

三是利用现代照明技术，在夜晚突出河岸的轮廓和文化元素。

四是建立文化展示中心，展示归春河流域的历史、民俗和文化发展。

4.3 建立水上观光路线

一是开发游船游览项目，提供多层次的游览体验，如日间游、夜间游和主题游。

二是设置观景台和休息区，供游客休息和欣赏风景。

三是提供解说服务，介绍归春河的历史和文化故事。

四是与当地渔业合作，开发水文化主题渔家乐项目，让游客体验当地渔业文化与水文化。

4.4 创设文化交流活动

一是举办国际文化节，邀请中越两国的艺术团体参与表演和展览。

二是开展摄影比赛和文学创作活动，鼓励创作者以归春河为灵感来源。

三是设立文化创意工坊，支持当地手工艺人制作与归春河文化相关的手工艺品。

四是开展青少年文化交流项目，如学生夏令营，增进两国年轻一代的了解和友谊。

4.5 加强宣传教育

一是通过媒体和社交平台，提高公众对归春河文化和生态保护的认识。

二是在学校和社区开展环保教育活动，培养公民的环保意识和责任感。

三是制作宣传资料，如海报、手册和纪录片，介绍归春河的文化和生态价值。

四是举办公众讲座和研讨会，邀请专家学者分享归春河的研究成果和保护经验。

4.6 推动科研合作

一是与国内外研究机构合作，开展归春河流域的生态研究和文化研究。

二是建立数据库，收集归春河流域的历史、地理、生态和文化数据。

三是支持学术论文的发表，促进归春河研究的学术交流和知识传播。

四是开展联合研究项目，解决归春河流域面临的环境和文化问题。

4.7 建立长效管理机制

一是制定归春河流域的保护规划，明确保护目标和管理措施。

二是成立专门的保护管理机构，负责归春河的日常维护和监督工作。

三是制定严格的法律法规，对破坏归春河生态和文化的行为进行惩罚。

四是建立公众参与机制，鼓励居民和游客参与归春河的保护工作。

4.8 创新文旅产品

一是结合现代科技，开发增强现实 (AR) 和虚拟现实 (VR) 等互动体验项目。让游客可以身临其境地感受河流的壮丽景色和历史文化，通过智能导览系统，游客可以更加便捷地了解景点的历史和文化背景。

二是设计夜游归春河的灯光秀和音乐喷泉，增加夜晚归春河沿河的吸引力。

三是推出个性化定制归春河水文化写真拍摄服务，随着写真集的出片，当地风情文化也能得到推广。

四是开发以归春河为主题的纪念品和艺术品，如印有归春河风景的明信片、归春河系列吉祥物的彩绘石膏娃娃等。

五是建立特色农产品和手工艺品的品牌，提高市场竞争力。

4.9 加强国际合作

一是与越南等邻国建立合作机制，共同保护跨境河流的生态环境。

二是在国际会议上分享归春河的保护经验和成功案例。

三是申请国际资金支持，用于归春河的生态保护和文化项目。

四是开展国际志愿者项目，吸引国际志愿者参与归春河的保护工作。

通过这些综合措施，不仅能够有效地保护和传承归春河的水文化，还能为当地居民和游客提供丰富多彩的文化体验，促进文化旅游的发展，进而推动地方经济的繁荣。同时，这些措施也有助于提升公众的环保意识和文化素养，为可持续发展奠定坚实基础。

5 归春河水文化建设的时代价值

5.1 生态保护与可持续发展

在当今全球化的背景下，归春河的生态保护显得尤为重要。通过对归春河水文化的挖掘和传播，可以提高公众对水资源保护的意识，促进全民节水护水良好社会风气的形成，推动生态环境良性发展。这不仅有利于维护当地的水资源与生态环境，也为后代保留了一份宝贵的自然遗产。

5.2 文化旅游的创新

归春河水文化为文化旅游提供了新的视角和内容，特别是在当前旅游市场追求个性化、深度化的趋势下，跨境旅游合作区的设立满足了游客对新鲜体验的需求，促进了旅游业的转型升级。

5.3 国际友好与合作

作为中越两国共享的自然资源，归春河是两国友好关系的纽带。通过共同开发旅游资源，加强文化交流，有助于深化双边合作关系，推动区域经济一体化进程。

5.4 民族文化传承

归春河流域孕育了丰富的民族文化，其水文化包含了众多民族故事、习俗和信仰，这些都是中华文化多样性的体现。对其保护和发展有助于传承和弘扬民族文化，同时也为民族学研究提供了实证。

5.5 社会教育意义

归春河水文化可作为教育资源，增强人们特别是青少年对家乡、对国家的归属感以及对传统文化的认识和尊重，培养他们的环保意识和国际视野。

5.6 经济驱动作用

文旅产业的发展直接带动了地方经济增长，创造了就业机会，改善了民生，对促进边境地区的社会稳定和长治久安具有重要意义。

5.7 和平外交的载体

通过文化交流和旅游合作，归春河可以成为传递和平友好的外交使者，增进中越两国乃至世界各国对中国广西及周边地区的了解和兴趣，为构建和谐的国际关系贡献力量。

因此，归春河水文化的时代价值在于其不仅仅是一条河流的文化表达，更是一种跨越时空、沟通古今、联接中外的文化桥梁，对于推动社会全面进步和促进人类共同发展有着重要的现实意义和长远影响。

6 结语

水文化与文旅的有机结合是一种具有深远意义的发展模式。它不仅能够提升旅游的品质和吸引力，还能够促进当地经济的可持续发展。归春河水文化与当地文旅的有机融合，是对中华优秀传统文化的传承与发展，也是推动地方经济和文化繁荣的重要途径。通过挖掘和利用归春河水文化资源，可以促进文化旅游业的创新发展，提升当地居民的生活水平，同时加深中越两国人民之间的文化交流与理解，为构建更为紧密的中越命运共同体做出积极贡献。

想象一下，当游客乘坐在装饰着传统图案的游船上，穿梭于蜿蜒的归春河上，他们不仅能欣赏到壮丽的瀑布景色，还能听到导游讲述那些流传千古的故事，感受到两国人民之间千丝万缕的联系。孩子们在河边的夏令营中学习如何保护环境，年轻人在国际文化节上展示自己的才艺，艺术家在这里寻找灵感，学者们则在研讨会上交流研究成果。每一处特色农产品和手工艺品的展销，每一次国际志愿者的到来，都在默默地讲述着归春河的故事，传递着和平与友谊的信息。河流的每一滴水，都蕴含着历史的记忆，每一块石头，都诉说着文化的传承。归春河不仅是一道美丽的风景线，更是一条充满生机的文化纽带，它见证了人类与自然的和谐共生，也见证了不同文化之间的相互理解和尊重。

在未来的日子里，归春河水文化将继续以其独特的水文化底蕴，讲述着属于这个时代的崭新故事，成为推动地方经济发展、促进国际友好合作的强大动力。它的时代价值将被更多的人所认识，其所承载的意义也将超越国界，成为全人类共同的宝贵财富。归春河，这条流淌在中越两国之间的生命之河，正以其独有的方式，书写着和平共处、共同发展的新篇章。

参考文献

[1] 大新县地方志编纂委员会 . 大新县志（1986—2005 年）[M]. 南宁：广西人民出版社，2017，118-119.

[2] 大新县地方志编纂委员会 . 大新年鉴（2023 年）[M]. 芒市：德宏民族出版社 .2023，294.

东西方亲水文化比较

冯钰栋

（云南省普洱市思茅区水务局，云南普洱　665000）

摘　要： 亲水文化包括人与水发生联系过程中所从事的一切活动。不同的哲学体系导致东西方传统水景在形态上有了很大的本质差异。中西传统水景一个侧重纯自然的模仿，极尽能力去艺术地创造出泉、潭、溪涧、瀑布等自然景观，提倡和谐；一个侧重改造，推崇发展，追求人的能力的最大限度发挥与改造。因此，东西方传统水景在形态上有了很大的本质差异。不同的文化底蕴影响了东西方对水景的欣赏与认同程度。中国的水景还受到风水等一些传统理论的影响。

关键词： 东方；西方；亲水文化

“逐水而居”也是自古至今以来人类生存与发展一直遵循的基本规则。东西方文化虽有差别，对亲水的解读却有着惊人的相似性，逐水而居，一直都是顶峰共识。纵观世界文化源流，是水势滔滔的尼罗河孕育了灿烂的古埃及文明，幼发拉底河的消长荣枯明显影响了巴比伦王国的盛衰兴亡，地中海沿岸的自然环境显然造就了古希腊、罗马文化的摇篮，流淌在东方的两条大河——黄河与长江，则滋润蕴藉了绚烂辉煌、博大精深的中华民族传统文化。

逐水而居，使人类更加便利地获取到生命之源，逐水而居是生命的希望，更是一种智慧，是深厚的文化符号。逐水而居成就了人类生生不息文明的传递……大自然无意间所馈赠的历经千万年流转的生态美景，在现代人类社会里，具备了与生俱来的“自然竞争力”。东方与西方有着不同的水景发展历史，明晰东西方对待水景的不同态度与欣赏程度，将会有助于我们对人类亲水活动的进一步认识。

1　亲水文化的概念

亲水文化具有母体文化的特性。因为没有水，就没有人，也就没有文化。水是生命之源，水是文明之源，也是文化之源，所以亲水文化渗透到所有文化的各个方面。

亲水文化包括物质层面和精神层面，亲水文化的物质层面主要包括水形态、水工程、水工具、水环境、水景观。它的精神层面包括水的文学、音乐、舞蹈、绘画、戏曲等艺术作品，还有水的神话典故，水的体育运动，水的精神品质等等。

亲水文化包括人与水发生联系过程中所从事的一切活动。主要包括人类的饮水、用水、治水、管水、护水、节水、观水、写水、绘水、咏水等重要社会实践活动。这些是亲水文化形成的基础和发展的动力。正是这两方面的联系形成了丰富多彩、博大精深的亲水文化。

2　不同的哲学体系是东西方亲水文化差异的本质原因

古代中国人看来，水是世界的本源。中国最早关于世界本源的五行说，就是把水作为万物的本源。《尚书·洪范》中记载：“一曰水，二曰火，三曰木，四曰金，五曰土。”水在中国历史中大部分时间都是占据重要的统治地位，无论是道教还是佛教，都万分推崇水，道家以水至柔，儒家以水为阳。“大禹治水”则反映了水灾害影响的一面，说明人对水还存在敬畏的思想，采取疏导的方式来治理。

西方人喜欢水，但更崇尚火，由于是照亮黑暗，给人以光明，就注定自己是不长久的，要很快消亡，薪尽火灭的。所以西方人更注重自己短暂的一生能否发出最大的能量和光芒。

从上面的比较我们就可以看出，东方人对水是带崇敬和敬畏的心理，对待自然的感情不是敌视，而是以高于自然的态度去对待自然。在考虑人和自然的关系时，是把自然看作是主体，而把人看成是被动、受自然支配和影响的对象，这是种可逆性思维。热爱自然，赞美自然，融入自然的感情左右着我们的园林设计，其最高境界是“虽有人作，宛自天开”。因此，古代中国人对水景的利用也就在于对纯自然水体形态和环境的模仿，虽然有局部的改变，但大体上中国古人还是以单纯模仿为主。而西方人带着照亮世界的心态对待自然，对水景的利用上也和其他自然事物一样，认为是无生命的，他们更多看到的是自然狂暴和危险的一面，他们希望能通过人力把自然改造得更适合人们居住。

在两种不同的倾向之下，中西传统水景一个侧重纯自然的模仿，极尽能力去艺术地创造出泉、潭、溪涧、瀑布等自然景观，提倡和谐；一个侧重改造，推崇发展，追求人的能力的最大限度发挥与改造。因此，东西方传统水景在形态上有了很大的本质差异。

3 不同的文化底蕴影响了东西方对水景的欣赏与认同程度

中国传统文化的这个特点反映在水景上就是“外师造化，内法自然”，追求自然、直觉体会，讲究自然、含蓄。而西方的艺术在鲜明的文化特色影响下，渗入了科学性，例如讲究比例尺度等艺术法则。东西方人的文化情趣也有所不同。东方文化偏重于“求静”，追求返璞归真和淡中求趣的意境，这种思想贯穿中国历史，在江南私家园林中更是体现得淋漓尽致，极力在喧闹的城市中寻找一处宁静的处所来修身养性。而西方文化是一种强烈的求动、求变的文化。而且意大利的造园师为增加游憩的功能，还设计出了水风琴、水剧场、机关水嬉等新奇玩意，最大限度地发挥了水的动势。清代的圆明园由于受到西方文化的影响，出现了西式的水法，这也是我国最早出现的喷泉。

4 其他因素对东西亲水文化的影响

中国的水景还受到风水等一些传统理论的影响，风水作为一种民族传统文化，既是集众多学科于一体的综合性科学，也具一定的操作技术，它以传统哲学的阴阳五行为基础，糅合了地理学、气象学、景观学、生态学、城市建筑学、心理学及社会伦理道德方面的内容，将崇尚自然的山水文化同城市环境的选择和经营融于一体，指导了千百个中国传统山水城市的建设和创造，是中国人理想生存模式的理论依据和现实选择，是人与自然环境和谐共处的理想契合。

风水学虽庞大精深，但都是围绕阳宅风水和阴宅风水两大部分展开，其中有许多理论和复杂的勘察方法。气、光、水、方位与人体场是风水基本构成内容，“气”“穴”“砂”“水”是基本要素。水是聚财与生气的象征。风水理论认为，“吉地不可无水”“地理之道，山水而已”，相度风水须观山形，亦须观水势，甚至“未看山时先看水，有山无水作寻地”“风水之法，得水为上”。

东西方水的创造者不同也影响了各自的亲水方式。东方水景是在诗人、画家手里成长起来的，所以在人工营造中体现出真正自然的味道，重视意境，其最为重要的功能是怡情，其手法偏于感性而不易把握；西方水景是由建筑师附带设计的，这也能容易理解为何西方水景有浓厚的建筑味，形式显得非常重要，严谨而实用。

5 东西方亲水文化的典型案例

以瑞士、德国为代表的欧洲国家，在20世纪50年代就提出了“近自然河道”治理的思路，即通过治理，使河流的状态更加接近于自然状态。这也奠定了欧洲国家农村河道水质良好、水生态健康的基础，借鉴欧洲的模式，日本提出了“多自然河道”治理的思路。经过多年的治理，日本河道治理取得了一定的成效。韩国在21世纪初提出了“新农村”建设计划，较为彻底地对农村生活污水、畜禽养殖废水进行了治理。我国台湾则更多地借鉴日本的经验，在多自然河道修复思路的指导下开展河道治理。日本在2006年创造了“里川”(“里”这个汉字在日语里是指故里的“里”，有故乡的意思)这一汉字词汇，并将其定义为“进行正确合理的森林管理、清洁管理，修建防洪设施后，在生活区域内流淌的河流”。“里川”并不是完全没有人类活动干扰的自然河流，而是与人类生活密切联系的河流，具有生活水源、渔场用水、农业用水的价值，同时也具有旅游、景观、历史、文化的精神价值，是保持良好生物多样性的河流。他们大多数是来自农村山地、流经农村地带所谓“里川”就是河流与人的生活密切相关，人对河流有着适度的干预，但河流保持良好的水质和健康的生态，因此也可以认为是一种以农村为背景的“人与河流和谐相处”状态，这样的河流具有传承历史、文化等的价值。提出“里川”这一概念之后，日本各地农村河流竞相建设，并申请世界农业文化遗产，农村河流管理从简单的用水、防灾管理上升到生活管理，并挖掘其景观、文化价值，取得了很好的效果。

中国人水关系特殊而复杂，中华民族在亲水与治水中繁衍生息。春秋时期楚国令尹孙叔敖修建芍陂，战国末期秦国李冰修建都江堰，汉武帝亲率群臣于瓠子决口处指挥封堵洪水，北宋杭州刺史苏轼疏浚西湖等。这些治水兴民的善举为后世铭记。傣族是我国少数民族之一，傣家人民喜水、恋水、惜水、敬仰水，他们以水表达爱慕，以水表示祝福，创造出了独特的水文化，在傣乡雨林不时能看到涌泉，泉水汇聚成溪，溪流成河涌入江，江水奔腾辽阔浸润着傣族。每年的4月中旬前后是傣历新年，这期间，傣族会举行盛大民俗节日——泼水节，泼水节是傣家人表达美好祝福的方式。泼水节传递了傣家人向往幸福、传递祝福的美好心愿，是他们喜庆、向往、敬祷、享受生命的渠道，也是代表傣家文化的重要标志。中华民族与水相伴、相争、相和，“以水以为师”“身执耒臿，以为民先”的治水精神成为民族精神的重要组成部分，“上善若水”“智者乐水”“水利万物而不争”等充满智慧的哲思成为民族特有的文化心理。

参考文献

[1] 何丽野 . 水与火：中西哲学的核心隐喻和文化的基本精神 [A]. 社会科学，2003(6):86-88.

[2] 廖敬新 . 中国传统风水理论与园林景观设计 [A]. 中小企业管理与科技，2016(6):98-99.

[3] 陈茜 . 泼水节的起源、传播及其意义 [A]. 云南社会科学，1981(3):62-66.

淮河流域水文化遗产的保护、传承和利用

刘　伟

（安徽水利水电职业技术学院，安徽合肥　231603）

摘　要：淮河流域水文化遗产历史悠久、类型丰富、人文底蕴丰厚，具有传承治水理念、工程技术、人文精神的重要价值。但是，当前淮河流域水文化遗产存在保护意识不足导致诸多水文化遗产未能得到保护、水文化遗产研究不足和管理体系不健全等问题，急需从普及水文化教育、培养水文化传承人、开发创意水文化产品和加强国际交流与合作等方面入手，加强旅游产业开发，推动水文化遗产与现代水利工程建设融合，打造水文化特色品牌，助力水文化产业推广，最终实现水文化遗产可持续发展，助力中华优秀传统文化的创造性转化和发展。

关键词：淮河流域；水文化遗产；保护；传承；利用

淮河流域是中华文明的发源地之一，这里的历史文化底蕴深厚。从大禹治水的传说，到春秋战国的诸侯争霸，再到明清时期淮北盐场的繁荣，淮河的水文化遗产不仅是中国历史的见证，更是人类与自然和谐共生的智慧结晶。水文化遗产，不仅仅是关于水的文化，更是关于水与人类互动、水对环境影响的文化。在淮河流域，人们通过长期的实践，积累了丰富的治水、用水、管水经验。这些经验不仅涉及水利工程、水运交通，还深入到农业灌溉、生活用水等方方面面。这些水文化遗产的价值，不仅在于其技术层面的创新和进步，更在于其中蕴含的哲学思想、生态观念和人文精神。

党的二十大报告提出，加大文物和文化遗产保护力度，加强城乡建设中历史文化保护传承，建好用好国家文化公园。我们要坚持保护第一、加强管理、挖掘价值、有效利用、让文物活起来的新时代文物工作方针，全面提升文物保护利用水平。做好考古挖掘、整理、研究、阐释等工作，深入实施中华文明探源工程、“考古中国”重大项目，建设中国特色、中国风格、中国气派的考古学。然而，随着时代的变迁和现代化进程的加速，淮河流域的水文化遗产面临着前所未有的挑战。过度开发、污染和气候变化等因素，使得许多传统的水文化遗产逐渐消失。与此同时，现代水利工程的建设也在一定程度上改变了淮河的自然面貌，对传统的水文化遗产产生了冲击。

随着国家发展改革委制定的《淮河生态经济带发展规划》公布，标志着淮河生态经济带成为国家战略，其中明确提出：“建立淮河流域文化遗产数据库，完善淮河流域文化遗产名录系统，共同推进文物遗址、文化遗存和非物质文化遗产的保护工作，构建文化遗产品牌。”淮河流域的水文化遗产不仅是中国的宝贵财富，也是全人类的文化遗产。我们有责任将这些水文化遗产更好地保护和传承下去，让它们在新的时代里继续绽放璀璨的光芒。

1　淮河流域水文化遗产的特征

1.1　历史悠久，传承不断

淮河流域丰富的水文化遗产，如同一条历史的长河，源源不断地滋养着这片土地，见证着无数辉煌的历史时刻。其的水文化遗产源远流长，背后蕴含着深厚的历史底蕴。早在上古时期，无数的先民们就已经在此繁衍生息，利用丰富的水资源开展农业、渔业等生产活动。随着时间的推移，

这里孕育出了丰富的水文化，多次呈现出繁荣的景象。千百年来，这里的居民依水而居，形成了独特的民俗文化。水乡婚嫁、龙舟赛事、渔业祭祀等传统活动，不仅丰富了当地人民的精神生活，也使得水文化得以代代相传。

1.2　类型丰富，独具特色

淮河流域水文化遗产类型丰富，包括水利工程、水文设施、水景景观、水文化传统等，他们共同构筑了淮河流域独特的水文化风貌。其中大运河、涡河等古代水利工程，他们的设计和建设展示了我国古代水利技术的精湛。这些水利工程不仅为农业生产提供了保障，也为流域内的经济发展创造了条件。至今，这些工程仍在发挥着重要作用，见证着我国水利事业的辉煌历程。而淮河流域的自然水景观同样令人叹为观止。湖泊、湿地等自然水景观，为流域内的生态环境提供了重要的支撑。这些湖泊、湿地不仅是众多水生生物的栖息地，也是周边地区居民的生活水源。他们为淮河流域构建了一幅美丽的自然画卷，展现了人与自然和谐共生的美好景象。

1.3　融合多元文化，彰显地域特色

淮河流域水文化遗产在历史演变过程中，不断融合了各地的文化特色，形成了独特的地域文化。淮河流域，一条蜿蜒千里的河流，自古以来就是我国重要的文化发源地。在河南，水文化遗产充分体现了中原文化的厚重。如著名的龙门石窟，是我国石刻艺术的瑰宝，始建于北魏，历经东魏、西魏、北齐、隋、唐等朝代的扩建和雕刻，堪称世界文化遗产。另外，河南的水利工程如白河灌溉系统、古运河等，也是古代水利工程的典范，见证了中原地区水利事业的辉煌。诸如安徽，这里的水文化遗产彰显了徽派文化的韵味。徽派文化，以其独特的建筑、艺术、学术等方面的成就，闻名于世。安徽的水文化遗产如徽州古城、西递、宏村等，保存了完好的古村落和水系，展示了徽派建筑与水乡风光的完美结合。尤其是徽州古城，被誉为“东方威尼斯”，堪称水文化遗产中的瑰宝。而江苏、山东的水文化遗产则展现了江南水乡的温婉之美。这里的水乡古镇、古运河、湖泊等，如同一幅美丽的水墨画卷，吸引了无数游客。如苏州的拙政园、留园，扬州的个园、何园等，都是水文化遗产的代表。他们将园林艺术、水乡风光和地域文化融为一体，展现了江南水乡的韵味。

2　淮河流域水文化遗产的分布概况

2.1　分布区域广泛

淮河流域水文化遗产分布区域广泛，涵盖了河南、安徽、江苏等省份。这些省份在水文化遗产的保护和传承方面各具特色，共同构成了淮河流域水文化遗产的丰富内涵。河南省作为淮河流域的重要源头，其水文化遗产具有鲜明的地域特色。从古至今，河南一直是水资源的重要分布区域，众多的古水利工程如白河渠、通济渠等，为我国古代农业发展提供了强大的支撑。此外，河南省还拥有许多与水文化相关的历史遗址，如洛阳白马寺、开封铁塔等，这些遗址见证了淮河流域水文化的繁荣与发展。安徽省在水文化遗产保护和传承方面也有着独特之处。安徽省的淮河流域拥有众多著名的水利工程，如芍陂、安丰塘等，这些工程在古代就已有之，为当地农业提供了有力保障。此外，安徽省还注重水文化传承与发扬，如举办各类水文化活动，加强水文化教育，促进水文化产业发展等。

江苏省的水文化遗产同样丰富多彩。江苏省地处淮河下游，拥有众多古代水利工程，如洪泽湖、高邮湖等，这些湖泊在调节水资源、防止水灾方面发挥了重要作用。此外，江苏省还致力于水文化的研究与传承，通过开展水文化普查、编纂水文化资料、举办水文化节等活动，不断弘扬水文化，

让更多人了解和传承淮河流域的水文化遗产。淮河流域水文化遗产分布区域广泛，各省在水文化遗产保护和传承方面各具特色。通过共同努力，这些省份共同构成了淮河流域水文化遗产的丰富内涵，为传承我国优秀水文化、促进流域经济社会发展作出了积极贡献。

2.2 区域间分布不均衡

地理环境、历史发展以及文化传承等多种因素共同影响着我国淮河流域水文化遗产的分布。总体来看，水文化遗产在淮河流域的分布呈现出一定的地域差异。在这其中，河南省和安徽省的水文化遗产资源尤为丰富，他们所蕴含的历史、文化和科学价值极高，无疑是我国水文化遗产的重要组成部分。河南省地处淮河流域的中上游，自古以来就是交通要道、文化交汇之地。这里的水文化遗产包括但不限于水利工程、古代水文观测设施、水文化传统村落等，他们见证了淮河流域悠久的水利历史和水文化传承。同样，安徽省的水文化遗产也颇具特色，如寿县古城、凤阳皇陵等，他们在历史、文化和科学价值上都有着重要地位。

相较于河南、安徽两省，江苏、山东等省份的水文化遗产资源相对较少。然而，这并不意味着他们的价值不高。相反，这些地区的水文化遗产同样具有较高的保护价值。如江苏省的洪泽湖水利工程、山东省的南四湖水利工程等，他们在保障地方水利安全、促进经济发展等方面发挥了重要作用，也是我国水利历史的珍贵遗产。

尽管各地水文化遗产的分布存在地域差异，但他们都是我国水利历史和文化传承的重要载体。因此，在保护和传承水文化遗产的过程中，我们应该充分认识到这种地域差异，因地制宜地制定保护策略，确保每一处具有价值的水文化遗产都能得到妥善保护。

3 淮河流域水文化遗产的保护现状与问题

3.1 淮河流域水文化遗产保护现状

近年来，我国政府高度重视水文化遗产保护工作，制定了一系列政策和法规。如《中华人民共和国水下文物保护条例》《历史文化名城名镇名村保护条例》等，为水文化遗产保护提供了法律依据。同时各相关部门开展水文化遗产普查，掌握遗产分布状况和保护状况。目前，淮河流域已完成了两次大规模的水文化遗产普查，共普查出各类水文化遗产近千处。在此基础上，编制了《淮河流域水文化遗产名录》，对具有重要文化价值的水文化遗产实施重点保护。在保护水文化遗产的同时，充分发挥其在旅游、教育、科研等方面的作用，实现保护与利用的有机结合。如河南省的南湾水库、江苏省的洪泽湖等，既加强了水文化遗产的保护，又提升了区域经济社会发展水平。

3.2 淮河流域水文化遗产保护存在的问题

一是保护意识不足，尽管我国在水文化遗产保护方面取得了一定成果，但淮河流域的部分地区由于经济发展相对滞后，受传统思想观念的影响，人们对水文化遗产的保护意识淡薄，对水文化遗产价值认识不足、重视不够。如部分地区对水工程遗址缺乏规划与管理，由于缺乏相关资金支持，导致水利设施年久失修、损毁严重、功能退化；由于历史遗留问题的影响，部分水工建筑物存在产权纠纷、权属不明等情况。部分地区未将水工程遗址纳入保护范围，导致其周边环境变化较大。同时，受利益驱使和宣传力度不够等因素影响，一些水利工程建设单位和个人对水文化遗产价值认识不足，缺乏保护水文化遗产的意识和积极性。有的在水工建筑物上违规搭建构筑物或其他设施；有的对已破损的水利设施进行维修时未经过考古论证；有的在河道内修建拦河建筑物或其他设施；有的在水利工程遗址上开山采石、取土、开垦种植等。而一些群众和社会团体对水文化遗产保护认识不足、重视不够，对水利遗产缺乏了解，对水利工程的重要性认识不足。

二是水文化遗产研究不足，目前，淮河流域水文化遗产保护研究工作虽然取得了一定的成果，但与流域内经济社会发展和人民群众的需求相比，仍存在一些不足。一是水文化遗产保护范围划定不够科学。有些水工程遗址存在界定不明确、保护范围划定不够科学、保护级别与范围划分不够合理等问题，导致部分水工程遗址未纳入保护范围划定不合理。二是水文化遗产的价值挖掘不够。目前对淮河流域水工遗产的价值研究较少，部分水工遗址的价值尚未得到充分挖掘和研究，存在“重建设、轻保护”“重开发、轻保护”等问题。

三是管理体系不健全，淮河流域水文化遗产保护工作涉及流域管理机构和水利部门，但目前淮河流域尚未成立专门的水文化遗产保护机构，尚未建立专门的水文化遗产保护管理制度，水文化遗产的管理主要由水利部门承担。由于淮河流域水利基础设施建设投入较大，国家对水利遗产的保护经费投入相对较少，目前淮河流域尚没有国家级水工程遗址保护区、水利遗产保护区等专门保护区，水文化遗产的日常维护管理经费无保障。

3.3 淮河流域水文化遗产保护策略

为了有效地保护淮河流域的水文化遗产，需要采取多种策略。首先，应加强法律法规的建设，明确水文化遗产的保护范围和责任主体，严禁破坏文化遗产的行为。其次，应加强科研工作，深入研究水文化遗产的历史、价值和现状，为保护工作提供科学依据。此外，应鼓励当地居民参与水文化遗产的保护工作，通过传承和弘扬水文化，增强人们对文化遗产的认同感和保护意识。同时，也可以通过发展旅游、文化产业等方式，实现水文化遗产的可持续利用和发展。

4 淮河流域水文化遗产的传承路径与方法

4.1 构建全面完善的水文化遗产档案和数据库

为了更好地保护和传承我国丰富的水文化遗产，我们需要对淮河流域的水文化遗产进行全面梳理和整理。这个过程包括对各类水文化遗产的调查、评估、分类和建档，尽力确保每一处具有重要文化价值的水文化遗产都能得到充分的关注和保护。同时，在建立淮河流域水文化遗产档案和数据库的过程中，搜集和整理相关的历史文献和实物资料至关重要。这些资料可以为我们的研究工作提供宝贵的依据，帮助我们深入了解水文化遗产的历史背景、形成过程和价值内涵。同时，这也有助于提高公众对水文化遗产的认识和重视程度。

4.2 水利院校、水利行业的水文化教育普及与传承人培养

在淮河流域的水利院校中，水文化的教育普及与传承人培养是不可或缺的一部分。这些院校通过开设水文化课程，讲授水文学、水工程学、水资源保护等方面的知识，同时也融入了水文化的历史、传统和价值观等方面的内容，让学生全面了解了水文化的内涵和意义，积极推进水文化的教育普及与传承人培养工作;通过组织开展水文化讲座、水文化展览、水文化体验等水文化活动，让学生亲身感受水的魅力，增强对水文化的认同感和热爱之情。淮河流域水利院校在推进水文化的教育普及与传承人培养方面做出了积极的探索和实践，通过多种方式，让学生全面了解水文化的内涵和意义，增强对水文化的认同感和热爱之情，为水利事业的发展提供了有力的人才保障。

4.3 水文化遗产的创意开发与创新利用

在淮河流域，水文化遗产包括古老的河道、堤坝、水闸、水库等水利工程，以及与水文化相关的历史建筑、古村落、传统工艺等。这些文化遗产不仅是淮河流域人民智慧的结晶，也是中华文明的重要组成部分。近年来，随着社会经济的发展和人民生活水平的提高，人们对水文化遗产

的保护和利用越来越重视。淮河流域水文化遗产的创意开发与创新利用也取得了一些进展。例如，一些地方将水文化遗产与旅游产业相结合，开发出独具特色的旅游产品，吸引了大量游客前来参观和体验。此外，还有一些地方将水文化遗产与现代科技相结合，通过数字化、虚拟现实等技术手段，让人们更加直观地了解和认识这些文化遗产。

4.4 加强淮河流域水文化遗产的国际交流与合作

淮河流域水文化遗产是中华文明的重要组成部分，加强其国际交流与合作对于弘扬中华文化、促进世界文明交流互鉴具有重要意义。国际交流与合作可以为淮河流域水文化遗产的保护和传承提供更多的机遇和资源，推动其更好地走向世界。在国际交流与合作中，可以开展学术交流、展览展示、文化旅游等方面的活动，推动各方在水文化遗产保护和传承方面的合作。同时，可以通过国际合作项目，共同开展水文化遗产的调查、研究、保护和传承工作，推动淮河流域水文化遗产的可持续发展，增进中国人民和世界各国人民之间的友谊和了解，推动人类文明的进步和发展。

5 淮河流域水文化遗产的利用策略与实践

5.1 旅游开发与水文化创意产业融合

淮河流域拥有丰富的历史文化和自然资源，为旅游业的发展提供了得天独厚的条件。随着人们对文化旅游的日益关注，淮河流域的水文化创意产业与旅游开发逐渐融合，形成了一种新型的旅游业态。通过深入挖掘水文化的内涵，开发出独具特色的旅游项目，满足游客对文化体验的需求。例如，可以打造水文化博物馆、水利工程景观游览、水生态观光等旅游项目，让游客深入了解淮河流域的水文化历史和特色。同时，在旅游开发过程中，还应注重与水文化创意产业的融合，推动旅游产品的创新发展。通过引入创意设计、艺术创作等元素，将水文化与旅游景观、旅游商品等相结合，打造具有艺术价值和审美体验的旅游产品。这不仅可以提升旅游产品的文化内涵和附加值，还可以促进水文化创意产业的发展，形成产业融合的良性循环。

5.2 水文化遗产与现代水利工程建设的结合

水文化遗产的挖掘与保护是现代水利工程建设的必要前提。许多古代的水工建筑，如堤坝、水闸等，虽然在漫长的岁月中遭受了一定程度的损坏，但他们的水利功能和建筑技艺仍值得我们去深入研究和借鉴。通过科学的考古和文献研究，我们可以了解这些建筑的设计理念、建造技术和维护方法，为现代水利工程建设提供宝贵的经验。古代的水利工程不仅仅是技术的体现，更是文化的传承。在工程建设中，我们可以借鉴传统水文化遗产中的优秀元素，如水文化符号、传统建筑风格等，使水利工程与当地文化更加融合，提升工程的文化价值和社会认同感。同时，现代水利工程建设也为水文化遗产的保护和传承提供了新的机遇。例如，一些古代的水工建筑因为年久失修而面临消失的危险，但通过现代水利工程的建设，可以为这些建筑提供保护和修缮的资金和技术支持，使他们得以长久保存下去。淮河流域水文化遗产与现代水利工程建设之间存在着密切的联系。只有将两者有机结合，才能实现水文化遗产的传承与保护，同时也推动现代水利工程建设的发展。这不仅有助于提升水利工程的文化价值和社会效益，也有利于增强人们对水文化遗产的认知和保护意识。

5.3 水文化遗产的品牌建设与市场推广

淮河流域水文化遗产的品牌建设是保护和传承水文化遗产的重要手段。品牌建设有助于提升水文化遗产的知名度和美誉度，使其在国内外更具影响力。同时，品牌建设也有助于整合水文化遗产资源，促进水文化遗产的保护和传承。而淮河流域水文化遗产的市场推广则是推动文化产业发展的重要途径。通过市场推广，可以将水文化遗产转化为具有市场竞争力的文化产品和服务，为文化产业的发展注入新的动力。同时，市场推广也有助于提高公众对水文化遗产的认知度和参与度，增强全社会的文化自信和文化自觉。通过加强水文化遗产的挖掘和整理、宣传和推广、创意开发和创新应用等措施，促进水文化遗产的保护和传承，推动文化产业的发展，增强全社会的文化自信和文化自觉。

5.4 利用水文化遗产促进流域可持续发展

为了促进淮河流域的可持续发展，我们需要对淮河流域水文化遗产进行有效的保护和利用。对于物质文化遗产，可以通过修缮水利工程、保护水文化遗产遗存等方式，让后人了解淮河流域的历史和文化。对于非物质文化遗产，可以通过传承和弘扬传统治水技艺、水文化习俗等方式，让后人了解淮河流域的文化底蕴。利用好这些水文化遗产有助于促进淮河流域的可持续发展。例如，可以通过开发水利旅游、水文化创意产业等方式，促进流域的经济发展。同时，通过推广节水文化、提高水资源利用效率等方式，有助于实现流域的可持续发展。通过建立健全的保护机制、加强研究和宣传工作、探索开发利用模式等方式，可以有效地保护和利用这些遗产，为淮河流域的可持续发展注入新的动力。

6 结语

自古以来，淮河不仅为流域内居民提供了生活用水和农业灌溉，更是文化和交通的重要枢纽。在漫长的历史进程中，淮河流域形成了丰富多彩的水文化遗产。这些遗产涵盖了水利工程、水生态环境、水民俗文化等多个方面，是中华民族的宝贵财富。古代的淮河治理工程，如水坝、堰、闸等，反映了当时先进的工程技术水平，为现代水利工程提供了宝贵的借鉴；古代的湿地生态系统、湖泊和河道管理方式，均体现了人与自然和谐共生的理念，为当今的环境保护提供了历史参照。淮河流域与水有关的民间故事、传说和习俗，如龙王信仰、水神祭祀等，都是流域内居民在长期生产生活中形成的独特文化现象。这些民俗文化不仅丰富了人们的精神生活，还为研究中国民俗文化提供了重要素材。未来，淮河流域的水文化遗产保护、传承和利用将面临诸多挑战。随着社会经济的发展和人口的增长，水资源日益紧张，对水文化遗产的保护构成了威胁。同时，随着现代化进程的加速，许多传统的水文化遗产逐渐被淡忘。因此，加强水文化遗产的宣传教育、提高公众保护意识至关重要。淮河流域的水文化遗产具有深厚的历史底蕴和丰富的文化内涵。我们应当充分认识到这些水文化遗产的重要性，采取有效措施加强保护、传承和利用工作，共同努力，让淮河流域的水文化遗产在新的时代焕发出更加绚丽的光彩。

参考文献

[1] 习近平 . 高举中国特色社会主义伟大旗帜为全面建设社会主义现代化国家而团结奋斗：在中国共产党第二十次全国代表大会上的报告 [M]. 北京：人民出版社，2022.

[2] 朱书沁 . 宋代大运河淮扬段整治工程研究 [D]. 苏州：江苏科技大学 ,2023.

[3] 夏汇彬 . 洛阳龙门石窟景区旅游解说价值评估研究 [D]. 大连：辽宁师范大学 ,2023.

[4] 沈海滨 . 徽州古城 [J]. 城市 ,2021,(4):2.

[5] 吴泽锋 , 丁作坤 . 世界灌溉遗产芍陂 (安丰塘) 农耕文化传承保护现状及对策 [J]. 安徽农业科学 ,2020,48(13):242-247.

[6] 李向向 . 深挖治水历史弘扬治水文化——江苏省洪泽湖水利工程管理处水文化发展格局构建 [J]. 水文化 ,2023,(4):27-28.

[7] 屈建春，王国瑞，李振卿．南四湖流域治理及水利工程建设思考 [J]. 治淮 ,2021,(2):54-55.
[8] 陈妮．浅谈治淮档案编研工作在淮河水文化建设中的作用 [J]. 治淮 ,2019,(4):53-54.
[9] 张挺．淮河流域水利院校“人才兴淮”供给侧探究 [J]. 安徽水利水电职业技术学院学报 ,2020,20(4):39-42.
[10] 陈雨璇，张冬冬．乡村振兴背景下淮河流域文化旅游竞争力评价研究——基于游客视角的阜阳市旅游品牌资产建构与推广 [J]. 山东农业工程学院学报 ,2023,40(11):18-22.
[11] 莫林丽，余佳华，吴仁献，等．安徽省淮河生态经济带绿色发展与文化产业耦合协调研究 [J]. 内蒙古师范大学学报 (自然科学汉文版),2023,52(4):358-366.

徽州堨坝遗产保护、传承与利用初探——以黄山市徽州区为例

方继斌

（黄山市徽州区水利局，安徽黄山　245900）

摘　要：徽州堨坝是集灌溉、防洪、防火、生态、粮食加工等多功能于一体的综合性水利工程，是独具徽州地方特色的水文化遗产。介绍了徽州区古堨遗产及其水利管理组织、管理制度、民风民俗等非物质文化遗产的基本情况、保护利用情况，分析了古堨遗产保护、传承与利用存在的问题，提出了深入挖掘历史文化、系统保护和综合利用灌溉工程遗产，助力和美乡村建设的意见建议。

关键词：徽州；堨坝；水文化遗产；保护、传承与利用

徽州，简称“徽”，古称歙州、新安。北宋徽宗宣和三年（1121 年），改歙州为徽州，辖歙县、黟县、休宁、祁门、绩溪、婺源“一府六县”。此后近千年，徽州的名称一直沿用。1987 年撤销徽州地区，设立地级黄山市。明清时期，徽商称雄中国商界 300 余年，有“无徽不成镇”“徽商遍天下”之说，“徽文化”也成为与敦煌学和藏学并称为走向世界的中国三大地方显学之一。

徽州区，地处皖南山区，隶属于黄山市，是古徽州域名唯一传承地、徽州文化的核心区域之一。这里，山清水秀，人文资源荟萃，文化底蕴深厚，拥有国家 5A 级旅游景区古徽州文化旅游区精品景点 3 处、中国历史文化名镇名村 4 个、中国传统村落 11 个、明清古建筑 1200 处、历代中进士者达 220 人，国保 8 处，省保 7 处。

徽州山环水绕，河流大都在山间蜿蜒，落差较大，人工汲水费时费力，农田大多“望天收”。为保障农业生产，历代都重视兴修水利，开挖水塘蓄水灌溉，修筑堨坝引水灌溉。徽州以堨、塘最为重要，数量也最多。“堨”是独具徽州地方特色的水文化遗产，是“徽文化”不可或缺的一部分，承载着徽州的历史，彰显出徽州人民的勤劳与智慧，是徽州水利史上的重要一页。有些村镇因堨而名，如堨田村、富堨镇、富堨村。

“堨”，在徽州方言中读作“会（hui）”，为吴楚方言。“堨”多指山区或丘陵地区河流的上游以木石拦河筑坝截流，蓄积水源，抬高水位，引入人工开挖的引水渠，灌溉离河岸稍远的高田的水利设施。用时关闭拦河坝水闸，疏浚引水沟渠；不用时则关闭沟渠，撤去水闸。其优势在于既克服远离水源的不足，又节省人力，从而扩大农田灌溉面积，提高农业产量。据民国《歙县志》记载：“凡叠石累土截流以缓之者曰坝；障流而止之者曰堤；决而导之，折而赴之，疏而泄之曰堨；潴而蓄之曰塘；御其冲而分杀之曰射”。在徽州，同时具备拦河坝、水闸和引水渠的才可称为“堨”。堨仅仅将水位抬高数尺，便能有效减缓来自山区的急流，灌溉千万顷良田。本文试以徽州区丰乐河上的 5 座古堨为例挖掘徽州水文化遗产的现状及保护利用。

1　丰乐河上的 5 大古堨

丰乐河属新安江二级支流，发源于黄山，是徽州区的主要河流，自北向南纵贯全境，至歙县城西汇入练江。丰乐河全长 64.3km，流域面积 514km^2。其中徽州区境内长 54.3km，流域面积 392.5km^2。徽州区境内的丰乐河上，沿河而下依次筑有昌堨、条垄堨、雷堨、吕堨、鲍南堨，均

为500年以上的古堨，是珍贵的水利遗产。按照修筑时间先后则为鲍南堨、吕堨、昌堨、雷堨、条垄堨。

1.1 鲍南堨

鲍南堨，位于岩寺城区孙公桥下游200m的丰乐河上，东晋成帝咸和二年（327年）新安太守鲍弘倡建。初建为木桩石坝，坝长160丈。干支渠道20余华里，干渠自岩寺镇潜虬山下入口，流至郑村路口分南、北两支渠；北支渠经梅村至后村；南支渠穿官路桥下，经下路口、鲍屯、上市、大址村、向杲，与张潭堨合，更会山涧之水，迤北穿衮绣桥至黄屯出口，灌溉田地3000余亩。1968年，将旧桩石坝改建成长100m的浆砌块石硬壳坝，灌溉面积增至4500亩。1999年冬又将原坝拆除，建成目前的混凝土埋块石重力坝，不仅保证了下游歙县4000余亩农田灌溉，对徽州区沿河居民的生活用水，上游孙公桥的保护，也起到了一定的作用。

1.2 吕堨

吕堨，位于西溪南村下游上溪头，梁武帝大通元年（527年）新安内使吕文达和妻兄郑孟倡建。吕堨渠分南、北，长计约10km，引水灌田可达3万余亩。据《吕堨记》载：坝约高五丈有奇，横阔二十余丈，引水入渠。南渠地势较高，灌田一万余亩，北渠地势较低，田则倍之。历代皆有修葺。民国年间，堨坝被水毁，民众用竹笼装河卵石，堆砌竹笼坝截流灌田，因渗漏严重，灌溉面积锐减至3600亩。1951年，政府组织下游村庄将竹笼坝改建为木桩石坝，同时疏浚老渠，延伸支渠5km，建涵洞15处，灌溉面积增至5730亩，抗灾能力大大增强。1995年，原桩石坝被洪水冲毁。同年，新建成混凝土埋块石溢流重力坝。此后多次维修，目前运行良好。

1.3 昌堨

昌堨，位于西溪南镇坑上村。据徽州府志记载，南宋绍兴年间（1131—1162年），莘墟人吴大用、富山人余希亮两人共同率众建筑昌堨，引丰乐河水经谷山、田干、里干、莘墟、下宅、光坼、田里至余家山，当时灌田4000余亩。历经清初、咸丰元年、同治八年屡次修葺，民国年间仅灌溉田地2000余亩。1951年整修为桩石坝，1973年改筑为混凝土硬壳坝，上游迎水面铺盖黏土防渗。2000年在原坝址重建成混凝土埋块石溢流重力坝，长125m，底宽4m。2021年，采用当地石材对堨坝进行了大修，最大限度恢复昌堨古水利工程的原有风貌。

1.4 雷堨

雷堨，位于西溪南村头。渠首建有排洪闸1座和灌排两用的浆砌块石溢流堰127m。据民国《歙县志》记载，雷堨由南宋祥兴元年（1278年）程迁率子八人开筑，时灌田1700余亩。清咸丰末年淤废，同治三年（1864年）程永和倡修，同治五年竣工。雷堨自十六都达十九都，由西溪南村木桥头引丰乐河水入口，经双石桥穿村心而下，循下村口、三坪桥至上富桥，支分四渠，为洋冲、合垄、斗碓、十亩，迂回10里，直达上下临河村，在澄潭山麓仍流回丰乐河。引水渠全长近7000m，灌溉2200余亩。1952年，水毁后仍在原址修复桩石坝。1996年，水毁后改造为混凝土埋块石溢流重力坝，建成后坝长148m，高2.6m。2019年5月8日，时任安徽省省长、现任水利部部长李国英亲赴雷堨现场调研指导，同年，按照“修旧如旧”原则，对堨坝进行了大修，坝体三个面均采用青石条铺砌，青石条之间用“燕尾”石锁链接，千年古堨焕新颜。2022年该工程获安徽省水利优质工程“禹王奖”。雷堨水系建设全面秉承了都江堰“乘势利导、因时制宜”的治水原则，故又被誉为“江南小都江堰”。

1.5 条垄堨

条垄堨，位于石桥村头。民国《歙县志》载，条垄堨原为两堨：一为条堨，又名“桥堨”，明代正德元年（1506年）西溪南村吴氏开筑；一为垄堨，明正德年间，西溪南吴氏有祖墓葬于丘垄山，其后人奉遗命在垄下开堨以惠及宗党。清同治年间合两堨筑为一堨，始称“条垄堨”。由新桥口引丰乐河水，经石桥、琴溪东趋至下游雷堨止，溉田1200余亩。1953年洪水毁坝，同年冬，仍修原桩石坝。1991年特大洪水，原桩石坝冲毁，同年冬，改建为混凝土埋块石溢流重力坝。

2 古堨的管理与保护

徽州古堨在历代的建设和修缮过程中，逐渐发展出了相对完善的管理组织，制定了一系列管理制度，形成了民风民俗体系，水利管理向常态化、专门化发展。常设机构由负责管理的董事、堨首和负责具体事务的堨甲等组成。这种传统的徽州水利组织初具现代水利的雏形，其制定的水利章程在区域内具有一定的权威性，已具有管理、督导水利设施的功能，最终形成的“春秋祈福，统一管理”的水管理形式，至今仍造福徽州人民。

2.1 堨首堨甲组成管理组织

由于堨坝工程涉及多个村落，受益户有共同利益，逐渐自发形成了专门的水利管理组织。据《吕堨源流志》，元明时期，堨内种田之家构成堨众，无论田产多寡，均享有使用堨水灌溉的权利，相应的义务即承担疏浚、修葺的工费。

明清时期，徽州的大堨多由府县倡修，堨众出工出力，也有富商、地方绅士捐资或私人独资修建的。小堨多由民间倡修，经费来源于按户摊派或堨基产业。但遇岁修往往由董事、业主先行垫付。

到了清代，水利管理组织日益规范而严密。乾隆、嘉庆和咸丰年间，吕堨历经三次大修，留下了详细的章程条例。设有堨首与堨甲负责事务，管理堨众。堨首由堨众轮值，往往由堨众推举士家大族之人担任，负责堨渠放水和疏浚的商讨、管理、督导、组织；堨甲负责具体的巡查、开闭水闸等日常维护，由老成并熟识水路者担任。咸丰年间，出现了董事职务，往往由声望较高的考取功名者担任，主要参与修葺工程的督导、管理章程的决议、与官府的协商以及经费的收取与管理等。堨众、堨甲、堨首、董事各司其职，几百年来维持着徽州水利组织的正常运转。

民国时期，大堨多数属于地主或宗祠管理，有专门管理组织和管理办法，属于宗祠的堨免费灌溉，兴修费用由祠款开支；众多的小堨由受益户自行管理。有的堨订有管理条例，明确用水分配、维护、纠纷调处等相关事宜。

2.2 用水公约是典型管理制度

在水利管理组织的长期运行中，逐渐形成了相对系统而完善的管理制度，主要涉及资金的筹措和使用、水利的维修和管理、水量的分配和纠纷调解等方面。针对堨渠上下游、左右岸、干支渠存在的水权分配与用水额度纠纷、农业灌溉用水与水碓等经济用水的矛盾、不同灌溉系统之间的分水冲突，堨渠大修时所订立的用水条例，成为仲裁各种水利争讼的公约。堨务管理在清代趋于日常化、专门化和特权弱化。

如上下游多个堨组织间的纠纷处理。按照惯例，旱季无雨时，上游堨坝不能通河拦坝，应当留放一定的水量，以使得下游堨坝有水可引。又如农田灌溉与水碓争水的矛盾解决。清康熙年间，西溪南吴姓建水碓两座利用水力来加工粮食，引堨口水分流放碓，这就导致了水碓与农田灌溉争水的问题。因此，民间水利组织等议定，清明前后水稻育苗、插秧、成长阶段，筑坝截流，引河水归堨渠灌溉农田，处暑时水稻结实，再开堨放碓加工粮食。乾隆《吕堨条例》也规定，水碓在夏至后封闭，保证农田灌溉；如果春夏之交时需灌溉，也要封闭水碓。

历代府县对堨的管理也是很严格的，清乾隆五十九年（1794年）的"奉府宪示禁"碑，其主要内容为加强歙县鲍南堨的管理："如届春夏水满，不得在该石磅往来，恐防失足；亦不得在于堨内钓取鱼虾，损害石堤，侵挖堨磅；至秋冬水涸之际，近堨居民不得倾倒瓦砾，致塞水道。倘有前弊及簰夫、地棍抽窃堨口木坝，害载水源，许各堨示印，行赴府呈禀，以凭立拿严究，断不姑宽，各宜禀遵毋违！"

2.3 春祈秋报祭祀民俗感念先贤

除了水利管理组织和管理制度外，当地民众还会开展以堨为主题的春祈秋报活动。每年的三月和七月，昌堨和吕堨都会举行祭祀活动，祭祀堨内各社土谷之神、堨坝渠闸之神，祈祷神仙保佑"永祈堨坝坚固，水利通济，田禾丰稔，官赋足共，民食充裕，永保无疆"。如昌堨的开凿者吴大用与创修吕堨的吕文达，在长期的崇祀中逐渐演变为堨坝的保护神，成为与唐越国公汪华一样的地方神。为了感念吕堨的创修者，还曾建有吕堨报功祠，供奉吕文达以及历代有功于吕堨维修的官宦、捐助和参与管理的士绅富人、为吕堨撰文的儒者。

3 徽州区水文化遗产的保护与开发

近年来，徽州区坚持治理与保护相结合，大力挖掘古徽州水文化，加强水利遗产的维护管理，实施西溪南镇水利遗产廊道项目，建设丰乐河水利遗产公园，水利遗产得到有效保护利用，古徽州水利工程知名度不断提高，水生态不断改善，水环境不断优化。整合中小河流治理、小流域水土保持综合治理、移民后扶等项目资金对条垄堨、雷堨、昌堨等古堨坝工程进行维修加固。在鲍南堨南端的河岸上，新建了一座徽派建筑风格的碑墙，通过碑墙上的《鲍南堨碑记》和《奉府宪示禁碑》，让市民对鲍南堨的前世今生有更多了解。既保护了碑刻，又在城区增添了一处人文景观。

2019年5月8日，时任安徽省省长李国英亲赴雷堨现场调研时指示，徽州区要积极开展徽州堨坝申报世界灌溉工程遗产工作。根据该指示要求，徽州区成立了徽州灌溉工程遗产保护专门组织机构，开展灌溉工程遗产普查和保护规划编制工作，修建了区级徽州堨坝灌溉工程遗产陈列馆、石桥水文化公园等灌溉遗产保护水文化展示、水情教育传播基地。2023年7月委托浙江水利水电学院编制完成《徽州堨坝灌溉工程遗产保护规划》(2023—2026年)，12月上报《徽州堨坝世界灌溉工程遗产中国候选工程申报书》。2024年4月3日，国家灌溉排水委员会公布世界灌溉工程遗产中国候选工程名单，"徽州堨坝"名列第一。同年9月3日，在澳大利亚悉尼召开的国际灌排委员会第75届执行理事会上，徽州堨坝—婺源石堨成功入选2024年（第十一批）世界灌溉工程遗产名录。世界灌溉工程遗产的成功申报，进一步提高了徽州区水文化保护和传承的知名度和影响力。

4 徽州堨坝管护存在问题

一是遗产保护机制不健全。徽州堨坝灌溉工程遗产管理以灌溉管理和水利工程安全管理为主，遗产历史文化价值保护尚未纳入水利管理职责范畴，管理目标单一。灌溉工程遗产作为在用的历史文化遗产，系统保护的机构尚未建立。遗产保护涉及规划、住建、文保、水利、农业农村等多个地区和职能部门，给协调发展带来困难。

二是遗产受损及历史信息遗失。大部分工程遗产除渠系空间分布基本格局得以保留之外，工程结构型式、材料、工艺及其传统风貌都已发生显著改变。部分遗址被改建，水文化有弱化的趋势，遗产保护面临的潜在威胁。

三是遗产展示平台较少。灌溉工程遗产展示平台类型单一、内容不全、技术水平不高、体系性不够，可观性强的景点较少，展示体系建设总体处于较低水平。在信息化、网络化和移动传媒快速发展的今天，工程遗产的网络新媒体展示宣传大平台缺位。

四是水文化内涵研究及利用基础不够。丰乐河流域内有丰富的历史遗存，但灌溉工程遗产基础研究工作还处于初级阶段，一些关键问题尚未开展深入研究，不能满足遗产保护展示等各相关工作需要。

5 意见与建议

徽州堨坝灌溉工程体系蕴含丰富的历史、科技、文化及生态价值，需要溯源、收集、整理、保护和利用，更要发掘、传承、弘扬与创新，为全区乡村振兴、文旅强区注入强大动力。

5.1 加强水文化收集整理

建立统一管理、有效保护、科学规划、永续利用的工作机制，建立和完善政府主导、全员参与的水利文化遗产保护制度，水利部门、水文化研究机构要做好水文化的发掘、收集、整理。比如，各地与水文化相关的古籍、遗迹、典故、志书、传说、题刻、辞赋等等，要有安排专人去查阅、考证、挖掘，记录成文字、翻拍成影像，做到事情有人管，问题能解决。同时，要安排专项经费，通过归类整理，将水文化形成文献或著作，接续水脉、传承文脉、旺盛人脉，为传承、弘扬水文化翻开新篇章。

5.2 强化水景观打造

全力打造美丽幸福河湖，不断增强人民群众因水而生的获得感和认同感。充分挖掘水文化功能，做活水文章，设立丰乐河水利遗产廊道片区，围绕古堨等水利设施和西溪南千亩枫杨林湿地以及沿线的人文古迹和自然景观，“串珠成链”，打造集遗产保护、科普教育、休闲游憩、康体健身于一体的古徽州水利遗产公园，形成以丰乐河为依托的“一河两岸”古村落全域性旅游生态水利风景线。建设水文化博物馆、纪念馆等水文化展示利用设施体系，通过声光电技术，以实物、文字、图片、视频等形式，全方位、多维度集中展示、再现古堨的历史渊源、故事传说。加强文旅融合，在古堨周围树立具有徽州文化特色的标识、标牌，讲述古堨等水利遗产的创建、历史、功能、意义。

5.3 提高保障水平

一是建立健全徽州堨坝灌溉工程遗产保护组织机构、政策法规和规划技术指标体系，出台《徽州堨坝灌溉工程遗产保护条例》，对徽州堨坝的保护做出具体要求和规定，通过法律手段保证遗产保护与利用，逐步建立和规范责任监督机制，严肃责任追究制度，保证责任制度落到实处，做到依法管理。遗产所在地政府应将遗产、遗址保护与环境保护、生态建设、经济发展规划有机整合，统筹推进实施。

二是多方筹措徽州堨坝灌溉工程遗产保护专项资金，积极申请国家重点文物保护专项补助资金，用于遗产常规性维修和水毁损坏修复等，逐步完善灌溉工程遗产保护利用的补偿机制。加强与非政府组织联系，积极争取社会企业、私人基金会的资金支持，鼓励和引导社会资本参与遗产保护建设。

三是大力实施和推进水利人才战略，积极引进和培养一批适合灌溉工程遗产保护管理需要的专业技术人员，培养一批水利文化遗产管理研究的后备人才。与相关科研机构、高校等科技团队建立长期、有效的科技支撑与合作机制，共同制定实施监测与科研计划，为遗产可持续保护与利用奠定科技基础。

四是积极探索运用无人机等新技术，提升工程监测数据采集、传输、分析应用信息化水平，建成智慧水利系统—工程遗产运行管理平台，推进数字孪生应用，提升古堨工程运行管理数字化、网络化、智能化水平。

5.4 加强宣传教育

全面加强遗产展示和宣传体系建设，建设网站、微信客户端、二维码等移动平台，推送更多的水利文化遗产相关内容，逐步建立政府、科研院所、媒体、社区居民等各利益相关方交流的信息共享平台。通过科普读物、宣传册、报纸、电视、网络等多种大众媒介工具，普及保护知识和相关政策、法规，以成功申报世界灌溉工程遗产工作为契机，加大水利文化遗产保护宣传、教育力度，在全体居民中牢固树立水利文化遗产的保护意识，提升徽州堨坝灌溉工程遗产的知名度，扩大徽州堨坝灌溉工程遗产在国内外的影响力。

参考文献

[1] 赵懿梅.徽州水利文化遗产保护及开发研究——以西溪南地区为例[J].安徽农业大学学报，2018，27(6):114-121.

[2] 方继斌.黄山市徽州区防汛抗洪的实践与思考[J].水资源开发与管理，2022，(2)：63-66，71.

[3] 方继斌.黄山市徽州区饮用水水源地保护管理探讨[J].中国水利.2021,(9)：55-57.

简述衡阳水文化之管见

谭建设

（衡阳市水利局，湖南衡阳 421001）

摘 要：水是称衡阳的特色和灵魂，水文化的重要组成部分，并在现代城市建设中得到一定的传承和发展。在水利建设中融入水文化。在文化战略中做足水文化，需要更新理念、彰显特色。

关键词：衡阳；水文化；特色；水韵文化

湘江是衡阳的母河，三水灵动，穿城而过，衡阳也因水而美、因水而灵。衡阳称之“雁城”，衡阳全境河网密布，湘江、舂陵水、蒸水、耒水、洣水等大小河流526条，流域面积1000km^{2}以上的10条，河网密度0.55km/km^2，1446座大中小型水库和152座水电站。水是衡阳的特色和灵魂，水文化是衡阳文化的重要组成部分。衡阳作为省域副中心城市，在高质量发展中，不断增强城市文化实力，强化文化意识，打造水韵文化新城。

1 衡阳的水文化历史丰富及特点

衡阳水文化历史厚重，有湘水、蒸水、耒水三水之韵，孕育着独特衡阳水文化思想，传承和发展了衡阳特有的水文化。湘水之滨衡山，是衡阳文化发源地之一，极大地丰富和繁荣了衡阳文化，也为水文化发展与繁荣提供栖息地，以耒水之韵的蔡伦造纸文化、以湘水之秀王船山文化，蒸水之灵石鼓讲堂等都在这片土地水乳交融，形成独特地域雁城衡阳水文化，并逐步形成了现代先进的水文化思想。

1.1 禹王碑的传说

禹王碑，因最先发现于衡山岣嵝峰，亦称岣嵝碑，现位于岳麓山云麓峰左侧的苍紫色石壁上，面东而立。碑文记述和歌颂大禹治水的丰功伟绩。大禹继父治水，“七年闻乐不听，三过家门不入”的美谈，流传至今。相传是纪念大禹治水而立，是衡阳水文化的先祖，相传“随山导水”“化堵为疏，因势利导”，治水方略来源于衡山云密峰。求雨祈福——雨母山帝喾祠是“虔诚祈拜，雨泽立降”，雨母山求雨，独特的祈雨风俗，是水文化重要遗址，激励一代又一代水利人；蒸水河旁的雨母山帝喾祠 “求雨井”、 雨母赐雨水文化遗址，传承了水文化治水兴水美好心愿。

1.2 依山傍水的水生态文化

衡阳是以山水为凭、三江汇流的风水格局为突出特征的水文化生态样板城。以南岳衡山作为筑城的依靠，以南岳首峰作为筑城的依托，以蒸水、湘江、耒水汇流处作为筑城的依凭，体现了城市择址依山傍水、藏风聚气的传统标准，是中国古代“天人合一”人居理念应用的典范。雁到衡阳不再南飞，雁峰为南岳衡山首峰，历代文人墨客都把衡阳作为雁城来歌吟，中国古代十大名曲有三曲诞生在衡阳（《潇湘水云》《平沙落雁》《梅花三弄》），充分彰显了衡阳山川秀美水生态优美地灵人杰的特色。万年如斯的山水洲岛地貌，千年不变的主城址，数百年未改的城市格局，是衡阳有别于南方其他城市的重要特色。因水而名被称为北宋四大书院之一的石鼓书院（位于城北蒸、湘、耒三水汇集的石鼓山），培养了一大批有志之士，吸引了无数的著名诗人、散文家来访，又得到一批大哲学家垂青，像朱熹、张栻等著名哲学家前来讲学，更培育了王船山等“一代宗师”，水化文化成为水生态新内涵。

1.3 出污泥不染的爱莲文化

传说理学开山周敦颐的在衡阳现莲湖广场写了《爱莲说》借助莲花意象“出淤泥而不染，濯清涟而不妖”，是君子处尘世，不蒙尘垢，修身洁行，不妖不媚，阐明理学家的道德观。“不染不妖”的自尊意识；“不蔓不枝” 的自立精神；是“不可亵玩”的自爱品格，传承了衡阳文化的人文精神、人格魅力，水文化丰富了莲湖广场。

1.4 湖湘文化的精神高地的船山文化

衡阳人王船山是明清之际的爱国主义者和杰出的思想家、哲学家，他不仅在中国哲学史上有十分重要的地位，成为湖湘文化精神高地，在中国文化的发展史上起了承前启后的作用。在湘江东洲岛创建了船山学院，开创了近代衡阳文化注重经世致用的优良学风，开启并传承了近代湖南先进人物敢为天下先的湖南精神，水文化注入新活力。

1.5 演武坪点兵的湘军文化

衡阳清代水师文化发源地，水上练兵场，清代名将彭玉麟助曾国藩创立水师，至今还有湘军水师造船厂遗址（筷子洲）、曾国藩在演武坪水师点兵至今为衡阳广大市民传颂，以湘江为轴“东方的莫斯科保卫战”衡阳保卫战，电影《援军明日到达》记录了那段最大的战争。以水之灵培育了曾国藩、彭玉麟晚清名将和革命先驱，何叔衡、毛泽东、刘少奇、李立三、恽代英、邓中夏、李达、张秋人、毛泽覃等先后多次来衡从事革命活动，以及演绎、传承了其“敢为人先，心怀天下”精神内核，有力诠释了水精神。

2 用先进水文化引领水利，审视水文化建设的短板

享有“国际水城”意大利古城威尼斯，“因水而生，因水而美，因水而兴”，吸引了每年数千万人游客。都江堰、三峡、灵渠等以水为媒，古水利文化成为当地龙头产业；当前，全国各地都以水为媒，做活水文章，称之“中国水都”“时尚水都”活动，桂林印象、云南印象都带丰富水文化特征印记，并成为当地新经济增长极。近些年来，衡阳市委、市政府提出了文化强市和打造区域性文化中心，精心打造“显山、露水，见秀” 三江六岸城市的品位，先后投资数 10 亿元的水文化生态建设，取得长足的进步。但如果从以衡阳文化为基点，以水文化为视角，融入先进的水文化引领水利事业，完善治水思路和新时期治水方略，引导建立人水和谐的生产生活方式，提升水利工程的文化内涵，弘扬水利行业精神，实现提升衡阳水文化品位，仍是任重而道远。

2.1 重水，轻文化

聚焦习近平总书记“节水优先、空间均衡、系统治理、两手发力”治水思路和关于治水的重要论述、国家“江河战略”思想，把水提到了前所未有的高度。而对水文化挖掘研究不够，特别是没有很好把衡阳文化与水文化相结合，对文化建设没有形成长效机制，影响水文化建设的发展，如水文化的遗址开发与保护。

2.2 重工程，轻品位

水利工程建设有忽视水工程文化和景观，缺乏人文性现象；或只考虑水工程单体的美观，而没有很好地与周边及区域的历史、环境和景观相协调，造成水文化内涵不足，达不到传承历史文

化的效果，如水利工程编制单位有关水文化、水生态等专家学者介入不多。

2.3 重城区，轻乡村

在城区中，江河两岸的亭台楼榭、夜景灯光、水上娱乐场等载体充分显示水文化景观，水文化建设日益成熟，人才机构日益完善。在乡镇、水库管理所、水闸、电站等水文化载体发挥不充分，水文化人才、机构不健全，地区发展不平衡。

2.4 重传统，轻创新

在水文化宣传教育、传播、普及方面人们的视觉总在如何挖掘古水文化上，大做文章，对现代水文化创新意识不强。每年世界水日，中国水周只是局限发传单、提倡议书之类的活动，没有生动、形象、有效的水文化宣传教育手段、方法和长效机制，水文化宣传教育、传播、普及远不如旅游文化、企业文化等。

3 提高衡阳水文化品位之管见

衡阳历史名城、湘南重镇，湖南省湘南承接产业转移示范区，在构建文化名城的宏伟蓝图中，提升衡阳水文化品位的作用日益凸显。近年来，衡阳市在推动传承衡阳文化进程、挖掘、提升城市水文化品位、塑造城市水文化品牌作初步探索和实践。

3.1 树牢新时期治水方略，积极推进水文化大发展大繁荣

一是规划引领，系统设计是推进水文化建设的政治保证。民生为上，治水为要，党的十八大以来，以习近平同志为核心的党中央高度重视水利工作，明确提出了“节水优先、空间均衡、系统治理、两手发力”治水思路为推进新时代治水提供了科学指南和根本遵循。衡阳市委、市政府就提出了文化强市和打造区域性文化中心。出台了《关于加强文化事业和文化产业发展的若干意见》等政策性文件，科学制定了水文化“十四五”规划，要做到衡阳文化与水文化有机结合，同步发展。水利部门联合文化、宣传、国土等相关部门建立起运作机构、完善好机制。

二是以点带面，抓普及，是实现提升水文品位的必经之路。水文化建设是一项长期而又紧迫的任务，坚持全面推进与重点突破相结合。以衡阳文化为基础，既要着眼长远，又要立足当前，做到统筹规划，整体推进。坚持循序渐进，以点带面，分类指导，有计划、有步骤地实现水文化建设的发展目标。既要抓好普及，又要注重提高，做到量和质的有机统一。

三是提升品位，抓精品，是实现提升水文化品位有效途径。抓工程出精品立足三个完美结合即：与地域文化完美结合。把衡阳文化、水文化进行融为一体，形成鲜明的地域特征，重现“万里衡阳雁”的地域形象；与美学完美结合，要充分注重美学效果、美学的理念赋予水工程，丰富的其人文内涵和人文色彩，使其美观、富有当地衡阳文化、水文化底蕴；与自然生态完美结合，打造水韵之美。做好“一篇水文章”，即是在开发建设中注重突出衡阳文化“以文为脉，以水为魂”的理念，通过建设水景观，激活水资源，多视角展示“水韵雁城”的独特魅力。立足“水”字，打造城市绿地、生态湿地、旅游胜地。

3.2 发挥“水网”水利新理念指导作用，运用数字孪生，探索水文化

把水文化建设内容纳入《国家水网建设规划纲要》，逐步实现数字赋能，全覆盖目标要求，以联网、补网、强链为重点，扎实推进国家水网建设的水文化理念，丰富和诠释水文化，赋予了水文化新内涵。

一是打造亲水文化。深入贯彻习近平生态文明思想，落实党的二十大“推动绿色发展，促进

人与自然和谐共生”要求，把自然界河流视作生命体，尊重河流生存与健康的基本权利，深入研究人与河流关系的价值取向、道德准则、责任义务和行为规范，强化规划、治理、调度、管理等制度约束引导，推动法治、教育、宣传、科普等环节共同发力，在全社会牢固树立和践行绿水青山就是金山银山的理念，进而形成维护河流健康生命的文化认同、观念自觉，实现人与河流和谐共生。将亲“水”作为保护湘江母亲河，打造亲水文化，树城市的品位为主旋律，形成一条以湘江为主体的风景秀丽、富含文化内涵的城市个性文化走廊。同时，倾力打造了城市以湘江沿岸和城市主干线夜景规划，形成了繁星点缀，巧夺天工的自然景观。彰显了衡阳的城市活力，又让市民充分享受“亲水”的愉悦。

二是河道整治打造东方莱茵河之梦。推动江河湖库生态保护治理，加强重要江河源头区、饮用水水源地保护。确保一泓清水。推进河湖库“清四乱”常态化规范化，以妨碍河道行洪、侵占水库库容为重点，全面整治河湖库管理范围内各类违法违规问题。全面推行河道砂石采运管理单制度，严厉打击非法采砂。我市境内有湘水、蒸水、耒水，多年来没有得到彻底根治，开展河道专项整治，确保防洪、供水、航运和水生态安全，实现“打造东方莱茵河之梦”目标。

三是库区、灌区、城区齐步走，打造民生水利。以防洪排涝、水库除险加固工程建设为重点，着力抓好安全水利。市中心城区提高到了 50 ～ 100 年一遇标准；以农村饮水安全工程建设为重点，着力维护人民群众身体健康，保障人民群众饮水安全；以小型农田水利设施建设为重点，着力提高农业综合生产能力；以水土保持工程建设、中小河流治理为重点，着力改善生态环境。在水库建设管理上，实现一县一景点，一库一文化。在水闸电站建设管理上，实现江河一明珠一闸一故事。在堤防建设管理上实现一段一风景，风景十里各不同。灌区建设管理上，自有源头活水来，吃不水忘挖井人等，造就一批水利服务民生新故事、新传说。

3.3　发挥科学治水理论体系作用，拓宽治水文化，发展水文化

3.3.1　以人为本，坚持安全至上的洪水调度原则

始终体现着以人为本、安全至上的原则。按照我市防汛抗旱工作“十六字”的治水新观念，遵循水属性的自然规律，改变了过去主要依靠各种工程措施与洪水对抗，转变为尊重自然规律，给洪水以出路，由控制洪水转向洪水管理，形成水文化治水理论体系。

3.3.2　以上善若水为指导，实施综合治水战略

以上善若水为指导，坚持“人员不伤亡、水库不垮坝、重要堤防不决口、重要基础设施不受冲击”目标，贯通“四情”防御，强化“四预”措施，绷紧“四个链条”的水旱灾害管理体系。结合人类社会必须学会与风险共存的观点，注入我国治水研究的新成果，实施综合治水新战略。如“河流辩证法”“水灾害双重属性”理论、“河流伦理”理念。

3.4　发挥“蝴蝶”效应的作用，延伸水文化

公元前 251 年，历史给四川留下了一座都江堰，也留下了千古绝唱的高品位水利文化，在“蝴蝶”效应的作用下，水利文化产业品牌成为新的增长极。衡阳水资源丰富，湘江干流 266km，水利设施 42.5 万处，大中型水库 35 座，发挥“蝴蝶”效应的作用，结合衡阳文化，延伸水文化，树立水文化品牌，做足水文章，成为衡阳发展新的增长极。一是开发三江六岸和东洲岛成为集旅游、休闲、餐饮为一体现代水文化中心；二是以开发衡东甘溪河坝水上娱乐主体罗帅名人水文化，三是开发以衡山九观桥古迹水上文化；四是开发耒阳耒水、温泉，常宁印山水文化。

3.5　多措并举推进水利风景区高质量发展，树水利新形象。

衡阳水利工程设施多，河流多，水域多、岸线长。做好科学保护和综合利用水利设施、水域

及其岸线，着力维护河湖水库健康生命，大力传承弘扬水文化，全力推动水利风景区高质量发展。要找准新阶段水利风景区工作定位，坚持人与自然和谐共生，打造水美衡阳水新名片。今年来衡阳投资36亿资金完成5座中型水库、195座小型水库除险加固，82座水闸等水利工程建设，在建设中和管理中，要创造品牌，着重围绕“维护工程，保护水源，绿色衡阳，生态家园，丰富生活，造福人民”等内容，在人民群众中树立公益形象，提升了水利旅游品牌形象。

3.6 加强水文化遗产研究保护，筹建水文化博物院。

对全市水文物进行全面调查与梳理，区分轻重缓急，明确近期保护重点，成立水文化研究会，将社会上有志于水文化研究人士联合起来，定期举办以“水文化”为主题的论坛，专题研讨“水韵衡阳”的内涵以及实现路径。积极搭建水文化研究与传播的有效平台，搜集、整理档案、书籍、实物等水文化研究资料，筹建水文化博物院。

4 结束语

文化是一个国家和一个民族之根，水文化是中华文化的一个独具特色的组成部分，在传承中华文化孕育下，形成了独特的水文化，是水利建设、发展中形成的宝贵财富。衡阳市已进入发展的快车道，步入全省发展的第一方阵，水文化的影响力日渐凸显。从水文化的角度重新审视人和水的关系，提升衡阳水文化品位，为解决衡阳依然严重的“水多、水少，时空分布不均”的水问题寻求文化支撑，以先进水文化推进现代水利事业科学、和谐发展，提升衡阳水文化品位，意义深远。

参考文献

[1] 刘洁. 风雅石鼓 [M]. 长沙：湖南地图出版社，2024.

[2] 衡阳市水利局水利志编纂办公室. 衡阳市水利志 [M]. 北京：方志出版社，2014.

[3] 吴传毅. 石鼓书院：湖湘文化的重要发源地 [N]. 学习时报，2021-10-1(6).

提升水工程文化内涵与品位的路径方法探讨

谢顶华　肖　勇

（湖南省怀化市水利局，湖南怀化　418000）

摘　要：本文探讨了提升水工程文化内涵与品位的路径，包括深入挖掘与整合历史文化资源、融合地域特色与民族风情、创新文化表达方式与传播途径、优化设计与审美、完善功能与服务设施以及实施策略与保障措施等六个方面。通过这些措施，旨在将水工程打造成为传承历史、彰显时代精神、满足人民精神文化需求的重要载体，为构建人与自然和谐共生的水环境、助力民族复兴贡献力量。

关键词：水工程文化；历史文化资源；地域特色与民族风情；文化表达与传播；优化设计与审美

在“绿水青山就是金山银山”的发展理念下，水工程不仅是基础设施，更是文化载体，传承历史、彰显时代精神。提升水工程文化内涵与品位，对于满足人民精神文化需求、推动生态文明建设至关重要。水工程宛如大地血脉，见证历史变迁，如今更需挖掘文化底蕴，提升艺术品位，成为传承文化、弘扬精神、彰显形象的重要窗口。本文将探讨提升水工程文化内涵与品位的路径，为构建人与自然和谐共生的水环境、助力民族复兴贡献力量。

1　发掘历史文化底蕴

1.1　深入调研地域历史

一是调研地域历史沿革，即对当地历史发展脉络进行全面梳理，深入了解水工程在历史上的重要作用与深远影响，以及其在当地社会发展中的不可替代地位。

二是挖掘水工程相关人物事件，通过深入探寻与当地水工程紧密相关的历史人物和重大事件，生动展现水工程的历史渊源和文化积淀。

三是探究非遗与传统习俗，对传统习俗、民间文化等非物质文化遗产进行深入调研，揭示他们与水工程的内在联系，以及如何在当地人的日常生活中得以传承和展现。在研究方法上，可以综合运用田野调查、文献整理、口述历史等多种手段，以期形成一份详尽的水工程历史文化研究报告。例如，湖南省提出：到2025年，完成湖南省水文化资源分类研究，以县为单元、试点先行开展水文化资源调查，出台《湖南省水利遗产管理办法》。这些历史元素不仅是时代的见证，更是文化的瑰宝，能够为水工程的文化建设提供宝贵的素材和灵感。

1.2　融合历史文化与设计

一是借鉴传统建筑风格，将古典元素如廊桥、亭台楼阁等巧妙融入水工程建筑设计中，使其在形态上与传统文化和谐统一。

二是融入历史文化主题，通过雕塑、碑刻、壁画等艺术形式，生动展现当地的历史人物、重大事件和传统习俗，为水工程增添文化底蕴。

三是整合历史文化资源，在水工程周边打造文化体验区，为游客提供丰富的文化活动和互动体验，使历史文化元素在水工程的设计与建设中得到完美呈现。例如，都江堰是世界文化遗产，其独特的建筑风格和历史背景，成为文化和历史教育的重要载体。这些举措不仅提升了水工程的文化内涵，更为游客带来了深刻的历史文化体验，有力促进了水工程与当地文化的融合发展。

1.3 打造特色水工程文化带

一是对水工程周边的历史文化资源进行普查评估，明确其独特的历史价值和文化特色，为后续规划提供坚实基础。

二是以这些资源为核心，精心规划一条连贯且主题鲜明的文化带，将水工程与周边文化景点紧密相连，构建一条引人入胜的文化旅游线路。

三是完善文化带基础设施，优化道路、标识系统和服务中心等设施，确保游客拥有舒适便捷的游览体验。例如，荷兰阿姆斯特丹作为世界著名的水城，其水工程设施在保障城市正常运行的同时，也充分融入了历史文化元素。城市中的水闸、桥梁等设施都设计得极具艺术感，且与周围环境和谐相融，使得整个城市仿佛一个大型的水工程文化展示区。通过实施这些措施，水工程文化带将成为历史与现代、自然与人文的完美交融之地，让游客在领略水工程美景的同时，深度感受地域文化的独特魅力，进一步提升对水工程文化的兴趣和认知。

2 融合地域风情特色

2.1 融入地域民族元素

一是深入挖掘地域特色，将自然景观、历史遗迹、民俗习惯等元素融入水工程设计，使其与周围环境和谐相融，彰显地域独特魅力。

二是尊重和展示民族风情，通过建筑、雕塑等文化展示方式，展现各民族的传统文化和风俗习惯，让水工程成为多元文化的交汇点。黄河小浪底水利枢纽工程是黄河上最大的水利工程，也是全球规模最大的堤坝式水电站。在设计和建设过程中，工程团队不仅注重其防洪、减淤、供水、灌溉和发电等综合效益，还充分考虑了地域文化的融入。小浪底工程的建设，不仅体现了现代水利科技的成果，也展示了黄河文化的独特魅力，成为了黄河上一道亮丽的风景线，吸引着无数游客前来参观。同时，通过文化元素的融入，小浪底工程在提升基础功能的同时，也丰富了黄河文化的内涵，为传承和弘扬黄河文化做出了积极贡献。

三是营造文化氛围，可在水工程周边设立文化体验区，为游客提供深入了解和体验当地文化的机会。这些举措的实施将使水工程更具文化内涵和吸引力，成为连接人与自然、传统与现代的纽带，为当地社会文化的繁荣注入新的活力。

2.2 打造民族水景景观

一是深入调研，系统掌握当地民族历史、文化和传统，以精准把握其艺术风格、建筑特色和生活习俗。

二是巧妙融入，将调研所得的民族元素精心融入水工程设计，如民族图案装饰、民族风情建筑等，以展现独特韵味。

三是匠心打造，运用当地特有材料和工艺，创建石桥、水闸等民族特色设施，以丰富水工程形态。此外，增设文化展示区，借助雕塑、壁画等艺术手段，全面呈现当地民族的历史与文化。通过这些举措，既能吸引游客，提升经济效益，又能树立文化标志，提高地区知名度和美誉度，使水工程在发挥基础功能的同时，成为传承与展示民族文化的重要载体。

2.3 举办地域文化活动

一是要深入调研与挖掘，系统梳理当地的历史脉络、民俗传统，以及独特的手工艺等，为活动提供丰富且真实的文化素材，确保每一项活动都有深厚的文化底蕴支撑。

二是注重活动形式的创新与多样化，除了传统的文艺演出、民俗表演外，还可以增设互动体验区，如手工艺品制作教学、民俗游戏等，使游客能亲身参与并深刻感受地域文化的独特魅力。

三是充分利用现代宣传手段，不仅要在社交媒体上广泛传播活动信息，还可以与旅游平台合作，推出特色文化旅游线路，同时借助网络直播等新形式，让更多人在线感受活动的热烈氛围，从而有效扩大活动的影响范围，吸引更多游客前来参与体验。

3 创新文化传播方式

3.1 创新水工程文化表达

一是运用虚拟现实技术，再现历史与文化场景，为游客打造沉浸式体验，让其身临其境感受水工程魅力。

二是借助增强现实技术，在水工程现场叠加虚拟文化元素，直观展示丰富文化内涵，深化游客对水工程文化的理解与感知。

三是通过大数据与人工智能技术，精准分析游客行为与兴趣，为其推送个性化文化内容，有效提升游览满意度。这三个层次相互支撑，共同推动现代科技在水工程文化中的创新应用，为游客带来更加丰富、深入的体验，有力促进水工程文化的传承与发展。在实施过程中，应注重技术的整合与优化，确保各层次顺畅运行、高效衔接，为水工程文化的现代化表达提供坚实技术支撑。

3.2 拓宽文化传播途径

一是建立线上平台，包括官方网站和社交媒体账号，用于发布水工程的历史文化、活动资讯等，以吸引公众的注意力和参与。

二是加强与旅游、文化机构的合作，通过联合推广和活动举办，扩大水工程文化的影响范围。

三是利用影视作品和文学作品等艺术手段，生动展现水工程的文化内涵，激发公众的共鸣和尊重。例如，杭州西湖水利风景区充分利用了现代科技手段，通过虚拟现实、增强现实等技术，将水利文化以更生动、直观的方式展现给游客。同时，通过线上平台的建设，如官方网站、社交媒体等，使水工程文化的传播范围更广。通过线上平台的建设、机构合作的加强以及艺术手段的利用，可以有效拓宽水工程文化的传播途径，让更多人领略到水工程文化的独特魅力，共同推动其繁荣发展。

3.3 深化国际交流合作

一是要积极对接国际组织、外国文化机构，通过深度引入国外水工程文化建设的先进理念与技术，为我国水工程文化的发展注入新动力。

二是要大力推进我国优秀水工程文化的国际传播，让世界感受其深厚的历史底蕴与鲜明的民族特色，从而提升其国际影响力。

三是要借助国际交流与合作平台，推动水工程文化的创新发展，展现我国在国际文化领域的智慧与实力，为构建人类命运共同体作出积极贡献。通过这三个方面的协同努力，我们可以实现水工程文化在国际舞台上的全面提升，共促文化多样性与繁荣发展。

4 提升工程审美设计

4.1 双重考量水工程设计的整体与细节

在设计阶段，应运用现代设计理念和手法，对水工程进行精心规划和细致设计，确保其既实用又具艺术美感。整体规划需考虑水工程与周围环境的和谐统一，使其成为自然景观的亮丽点缀。在细节处理上，更应追求精益求精，如建筑立面的精致纹理、雕塑小品的生动造型、栏杆扶手的优雅曲线等，都应展现出无与伦比的精致和美感。此外，夜景照明设计也是不容忽视的一环，要兼顾光色搭配和节能环保要求，打造出既璀璨夺目又绿色低碳的水工程夜景。通过这些设计上的巧思与匠心，全力将水工程打造成兼具实用价值和审美价值的精品之作。

4.2 完美交融水工程风格的传统与现代

首先，要深入挖掘传统元素，如历史典故、民俗风情等，将其巧妙融入水工程设计中，形成独特的文化符号。其次，积极引入现代设计理念和技术手段，如创新材料运用、智能化管理等，使水工程既保留传统韵味又彰显现代风采。在实施过程中，还需注重传统与现代元素的和谐统一，避免简单堆砌或生硬拼接。通过巧妙融合与精心设计，打造出既承载历史文化底蕴又充满现代气息的水工程景观，满足现代人对美好生活的追求。这种融合不仅提升了水工程的审美价值，更在传承与创新中赋予了水工程新的生命力。

4.3 汲取水工程创新的国内外案例灵感

首先，要广泛搜集国内外优秀案例，深入分析其设计理念、技术手段及实施效果。其次，组织设计师团队进行专题学习，通过研讨会、工作坊等形式，深入剖析案例精髓，汲取灵感。再次，将所学应用于实践，尝试在设计中融入国内外优秀元素和手法，不断迭代优化设计方案。最后，建立长效学习机制，定期跟踪国内外水工程设计动态，确保设计理念和技术手段始终与时俱进。例如，悉尼歌剧院的水利景观设计充满了艺术感，既符合工程的实用要求，又融入了独特的审美理念。其独特的建筑风格，成为了悉尼的标志性建筑之一。通过这样具体而系统的做法，不仅能有效拓宽设计师的视野和思路，更能显著提升水工程设计的创新性和实用性，推动水工程文化的持续创新与发展。

5 完善功能服务设施

5.1 完善水工程功能设施

一是稳固水工程基础功能，确保如防洪、灌溉等核心作用的发挥，为区域安全与发展奠定坚实基础。

二是增设休闲观光设施，如观景台、休息座椅等，为游客提供舒适的休憩与游览体验，丰富水工程的休闲功能。

三是优化导览服务系统，设置清晰的导览标识和解说系统，使游客能够更深入地了解水工程的历史文化底蕴。同时，重视安全管理，采取严格措施确保游客安全。此外，提升服务便利性和舒适度，合理规划游览路线，提供充足的停车场地和多样化的解说服务，满足不同游客的需求。

四是加强周边环境整治与美化工作，营造宜人的游览氛围，使水工程成为集休闲、学习、欣赏于一体的综合性景观。

5.2 实现水工程人性智能

一是实现水工程的人性化设计，确保设施符合人体工程学原理，提供舒适便捷的使用体验。通过优化设施尺寸、布局，增设无障碍通道和辅助设施，满足不同游客群体的需求。同时，注重文化差异的考虑，提供多语种服务，让游客感受到贴心的关怀。

二是强化水工程的智能化设计，运用现代科技手段提升设施的使用效率和便捷性。部署智能导览系统，为游客提供个性化的路线推荐；设置自动售票和检票系统，减少游客的等待时间；实施智能监控系统，全方位保障游客的安全。

三是展现现代水工程的魅力，通过人性化和智能化的双重设计，让水工程设施不仅满足基本的功能需求，更能为游客带来便捷、舒适、安全的全新体验，彰显出现代水利工程的独特魅力。

5.3 强化水工程日常维护

一是建立定期检查制度，全面细致检查水工程设施，及时发现并消除安全隐患，确保设施安全稳定运行。

二是加强维修更新工作，对损坏老化设施及时维修更换，保障设施性能完好，提升水工程设施使用寿命和价值。

三是强化游客管理引导，设置醒目使用说明和警示标识，规范游客行为，加强巡查力度，防止设施人为损坏。通过这些措施，确保水工程设施长期安全稳定运行，为游客提供安全舒适的游览环境，进一步提升水工程整体品质和服务水平。

6 实施策略保障措施

6.1 制定实施策略与保障措施

一是制定实施策略，确保水工程文化建设有序推进。政府应发挥引导作用，明确建设方向和目标，并设立专项资金支持，鼓励各方积极参与。同时，加强监管和评估，确保项目质量和效果。

二是加强文化教育，提升公众对水工程文化的认知和兴趣。通过专业培训、学术交流等方式，提高从业人员的专业素养和创新能力，并建立与市场需求相衔接的人才培养机制。

三是营造良好氛围，鼓励社会各界积极参与水工程文化建设。加强宣传和推广，形成全社会共同关注和支持水工程文化发展的局面，为水工程文化建设的顺利进行提供有力保障。例如，湖南省提出，通过助推乡村振兴，结合水系连通与“水美湘村”示范村建设，充分挖掘河湖与水工程人文元素，积极开展水文化品牌建设，到2035年，保护水文化的基础更加扎实，传承水文化的氛围更加浓厚，弘扬水文化的载体更加多元，利用水文化的效果更加明显。

6.2 建立公众参与和监督机制

一是建立公众参与机制，确保水工程文化建设广泛吸纳民意。公众作为水工程文化建设的重要参与者和受益者，其意见和建议对于完善文化建设方案至关重要。因此，需要构建有效的公众参与平台，让公众能够充分表达诉求和期望。

二是建立监督机制，保障水工程文化建设过程透明公正。通过引入第三方评估机构、设立监督举报渠道等方式，对文化建设进度和质量进行实时跟踪与评估，确保项目按照既定目标和标准顺利推进。

三是强化公众参与和监督的实效性，提升水工程文化建设的民主化和科学化水平。通过及时反馈处理公众意见、公开透明地展示文化建设成果等举措，增强公众对水工程文化的认同感和归属感，为水工程文化建设的持续发展奠定坚实基础。

6.3 加强水工程文化建设的国际交流与合作

一是加强国际合作，积极引进国外先进的水工程文化建设理念和技术手段。通过与国际组织、外国文化机构等开展广泛而深入的合作与交流，借鉴和吸收其在水工程文化建设方面的成功经验，不断提升我国水工程文化的内涵和品位。

二是推动文化交流，让世界更好地了解和认识中国水工程文化的魅力。通过举办水工程文化展览、论坛等活动，展示我国水工程文化的独特魅力和深厚底蕴，增进与世界各国人民之间的友谊与互信。

三是注重创新发展，为全球水工程文化的繁荣与发展作出积极贡献。在保持传统水工程文化特色的基础上，不断创新发展思路和手段，推动水工程文化与现代科技、艺术等领域的深度融合，为全球水工程文化的繁荣与发展注入新的活力和动力。

展望未来，随着科技的不断进步和人们对美好生活追求的持续提高，水工程的文化内涵与品位将越来越受到关注。我们应积极探索和践行新的路径和方法，不断提升水工程的文化内涵与品位，为构建人与自然和谐共生的水环境作出积极贡献。

文物考古视野下的安徽水文化遗产保护实践与展望

钱　程[1]　陈　思[2]

（1. 合肥市文物保护中心，安徽合肥　230000；
2. 安徽水利水电职业技术学院，安徽合肥　230000）

摘　要：安徽是中华文明发源地之一，古代劳动人民围绕江河湖泊，创造了大量独具安徽特色的水文化遗产。这些宝贵的遗产见证了中华文明起源和中华民族多元一体发展的历程，反映了筚路蓝缕的安徽人民披荆斩棘，历经千难万险而不断向前的奋进精神。新中国成立以来，安徽进行了大量的文物考古工作，不少古代运河、码头、古船、水利设施、水下遗址被发现，早年水文化考古遗存一般被视为普通生产生活考古遗存来研究，较少将其置于水文化大框架下探讨，改革开放以来，特别是进入新时代，水文化遗产保护和研究体系不断完善，提取涉水文化遗产的共性，还原水文化历史原貌，逐渐成为文物考古和水文化研究的重要内容。

关键词：涉水考古；水利设施；大运河；水下文物

1　水文化遗产概况

安徽水资源丰富，水系发达，流域面积 50km^2 及以上的河流 901 条，拥有淮河、长江、新安江三大水系，共有一级支流 63 条，二级支流 143 条，湖泊水库众多，较大的有巢湖、万佛湖、大官湖、城东湖、瓦埠湖、太平湖等。安徽多样的水资源和悠久的用水治水历史留下了丰富的水文化遗产。

2　文物考古发现的水文化遗产

安徽丰富而悠久的水文化遗产，对研究中华文明起源、长江文明交流与传播、江淮文化发展与演变、安徽古代经济社会等众多课题具有重要的学术价值和现实意义。

2.1　水利工程遗产

农业是立国之本，水是农业的命脉，治水则是调蓄用水、化水害为水利的重要手段。安徽治水历史悠久，历史上兴建了众多水利设施，其中一些沿用至今，还有一些经考古发掘重见天日，这些遗存是研究古代农业生产、水利技术的重要资料，展示了古代安徽人民兴修水利、发展农业的艰辛历程。

2.1.1　芍陂

芍陂又称安丰塘，位于寿县南 30 公里，春秋楚庄王（公元前 601—公元前 593 年）时期由孙叔敖主持修建，《水经注》载："……又东北迳白芍亭东，积而为湖，谓之芍陂。陂周百二十许里，在寿春南八十里，言楚相孙叔敖所造。……陂有五门，吐纳川流。"汉章帝建初八年（83 年），庐江太守王景重修芍陂，《后汉书·循吏列传》载："郡界有楚相孙叔敖所起芍陂稻田。景乃驱率吏民，修起芜废，教用犁耕。"汉献帝建安初年，刘馥修缮芍陂，《三国志·魏书·刘司马梁张温贾传》载："……遂表为扬州刺史。…… 广屯田，兴治芍陂及茹陂、七门、吴塘诸堨以溉稻田，官民有蓄。……及陂塘之利，至今为用。"历代芍陂多有兴废，经历多次修整，现已成为淠史杭灌区的反调节水库，至今仍发挥着社会效益。芍陂距今已有2600多年，是我国最早的大型蓄水灌溉工程，1988年，被国务院列为第三批全国重点文物保护单位，2015年入选第二批世界灌溉工程遗产名录。

1959年5月，安徽省文化局文物工作队为配合淠史杭工程建设，在安丰塘越水坝，发掘了一座闸坝遗址，闸坝建在一条泄水沟上，使用草木混合的散草法筑成，即生土上铺一层砂礓石，之上再层草层土逐层叠筑至闸坝顶平，并在其间插入木桩至生土层。此次发掘还出土大批铁、铜工具、陶器等文物，其中以铁器为多，主要有汉代“都水官”铁锤、铁锄、铁斧、铁杈、铁凿、铁箭头、铁犁铧、铜鱼钩、铜箭头、铁锯、鱼叉、竹篓底、半两、五铢、货泉、大泉五十等。根据出土文物及闸坝结构，推测此闸坝可能建于东汉早期，印证了《后汉书》记载的王景重修芍陂。芍陂的灌溉效益促进了当地的农业发展，奠定了坚实的经济基础，自此寿春成为了楚国在东部的经济、政治重镇，楚考烈王二十二年（公元前241年）楚迁都于此，名曰郢，成为楚国最后的国都。新中国成立以来，当地考古发掘了不少楚系墓葬和遗址，出土了大批文物（见图1）。这些遗存是寿春当时强大影响力的实证，是水利影响经济、政治、文化的见证。芍陂是安徽官方主导大规模系统性水利建设的开端，自此拉开了安徽几千年水利大建设的序幕。

a. 蔡侯申鼎

（春秋 寿县蔡侯申墓出土）

b. 鄂君启金车节

（战国 寿县邱家花园出土）

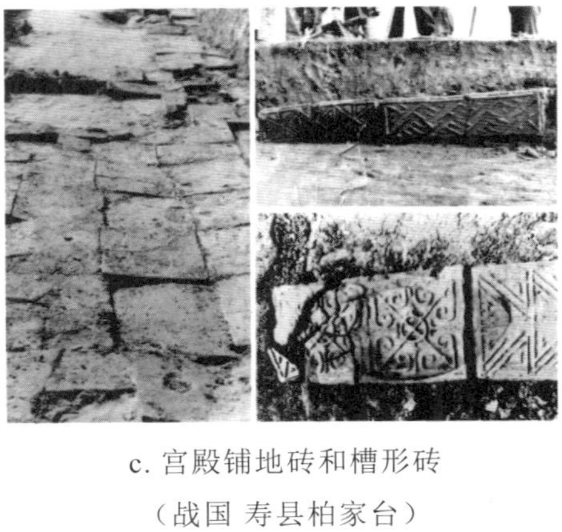

c. 宫殿铺地砖和槽形砖

（战国 寿县柏家台）

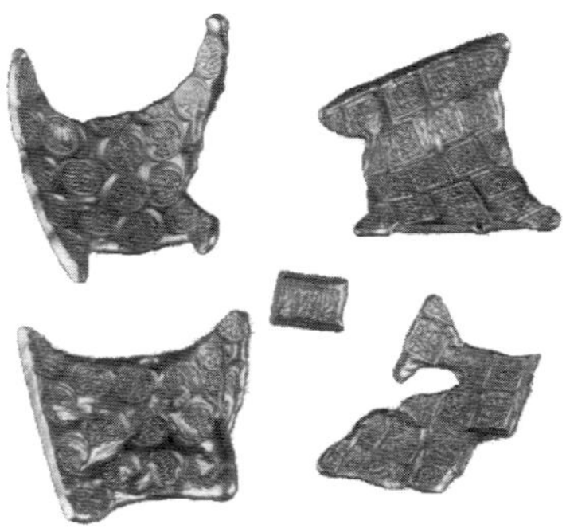

d. 郢爰 卢金

（战国 寿县城南花园出土）

图1 寿县出土文物

（a——引自《中国国家博物馆馆刊》，2021年第6期，插页；b、d——引自安徽省文物局，安徽省文物考古研究所：《新中国成立60周年安徽重要考古成果展专辑图录》，北京：文物出版社，2014年，第192、193页。c——引自许建强、蔡波涛：《楚都寿春城柏家台大型建筑基址发掘记》，《大众考古》2019年第11期，第65页。）

2.1.2 七门堰

七门堰位于舒城七门山下杭埠河中游，由汉高祖伯兄子羹颉侯刘信于高祖七年(公元前200年)修建。刘信视“舒城水源出于西山之峻岭，势若建瓴……”乃于“七门岭下，阻河筑堰，曰七门。开渠建闸，引河流东北，载之平陆，条分支贯，灌田八百余顷”，东汉末年扬州刺史刘馥、明代舒城县令刘显均对七门堰进行过大规模修缮和改建，最终形成了七门堰、乌羊堰、槽牍堰。七门堰1998年被列为安徽省级文物保护单位，2023年入选第十批世界灌溉工程遗产名录。

七门堰灌溉渠线因地制宜，利用地势起伏，使线路形成高差，实现自流，沟通原有的陂、塘、荡、沟、渠，“串荡成渠，连塘为蓄”，构建了一个自流灌溉网，现在已成为淠史杭灌区的重要组成部分。“七门三堰”和陂、塘、荡、沟、渠各项工程节点之间有机配合，具有朴素的系统工程思想。

七门堰的规划理念至今仍有现实意义。两千多年来，七门堰时废时兴，现存的七门堰虽早已不是西汉初修的模样，但它的工程理念却贯穿千年。七门堰大量的塘荡沟渠，具备很强的调蓄峰谷降水作用，雨时蓄水，旱时开闸灌溉，实现了调蓄、涵养水源，构建了一种生态灌溉系统。七门堰同时也是一处特殊的人工湿地群，在满足防洪灌溉需求同时，顺应了自然，避免大规模改变原有生态平衡，成功地保护了生态环境。中国自古以来讲究天人合一，这与现代人与自然和谐共生的理念不谋而合，七门堰水利遗产历久弥新，凝聚了千年的水利文化底蕴和治水智慧，其设计和规划值得现代水利借鉴，在水利建设和保护自然之间找到一个平衡，实现二者的相辅相成，相互促进，是古今水利建设者恒久追求的目标。

2.1.3 圩田水利

安徽兼具南北，沿江和皖南土地过于潮湿，因而筑圩排水技术较发达。安徽圩田始于三国，兴于两宋，主要分布于皖南宁国、当涂、宣城、广德和皖江东部望江、巢湖、无为等地。三国两晋南北朝时期，江淮地区是南北拉锯征战之地，各方在此驻守了大量军士，无论是从外调粮还是就地征粮均存在很大难度，因此军屯就成为重要的筹粮方式，而筑圩屯田则成为了主要的生产方式。

三国时期，江淮地区处于魏吴对峙的前沿，常年战争导致人口流失，生产力遭到破坏。军屯带动了当地水利设施的修建，魏国在潜山兴建了吴塘堰、乌石堰，经历代修治，沿用至今。吴国在和县修建了铜城闸，在宣城修建了金宝圩，在当涂修建了大公圩。

东晋南朝时期，皖南地区相对安定，大批北人南渡，带来了大量的劳动力和先进的生产技术，促进了南方的开发，圩田在皖南继续发展。这一时期，政府和民间在皖南修筑了不少圩田水利，东晋于咸和二年（327年）在歙县修筑了鲍南堨，梁于大通元年（527年）在歙县修建了吕堨，于普通二年（521年）在黟县修建了柏山堨等堨坝工程。

隋唐时期，江淮和皖南圩田继续发展，陆续在宣城修筑了德政陂，在泾县修筑了大农陂，在南陵修筑了永丰陂。宋代，特别是南宋以后，经济重心完全南移，圩田发展达到顶峰并逐渐成熟定型，许多圩田一直沿用至近代，至今沿江和皖南还有不少地名依然延续“圩”的命名，反映了圩田经济的巨大影响。

2.1.4 渔梁坝

渔梁坝位于歙县城南的渔梁村，横截新安江的支流练江，始建于唐代，渔梁坝是古代皖南规模最大的拦水坝，2001年，渔梁坝被列为全国重点文物保护单位。渔梁坝历经多次毁建，其形制和材质经历了一是由“以木障水”到“聚石立栅”，再到改“红石坝面”为“花岗岩坝面”的筑坝用材的变革，二是由“立栅聚石”到“顺流栉比、纳锭于凿”，再到改“参和灰沙于内”为“表里皆甃方石”的坝体形制与结构的变革。古代劳动人民在千百年治水实践中不断改进渔梁坝的材料与工艺的过程，也是古代徽州水利工程技术进步的缩影。

现存的渔梁坝的主要是明清时期修建，长约143m，底宽28m，顶宽6m，高约5m，剖面梯形，用巨大的花岗岩石垒砌而成，各条石之间插入燕尾榫或石柱固定，坝体设有三道水门泄洪（见图2）。

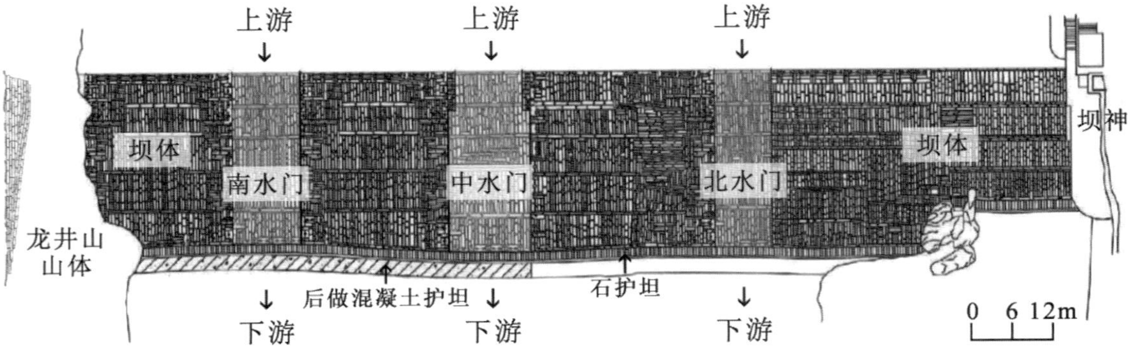

图2　渔梁坝平剖面图

（引自毕忠松、李沄璋、曹毅：《徽州古坝渔梁坝建造形制与结构特点》，《建筑与文化》2014年第9期，第181页。）

渔梁坝与徽州地区其他的堰坝不同之处在于除了具有蓄水灌溉的作用外，还有截流以缓水势从而以利通航的作用。宋代徽商逐渐兴起，水路是古代最便捷最经济的交通方式，但练江流经的皖南，山地多，水道窄，水流急，因此当地对水利设施有了新要求，即改善通航。徽商通江达海，行至全国，依赖条条水道，而利用这些水道则离不开对水的改造，渔梁坝为徽州地区的水运经济发挥了巨大作用。

经现代化改造的渔梁坝至今依然发挥着功用，成为了文物活化利用的典范，现代技术为古老的水利遗产增添了活力，使渔梁坝不断焕发着独特的文物价值和水利价值。

2.2　隋唐大运河

为加强对东南地区的统治，隋炀帝继位后开始大规模开凿大运河，其中流经安徽的隋唐大运河即通济渠，在安徽境内总长约180km，《隋书·炀帝上》载：“大业元年（605年）……发河南诸郡男女百余万，开通济渠”，通济渠自洛阳出发向东南，经郑州、开封、陈留、杞县、宁陵、商丘、永城，由柳孜入安徽，经濉溪、宿州、灵璧、泗县，最后进入江苏盱眙入淮河。通济渠连接了黄河与淮河水系，成为唐宋时期重要的水道，通航了500多年，南宋建立后，政治重心南移，向河南输送财赋已无必要，战争也导致运河缺乏管理，开始出现淤塞断流。元朝统一全国后，政治重心北移，元朝为实现京师直通南方，开辟了沿海航线，开凿了济州河和会通河，将大运河裁弯取直，最终导致通济渠逐渐失修并最终湮废。2014年6月22日，大运河遗址入选世界文化遗产名录，柳孜运河遗址成为其中一个遗产点。

安徽大运河考古始于20世纪70年代，有针对性地对通济渠的田野调查最早是1984年由中国唐史学会和江苏社科院、安徽社科院等单位联合组织的唐宋运河考察，当时在安徽重点考察了宿州和濉溪地区的运河遗迹，通过文献考证和实地考察，基本摸清了通济渠大致走向，但考察团同时认为需要更多的考古发掘资料才可下结论。

近三十年，不少运河遗址被发掘，与通济渠安徽段相关的考古工作主要有濉溪柳孜运河遗址、濉溪百善运河遗址、宿州西关步行街运河遗址、宿州“埇上嘉苑”运河遗址、泗县刘圩运河遗址、灵璧小田庄运河遗址、灵璧二墩子运河遗址等，这些遗址中不仅发现了河道、河堤、沿岸河工设施、桥梁、码头等遗迹，同时也出土了一些沉船和以瓷器为主的丰富遗物。

1999年淮北柳孜运河遗址考古发掘获得了当年全国十大考古新发现，考古发现了一处桥墩石构建筑遗迹、8艘唐代沉船（见图3）和大批淮南寿州窑、萧县白土窑、淮北烈山窑、越窑、建阳建窑、长沙窑、耀州窑等全国20多个主要窑口的瓷器。这些发现为研究隋唐运河工程、造船、瓷器工艺、交通史、手工业商品经济、提供了珍贵的实物资料。此次考古解决了通济渠流经地点和线路的问题，证明了通济渠的确切走向和地点，起到了补史证史的作用。

图3　柳孜运河6号沉船

引自安徽省文物考古研究所、淮北市博物馆：《淮北柳孜——运河遗址发掘报告》，北京：科学出版社，2002年，彩版八。

图4　柳孜运河第二次发掘遗址

引自宫希成、闫红：《汴水蕴物华 柳孜运河遗址出土文物》，北京：科学出版社，2017年，第3页。

a. 青釉碗(唐)

b. 青釉褐斑鸟纹执壶(唐)

c. 青釉瓜棱执壶(宋)

d. 双鱼纹红陶灯

e. 灰陶瓦当(宋)

f. 骨篦(唐)

图5　大运河考古出土遗物

(引自宫希成、闫红：《汴水蕴物华 柳孜运河遗址出土文物》，北京：科学出版社，2017年，第5、12、158、217、226、247页。)

继1999年的柳孜运河遗址第一次发掘后，安徽又进行了大量与通济渠相关的考古工作，发现了更多的运河相关的遗迹遗物，主要有河堤、河道、船舶、水工设施及码头桥梁（见图4）等遗迹，出土的遗物以陶瓷器最多，还有铁器、铜器、石器、骨器、木器等（见图5），这些遗存继续丰富了运河考古的资料，拓展并深化了相关研究。在“埇上嘉苑”运河遗址的南岸河堤发现了文献记载的用于提高水速，冲沙排淤的“木岸狭河”河工技术遗迹（见图6），是考古与文献中古代水利技术记载相互印证的实例。

图6 “木岸狭河”遗迹

（引自陈超：《安徽隋、唐、宋古运河遗址考古研究》，《中国港口》2019年增刊第1期，第94页。）

中国的河流东西走向多，南北走向少，大运河沟通了长江黄河文明，影响了当时的经济格局，是古代劳动人民改造自然的典范。大运河不仅是一条经济通道，更是一条文化走廊，众多大运河沿线考古发现诉说着当年繁荣的经济活动和多彩的文化生活，展示了中华民族博大的历史内涵和厚重的文化底蕴。

2.3 水下文化遗产

历史上，水陆变动时有发生，或因地震、山洪、地质变动等自然原因，或因筑堤、圩田、引水蓄水等人为原因，使不少位于陆上的文化遗存淹没于水下。

新中国成立后，国家大力支持安徽水利，在长江和淮河流域修建了大批水库和引水工程，不少历史文物因蓄水淹没。这些水利工程建设前，文物部门积极介入，进行了大量的考古工作，最早可以追溯到1964年，文化部所属古代建筑修整所与安徽省文物局文物工作队、徽州地区博物馆、歙县文化馆等对新安江提高蓄水位后将淹没的古代建筑的调查。1991年12月，配合天长县三角圩田水利工程，发掘汉代古墓25座，出土文物750件，三角圩汉墓群被评为“1992年度全国十大考古发现”。1992年，配合治淮水利工程，发掘凤台峡山口遗址600m^2，墓葬13座，出土文物200多件；配合怀洪新河水利工程，在五河县发掘了几十座各朝墓葬。1999年，配合港口湾水库建设，在宁国周家村遗址发掘450m^2。2002年，配合合肥市大房郢水库建设，对施大郢烟大古堆商周遗址、长丰藕塘村桥东商周遗址进行发掘。2004年，配合六安城东湖保庄圩工程，发掘六安固镇城墩遗址1040m^2；配合淮河干渠应急工程建设，发掘蚌埠梅孤堆商周遗址200m^2。2007年，配合芜湖响水涧抽水蓄能电站建设，对月堰遗址、黄鳝嘴遗址发掘 $6600m^2$，清理墓葬 43 座。

引江济淮工程沟通长江、淮河两大水系，具有供水、航运、改善环境等综合效益，是国家重大跨省区、跨流域调水工程。工程线路长、体量大、工期紧，范围涉及各类重要文物点 40 多处，文物保护任务艰巨。2017—2019 年，安徽省文物考古研究所承担了工程沿线的考古调查任务，联合国内十余家考古机构，开展了一场为引江济淮保驾护航的考古大会战，收获了许多考古新发现，如桐城魏庄新石器时代墓地的发现丰富了薛家岗文化的内涵，填补了皖西南河和皖中之间新石器考古的空白，庐江岳庙双墩遗址距今有 3000 多年，发现了大量陶片和红烧土层等古人类生活遗迹，丰富了巢湖沿岸商周文化遗址的材料。

2007—2012 年的第三次全国文物普查首次将水下文物列入文物普查范围。2014—2016 年，在前期陆地调查的基础上，以中国国家博物馆水下考古研究中心（2014 年）、国家文物局水下文化遗产保护中心（2015—2016 年）与安徽省文物考古研究所为主要力量，对黄山太平湖、金寨响洪甸水库进行了物探和潜水探摸等水下考古调查，发现了 6 处水下遗址 。

太平湖位于黄山市黄山区，原名陈村水库，于 1972 年截流青弋江蓄水建成。考古调查中，发现了广阳城遗址、广阳城文庙遗址、龙门镇遗址、秧溪街遗址 4 处水下遗址并出水了一些文物（见图 7）。经考古工作，基本摸清了广阳城的轮廓和基本布局，在西门外还发现了广阳城文庙遗址，遗址坐北朝南，南北长 80m、东西宽 60m，四进院落，地表现存残砖墙、三合土地面和少量建筑构件，了解了文庙的布局和建筑工艺。在广阳城遗址东北 10km 水域确认了龙门镇遗址，在广阳城东北 3.6km 水域发现秧溪街遗址，遗址内有房屋建筑、河流、街道等遗迹。这些发现基本摸清了太平湖水域水下文化遗存的分布、保存现状和建筑特色，进一步了解了青弋江流域的文化特色和发展轨迹。

a. 广阳城遗址城墙顶部

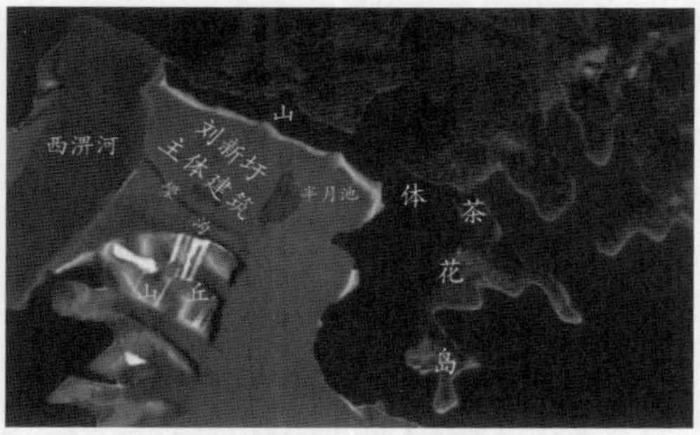

b. 刘新圩遗址探测和卫星图

c. 广阳文庙遗址出水青花瓷

d. 广阳文庙遗址出水残碑

图 7　安徽水下考古发现

（引自国家文物局水下遗产保护中心、安徽省文物考古研究所：《安徽水下考古调查报告（2008—2016）》，北京：科学出版社，2017 年，第 163、243、184、207 页。）

响洪甸水库位于金寨县境内淠河西源上，于 1959 年开始蓄水。2016 年的水下考古调查，发现了明清古镇麻埠镇遗址和淮军将领刘铭传的故居刘新圩遗址，初步了解了二者的保存现状、地理布局和建筑风格，基本摸清了响洪甸水库水下文化遗产的分布情况。

麻埠镇遗址位于响洪甸水库大坝西北约 8.7km 的水下 33m 处，在西淠河与二道河交汇西北角，遗址内部分布有大量建筑、街道、两条流入西淠河的废河及河上小桥，遗址主体位于两条河流交汇处的山间谷地。根据县志等文献记载，结合遗址位置和水下考古调查，可以确认此处水下遗址是明清时期皖西重镇麻埠镇。

刘新圩遗址位于响洪甸水库大坝西南约 8.4km 的水下 27m，依山傍水、坐西北朝东南，遗址西北是西淠河，其东南紧邻一座山丘，山丘的东北、东南属山间河谷地带，分布着大量房屋建筑、池塘、壕沟、桥梁遗迹，西南的壕沟上有桥与西淠河沟通。此外，在遗址东南的茶花岛山冈上发现有墙基及建筑基础从东北经东部然后折向西南，将水下遗址环绕在内。此遗址是一处典型的依山形地势修建的圩堡。根据文献记载，结合考古调查，可以确认此处水下遗址就是刘铭传的晚年故居刘新圩，遗址的发现为研究江淮圩堡的布局规划、建筑风貌、历史演变提供了重要资料。

3 水文化遗产保护展望

人类生存与历史发展离不开水，中国的百万年人类史、一万年文化史、五千年文明史即是一部逐水而居，依水而兴，与水息息相关的鸿篇巨著。2020 年 9 月 28 日，习近平总书记在中央政治局第二十三次集体学习时强调：“要搞好历史文化遗产保护工作。考古遗迹和历史文物是历史的见证，必须保护好、利用好。”

安徽大地上蜿蜒曲折的水系犹如水文化遗产长廊，展示了数千年来的治水用水智慧，这些水文化遗产也是千年来治水用水、与水共生共存的文化根基。半个多世纪以来，安徽涉水文物考古逐步开展并且学术研究逐渐深入，其与安徽水文化遗产保护利用传承体系从无到有，渐臻完善的历程相因相生，相伴相随。众多考古成果，不仅印证或校误了许多文献记载，更重要的是发现了许多前所未见的新材料，延伸出不少从未涉及的新课题，不仅证史，而且写史，促进了水利史、运河史、经济史、社会史、水下考古等领域的研究，开辟了水文化遗产研究的新篇章。大运河申遗成功、多处水利遗产入选世界灌溉工程遗产名录更是使得水文化遗产保护登上新高度，迈上新台阶。

安徽古代水利遗产丰富多样、历史文化内涵深厚，是中华民族伟大创造力和古代安徽人民劳动智慧的见证。如今，不少古老的水利设施依然“活着”，造福一方百姓。但城市化和工程技术的进步也对其保护提出了新挑战，水利建设和水利文物保护是对立统一的，相互矛盾又相互转换，古老的水利设施无论是从工艺上还是材料上都已落后于现代水利，已经满足不了现代工程对水利设施的新要求，甚至成为建设现代水利的阻碍，因此不少水利设施被拆除或淹没，但还有一些水利设施历经千年而屹立不倒，体现了顽强的生命力。使用是最好的保护，延续水利遗产生命除了水利设施本体的使用，更重要的是理念的传承，不少古代的水利规划理念放在今天并不过时，沿用至今的水利规划往往可以很好地协调建设与自然、社会需求之间的关系，对一些古代水利设施加以现代化改造，使其经久不衰，实现文物的活化利用，挖掘传统水利科学经验和治水智慧，将古代水利建设中因势利导、因地制宜、人与自然和谐共生等理念传承下去，使现代水利工程也能造福千秋万代，成为未来的水文化遗产。水利工作者需要探索古代水利遗产保护与现代水利建设相互兼容的技术规范和指导理念，着重关注水利建设对生态环境和历史景观的影响，实现水利建设和文物保护的双赢。

近年来，由于党和政府的重视，考古前置政策不断深入，社会的文物保护意识也逐步增强，配合基建的考古前置与水利工程建设之间的合作越来越默契，促进了文物保护和水利建设的双赢。一方面，“先考古，后出让”政策，可以及时发现和保护文物，避免了早年“边建设边考古”的尴尬情景和工程临时改线的巨大风险，为水利建设提供了大量“净地”，保证了工程顺利实施；另一方面，水利建设为涉水考古提供了不少契机，使许多长眠地下几千年的遗址、墓葬重见天日，获得了许多重要的考古资料，水文化遗产研究水平显著提高，丰富了安徽涉水历史文化和旅游资源。但受客观条件所限，长久以来，工程建设相关的考古前置项目大多数是田野考古调查或发掘，鲜有水下考古介入，水下文化遗产的考古实践很少，淹没于水下的文化遗产，长期受工程、养殖、采砂、排污等风险影响。安徽作为水文化资源大省，跨江跨湖的桥隧、港口码头建设和水利建设多，相关水域也有存在水下文化遗存的可能。2022 年 2 月 28 日，国务院第 751 号令公布了新修订的《中华人民共和国水下文物保护管理条例》，明确了在中国管辖水域内进行大型基本建设工程，建设单位应当事先报请相关文物主管部门组织在工程范围内有可能埋藏文物的地方进行考古调查、勘探。该《条例》为安徽开展水下文化遗产考古提供了政策依据，但如何在工程建设中做到既能提前发现和保护水下文物，将施工对其影响降到最低，又保障涉及民生福祉的水利工程顺利实施，这对水利和文物考古工作者都提出了巨大挑战。水下考古与田野考古相比，虽然技术难度大、作业成本高、危险性强，但中国水下考古事业发展已近四十年，技术和研究水平位居世界前列，在长期实践中摸索出一套成熟的工作方法，积累了不少经验，在未来的水利建设和考古前置中将发挥越来越重要的作用。

在文物保护中顺应自然，在保护自然中活化利用文物，这是我们研究与保护水文化遗产的重要遵循。水文化的外延逐渐扩展，已形成了独特的研究方法与体系，在保护和研究的基础上利用好传播好水文化遗产，对推动中华优秀文化赓续传承，增强民族自信，促进世界文明交流互鉴具有重大意义。

参考文献

[1] 安徽省水利厅 . 安徽水利 50 年 [M]. 北京：中国水利水电出版社，1999.

[2] （北魏）郦道元 . 水经注 [M]. 杭州：浙江古籍出版社，2001.

[3] （南朝宋）范晔 . 后汉书：第 9 册卷七十六 [M]. 北京：中华书局，1965.

[4] （晋）陈寿 . 三国志 · 魏书：第 2 册卷十五 [M]. 北京：中华书局，1959.

[5] 金家年 . 芍陂工程的历史变迁 [J]. 安徽大学学报，1979(1).

[6] 钮仲勋 . 芍陂水利的历史研究 [J]. 史学月刊，1965(4):32-36.

[7] 殷滌非 . 安徽省寿县安丰塘发现汉代闸坝工程遗址 [J]. 文物，1960(1):61-62.

[8] 安徽省水利志编辑室 . 安徽河湖概览 [M]. 武汉：长江出版社，2010:190.

[9] 卢茂村 . 话说七门堰 [J]. 农业考古，1986(1):184.

[10] 卢茂村 . 话说吴塘堰与乌石堰 [J]. 农业考古 .1993(3):227.

[11] 崔思棣 . 铜城闸与和州圩田 [J]. 安徽大学学报（哲学社会科学版），1995(2):76-78.

[12] 张帆 . 安徽大农业史述要 [M]. 合肥：中国科学技术大学出版社，2011:339-341.

[13] 毕忠松 , 李沄璋 , 曹毅 . 徽州古坝渔梁坝建造形制与结构特点 [J]. 建筑与文化，2014(9):180.

[14] （唐）魏征 , 令狐德棻 , 等 . 隋书：卷三第 1 册卷三 [M]. 北京：中华书局，1973.

[15] 潘镛 . 隋唐时期的运河和漕运 [M]. 西安：三秦出版社，1987.

[16] 陈超 . 安徽隋、唐、宋古运河遗址考古研究 [J]. 中国港口，2019（增刊 1):92.

[17] 安徽省文物考古研究所 , 淮北市博物馆 . 淮北柳孜——运河遗址发掘报告 [M]. 北京：科学出版社，2002.

[18] 安徽省文物考古研究所 . 天长三角圩墓地 [M]. 北京：科学出版社，2013.

[19] 王峰 . 宁国周家村新石器时代遗址 [M]// 中国考古学会 . 中国考古学年鉴（2001 年）. 文物出版社，2022.

[20] 王晓琨 , 张辉 , 刘爽 , 等 . 安徽桐城魏庄遗址新石器时代墓葬 2019 年发掘简报 [J]. 文物，2022(4):4-24.

[21] 国家文物局水下遗产保护中心，安徽省文物考古研究所．安徽水下考古调查报告（2008—2016）[M]. 北京：科学出版社，2017.

[22] 习近平．建设中国特色中国风格中国气派的考古学 更好认识源远流长博大精深的中华文明 [J]. 求是，2020(23):4-9.

新时代水工程的文化建设路径分析
——以引江济淮工程为例

刘星雨

（安徽省枞阳长江河道管理局，安徽铜陵 246700）

摘　要：新时代水工程的文化建设是推动社会主义文化繁荣兴盛的时代要求。本文以引江济淮工程为例，紧扣水工程沿线区域文化特征、资源禀赋和发展趋势，构建“双线引江、三湖调蓄、四路北上、八大枢纽”的引江济淮工程文化带，本文针对这一目标提出了加强保护研究、合理开发利用、新时代创新发展等建议，为安徽省可持续发展提供具体对策，进而为新时代水工程的文化建设提供研究思路。

关键词：水工程；文化建设；引江济淮工程；水文化遗产

1　概述

水工程作为人类利用和改造自然的产物，承载着丰富的历史文化内涵。而水工程的文化建设不仅可以深入挖掘和展示水文化的独特魅力，传承和弘扬中华民族的治水智慧和优良传统，还可以提升水利事业的形象和影响力，推动水利事业的可持续发展。同时通过文化建设，可以赋予水工程更多的文化内涵和艺术价值，提升其在城市建设和文化传承中的地位和作用，使其成为城市文化的新名片。新时代水工程的文化建设将被赋予更多全新的意义，我们应该高度重视水工程的文化建设，加大投入和力度，推动水工程与文化、社会的深度融合和发展。

安徽位于中国东部，淮河、长江两大流域贯穿境内，水系发达，水利资源丰富。安徽人民自古以来便有着深厚的水利治理传统，早在古代，安徽地区就开始兴修水利，如寿县的芍陂（今安丰塘），始建于2500多年前的春秋时代，灌田万顷，是安徽古代水利工程的杰出代表。新中国成立后，安徽水利事业迎来了新的发展机遇。1950年，皖北与皖西地区便调集了80多万民工参加治淮工程，其后更在“水利高潮”时期，数百万人忙碌于治淮工地。在这一背景下，安徽成为淮河治理的主力军，实施了一系列重要的治淮工程，如淮河干支流复堤工程、蓄洪区建设、大型山区水库的修筑等。这些工程的建设不仅提升了安徽水利的技术水平和综合实力，也为当地乃至全国的经济发展和社会稳定作出了重要贡献。

2　引江济淮工程的特征及价值分析

2023年8月16日上午，在安徽省合肥市派河口水上服务区，随着一声声汽笛鸣响，一艘艘轮船从这里缓缓驶出，向北驶向淮河，标志着引江济淮工程航道江淮沟通段开启试运行。

引江济淮工程连通长江与淮河，按照“双线引江、三湖调蓄、四路北上、八大枢纽”的总体布局，是集供水、航运、生态效益于一身的跨流域调水工程。其中，包含江淮沟通段航道在内的江淮运河是平行于京杭大运河的我国第二条南北水运大通道，也是我国在建规模最大、路线最长的人工运河，航道总里程约355km，二级航道约186km，三级航道约169km。

2.1　引江济淮工程的特征

2.1.1　多功能集成

供水功能：工程旨在解决安徽、河南等地区的城乡供水问题，通过跨流域调水，确保这些地区的供水安全。

航运功能：依托调水线路，建设了长江至淮河的航道，提升了内河水运能力，促进了江淮地区的航运发展。

生态功能：工程不仅关注供水和航运，还注重改善巢湖及淮河水生态环境，促进生态环境的恢复和保护。

2.1.2 跨流域与跨部门合作

跨流域特性：工程涉及长江和淮河两大流域，需要充分考虑不同流域的水文特性和生态环境，确保调水的科学性和合理性。

跨部门合作：由于涉及多个省份和多个部门，工程的规划、建设和管理需要各方密切合作，确保工程的顺利实施。

2.1.3 关键节点工程

泵站与枢纽：如蜀山泵站枢纽，其装机和流量规模巨大，是工程中的关键设施，对于提水和输水起到重要作用。

渡槽与节制闸：如淠河总干渠渡槽、枞阳节制闸等，这些设施的建设确保了水流的顺畅和调节，满足了工程运行的需求。

2.1.4 复杂的运行因素

水文条件：长江和淮河的水量、水位、水质等水文条件直接影响工程的运行和调度。

气候条件：降雨、蒸发等气候条件对工程的蓄水、调水和供水能力产生影响。

社会环境：人口增长、经济发展等社会因素也会对工程的供水需求和运行管理带来挑战。

2.2 引江济淮工程的价值分析

2.2.1 优化水资源配置

引江济淮工程通过精确的水量调度和分配，确保了沿线地区的供水安全和可靠性。工程建立了完善的水量监测和调度系统，能够实时掌握水源地的水量变化，并根据实际需求进行合理调配。这不仅能够满足城乡居民的生活用水需求，还能够保障工农业生产的稳定供水，为区域经济社会的发展提供了有力的水资源支撑。

2.2.2 促进航运发展

引江济淮工程不仅提升了内河航运的运输能力，还改善了航道的通航条件。工程对航道进行了疏浚和整治，消除了原有的航道瓶颈，提高了船舶的通航速度和安全性。此外，工程还建设了多个航运枢纽和港口，为船舶提供了便利的停靠和装卸条件，进一步促进了沿江沿淮地区的经济交流和合作。

2.2.3 改善生态环境

引江济淮工程在设计和实施过程中充分考虑了生态环境的影响，采取了多项措施来保护生物多样性和生态平衡。例如，工程在河道整治中保留了部分湿地和滩涂，为水生生物提供了栖息和繁衍的场所。同时，工程还加强了对水源地的保护和治理，确保了引入的水质符合相关标准，防止了水污染的发生。

2.2.4 推动科技创新和人才培养

引江济淮工程在建设和管理过程中采用了许多先进的技术和设备，如智能调度系统、水质监测设备等，这些技术的应用不仅提高了工程的建设质量和效率，还为水利行业的技术进步提供了有力的支撑。同时，工程的实施也培养和锻炼了一批高素质的水利工程建设和管理人才，为我国水利事业的长期发展提供了有力的人才保障。

3　引江济淮工程水文化建设路径

3.1　加强保护研究

3.1.1　加强水文化遗产保护

引江济淮工程沿线经过的文化遗产丰富多样，但由于文物认定标准等原因，当前很多水文化遗产资源尚未列入保护范围。这些遗产不仅代表了该地区的历史与文化，也反映了古代人民的智慧和艺术。首先，在安徽段，引江济淮工程沿线共有44余处文物点需要开展文保工作，其中40处为古遗址，4处为古建筑。这些文物点分布在多个区县，特别值得一提的是，庐江段考古发掘的古遗址有石头镇芮岗村夏岗老咀村遗址、庐城镇中山村三板桥遗址和柯坦镇杨墩遗址等。

此外，引江济淮工程沿线还可能经过其他未发掘或已知但尚未详细研究的文化遗产。这些遗产可能包括古代建筑、石刻、古墓葬等，在城市化进程快速推进中，不少水文化遗产处于岌岌可危的境地，需继续加强文化遗产保护修缮，加快推进不可移动文物修缮养护工程，优化文化展馆资源配置，积极推进非物质文化遗产保护，通过科学规划和合理施工，确保这些宝贵的历史文化遗产得以保存和传承。

3.1.2　加强水生态环境保护

加强引江济淮工程的生态保护符合可持续发展的理念，有助于提升区域的生态环境质量，保护生物多样性，为当地居民提供更好的生活环境。然而，如果不合理利用水资源，可能会导致水污染排放量增大而影响水质，还可能会使受水区局部土壤盐渍化，因此要加强引江济淮工程沿线生态环境保护。

一是政府机关积极作为。工程沿线各级人民政府应将水环境保护工作纳入国民经济和社会发展规划，并采取有效措施加强水污染防治。这包括建设湿地、防护林等生态隔离保护带，保护和改善水环境质量，确保供水安全。同时，负有生态环境保护监督管理职责的部门依法履行监督检查职责，及时查处污染、破坏引江济淮工程沿线区域水质和生态环境的行为。

二是相关单位全程配合。引江济淮工程建设运营单位也须按照有关规定落实水环境保护措施，例如，采取江湖连通、鱼类资源保护与恢复、优化航道布局、生态恢复等措施，切实保护水生生态系统。新建过鱼设施，修复已有过鱼设施，恢复生态连通；设置拦鱼电栅，防止鱼类进入泵站造成损伤；建设鱼类增殖放流站，并结合其他生态调度措施，恢复鱼类资源。此外，还可以在部分河段采取生态护岸、底栖生物增殖及底栖生境修复、人工鱼巢等生态恢复措施，加强水产种质资源保护区、湿地公园等鱼类栖息地的保护。

3.1.3　加强水文化遗产挖掘

悠久灿烂的历史造就了安徽丰富的水文化遗产资源，但从目前了解的情况来看，很多水文化遗产可能还没有被发现，需要深入挖掘，对一些已经登记的遗产，研究也有待深入开展。另有为数不少的水文化资源因缺少学术研究的支持和确认而无法纳入到调查统计当中。因此，应尽快加强安徽水文化遗产尤其是优秀水文化遗产的挖掘和整理工作，建议重点深入研究宿州市泗县的隋唐大运河（通济渠）安徽段、蚌埠市内的明中都皇城遗址、明皇陵等历史遗迹以及凤阳县丰富的人文底蕴。

3.2　合理开发利用

3.2.1　加强顶层设计

目前安徽对引江济淮工程的水文化建设定位还不够明确，应站在中华民族文化传承的历史高度，加强顶层设计。引江济淮工程水文化建设应以弘扬水文化精神、提升水文化品位、促进人与自然和谐共生为目标，将工程建设与水文化传承相结合，打造具有地方特色的水文化品牌。同时做好沿线的水文化专项研究与总体规划，可由相关部门、专家学者等联合组建战略规划小组，深化水文化研究和传播，形成一系列具有学术价值的研究成果，在参考和整合各地现有规划的基础上，高质量制定引江济淮工程的水文化建设总体规划。

3.2.2 注重水旅融合

抓住引江济淮工程沿线“水 + 文化”的资源特色，将工程建设与旅游业发展相结合，不仅能为当地经济发展注入新的活力，也能提升游客对工程的认知度和满意度，增强工程的社会影响力，实现“文化有载体，旅游有内涵”的水旅融合新模式。深入挖掘工程沿线的水文化、历史文化和地方特色，例如洪泽湖渔鼓舞、水上舞龙等民间表演艺术，水漫泗州城传说、码头羊肉烹饪技艺等口头传统和表现形式，以及高涧腰鼓、洪泽湖木船制造技艺等民俗活动和礼仪节庆，都是安徽地区非物质文化遗产的杰出代表。将这些元素融入旅游开发中，通过设立文化展示区、建设民俗文化村以及亲身体验等多种形式，让游客能够近距离感受工程的魅力和水文化的韵味。此外，还可以开发特色旅游商品，如水利文化纪念品、地方特色食品等，增加游客的购物体验。

3.2.3 支持沿线产业发展

引江济淮工程文化产业带是一个水系特色明显的文化经济带，其建设离不开水文化产业的支持，科学合理地培育沿线水文化产业，不仅有助于当地经济社会的发展，也有助于促进有关地区和单位对水文化的保护。应将水文化遗产保护经费纳入各级政府本级财政预算，推动设立重点水文化遗产保护专项基金，弥补水文化遗产保护资金缺口。同时必须紧扣水文化内涵，大力发展沿线各地的水文化产业，不仅包括河道、船闸、码头等物质性遗产，还应探索以大文化 IP 为纽带，与特色小镇、动漫影视等的有机结合，打造集生态景观带、文化带和经济带于一体的综合性城市群廊。

3.2.4 加强人才队伍建设

加强水利人才队伍建设是新时代水工程文化建设持续健康发展的关键所在，对于推动水利事业的持续健康发展、提升水利工程质量和效益、应对水资源短缺和水环境问题以及提升水利行业形象和竞争力都具有重要意义。我们应该高度重视水利人才队伍建设工作，采取有效措施加以推进。

一是坚持在我国水文化建设实践中培养新型人才。通过纵向交流不断提高学术水平，通过横向交流拓宽研发领域，增强学科之间的协作，有效整合建筑工程、历史文化、文学艺术、园林绿化、环境保护等方面的学科力量，既发挥学科优势，又协调补充，促进水文化研究与建设的提高。

二是加强干部水文化素养培育。将水文化建设纳入各级党政干部培训的内容，要有针对性地组织各级管理人员进行水文化知识的专业培训，充分发挥其在水文化建设中的骨干带头作用，形成共同推进水文化建设的良好格局。同时将水文化知识纳入晋级、晋岗的考试内容，使水利行业广大职工了解行业的文化和历史，提升水利行业广大职工的水文化素养，更重要的是使水利行业广大职工树立人与自然和谐的生态建设新理念，并以其指导治水、管水、设计、施工、建设全过程。

3.3 新时代创新发展

3.3.1 丰富宣传手段

积极利用现代科技手段，赋予水文化新的生命力。通过多种宣传模式的综合运用，可以更好地展示引江济淮工程沿线独特的历史底蕴和文化内涵，吸引更多人的关注和参与，推动沿线文化带持续发展。

一是创新宣传方式。制作引江济淮工程文化主题的动漫、微电影等作品，以生动有趣的方式呈现其水文化的魅力。利用虚拟现实（VR）、增强现实（AR）等技术，打造虚拟体验馆，让游客在虚拟环境中感受运河文化的魅力。

二是打造特色文化活动。举办文化节、论坛等活动，邀请专家学者、文化名人等共同探讨引江济淮工程沿线水文化的传承与发展，提升文化带的知名度和影响力。同时开展沿线城市的文化交流活动，如文艺演出、展览展示等，促进不同城市之间的文化互动与融合。

三是整合传统和现代媒体资源。利用电视、广播、报纸等传统媒体，制作专题报道和系列节目，全面展示沿线文化带的历史、文化和现状，覆盖广泛的受众群体。再借助互联网、社交媒体等新媒体平台，发布短视频、图文消息、直播互动等内容，吸引年轻受众的关注和参与。

3.3.2 打造典型示范

在水利工程流域各城市竞争日益同质化的今天，应实施聚焦战略，选择重点河段和重点区域进行重点支持，“以点带面”带动全省整体发展。以安徽省淮南市寿县为例，这里位于引江济淮工程的重要节点，拥有丰富的历史文化和自然资源。因此，可以在寿县建设一个集水利文化、历史文化、生态文化于一体的综合文化示范区。首先，可以依托东淝河复线船闸这一重要工程节点，建设水利文化展示区。通过实物展示、模型演示、互动体验等方式，展示引江济淮工程的设计、施工、管理等方面的技术创新和成果，让游客深入了解水利工程的魅力和重要性。其次，寿县作为历史文化名城，拥有众多的历史遗迹和文化景观。可以结合这些资源，建设历史文化体验区。例如，可以修复和保护古城墙、古寺庙等历史建筑，同时开展历史文化讲座、演出等活动，让游客感受寿县悠久的历史和文化底蕴。此外，寿县地处江淮之间，拥有优美的自然风光和丰富的生态资源，可以建设生态文化休闲区，通过建设生态公园、湿地公园等，展示引江济淮工程对生态环境的改善和保护成果。最后，在综合文化示范区的建设过程中，还应注重与当地社区的互动和合作。可以通过开展文化活动、培训等方式，提高当地居民的文化素养和参与度，让文化示范区成为当地居民和游客共同的文化空间。

3.3.3 构建江淮运河百里画廊

沿着合肥江淮运河文化带，重点打造世界水桥、运河舞台、科创之洲、河湖胜境四大片区，构建具有合肥特色的“一湖一园一廊一城”科创文旅新地标。

一是加强生态美化。对运河两侧的湿地资源进行保护，恢复湿地生态系统，增加湿地面积，提高生物多样性。同时，建立湿地保护区，加强湿地资源的监管。在运河两岸种植适宜的植被，形成绿色长廊。通过植树造林、花卉种植等方式，美化运河环境，提升画廊的景观效果。

二是提升文化内涵。在画廊沿线选择合适地点建设文化展览馆，展示运河的历史文化、文物古迹以及合肥的地域特色。定期举办运河文化节、民俗活动等，吸引游客参与。设计具有合肥特色的文化符号和标识，如雕塑、壁画等，并将其融入画廊的景观设计中，增强画廊的文化识别度。

三是普及智慧管理。建立智慧旅游平台，整合画廊的旅游资源和服务信息，为游客提供便捷的在线预订、导航、导览等服务。利用物联网、大数据等技术手段，建立智能监控系统，实时监测画廊的安全状况。同时，加强安全管理措施，确保游客的安全。在展览馆、观景台等地点引入互动体验技术，如AR/VR技术、触摸屏互动等，让游客更加深入地了解运河文化。

4 结语

研究新时代水工程的文化建设路径，构建“双线引江、三湖调蓄、四路北上、八大枢纽”的引江济淮工程文化带，对推动安徽省经济可持续发展具有较深远的意义。

参考文献

[1] 张若澜，谢欣琪，谢祉琦，等．水文化遗产中的古渡文化活力再生探究——以福建永泰嵩口古渡为例 [J]. 福建建筑，2024, (1): 12-34.

[2] 林凯．新时代水文化遗产的保护与发展 [J]. 文化产业，2023, (35): 145-147.

[3] 程瀛，邹安琪．擦亮水文化名片 绘就水韵新画卷 [N]. 人民长江报，2023-07-29 (3).

[4] 葛晖，张鑫，冯涛，等．水工程与水文化融合发展探析——以南水北调亦庄调节池枢纽工程为例 [J]. 水文化，2023, (6): 60-61.

[5] 徐绪堪，苏依凡，周迪．基于本体的水工程文化遗产数字资源主动式组织研究 [J]. 情报科学，1-13.

[6] 王琳琳，邓映之．浅谈水工程与水文化的融合与发展 [J]. 治淮，2022, (8): 91-93.

[7] 赖穗斌．文化元素融入水工程建设中的途径与方法研究 [J]. 广东水利水电，2021, (4): 109-112.

[8] 李凤鸣，赵彦杰．对水工程文化价值的探讨 [J]. 内蒙古水利，2019, (10): 66-67.

治淮精神的发展形成与时代价值初探

陈富川

（安徽省临淮岗洪水控制工程管理局，安徽合肥　230088）

摘　要：淮河水文化是中华优秀水文化的重要组成部分，是淮河两岸儿女在长期的抗洪斗争与治水过程中形成的。在波澜壮阔的治淮实践中，凝聚形成了共同的价值取向和行为理念，为治淮精神的形成提供了文化之根、实践之源和理论之基。本文分析了治淮精神发展形成历程，初步凝练了治淮精神的核心表述，诠释了其科学内涵，揭示了其时代价值。

关键词：淮河水文化；治淮精神；时代价值

1　引言

水是一种人类社会不可缺少的自然资源，它在人类生产、生活中扮演着重要角色。人类自古以来逐水而居，世界几大文明都发源于大江大河。人离不开水，但水害又是人类的心腹大患。水用之得法则为利，用之不当则为害。治国先治水，有土才有邦。从大禹开始，历代善治国者均以治水为重，水利兴则天下定，天下定则人心稳，人心稳则国运昌，国运昌则百业兴。中华民族几千年的历史，从某种意义上说就是一部治水史。在漫长的治水历程中，涌现出诸多杰出的水利著作，保存了大量有关水文的记录，形成了具有丰富内容的水文化，为后世留下了宝贵的治水经验。

党的二十大报告中提出，要“弘扬以伟大建党精神为源头的中国共产党人精神谱系，用好红色资源，深入开展社会主义核心价值观宣传教育，深化爱国主义、集体主义、社会主义教育，着力培养担当民族复兴大任的时代新人”。水文化是中华民族传统文化的重要组成部分，是水利从业人员在长期的工作实践中形成并共同遵守的价值观念、规范标准、道德习惯等，蕴含着优秀的思想品质，承载着丰富的文化资源，具有重要的教育价值。淮河水文化因创造中华文化大融合、大发展的高峰而光彩夺目，也因谱写战天斗地的治淮史诗而催人奋进。在波澜壮阔的治淮实践中，创造了一系列首创性成果，涌现出了一大批先进典型，积累了一系列宝贵经验，凝聚形成了共同的价值取向和行为理念，为治淮精神的形成提供了文化之根、实践之源和理论之基。治淮精神拥有深厚的历史文化底蕴，是中华水文化的优秀代表，是淮河水文化的精髓所在，是新时期淮河流域人民精神风貌的真实写照。

伟大时代呼唤伟大精神，崇高事业需要榜样引领。探索治淮精神的发展形成与时代价值，是深入贯彻落实习近平总书记关于“把治理淮河的经验总结好”指示精神的重要举措，是传承和弘扬中华优秀传统水文化的重要载体，是推进水利高质量发展的有效途径。把治淮精神的发展形成挖掘好、提炼好，把治淮精神的当代价值宣传好、运用好，让淮河水文化在新时代焕发生机活力、发挥独特作用。

2　治淮精神的发展形成历程

淮河发源于河南桐柏山的太白顶，水系发达，有数百条支流汇聚而成，流经了华夏腹部的河南、安徽和江苏。和其他大江大河相比，淮河约 1000km 的长度不算最长、27 万 km^2 的面积不算最大、年径流量不算最多，不及黄河的气势磅礴、惊涛骇浪，也不似长江的波澜壮阔、源远流长。但淮河自古就与黄河、长江、济水并称为“四渎”，关键在于“四渎”对华夏文明的发展起着比其他河流更为重要的作用。淮河北邻黄河、南接长江，自古便是风云际会处、人才辈出地、文化大熔炉。因处在南北地理自然分界，是挺进中原、东进西出的跳板，又是连接江淮、南上北下的纽带。淮河是一条适合人类繁衍、养育亿万苍生的母亲之河；是一条流淌民族智慧、孕育中华文明的思想之河；是一条记录华夏民族荡气回肠的历史、传述惊心动魄事件的文化之河；也是一条命运多舛、水患深重的苦难之河；还是一条在新中国成立后历史改变、青春焕发的希望之河；更是一条在新时代大步迈向辉煌、人水和谐的幸福之河。

治理江河水患，是几千年人类历史上的头号难题。新中国成立初期，党中央把根治水患放在首要位置，淮河成为新中国第一条全面治理的大河。治淮，成为新中国社会主义建设事业开端的象征。中国共产党领导下的淮河治理、开发和保护，创造了彪炳史册的辉煌业绩，积累了行之有效的工作经验，为满足流域人民对水资源水生态水环境的需求提供了坚实的水安全保障。淮河治理成效的每一步都印证着新中国70多年治淮的恢弘历程和丰硕成果，体现着党的几代领导集体对治淮事业的关心，展示着新中国成立70多年来淮河规划治理的实施与成就。

在波澜壮阔的治淮实践中，广大水利工作者发挥了主力军作用。进入新时代，一批批治淮人前赴后继，践行科学治水思路，履行兴水惠民职责，不断为治淮事业注入新的思想活力和新的时代内涵。治淮精神作为一种精神文化形态，孕育于淮河两岸人民在共产党带领下70多年治理淮河的伟大实践，涵养于中华传统优秀文化和淮河地域文化。从“蓄泄兼筹”的治淮方针到“节水优先、空间均衡、系统治理、两手发力”治水思路，淮河流域独特的自然环境和历史传承为治淮精神的形成奠定了文化基础；从对淮河治理的规律性认识不断深化，淮河治理方略不断演进，为治淮精神的形成奠定了思想基础；从注重治水到强调人与自然和谐共处，实现了治淮理念重大转变的光辉历程，为治淮精神的形成奠定了实践基础。淮河流域人民在战胜水灾、再造山河的过程中，经过历代不间断的锤炼，凝练形成了“人民至上、系统治理、求实创新、团结奉献、艰苦奋斗”的治淮精神。

3 治淮精神的凝练与诠释

3.1 人民至上

人民至上的精神是治淮精神的根本要求。人民至上的精神就是以人民为中心的精神，中国共产党人领导的治淮事业，蕴含着深刻的以人为本、人民至上的精神。新中国成立后，党中央把治理水患作为恢复战争创伤、重建幸福家园的起步。党中央关注治水，是从关注淮河治理开始的，淮河是新中国第一条全面、系统治理的大河。从人民群众的根本利益出发、从国家的和谐稳定出发、从民族的永续发展出发，党和国家始终把淮河作为全国大江大河治理的重点。国务院先后召开12次治淮会议，重视程度之高、投入力度之大、持续时间之长，在我国水利建设史上是前所未有的。党领导的新中国治淮，树牢人民立场，一切为了人民，一切依靠人民。人民至上的精神就是解放劳苦大众的精神、保障人民群众当家做主的精神、维护和实现人民利益的精神、密切联系群众的精神、执政为民的精神，治理淮河的过程就是中国共产党践行全心全意为人民服务根本宗旨的过程。

3.2 系统治理

系统治理的精神是治淮事业发展的本质特征。做好淮河治理工作必须树立大局观，整体观，坚持系统性思维和“全国上下一盘棋”思想。治淮工程是一个有机整体，兴利与除害相统筹，上下游、左右岸、干支流要协调发展。治淮人既讲人定胜天，也讲人水和谐，坚持从实际出发，注重调查研究，尊重规律，求真务实，确立实事求是、系统治理、稳步进行的治淮建设原则。70多年来，治淮工作始终坚持妥善处理好全局与局部、近期与长远的关系，努力实现全流域综合效益的最大化。

系统治理的精神是治淮精神最显著的标识。中国共产党治理淮河的实践证明，必须要按照系统观念来开展治淮工作，必须淮河全流域各个地区互相配合，才能充分发挥治理工作的整体效益，否则就会事倍功半，甚至有害无利。中国第一坝佛子岭水库、新中国第一大灌区淠史杭、淮河上的三峡临淮岗、水上立交入海水道等大型水利工程的建成，众多水利工程的联合调度，流域防洪体系越来越完善，防灾减灾能力不断提高。

3.3 求实创新

求实创新的精神是治淮事业发展的动力源泉。在中国共产党领导下，淮河治理始终与时代同步伐，与改革同频率，与实践同发展。党中央在治淮之初，就树立“兼筹并蓄”“标本兼治”“统筹兼顾”“江海分疏”等主要治淮思想。但是治淮思想并不是一成不变的，在长期的实践过程中，一些治淮理念在发展变化中与时俱进、在不断探索中进行创新。从“导淮”到“治淮”，从单纯的河流治理到建设淮河流域的生态文明，治淮的出发点是人民幸福，着力点是系统治理，落脚点是人水和谐，这是对传统治水思路的升华和发扬，代表了几千年中国治水的最高境界。治淮人一直在不断求实创新中成长，治淮工作一直在不断求实创新中进步。从人定胜天到人水共生，人与自然和谐相处的科学理念不断深化，淮河“水清、河畅、岸绿、景美、人和”的目标正从美好的愿景一步步走向现实。

3.4 团结奉献

团结奉献的精神是治淮精神的生命底色，也是治淮精神的实践品格。淮河流域特殊的自然、历史和社会环境，特别是流域内跨省河道多，河流上下游、左右岸、干支流等水事关系复杂，决定了治淮的复杂性、艰巨性和长期性。党领导下的淮河治理，有“一定要把淮河修好”的伟大号召，有“蓄泄兼筹”的治淮方略，有全国一盘棋的水利视野，治淮上中下游统筹兼顾的全局观念、协作精神。流域各省充分发扬团结治水的优良传统，顾全大局、精诚合作，各有关部门和衷共济、互谅互让，协同推进治淮工程建设、水资源配置及开发利用、水污染联合防控和水旱灾害防御等工作，形成了系统治河、合力兴水的生动局面，凝聚了淮河保护治理的强大合力，铸就了淮河治理的巍巍丰碑。其中涌现出如舍小家为大家的王家坝精神，这种牺牲小我、成就大我的无私奉献精神，在淮河治理历程中留下了不可磨灭的历史印记。

团结奉献是治淮精神的鲜明品质，同时也是治淮精神的落脚点和具体表现。古往今来，治水兴水艰苦卓绝，治淮事业更需要团结奉献的精神。团结奉献精神已经深深镌刻于党的百年奋斗史和新中国治水史之中，成为影响深远、历久弥新的文化传统。在波澜壮阔的治淮实践中，广大水利工作者听党话、跟党走，忠于祖国、忠于人民、忠于事业，胸怀天下、情系民生、无私奉献。一批批治淮人前赴后继，除水害、兴水利，立足本职岗位，履职尽责，攻坚克难，在平凡的岗位上创造不平凡的业绩，在改造淮河的斗争中发挥了主力军作用。经过70多年的系统治理，英雄的淮河儿女用无私的奉献，筑起了一座又一座兴利除害的治水丰碑，谱写了一首又一首感天动地的壮丽诗篇。

3.5 艰苦奋斗

艰苦奋斗的精神是治淮精神的深厚根源。淮河流域独特的自然环境和悠久的历史文化是治淮精神的文化根基。西高东低的地形和南北气候过渡的气象条件，加上自宋以后黄河夺淮长期发生，造成这一区域洪涝干旱频发，塑造了该地域的淮河儿女自强不息、坚忍奋斗、勇敢创造的性格。世世代代既在顺应自然环境中与水依存，又不屈不挠地在同自然灾害作斗争。淮河流域几千年的历史，就是一部与水患斗争的历史。

新中国成立之初，面对的是旧中国漫长历史留下的水事凋敝局面，特别是近700多年来天灾人祸积累下来的严峻的淮河治理问题，治淮任务具有空前的艰巨性，没有艰苦奋斗精神不行。艰苦奋斗精神贯穿于淮河治理各个时期，要战胜前进道路上的各种风险挑战，必须以越是艰险越向前的艰苦奋斗精神奋勇搏击、迎难而上。

4 弘扬治淮精神的时代价值

中国共产党人治淮工作70余年的伟大实践，就是一部党的安民兴邦史，干部群众的艰苦奋斗史，两岸人民的牺牲奉献史，“两山”理论的创新实践史。人无精神不立，国无精神不强，一种精神之所以能够生生不息、历久弥新，不仅得益于其丰富的思想内涵，还在于其具有跨越时空的时代价值。治淮精神是新时代水利精神在治淮事业实践的诠释、升华、弘扬、光大，是广大水利工作者的宝贵精神财富，是战胜一切艰难险阻、应对一切不确定性的最大确定性、最大底气、最大保证。站在新的历史起点上，面对错综复杂的国际国内形势、艰巨繁重的改革发展稳定任务，做好新时代各项工作也面临着新的要求与挑战，迫切需要弘扬治淮精神的时代价值。这既是对历史的传承，也是对文化的自信，有利于从中汲取精神力量，转化为加快发展、深化改革的强大动力。

4.1 践行人民至上是做好新时代工作的基本遵循

习近平总书记指出：人民对美好生活的向往就是我们的奋斗目标。从党的十八大、党的十九大到党的二十大，习近平总书记不断强调“人民”二字，要将“人民”二字镌刻在新时代答卷上，在各项决策中体现人民至上的精神，实施过程中践行人民至上的精神。要始终坚持以人民为中心的发展思想，与人民心心相印、与人民同甘共苦、与人民团结奋斗，形成自上而下和自下而上的强大合力。在推动高质量发展中，围绕群众最急、最忧、最盼的问题做决策，杜绝形形色色的形式主义、官僚主义，切实让群众有更多的获得感、幸福感、安全感。

4.2 坚持系统治理是做好新时代工作的重要举措

治淮涉及多个地区和部门，必须继续坚持系统治理的精神，妥善处理好省际间、上下游和左右岸等关系。在新征程中，要着眼于中华民族伟大复兴的战略全局和世界百年未有之大变局，以此作为谋划工作的基本出发点。要树立全面、整体的观念，坚持在全局中定位、在大局下行动，克服单打一思想，防止畸轻畸重、顾此失彼，切实拧成一股绳、下好一盘棋，形成同心扎实苦干、合力攻坚克难的生动局面，为中华民族伟大复兴凝心聚力、不懈奋斗。

4.3 强化求实创新是做好新时代工作的实践动力

中国共产党百年历史是不断弘扬求实创新精神的历史，是中国共产党长期坚持的优良传统。立足求实创新精神，必须坚持以马克思主义的世界观和方法论为指导，必须坚持与中华民族数千年来的优秀传统文化相结合，必须坚持借鉴人类科学技术发展的优秀成果，尊重客观规律，求实探索真理，以求实创新精神引领和支撑中华民族伟大复兴。前进道路从来不是一片坦途，我们走过千山万水但仍需跋山涉水。越是面对“船到中流浪更急、人到半山路更陡”的大考验，越是要敢于战风险、涉险滩、打硬仗，要“坚持原来、不忘本来、吸收外来、面向未来”，不停改革之步、不移创新之志，保持海纳百川的胸襟，善于学习借鉴、博采众长，持续推进更大范围、更宽领域、更高层次的创新，争当击楫中流的改革先锋。

4.4 弘扬团结奉献是做好新时代工作的有效方法

奋进道路上，越是面临艰巨任务、严峻挑战，越需要团结奉献，越呼唤团结奉献精神。我们党作为马克思主义政党，是世界上最讲团结精神、最有奉献精神的先进政党。开天辟地的建党大业、改天换地的建国大业、惊天动地的改革开放、翻天覆地的全面小康，党的百年奋斗征程取得的伟大成就，鲜明体现了千千万万共产党人忠于党、忠于人民、团结奉献的优秀品质。弘扬团结奉献精神，凝聚磅礴奋斗力量，正是有这种伟大精神，中国共产党才能团结带领亿万人民群众开辟伟大道路、创造伟大事业，为实现中华民族伟大复兴而共同奋斗。

4.5 发扬艰苦奋斗是做好新时代工作的坚实基础

纵观中华民族几千年来的历史，尤其是中国共产党成立之后的百年历史和70多年的治淮史，我们所取得的伟大成就，归根结底依靠的都是顽强的艰苦奋斗精神。艰苦奋斗的精神在中国文化的土壤中扎根，是全体人民都有着认同感、归属感的精神，是中华民族宝贵的精神财富。中国特色社会主义进入新时代，我们面临着许多新问题、新挑战，想要变挑战为应战、化危机为机遇，就要在实践中弘扬艰苦奋斗精神，勇于锐意进取。中国共产党也必将继续发扬这种艰苦奋斗的精神，带领全国人民取得更加辉煌的成就。

5 结语

本文在阐述淮河水文化的基础上，对治淮精神的发展形成与时代价值进行了初探。主要结论包括：分析了治淮精神发展形成历程；初步凝练了治淮精神的核心表述，诠释了其科学内涵；揭示了治淮精神的时代价值。治淮精神是中华民族传统美德在中国特色社会主义新时代的升华，是推动治淮事业胜利前进的巨大力量。在新时代的征程中，广大治淮工作者将更加紧密地团结在以习近平同志为核心的党中央周围，大力弘扬治淮精神，夯实水利干部职工开拓进取的思想基础，凝聚干事创业的智慧力量，建设忠诚、干净、担当的水利干部职工队伍，使之成为淮河治理的精神动力和文化支撑。

参考文献

[1] 袁博．近代中国水文化的历史考察 [M]. 济南：山东师范学院，2014：1-8.
[2] 刘静，吕向阳．生态美学视阈下的古代水文化意象 [J]. 浙江水利水电学院学报，2018，30(6)：11-12.
[3] 鲍云飞．淠史杭精神的生成逻辑、基本内涵和价值意蕴 [J]. 皖西学院学报，2022，38(8)：2-6.
[4] 梁家贵．新时期淮河文化的核心：王家坝精神及其时代价值 [J]. 阜阳师范大学学报（社会科学版），2020(4)：1-6.
[5] 叶舟．基于历史维度的河流治理生态文明基因研究 [J]. 浙江水利水电学院学报 ,2019，31(5)：11-14.
[6] 陈静．钱塘江水文化艺术精神初探 [J]. 浙江水利水电学院学报，2022，34(1)：9-11.
[7] 钟发霞．习近平新时代中国特色社会主义思想中一以贯之的民本精神及其新面向 [J]. 决策探索，2018(8)：16-17.
[8] 王玉芝．中国政治文化中人文精神的最高表现——民本精神 [J]. 红河学院学报，2008，6(1)：35-38.
[9] 郭潇，张田雨．新时代弘扬斗争精神的逻辑辨析 [J]. 烟台职业学院学报，2022，17(1)：13-16.

提升响洪甸水库工程文化内涵与品位的路径和方法

龚学贤

（安徽省响洪甸水库管理处，安徽六安　237000）

摘　要：基于当前响洪甸水库水文化研究尚处于起步阶段，本文旨在探讨如何通过多维度策略提升响洪甸水库工程的文化内涵与品位，以实现其历史价值、社会意义和环境美学的综合提升。首先分析了响洪甸水库工程的历史背景和文化现状，随后基于工程文化内涵与品位提升的必要性，提出了一系列创新性路径和方法。这些方法涵盖文化发掘、科技应用、资源整合等多个方面。

主题词：响洪甸水库；工程文化；内涵；品位；路径与方法

1　引言

中华民族自古就有以水为师、以水为鉴的传统，用水、治水的“水利文明”悠久灿烂，水的哲学思想历久弥新，水的美学文学旷古不衰，形成了独特而丰富的水文化。水利是经济社会发展的基础性行业，是党和国家事业发展大局的重要组成部分。自古以来，水利工程便承载着调节水流、防洪抗旱等重要使命，而与之相伴的水文化，更是中华民族悠久历史与灿烂文明的见证。随着时代的进步与发展，水利工程不仅继续发挥着传统功能，更成为水文化的重要载体与传承者。传承和弘扬先进水文化，提升文化内涵与品位，追求科技与文化的有机融合，打造工程与环境的和谐统一，是水文化建设的应有之义，也是现代水利改革发展的重大课题。响洪甸水库作为保障淮河安澜的重要水利工程，不仅承担着防洪、供水、灌溉等多重功能，还蕴含着丰富的历史文化价值。在发挥水库工程作用的同时，如何能够突出文化特色，诠释文化内涵，提升文化品位，打造文化景区，成为工程管理和现代化发展的重要议题。省响洪甸水库管理处先后荣获第九届全国水利文明单位，第四、第五、第七、第十、第十一、第十二、第十三届安徽省文明单位和省直机关文明单位称号，并获得国家级水利工程管理单位、国家AAAA级旅游景区、水利部水利安全生产标准化一级单位称号。

2　响洪甸水库工程的独特性

2.1　浓厚的历史底蕴

金寨县历史悠久，人杰地灵。从石器时代到历经秦汉唐宋的朝代更迭，再到中国革命的重要策源地和人民军队的重要发源地，成为“红军的摇篮、将军的故乡”，每一段历史都在这片土地上留下了深刻的印记。不仅如此，重峦叠嶂，丘陵起伏，平原沃野，独特地形地貌孕育了丰富的水资源和矿产资源。在得天独厚的自然条件的支持下、在毛主席“一定要把淮河修好”的号召下，响洪甸水库作为新中国治淮大计中最重要的水利枢纽，水库大坝始建于1956年4月，1958年7月竣工，是我国自行设计和施工的第一座等半径定圆心混凝土重力拱坝，是新中国治理淮河水患的重点工程之一。响洪甸水库控制流域面积1400平方千米，总库容26.1亿立方米，居皖西六大水库之首，也是淮河流域库容最大的山谷型水库，是一座集防洪、灌溉、供水、发电等综合利用、多年调节的大Ⅰ型水利枢纽工程，主要建筑物有拦河大坝、新老泄洪隧洞、灌溉引水隧洞、溢洪道和发电厂房。电站现有总装机容量4×12.5兆瓦。2001年，建成安徽省第一座抽水蓄能电站，装机容量2×40兆瓦。响洪甸水库建设和发展时期，刘伯承、万里、吴邦国等近10位党和国家领导人和20多位省部级领导先后到响洪甸水库视察。水库建设发展史上的四个"第一"：响洪甸水库大坝坝高87.5米，坝顶弧长367.5米，是我国自行设计和施工的第一座等半径同圆心混凝土重力拱坝。响洪甸水库是多年调节水库，总库容26.1亿立方米，是淮河流域第一大山谷型水库。响洪甸水库附属工程响洪甸水电站总装机容量5万千瓦，1959年9月一号机组运行发电，1961年4月四台机组全部发电，其中四号机组是我国首创的第一台1万千瓦双水内冷水轮发电机组。2001年依托水库建成的混合式响洪甸抽水蓄能电站，安装有我国自行设计制造的两台装机容量4万千瓦的发电抽水蓄能机组，为安徽省第一家具有国际先进水平的抽水蓄能电站。

2.2 碧水青山绘锦绣

为防洪减灾提供重要保障。响洪甸水库建成以来，先后为淮河蓄洪错峰155次，拦蓄1500立方米/秒以上洪峰124次，年均防洪减灾效益超过2.5亿元。特别是在1969年百年一遇的大洪水，大坝一次拦蓄洪峰10200立方米/秒，削减洪峰100%；1991年淮河流域特大洪水，拦蓄洪水总量11.00亿立方米，占淮河洪峰总量的三分之一；2003年淮河流域特大洪水，削减洪峰93.4%；2005年，"泰利"卷袭安徽，为淮河干流错峰蓄洪4.51亿立方米；2016年蓄洪错峰7.37亿立方米，削减洪峰93.6%；2020年削减洪峰93.7%，为保障人民的生命财产安全做出了重要贡献。

为粮食安全提供水利支撑。响洪甸水库与佛子岭水库共同担负着淠史杭灌区（全国三个特大型灌区之一）660万亩良田的灌溉任务，据测算，因灌溉因素增产粮食达100亿千克以上，特别是在1978年、1994年、1997年、2019年、2022年等安徽大旱年份中，发挥了"当家库"的作用，保障了粮食安全。

为经济发展提供清洁能源。建设之初，响洪甸水电站装机总容量占当时安徽全省的12.5%，在安徽电网中发挥了举足轻重的作用。截至目前，常规电站累计发电超66.6亿千瓦时，清洁能源有力促进了地方经济腾飞。

为居民生活提供优质水源。近年来，随着城市发展，水库向城市供水的任务更加凸显，响洪甸水库成为六安、合肥等城市和下游城乡重要饮用水水源地，每年有3亿立方米以上优质水输入城乡，保障了居民生活饮水安全。

为改善环境提供生态基础。为保护一湖碧水，管理处聚焦"盛水的盆"和"盆里的水"，逐年加大对水环境保护力度，开展了强有力的水政执法，确保水库水质常年保持在国家Ⅱ类以上水质标准，有效保护了库区水质，改善了流域生态，为"六安茶谷"提供了生态保障。

2.3 秀美的自然风光

水库坐落在西淠河上游，齐云山畔。这里一湖碧水，绿得透底，群山叠翠，倒映水中。荡舟湖上，齐云山上的茶园飘来阵阵茶香，千亩竹海掀起层层绿色波浪。山水相映，绿意盎然。作为国家AAAA级旅游景区、国家水利风景区，水库内山峰环立、茶园铺邻、红石群集、秀水潺潺、瀑布飞流：黄巢尖庙、嵩山寺、水晶寺古迹矗立；千年齐山松，枝丫散开，迎接八方来宾；红石谷以"28峰、18岩、72洞、36怪石、12道瀑布"著称。

2.4 饱含丰饶内涵的思想理念

响洪甸水库从选址、设计到施工，每一个环节都凝聚了当时治淮大军的智慧和汗水，涌现了许多感人的故事和英雄事迹，水库的建成不仅解决了淮河的防洪问题，还为当地经济发展和民生改善做出了重要贡献。筚路蓝缕启山林，艰苦奋斗谱新篇，响洪甸水库人以求真务实的作风，向上向善的家风，淳朴率真的民风，秉持操守，永葆本色，牢记使命，砥砺前行，形成了“抱朴守初，精业担当，包容奉献”的思想理念。

3 提升水工程文化内涵与品位的必要性

3.1 水工程文化的定义

水工程文化是在兴建各种水工程中所融入和创造的各种文化内涵或文化元素的综合，它是一个多维度、多层次的概念，不仅涉及水利工程的技术和管理，还涉及人与自然的关系、文化价值的传承以及社会功能的发挥。响洪甸水库工程水文化是省响洪甸水库管理处事业发展进程中反映的行业文化和管理文化，是响洪甸人在工作过程中培育形成并共同遵守的人文精神、行为规范和管理理念。

3.2 水文化的重要性

水文化是中华文化和民族精神的重要组成部分，对推动水利又好又快发展具有重要的支撑作用。大力加强水文化建设，是推进民生水利新发展的需要；是推进传统水利向现代水利、可持续发展水利转变的需要；是转变经济发展方式、推动生态文明建设的需要；是提高水行政管理能力和社会公共服务能力的需要；也是推进社会主义文化大发展大繁荣，提高水利行业文化软实力，增强人们幸福感的需要。

3.3 当前水文化建设的不足

当下，水利发展所处的历史方位进入新发展阶段，水文化建设在水利高质量发展的这一重要历史时刻和伟大变革中义不容辞、重任在肩、大有可为。从当前响洪甸水库水文化建设的研究和实践来看，其发展还存在一定的不足，主要表现在：水文化研究与展示形式单一；水文化传播还不够广泛深入；水文化建设的成果尚不能满足人民群众多元化、多样化、多层次的需求；水文化人才队伍建设亟待进一步加强。如何实现治水思路转变，将治水实践中的新认识、新做法、新精神转化为社会公众的文化认知，承担起记录新时代、回答时代课题的使命，是推动现阶段水利工作高质量发展的重要挑战。踏上新征程，继续推进新时代水文化建设，需要及时准确把握时代需求，加强和改进新时代水文化建设，创新水文化传播理念、丰富水文化传播形式，在讲好水文化故事中展现新担当、新作为。

4 当前水文化建设在响洪甸水库的实践

4.1 文化资源整合与创新利用

水文化是地区的精神文化符号之一，是沉淀着历史记忆和人文情怀的宝贵财富。响洪甸水库作为重要的水利工程，不仅承载着丰富的水文化内涵，更是连接了人们与水的情感纽带。省响洪甸水库管理处以统一管理为出发点，守好水文化根脉，整合水文化资源，加强水文化宣传。完成水库重要水文化遗产调查，建成水情教育展览厅；打造生态与文化相融的美丽水库，完成国家级水利风景区复核；打造了治水名人宣传及响洪甸水库工程大事记；盘活文化产业，结合西茶谷主题公园，进行生态旅游、水上观光、茶文化体验等活动。通过景区规划、景点建设、生态修复等措施，打造一批具有代表性的水利景观和水文化景观，走出一条保护、传承、发展的水文化建设之路。

4.2 水情教育展览厅改造与提升

水情教育展览厅是展示水库建设历史、水利工程技术、生态环境保护等内容的重要场所，也是宣传水利文化、提高公众水利知识水平的重要途径。省响洪甸水库管理处通过实施水情教育展览厅改造提升工程，提升水库的文化内涵和旅游价值。深入挖掘水库建设历史、人文精神、文化内涵，融入红色文化、水利工程、生态文明、先进技术等元素，通过文字图片、史料影像、场景还原等形式，向参观者全面介绍了水库建设的时代背景、建设历程及发挥作用情况，生动展示了大别山人民建设和守护响洪甸水库的奋斗华章。同时，展览厅还是科普水利知识、提高公众水利意识的重要平台。通过展示水利工程原理、水资源管理方法、水灾防治措施等内容，向参观者普及水利知识，提高他们对水利工程的了解和认识，增强水利安全意识和防灾减灾能力。水情教育展览厅的建设，为响洪甸水库水工程文化的宣传、水利知识的科普、水资源保护意识的提高提供了途径。

4.3 生态文明建设实践与探索

生态文明建设是当前社会发展的重要任务之一，深入践行生态文明理念，实现人与自然的和谐共生。省响洪甸水库管理处深入践行“两山”理论，以“河（湖）长制”为抓手，深入学习领会习近平生态文明思想，坚持组织推动、政策驱动、试点带动，开展生态文明建设，构建人水和谐环境，以发挥水利工程功能与环境资源协调发展，开展了对水利主体工程水库大坝进行除险加固、对水库景区生态系统进行保护、修复和规划建设等一系列措施。深入挖掘库区的时代背景、人文历史以及地方民风民俗，利用独特地理环境打造水文化生态长廊、健身步道、创业园、守正园、坝后公园与生态文明的有机结合，匠心独运地打造出工程周边的优雅风景，形成了水利工程与周边环境相互辉映、相得益彰的局面。

4.4 精神文明建设与深化

坚持以习近平新时代中国特色社会主义思想为指导，把开展文明创建工作作为加强党的建设的重要内容，做实志愿服务、落实属地帮扶共建、提升工程管理水平、开展优美环境建设，牢固树立“以人为本，创建为民”理念，着力激发全处干部职工积极性、主动性、创造性，大力开展一批影响力大、带动性强，干部职工参与热情高的精神文明建设活动。

5 提升水文化内涵与品位的路径与方法

5.1 把握重点，推动响洪甸水库工程水文化发掘与建设

一要用科学理论指导响洪甸水库工程水文化建设。党的二十大报告明确提出“推进文化自信自强，铸就社会主义文化新辉煌”的重大任务，就“繁荣发展文化事业和文化产业”作出部署安排。当下，水利发展所处的历史方位进入新发展阶段，水文化建设在水利高质量发展的这一重要历史时刻和伟大变革中义不容辞、重任在肩、大有可为。

二要明确地域特征是文化的基石。它赋予了水利工程独特的文化意蕴与精神内涵。深入挖掘响洪甸水库文化资源，包括历史典故、传统民俗、宗教艺术、人文精神等，是提升工程文化品位的关键。充分发掘水工程文化，可以对响洪甸历史文献、图片资料、遗产实物全面收集，涵盖地方志、水利志、水库志、游记、传记、碑记，甚至是民间传说，系统整合文化资源，做好资料准备。对一些重点水工程文化应该实施抢救性保护，既要保护原本、真实的历史原貌，又要充分保护其蕴含的地域特色。

5.2 丰富内容，深化响洪甸水库工程水文化核心与内涵

可以将响洪甸水库工程水文化概况为治水文化、生态文化、精神文化、制度文化四个层面。

加强治水文化的挖掘和弘扬，总结水库发展进程中积累的治水理念、治水经验，挖掘治水深厚内涵，传承弘扬时代价值。

推广水生态文明建设试点成果和经验，推动以水库为纽带的水文化建设及地域水文化挖掘与利用，结合河湖水系连通、河湖生态修复、流域综合治理等工程，推进河湖水域岸线生态化以及与文化融合建设的实践探索，打造示范“美丽健康河湖”“水美乡村”，展现河湖库治理成效。

促进单位精神文明建设，探索单位精神文明建设、文化建设和思想政治工作融合发展的路径，把水文化建设与精神文明创建活动结合起来，引导水利干部职工更加自觉、主动地弘扬水文化。

完善文化制度政策体系，将水文化元素纳入水利工程建设标准体系，确保水利工程与文化建设同步规划、同步设计、同步实施。梳理现有水利工程建设管理政策文件中相关条款，补充水文化建设相关内容，把水文化元素列入工程建设规范、标准、定额及评价指标体系等。

5.3 整合资源，拓展响洪甸水库工程水文化宣传与推广

响洪甸水库水文化的提升需要充分整合资源。加强水库周边的环境保护与治理工作，严格控制污染源的排放，加强水域生态环境的保护和修复，以维护水库水质的清洁与透明度。通过生态修复，重建湿地、植被等生态系统，恢复水库周边的自然景观和生态功能，提升水文化的生态美感和品位。同时，加强对水域生态系统的保护和管理，防止人为破坏和污染，保护水库的生态环境和生物多样性。

以水利工程为依托，采取“工程 + 文化”等形式，鼓励水文化的多元化、多样化发展。以水利风景区、水情教育基地、档案馆、展览馆、水文化园区、主题公园等为载体，加强面向社会公众的水文化宣传教育。

拓宽水文化宣传教育渠道，积极开展水文化进库区、进社区、进机关、进企业、进基层等活动。通过展览、读物、讲坛、比赛等形式，利用“世界水日”“中国水周”等时间节点，面向社会公众广泛开展水文化传播活动。多渠道创新传播模式，综合利用传统媒体、新媒体以及数字技术、网络技术、虚拟现实技术等，大力传播水文化。

开发水库周边的旅游资源，设计特色景点和旅游线路，建设高品质的旅游设施和配套服务，提升游客的体验感和满意度。通过挖掘水域文化资源和自然风光，打造具有地域特色和文化内涵的旅游景点，如水库历史文化遗址、自然风光景观等。设计多样化的旅游线路，满足不同游客群体的需求，提升旅游产品的吸引力和竞争力。建设高品质的旅游设施，提升游客的体验感和满意度。

坚持“引进来”与“走出去”相结合，积极借鉴国内外水文化建设管理和宣传等方面的经验，加强对外交流合作。加大响洪甸水库水文化对外宣传力度，提升水文化的地位与影响力。

5.4 科技赋能，深化水利工程科普教育功能

随着人们文化需求的不断增长，多维度沉浸式体验成为人们文化感知的重要方式。通过创新的科普教育方式，让游客在多层次、多维度的感官影响下，亲身感受水利工程的历史故事和文化内涵，对于弘扬和传承水文化具有重要意义。可以面向社会公众，开展“水利科普讲堂”、“道德讲堂”“情系水利 走读库区”“河小青”等活动、应用 VR、AR、MR 等新技术，打造集科学性和趣味性于一体的高品质水利科普等。

5.5 健全措施，保障响洪甸水库水文化传播与发展

各级党组织要加强对水文化建设的领导，把水文化建设纳入思想政治工作责任制，纳入水利

系统文明单位评价体系和水利工程建设评价体系的重要议事日程，加强对水文化建设实施情况的监督评价，统筹推进水文化建设工作。

加强水文化基本理论和政策体系研究，推进水文化体系建设，逐步完善水文化体系框架体系。研究建立与文化旅游、自然资源、生态环境、农业等相关部门的协调机制，促进水文化可持续健康发展。

将水文化投入纳入水利工程建设、运行和维护概算，加大水文化建设财政支持力度，挖掘保护水利遗产，充分发挥其传承与弘扬功能。政府不断扩宽资金渠道，积极稳妥吸引社会资本进入水文化建设领域。

开展丰富多彩的文体活动，紧紧围绕水利做好谐心、怡情、健身的文章。以水或水利为主题，开展文学、摄影、书法、美术等文学艺术创作活动，开展文艺演出、演讲比赛、歌咏比赛等演示活动，从而使广大干部职工在与水和水文化的亲和交融的过程中，增强对水文化建设的认同感和荣誉感。

参考文献

[1] 于开宁，孙平，侯宪龙，等．水文化传播与水利风景区建设 [J]. 江南大学学报（人文社会科学版），2010,9(2).

[2] 黄廷政，段跃芳．试析三峡水库管理的五大特点 [J]. 三峡论坛（三峡文学·理论版），2011(4).

[3] 赵宏，徐祯．新时代加强邯郸水文化建设的几点思考 [J]. 河北工程大学学报（社会科学版），2018,35(3).

[4] 刘冠美．中西水工程文化内涵比较初探 [J]. 华北水利水电学院学报（社科版），2013,29(3).

[5] 贾兵强．中华水文化信息资源：内涵、特征与核心要义 [J]. 华北水利水电大学学报（社会科学版），2023,39(4).

[6] 李凌峰，王杭婧，李琴．基于旅游屏蔽理论的六安茶文旅融合开发研究策略 [J]. 中国商论，2022(7).

[7] 郑大俊，王炎灿，周婷．基于水生态文明视角的都江堰水文化内涵与启示 [J]. 河海大学学报（哲学社会科学版），2015,17(5).

[8] 张新雨，向婧怡，车越．基于地名的上海地域性水文化特征及建设途径 [J]. 南京林业大学学报（人文社会科学版），2020,20(6).

[9] 罗波．解读傣族水文化 [J]. 金陵科技学院学报（社会科学版），2006(4).

清末民初广东《时事画报》中的水文化书写
——基于水灾灾情与应对报道的考察

周　丹

（水利部珠江水利委员会，广东广州　510600）

摘　要：本文以清末民初广东地区第一份石印画报《时事画报》为研究对象，延续“图文互观”的研究方法，勾连地方志、口述史等史料，对该画报的新闻、论说等板块进行全面整理研究，厘清其中颇具地域和时代特色的水文化书写。通过考察《时事画报》中水灾灾情与应对的报道，重返历史现场，呈现彼时广东社会如何认识水灾、对待水灾、治理水灾的生动图景，发掘其中在广东地区形成的独特地方经验，丰富和细化清末民初珠江流域水文化，以期观照当代水文化的地方性书写。

关键词：《时事画报》；水文化；水灾；清末民初

1905年创刊的《时事画报》作为广东地区第一份石印画报，由同盟会成员创办，以“开通群智、振发精神”为办报宗旨，以“图画记事”为主刊载时事新闻与评论，可以说是同盟会领导下的思想宣传主阵地。正因其革命和启蒙特性，清末民初的画报格外关注底层民众的生活现状。广东地处珠江流域，自然地理特征导致珠江中下游暴雨频繁、洪水多发，粤民在当时深受水灾之苦。自然而然，《时事画报》与广东地区的水灾产生了密切联系，其图文并茂地报道了1905年至1913年期间广东各地水灾的灾情与应对情况，在这其中既有政府与民间力量互动中水灾防御理念的生成，又有身处女性解放思潮中的岭南新女性加入赈灾队伍救灾的“开风气之先”，勾勒出清末民初传统与现代变奏下《时事画报》与广东水灾交织而成的水文化图景。

1　生动的窗口：《时事画报》与广东水灾

“吾粤今岁入春，延延至今，已百有日矣，而天晴罕逢。……连日雨势未已，水势横溢，基围告警，乡人惶惶。救围之声惨不忍听，一有崩缺，性命财产二者皆付之西流”，陶陶在1906年《时事画报》第10期以寥寥几笔道出广东在该年降水不断引发水灾，民不聊生的情形。珠江多属亚热带季风气候，水汽充沛，暴雨强度大、频次多，且流域河流水系发达，又缺乏大的湖泊自然调蓄，在没有大型水库调节的年代里位于珠江下游及三角洲的岭南地区就会频繁发生水灾，对农业生产、航运通行等社会生活造成严重影响，危害人民生命财产安全。为发挥启蒙作用，清末民初的画报受众设定在底层百姓，因此，共同瞩目并影响百姓生活与命运的画报与水灾，两者拥有与生俱来的亲和力。水灾报道成为《时事画报》关注广东百姓生活的生动窗口。

随着1884年中国第一份石印画报《点石斋画报》在上海印发并广为流传，北京、广州、天津等地纷纷效仿以图文结合的画报形式报道新闻，传播新知。1905年农历八月，由高剑父、潘达微、谢英伯等人创办的《时事画报》，与当时北京、天津、上海等地画报“低调启蒙”的叙事面貌不同，是清末民初政治倾向极为激进、反清革命底色鲜明的一份画报。仅存续8年的《时事画报》创刊以降远销海内外，受众甚广。1905年第1期画报创刊号发行代理处仅有7家，除广东省内5处，澳门、香港分设1处；而到1909年第5期画报上发行代理处已增至52家，国外如新加坡、吉隆坡、越南、马来西亚、泰国、旧金山等，国内有香港、澳门、上海、厦门、南宁、桂林等地。从编辑角度看，1910 年画报附登《本报告白之利益及价值》也印证了画报的销量：“本报畅销甚广，凡阅本报皆上流人士，足以销货”，可见《时事画报》在清末民初是具有一定社会影响力的。

在水灾应对报道上，《时事画报》延续其革命思想的脉络，以救国救民为己任，关注受水灾民众生活之困苦，抨击清政府部分官员救灾不作为或乱作为，大胆指出流离失所的灾民被迫沦为盗贼杀戮百姓的现实，用细腻笔触在图画中刻画百姓面对洪水入城、房屋被淹的惶恐状态，倡导广东地方绅商参与慈善救灾。《水灾纪图》报道 1906 年春夏连月下雨导致西江涨水，南海西樵一带受灾严重时就指出盗贼“乘机劫掠，居民流离失所”的问题，在同情粤民罹此巨劫的同时质问无辜百姓该何去何从。《高属水灾》（见图 1）报道中编辑用数据点出水灾对民众威胁之大，从五月廿九到六月初五的大雨使化州“平地水深丈余”，“计所浸之地，长一百六十七里，阔五六十里”，致“淹毙数千人口之多，房屋冲塌不胜其数”。图中以倾斜的多条直线组合成大雨如注的画面感，画面右边的构图以化州的城楼为主体，观者不难发现城门早已被大水冲开，纵深呈现化州城内城外一片汪洋的景象；细节之处则是漂浮在水上被冲塌的房屋门板和淹溺的无辜百姓，坐小舟救起水中人的士绅以及努力自救爬上屋顶的民众。水灾造成的严重影响在数据和画面的配合下立体生动。1908 年 5 月西、北、东三江洪水同时涨发，广、肇、韶、惠四府及南雄、罗定二州属 25 县受灾。《时事画报》在当年 6 月第一时间刊登《速救水灾》（见图 2），指出山水导致“乡村多被淹浸，灾民数十万流离失所”，更残酷的是躲避水灾逃到山上的灾民“无食无衣，白日暴晒，夜雨荒萋，复被强盗驾船抢掳妇女，劫夺财物”。画面以文字与图画各占一半的比例呈现，这在《时事画报》“新闻纪画”板块图画占大部分的报道习惯中实属罕见，可洞察到创作团队希望引起社会慈善人士广泛关注并赈济水灾的用心。图画中房屋被水淹得只剩下屋檐，足见水深之高，三三两两的粤民坐在大木桶中逃生，远处山脚下有一高高举起大刀的匪贼正乘机掳走妇女，山上的黑衣男性连连摆手制止却无力改变现状，画家对于遭遇水灾的粤民之关切和对乘机作乱的匪贼之愤怒都倾注于画中。《广东水灾之十二愁城》（见图 3）更批判政府灾前没有提前做好预测与谋划、善后不到位，尖锐指出此次水灾引发的 12 个社会问题，如“雨亢不测，山水助虐”“河流暴涨”“基围崩决，民居被淹”“流尸泛江”“饥溺相寻”“农工绝望，残息苟延”“失业流离”“窃盗四起”“流氓遍野”“骨肉离簌”“饿迫为盗”“杀戮随之”等问题，深刻且现实。此后在 8 月还刊登了 2 张电板照片（见图 4、图 5），真实反映珠江三角洲被灾之状况，从图片里可以看到当时英德、三水都被水淹没，仅留有一些高地。

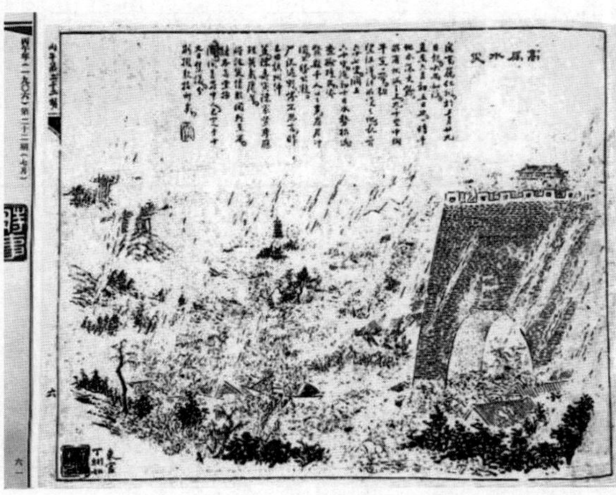

图 1　高属水灾，《时事画报》1906 年

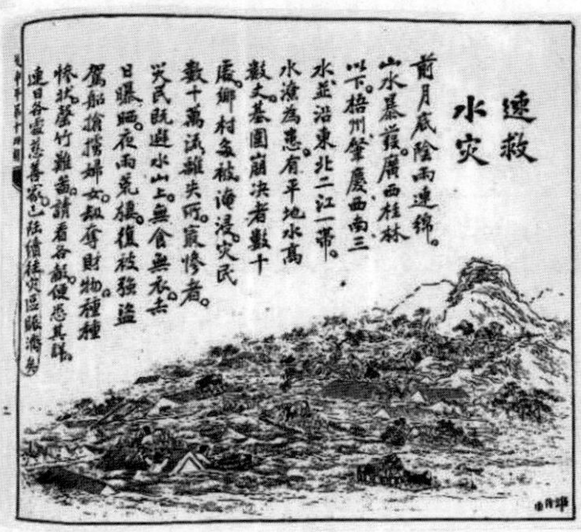

图 2　速救水灾，《时事画报》1908 年

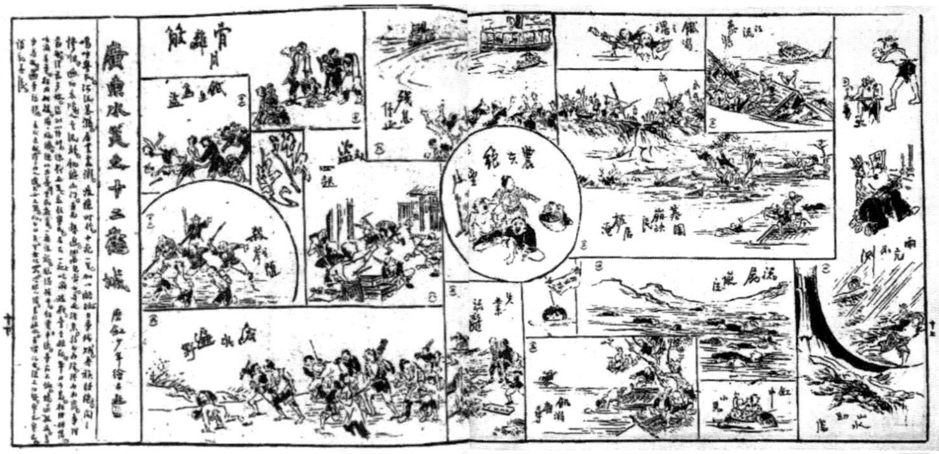

图 3　广东水灾之十二愁城，《时事画报》1908 年

图 4　城市被灾之状况，《时事画报》1908 年　　图 5　村落被灾之状况，《时事画报》1908 年

在 1905 年至 1913 年间，《时事画报》一共报道了 11 次水灾（含台风导致的灾情），累计刊载新闻与评论 30 余次（见表 1），记录下广东地区房屋、基围等建筑损坏，农田被淹，舟船翻覆航运受阻，人员伤亡等第一手灾情。换言之，在图文的互动关系中，《时事画报》以水灾为切口，不仅直观呈现清末民初广东“大雨大灾、小雨小灾、无雨旱灾”的水旱状况，更可贵的是坚持其批判立场揭露水灾背后引发的社会问题，尝试督促官方及民间力量付诸实践赈济水灾中百姓，改变广东饱受水灾之苦的局面。

表 1　《时事画报》中广东水灾报道一览表

时间（农历）	地点	河流	受灾情况	出处
1905 年 9 月 17 日至 18 日	梅州	小靖、漳溪二处河流同时暴涨	城厢内外，平地水深二三丈；商家货物，搬运稍迟者，即遭淹没，计损失货物不下万余元；各处田禾受伤害者不计其数；此次大水冲去店家十间余，损失人口不知多少。鸭妈潭铁吊桥，所有桥面栏杆，悉被冲去	《大埔水灾》1906 年第 15 期
1906 年 3 月下旬	广州	珠江	1. 连日雨势未已，水势横溢，基围告警，乡人惶惶。救围之声惨不忍听，一有崩缺，性命财产二者皆付之西流。 2. 淹害禾稼，覆溺船只，人谓近年罕见之灾害	《哀淫雨文》《水》1906 年第 10 期

续表

时间（农历）	地点	河流	受灾情况	出处
1906 年 4 月	大黄圃香山县	风灾	大黄圃之风灾	《哀淫雨文》1906 年第 10 期
1906 年 4 月	广州、南海西樵一带	省城淫雨为灾，西潦陡涨	南海西樵一带多有基围、民房尽被冲陷。大栅围、鼎安围亦先后崩决，一望几成泽国	《水灾纪图》1906 年第 12 期
1906 年 5 月 29 日至 6 月上旬	化州	鉴江	一时平地水深丈余，所有州城之上，九十里中侗、平定一带，弥望汪洋。计所浸之地，长一百六十七里，阔五六十里。淹毙数千人口之多，房屋冲塌不胜其数，尸流遍野，惨不忍言	《高属水灾》1906 年第 22 期
1906 年 8 月	香山	风灾	三个小时间，竟损一万余人口，三千万之资财；吊桥若楼兮轰然一剖中断开；码头毁坏无遗材，磷磷道路见滩石，时露深穴生疑猜，断板折木积如阜，道土横卧皆古槐，难民望海语不出	《香江风灾叹》1906 年第 25 期
1907 年 9 月 21 日至 24 日	罗定	泷水暴涨五丈余	水势汹涌，撼塌州城百余丈，城厢内外，官衙、民房、铺户凡地势稍低者一扫而空；市上谷米、食盐与日用必需之物，俱归消灭。附近村墟，皆被淹没，漂死者不计其数	《罗定水灾》1907 年第 28 期
1908 年 5 月	广西桂林以下（梧州、肇庆、西南、三水并沿东北二江一带）	西江、东江、北江	水潦为患，有平地水高数丈，基围崩缺者数十处。乡村多被淹浸，灾民数十万流离失所	《速救水灾》1908 年第 14 期
	广、肇、韶、惠各属（英德、仁化、清远、花县、南海、鹤山、高要、高明、恩平、四会、顺德、东莞、新会、博罗）	东、西、北江同时暴涨	过百塌屋，数千毙人，逾万幸免者露处山堤无以为家，哀鸿遍野。呜呼，诚亿万人之巨劫，数百年罕见之奇灾也	《英德水灾惨相》1908 年第 19 期
1908 年 6 月 29 日	香港、广州	风灾	洋面轮渡船艇沉没，毁烂者不少。岸上毁坏者，货仓居多，其余店户衙署，受伤者亦不少；省城河面沙艇小舟，紫洞楼船、河头船花舫，沉没者八九其余；小轮渡船，亦多伤损覆没；沿岸灾民惨不忍睹；数围大树，拔起无算	《省港大风灾》1908 第 17 期
1909 年 3 月	清远、三水芦苞灾区	北江		《美术会赴三水、清远赈灾图纪》1909 年第 6 期

2 救灾与防灾：水灾防御理念的生成

正如前文所言，《时事画报》在报道水灾时积极利用其新闻场域干预、引导官方和民间力量，报道在灾后救助、灾前预防这两方面的水灾应对举措，同时画报主创团队主动参与救灾、举办赈灾会、提出防灾策略，在舆论和实践双重叠加下渐渐凸显清末民初广东水灾防御理念的现代性。

在清末民初政府对社会治理能力逐渐削弱，无暇顾及百姓疾苦的环境中，广东连年的水灾导致地方治安日败，国库支绌，官方灾后救助并不及时到位。《时事画报》对官方水灾应对举措仅仅报道了 2 次，均带有讽刺意味。1906 年春夏阴雨连绵，政府第一反应选择祈求上天庇护而非采取实际行动，两广总督岑春煊带领司道以下各官到城隍庙设坛祈晴，派官员轮流监视坛中僧道日夜诵经不能间断。此次长时间降水导致西江涨水，南海一带百姓流离失所，《水灾纪图》（见图6）称岑督“亲乘小轮沿海视察，并带备面包、干粮等以为赈济”，画家刻意将一片汪洋的中央留给在屋檐上躲避洪水的粤民，岑督的赈济行为与乘机劫掠的盗贼各居画面左右一侧，以对称性构图形成鲜明对比，直指官方水灾应对措施流于表面。正因如此，加之广州十三行的财力支撑，以广东士绅、商人等富户为主导的慈善组织——善堂在水灾救助中体现出超越官方的主动性。《高属水灾》记载了化州大水淹城后，该州“绅董陈寿寅、陈家丰、李应珏、黄载庚将被灾情形并列至省，请各善堂拯济”，善堂通过集议分别拨款抚恤。为更好应对水灾，善堂赈灾逐渐趋向联合，如1907年罗定大水引发饥荒，省城善堂联合香港东华医院组织“省港善堂商会行商平粜总公所”合办平粜。1908年面对三江齐涨的严重水灾，省、港、澳善堂合办救灾公所，从筹款、组织义务员、调查灾情到具体分帮派船运米、石、医药、麻包赴灾区施赈，均由救灾公所统筹规划，民间赈灾在此次水灾中走向一个系统完备的高峰期。因此，当1909年春北江再次涨水，三水、清远遭遇水灾时，《时事画报》主创队伍所创立的美术会决议赴三水散赈，整个赈灾过程有序有力。《美术会赴三水、清远赈灾图纪》（见图7）记载美术会在开会决议赈灾的第二天一早，派教员“驰赴三水芦苞灾区体察，盖搭棚厂，先免灾民露宿”，随后全队坐轮船日夜不停赶路抵达芦苞，社长亲自到“灾区巡视，筹议办法”，再派社员“往各村清查受灾人数”，以便发放粮食等救济物资，画面也分板块展现救灾流程。从开会筹备、派出先导部队安置受灾群众、社团领导亲自巡视灾区、成员到各处清查受灾情况并发放粮食等物资，救灾全过程把广东民众的生命安全摆在首位，尽一切努力平稳灾区秩序。报道还提到美术会救灾的同时，“中国红十字会”也同日抵达芦苞救灾，救灾公所托运赈灾物品渐次到达灾区，可见在灾后救助中各个民间慈善组织系统配合，全过程认真落实各项救灾措施：安置群众、登记灾情、提供医疗服务、运输并发放物资，全链条系统高效，现代救灾模式初见雏形。正是这种初具现代性的灾后救助模式，得以使民间力量在1915年广东发生特大洪水造成“乙卯水灾”时迅速做出反应，组织人力、财力、物力投入救灾中，当时在广州的西方人评价此次水灾“仅仅是由于慈善机构的努力救济，才使大量难民免于饥饿死亡”，可见以善堂为主的民间赈灾力量对清末民初水灾救助的重要性。

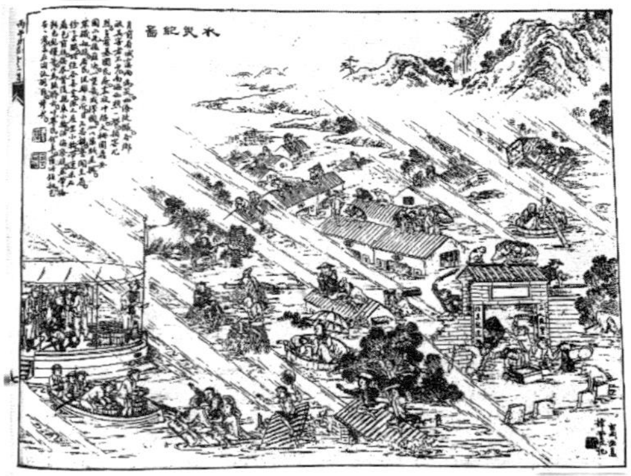

图6　水灾纪图，《时事画报》1906年

相比于《申报》等同时代报刊在水灾应对报道上侧重于刊载地方官府的赈济措施及民间水灾义赈组织权、募善款清单等，《时事画报》的编辑团队在赈灾中亲力亲为，参与组织并深入报道美术赈灾展览会、广东卖物赈灾会等活动，以书画、绣品、演剧等筹赈，呼吁士绅等参与救灾，扩大募捐范围。《北部赈灾会开幕纪盛》就强调在水灾应对上画报编辑与画家不敢纸上谈兵，空喊口号，“不敢自委于绵薄，亦不敢徒托空言，由是各出其所绘所藏品物发售，得资助赈”，以行动与舆论相结合支持赈灾。在《河南美术赈灾展览分会纪图》中则提到“河南美术展览会，此为第一次创举”，由报社成员何剑士倡导，以一隅之地在数天内通过售卖美术作品“集资千数百金”用于赈灾。为呼吁更多社会力量关注支持1908年广东的水灾，《时事画报》用两期特刊报道“广东卖物赈灾会”，以电板照片的形式记录下热心人士前期组织、现场售物等宝贵画面，及时公示售物所得善款，确保此次赈灾会的真实可靠性。《广东卖物赈灾会纪略》中详细报道赈灾会于八月初九开幕，政界“巡警总局王副监、广州府陈守以及各局巡官”，“英、美、德、日本各国领事”

均到会，绅商学报各界到者约数千人。广东卖物赈灾会现场（见图 8）并非仅是售物，既有描绘水灾惨记的戏剧演出、军乐队演奏、水灾善后等问题演说，还有武部展示，即演拳、棒、刀诸技，宣扬“国民之资格”等新思想。赈灾会还在香港（见图 9）、澳门（见图 10）举办，实现粤港澳三地的联动售物赈灾，以救灾区危急。据报道，本次在广东的赈灾会卖物“共约得十余万元”，为清末民初广东售物赈灾的一大慈善创举。

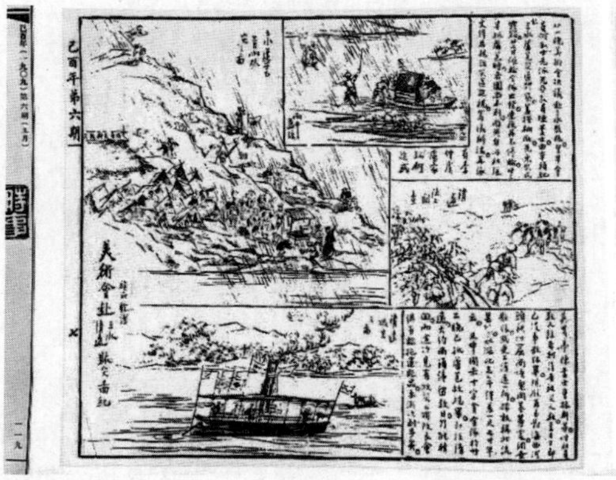

图 7　美术会赴三水、清远赈灾图纪
《时事画报》1909 年

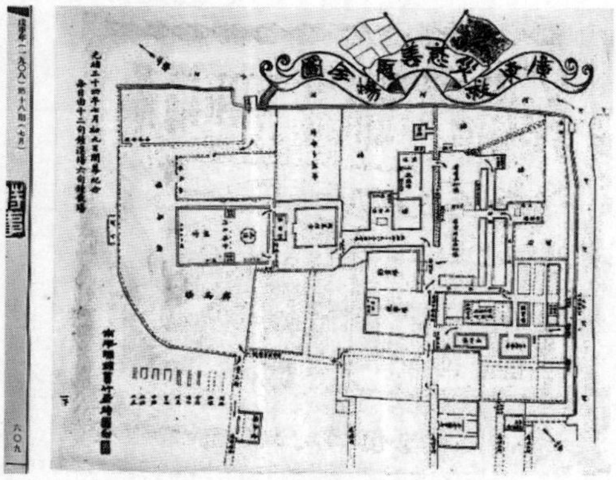

图 8　广东救灾慈善会场全图
《时事画报》1908 年

图 9　香港赈灾会内容
《时事画报》1908 年

图 10　澳门赈灾会表面
《时事画报》1908 年

值得关注的是，《时事画报》在报道灾后救助的同时并不止步于此，主动向前一步思考如何灾前预防和解决水患。1908 年 12 月苍生发表时论，提到水灾时强调“苟无良策以为之预防，吾恐其受祸之未有艾也”，并批判有志之士提出“筑室道谋，疏河筑堤”等水灾预防建议，官吏熟视无睹。在 1908 年第 19 期专门刊载了《右南海冯班甫先生于道光十三年拟开新興江上粤抚祈中丞原图》《右先生上祈中丞原书大略》，右先生提出要禁止近海各属筑沙筑田，防止入海口变窄无法泄水，长远之计则是要在西江“上流开河以杀水势”，因此建议开凿新兴河头与阳春黄坭湾中间的二十五里地，联通以分流汇入西江之水，减轻珠江下游压力。画报编辑针对此法进行考证并重新绘制新图（见图 11），不同意开凿新兴江，主张凿通南江，使泷水穿过双滘水汇入漠阳江，并希望政府及绅商等民间力量予以提倡。至此，《时事画报》通过其水灾应对的报道及实践，在清末民初时局动荡、政府势衰的背景下主动调动民间力量，以粤港澳三地互动优势，尝试构建起灾后救助与灾前预防相辅的现代水灾防御理念雏形。

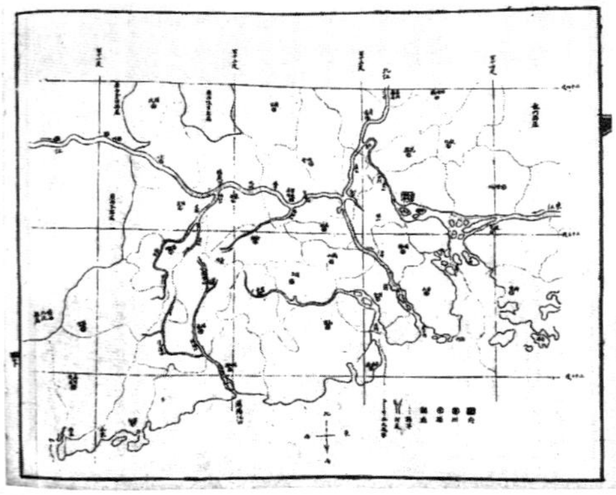

图 11　本报新绘之简图

《时事画报》1908 年

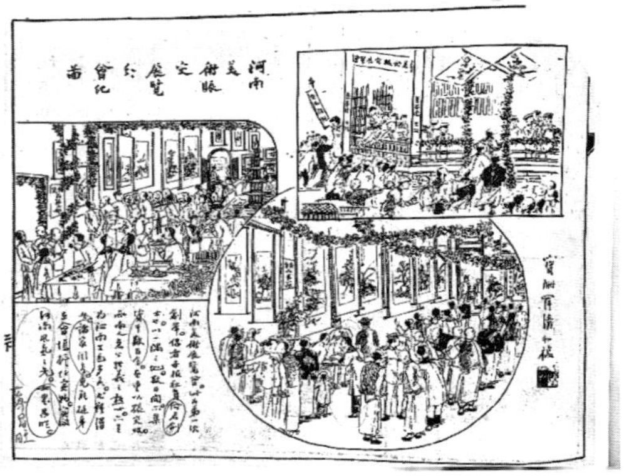

图 12　河南美术赈灾展览分会纪图

《时事画报》1908 年

3　以水为媒：新女性登上赈灾舞台

晚清女性思潮在中国兴起，清末民初的广东女子在女权思想启蒙下自觉或不自觉地走在个人解放的前沿。这一时期，随着女子教育逐渐铺开，岭南女性有机会走出家门，和男性一样进入学堂接受多元教育，掌握技能，但如何迈向社会，打破长期“女子不出闺门”的传统桎梏成为一个问题。此时广东连年水灾导致社会秩序处于重构状态，接受女子教育的广东新女性借助水灾赈济的契机，进入社会参与的场域，在场景的游移中主动定位自我，以实践证明自己所建构的性别意识和男女秩序的可靠性。

前文所述，为了救济水灾中的百姓，士绅及富商多联合举办售物赈灾会来筹集善款。此时，新女性一方面发挥自己在学堂所掌握的技能，绘制书画作品或织造绣品作为赈灾会售卖的物品，贡献女性力量。根据《时事画报》记载，缤华女艺院的学生在酷暑中赶制多件义卖绣品参加北部赈灾会和广东卖物赈灾会，其中在广东卖物赈灾会上数张缤华女艺院的学生作品售价达到数百金，且所有画品经香港开会赈灾、省城的美术展览会等活动售卖后全部售罄，足以见得女学生们的作品及能力在参与赈灾的过程中无形间获得推广，并得到广泛认可。另一方面，广东新女性则借赈灾会之机，积极融入社会场景，在会场担任卖物员等新职业角色，重构自我认识。《河南美术赈灾展览分会纪图》（见图 12）赞美参加赈灾会的女性，“尤难得者，诸家闺秀，竟能挺身在会场担任卖物，实开河南风气之先，女界昌旺”，右上角的图中一群女性正着急地踏入赈灾会场的大门，侧面反映了对赈灾公益的热忱，左右两张图的画面则是站在展台边的女性积极拿起售卖之物向前来参加赈灾会的男性介绍推荐，所绘男女的高度和比例大体一致，凸显二者之间交流沟通的平等，现场秩序和谐稳定。画报编辑还专门在《论吾粤各会售物赈灾事》中反驳有些顽固之士不认可女性在公共场合售物赈灾的举动，认为此行为是女性“纯乎慈善性质，救人高义”的体现，同时还可借此机会“瞻中外品物之盛，人群之欢娱，博取施济之名誉”，一举两得。通过这样的舆论对话，事实上也是在帮助身处于赈灾售物一线的新女性认识自我，明确自身在赈灾会等公众场合的独立立场和平等姿态。继而，推动新女性更加积极地加入水灾赈灾的活动中，承担更多元的职业角色和社会使命。

在广东卖物赈灾会上，岭南各学堂的新女性首次以“女干事员”的身份集结起来，成立女干事会（见图 13），全程在公共场合公开参与赈灾活动，并以电板照片的形式记录后在画报上宣传。赈灾会中，柔济女校发挥专业优势在会场设立会计所负责记账；坤维女学堂捐出四千多件品物，共卖出两万五千余元；夏葛女学堂卖出九千余元。女干事们在现场勤劳能干，热心毅力，以现代方式协商制定工作计划，召开女干事会议，共同决定12名女性负责在开幕现场迎接政界来宾，其余女干事分区任事，列席售物。值得一提的是，被推荐为迎宾的12名女性可以说是当时岭南地区女学培养的女性典范，如夏葛女医生赵小姒，保姆学生罗蕙馨，坤维学生刘佩规、鲍小蕙、吴佩全、张清华等。赈灾会现场还有红十字会提供医疗服务，其中《赤十字会救伤》（见图14）的照片记录下两位女看护为男伤员包扎手臂的瞬间。照片以赈灾会礼堂为背景，两位女看护身着统一的工作服装站在男伤员身旁，男伤员坐在木头上配合治疗。男女二者之间不避讳的互动以及一高一低的位置差别，创造出新女性在公共空间的进步地位和文明面貌，突出她们的社会价值。

图13　广东卖物赈灾会女干事员摄影

《时事画报》1908年

图14　赤十字会救伤

《时事画报》1908年

在广东连年水灾的背景下，赈灾会成为清末民初的广东新女性除进入学堂外，可以离开家庭进入公众视野的合理机会。在参与赈灾售物的过程中，她们通过工作分工、社会场景的切换，不断叠加对于自身身份与意识的确信感，从而突破传统性别意识的桎梏和规范，推动构建符合社会和自我期待的现代身份，在舆论的裹挟下以实际行动反复争取更大的社会化空间，进入学堂、登上报刊、参与赈灾、走上街头……广东新女性以此为起点，伴随其社会化的深入，亦步亦趋踏入职业化、革命化的进程。

4　结语

水文化是指在特定时期、特定地域的人或人群认识水、对待水、利用水、治理水、管理水的共同思想意识或行为方式。以《时事画报》为切口，遵循“图文互观”的研究方法，得以窥探清末民初的广东是如何看待水灾、应对水灾、治理水灾，又在赈济水灾的互动中如何助推广东女性解放的进程。换言之，跨越百余年历史长河，清末民初广东的水文化书写不仅仅是在水谈水，而是跳出水利看水利，一方面是激活广东在水灾应对中生成并影响至今的慈善性和合作性等现代特质，另一方面则是涵养了晚清女性解放思潮，以赈灾为渠道拓宽女性社会参与的公共空间，逐步增强女性的独立自主意识。综上，《时事画报》作为广东本土在新旧转型的社会变革中存续时间最久的石印画报，又属于同盟会的革命舆论阵地，其立场的革命性、史料的丰富性、图文的生动性为广东水文化的地方性书写赋予了全新的探讨空间和时代内涵。

参考文献

[1] 广东省地方史编纂委员会 . 广东省志・水利志 [M]. 广州 : 广东人民出版社 ,1995.

[2] 广州市地方志编纂委员会办公室 , 广州海关志编纂委员会 . 近代广州口岸经济社会概况——粤海关报告汇集 [M]. 广州 : 暨南大学出版社 ,1995.

[3] 《珠江志》编纂委员会 . 珠江志（第一卷）[M]. 广州 : 广东科技出版社 ,1991.

[4] 广州博物馆 , 广东省立中山图书馆 . 时事画报 [M]. 广州 : 广东人民出版社 ,2014.

[5] 广东省立中山图书馆 . 旧报新闻 : 清末民初画报中的广东 [M]. 广州 : 岭南美术出版社 ,2012.

[6] 郑伟斌 , 张换敏 . 晚清开封水患中民众的生活与心态 [J]. 郑州师范教育 ,2024,13(3):88-92.

[7] 乔松涛 , 金城 . 水灾环境下近代皖江地区民生研究（1840—1911）[J]. 阜阳师范大学学报 (社会科学版),2024,(2):137-142.

[8] 王云红 , 王雯 . 河洛地区水利碑刻与水灾应对研究 [J]. 洛阳理工学院学报 (社会科学版),2024,39(2):1-5.

[9] 李向向 . 洪泽湖红色水文化研究 [J]. 水文化 ,2024,(2):37-39.

[10] 金城 , 秦元春 . 晚清皖江地区水灾应对研究 —— 基于《申报》报道的考察 [J]. 淮南师范学院学报 ,2024,26(1):98-102.

[11] 郭静 , 田煜昊 . 可见性“民”史：1931 年淮河水灾语境下《大公报》的微观舆论话语呈现 [J]. 合肥学院学报 (综合版),2023,40(6):109-118.

[12] 黄怡 . 晚清广州行商与九善堂活动考述 [J]. 肇庆学院学报 ,2022,43(3):25-29,96.

[13] 束海燕 , 梁灏 . 近代广州的慈善组织与地方社会——以崇正善堂为例 [J]. 地方文化研究 ,2021,9(5):39-49.

[14] 吕娟 . 水文化理论研究综述及理论探讨 [J]. 中国防汛抗旱 ,2019,29(9):51-60.

[15] 姚华松 , 邵小文 , 陈昆仑 , 等 . 水文化在广州地方性构建中的意义 [J]. 城市发展研究 ,2019,26(4):95-102.

[16] 郭恩强 . 作为关系的新闻纸 :《申报》与晚清义赈 [J]. 新闻与传播研究 ,2016,23(6):62-77.

[17] 袁博 . 近代中国水文化的历史考察 [D]. 济南：山东师范大学 ,2014.

[18] 黄艳 . 试论广州善堂的发展：1871—1937[D]. 广州：暨南大学 ,2001.

水文化引领下的水库移民高质量发展模式与扶持策略研究

郭　宇

（日照市河湖管理保护中心，山东日照　276800）

摘　要：本文研究了水文化在水库移民高质量发展模式中的关键作用与扶持策略，强调在新时代背景下，水库移民工作向高质量发展模式转变的重要性。文章分析了水文化对经济发展、社区融合及生态教育等方面的贡献，指出高质量发展需兼顾经济、社会、文化与生态的协同发展。通过日照市等案例，展示了水文化融入移民扶持项目的具体实践，验证了水文化引领模式的有效性。研究提出了融合机制，涉及经济高质量发展、社会和谐发展、生态可持续发展、文化传承与创新等多个层面，强调了水文化在促进移民区综合发展中的纽带作用。以日照市移民扶持工作为案例，总结了水文化引领下水库移民高质量发展模式的实践成果。为相关政策制定与实施提供了一定的理论依据与实践指导。

关键词：水文化；水库移民扶持；高质量发展；生态文明

1　引言

在全球化与快速城市化进程中，水库移民工作已成为实现区域协调发展、促进生态文明建设的重要一环。伴随着新时代国家发展战略的推进，特别是乡村振兴与生态文明建设的双重要求，水库移民安置不再局限于简单的物理空间迁移，而是向着更加注重移民群体生活质量、生态环境保护与社会经济可持续发展的高质量模式转变。在此背景下，在水库移民工作中有效融入水文化元素，促进移民社区的生态、经济与社会综合提升，成为亟待探索和解决的关键问题。在此背景下，水文化作为连接自然、人文与社会的桥梁，其在水库移民安置中的角色日益显著。本文正是基于这样的时代背景和现实需求，提出并探讨了“水文化引领下的水库移民高质量发展模式与扶持策略”，旨在为水库移民工作的创新实践提供理论指导与实践案例参考。

2　水文化与水库移民高质量发展的理论基础

2.1　水文化概念与特征

水文化是指在长期的水事活动中形成的人类文明成果，它涵盖了人类对水资源的认知、利用、管理以及与水相关的习俗、艺术、价值观等多方面内容。其对于水库移民安置与扶持的功能价值在于以下三点，一是社会凝聚：水文化作为社区共享的记忆与符号，有助于增强水库移民群体的身份认同感和社区凝聚力。二是生态教育：通过传承水文化中的生态智慧，增强水库移民及后代的生态环境保护意识和行为，促进生态伦理的形成。三是经济发展：水文化资源的开发利用，如水文化遗产旅游、水文化产业等，为水库移民安置区提供了新的经济增长点。

2.2　高质量发展理论与水库移民

高质量发展是新时代中国经济社会发展的核心理念，是全面建设社会主义现代化国家的必由之路。这一理念源自对我国经济社会发展阶段变化的深刻洞察，旨在破解发展不平衡不充分问题，追求更高质量、更有效率、更加公平、更可持续、更为安全的发展。高质量发展要求在经济、社会、文化、生态等各个领域协同推进，以供给侧结构性改革为主线，推动质量变革、效率变革、动力变革，实现更高质量、更高效益、更加均衡的发展目标。在水库移民工作中，高质量发展意味着不仅要确保移民的物质生活水平提升，还要注重生态环保、社会和谐、文化传承与创新、移民自身发展能力的增强等多维度目标的实现。水库移民高质量发展是在保护生态环境的前提下，通过科学合理的安置规划，促进移民群体在新的居住环境中实现生产生活方式的转变，提升生活品质，实现经济、社会、文化与生态的全面进步。

3 水文化与水库移民高质量发展的融合机制

本文旨在搭建一座桥梁，连接深厚的水文化底蕴与水库移民高质量发展的迫切需求，通过五个核心视角——经济高质量发展、社会和谐发展、生态可持续发展、文化传承与创新、人的全面发展，对如何做好水文化与水库移民高质量发展的融合展开探讨。五个关键要素及其内容（见表1）。

表1 水库移民高质量发展关键要素及概述

关键要素	内容概述
经济高质量发展	强调经济结构优化升级 促进产业绿色化、智能化、服务化转型 多样化移民收入来源与就业机会 稳步提升生活水平
社会和谐发展	快速融入新社区生活 平等享受社会服务（教育、医疗、养老） 社区治理现代化 增强归属感与社会凝聚力
生态可持续发展	遵守生态红线 实施生态保护与修复 促进人与自然和谐共生 持续改善生态环境质量
文化传承与创新	保护与传承水文化及地方特色文化 鼓励文化创新 利用文化资源推动产业发展（旅游、教育） 提升文化软实力
人的全面发展	注重移民能力提升 教育与技能培训 增强自我发展能力 提升移民群体整体素质

3.1 经济高质量发展与水文化融合

3.1.1 水文化驱动的绿色产业模式

水文化不仅是一种文化资源，也是推动移民区经济绿色转型的重要驱动力。通过挖掘与水相关的传统文化和习俗，如水耕农业、渔业文化等，结合现代科技，开发绿色农产品、生态旅游、水上休闲娱乐等绿色产业，既保护了生态环境，又促进了移民收入的多元化增长。例如，依托水文化打造生态农庄、水乡民宿等，不仅丰富了旅游产品，也带动了当地服务业的发展，实现了经济效益与生态效益的双赢。

3.1.2 水文化智慧在智能化转型中的应用

水文化中蕴含的古代治水智慧与现代信息技术的结合，为移民区产业智能化提供了新思路。例如，利用大数据分析水文数据，优化水资源配置，提高灌溉效率；或通过智能监控系统，实现对水质的实时监测与保护，为渔业、农业等传统产业注入科技力量，提升产业附加值。

3.2 社会和谐发展与水文化融合

3.2.1 水文化促进社区融合的路径

水文化作为社区共有的记忆与情感纽带，能够促进移民群体之间的交流与理解。通过组织水文化节庆活动、水故事分享会等，增强移民对新家园的认同感和归属感，加速社区融合进程。同时，利用水文化元素设计公共空间，如水边公园、水文化广场等，为移民提供休闲交往的场所，促进社区凝聚力的形成。

3.2.2 水文化教育与社会服务能力提升

将水文化融入移民社区的教育体系，不仅可以传承水文化知识，培养青少年的生态环保意识，还能提升社区的教育服务水平。通过建立水文化教育基地、开展水生态保护课程，为移民子女提供更丰富的教育资源，同时为成人提供职业培训，提升其适应新环境的能力。

3.3 生态可持续发展与水文化融合

3.3.1 水文化指导下的生态保护与修复

水文化中蕴含的尊重自然、和谐共生的理念，为生态保护与修复提供了哲学指导。在移民区实施生态修复项目时，可借鉴古代治水智慧，如采用生态驳岸、湿地恢复等自然水系管理方法，既保护了生物多样性，也维护了水体健康，实现了生态系统的自我修复与可持续发展。

3.3.2 水文化教育与生态意识提升

通过普及水文化，增强移民的生态保护意识，使其成为生态保护的参与者与受益者。组织定期的水环境保护公益活动，如河流清理、水生态科普讲座等，提高公众对水资源保护的认识，形成全民参与的生态保护氛围。

3.4 文化传承与创新中的水文化融合

3.4.1 水文化资源的创意转化

将水文化元素融入创意产业，如手工艺品、数字艺术、影视作品等，通过文化与科技的融合，创新文化表现形式，拓宽文化传播渠道，提升移民社区的文化软实力和国际影响力。

3.4.2 水文化与地方特色品牌建设

利用水文化特色，打造具有地域标志的品牌，如水乡特色农产品、手工艺品等，不仅促进了地方经济的发展，也有效传播了水文化，增强了地方文化的辨识度和竞争力。

4 典型水库移民高质量发展实践——以日照市为例

日照市作为人口小市，水库移民大市，近年来在水库移民后期扶持工作中取得了显著成效。特别是在生态宜居建设方面，深入挖掘并融合水文化元素，推动移民村向高质量发展转型，实现了环境美化、产业兴旺、民生改善的和谐共生。以下为日照市水库移民生态宜居建设与水文化融合的实践案例综述。

4.1 理念创新与政策引领

日照市在水库移民后期扶持工作中，始终遵循“产业兴旺、生态宜居、乡风文明、治理有效、生活富裕”的总要求，坚持高位推动，将其列为“为民办实事”项目之一，通过政府层面的专项研究和政策部署，市、区县各级水利部门与地方政府紧密协作，明确职责，形成了推动移民扶持项目顺利实施的强大合力。注重以水文化为纽带，将生态理念融入产业扶持政策，推动移民村经济社会与自然环境的和谐发展。

4.2 整合资源，规模化建设美丽移民村

日照市东港区、岚山区、莒县、五莲县等地，通过整合移民扶持资金与涉农项目资金，打破原有的小规模、分散投入模式，转向“区域整体提档升级”。如五莲县西高泽村，通过集中资金实施节点打造、道路硬化、绿化美化等工程，显著改善了移民村的人居环境。这种规模化建设不仅美化了村容村貌，还促进了生态旅游和休闲农业的发展，提升了移民村的“美丽指数”。

4.3 产业扶持模式创新

日照市在产业扶持中，探索出了“政府建设—企业运营—移民分红”的模式，有效破解了产业项目后续管理难题。例如，东港区南湖镇西马陵前冬暖式大棚项目，委托生态农业公司运营，收益用于移民分红、贫困移民救助及村级公益事业，实现了经济、社会效益的双赢。莒县碁山镇则采取前端配水、中端建大棚、末端建储存车间的模式，发展桑蚕产业，与中国农业科学研究院合作推广循环种养模式，提升了产业附加值。在产业扶持项目运营中，日照市探索建立了一套完善的收益分配机制，确保移民直接受益。如陈疃镇南鲍疃村的蓝莓温室大棚项目，由村集体委托区属国企农发集团运营，收益的一定比例用于救济低收入移民户、解决重大疾病或家庭变故造成的困难，以及村级公益事业，实现了移民增收、企业增效、村集体经济壮大的“三方共赢”。

4.4 绿色产业培育与生态环境保护

日照市在产业选择上，注重生态环保与经济效益并重，大力发展绿色产业。岚山区巨峰镇依托资源优势，发展茶叶产业，不仅提升了产业园区建设管理水平，还延伸了产业链条，实现种、制、卖、游一体化发展。与此同时，全市通过建设光伏式并网发电项目、滴灌农业、循环农业等，既保障了移民的经济收入，又保护了当地的生态环境，真正做到了产业发展与生态保护的深度融合。日照市还发展了特色小镇与乡村旅游的培育项目，依托水库移民村的自然资源和文化特色，打造了多个特色小镇和乡村旅游示范点。如莒县招贤镇的“鲜花经济”，不仅美化了乡村，还成为带动周边村庄发展的特色产业，实现了生态宜居与产业发展的有机结合。

日照市水库移民工作的实践表明，通过产业扶持与生态宜居的深度融合，不仅改善了移民的居住环境，提高了生活质量，还促进了产业的转型升级和经济结构的优化，为移民村的可持续发展注入了强大动力。水文化与生态智慧的融合应用，不仅传承了历史，更引领了移民村走向高质量发展的新阶段，为水库移民扶持工作提供了宝贵的经验与启示。

5 结语

本文通过理论探讨与日照市的实践案例相结合，系统性地分析了水文化引领下的水库移民高质量发展模式与扶持策略。将水文化元素融入水库移民的后期扶持工作中，不仅能够促进社区融合、增强生态环保意识，还能激发经济转型、文化创新和社会治理的潜力，形成一种全方位、多层次的高质量发展模式。水文化作为纽带，其核心价值在于促进生态教育、经济发展、文化传承以及社会服务的综合提升。日照市的经验凸显了以水文化为引领，结合乡村振兴与生态文明建设目标，通过精细化管理、创新项目运营模式，以及强化移民群众参与和受益的机制，成功打造了多个生态宜居的移民村典范，有效提升了移民的生活质量和幸福感，同时也为水库移民扶持政策的制定与执行提供了宝贵的实践经验。

参考文献

[1] 岳磊 . 水文化的传承与发展研究——评《水文化与水历史探索》[J]. 灌溉排水学报 ,2024,43(4):115.

[2] 田慧莹 . 推动水利工程与文化深度融合 [N]. 中国水利报 ,2024-04-02(5).

[3] 左其亭 , 秦西 , 马军霞 . 水利新质生产力：内涵解读、理论框架与实施路径 [J]. 华北水利水电大学学报 (自然科学版),2024,45(3):1-8.

[4] 卢胜芳 . 扎实做好水库移民和乡村振兴水利保障工作 [N]. 中国水利报 ,2024-01-26(1).

[5] 罗海波 . 基于高质量发展的水库移民安置规划体系优化路径 [J]. 河南水利与南水北调 ,2023,52(11):128-129.

德州市运河文化与现代水利工程建设融合的问题与策略研究

杨　帅

（德州市水利局水利施工处，山东德州　253000）

摘　要：本文研究通过深入学习运河文化和现代水利工程发展理念，结合文献资料和实地调研结果，总结了运河文化与现代水利建设相融合的现状。研究发现存在运河古文化流失严重；现代水利工程建设模式的单一性；缺乏引导和合理利用等三方面问题。针对这些问题，本研究提出相应的对策，一是进行顶层设计和整体规划；二是培养文化底蕴；三是引入社会资本和分类开发管理。

关键词：运河文化；德州运河文化；现代水利工程；规划；融合

1　研究背景

历史上的德州，因运河而起，因运河而盛，历来享有“九达天衢，神京门户”的美誉。悠悠千里的大运河，不仅带来了沿线数百年的经济繁荣，也积淀了丰富的运河文化。大运河作为中国最伟大的水利工程奇迹之一，也是连通南北地域空间与文明的桥梁，在中国的历史和文化中发挥了至关重要的作用。时至今日，运河的故事又翻开了新篇章，党的十八大以来，以习近平同志为核心的党中央高度重视大运河文化保护传承利用工作，并对建设大运河文化带作出重要指示：“大运河是祖先留给我们的宝贵遗产，是流动的文化，要统筹保护好、传承好、利用好”。党的二十大报告对以大运河为代表的历史文化资源做出了部署，“加大文物和文化遗产保护力度，加强城乡建设中历史文化保护传承”。为贯彻落实好习近平总书记关于“要古为今用，深入挖掘以大运河为核心的历史文化资源”的指示精神。2022 年德州市“十四五”水利发展规划的批复明确指出“要建设一套涵盖工程建设、行业管理、水利高质量发展等方面的具有德州特色现代化水利体系”。同年 4 月，断流百余年的京杭大运河首次实现全线通水，激起了中华儿女泛舟大运河，开启历史文化之旅的憧憬和梦想。因此将德州水利发展史、德州现代水利工程建设与运河文化相融合是实现古为今用，发掘运河文化的内在要求，也是落实德州市“十四五”水利发展规划的重要手段。

2　研究现状

2.1　大运河文化现状

大运河全长约 1794km，横跨我国的多个省份，连接了黄河和长江两大水系，成为我国古代重要的交通要道和经济命脉。在过去几十年里，大运河的地位逐渐下降，但它仍然承载着丰富的历史和文化遗产。它的历史可以追溯到春秋战国时期，经过多次修建和扩建，最终形成了从北京到杭州的运河系统。

大运河沿线分布着众多的历史遗迹和文化景观，其中包括古代运河城市、水闸、船闸、码头、桥梁、古老的街巷和建筑等。这些遗迹和景观见证了大运河的繁荣和辉煌，也反映了我国古代城市规划、建筑艺术和工程技术的发展。

在大运河沿线的城市中，扬州、苏州、杭州等地是最具代表性的。这些城市曾是大运河上的重要港口和商业中心，吸引了大量的商人和文化交流。如今，这些城市仍然保留着许多古老的街区和建筑，如扬州的瘦西湖、苏州的古典园林和杭州的西湖等，这些景点吸引着众多游客和文化爱好者。

大运河文化不仅体现在建筑和景观上，还体现在文学、艺术和传统习俗中。许多文人墨客曾在大运河沿线留下了许多脍炙人口的诗词和文章，如苏轼的《临安春雨初霁》和杨万里的《临安牧童诗》等。这些作品描绘了大运河的美景和人文风情，成为了中国古代文学的重要组成部分。

此外，大运河还孕育了许多传统习俗和民间艺术形式。例如，大运河沿线的一些城市每年都会举办龙舟比赛，这是一项古老的传统活动，吸引了众多观众和参与者。此外，大运河还是京剧、评弹等传统戏曲艺术的发源地之一，这些艺术形式在当地得到了广泛的传承和发展。

然而，随着现代交通和运输方式的发展，大运河的地位逐渐下降，许多水利工程也逐渐淡出人们的视线。一些古老的建筑和景观面临着破损和退化的问题，文化遗产保护面临着挑战。因此，保护和传承大运河文化的重要性变得更加迫切。

2.2 大运河文化德州段现状

德州段运河作为大运河的重要组成部分，全长141km，流经两县两区，一条是从夏津县至武城四女寺水利枢纽的卫运河，全长96km；另一条是从四女寺枢纽至德城区的南运河，全长45km，其建设始于公元605年，历经多个朝代的修建和改造，成为了连接北方和南方的重要水运通道。沿着运河的岸边，可以看到许多古老的建筑和文物，它们见证了德州与大运河交织在一起的悠久历史，承载着丰富的历史和文化内涵，这些建筑和文化以苏禄国王墓，黑陶具有代表性，它们都是德州大运河文化的重要组成部分。德州大运河文化还体现在当地人们的生活方式和传统习俗中，如陶瓷制作、德州扒鸡等，这些技艺代代相传，成为了德州人民的瑰宝。

沿着德州段运河的岸边，可以看到许多古老的建筑和文物，他们见证了德州与大运河交织在一起的悠久历史。其中最著名的建筑之一就是苏禄国王墓，其修建于15世纪，不仅是德州的重要旅游景点，也是研究苏禄王国历史和文化的重要遗址。它采用了伊斯兰建筑风格和菲律宾本土文化元素的结合，由石头和木材建造，拥有独特的设计和装饰。

德州大运河文化还体现在传统工艺上。其中黑陶是最有力的代表之一，因出土于山东省德州市而得名，距今已有约6000年的历史。黑陶作为德州大运河文化的重要组成部分，具有独特的造型和纹饰，以其精美的工艺和独特的风格而闻名，展示了德州人民的工艺水平和创造力，其制作技艺代代相传，成为了德州人民的瑰宝。

德州大运河文化还体现在当地人们的美食上。其中德州扒鸡是备受瞩目的特色美食之一，它是中国山东传统名吃，鲁菜经典，其制作技艺为国家非物质文化遗产。德州扒鸡不仅仅是一道美食，更是德州人民的骄傲和身份的象征，人们品尝德州扒鸡的同时，也能感受到德州大运河文化的独特魅力。

德州大运河文化的丰富内涵通过这些建筑、文物、手工艺和美食得以展现。保护和传承德州大运河文化对于维护德州的历史记忆和文化传统至关重要，也为游客提供了深入了解德州历史和文化的机会。德州政府和相关部门应加强对德州段运河的保护和管理，加大对文物的修复和保护力度，同时加强对当地传统工艺和美食的传承和推广，以促进德州大运河文化的传承和发展。

2.3 水利工程文化功能现状

水利工程不仅具有实用功能，还承载着人类的历史、文化和社会发展的痕迹。放眼全世界，如中国的大运河、印度的卡瓦利灌溉系统、古埃及的尼罗河灌溉系统等，这些灌溉工程不仅解决了农业的水资源需求，也对当时社会的发展和人类生活产生了深远的影响。又如中国的都江堰、埃及的阿斯旺水坝、印度的哈拉帕文明的水利系统等，这些遗址代表了古代文明对水资源管理和灌溉技术的创新，同时也反映了当时社会的文化、经济和政治发展。而一些具有历史和文化意义的水坝和水电站，如中国的三峡大坝、美国的胡佛大坝等，这些工程不仅提供了水资源调节和发电功能，也成为当地的旅游景点和文化地标，吸引着大量的游客。还有一些以水利工程为核心的文化景观，如荷兰的风车村庄、意大利的威尼斯水城等，这些景观通过水利工程的布局和设计，创造了独特的人文环境和历史氛围，成为了文化遗产的一部分。

2.4 德州水利工程现状

2023年德州市印发了《德州现代水网建设规划》（以下简称《规划》），在规划中，德州现代水网与国家级和省级水网总体布局相衔接，以黄河、漳卫南运河、马颊河、徒骇河、德惠新河五大骨干河流，南水北调东线、潘庄灌区和李家岸灌区三大引调水工程，形成“五横三纵”的水网格局。规划2023—2035年分两阶段实施，第一阶段2023—2025年，打造“水系连通、城乡供水现代化和水资源节约集约利用”三个样板。第二阶段2026—2035年，实现“缺水城市不缺水、50年一遇（洪水）无大灾、‘三通六带’成品牌”三大目标，全面建成具有德州特色的现代水网。

在运河高标准生态建设中，德州市政府深入践行习近平生态文明思想，认真落实中央部署和省委要求，坚持德州运河两岸1万余亩土地不作商业开发，并累计投入30多亿元，决定于2022年启动九龙湾文旅融合园、东盟经济文化产业融合发展示范园区建设项目；至2025年，大运河德州段文化遗产系统得到保护与初步呈现，流域治理工程得到有效实施，沿运河生态廊道基本建成；至2035年，大运河德州段文化遗产系统得到整体保护与全面呈现，为国家大运河文化带建设提供有力支撑。

目前德州市有国家级和省级水利风景区17处，23处人工水生态湿地（公园），中小型水库19座，这些现代水利工程充分借鉴德州传统文化底蕴，不但保障了水工程安全运行，又保护水资源和生态环境，促进人与自然和谐相处。由此可见，现代水利工程是一个综合性建筑结构，既要具备规划和设计赋予它的多重功能，如防洪、引调水、通航等，又要具备符合时代的文化价值，如风土人情、历史文化、休闲娱乐等。通俗的理解就是它不仅要实用，还要注重美观。

2.5 德州市运河文化与现代水利工程建设融合现状

目前运河文化与现代水利工程建设相融合的现状主要体现在古运河文化的发扬与传承以及新建运河生态文化建设和运河流经地段原有水利工程建筑物三个方面：

（1）大运河德州段始于隋代永济渠，拥有1400多年的历史，是山东段中极其珍贵的千年运河古河道，具有重要的历史文化价值。“禹疏九河，其五在德”，大禹在这里功成名就；一代鸿儒董仲舒、智圣东方朔、中国第一个状元孙伏伽、大书法家颜真卿等在此留下千古传唱的印迹；苏禄王墓是外国君王在中国唯一有守陵村落的王陵，是与东盟文明互鉴的重要见证；冀鲁边革命纪念园、渤海军区教导旅革命教育基地、抗日战争最后一战禹城大战等见证了革命年代的峥嵘岁月。目前来看运河文化发扬与传承并不理想，一些古文化代表建筑因年代长久且缺乏保护，已经是破败不堪，早已被世人淡忘。运河流域一代名人的千古事迹，我们后代人知晓的并不多，甚至有部分市民压根就不知道，足以证明运河文化的传承和弘扬是不成功的。

（2）运河生态文化改建“一廊六片”总体布局中已完运河花海和运河遗产生态景观廊道项目，其中运河花海是大运河保护利用项目，整体以“大德之州 好运之河”为主题，占地约2.2万m^2，打造了一个白天赏花赏景，夜间观炫彩灯光秀的河畔风光打卡地。生态廊道主要建设南运河段45km，两侧规划控制范围2～3km。通过实施河道生态空间保护管控，优化调整交通系统，加强水系治理与改造，加强两岸生态修复和岸线景观建设，规划休闲体育公园和活动场地，打造运河慢行步道，建立贯通城市和郊区的生态廊道。通过对已完运河生态改建工程查看，可以发现花海和生态廊道把原有枯燥且风景单一的运河沿线变得生机勃勃，但是所有的建筑设施都是以现代建筑样式为样板，缺少了运河文化的底蕴展示，和古老且历史悠久的运河强行融合，显得有些突兀。

(3)德州运河流经地段原有水利工程建筑物主要为四女寺水利枢纽和漳卫新河倒虹吸工程等，其为重要的防洪控制枢纽，上游接卫运河，下游分别接漳卫新河与南运河，是具有防洪、排涝、灌溉等综合利用功能的大型水利设施，一次可通过 8×100t 级拖驳船队，分洪量达 $1500m^3/s$。该工程修建于 1957 年，于 1972 年进行改扩建，因年代长久建筑物外观略显陈旧，且为初始设计，所以建筑风格并没有与时俱进，依然保持 70 年代的设计主题，重视其功能性而忽略了文化属性，和现代的水利工程设计理念有所出入。

3　德州市运河文化与现代水利工程建设融合存在的问题

3.1　运河古文化流失较为严重

千百年来德州人民在开凿、管理、利用运河的过程中，积累并创造了大量的物质和精神财富，留下了具有深刻意义的“德州运河文化”，例如拥有沿线城市中保存最好、最具原生态的古运河河道风貌；有“北方都江堰”之称的四女寺水利枢纽；有治水英雄大禹，一代鸿儒董仲舒，智圣东方朔等一代名人；运河沿线有大量的古遗址和风景区；德州扒鸡、德州黑陶、红绿彩等“运河手造”产品名扬天下。但是这么多的运河文化遗产却没有得到良好的传承和发扬，其精神属性已与我们渐行渐远，在走访调查中发现当代德州市民对运河古文化了解甚少，大多数只停留在表面认知阶段，甚至有部分运河管理、规划以及建设设计部门职员对运河文化发展史都不了解，这对后期运河文化和现代水利工程建设相融合实施工作的开展有很大的阻碍。

3.2　现代水利工程建设模式的单一性

水利工程的建设基本上由当地水利行业主管部门牵头，在规划时以防止洪涝灾害、保证当地工农业用水为主要目的，重视其工程使用功能而忽略了文化属性。以致传统的水利工程建设是以实用为主要原则，外形往往千篇一律、刚硬刻板、柔度不足，建成后不能与运河文化形成有机结合，甚至会造成突兀之感，与周围环境格格不入。出现这种问题主要体现在以下几点：

（1）水利建设部门不能及时与运河管理以及文化保护宣传等政府部门建立有效的沟通机制，未以文化、生态、实用、适用、功能、传承等“六位一体”的思路去全面考虑并规划设计，往往运用古板的思维和方式，形成简单唯一的现代建设模式，使水利建筑物与运河周围生态以及文化传承格格不入，给人们造成视觉的突兀，使现代的水利建设在运河水系上不能被人们所接受。

（2）各有关部门虽能保持沟通与交流，但是不能将运河文化传承和现代水利建设理念系统地融合在一起，一是因为各部门管理职责不同，对相互的业务不精通，只能用自己的专业术语和理解去陈述相应的工作内容，倾听者在理解程度上有一定的难度，对进一步融合实施有一定影响；二是在运河水利工程建设中没有系统的规划和管理，各职能部门往往各司其职，工作中不能互相配合互相沟通，最后各部门工作结果不能有效地结合在一起形成一个有序的整体，以至运河上水利生态规划给人一种错乱无章，没有明显主题和意义的错觉。

3.3　缺少必要的引导和合理的利用

运河水系上建筑设施的运行和管理单靠职能部门是远远不够的，虽然建筑物运行管理、运河文化保护、古建筑物保护等多项任务已详细划分到各职能部门，但因运河沿线较长，周围村庄较多，诸多情况复杂，各职能部门一时又很难拿出较多的精力和财力去管理，且部门相互之间沟通配合较少，所以很容易造成运河文化的宣传的滞后、古建筑物的保护不及时从而遭到破坏、功能性水利建筑物只是单纯的运行管理不能将运河文化进行充分展示等问题，以上种种情况都是对现代水利工程建设融入到运河文化中的一种阻力。

4 德州市运河文化与现代水利工程建设融合问题的解决办法

4.1 顶层设计、整体规划

水利工程的建设一直由水利行政主管部门牵头，主要目的是防止洪涝灾害和保证当地工农业用水。然而，在规划过程中，往往重视工程功能而忽略了其文化属性。因此，传统的水利工程设计注重实用性，外形刚硬刻板，缺乏柔度，建成后与周围环境无法形成有机联系，甚至显得突兀，与周围环境不协调。

为了改变这种状况，我们需要规划水利工程，使其不仅具有兴利功能，还要融入运河文化成为景观。这需要编制运河水利工程开发建设整体规划，并组织规划、水利、宣传等多个部门的联动。同时，需要与高等院校、科研院所和设计院（水利、建筑、景观）等合作研究，以及与大运河文化带建设策应和美丽河湖融合。

在规划过程中，我们应该增加新建水利工程的景观特性，提升运河沿岸水利工程遗迹的文化属性。我们的目标是将每一处水利工程建设成为一处风景区，从而带动周边地区的发展。

为了实现这一目标，我们可以考虑以下几个方面的工作。首先，需要注重水利工程的外形设计，使其与周围环境相协调，形成有机的景观。其次，可以在水利工程周边布置绿化带和公共休闲设施，为游客提供更好的体验。此外，可以结合运河文化，设计水利工程的标识和装饰，以展示当地的历史和文化。最后，需要加强宣传和推广工作，吸引更多的游客和投资者，促进周边地区的经济发展。

通过以上的努力，我们可以使水利工程不仅具有实用功能，还能成为融合运河文化的景观，为当地的发展和文化传承作出贡献。这将为水利工程的建设带来新的思路和机遇，也将为周边地区的发展带来新的活力和机遇。

4.2 培养文化底蕴

德州运河开凿于隋炀帝年间，自开凿以来一直通航至清朝后期，咸丰五年（1855 年），黄河决堤后将大运河截断，德州运河向南不复通航。千年以来，德州与运河紧密连接，德州本地文化与运河“航运”而来的文化碰撞交融，形成了众多的文化遗产，其中国家级非物质文化遗产 4 项，省级非物质文化遗产 43 项，代表作品有德州黑陶、德州扒鸡等，这些非物质文化遗产在千年的航运史中，或多或少地都打上了运河的烙印。这都是运河文化带给我们的宝贵财富，比较可惜的是这些文化遗产的精神属性已经与我们渐行渐远，当代德州人对这些文化遗产的了解甚少，大多数停留在知道的程度上。

运河水利工程的建设为培育代表性的文化遗产提供了重要契机。通过改变水工建筑物的形式，我们可以还原运河的文化遗产，使其具有古建筑的形式。同时，我们也可以采用绿色建筑的形式，将水利工程与原生态的环境融为一体。

为了进一步展示德州的运河文化，我们可以利用水利工程作为载体，建造文化长廊、主题公园等设施。这些设施将成为展示德州运河文化的窗口，吸引游客和观众的关注。在这些设施中，我们可以介绍德州的非物质文化遗产，如传统节目、手工艺品等，以展示德州丰富的文化底蕴。

通过这些举措，我们可以提升德州运河的知名度。游客和观众将更加了解德州的运河文化，对其产生浓厚的兴趣。这将为德州的旅游业和文化产业带来新的发展机遇。

在建设过程中，我们需要注重保护和传承运河的文化遗产。这包括保护古建筑的原貌，保护传统节目和手工艺品的技艺传承等。同时，我们也需要注重创新，将传统文化与现代技术相结合，以更好地展示德州的运河文化。此外，我们还需要加强宣传和推广工作。通过各种媒体渠道，如电视、互联网等，向公众介绍德州的运河文化。同时，我们也可以举办各种文化活动和节庆活动，吸引更多的游客和观众参与其中。

4.3 引入社会资本、分类开发管理

新建水利工程的融入文化属性以及水利工程遗迹的提升对于增强运河观感至关重要。然而，在水利工程与运河文化融合的过程中，必须进行必要的引导和合理的利用。商业的开发利用在其中起着重要作用，需要与企业进行合作开发，并建立游乐项目和基础设施。同时，由企业进行宣传和经营，以吸引人气。随后，可以增设旅游项目、旅游产品以及旅游服务业，借鉴其他成功的水利旅游项目，如都江堰、淮河蚌埠闸、汾河二库国家水利风景区等。

为了更好地展示水利工程的文化属性，可以将水利工程景区划分为水利工程游赏区、运河文化发展区、游乐项目区等不同区域。在这些区域中，可以开展多样化的活动，包括历史文化溯源、品尝运河美食、非遗技艺参与、民俗活动展示等。

在商业开发利用方面，需要与企业进行合作，共同开发水利工程景区。企业可以利用自身的资源和经验，进行宣传和经营，吸引更多的游客和观众。同时，可以建立游乐项目和基础设施，提供更好的游览和娱乐体验。这些举措将为水利工程景区带来更多的人气和经济效益。

在增设旅游项目、旅游产品以及旅游服务业方面，可以借鉴其他成功的水利旅游项目的经验。比如，可以开展水利工程的导览服务，提供专业的讲解和解说。同时，可以开发与水利工程相关的纪念品和特色产品，丰富游客的购物选择。此外，还可以提供各种旅游服务，如住宿、餐饮、交通等，为游客提供便利和舒适的旅行体验。

5 总结

通过对运河文化的深刻学习和现代水利工程发展理念的深度剖析，依据文献资料的查阅和具体的走访调研结果，使我们得到了目前运河文化和现代水利建设相融合的实际状况，对调研资料整理分析后发现存在以下几个问题：一是运河古文化流失较为严重；二是现代水利工程建设模式的单一性，不能与运河文化有效融合；三是缺少必要的引导和合理的利用。通过对存在的问题进行分析，以省、市政府对于运河文化建设的相关文件精神指示为依据，结合运河文化和现代水利工程建设相融合实际情况，提出了一要顶层设计、整体规划；二要培养文化底蕴；三要引入社会资本、分类开发管理等共计三条对策。

在运河高标准生态建设中，要深入践行习近平生态文明思想，认真落实中央部署和省市委要求，加强团结与合作，切实将运河文化和现代水利工程建设巧妙融合，使德州运河文化遗产得到更好地保护和传承，也使现代水利工程建设在展现新时代科技力量的同时，能更加完美地融入运河文化中。这样不仅使运河文化得到极大的展现和传扬，更能提高德州这座城市的知名度和关注度。

参考文献

[1] 胡梦飞，甄思辰．大运河国家文化公园建设现状与发展策略研究 [J]. 枣庄学院学报 ,2023,40(4):57-63.

[2] 张清辉．高质量推动大运河文化带建设 [J]. 乡音 ,2023(3):16.

[3] 程青菡，宋桂杰．从文化遗产到国家文化公园的大运河价值研究——以扬州段水工设施为例 [J]. 美与时代 (城市版),2023(2):126-128.

[4] 朱剑刚 . 大运河文化带建设中若干核心关系分析—— 以江南运河核心区苏州段为例 [J]. 苏州教育学院学报 ,2023,40(1):45-55.
[5] 杨佳慧 . 打造大运河国家文化公园德州品牌研究 [J]. 德州学院学报 ,2023,39(3):24-27.
[6] 张缨 , 周家权 , 孙振江 . 水利工程文化遗产的保护与开发探讨 —— 以京杭运河德州段为例 [J]. 中国水利 ,2016(6):62-64.
[7] 罗美洁 . 三峡工程与国外水利工程的文化比较—— 以胡佛、大古力、阿斯旺、伊泰普为例 [J]. 三峡论坛 (三峡文学・理论版),2014(2):1-8.
[8] 德州市水利志编纂委员会 . 德州市水利志 [M]. 北京：中国水利水电出版社 .2018.
[9] 余然 . 镇江大运河与长江国家文化公园融合路径研究 [J]. 文化产业 ,2023(5):121-124.
[10] 余然 . 以镇江段为例探索大运河的文化价值及其与国家文化公园的协同建设 [J]. 工业建筑 ,2023,53(2):243.
[11] 张希 , 蒋鑫 , 王向荣 . 从大运河到大运河文化带：大运河景观保护利用建设路径与规划实践 [J]. 建筑实践 ,2023(2):20-29.
[12] 杨艳 . 从景观地理视角探索大运河文化景观遗产保护路径 [J]. 中学地理教学参考 ,2023(5):81.

新时代水利高质量发展阶段
——广东省关于水文化工作开展思路的研究

张旭怡　赖穗斌

（广东省水利水电科学研究院，广东广州　510610）

摘　要：随着时代的发展，我国水利事业也越来越壮大，加快构建了一批又一批造福民生的水利工程，广东科学谋划省级水网建设，加快推进广东水利高质量发展。在新时代水利高质量发展阶段，繁衍出大量的水文化印记，也埋藏着历史久远的水利文化遗产。久久为功，脉脉相传。积极开展广东水文化工作，梳理相应的工作思路，进行调查、研究、探讨制定出符合广东省水文化特色的规划纲要，水利遗产管理认定办法等"润"文化应运而生，将其发展、保护、传承，谱写新时代水利高质量发展新篇章。

关键词：水文化；水利遗产；水经济；水工程

1　前言

党的十八大以来，习近平总书记多次围绕文化自信发表重要论述，指出："文化是一个国家、一个民族的灵魂。""文化自信是一个国家、一个民族发展中更基本、更深沉、更持久的力量。"水文化是中华文化的重要组成部分，也是水利事业不可或缺的重要内容，习近平总书记十分关心重视水文化。为深入贯彻落实习近平总书记关于文化建设的重要论述和党的十九届五中全会决策部署，积极践行"节水优先、空间均衡、系统治理、两手发力"的治水思路，加快推进水文化建设，助力推动新阶段水利高质量发展，水利部印发《水利部关于加快推进水文化建设的指导意见》（下文简称：指导意见）。本文以"指导意见"为基础，以广东省为例，对如何开展水文化工作思路进行研究，对具体思路进行阐述，为水文化工作的发展助力。

2　开展水文化调研

水乃万物之源，造福中华儿女；人水共生，水系国计民生。广东地处南海之滨，降雨充沛、水网密布、河湖众多，河道长度超过10万km，湖泊150多个。广东在新时代水利高质量发展阶段，将开展水文化调研，助力于广东水利为经济社会高质量发展提供强有力的水文化力量。同时开展水文化调研是水文化工作开展的基础，只有掌握省内水文化的情况，才可以后续开展水文化的工作。其中水文化可以基于时间分为两大类，一是水文化遗产；二是现代水文化产物。根据这两类不同的类型的水文化应采用不同的调研方式。

2.1　水文化遗产调研

水文化遗产，即具有历史的悠久性、内容的博大性，显著的社会性、时代性和地域性等性质的与水相关的文化遗产。开展水文化遗产调研应制定相关遗产认定办法等制度为先行标准，在原有的相关制度基础上开展水文化遗产调研。

"十四五"期间，国家已经初步认定30处以上的国家水利遗产，基本形成兼顾各种类型、各种特点、各区域的遗产分布格局。可根据国家的遗产认定办法，编制符合具有广东省特性的《广东省水文化遗产认定办法》，从而推动地市建立地方水文化遗产认定办法。以此作为依据，推动广东省水文化遗产的认定工作。

根据《广东省水文化遗产认定办法》开展水文化调研，因地制宜组织开展水利遗产资源调查，逐步摸清全省水利遗产资源家底，编制广东省水利遗产名录明细。将按照工程类水利遗产进行分布梳理，需重点关注国家水网重大工程，建立数据库。在已建设完成、改造升级等条件许可的地区，开展非工程类水利遗产调查和整理。通过调查研究得出的数据，对水利遗产资源管理模式进行创新，及时更换资料的最新数据，以及对原有的档案资料进行保护留存，推动了原有的水利遗产数据的开放和共享，为中国水利博物馆、水利史以及相关水利科研机构等提供坚实的水利支撑。

2.2 现代水文化产物调研

现代水文化，即现今水利活动所产生的文化产物，其中分为：物质水文化、制度水文化、精神水文化三种。物质水文化，即在开展饮水、用水、治水、管水、赏水等涉水活动中创造的物质总和，如：水利工程、涉水设备、涉水工具等；制度水文化，即人们对水的利用、开发、治理、配置、节约、保护以及协调水域经济社会发展关系中所形成的法规、规程规范以及组织形态、管理体制、运行机制等，是水文化的格式化和规范化；精神水文化，即在涉水活动开展过程中创造的非实在性财富，“包括水科学、水伦理、水哲学、水文艺、水风俗等。”

现代水文化产物的调研应以挖掘记录为主，从突出的水文化产物入手，挖掘与记录下现代水文化产物的建设目的、设计过程、建设过程、使用过程等产生的一系列水文化产物，以供水文化研究与应用。

3 开展水文化研究

通过水文化调研出的资料、数据等文化产物，针对广东特有的水文化进行研究。地域方面，广东位于南岭的南边，主要以岭南文化为主体。岭南文化包含着固有的本土文化（广东文化）、南迁的中原文化（桂系文化）、舶来的域外文化（海南文化），主要以属于广东文化的广府文化、潮州文化和客家文化为主。岭南所在区域既封闭又开放，在古代，虽然五岭横亘，极大地限制了岭南与中原文化的联系，但是岭南又临近海洋，海岸线长，港湾众多，为岭南地区带来了无限开放空间。尤其是珠江三角洲的广州，早在唐代已成为中国海上丝绸之路的始发地，引进许多西方文化。因此广东不仅继承了部分中原南迁的文化，还受到了西方的文化影响，成为中西文化际会交融的区域。而在当代，广东成为了改革开放的前沿阵地，水利的发展也具有敢为人先的文化精神。因此，通过研究总结出广东地域特有的水文化尤其重要。

其中研究方向，可考虑从建筑风格、文化精神、民俗祭典等方面开展研究。建筑风格可以用于水工程建设、水利风景区建设等，文化精神可以结合现代的治水理念推广传播，适用于水情教育基地建设等，民俗祭典则可结合文旅产业有机融合发展水经济产业新业态。

4 水文化的应用

水文化的研究成果可用于新时代水利高质量发展下广东水文化工作的开展，其中包括并不限于下列几种方式。

4.1 开展水工程+水文化有机融合

对于待建或者在建的水利工程，可采取下列水文化融合手段。

一是将水文化融入水利规划，将水文化列入水利规划的规程、规范、定额、技术标准及相关评价指标中，做到高起点规划，从源头将水文化融入工程。

二是注重水工程中水文化的设计，水工程的文化品位提升，在很大程度来源于设计阶段，水工程的设计可结合广东水文化的特点，在保证水利工程功能上加入文化创意与艺术造型的设计，以促进水工程与水文化的融合。

三是水文化工程的施工要求，水文化的工程施工与传统水利工程的施工、验收要求不相同，在水文化工程的施工与验收要求上，应适当增加专门的细节，以满足水文化的要求。

四是水文化工程的管理区别常规水工程，在对水文化工程的建设管理、日常管理、维修养护等都应该特殊安排，以满足其需要。

对于现存的水利工程，则可采用结合水文化遗产调研结果，整合周边水文化遗产，在水利工程生态建设，或者文旅建设过程中加入水文化元素，利用水工程＋水文化发展生态旅游目的地，促进文旅产业发展，提高水利工程的水文化水平，催发水文化发展新征程。

4.2　文旅融合发展水经济新业态

文旅融合是最受欢迎的水文化遗产保护、传承和利用的模式之一，水文化与旅游具有高度的耦合性，水文化是旅游产业发展的资源基础和原始动力，也是旅游者意义追寻的出发点和归宿；旅游则是水文化的重要载体，是推动水文化传播、互动和变迁的重要推手，是水文化价值共创的重要契机，为文化再生产提供了重要的空间载体。水文化与城市文化融合发展，通过城市作为文化物质的载体，发展其城市特有的人文气息，打造水文化围绕的城市文明内核，来带动文旅产业的有机融合、城市水经济的发展。在物理空间上，按照“湾区引领、区域联动、十廊串珠”总体布局，加快骨干特色生态廊道建设，构建秀水长清的万里碧道网，扭住南粤水更清这个牛鼻子。

在历史人文上，进一步深入挖掘水文化遗产，加强保护并积极开展水文化遗产的调查与认定。以“幸福河湖、绿美广东”为主题，通过河湖生态健康发展，打响岭南水文化品牌，打造广东靓丽水生态名片。在经济社会上，充分利用万里碧道、中小河流治理、水系连通及水美乡村等建设成果，带动沿线两岸产业升级，提升城市功能服务，促进旅游观光、休闲度假、生态＋文化旅游以及康养旅游等绿色产业发展，推动形成“以水养水兴水”新业态。通过碧带沿线结合当地特色，以水为主线推动碧道＋文化旅游、水上运动、水文化生态园等产业蓬勃发展，推动碧道＋产学研合作，积极开创水经济发展新模式，打造广东生态活力滨水经济带。也可以以推动流域水文化建设为契机，借鉴国内一流博物馆建设先进经验，积极谋划推动珠江水文化博物馆建设相关工作。广东省的南粤古驿道的复兴就是广东省住建厅、文旅厅和民间志愿者等多主体集体努力的结果。具体而言，该地通过定向越野和艺道游学等活动，推动了民俗、体育、旅游、生态农业等产业融合发展，帮助古驿道沿线重新焕发出文化魅力和艺术风采，改善了驿道沿线农村的人居环境，带动了古驿道沿线的经济发展。

广东水文化可参考上述案例，对碧道、水利工程建筑等区域开展水文化与文旅融合，从而提升广东人民的水文化自信，水文化认可，带动周边的水经济发展。

4.3　水文化的教育

文化源远流长，大自然孕育了河流，河流哺育了城市，不同的水文，承载着不同地理空间和文化的生命之源，凝结着过去，联结着未来，形成独具地域文化特色的精华。传承、发展、文明……水文化教育要从根与脉聚焦于“水与人、水与社会等之间的关系上，这也是现代意义上水文化的确立基础。”

目前关于水的知识大部分都糅杂在环保教育、资源、能源等教育书籍中，对广东省水情和实际情况的水文化教育书籍甚少，如何推动水文化教育，普及水利精神方面的资源十分短缺。基于上述研究思路，利用调研收集水文化知识，研究整理的成果，依托于水利设施打造水文化教育基地。通过水文化教育基地吸引旅客，促进区域水经济发展的同时，还能面向公众社会开展水文化教育，弘扬水文化的思想意识和行动自觉，传播水文化的精神，促进形成人水和谐的社会秩序。另外一方面，水利系统作为水文化建设主力军，不能仅限于行业性文化还需赋予社会性文化，思想文化走入基层、校园、企业乃至全社会都具有重要意义，通过理论知识与研究实践相结合有效促进水文化教育的发展，也是有效途径之一。在未来的水利学科发展领域上，水文化是知识结构不可缺少的组成部分，要满足于不同阶段时期的受众需求，不断创新发展，提升趣味性与互动性，同时兼顾水文化的知识性，例如开展水文化进校园，激发学生对保护水资源的热情，提高学生节约水资源意识，同时带领学生探讨水的奥秘。通过“五水”文化塑造水文化体系，将从循水、探水、学水、思水、怀水五个维度来引导水文化教育课程的设置，以社会为人际关系课程——水之和谐；以艺术为特色绘画课程——水之形态；以语言为拟音模仿课程——水之音乐；以科学为动手实践课程——水之奇妙；以非遗为中华水文化课程——水之传承等，促进水文化教育走进千家万户，形成脉脉相承的文化氛围。

4.4 水文化的传播

通过开展的水文化调研与研究，基于广东治水兴水的发展，追溯广东水文化历史底蕴，归纳总结出具有广东特色的水文化产物。再通过创新传播形式，以水为媒，创作悠久历史的水文化纪录片、专题片以及动画形式的宣传片，打造符合不同年龄阶段所需的图文传播，如时下引起热议的《天下长河》。文化传播不仅限于影像式传播途径，可结合话剧、音乐剧、舞蹈剧等的形式进行声像化传播，比如广东工学院编排的“东深供水舞台剧”就是通过舞台戏剧的形式，活灵活现演绎时代建设者不畏艰难，不怕吃苦，无私奉献的工匠形象，彰显老一辈水利建设者因一条生命线，几代家国情的爱国情怀。让观众更加近距离感受水文化精神力量，通过人物的肢体变化，音乐的渲染，光影的塑造等形式，塑造出上世纪水利人投身于祖国建设的豪情壮志与热血青春的人物群像，鲜活真实地呈现一个个历史故事，充分展现“时代楷模”所赋予的奉献精神。

在传播过程中，水文化与非物质文化遗产结合传播，提升其影响力，传承中华非物质文化遗产独特魅力，融汇水与韵，拉近大众与水文化之间距离，感受非物质文化遗产带来的艺术价值和乐趣。一种水油分层、源于天然水介质材料、无法复制的水肌理的作品——水拓画。其时间可以追溯到我国最早时期唐代的“墨池法”作画，随着时间的推移水拓技艺逐渐成熟，如今已成为非物质文化遗产。水文化传播要从古到今，不断挖掘，水脉亦文脉，打造更加贴近社会性的文化枢纽承载器。

5 水文化的保障配合

上述内容，对广东水文化工作开展做出了探讨。然而开展水文化工作离不开主管部门的保障配合。广东水文化工作的调研、研究、应用等，是一项跨专业跨行业的复杂工作，保障配合工作需要做到以下几点：

一是主管部门的重视，由主管部门牵头，结合地方的实际情况，将水文化工作纳入规划之中，通过调研、研究完善水文化工作的规范与制度，为开展水文化工作提供良好的环境。

二是确保资金投入，以政府为主导，扩宽资金渠道，积极引导社会资本进入水文化建设领域，加大水利工程与水文化融合的资金投入，水文化传播载体建设、传播平台建设等多渠道筹集资金。

三是重视人才培养，大力开展水文化教育，不断创新深化，逐步把水文化知识纳入水利部门有关培训课程，进一步提升水利行业水文化建设，提高宣传队伍人才建设以及培养力度，不断壮大水文化咨询专家队伍，吸纳具有较高学术造诣的专家学者参与水文化建设。

四是做好学术研究，积极开展省外调研活动，积极与大专院校、文化机构开展合作，不能闷头干，要吸取别人的经验，学习文化领域的专业知识，以便能做好水文化这个跨行业跨领域的工作。

6 结论

承古代之流，汇现代之变。纵观广东水文化，其既有中原迁移过来的文化底蕴，也有海上丝绸之路带来的外在文化，更有悠长的水利发展文化，如何做好广东这个独具特色的水文化工作，加快推进新时代水利高质量发展与水文化的步伐，是我们广东水利人的职责。综合上述研究，广东省水文化工作开展思路主要分为以下几步：

一是做好水文化调研工作，编写水文化工作开展规划，制定水文化遗产认定办法，对省内水文化遗产、现代水文化产物进行调研，整理出广东省的水文化名录；

二是开展水文化研究，结合广东独有的地域特点，总结出属于广东自己的水文化成果；

三是利用好水文化研究成果，做好水利工程水文化融合，水文化的教育，水文化的传播，合理地将广东的水文化成果转换成产品输出；

四是做好水文化的保障配合，从主管部门政策上、资金上、人才上、学术上做好保障工作，为水文化工作开展提供良好的平台。

参考文献

[1] 赖穗斌 . 文化元素融入水工程建设中的途径与方法研究 [J]. 广东水利水电，2021(4):109-112.

[2] 赖穗斌 , 黄锦林 , 胡雁 , 等 . 浅谈如何开展水文化遗产保护工作 [C]// 第四届城市水安全与水管理学术研讨会暨第五届城市防洪排涝学术研讨会论文集 . 中国防汛抗旱，2021:141-146.

[3] 董文虎 . 水利发展与水文化研究 [M]. 郑州：黄河水利出版社，2008.

[4] 董文虎 , 刘冠美 . 水工程文化内涵与品味的提升途径 [M]. 苏州：苏州大学出版社，2011.

[5] 赵伟 . 推进水利法制建设，保障水利持续发展 [J]. 中国水利，2008(24):12-14.

[6] 周魁一 . 中国科学技术史（水利卷）[M]. 北京：科学出版社，2002.